KB021238

시원변체【一】 詩源辯體

An Annotated Translation of "Shiyuanbianti"

허학이許學夷 지음 ▎ 박정숙朴貞淑 · 신민야申旻也 역주

세창출판사

시원변체 【一】 詩源辯體

1판 1쇄 인쇄 2016년 3월 2일
1판 1쇄 발행 2016년 3월 10일

지은이 | 허학이(許學夷)
역주자 | 박정숙 · 신민야
발행인 | 이방원
발행처 | 세창출판사
신고번호 | 제300-1990-63호
주소 | 서울 서대문구 경기대로 88 냉천빌딩 4층
전화 | (02) 723-8660 팩스 | (02) 720-4579
http://www.sechangpub.co.kr
e-mail: sc1992@empal.com
ISBN 978-89-8411-591-0 94820
      978-89-8411-590-3 (세트)

이 책은 한국연구재단의 지원으로 세창출판사가 출판, 유통합니다.

이 도서의 국립중앙도서관 출판시도서목록(CIP)은 e-CIP홈페이지(http://www.nl.go.kr/ecip)와 국가자료공동목록시스템(http://www.nl.go.kr/kolisnet)에서 이용하실 수 있습니다.
(CIP제어번호: CIP2016004771)

I

2011년, 나는 신민야 선생님과 한국연구재단에서 시행하는 명저번역연구지원 사업을 논의하고 허학이의 《시원변체》를 신청했다. 운이 좋게 이 과제가 선정이 되자마자 작업에 착수하여 책이 나오기까지 꼬박 4년 남짓의 시간이 걸렸다. 중간에 신민야 선생님의 개인적인 사정으로 말미암아 당초 내가 맡은 분량보다 더 많은 내용을 번역해야 하는 어려움에 봉착하게 되었다. 턱없이 짧은 시간 안에 갑자기 늘어난 몫을 감당하기란 참으로 숨 막히는 일이었다. 그러나 내가 그 큰 어려움을 이겨낼 수 있었던 것은, 이 책을 통해 그동안에 다져온 공부의 기초를 좀 더 튼튼하게 세우고, 그리하여 더욱 새로운 학문의 세계를 만나겠다는 일념이 날마다 지친 나를 재촉했기 때문이다.

이 책의 원저자인 허학이는 모든 것을 완성하기까지 40년의 시간이 걸렸다. 그런데 내가 고작 4년 정도의 시간을 쏟아 이 책을 번역해서 이렇게 세상에 내놓는다는 것은 정말 부끄러운 일이다. 저자가 논증한 주요 내용을 먼저 완전하게 이해하고 번역해야 함에도 불구하고 자구의 해석에만 급급하여 제대로 옮기지 못한 자책감이 물밀듯이 밀려온다. 인용된 시구 역시 전체 시를 한 수씩 찾아 그 맥락 속에서 옮기고자 노력했지만 충분히 감상할 만한 여건이 허락되지 않아 기본적인 뜻만 풀이하는 데 그칠 수밖에 없었다. 또한 역자주에서 설명하고 있는 사항도 모두 세부 연구를 통한 검증의 결과로서 제시되어야 함에도 불구하고 기존의 사전과 자료에 의존한 차원에서 머물고 있어 못내 아쉽다. 그렇지만 이번 기회에 《시경詩經》에서부터 명대까지의 시와 시론의 각종 원자료를 두루 살펴보며 통독하는 동시에, 각 내용과 관련된 기존의 연구 성과를 모아 종합적으로 검토할 수 있었다는 것만으로도 기쁘기 그지없다. 오랜 시간 동안 자료더미 속에 앉아서 인용된 작품을 일일이 찾아 대조해 보는 과정은 지루하고 고달픈 시간이었지만, 내 나름대로는 보물을 찾아 묻어두는 듯한 귀하고 값진 시간이 되었다.

Ⅱ

이 책의 번역을 준비하고 또 완성하는 과정에서 앞서 이종한 교수님께서 보여 주신 《한유산문역주》(소명출판사, 2012)의 원고는 그야말로 나의 나침반이 되었다. 이 책의 기본적인 얼개는 모두 거기서부터 나왔으며, 제한된 시간 안에 많은 분량을 감당할 수 있었던 힘의 원천에도 지난날 선생님 어깨너머로 배운 훈련의 과정이 녹아 있다. 중국 고전문학 작품을 번역하는 것은 분명히 쉽지 않은 고역이다. 그러나 그 뒤에는 무엇과도 바꿀 수 없는 일종의 사명의 열매가 있어서 멈출 수가 없는 듯하다. 일찍부터 그러한 보람을 가르쳐주신 이종한 교수님께 이 지면을 빌려 감사드린다.

그뿐 아니라 학부 시절부터 가르쳐 주시고 격려해 주신 송영정 교수님, 제해성 교수님을 비롯하여 나에게는 고마운 분들이 많이 계신다. 여러 교수님들께서 나누어 주신 은혜에 대해서는 후일 술회할 기회가 있을 듯해 여기서 잠시 줄이기로 한다. 다만, 최근 몇 년간 미천한 나의 재주가 조금이나마 성숙할 수 있도록 물심양면으로 보살펴 주신 우리 학교 한문교육과의 김윤조 교수님과 경상대학교 중어중문학과의 권호종 교수님께 특별히 감사의 말씀을 올린다.

Ⅲ

　이제 막 이립而立의 시절이 지나고 불혹不惑의 나이에 접어들었다. 실수투성이고 흠이 많지만, 지난 20년간 막막하게 걸어온 길에서 하나의 매듭을 지었다. 이 책을 넘길 때마다 나는 학창 시절 혼자 중국문학사를 공부하던 나의 어린 모습을 떠올렸다. 해제나 주석 등이 다소 번잡할 정도로 상세하다고 느껴질 수 있는 것은, 그저 이 책을 통해 중국문학을 공부하고자 하는 학생들을 염두에 두었기 때문이다.

　또한 작업을 마무리하면서 선학들의 평가나 동료들의 비판도 두렵지만 그보다 더 나를 두렵게 하는 것이 이것을 통해 나의 자취를 살피게 될 후학들의 눈이라는 사실에 밤잠이 설쳐진다. 이제까지 내가 습관처럼 그랬듯이 그 누군가도 나처럼 상아탑을 향한 열정과 사도師道에 대한 갈망을 품고 앉아서 매의 눈빛으로 이 책을 샅샅이 읽을지 모를 일이다. 그러므로 나는 나의 잘잘못이 가려질까 봐 두려운 것이 아니라 그들의 눈에 비칠 내 모습이 더 두렵다. 바라건대 거짓이 섞이지 않고 진실하며, 허세를 부리지 않고 겸허하게 나아가고자 한 모습이 그들의 눈에서 비쳤으면 좋겠다.

　앞으로 나에게는 부단히 이 책을 수정하고 보완해야 할 책임이 있다. 더욱이 부록에 해당하는 뒷부분을 충분히 윤문하지 못한 부담이 크다. 부디 젊은 나이에 무모하지만 용기 있게 학문의 난관을 극복하고자 애쓴 마음을 헤아려서 이 책의 여러 가지 오류를 널리 양해해 주기를 간절히 바라며, 많은 질정을 고개 숙여 기다린다. 마지막으로 이 책을 정성스럽게 꾸며 주신 세창출판사 편집부에도 진심으로 감사드린다.

Ⅳ

내가 이 책으로 인해 깊은 수렁에 빠져 있던 어느 날, 나에게 구원의 손길을 뻗어 기적같이 나를 믿음의 반석 위에 세워 놓으신 하나님! 지금 이 순간에도 나의 중심을 놓치지 않고 바라보시며 끊임없이 나를 다스리시는 하나님께 이 모든 영광을 바친다. "하나님은 사람이 아니시니 거짓말을 하지 않으시고, 인생이 아니시니 후회가 없으시도다"고 말씀하셨으니, 그 위대하신 계획이 무엇인지는 알 수가 없지만 모든 것이 합력하여 선을 이룰 것이라고 믿는다. 앞내의 꽁꽁 언 얼음판 위에서 썰매를 타는 어린이들이 정겨운 오후, 오늘도 내 안에서 강같이 흐르는 평화에 감사하며 다가올 새봄의 기쁨을 미리 찬송한다.

2016년 정월
역자 박정숙 삼가 씀

공자孔子가 말했다.

"중용中庸의 도는 지극하도다! 백성들 사이에 그 도가 행해진 지 오래도록 드물게 되었구나."

후진들이 시를 논하면서 위로는 제齊 · 양梁 시대를 서술하고 아래로는 당대唐代 말기를 말하는데 도에 미치지 못했다. 서정경徐禎卿 등의 여러 사람들이 먼저 〈교사가郊祀歌〉를 받들고 다음으로 요가鐃歌를 천거하는데 도에서 동떨어졌다. 근래 원굉도袁宏道와 종성鍾惺이 나와서 옛것을 배척하고 자기의 마음을 스승으로 삼고자 하여 허황된 말을 숭상하는데 도에서 어긋났다. 내가 《시원변체詩源辯體》를 지은 것은 진실로 경계하는 바가 있어서다. 일찍이 나는 다음과 같이 말했다.

시에는 원류源流가 있고 체재에는 정변正變이 있으니, 책 첫머리에서 그 요점을 논한 이상, 지나치거나 미치지 못한 것에 대해 살펴서 그 중용中庸의 도를 얻었다. 다만 원굉도와 종성의 주장에서 괴이한 것을 추구하고 일반적인 것을 싫어한 것에 대해서는 의혹이 없지 않을 수 없다. 한漢 · 위魏 · 육조六朝의 시는 체재가 아직 갖춰지지 않았고 경계가 아직 완성되지 못했기에 창작의 법칙이 마땅히 광범위하다. 당 이후부터 체재가 갖춰지지 않음이 없고 경계가 완성되지 않은 것이 없으니 창작의 법칙이 마땅히 그대로 지켜지게 되었다. 논자들이 "한위의 시는 《시경詩經》의 경지에 이를 수 없고, 당시는 한위시의 경지에 이를 수 없다"고 말하는 것은 통변通變의 도를 알지 못하는 것이며, 우리 명나라의 여러 문인들이 "대부분 옛사람을 본받았기에 독자적으로 창작하여 자립할 수 없다"고 말하는 것 또한 논지는 높지만 견해가 얕고, 뜻은 심원하지만 식견이 서투를 뿐이다.

지금 온갖 초목이 무성한 것을 살펴보면 꽃받침이 일정하건만 보는 사람들이 싫증내지 않는다. 그러나 오늘날의 꽃받침은 옛날의 꽃받침이 아니며, 온갖 초목의 모양을 요상하게 변화시켜 무성하게 하니 그 괴이함이 매우 심하도다. 《주역周易》에서 "형상으로 구체화하고 자세히 검토하여서 그 변화를 완성시키며, 신묘하고 밝게 하는 것은 사람에게 있다"고 하였다. 오호! 어찌 호응린胡應麟을 무덤에서 일어나게 하여 내 말을 증명하도록 할 수 있겠는가? 무릇 체제와 성조는 시의 법칙이며, 말과 뜻이라고 하는 것은 작가의 독자적인 운용을 중시한다. 말과 뜻을 훔치면 그것을 표절이라고 일컫는다. 그 체제를 규범으로 삼고 그 성조를 모방하는 것은 표절이라 할 수 없다. 오늘날에는 체제와 성조가 옛것과 비슷한 것을 참된 시가 아니라 하고, 반드시 민간의 속담이나 어린아이들의 말, 자질구레한 생각과 괴이한 성조가 있어야 도리어 참되다고 할 따름이다. 또 원굉도와 종성 두 사람은 자기의 마음을 스승으로 삼는 것을 숭상하면서, 한위시를 배우고 초당初唐과 성당盛唐의 시를 배우는 것에 대해서는 있는 힘을 다해 헐뜯고, 제·양과 당말의 시를 학습하는 것을 심히 좋아한다.

당세수唐世修가 말했다.

"옛사람이 오랫동안 버려둔 견해를 모아 오늘날 일상적인 것을 싫어하는 사람들의 이목을 현혹시키면서 다시 자기의 마음을 스승으로 삼을 수 있는 것을 보지 못했다."

과거공부는 한 시대에 유행하는 것을 꾀하지만, 시문은 후세에 평가가 결정된다. 송宋·원元·명초明初를 두루 살펴보면 이하李賀·장적張籍·왕건王建에 대해 대략 많은 사람들이 학습했는데 그 이름이 후세에 사라져 알려지지 않는다. 설령 오늘날 숭상된다 할지라도 후세에 평론이 결정됨을 짐작할 수 있다.

　이 책은 만력萬曆 계사癸巳년에 시작하여 임자壬子년까지 모두 20년 동안 점차 완성되었는데, 다 합하면 소론小論 약간과 《시경》에서 오대五代까지의 시 약간이다. 외일畏逸 장상사張上舍와 미신味辛 고빙군顧聘君이 보고서 이 책을 아까워하여 나에게 출판할 것을 제안하고, 일시에 여러 친구들이 모두 기꺼이 출판을 도와주어서 먼저 소론 750칙을 출간했다. 그 당시 세간의 여러 문인들이 이미 삼가 나를 위해 말을 해두었던 것이다. 그 뒤로 20년간 열에 다섯은 가다듬고 열에 셋은 보충했는데, 여러 문인의 시는 먼저 체재를 나누고 다시 각 성조에 따라 모아서 그 음절을 상세히 밝히고 그 오류를 바로잡았으며, 나의 정력을 진실로 여기에 다 쏟아부었다. 이때 사위 진군유陳君兪가 나를 위해 전집全集을 인쇄하려고 계획했지만 그 일을 이어가지 못했다.

　옛날에 우번虞翻이 말했다.

　"세상에 자신을 알아주는 사람이 한 명이라도 있다면 여한이 없으리라."

　오늘날 여러 사람들이 나를 알아주어 얻은 것이 우중상보다 많으니 내가 또 무슨 한이 있겠는가. 만약 내가 곧장 죽지 않는다면 다시 기회를 얻어 이 문집이 전부 간행되어서 시문이 오래도록 남아 천고의 근거가 되기를 바라노니, 어찌 오직 나 한 사람의 사사로운 이익이겠는가!

　숭정崇禎 오년五年 임신년壬申年에 백청伯淸 허학이許學夷가 다시 고치노니, 이때 나이가 70세다.

仲尼曰: "中庸其至矣乎! 民鮮能久矣." 後進言詩, 上述齊梁, 下稱晚季, 於道爲不及; 昌穀諸子, 首推郊祀, 次擧鐃歌, 於道爲過; 近袁氏鍾氏出, 欲背古師心, 詭誕相尙, 於道爲離. 予辯體之作也, 實有所懲云. 嘗謂: 詩有源流, 體有正變,於篇首既論其要矣,就過不及而揆之,斯得其中.獨袁氏鍾氏之說倡,而趨異厭常者不能無惑.漢魏六朝,體有未備,而境有未臻,於法宜廣;自唐而後,體無弗備,而境無弗臻,於法宜守.論者謂"漢魏不能爲三百,唐人不能爲漢魏",既不識通變之道,謂我明諸公"多法古人,不能自創自立",此又論高而見淺,志遠而識疏耳.今觀夫百卉之榮也,華萼有常,而觀者無厭,然今之華萼,非昔之華萼也,使百卉幻形而爲榮,則其妖也甚矣.易曰:"擬議以成其變化,神而明之,存乎其人."嗚呼!安得起元瑞於地下而證予言乎.夫體制·聲調,詩之矩也,曰詞與意,貴作者自運焉.竊詞與意,斯謂之襲;法其體製,倣其聲調,未可謂之襲也.今凡體製·聲調類古者謂非眞詩,將必俚語童言·纖思詭調而反爲眞耳.且二氏既以師心爲尙矣,然於學漢魏·學初盛唐則力詆毀,學齊梁晚季,又深喜之.唐世修謂:"拾古人久棄之唾餘,眩今人厭常之耳目,又未見其能師心也."夫擧業求售於一時,而詩文定論於後世.歷考宋·元·國初,於長吉·張·王,蓋多有學之者,而後世泯焉無聞.卽今日所尙,而他日之定論可知.是書起於萬曆癸巳,迄壬子,凡二十年稍成,計小論若干則,自三百篇至五季詩若干首.畏逸張上舍·味辛顧聘君見而惜之,爲予倡梓,一時諸友咸樂助之,乃先梓小論七百五十則.時湖海諸公已有竊爲己說者.後二十年,修飾者十之五,增益者十之三,諸家之詩,既先以體分,而又各以調相附,詳其音切,正其訛謬,而予之精力實盡於此.玆者館甥陳君兪爲予謀梓全集,而未有以繼之.昔虞仲翔言:"使天下有一人知己,足以無恨."今諸君知我,所得多於仲翔,予復何恨焉.倘予不卽就木,庶幾復有所遇,使玆集全行,則風雅永存,千古是賴,豈直予一人之私德哉!崇禎五年壬申,許學夷伯淸更定,時年七十.

❶ 이 책은 허학이의 《시원변체》(北京: 人民文學出版社, 1998)를 우리말로 옮긴 것이다.

❷ 본문인 제1권~제33권 및 기타 등은 박정숙이 역주했고, 총론(제34권~제36권)과 후집찬요 2권은 신민야가 맡았다.

❸ 번역은 직역을 위주로 하면서 우리말 표준어규칙에 따랐다.

❹ 해제는 원문과 관련된 내용을 중심으로 기존의 연구 성과를 두루 참고하여 정리한 것이다.

❺ 주석은 원문을 이해하는 데 필요한 인명, 서명, 편명, 지명, 국명, 연호 및 주요 용어 등을 중심으로 각종 사전과 자료를 참고하여 정리한 것이다.

❻ 원문에서 [　]로 표기된 원저자의 주석은 모두 각주로 처리하여 역자의 주석과 구분되도록 하였다. 다만 독자의 편의를 위해서 역자가 (　)로 표기하여 보충한 내용도 있다.

❼ 원문에서 인용된 시구는 모두 해당 원자료의 통행본에 의거하여 작가와 제목을 상세히 기록했다. 자구의 차이가 있는 경우에는 우선 원저자의 표기에 따르는 것을 원칙으로 하되, 그 차이에 대해서는 일일이 언급하지 않았다.

❽ 작가의 이름은 성명을 기준으로 표기하여 알기 쉽게 하였으되(원저자는 이름이나 자 중에서 가장 잘 알려진 것을 기준으로 하였음), 일부 예외적인 경우도 있다.

❾ 원서에서 명백한 오타인 경우에는 수정했으되, 용례가 많지 않고 사소한 것이어서 별도로 표기하지는 않았다.

❿ 참고한 기존의 연구 성과 등은 일부 특별한 경우 외에는 언급하지 않았다.

차 례

詩源辯體

시원변체【一】

시원변체【二】

시원변체【三】

시원변체【四】

모두 27조임共二十七條

1. 이 책을 《변체辯體》라고 명명한 것은 뜻을 변별한다는 것이 아니니, 뜻을 변별하면 이학과 비슷하게 될 것이다. 그러므로 《고시십구수古詩十九首》의 〈하불책고족何不策高足〉, 〈연조다가인燕趙多佳人〉 등은 시의 근원이 아닌 것이 없고, 당나라 태종太宗의 〈제경편帝京篇〉 등은 오히려 화려함을 면하지 못했다. 이것을 이해한다면 이 책을 읽을 수 있을 것이다.

> 此編以"辯體"爲名, 非辯意也, 辯意則近理學矣. 故十九首"何不策高足""燕趙多佳人"等, 莫非詩祖, 而唐太宗帝京篇等, 反不免爲綺靡矣. 知此則可以觀是書.

2. 《변체》에서 《시경詩經》·《초사楚辭》·한漢·위魏·육조六朝·당唐의 시는 먼저 그 대강을 든 다음에 세목을 구별했는데, 매 권 많은 것은 70여 칙이고 적은 것은 2~3칙이다. 매 칙은 하나의 주제를 갖추고 있는데, 모두 오랜 깨달음을 통해 얻은 것으로, 절대 덩달아 찬성하여 중복한 것은 있지 않다. 학자는 마음으로써 마음이 통하니 응당 하나하나씩 깨닫게 될 것이다. 그렇지 않으면 오직 그 번잡하고 어지러운 것만 보게 될 뿐, 정신을 쏟아 독자적으로 깨닫고 체계적으로 구성한 오묘함에 대해서는 막연하여 수용하지 못할 것이다. 지금 모두 합치면 956칙인데, 후인이 삭제할까 봐 두려울 따름이다.

> 辯體中論三百篇·楚辭·漢·魏·六朝·唐人詩, 先擧其綱, 次理其目, 每卷多

者七十餘則, 少者二三則. 然每則各具一旨, 皆積久悟入而得, 並未嘗有雷同重複者. 學者以神合神, 當一一領會. 否則但見其冗雜繁蕪, 而於精心獨得·次第聯絡之妙, 漠然其不相入矣. 今總計九百五十六則, 懼後人刪削耳.

3. 《변체》중에서 많은 말들이 열몇 차례 보이는 것은 모두 위아래를 연결시키는 말이거나 각 권의 강령이 되는 핵심으로 군더더기 말이 아니다. 진晉나라 은호殷浩가 처음《유마힐경維摩詰經》을 읽었을 때, "반야다라밀般若波羅蜜"[1]이 너무 많은 것을 의심스러워했지만, 후일《소품반야바라밀경小品般若波羅蜜經》을 보고서는 이 말이 적은 것을 아쉬워했다. 독자는 각기 이해해야 마땅할 것이다.

辯體中數語有十數見者, 皆承上起下之詞, 或爲各卷中綱領關鍵, 非贅語也. 殷中軍初視維摩詰經, 疑"般若波羅蜜"太多, [當作"三藐三菩提", 世說誤耳.] 後見小品, 恨此語少. 觀者宜各領略.

4. 《변체》중 한위시를 논할 때는 먼저 종합한 뒤에 분석하고, 초初·성盛·중당中唐의 시를 논할 때는 먼저 분석한 뒤에 종합했다. 한위의 시체詩體는 어우러지고 별도로 새로운 풍격이 없지만, 그 전체를 통괄하면 다름이 있음을 면치 못하기에 먼저 종합한 뒤에 분석했다. 당나라 문인들에 이르러서는 풍격이 약간 다르고 체재도 각기 구별되었지만, 그 귀납을 통괄하면 또한 같지 않은 것이 없으므로 먼저 분석하고 종합했다. 이백李白과 두보杜甫의 경우는 모두 입신入神의 경지에 들어가고, 위응물韋應物과 유종원柳宗元은 모두 충담沖淡으로 칭송되므로 역시 먼저 종합한 뒤에 분석했다. 원화元和·만당晩唐에 이르러서

---

1) 마땅히 "삼막삼보리三藐三菩提"이라고 해야 하는데,《세설신어世說新語》에서 잘못 표기했다.

는 각각의 시파가 나와 그 시체가 심히 달라지므로 오직 분석만 하고 종합하지는 않았다.[2]

辯體中論漢魏詩先總而後分, 論初・盛・中唐詩先分而後總者, 蓋漢魏詩體渾淪, 別無蹊徑, 然要其終亦不免有異, 故先總而後分; 至唐人則蹊徑稍殊, 體裁各別, 然要其歸則又無不同, 故先分而後總. 若李杜, 則皆入於神, 韋柳, 則並稱沖淡, 故亦先總而後分. 至元和・晚唐, 則其派各出, 厥體甚殊, 故但分而不總也. [元和・晚唐雖有總論, 而非論其同也.]

5. 《변체》중 한・위・육조의 시를 논하면서 재주와 조예를 말하지 않은 것은 한위시는 재주가 있지만 그 재주를 드러내지 않았고, 육조시는 재주가 없는 것은 아니지만 조탁하고 꾸며서 그 재주를 발휘했다고 할 수 없기 때문이다. 또 한위시는 천연스러움에서 나와 본래 조예가 없고, 육조시는 조탁하고 꾸며서 조예라고 말할 수 없기 때문이다. 그러므로 반드시 왕발王勃・양형楊炯・노조린盧照隣・낙빈왕駱賓王에 이르러서야 재주를 말하고, 심전기沈佺期・송지문宋之問에 이르러서야 조예를 말하며, 성당의 여러 문인에 이르러서야 흥취興趣를 말할 따름이다.[3]

辯體中論漢・魏・六朝詩不言才力・造詣者, 漢魏雖有才而不露其才, 六朝非無才而雕刻綺靡又不足騁其才; 漢魏出於天成, 本無造詣, 而六朝雕刻綺靡, 又不足以言造詣. 故必至王・楊・盧・駱, 始言才力; 至沈宋, 始言造詣; 至盛唐諸公, 始言興趣耳. [初唐非無興趣, 至盛唐而興趣實遠.]

---

2) 원화・만당에는 총론이 있지만 그 같은 점에 대해서는 논하지 않았다.
3) 초당 시기에 흥취가 없는 것은 아니지만, 성당에 이르러야 흥취가 진실로 심원해진다.

6. 《변체》 중 여러 문인의 시를 논하면서 이름을 칭할 때도 있고 자字를 칭할 때도 있는데, 각기 가장 잘 알려진 것에 따랐기 때문이다. 여러 학자들은 시를 논하면서 혹은 관명官名, 혹은 별호別號, 혹은 지명地名을 사용하여 그 이름을 숨기는데, 후학들을 편리하게 하는 것이 아니다.

辯體中論諸家詩, 或稱名, 或稱字, 各從其最著者. 若諸家論詩, 或官名, 或別號, 或地名, 而并隱其姓氏, 非所以便後學也.

7. 여러 학자들이 시를 논하면서 대부분 이미 들은 것을 슬그머니 취하여 자신의 주장으로 혼용하는데, 가장 비루한 일이다. 내가 이 책에서 인용한 주장에는 반드시 이름을 명확하게 표기했으며, 간혹 문장의 어기가 의문스러우면 바로 소주小註를 달아 분명하게 밝힘으로써 주체와 객체가 애매한 경우가 거의 없도록 했다. 후일 다른 책에 혹시 이 책과 같은 내용이 있다면, 마땅히 이 책을 근본으로 삼아야 할 것이다.

諸家說詩, 多采竊舊聞, 混爲己說, 最爲可鄙. 予此書凡所引說, 必明標姓字, 或文氣相疑, 卽以小註明之, 庶無主客之嫌. 後他書或與是書同者, 當以是書爲本.

8. 이 책 《변체》의 소론은 40년 동안 12차례 원고를 고쳐서야 완성된 것이다. 간혹 밤에 누웠다가도 깨달음이 생기면 벌떡 일어나 적었고, 촛불이 없으면 새벽에 일어나 적었으며, 늙어 병든 후에는 손으로 쓸 수가 없어 조카들에게 명하여 대신 쓰게 했다.

此編辯體小論, 四十年十二易稿始成. 或夜臥有得, 卽起書之; 無燭, 曉起書之; 老病後不能手書, 命姪輩代書.

9. 이 책의 한·위·육조·초당·성당·중당·만당의 시는 오직

작자의 이름이 분명하고 언급하는 내용이 어느 한 시대와 관련된 것을 수록했는데, 학자들이 숙독하여 정통하고 원류가 간명하게 드러나도록 하려는 의도이지 순서가 없이 마구 섞이고 광대하여 알기 어렵게 하려고 한 것이 아니다. 그러나 한위의 저명한 문인들은 시편이 매우 적고 육조와 당나라의 문인들에게서 시편이 비로소 많아지므로, 한위의 저명한 문인들은 간혹 한두 편을 수록했고 육조와 당나라의 문인들의 시편은 많게는 열 배 정도에 이른다.

此編漢·魏·六朝·初·盛·中·晚唐詩, 惟錄其姓氏顯著·撰論所及有關一代者, 意欲學者熟讀淹貫, 源流易明, 不欲其總雜無倫, 浩瀚難測耳. 然漢魏名家, 篇什甚少, 而六朝·唐人, 篇什始多, 故漢魏名家, 或一篇兩篇者, 錄之, 而六朝·唐人, 多至什百矣.

10. 이 책은 체재의 변석을 위주로 하므로 선시選詩와 같지 않다. 한·위·육조·초당·성당·중당·만당은 성하고 쇠함이 현격히 다르므로 지금 각기 그 시기의 체재를 기록함으로써 그 변화를 분별한다. 품평하여 차례를 매기는 것은 논의 중에서 상세히 기록했다.

此編以辯體爲主, 與選詩不同. 故漢·魏·六朝·初·盛·中·晚唐, 盛衰懸絶, 今各錄其時體, 以識其變. 其品第則於論中詳之.

11. 이 책에서 대개 한·위·육조의 오칠언 시를 고시古詩라 명명하지 않은 것은 한·위·육조에는 당초 율시律詩가 없으므로 고시라고 부를 필요가 없기 때문이다. 오칠언 사구四句를 절구絶句라 명명하지 않은 것은 한·위·육조에는 당초 절구라는 명칭이 없었고 당나라의 율시 이후에 비로소 이 명칭이 생겼기 때문이다. 그러므로 한위 이하로 단지 오언·칠언이라고 명명하고, 사구의 시를 각기 그 뒤에 넣었다. 진자앙陳子昂·두심언杜審言·심전기沈佺期·송지문宋之問 이후에

비로소 고시와 율시가 구분되어서 각각 절구를 율시 뒤에 넣었다.

此編凡漢・魏・六朝五七言不名古詩者, 漢・魏・六朝初未有律, 故不必名爲古也. 五七言四句不名絶句者, 漢・魏・六朝初未有絶句之名, 唐律而後方有是名耳. 故漢魏而下止名五言・七言, 而以四句各次其後. 陳・杜・沈・宋而後始分古·律, 而各以絶句次律詩後也.

12. 이 책의 한・위・육조 시는 모두 《시기詩紀》에서 모아 수록했고, 당나라 이후로는 각기 본 문집에서 가려 뽑았다. 《당시품휘唐詩品彙》의 경우는 선록한 작품이 너무 방대하고 원화 이후로는 대부분 본래의 모습을 잃어서 정론이 되기에 충분하지 못하다.

此編漢・魏・六朝詩, 悉從詩紀纂錄, 唐人而下各從本集采取. 如品彙所選極博, 而於元和以後多失本相, 不足以定論也.

13. 이 책에 수록된 조일趙壹・서간徐幹・진림陳琳・완우阮瑀의 오언, 백량체柏梁體의 연구聯句 및 육기陸機・사령운謝靈運・사혜련謝惠連의 칠언, 양간문제梁簡文帝・유신庾信・수양제隋煬帝・두심언杜審言의 칠언팔구, 포조鮑照・유효위劉孝威・양간문제・유신庾信・강총江總・수양제 및 왕발・노조린・낙빈왕의 칠언사구, 심군유沈君攸의 칠언장구가 반드시 다 뛰어난 것은 아니다. 대개 서간, 진림 등의 여러 문인들은 이미 건안칠자建安七子의 반열에 들어가 있고 오언 중 다소 완정한 작품이 있기에 수록하여 버리지 않았다. 백량체는 칠언의 효시다. 진송晉宋 연간에는 칠언이 더욱 적은데 육기와 사령운에게 칠언의 작풍을 계승한 것이 남아 있다. 양나라 간문제와 유신 등의 여러 문인은 칠언율시의 효시고, 포조와 유효위 등의 여러 문인은 칠언절구의 효시며, 심군유의 성조도 점점 율격에 맞게 되었으므로 모두 빠뜨릴 수 없을 따름이다.

此編所錄, 如趙壹・徐幹・陳琳・阮瑀五言, 柏梁聯句及陸機・謝靈運・謝惠連七言, 梁簡文・庾信・隋煬帝・杜審言七言八句, 鮑照・劉孝威・梁簡文・庾信・江總・隋煬帝及王・盧・駱七言四句, 沈君攸七言長句, 非必盡佳. 蓋徐陳諸子旣在七子之列, 故五言稍能成篇, 亦在不棄. 柏梁爲七言之始. 晉宋間七言益少, 存陸謝以繼七言之派. 梁簡文・庾信諸子, 乃七言律之始, 鮑照・劉孝威諸子, 乃七言絶之始, 君攸聲亦漸入於律, 故皆不可缺耳.

14. 여러 학자들은 시를 편찬할 때 악부樂府를 시 앞에 놓지만 나는 이 책에서 악부를 시 뒤에 넣었는데, 대개 한나라의 고시는 진실로 국풍國風을 계승했고 조식曹植・육기陸機 이하의 시는 진실로 고시를 계승했지만, 악부의 경우에는 체제가 같지 않으므로 부득이 시를 앞에 두고 악부를 뒤에 둘 수밖에 없었다. 제齊나라 영명永明 이후로 양무제梁武帝를 제외하고서 비로소 악부와 시를 혼합하여 수록했는데, 그때의 악부와 시는 사실상 조금의 차이도 없어서 나누어 수록할 필요가 없기 때문이다.

諸家纂詩, 樂府在詩之前, 而予此編樂府次詩之後者, 蓋漢人古詩實承國風, 而曹陸以下之詩, 實承古詩, 至於樂府, 則體製不同, 故不得不先詩而後樂府. 永明而下, 梁武而外始混錄之者, 于時樂府與詩實無少異, 不必分錄矣.

15. 이 책은 포조鮑照・사조謝朓・심약沈約・왕융王融의 고시 중 점차 율체에 맞게 된 것을 수록하고, 고적高適・맹호연孟浩然・이기李頎・저광희儲光羲의 고시 중 율체를 잡용한 것은 수록하지 않았다. 포조 등 여러 문인은 율시로 변하는 시기에 해당하여 그 변화를 분별하기 위해 수록했고, 고적 등의 여러 문인은 복고復古를 이룬 이후에 해당하여,4) 그 흐름을 막아버렸기에 제외시켰다.

此編鮑照・謝朓・沈約・王融古詩漸入律體者錄之, 高適・孟浩然・李頎・儲光義古詩雜用律體者不錄. 蓋鮑照諸公當變律之時, 錄之以識其變; 高適諸公當復古之後, [謂復古聲, 非復古體也.] 黜之以塞其流.

16. 이 책은 무릇 육조와 당나라의 의고擬古 등의 작품은 수록하지 않았다. 이 책은 체재의 변석을 위주로 하는데, 의고시는 여러 문인들의 체재를 변석하기에 충분하지 못하기 때문이다. 하안何晏과 도연명陶淵明의 의고시를 수록한 것은 하안과 도연명은 의고라는 명칭만 빌렸지 실제로는 의고가 아니기 때문이다.5)

此編凡六朝·唐人擬古等作不錄. 蓋此編以辯體爲主, 擬古不足以辯諸家之體也. 何晏·陶淵明擬古則錄之者, 何陶借名擬古, 而實非擬古也. [說見淵明論中.]

17. 이 책은 당나라의 이백李白·두보杜甫·고적高適·잠삼岑參·왕유王維·전기錢起·유장경劉長卿·한유韓愈·백거이白居易 시의 모든 체재를 다 수록했고, 나머지 문인들 시 중에서는 각기 뛰어난 것을 수록했다. 만당은 칠언절구가 뛰어나므로 한두 수 채록할 만한 것은 또한 수록했다.

此編唐人詩惟李·杜·高·岑·王維·錢·劉·韓·白諸體備錄, 餘則各錄其所長. 晚唐七言絶爲勝, 卽一二可采者亦錄之.

18. 이 책을 두고서 혹자는 원화 연간의 여러 문인들에 대해 과다하게 모아 기록하고, 변체가 정체보다 많은 것을 면치 못한다고 의문스러워 한다. 그러나 이 책은 체재의 변석을 위주로 하여서 원화의 여러 문인들이 일일이 독자적으로 세운 문호를 뺄 수가 없을 뿐 아니라, 그

---

4) 고성古聲을 회복했다는 말이지 고체古體를 회복했다는 말이 아니다.
5) 도연명에 관한 논의 중에 설명이 보인다.

시편이 초·성당보다 모두 몇 배가 되어도 줄일 수가 없으니, 진실로 학자들이 그 변체變體를 끝까지 이해해야 비로소 정체正體로 돌아갈 수 있음을 깨닫게 하고자 할 따름이다.

此編或疑元和諸子纂錄過多, 不免變浮於正. 然此編以辭體爲主, 元和諸子, 一一自立門戶, 旣未可缺, 其篇什恆數倍於初·盛, 則又不可少, 正欲學者窮極其變, 始知反正耳.

19. 당나라 문인의 여러 체재의 편집 순서는 오언고시五言古詩, 칠언고시七言古詩, 오언율시五言律詩, 오언배율五言排律, 칠언율시七言律詩, 오언절구五言絶句, 칠언절구七言絶句 순이다. 초당의 태종太宗·우세남虞世南·위징魏徵과 왕발·양형·노조린·낙빈왕의 오언팔구五言八句는 장편과 섞어서 수록하고 또 칠언고시 앞에 넣었는데, 대개 그때에는 오언의 고시와 율체가 혼합되어서 율시라고 꼬집어서 말할 수 없기 때문이다.

唐人諸體編次, 先五言古, 次七言古, 次五言律, 次五言排律, 次七言律, 次五言絶, 次七言絶. 初唐, 太宗·虞·魏及王·楊·盧·駱五言八句與長篇混錄又先於七言古者, 蓋于時五言古·律混淆, 未可定指爲律也.

20. 이 책에 수록된 여러 문인들의 시는 먼저 오칠언 고시·율시·절구로 차례를 나누었을 뿐 아니라, 또 여러 시체에 대해 각기 체제와 음조에 따라 분류했는데, 여러 문인의 각 체제 앞에 주註가 보이며, 주가 없는 것은 마땅히 미루어서 짐작해야 할 것이다.

此編所錄諸家詩, 旣先以五七言古·律·絶分次, 而於諸體又各以體製·音調類從, 註見諸家各體前, 其有未註者, 當以類推.

21. 이 책에서 여러 문인들의 괴이한 시구를 소론에서 인용한 이상,

시 전체가 비루하고 졸렬한 것 및 위작된 작품은 쌍행雙行으로 덧붙여서 학자들이 진실로 일일이 분별하여 자연스럽게 깨달을 수 있도록 했다.

此編諸家怪惡之句既引入論中, 而全篇有鄙拙及僞撰者, 則雙行附見, 學者苟能 一一分別, 自然悟入.

22. 이 책에서 당나라 시 중 육언六言 및 칠언배율七言排律을 수록하지 않은 것은 정체가 아니기 때문이다.

此編唐人惟六言及七言排律不錄, 非正體也.

23. 시 중에서 와전된 글자는 선시하여 교감한 자가 여러 판본에서 모두 같은 것을 보고 감히 의심하지 않았기에 결국 오랫동안 잘못된 것인데, 지금도 역시나 감히 고칠 수 없으므로, 오직 어떤 구 아래에 "잘못되었음誤"이라는 주를 넣거나, 어떤 글자 아래에 "어떤 글자인 것으로 여겨짐疑作某字"이라고 주를 넣어서 박학다식한 사람이 그것을 바로잡아 주기를 재차 기다린다. 일일이 따질 수 없는 것은 일단 제외시켰다.

詩中訛字, 選校者見諸本皆同, 莫敢致疑, 終誤千古, 今亦不敢遽改, 但於某句下 註"誤"·於某字下註"疑作某字", 更俟博識者定之. 其不能一一揣摩者, 姑缺.

24. 이 책은 음절의 오류를 바로잡았는데 《시경》, 《초사》, 한·위에서 가장 상세하며, 당 이후로 다소 간략한 것은 대개 어려운 글자, 그릇 전해진 운韻, 오자가 있는 책을 앞에서 이미 자세하게 설명하여 뒤에서 번거롭게 말할 필요가 없기 때문이다. 또 세속에서 그릇 전해진 운을 잘못 쓰는 일은 당나라 때부터 이미 있었으니, 예를 들어 '盡(진)', '似(사)', '斷(단)'자는 본디 상성上聲인데 잠삼은 거성去聲으로 썼

고, '囀(전)'자는 본디 거성인데 왕유는 상성으로 썼으며, '墮(타)'자는 본디 상성인데 한유는 거성으로 썼으며, '畝(묘)'의 본음本音은 '某(모)'이지만 원결元結은 '姆(모)' 음으로 썼으며, '婦(부)'의 본음은 '阜(부)'이지만 백거이는 '務(무)' 음으로 썼다. 즉 음운音韻이 그릇된 내력은 이미 오래되었다. 다만 압운押韻은 반드시 틀려서는 안 되므로 다시 상세하게 기록했다.

此編音切正誤, 惟三百篇・楚辭・漢・魏最詳, 而唐以後稍略者, 蓋難字・訛韻・誤書, 前旣詳明, 後自不容贅. 又世俗訛韻, 自唐已有之, 如"盡"字・"似"字・"斷"字本上聲, 而岑嘉州作去聲, "囀"字本去聲, 而王摩詰作上聲, "墮"字本上聲, 而韓退之作去聲, "畝"本音"某", 而元次山作"姆"音, "婦"本音"阜", 而百樂天作"務"音, 則音韻之訛, 其來已久. 但押韻必不可誤, 故復詳之.

25. 이 책에서 어려운 글자, 그릇 전해진 운에 관한 부분은 예전에 음주音註에서 상세히 설명한 것이고, 필획에 오자가 있는 책에 관한 부분은 67~68세부터 바로잡기 시작하여 적어도 열에 여덟은 수정했으니, 이 책의 완성에 일조했다. 다만 병든 이후 손이 떨려 많이 쓸 수가 없는데, 구심이丘心怡의 등사본謄寫本이 전후 차례가 더욱 타당하므로 지금 구본丘本에 대해 상세히 살펴서 판각할 때 마땅히 증거로 취해야 할 것이다.

此編難字訛韻, 舊已音註詳明, 筆畫誤書, 則自六十七・六十八始正, 苟十得其八, 亦足爲此編一助. 但病後手顫, 不能多書, 丘心怡錄本, 先後次序尤當, 今惟於丘本詳之, 刻時當取證也.

26. 이 책에 대해 혹자는 방점을 찍어서 후학들에게 보여줘야 마땅하고 말한다. 생각건대 한・위의 고시와 성당의 율시는 기상이 어우러져 시구를 발췌하기가 어렵다. 원가元嘉, 개성開成 이후에 비로소 가

구佳句가 많아졌다. 그것을 구분하여 말하자면 한·위·성당의 어우러진 곳은 겨우 각 구에 1개의 방점만 찍으면 되지만, 육조와 만당의 가구는 방점을 많이 찍지 않으면 안 된다. 후학들이 깨닫지 못하고서 육조시가 한·위보다 뛰어나고, 만당이 성당보다 뛰어나다고 할까 봐 두렵다.6)

此編或言宜圈點, 以示後學. 予謂: 漢魏古詩·盛唐律詩, 氣象渾淪, 難以句摘. 元嘉·開成而後, 始多佳句. 就其境界, 漢·魏·盛唐渾淪處, 止宜每句一圈, 而六朝·晚唐佳句, 不容不多圈矣. 恐後學不知, 將謂六朝勝於漢魏·晚唐勝於盛唐也. [與盛唐總論第二十一則參看.]

27. 이 책의 순서는 다음과 같다.

○ 주대周代의 시 및 《초사楚辭》가 한 책이다.

○ 한위漢魏가 한 책이다.

○ 육조六朝도 본래는 한 책이어야 마땅하나 시편이 비교적 많아서 지금 진晉·송宋·제齊를 한 책으로 한다.7)

○ 양梁·진陳·수隋가 한 책이다.

○ 초당初唐이 한 책이다.

○ 성당盛唐 여러 문인들이 한 책이다.

○ 이백李白과 두보杜甫가 한 책이다.

○ 중당中唐의 여러 문인부터 이익李益·권덕여權德輿까지가 한 책이다.

○ 원화元和도 본래는 한 책이어야 마땅하나 시편이 역시 많아서 지

---

6) 성당의 총론 제21칙(제17권 제43칙)과 참조하여 보기 바란다.
7) 사조·심약의 시에는 고성古聲이 아직도 남아 있다. 《문선文選》에서 시를 수록한 것도 제나라 영명 시기에서 끝난다.

금 위응물韋應物 · 유종원柳宗元에서 노동盧仝 · 유차劉叉 · 마이馬異까지를 한 책으로 한다.

○ 장적張籍 · 왕건王建에서 시견오施肩吾까지가 한 책이다.

○ 만당晩唐 · 오대五代가 한 책이다.

○ 총론總論 및 후집찬요後集纂要가 한 책이다.

모두 38권 12책으로 다 비슷한 것끼리 분류하여 열람하기에 편리하도록 했다. 간혹 분량에 따라 배합하여 균등하게 나누는 것은 서점에서나 하는 것이지 시체의 의미를 깨닫지 못한 것이다.

此編分次: 周詩及楚辭爲一本; 漢魏爲一本; 六朝本宜一本, 但篇什較多, 今以晉 · 宋 · 齊爲一本; [謝朓沈約, 古聲尙有存者. 文選錄詩, 亦止於齊永明.] 梁 · 陳 · 隋爲一本; 初唐爲一本; 盛唐諸公爲一本; 李杜爲一本; 中唐諸公至李益 · 權德輿爲一本; 元和本宜一本, 而篇什亦多, 今以韋柳至盧仝 · 劉叉 · 馬異爲一本; 張籍 · 王建至施肩吾爲一本; 晩唐 · 五代爲一本; 總論及後集纂要爲一本. 共三十八卷, 爲十二本, 皆以類相從, 便於觀覽. 或必以多寡相配而均分之, 則書肆所爲, 不得詩體之趣矣.

詩源辨體

《시원변체》는《시경》·《초사》에서 시작되지만 차례에서 유독 누락시킨 것은, 《시경》은 무명씨無名氏의 작품이 대부분이며 게다가 여러 국가가 같지 않아서 순서를 나누기가 어렵기 때문이다. 《초사》 는 오직 초楚나라에 해당하므로 역시 차례가 없다. 辯體起於三百篇·楚 辭而世次獨缺者, 蓋三百篇多無名氏, 且諸國不一, 難以分次; 楚辭偏屬於楚, 故亦無 次焉.

1. 서한西漢

(1) 고제高帝: 관중關中, 즉 지금의 섬서陝西 서안부西安府에 도읍했다. 12년 간 재위했다. 원년은 을미년乙未年이다. 都關中, 即今陝西西安府. 在位十二年. 元年乙未.

　① 사호四皓

　② 고제高帝

　③ 항적項籍

(2) 혜제惠帝: 고제의 태자다. 7년간 재위했다. 원년은 정미년丁未年이다. 高 帝太子. 在位七年. 元年丁未.

(3) 고후高后: 고제의 황후다. 임금의 자리를 8년간 범했다. 원년은 갑인년 甲寅年이다. 高帝后. 僭位八年. 元年甲寅.

(4) 문제文帝: 고제의 둘째 아들이다. 앞서 16년간 재위했다. 원년은 임술 년壬戌年이다. 뒤에 7년간 재위했다. 高帝中子. 前十六年. 元年壬戌. 後七年.

　① 위맹韋孟

(5) 경제景帝: 문제의 태자다. 앞서 7년간 재위했다. 원년은 을유년乙酉年이다. 중간에 6년간 재위했다. 뒤에 3년간 재위했다. 文帝太子. 前七年. 元年乙酉. 中六年. 後三年.

　① 무명씨無名氏: 〈고시십구수古詩十九首〉 중 매승枚乘의 시가 있으므로, 소명태자昭明太子의 편차에 따라 이릉李陵의 앞에 넣었으며, 나머지 11편은 유형에 따라 덧붙였다. 古詩十九首中有枚乘之詩, 故依昭明編次在李陵前, 餘十一篇以類附焉.

(6) 무제武帝: 경제의 태자다. 건원建元 6년간 재위했다. 원년은 신축년辛丑年이다. 원광元光 6년간, 원삭元朔 6년간, 원수元狩 6년간, 원정元鼎 6년간, 원봉元封 6년간, 태초太初 4년간, 천한天漢 4년간, 태시太始 4년간, 정화征和 4년간, 후원後元 2년간 재위했다. 景帝太子. 建元六. 元年辛丑. 元光六. 元朔六. 元狩六. 元鼎六. 元封六. 太初四. 天漢四. 太始四. 征和四. 後元二.

　① 무제武帝
　② 무제와 여러 신하들의 연구聯句
　③ 무명씨: 무제 때의 〈교사가郊祀歌〉
　④ 소산小山
　⑤ 탁문군卓文君
　⑥ 이릉李陵
　⑦ 소무蘇武

(7) 소제昭帝: 무제의 막내아들이다. 시원始元 6년간 재위했다. 원년은 을미년乙未年이다. 원봉元鳳 6년간, 원평元平 1년간 재위했다. 武帝少子. 始元六. 元年乙未. 元鳳六. 元平一.

　① 소제昭帝

(8) 선제宣帝: 위태자衛太子의 손자다. 본시本始 4년간 재위했다. 원년은 무신년戊申年이다. 지절地節 4년간, 원강元康 4년간, 신작神爵 4년간, 오봉五鳳 4년간, 감로甘露 4년간, 황룡黃龍 1년간 재위했다. 衛太子孫. 本始四. 元年戊申. 地節四. 元康四. 神爵四. 五鳳四. 甘露四. 黃龍一.

(9) 원제元帝: 선제의 태자다. 초원初元 5년간 재위했다. 원년은 계유년癸酉年이다. 영광永光 5년간, 건소建昭 5년간, 경녕竟寧 1년간 재위했다. 宣帝太子. 初元五. 元年癸酉. 永光五. 建昭五. 竟寧一.

① 위원성韋元成

(10) 성제成帝: 원제의 태자다. 건시建始 4년간 재위했다. 원년은 기축년己
丑年이다. 하평河平 4년간, 양삭陽朔 4년간, 홍가鴻嘉 4년간, 영시永始 4년
간, 원연元延 4년간, 수화綏和 2년간 재위했다. 元帝太子. 建始四. 元年己丑. 河
平四. 陽朔四. 鴻嘉四. 永始四. 元延四. 綏和二.

① 반첩여班婕妤

(11) 애제哀帝: 정도왕定陶王의 아들이며, 원제의 서손庶孫이다. 건평建平 4
년간 재위했다. 원년은 을묘년乙卯年이다. 원수元壽 2년간 재위했다. 定陶
王子. 元帝庶孫. 建平四. 元年乙卯. 元壽二.

(12) 평제平帝: 중산왕中山王의 아들이며, 원제元帝의 서손이다. 원시元始 5
년간 재위했다. 원년은 신유년辛酉年이다. 中山王子. 元帝庶孫. 元始五. 元年
辛酉.

(13) 유자영孺子嬰: 광위후廣威侯의 아들이며, 선제의 현손玄孫이다. 거섭居
攝 2년간 재위했다. 원년은 병인년丙寅年이다. 초시初始 1년간 재위했다.
왕망王莽이 왕위를 빼앗아 14년간 재위했다. 廣威侯子. 宣帝玄孫. 居攝二. 元
年丙寅. 初始一. 王莽篡立, 一十四年.

(14) 회양왕淮陽王: 춘릉후春陵侯의 증손자다. 경시更始 2년간 재위했다. 원
년은 계미년癸未年이다. 春陵侯曾孫. 更始二. 元年癸未.

2. 동한東漢

(1) 광무光武: 낙양雒陽, 즉 지금의 하남河南 하남부河南府에 도읍했다. 경제
의 아들 장사왕長沙王의 5세손이다. 건무建武 31년간 재위했다. 원년은
을유년乙酉年이다. 중원中元 2년간 재위했다. 都雒陽, 卽今河南河南府. 景帝子
長沙王五世孫. 建武三十一. 元年乙酉. 中元二.

① 마원馬援

(2) 명제明帝: 광무제의 태자다. 영평永平 18년간 재위했다. 원년은 무오년
戊午年이다. 光武太子. 永平十八. 元年戊午.

(3) 장제章帝: 명제의 태자다. 건초建初 8년간 재위했다. 원년은 병자년丙子
年이다. 원화元和 3년간 재위했다. 장화章和 2년간 재위했다. 明帝太子. 建

初八. 元年丙子. 元和三. 章和二.

① 부의傳毅

② 반고班固

(4) 화제和帝: 장제의 태자다. 영원永元 16년간 재위했다. 원년은 기축년己
丑年이다. 원흥元興 1년간 재위했다. 章帝太子. 永元十六. 元年己丑. 元興一.

(5) 상제殤帝: 화제의 막내아들이다. 연평延平 1년간 재위했다. 원년은 병오
년丙午年이다. 和帝少子. 延平一. 元年丙午.

(6) 안제安帝: 장제의 아들 청하왕淸河王의 아들이다. 영초永初 7년간 재위했
다. 원년은 정미년丁未年이다. 원초元初 6년간, 영녕永寧 1년간, 건광建光
1년간, 연광延光 4년간 재위했다. 章帝子淸河王之子. 永初七. 元年丁未. 元初六.
永寧一. 建光一. 延光四.

(7) 순제順帝: 안제의 태자다. 영건永建 6년간 재위했다. 원년은 병인년丙寅
年이다. 양가陽嘉 4년간, 영화永和 6년간, 한안漢安 2년간, 건강建康 1년간
재위했다. 安帝太子. 永建六. 元年丙寅. 陽嘉四. 永和六. 漢安二. 建康一.

① 장형張衡

(8) 충제沖帝: 순제의 태자다. 영가永嘉 1년간 재위했다. 원년은 을유년乙酉
年이다. 順帝太子. 永嘉一. 乙酉.

(9) 질제質帝: 발해왕渤海王의 아들이며, 장제의 증손자다. 본초本初 1년간
재위했다. 원년은 병술년丙戌年이다. 渤海王子, 章帝曾孫. 本初一. 丙戌.

(10) 환제桓帝: 장제의 증손자다. 건화建和 3년간 재위했다. 원년은 정해년
丁亥年이다. 화평和平 1년간, 원가元嘉 2년간, 영흥永興 2년간, 영수永壽 3
년간, 연희延熹 9년간, 영강永康 1년간 재위했다. 章帝曾孫. 建和三. 元年丁亥.
和平一. 元嘉二. 永興二. 永壽三. 延熹九. 永康一.

(11) 영제靈帝: 장제의 증손자다. 건녕建寧 4년간 재위했다. 원년은 무신년
戊申年이다. 희평熹平 6년간, 광화光和 6년간, 중평中平 6년간 재위했다. 章
帝曾孫. 建寧四. 元年戊申. 熹平六. 光和六. 中平六.

① 영제靈帝

② 고표高彪

③ 조일趙壹

④ 역염酈炎

(12) 헌제獻帝: 영제의 둘째 아들이다. 초평初平 4년간 재위했다. 원년은 경오년庚午年이다. 흥평興平 2년, 건안建安 25년간 재위했다. 靈帝中子. 初平四. 元年庚午. 興平二. 建安二十五.

① 공융孔融
② 진가秦嘉
③ 채염蔡琰
④ 무명씨: 악부오언樂府五言
⑤ 무명씨: 악부잡언樂府雜言. 악부 오언과 잡언은 모두 한나라 문인의 시므로 한나라 말미에 덧붙인다. 樂府五言·雜言皆漢人詩, 故附於漢末.

(13) 위魏: 시에서는 한위 시기를 존숭하므로 위나라를 한나라 뒤에 이었다. 정통의 관념에서는 위나라를 꺼리기 때문에 행마다 한 글자씩 안으로 들여쓰기를 한다. 詩宗漢魏, 故以魏承漢. 嫌厭於正統, 故每行降一字.

① 무제武帝
② 문제文帝
③ 견후甄后
④ 조식曹植
⑤ 유정劉楨
⑥ 왕찬王粲
⑦ 서간徐幹
⑧ 진림陳琳
⑨ 완우阮瑀
⑩ 응창應瑒
⑪ 번흠繁欽

이상 조식에서 응창까지는 건안칠자라고 부른다. 右自曹植至應瑒稱建安七子.

생각건대 조식에서 응창까지는 비록 건안칠자라고 불리지만 사실상 위나라 사람이다. 지금 건안 시기에 넣으려니 위나라에 문인이 없게 되고, 황초 연간에 넣으려니 여러 문인들이 사실상 대부분 건안 연간에 죽었다. 이에 무제·문제·견후·번흠을 아울러 모두 위나라에 넣고, 문제의 시대는 아래에 기록한다. 按: 曹植至應瑒雖稱建安七子, 而實爲魏人. 今欲係

之建安, 則魏爲無人, 欲係之黃初, 則諸子實多卒於建安, 乃幷武帝・文帝・甄后・繁欽皆
係之魏, 而文帝之年則書於後云.

(14) 문제文帝: 낙양에 도읍했다. 무제의 태자다. 황초黃初 7년간 재위했
다. 원년은 경자년庚子年, 즉 한나라 건안 25년이다. 都雒陽. 武帝太子. 黃
初七. 元年庚子, 卽漢建安二十五年.

① 오질吳質

② 무습繆襲

(15) 명제明帝: 문제의 태자다. 태화太和 6년간 재위했다. 원년은 정미년
丁未年이다. 청룡靑龍 4년간, 경초景初 3년간 재위했다. 文帝太子. 太和六.
元年丁未. 靑龍四. 景初三.

① 명제明帝

② 응거應璩

(16) 제왕齊王: 명제의 태자다. 정시正始 9년간 재위했다. 원년은 경신년
庚申年이다. 가평嘉平 5년간 재위했다. 明帝太子. 正始九. 元年庚申. 嘉平五.

① 혜강嵇康

② 완적阮籍

③ 하안何晏

④ 혜희嵇喜

이상의 여러 문인들은 정시체正始體를 이루었다. 右諸子爲正始體.

생각건대 혜강과 완적 시의 경우는 여러 학자들이 대부분 진나라에
넣으면서도 그 시를 정시체라고 하는데, 모두 경원 연간에 사망했으므
로 위나라에 넣는다. 按: 嵇阮詩諸家多係之晉, 然其詩稱正始體, 又皆卒於景元, 故係
之魏.

(17) 고귀향공高貴鄕公: 동해왕東海王의 아들이며, 문제의 장손이다. 정원
正元 2년간 재위했다. 원년은 갑술년甲戌年이다. 감로甘露 4년간 재위
했다. 東海王子, 文帝長孫. 正元二. 元年甲戌. 甘露四.

(18) 진유왕陳留王: 연왕燕王의 아들이며, 무제의 손자다. 경원景元 4년간
재위했다. 원년은 경진년庚辰年이다. 함희咸熙 2년간 재위했다. 燕王子,
武帝孫. 景元四. 元年庚辰. 咸熙二.

3. 서진西晉

(1) 무제武帝: 낙양에 도읍했다. 태시泰始 10년간 재위했다. 원년은 을유년 乙酉年, 즉 위나라 함희咸熙 2년이다. 함녕咸寧 5년간, 태강太康 11년간 재위했다. 都雒陽. 泰始十. 元年乙酉, 卽魏咸熙二年. 咸寧五. 太康十一.

① 육기陸機
② 반악潘岳
③ 장협張協
④ 좌사左思
⑤ 장화張華
⑥ 반니潘尼
⑦ 육운陸雲
⑧ 장재張載

이상의 여러 문인들은 태강체太康體를 이루었다. 右諸子爲太康體.

(2) 혜제惠帝: 무제의 태자다. 영희永熙 1년간 재위했다. 경술년庚戌年, 즉 태강 11년일 때다. 원강元康 9년간, 영강永康 1년간, 영녕永寧 1년간, 태안太安 2년간, 영흥永興 2년간, 광희光熙 1년간 재위했다. 武帝太子. 永熙一. 庚戌, 卽太康十一年. 元康九. 永康一. 永寧一. 太安二. 永興二. 光熙一.

(3) 회제懷帝: 무제의 25번째 아들이다. 영가永嘉 6년간 재위했다. 원년은 정묘년丁卯年이다. 武帝第二十五子. 永嘉六. 元年丁卯.

(4) 민제愍帝: 오왕吳王의 아들이며, 무제의 손자다. 건흥建興 4년간 재위했다. 원년은 계유년癸酉年이다. 吳王子. 武帝孫. 建興四. 元年癸酉.

① 유곤劉琨

4. 동진東晉

(1) 원제元帝: 건강建康, 즉 지금의 남직예南直隸 응천부應天府에 도읍했다. 낭야왕琅邪王의 아들이며, 선제宣帝의 증손자다. 건무建武 1년간 재위했다. 원년은 정축년丁丑年이다. 태흥太興 4년간, 영창永昌 1년간 재위했다. 都建康, 卽今南直隸應天府. 琅邪王子, 宣帝曾孫. 建武一. 丁丑. 太興四. 永昌一.

① 곽박郭璞

(2) 명제明帝: 원제의 맏아들이다. 대녕大寧 3년간 재위했다. 원년은 계미년
癸未年이다. 元帝長子. 大寧三. 元年癸未.

(3) 성제成帝: 명제의 맏아들이다. 함화咸和 9년간 재위했다. 원년은 병술년
丙戌年이다. 함강咸康 8년간 재위했다. 明帝長子. 咸和九. 元年丙戌. 咸康八.

(4) 강제康帝: 성제의 동생이다. 건원建元 2년간 재위했다. 원년은 계묘년癸
卯年이다. 成帝弟. 建元二. 元年癸卯.

(5) 목제穆帝: 강제의 태자다. 영화永和 12년간 재위했다. 원년은 을사년乙
巳年이다. 승평升平 5년간 재위했다. 康帝太子. 永和十二. 元年乙巳. 升平五.

(6) 애제哀帝: 성제의 맏아들이다. 융화隆和 1년간 재위했다. 원년은 임술년
壬戌年이다. 흥녕興寧 3년간 재위했다. 成帝長子. 隆和一. 元年壬戌. 興寧三.

(7) 폐제廢帝: 애제의 동생이다. 태화太和 5년간 재위했다. 원년은 병인년丙
寅年이다. 哀帝弟. 太和五. 元年丙寅.

(8) 간문제簡文帝: 원제의 막내아들이다. 함안咸安 2년간 재위했다. 원년은
신미년辛未年이다. 元帝少子. 咸安二. 元年辛未.

(9) 효무제孝武帝: 간문제의 셋째 아들이다. 영강寧康 3년간 재위했다. 원년
은 계유년癸酉年이다. 태원太元 21년간 재위했다. 簡文帝第三子. 寧康三. 元年
癸酉. 太元二十一.

(10) 안제安帝: 효무제의 태자다. 융안隆安 5년간 재위했다. 원년은 정유년
丁酉年이다. 원흥元興 3년간, 의희義熙 14년간 재위했다. 孝武帝太子. 隆安五.
元年丁酉. 元興三. 義熙十四.

(11) 공제恭帝: 안제의 동생이다. 원희元熙 2년간 재위했다. 원년은 기미년
己未年이다. 安帝弟. 元熙二. 元年己未.

① 무명씨: 〈백저무가白紵舞歌〉. 이것은 진나라 문인의 시므로 진나라
말미에 덧붙인다. 此晉人詩, 附於晉末.

② 도연명陶淵明: 도연명은 별도의 1권을 마련했으므로 무명씨 뒤에 넣
었다. 淵明別爲一卷, 故次於無名氏後.

5. 송宋

(1) 무제武帝: 건강에 도읍했다. 영초永初 3년간 재위했다. 원년은 경신년庚申年, 즉 진晉나라 원희元熙 2년이다. 都建康. 永初三. 元年庚申, 卽晉元熙二年.

(2) 소제少帝: 무제의 태자다. 경평景平 2년간 재위했다. 원년은 계해년癸亥年이다. 武帝太子. 景平二. 元年癸亥.

(3) 문제文帝: 무제의 셋째 아들이다. 원가元嘉 30년간 재위했다. 원년은 갑자년甲子年, 즉 경평 2년이다. 武帝第三子. 元嘉三十. 元年甲子, 卽景平二年.
　① 사령운謝靈運
　② 안연지顏延之
　③ 사첨謝瞻
　④ 사혜련謝惠連

이상의 여러 문인들은 원가체元嘉體를 이루었다. 右諸子爲元嘉體.

(4) 효무제孝武帝: 문제의 셋째 아들이다. 효건孝建 3년간 재위했다. 원년은 갑오년甲午年이다. 대명大明 8년간 재위했다. 文帝第三子. 孝建三. 元年甲午. 大明八.
　① 포조鮑照

(5) 자업子業: 효무제의 태자다. 경화景和 1년간 재위했다. 원년은 을사년乙巳年이다. 孝武帝太子. 景和一. 元年乙巳.

(6) 명제明帝: 문제의 11번째 아들이다. 태시泰始 7년간 재위했다. 원년이 곧 경화 원년이다. 태예泰豫 1년간 재위했다. 文帝第十一子. 泰始七. 元年卽景和元年. 泰豫一.

(7) 창오왕蒼梧王: 명제의 맏아들이다. 원휘元徽 4년간 재위했다. 원년은 계축년癸丑年이다. 明帝長子. 元徽四. 元年癸丑.

(8) 순제順帝: 명제의 셋째 아들이다. 승명昇明 3년간 재위했다. 원년은 정사년丁巳年이다. 明帝第三子. 昇明三. 元年丁巳.

6. 제齊

(1) 고제高帝: 건강에 도읍했다. 건원建元 4년간 재위했다. 원년은 기미년己未年, 즉 송 승명 3년이다. 都建康. 建元四. 元年己未, 卽宋昇明三年.

① 강엄江淹

(2) 무제武帝: 고제의 맏아들이다. 영명永明 11년간 재위했다. 원년은 계해년癸亥年이다. 高帝長子. 永明十一. 元年癸亥.

① 사조謝朓

② 심약沈約

③ 왕융王融

위의 세 사람은 영명체永明體를 이루었다. 右三子爲永明體.

《시원변체》에서 시를 편찬한 것은 역사가와 다른데, 역사가는 반드시 그 사람이 어느 왕조에 죽고 벼슬했는지를 따져 어느 왕조 사람이라고 하지만, 《시원변체》에서는 그 시체가 실제로 어느 왕조에 부합되는지를 따져 어느 왕조 사람이라고 했다. 강엄과 심약의 경우 비록 양나라에서 죽고 벼슬했지만 두 사람의 나이는 사실 많았다. 사조와 왕융은 비록 제나라에서 죽고 벼슬했지만 두 사람의 나이는 사실 어렸다. 그러므로 강엄의 시는 대부분 송·제의 과도기에 창작되어 성조가 아직 율격에 맞지 않았고, 심약과 사조는 영명 연간에 있어서 비로소 대부분 율격에 맞게 되었으며, 왕융은 율격에 맞는 것이 더욱 많게 되었다. 여러 문인들이 시를 엮을 때 왕융과 사조는 제나라에 넣고 강엄과 심약은 양나라에 넣으니 시체가 혼동이 되어 그 선후를 증명할 수가 없다. 《남사南史》에서 영명 연간에 왕융·사조·심약이 사성을 사용하기 시작하여 새로운 변화가 되었다고 분명하게 기록하고 있다. 辯體編詩與史氏不同, 史氏必以其人終仕某朝爲某朝人, 辯體則以其詩體實合某朝爲某朝人. 如江淹·沈約雖終仕於梁, 而江沈之年實長; 謝朓·王融雖終仕於齊, 而謝王之年實幼. 故江詩多宋齊間作, 而聲猶未入律, 沈謝在永明間始多入律, 王則入律愈多矣. 諸家編詩以王謝係齊而以江沈係梁, 則詩體混亂, 不足以證其先後也. 南史明載: 永明中, 王融·謝朓·沈約始用四聲, 以爲新變.

(3) 소업昭業: 무제의 손자다. 융창隆昌 1년간 재위했다. 원년은 계유년癸酉年이다. 武帝太孫. 隆昌一. 癸酉.

(4) 소문昭文: 소업의 동생이다. 연흥延興 1년간 재위했는데, 즉 융창 원년이다. 昭業弟. 延興一, 卽隆昌元年.

(5) 명제明帝: 고제의 형 시안왕始安王의 아들이다. 건무建武 4년간 재위했다. 원년은 갑술년甲戌年, 즉 연흥 원년이다. 영태永泰 1년간 재위했다. 高帝兄始安王之子. 建武四. 元年甲戌, 卽延興元年. 永泰一.

(6) 동혼후東昏侯: 명제의 셋째 아들이다. 영원永元 2년간 재위했다. 원년은 기묘년己卯年이다. 明帝第三子. 永元二. 元年己卯.

(7) 화제和帝: 명제의 8번째 아들이다. 중흥中興 2년간 재위했다. 원년은 신사년辛巳年이다. 明帝第八子. 中興二. 元年辛巳.

7. 양梁

(1) 무제武帝: 건강에 도읍했다. 천감天監 18년간 재위했으며, 원년은 임오년壬午年, 즉 제나라 중흥 2년이다. 보통普通 7년간, 대통大通 2년간, 중대통中大通 6년간, 대동大同 11년간, 중대동中大同 1년간, 태청太淸 3년간 재위했다. 都建康. 天監十八, 元年壬午, 卽齊中興二年. 普通七. 大通二. 中大通六. 大同十一. 中大同一. 太淸三.

① 무제武帝
② 범운范雲
③ 하손何遜
④ 유효작劉孝綽
⑤ 유효위劉孝威
⑥ 오균吳均
⑦ 왕균王筠
⑧ 유혼柳惲

(2) 간문제簡文帝: 무제의 셋째 아들이다. 대보大寶 2년간 재위했다. 원년은 경오년庚午年이다. 武帝第三子. 大寶二. 元年庚午.

① 간문제簡文帝
② 유견오庾肩吾
③ 음갱陰鏗
④ 심군유沈君攸

(3) 원제元帝: 무제의 7번째 아들이다. 승성承聖 3년간 재위했다. 원년은 임신년壬申年이다. 武帝第七子. 承聖三. 元年壬申.

(4) 경제敬帝: 원제의 7번째 아들이다. 소태紹泰 1년간 재위했다. 원년은 을해년乙亥年이다. 태평太平 2년간 재위했다. 元帝第七子. 紹泰一. 乙亥. 太平二.

8. 진陳

(1) 무제武帝: 건강에 도읍했다. 영정永定 3년간 재위했다. 원년은 정축년丁
丑年, 즉 양나라 태평 2년이다. 都建康. 永定三. 元年丁丑, 卽梁太平二年.

(2) 문제文帝: 무제의 형 시흥왕始興王의 맏아들이다. 천가天嘉 6년간 재위했
다. 원년은 경진년庚辰年이다. 천강天康 1년간 재위했다. 武帝兄始興王長子.
天嘉六. 元年庚辰. 天康一.
　① 서릉徐陵
　② 유신庾信: 북주北周
　③ 왕포王褒: 북주
　④ 장정견張正見

(3) 폐제廢帝: 문제의 태자다. 광대光大 2년간 재위했다. 원년은 정해년丁亥
年이다. 文帝太子. 光大二. 元年丁亥.

(4) 선제宣帝: 시흥왕의 둘째 아들이다. 태건太建 14년간 재위했다. 원년은
기축년己丑年이다. 始興王第二子. 太建十四. 元年己丑.

(5) 후주後主: 선제의 태자다. 지덕至德 4년간 재위했다. 원년은 계묘년癸卯
年이다. 정명禎明 2년간 재위했다. 宣帝太子. 至德四. 元年癸卯. 禎明二.
　① 후주後主
　② 강총江總

9. 수隋

(1) 문제文帝: 섬서에 도읍했다. 개황開皇 20년간 재위했다. 원년은 신축년
辛丑年이다. 개황 9년에 진陳나라를 멸망시켰다. 인수仁壽 4년간 재위했
다. 都陝西. 開皇二十. 元年辛丑. 開皇九年滅陳. 仁壽四.
　① 노사도盧思道
　② 이덕림李德林
　③ 설도형薛道衡

(2) 양제煬帝: 문제의 둘째 아들이다. 대업大業 13년간 재위했다. 원년은 을
축년乙丑年이다. 文帝第二子. 大業十三. 元年乙丑.

① 양제煬帝

(3) 공제유恭帝侑: 문제의 손자다. 의녕義寧 2년간 재위했다. 원년은 정축년
丁丑年, 즉 대업大業 13년이다. 文帝孫. 義寧二. 元年丁丑, 卽大業十三年.

(4) 황태제통皇泰帝侗: 월왕越王이다. 황태皇泰 2년간 재위했다. 원년은 무인
년戊寅年, 즉 의녕義寧 2년이다. 越王. 皇泰二. 元年戊寅, 卽義寧二年.

① 무명씨: 악부·오언·사구가 모두 육조 문인의 시므로 육조의 말미
에 덧붙인다. 樂府·五言·四句皆六朝人詩, 故附於六朝之末.

10. 당唐

(1) 고조高祖: 섬서에 도읍했다. 무덕武德 9년간 재위했다. 원년은 무인년戊
寅年, 즉 수나라 의녕 2년·황태 원년이다. 都陝西. 武德九. 元年戊寅, 卽隋義
寧二年·皇泰元年.

(2) 태종太宗: 고조의 둘째 아들이다. 정관貞觀 23년간 재위했다. 원년은 정
해년丁亥年이다. 高祖次子. 貞觀二十三. 元年丁亥.

① 태종太宗
② 우세남虞世南
③ 위징魏徵

(3) 고종高宗: 태종의 9번째 아들이다. 영휘永徽 6년간 재위했다. 원년은 경
술년庚戌年이다. 현경顯慶 5년간, 용삭龍朔 3년간, 인덕麟德 2년간, 건봉乾
封 2년간, 총장總章 2년간, 함형咸亨 4년간, 상원上元 2년간, 의봉儀鳳 3년
간, 조로調露 1년간, 영융永隆 1년간, 개요開耀 1년간, 영순永淳 1년간, 홍
도弘道 1년간 재위했다. 太宗第九子. 永徽六. 元年庚戌. 顯慶五. 龍朔三. 麟德二.
乾封二. 總章二. 咸亨四. 上元二. 儀鳳三. 調露一. 永隆一. 開耀一. 永淳一. 弘道一.

① 왕발王勃
② 양형楊炯
③ 노조린盧照隣
④ 낙빈왕駱賓王

(4) 무후武后: 고종의 황후다. 제왕이라고 참칭하며 21년간 재위했다. 원년
은 갑신년甲申年이다. 高宗后. 僭號二十一年. 元年甲申.

(5) 중종中宗: 고종의 태자다. 신룡神龍 2년간 재위했다. 원년은 을사년乙巳
年이다. 경룡景龍 4년간 재위했다. 高宗太子. 神龍二. 元年乙巳. 景龍四.
　　① 진자앙陳子昂
　　② 두심언杜審言
　　③ 심전기沈佺期
　　④ 송지문宋之問
　　⑤ 설직薛稷
　　⑥ 장열張說
　　⑦ 소정蘇頲
　　⑧ 이교李嶠
　　⑨ 장구령張九齡
이상 무덕에서 경룡까지가 초당이다. 右自武德至景龍爲初唐.

(6) 예종睿宗: 중종의 동생이다. 경운景雲 2년간 재위했다. 원년은 경술년庚
戌年, 즉 경룡 4년이다. 태극太極 1년간 재위했다. 中宗弟. 景雲二. 元年庚戌.
卽景龍四年. 太極一.

(7) 현종玄宗: 예종의 셋째 아들이다. 선천先天 1년간 재위했다. 원년은 임
자년壬子年, 즉 태극 원년이다. 개원開元 29년간, 천보天寶 15년간 재위했
다. 천보 3년간에 '년年'을 '재載'로 고쳤다. 睿宗第三子. 先天一. 壬子, 卽太極元
年. 開元二十九. 天寶十五. 三載改年曰載.
　　① 고적高適
　　② 잠삼岑參
　　③ 왕유王維
　　④ 맹호연孟浩然
　　⑤ 이기李頎
　　⑥ 최호崔顥
　　⑦ 조영祖詠
　　⑧ 왕창령王昌齡
　　⑨ 저광희儲光羲
　　⑩ 상건常建
　　⑪ 노상盧象

⑫ 원결元結

⑬ 이백李白

⑭ 두보杜甫: 고적과 잠삼의 여러 문인을 우선으로 하고 이백과 두보를 뒤에 둔 것은 더 높은 경지로 나아간다는 의미다. 先高岑諸公而後李杜者, 由堂而入室也.

(8) 숙종肅宗: 현종의 태자다. 지덕至德 2년간 재위했다. 원년은 병신년丙申年, 즉 천보 15년이다. 건원乾元 2년간 재위했다. 건원 원년에 다시 '재載'를 '연年'으로 바꾸었다. 상원上元 2년간, 보응寶應 2년간 재위했다. 玄宗太子. 至德二. 元載丙申, 卽天寶十五載. 乾元二. 元年復以載爲年. 上元二. 寶應二.

이상 개원에서 보응까지가 성당이다. 右自開元至寶應爲盛唐.

(9) 대종代宗: 숙종의 태자다. 광덕廣德 2년간 재위했다. 원년은 계묘년癸卯年이다. 영태永泰 1년간, 대력大歷 14년간 재위했다. 肅宗太子. 廣德二. 元年癸卯. 永泰一. 大歷十四.

① 유장경劉長卿

② 전기錢起

③ 낭사원郎士元

④ 황보염皇甫冉

⑤ 황보증皇甫曾

⑥ 이가우李嘉祐

⑦ 사공서司空曙

⑧ 노륜盧綸

⑨ 한굉韓翃

⑩ 이단李端

⑪ 경위耿湋

⑫ 최동崔峒

(10) 덕종德宗: 대종의 맏아들이다. 건중建中 4년간 재위했다. 원년은 경신년庚申年이다. 흥원興元 1년간, 정원貞元 21년간 재위했다. 代宗長子. 建中四. 元年庚申. 興元一. 貞元二十一.

① 이익李益

② 권덕여權德輿

③ 위응물韋應物: 위응물은 위로는 개원, 천보 연간으로 이어지고 아래로는 원화 연간까지 영향을 미쳐서, 시를 편찬하는 사람들이 대부분 대력 연간에 넣지만, 《시원변체》에서는 위응물과 유종원을 함께 논했고 시 또한 서로 연관이 되므로, 여기에 넣는다. 應物上當開寶, 下及元和, 編詩者多係之大歷, 辭體以韋柳同論, 詩亦相聯, 故係於此.

(11) 순종順宗: 덕종의 태자다. 영정永貞 1년간 재위했다. 원년은 을유년乙酉年, 즉 정원 21년이다. 德宗太子. 永貞一. 乙酉, 卽貞元二十一年.

(12) 헌종憲宗: 순종의 태자다. 원화元和 15년간 재위했다. 원년은 병술년丙戌年이다. 順宗太子. 元和十五. 元年丙戌.

① 유종원柳宗元
② 한유韓愈
③ 맹교孟郊
④ 가도賈島
⑤ 요합姚合
⑥ 주하周賀
⑦ 이하李賀
⑧ 노동盧仝
⑨ 유차劉叉
⑩ 마이馬異
⑪ 장적張籍
⑫ 왕건王建
⑬ 백거이白居易
⑭ 원진元稹
⑮ 유우석劉禹錫
⑯ 장우張祐
⑰ 시견오施肩吾

이 중 한유에서 원진까지의 13명은 원화체元和體를 이루었다. 中自韓愈至元稹十三子爲元和體.

(13) 목종穆宗: 헌종의 태자다. 장경長慶 4년간 재위했다. 원년은 신축년辛丑年이다. 憲宗太子. 長慶四. 元年辛丑.

(14) 경종敬宗: 목종의 태자다. 보력寶歷 2년간 재위했다. 원년은 을사년乙巳年이다. 穆宗太子. 寶歷二. 元年乙巳.

이상 대력에서 보력까지가 중당이다. 右自大歷至寶歷爲中唐.

(15) 문종文宗: 목종의 둘째 아들이다. 태화太和 9년간 재위했다. 원년은 정미년丁未年이다. 개성開成 5년간 재위했다. 穆宗第二子. 太和九. 元年丁未. 開成五.
  ① 허혼許渾
  ② 두목杜牧
  ③ 이상은李商隱
  ④ 온정균溫庭筠
  ⑤ 조당曹唐

(16) 무종武宗: 목종의 5번째 아들이다. 회창會昌 6년간 재위했다. 원년은 신유년辛酉年이다. 穆宗第五子. 會昌六. 元年辛酉.

(17) 선종宣宗: 헌종의 13번째 아들이다. 대중大中 13년간 재위했다. 원년은 정묘년丁卯年이다. 憲宗第十三子. 大中十三. 元年丁卯.
  ① 마대馬戴
  ② 우무릉于武陵
  ③ 유창劉滄
  ④ 조하趙嘏
  ⑤ 이영李郢
  ⑥ 설봉薛逢

(18) 의종懿宗: 선종의 태자다. 함통咸通 14년간 재위했다. 원년은 경진년庚辰年이다. 宣宗太子. 咸通十四. 元年庚辰.

(19) 희종僖宗: 의종懿宗의 태자다. 건부乾符 6년간 재위했다. 원년은 갑오년甲午年이다. 광명廣明 1년간, 중화中和 4년간, 광계光啓 3년간, 문덕文德 1년간 재위했다. 懿宗太子. 乾符六. 元年甲午. 廣明一. 中和四. 光啓三. 文德一.

(20) 소종昭宗: 의종懿宗의 7번째 아들이다. 용기龍紀 1년간 재위했다. 원년은 기유년己酉年이다. 대순大順 2년간, 경복景福 2년간, 건녕乾寧 4년간, 광화光化 3년간, 천복天復 3년간, 천우天祐 1년간 재위했다. 懿宗第七子. 龍紀一. 己酉. 大順二. 景福二. 乾寧四. 光化三. 天復三. 天祐一.

① 오융吳融

② 위장韋莊

③ 정곡鄭谷

④ 한악韓偓

⑤ 이산보李山甫

⑥ 나은羅隱

(21) 애제哀帝: 소종의 9번째 아들이다. 원년은 을축년乙丑年이다. 3년간 재위했으며 여전히 연호를 천우라고 칭했다. 昭宗第九子. 元年乙丑. 在位三年, 仍稱天祐.

이상 개성에서 천우까지가 만당이다. 右自開成至天祐爲晩唐.

11. 후량後梁

(1) 태조太祖: 변汴, 즉 지금의 하남에 도읍했다. 개평開平 4년간 재위했다. 원년은 정묘년丁卯年이다. 건화乾化 2년간 재위했다. 都汴, 卽今河南. 開平四. 元年丁卯. 乾化二.

(2) 말제末帝: 태조의 셋째 아들이다. 원년은 계유년癸酉年이다. 즉위는 건화 2년에 했으며 여전히 연호를 건화라고 칭했다. 정명貞明 6년간, 용덕龍德 3년간 재위했다. 太祖第三子. 元年癸酉. 卽位二年, 仍稱乾化. 貞明六. 龍德三.

12. 후당後唐

(1) 장종莊宗: 변에 도읍했다. 동광同光 4년간 재위했다. 원년은 계미년癸未年, 즉 후량 용덕 3년이다. 都汴, 同光四. 元年癸未, 卽梁龍德三年.

(2) 명종明宗: 장종의 부친인 극용克用의 양자다. 천성天成 4년간 재위했다. 원년은 병술년丙戌年, 즉 동광 4년이다. 장흥長興 4년간 재위했다. 莊宗父克用養子. 天成四. 元年丙戌, 卽同光四年. 長興四.

(3) 민제閔帝: 송왕宋王이다. 응순應順 1년간 재위했다. 원년은 갑오년甲午年이다. 宋王. 應順一. 甲午.

(4) 폐제廢帝: 명종의 양자다. 청태淸泰 3년간 재위했다. 원년은 곧 응순 원

년이다. 明宗養子. 淸泰三. 元年卽應順元年.

13. 후진後晉

(1) 고조高祖: 변에 도읍했다. 천복天福 7년간 재위했다. 원년은 병신년丙申 年, 즉 후당 청태 3년이다. 都汴. 天福七. 元年丙申, 卽唐淸泰三年.

(2) 제왕帝王: 고조 형의 아들이다. 즉위한 첫해는 계묘년癸卯年으로 여전히 천복 8년이라 칭했다. 개운開運 3년간 재위했다. 高祖兄子. 卽位一年, 癸卯, 仍稱天福八年. 開運三.

14. 후한後漢

(1) 고조高祖: 변에 도읍했다. 즉위한 첫해는 정미년丁未年으로 여전히 후진 의 천복 12년이라고 칭했다. 6월에 국명을 한漢으로 고쳐 부르고, 이듬 해에는 연호를 건우乾祐라고 고쳤다. 都汴, 卽位一年, 丁未, 仍稱晉天福十二年, 六月改號漢, 明年改元乾祐.

(2) 은제隱帝: 고조의 태자다. 2년간 재위했고 원년은 무신년戊申年이며, 여 전히 건우라고 칭했다. 高祖太子. 在位二年, 元年戊申, 仍稱乾祐.

15. 후주後周

(1) 태조太祖: 변에 도읍했다. 광순廣順 3년간 재위했다. 원년은 신해년辛亥 年이다. 현덕顯德 1년간 재위했다. 都汴. 廣順三. 元年辛亥. 顯德一.

(2) 세종世宗: 태조 황후의 오빠 아들이자 태조의 양자다. 5년간 재위했고 원년은 을묘년乙卯年이며, 여전히 현덕이라고 칭했다. 太祖后兄之子, 太祖養 子. 在位五年, 元年乙卯, 仍稱顯德.

(3) 공제恭帝: 세종의 태자다. 1년간 재위했고 원년은 경신년庚申年이며, 여 전히 현덕 7년이라고 칭했다. 世宗太子. 在位一年, 庚申, 仍稱顯德七年.
   ① 장밀張泌: 남당南唐
   ② 이건훈李建勳: 남당

③ 오교伍喬: 남당

④ 화예부인花蕊夫人: 맹촉孟蜀

이상 네 사람은 남당에 벼슬하거나 맹촉에 시집갔는데, 지금 모두 오대의 말미에 넣는다. 右四人或仕南唐, 惑嬪孟蜀, 今總係於五代之末.

제 1권 ~ 제 4권

詩源辯體 一

주周

시는 《시경詩經》에서 당唐나라에 이르기까지 그 원류를 찾을 수 있고 정변正變을 고찰할 수 있다. 학자는 그 원류를 자세히 살피고, 그 정변을 알아야 비로소 더불어 시를 이야기할 수 있다. 고금으로 시를 논하는 사람은 무려 수백 명이지만, 실제로 깨달은 사람은 적고 애매모호해 하는 사람이 많다. 종영鍾嶸은 원류를 설명했지만 항상 사리에 어긋나고, 고병高棅은 정격과 변격을 차례로 서술했지만 누차 혼돈되므로 나는 심히 의혹스럽다. 그리하여 《시경》 이하 고금의 작가 약간 명을 두루 조사하고, 수천 권의 시를 모아 읽고 연구한 지 40년이 지났다.

통괄하여 논하자면 《시경》을 근원으로 하여 한漢·위魏·육조六朝·당唐나라로 흘러가 원화元和에 이르러서 그 유파가 각기 출현했다. 자세하게 논하자면 고시古詩는 한·위가 정체고 태강太康·원가元嘉·영명永明이 변체인데, 양梁·진陳에 이르러서 고시가 다 없어졌다. 율시律詩는 초당初唐·성당盛唐이 정체고, 대력大歷·원화·개성開成이 변체인데, 당나라 말기에 이르러서 율시가 다 사라졌다.

시대를 구분하여 그 강령을 말했을 뿐 아니라 작가를 구별하여 그

세목을 정리했다. 여러 전문가의 주장에서 명실상부하게 깨달은 것은 근거를 들어 증명하고 애매모호한 것은 분명하게 밝혔다. 반복하여 펼쳐 보고 순서대로 긴밀하게 구성하니 956칙이 모아졌는데, 대략 원고를 12차례 고쳐 써서야 완성되었다. 《시경》에서부터 오대五代 말까지 그 논변에서 언급한 한 시대와 관련된 시인 169명과 무명씨의 시, 도합 4474수를 뽑아서 역대의 변모를 완전히 드러냈으므로 《시원변체詩源辯體》라고 명명한다. 송宋·원元·명明나라의 시는 별도로 차례대로 논한다. 맹자孟子는 "내가 어찌 변론을 좋아하겠는가, 나는 부득이해서일 따름이다予豈好辯哉, 予不得已也"라고 말했다. 후대 학자가 이에 대해 상세하게 검토하면서 부디 나를 책망하지 않기를 바랄 따름이다.

해제 《시원변체詩源辯體》를 저술하게 된 동기를 서술했다. 《시경》에서부터 명대까지의 시의 원류와 그 정변을 논하기 위해 허학이는 40여 년간 12번이나 원고를 고쳐 써서 전집前集(총 36권, 956칙)과 후집찬요後集纂要(총 2권, 159칙)로 구성된 이 책을 완성했다. 허학이는 31세가 되던 해인 만력萬曆 21년(1593)부터 《시원변체》를 쓰기 시작했다. 20년 걸쳐서 쓴 원고는 그가 51세가 되던 해인 만력 40년에 완성되었다. 또 친구들의 도움으로 만력 41년에 판각했다. 모두 16권본이며 별도로 자신의 〈백청시고伯淸詩稿〉 1권을 덧붙였다. 시선 부분은 출판 비용으로 인해 판각되지 못했다. 이후 또 다시 20년간이나 증보하여 숭정崇禎 5년에 완성했다. 앞서 만력 41년본에는 수록되지 않았던 〈후집찬요〉 2권이 이 때 완성되었는데, 대체로 송·원·명시에 대한 비판적인 견해를 담고 있다. 특히 명시 부분에는 그 당시의 주류에 대한 그의 독자적인 비판이 강하게 드러나 있다. 이 책은 모두 38권본인데 허학이는 생전에 그 간행을 보지 못하고 숭정 6년에 사망했다. 다행히 그의 둘째 사위 진소학陳所學에 의해 숭정 15년에 출판되었다.

詩自三百篇[1]以迄於唐, 其源流可尋而正變[2]可考也. 學者審其源流, 識其正變, 始可與言詩矣. 古今說詩者無慮數百家, 然實悟者少, 疑似[3]者多. 鍾嶸[4]述源流而恒謬, 高棅[5]序正變而屢淆, 予甚惑焉. 於是三百篇而下, 博訪古今作者凡若干人, 詩凡數千卷, 蒐閱探討, 歷四十年. 統而論之, 以三百篇爲源, 漢・魏[6]・六朝[7]・唐[8]人爲流, 至元和[9]而其派各出. 析而論之: 古詩[10]以漢魏爲正, 太康[11]・元嘉[12]・永明[13]爲變, 至梁陳[14]而古詩盡亡; 律詩[15]以初・盛唐[16]爲正, 大歷[17]・元和・開成[18]爲變, 至唐末而律詩盡敝. 既代分以擧其綱, 復人判而理其目. 諸家之說, 實悟者引證之, 疑似者辯明之. 反覆開闔, 次第聯絡, 積九百五十六則, 凡十二易稿[19]而書始成. 爰自三百, 下至五季[20], 采其撰論所及有關一代者一百六十九人幷無名氏, 共詩四千四百七十四首, 以盡歷代之變, 名曰詩源辯體. 宋[21]・元[22]・皇明[23], 別爲論次. 孟子[24]曰: "予豈好辯哉, 予不得已也."[25] 後之學者於此而詳覈[26]焉, 庶幾[27]弗我罪耳.

1 三百篇(삼백편): 《시경》을 가리킨다. 《시경》은 서주西周 초에서 춘추春秋 중엽까지, 즉 기원전 1100년부터 기원전 600년 무렵에 이르는 약 500년 사이에 불렸던 민간가요와 사대부들의 노래 및 왕실의 연회나 제의 때 부르던 노래의 가사들을 후세 사람들이 정리하여 편찬한 것이다. 사마천司馬遷의 《사기史記, 공자세가孔子世家》에 의거하면, 옛날에는 시 3천여 편이 있었는데 공자에 이르러 그 중복되는 것은 빼버리고 예의에 합당한 것만을 취하여 305편으로 편찬했으므로, 일명 '삼백편' 또는 '시삼백詩三百'이라고도 한다. 현존하는 《시경》에는 국풍國風 160편, 소아小雅 74편, 대아大雅 31편, 송頌 40편이 있다. 또한 소아에는 본문이 없고 제목만 남아 있는 시 6편도 있는데 이를 합치면 도합 311편이다.

2 正變(정변): 정체正體와 변체變體 또는 정격正格과 변격變格을 의미한다. 이는 중국미학사 또는 중국문학비평사에서 중요한 개념으로, 본디 《시경》의 '풍아風雅'에 대한 해석에서 비롯되어 《문심조룡文心雕龍》에서 '문질文質'의 비평적 용어로 발전했다가 명대 허학이에 이르러서 시가의 체재를 가리키는 범주로 사용되었다.

3 疑似(의사): 확실한 것 같기도 하고 아닌 것 같기도 하다. 애매모호하다.

4 鍾嶸(종영): 남조南朝 제齊・양梁 시기의 문학가이자 비평가다. 자는 중위仲偉이고, 영천潁川 장사長社 곧 지금의 하남성 사람이다. 양나라에서 진안왕晋安王의

기실記實 벼슬을 했기에 종기실鍾記實이라고도 부른다. 그가 지은《시품詩品》은 중국 최초의 전문적인 시론으로서 중국문학비평사에서 중요한 가치를 지닌다. 이 서적은 한나라부터 양나라까지 오언시의 작자 122명을 상·중·하 3품으로 나누어 품평한 비평서로서, 작가에 대한 간단한 비평과 그 문학의 연원에 대해 언급하고 있다.

5 高棅(고병): 명나라 초기의 시인이다. 자는 언회彦恢이고, 호가 만사漫士이며 일명 정례廷禮라고도 불렀다. 복건성福建省 장락長樂 사람이다. 시는 물론 서예와 그림에도 능하여 '삼절三絶'이라 일컬어졌고, 민중십재자閩中十才子의 한 사람이다. 벼슬은 한림원翰林院 대조待詔·전적典籍 등을 지냈다. 당시唐詩를 초初·성盛·중中·만晩의 4기로 분류한 것으로 유명한데, 그의 이 분류법은 오늘날에도 가장 널리 통용되고 있다. 대표적인 저서로《당시품휘唐詩品彙》,《당시정성唐詩正聲》,《소대집嘯臺集》,《수천청기집水天淸氣集》 등이 있다.

6 漢魏(한위): '한'은 유방劉邦이 진秦나라를 이어 세운 한왕조(B.C. 202~A.D. 220), '위'는 조조曹操의 아들 조비曹丕가 세운 위나라(220~265)를 가리킨다. 한나라 말기 황건적黃巾賊의 난으로 인해 천하가 어지러워지고, 동탁董卓·원소袁紹·원술袁術·공손찬公孫瓚 등 군웅群雄들이 각지에서 할거하면서 천하는 크게 위魏·촉蜀·오吳로 삼분되었는데, 220년 조조가 죽자 조비는 한헌제漢獻帝에게 강요하여 제위를 선양받아 삼국 중 가장 강대한 왕국을 세우고 후일 천하를 통일했다.

7 六朝(육조): 육조의 개념은 일반적으로 크게 3가지로 구분된다. (1) 강남江南, 곧 지금의 강소성 남경南京지역에 도읍한 6왕조인 오吳, 동진東晉, 송宋, 제齊, 양梁, 진陳을 가리킨다. (2) 북방의 6왕조인 조위曹魏, 서진西晉, 북위北魏, 북제北齊, 북주北周, 수隋나라를 가리킨다. (3) 삼국 시기에서 수나라 통일 전까지 남북방 여러 왕조의 범칭이다. 그러나 허학이가 말하는 육조는 이와는 달리 진, 송, 제, 양, 진, 수를 가리킨다. 즉 (1)에서 오나라가 들어가지 않고 수나라가 포함된다.

8 唐(당): 수나라에 이은 중국의 통일제국이다. 618년 이연李淵이 건국하여 907년 애제哀帝 때 후량後梁 주전충朱全忠에게 멸망하기까지 290년간 20대代의 황제에 의하여 통치되었다. 한나라에 이어 제2의 전성기를 이루었다.

9 元和(원화): 당나라 헌종獻宗 시기의 연호다. 806년~820년 사이에 사용되었다.

10 古詩(고시): 고대 시체詩體의 일종으로 고체시古體詩라고도 한다. 오언고시五言古詩·칠언고시七言古詩 등이 있다. 고시라는 말은 당나라 때 근체시近體詩가 본

격적으로 발전한 이후부터는 근체시 이전의 옛 시를 뜻하게 되었다. 그러나 근체시 성립 이전의 시라도 '악부체樂府體'의 것은 고시에 포함시키지 않는다. 또 근체시 성립 이후의 것이라도 근체시의 법식에 따르지 않고 그 이전 시의 체식體式에 따라서 지은 작품도 고시라고 한다. 고시가 근체시와 다른 점은 대략 다음과 같다. (1) 한 편의 구수句數에 제한이 없다. (2) 각 구의 평측平仄의 구성에 일정한 규칙이 없다. (3) 압운押韻은 매구每句의 끝에 하는 경우가 있고, 격구隔句의 끝에 하는 경우도 있어 일정하지 않다. (4) 한 편을 통하여 같은 종류의 운을 사용하는 경우도 있고, 도중에서 운을 바꾸기도 한다. (5) 측운仄韻이 사용되기도 한다. 이와 같이 고체시는 근체시에 비해 대체로 창작이 자유롭기 때문에, 근체시가 발달한 이후에도 고체시는 쇠퇴하지 않고 지속되었다.

11 太康(태강): 진무제晉武帝 사마염司馬炎 시기의 연호다. 280년~289년 사이에 사용되었다.

12 元嘉(원가): 송문제宋文帝 유의융劉義隆 시기의 연호다. 424년~453년 사이에 사용되었다.

13 永明(영명): 제무제齊武帝 소색蕭賾 시기의 연호다. 483년~493년 사이에 사용되었다.

14 梁陳(양진): 남조 시기의 양나라와 진나라를 병칭한 것이다. '양'은 소연蕭衍이 세운 왕조(502~557), '진'은 진패선陳覇先이 세운 남조의 마지막 왕조(557~589)다.

15 律詩(율시): 근체시의 일종으로, 남조 제 · 양 시기 심약沈約 등의 사성팔병설四聲八病說을 대표로 하는 시의 운율미에 대한 자각의 움직임에서 기원한다. 율시는 8구로 되어 있으며, 1구가 5자인 오언율시와 7자인 칠언율시의 두 가지가 있다. 2구가 1연聯이 되어 4연으로 구성되며, 중간의 2연에는 반드시 대구를 쓰도록 되어 있는 것이 특색이다(다른 2연에도 대구를 쓸 수 있음). 따라서 율시는 대구를 중심으로 한 수사적 표현이 관심의 초점이 된다. 율시의 변형으로서, 중간의 대구 부분이 3연, 4연으로 길어진 것을 배율排律 또는 장률長律이라고 한다. 긴 것은 100구 이상이나 된다. 과거시험에서는 12구 배율을 쓰는 것이 관례였다.

16 初盛唐(초성당): 허학이가 말하는 초당은 무덕武德에서 경룡景龍까지를 가리키고, 성당은 개원開元에서 보응寶應까지를 가리킨다.

17 大歷(대력): 당나라 대종代宗 이예李豫 시기의 연호다. 766년~779년 사이에 사

용되었다.

18 開成(개성): 당나라 문종文宗 이앙李昂 시기의 연호다. 836년~840년 사이에 사용되었다.

19 易稿(역고): 원고를 고치다.

20 五季(오계): 오대五代를 가리킨다. 오대는 '오대십국五代十國'이라고도 하는데, 당나라의 멸망부터 송나라가 통일할 때까지 하북河北을 중심으로 일어난 후오대後五代 곧 후량後梁·후당後唐·후진後晉·후한後漢·후주後周와 각지에 분립하여 있었던 10개의 나라 곧 전촉前蜀·오吳·남한南漢·형남荊南·오월吳越·초楚·민閩·남당南唐·후촉後蜀·북한北漢을 가리킨다. 한편 '오대'는 중원에 세워진 5개의 왕조를 편향하여 가리키는 말로서, 왕조의 조대를 가리키는 말이 아니라 당·송 사이에 존재했던 특수한 역사 시기를 가리키는 말로도 사용된다.

21 宋(송): 후주後周 세종世宗이 사망하자 그의 부장이었던 조광윤趙匡胤이 근위병近衛兵의 추대를 받고 천자의 자리에 올라 건국한 왕조(960~1279)다. 처음에는 개봉開封에 도읍했으나 1126년 '정강靖康의 변變'으로 강남江南으로 옮겨 임안臨安 곧 지금의 항주杭州에 천도했다. 개봉 시대를 북송北宋, 임안 시대를 남송南宋이라 한다.

22 元(원): 중국 역사상 소수민족, 즉 몽골족이 세운 최초의 통일왕조(1271~1368)다. 1206년 칭기즈칸이 건립하여 1271년 쿠빌라이가 칭기즈칸의 대를 이어받아 국호를 '대원大元'이라고 고치고 1279년 전국의 통일을 완성했다. 이후 동아시아 전역을 지배했을 뿐 아니라 시베리아 대부분을 차지했다.

23 皇明(황명): 몽고족의 원나라를 멸망하고 주원장朱元璋이 세운 왕조(1368~1644)인 명나라를 가리킨다. '황'은 자기가 속한 왕조를 높여 부르는 말이다.

24 孟子(맹자): 전국戰國 시기의 대유학자다. 이름은 가軻이고, 자는 자여子輿 또는 자거子車이며, 산동성山東省 추현鄒縣에서 태어났다. 생졸년은 대략 B.C. 372년~B.C. 289년이다. 공자의 사상을 공자의 손자인 자사子思의 문하생에게서 배워 유학의 '인의仁義'를 확충하고 도덕적인 왕도王道 정치를 주장했다. 저서로 《맹자》 7편이 있다.

25 予豈好辯哉(여기호변재), 予不得已也(여부득이야): 내가 어찌 변론을 좋아하겠는가, 나는 부득이해서일 따름이다. 《맹자, 등문공장구하滕文公章句下》에서 보인다. 맹자의 변론성을 잘 대변하는 말로 유명하다.

26 詳覈(상핵): 핵심이 되는 부분을 상세히 검토하다.

27 庶幾(서기): '바라건대', '…를 바라다'는 뜻이다. 상술한 상황 아래에서만 비로소 어떤 결과를 면할 수 있거나 어떤 희망을 실현할 수 있음을 나타낸다.

1

《시경》에는 육의六義가 있는데, 풍風·아雅·송頌·부賦·비比·흥興이라고 한다. 풍·아·송은 세 가닥의 날줄이 되고, 부·비·흥은 세 가닥의 씨줄이 된다. '풍'은 왕기王畿와 열국列國의 시로서 미자美刺하여 감화시킨 것이다. '아'·'송'은 조정과 종묘의 시로서 왕업王業을 캐어 밝히고 성덕을 형용한 것이다. 그러므로 '풍'에는 비흥比興이 많고, '아'·'송'에는 부체賦體가 대부분이다. '풍'은 완곡하면서 자연스럽고, '아'·'송'은 장중하면서도 엄밀하다. '풍'은 전적으로 성정性情에서 발원하나, '아'·'송'은 의리義理를 겸하여 중시한다. 이것이 시의 근원이다.

서정경徐禎卿은 다음과 같이 말했다.

"〈경운卿雲〉, 〈강수江水〉가 '아'·'송'의 근원을 열었고, 〈증민烝民〉, 〈맥수麥秀〉는 '국풍'의 시초를 마련했다."

이 말은 비록 틀리지 않지만, 고금의 시를 논하는 사람들은 《시경》을 으뜸으로 여기니, 진실로 《시경》을 시의 근원으로 삼아야 할 따름이다.[1]

중국 시의 근원에 대한 설명이다. 《삼백편》이 시의 원류가 되는 이유를 총괄하여 말하고 있다. '삼백편'은 곧 《시경》을 가리킨다. 본디 3000여 편의 시를 공자孔子가 300여 편으로 편찬했다고 해서 '삼백편' 또는 '시삼백詩三百'이라고 하는 것이다.

육의六義는 《시경》의 6가지 체재, 즉 풍·아·송·부·비·흥을 가리킨

---

1) 이 1칙은 《시경》이 시의 원류가 됨을 총괄적으로 논했다.

다. 풍·아·송은 시의 내용적 특징에 따른 분류고, 부·비·흥은 시의 수사적 표현에 따른 분류다. 여기서 논한 풍과 아·송의 차이는 다음과 같이 간략하게 정리할 수 있다.

	풍	아·송
내용	왕기, 열국의 노래	조정, 종묘의 시
목적	미자하여 감화시킴	왕업을 밝히고 성덕을 형용
수사	비흥이 많음	부가 많음
풍격	완곡하고 자연스러움	장중하고 엄밀함
특징	성정에서 발원함	의리를 겸함

한편 '비'는 사물을 빌어 뜻을 말한 것이고 '흥'은 사물에 기탁하여 말을 떠올리게 하는 것이어서 '비흥'은 미화하거나 풍자하는 내용에 적합하다. 이와 반대로 '부'는 감정을 직접적으로 서술하거나 자세하게 늘어놓으며 묘사하는 것이어서 임금의 공적이나 성덕을 묘사하는 데 적합하다.

허학이를 비롯한 명대 전후칠자前後七子의 학자들은 대부분 이와 같이 풍·아·송의 체재로 이루어진 《시경》을 역대 시의 근원으로 삼고 있다. 그런데 전칠자의 한 사람인 서정경은 여기서 한 걸음 더 나아가 풍과 아·송의 근원을 각기 〈증민〉과 〈맥수〉, 〈경운〉과 〈강수〉에서 찾았다. 허학이는 이에 대해 전면적으로 부정하지는 않았지만 지나친 상고주의尚古主義를 경계하고 있다.

三百篇有六義[1], 曰風·雅·頌·賦·比·興. 風·雅·頌爲三經[2], 賦·比·興爲三緯[3]. 風者, 王畿列國[4]之詩, 美刺風化[5]者也. 雅頌者, 朝廷宗廟[6]之詩, 推原[7]王業·形容聖德者也. 故風則比興爲多, 雅頌則賦體爲衆; 風則微婉[8]而自然, 雅頌則齋莊[9]而嚴密; 風則專發乎性情[10], 而雅頌則兼主乎義理[11]: 此詩之源也. 徐昌穀[12]云: "卿雲[13]·江水[14], 開雅頌之源, 烝民[15]·麥秀[16], 建國風[17]之始." 語雖不謬, 但古今說詩者以三百篇爲首, 固當以三百篇爲源耳. [此一則總論三百篇爲詩之源.]

1 六義(육의): 《시경》의 여섯 가지 체재다. 즉 풍風, 아雅, 송頌, 부賦, 비比, 흥興을 가리킨다. 육의에 대해서는 다양한 해석이 있어 왔으나, 전통적인 육의론은 '삼경삼위설三經三緯說'이라고 할 수가 있다. 이 해석법은 《모시정의毛詩正義》의 공영달孔穎達 소疏에서 보이기 시작하여, 정자程子를 거쳐 주자朱子에 의해서 본격화되었다. 그는 풍·아·송을 삼경三經이라 하고 부·비·흥을 삼위三緯라 하여, 삼경은 《시경》의 내용적 분류이고, 삼위는 《시경》의 문학적 기교라고 해석했다. 이 설은 오늘날의 《시경》 연구에서도 일반적으로 통용되는 이론이 되고 있다.

2 三經(삼경): 풍·아·송을 가리킨다. 곧 《시경》의 내용적 분류를 말하는 것으로 대개 '풍'은 일반 민간의 정가情歌, '아'는 조정이나 사대부의 악가, '송'은 종묘의 악가다.

3 三緯(삼위): 부·비·흥을 가리킨다. 곧 《시경》의 수사적 표현 방법을 말하는 것으로 대개 '부'는 감정을 직접적으로 서술하는 것, '비'는 사물을 빌어 뜻을 말한 것, '흥'은 사물에 기탁하여 말을 떠올리게 하는 것이다.

4 王畿列國(왕기열국): '왕기'는 수도 근방을 가리키고, '열국'은 여러 나라인 제후국을 가리킨다.

5 美刺風化(미자풍화): '미자'는 좋은 점을 칭찬하고 나쁜 점을 풍자하는 것을 뜻하고, '풍화'는 교화하여 감화시키는 것을 가리킨다.

6 朝廷宗廟(조정종묘): '조정'은 봉건왕조의 군주가 세운 통치 기구의 통칭으로 국가의 대소사를 처리하는 곳이다. '종묘'는 고대 제왕이나 제후가 조종祖宗을 제사 지내는 장소를 가리키는데, 그 일반적인 규정에 따르면 천자天子는 9개, 제후諸侯는 7개, 대부大夫는 3개, 사士는 1개의 종묘를 세울 수 있었다고 한다.

7 退原(퇴원): 근원을 캐서 밝히다.

8 微婉(미완): 완곡하다.

9 齋莊(재장): 장중하다.

10 發乎性情(발호성정): 성정에서 발원하다. '성정'이란 일반적으로 사람의 천성과 기질 및 성격 또는 사상 감정을 가리킨다.

11 主乎義理(주호의리): 의리를 중시하다. '의리'란 일반적으로 사람으로서 지켜야 할 바른 도리를 가리킨다.

12 徐昌穀(서창곡): 서정경徐禎卿(1479~1511). 명대 전칠자前七子의 한 사람으로 당시 이몽양李夢陽과 문론의 논쟁을 펼쳤다. 홍치弘治 18年(1505)에 진사에 급제

하여 후일 관직이 국자감박사國子監博士에 이르렀다.

13 卿雲(경운): 순舜임금이 우禹임금에게 왕위를 선양하면서 온 백성과 함께 부른 노래라고 전한다.

14 江水(강수): 《시경, 대아大雅, 탕지십蕩之什》에 있는 〈강한江漢〉을 가리킨다.

15 烝民(증민): 《시경, 대아, 탕지십》에 있는 시편이다.

16 麥秀(맥수): 기자箕子가 옛 은殷나라 땅을 지나다가 그 궁궐은 다 무너져 있는데 보리만 무성히 자라난 것을 보고 슬퍼하며 지은 노래다. 《동주열국지東周列國志》에 그 시가 보인다.

17 國風(국풍): 《시경》은 음조의 다름에 따라 크게 풍, 아, 송으로 나뉜다. 그중 '풍'은 15국의 민가를 수록했기에 '국풍'이라고도 한다. 현재 《시경》의 '국풍'에는 주남周南 · 소남召南 · 패풍邶風 · 용풍鄘風 · 위풍衛風 · 왕풍王風 · 정풍鄭風 · 제풍齊風 · 위풍魏風 · 당풍唐風 · 진풍秦風 · 진풍陳風 · 회풍檜風 · 조풍曹風 · 빈풍豳風 등 15개국의 민가 160편이 실려 있다.

2

〈주남周南〉, 〈소남召南〉은 문왕의 교화가 행해지고 시인이 그것을 찬미했으므로 정풍正風이 된다. 〈패풍邶風〉 이하는 나라의 안정과 동난이 다르고 시인이 그것을 풍자했으므로 변풍變風이 된다. '풍'에는 비록 정풍과 변풍이 있지만 성정이 바르지 않은 것이 없다.

공자가 말했다.

"《시삼백》은 한마디로 총괄할 수 있으니 '생각에 사특함이 없다'고 할 것이다.詩三百, 一言以蔽之, 曰思無邪."

말이 모두 성정의 바름에서 나왔을 따름이다.[2]

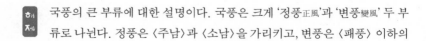 국풍의 큰 부류에 대한 설명이다. 국풍은 크게 '정풍正風'과 '변풍變風' 두 부류로 나뉜다. 정풍은 〈주남〉과 〈소남〉을 가리키고, 변풍은 〈패풍〉 이하의

---

2) 이하 20칙은 '국풍'의 시를 총괄적으로 논한다.

시편을 가리킨다. 그것은 〈주남〉과 〈소남〉이 주周나라 주공周公과 소공召公 때의 왕도가 왕성하고 예의와 질서가 올바르게 유지된 태평성대를 찬미한 노래이기 때문에 그 소리가 바르다고 본 것이고, 변풍은 왕도가 쇠하여 예의가 무너지고 나라의 질서가 어지러워진 시대의 노래이기 때문에 그 소리가 바르지 못하다고 본 것이다.

이러한 '정변'의 관념은 《모시서毛詩序》에서 처음 보인다. 《모시서》에서는 변풍, 변아의 의미를 강조함으로써 그 상대적인 정풍, 정아의 의미를 함축하고 있다. 한마디로 "왕도가 쇠퇴하자 예의가 무너지고 정치적 교화가 사라졌으며 나라의 정치가 달라지고 집안의 풍속이 바뀌니 변풍, 변아가 지어졌다.至於王道衰, 禮義廢, 政敎失, 國異政, 家殊俗, 而變風·變雅作矣." 이 《모시서》에 의거하여 정풍의 관념을 보다 명확하게 구분한 것은 정현鄭玄의 《시보詩譜》에서다. 정현은 시대의 변화에 따라 시를 나누었다. 서주의 성세인 문왕, 무왕, 성왕成王 및 강왕康王 시기의 시는 '정'에 속하고 의왕懿王, 이왕夷王에서 춘추 진영공陳靈公까지의 시는 '변'에 속한다고 했다. 따라서 주남 11편, 소남 14편은 정풍이 되고, 패풍 이하 13국풍의 135편은 변풍이 된다.

허학이는 《모시서》의 전통을 계승하여 국풍을 정풍과 변풍으로 크게 구분했다. 또한 정풍뿐 아니라 변풍도 자연스럽고 거짓되지 않은 감정에서 출발하므로 성정이 바르지 않은 것이 없다고 여기고 《시경》에 대한 전면적인 긍정을 하고 있다. 이 관점 역시 《모시서》의 다음과 같은 내용을 바탕으로 한 것이다.

"변풍은 성정에서 출발하여 예의에서 멈춘다. 성정에서 발원하는 것은 백성의 본성이요, 예의에서 멈추는 것은 선왕의 은택이다.變風發乎情, 止乎禮義. 發乎情, 民之性也; 止乎禮義, 先王之澤也."

정풍의 의의가 '찬미'에 있다면 변풍의 의의는 '풍자'에 있다. 정변은 표면상으로는 다른 의미를 지니는 것처럼 보이나 본질적으로는 모두 통치 질서를 옹호하는 작용을 한다. 변풍은 그 자체로 이미 후왕에게 충분한 경계심을 불러일으키므로, 그것은 배척되어야 할 이단의 시가 아니라 정풍과 동등한 지위를 지닌다. 이러한 측면에서 공자의 '사무사思無邪'를 해석하고 기본적으로 시의 정치적 효용성을 긍정하고 있는 것이다.

周南[1]·召南[2], 文王之化行[3], 而詩人美之, 故爲正風[4]. 自邶[5]而下, 國之治難[6] 不同, 而詩人刺之, 故爲變風[7]. 是風雖有正變, 而性情則無不正也. 孔子曰: "詩三百, 一言以蔽之, 曰: 思無邪."[8] 言皆出乎性情之正耳. [以下二十則總論國 風之詩.]

1 周南(주남): 《시경, 국풍》의 첫 번째 편명이다. '주남'은 주나라 왕조가 직할하 던 남쪽 지역을 가리킨다. 이는 오늘날 하남성河南省 황하 이남의 서쪽 땅에 해 당한다. 〈소남召南〉과 병칭하여 '이남二南'이라고 한다.

2 召南(소남): 《시경, 국풍》의 두 번째 편명이다. '소남'은 주남의 남쪽에서부터 장강長江 유역에 이르는 지역을 가리킨다.

3 文王之化行(문왕지화행): 문왕의 교화가 행해지다. '문왕'은 주나라의 기초를 닦은 명군으로 성은 희姬, 이름은 창昌이다. 주나라를 세운 무왕武王의 아버지 다. 주무왕 이전에 이미 서방 제후의 우두머리로서 천하의 3분의 2를 차지하고 있었다. 만년에 위수渭水에서 만난 재상인 강태공姜太公의 도움을 받아 덕치에 힘써 후일 유가로부터 이상적인 성군聖君으로 추앙을 받았으며 그의 덕을 칭송 한 시가 《시경》에 다수 수록되어 있다.

4 正風(정풍): 《시경》의 체재다. 구체적으로 국풍 중의 〈주남〉과 〈소남〉을 가리 킨다. 이것은 왕도가 성행하여 덕화가 미치고 질서가 올바르게 유지되는 시대 의 노래라는 의미다.

5 邶(패): 《시경, 국풍》의 편명이다. 패가 어느 지역이었는지에 대해서는 아직까 지 의론이 분분하다. 다만 주나라 무왕이 은나라를 무너뜨리고, 은나라의 마지 막 임금인 주紂의 아들에게 은나라 유민들이 사는 땅을 관장하도록 했다가 후 일 다시 그 땅을 패邶·용鄘·위衛로 삼분했다고 하는데, 이 지역은 모두 지금의 하남성 기현淇縣 일대에 해당한다.

6 治難(치난): 안정과 동란.

7 變風(변풍): 《시경》의 체재다. 정풍의 대칭으로 사용되며 패풍邶風에서 빈풍豳 風에 이르는 135편의 총칭이다. 왕도가 쇠하여 예의가 무너지고 나라의 질서가 어지러워진 시대의 노래라는 의미다.

8 詩三百(시삼백), 一言以蔽之(일언이폐지), 曰思無邪(왈사무사): 《시삼백》은 한마디로 총괄할 수 있으니 '생각에 사특함이 없다'고 할 것이다. 이 구절은 《논어論語, 위정爲政》에 나오는 말로, 공자가 《시경》에 수록된 시들을 한마디

로 평가하여 표현한 것이다.

3

국풍은 성정의 바름에서 비롯되었을 뿐 아니라 또 성기聲氣의 조화
로움을 얻었으므로, 그 시어가 완곡하면서 돈후하고 부드러우면서 박
절하지 않으니, 오랫동안 시인의 모범이 되었다.[3]

세상의 과거공부에 힘쓰는 사람들이 의리義理에 구애되고 천착에
얽매여서 시인의 성정과 성기를 끝내 알지 못하므로 시의 참맛이 사
라졌다. 정풍의 〈관저關雎〉·〈갈담葛覃〉·〈권이卷耳〉·〈여분汝
墳〉·〈초충草蟲〉·〈은기뢰殷其雷〉·〈소성小星〉·〈하피농의何彼襛矣〉
등과 같은 시편은 진실로 두말할 필요가 없다. 변풍變風의 〈백주柏
舟〉·〈녹의綠衣〉·〈연연燕燕〉·〈격고擊鼓〉·〈개풍凱風〉·〈곡풍谷
風〉·〈식미式微〉·〈모구旄丘〉·〈천수泉水〉·〈맹氓〉·〈죽간竹竿〉·
〈백혜伯兮〉·〈군자우역君子于役〉·〈갈생葛生〉·〈겸가蒹葭〉·〈구역九
罭〉 등과 같은 시편 또한 모두 슬퍼하되 상심하지 않고, 원망하되 분
노하지 않는다.

학자가 진실로 마음을 평화롭게 하여 자세히 읽어 깊이 음미할 수
있다면, 슬프지 않은데 감격스럽거나 근심스럽지 않는데 마음을 움직
이는 것은 없을 것이다. 이에 대해 끝내 이해하지 못하면, 참된 지식
이 미혹되어 어긋나고 성령性靈이 말라 없어져서 후세의 시에 대해서
도 깨달을 방도가 없을 것이다.

---

3) 주자는 〈관저關雎〉에 대해 "다만 그 성기의 조화는 들을 수가 없다"고 말했는데,
   무릇 음악을 가리켜서 한 말이다. 나는 음악의 성기는 시에 바탕을 두고 있으므
   로 시의 성기를 얻었다고 말한 것이지, 음악에 대해서는 들을 수가 없었다.

해제

국풍의 전체적인 풍격에 관한 논의다. 고대의 시는 본디 음악으로 연주되었다. 그런데 음악은 이미 사라져서 들을 수 없고 그 가사에 해당하는 시만 남아 있다. 그렇지만 음악의 소리는 본래 시의 내용과 완전히 별개의 것이 될 수 없으므로 시의 내용을 통해 그 음악을 짐작할 수 있다. 그러므로 허학이는 국풍에서 성정의 바름뿐 아니라 성기의 조화로움도 찾아볼 수 있다고 말하며 주요 시편을 제시하고 있다.

이와 아울러 후대로 갈수록 과거공부에만 치중하여 시인의 성정과 성기의 조화를 얻기보다는 의리에 구애되고 천착에 얽매여서 시의 참맛을 깨닫지 못하고 있는 현실을 개탄했다. 특히 '애이불상哀而不傷', '원이불노怨而不怒'의 평어를 통해 국풍이 절제된 감정으로 노래된 작품임을 강조했다. 이것은 본래 〈관저關雎〉편에 대한 공자의 비평이었는데, 허학이는 이 말을 빌어서 국풍 전편에 대한 평가로 확대했다.

원문

風人[1]之詩旣出乎性情之正, 而復得於聲氣[2]之和, 故其言微婉而敦厚[3], 優柔而不迫[4], 爲萬古詩人之經. [朱子說關雎云: "獨其聲氣之和, 有不可得而聞者." 蓋指樂而言. 予謂樂之聲氣本乎詩, 詩之聲氣得矣, 於樂有不聞可也.] 世之習學業[5]者, 牽於義理[6], 狃於穿鑿[7], 於風人性情聲氣, 了[8]不可見, 而詩之眞趣泯矣. 正風如關雎·葛覃·卷耳·汝墳·草蟲·殷其靁·小星·何彼穠矣等篇,[9]自不必言. 變風如柏舟·綠衣·燕燕·擊鼓·凱風·谷風·式微·旄丘·泉水·氓·竹竿·伯兮·君子于役·葛生·蒹葭·九罭等篇,[10] 亦皆哀而不傷[11], 怨而不怒[12]. 學者苟能心氣和平, 熟讀涵泳[13], 未有不惻然而感, 惕然而動者. 於此而終無所得, 則是眞識迷謬, 性靈梏亡, 而於後世之詩, 亦無從悟入矣.

주석

1 風人(풍인): 풍인은 크게 두 가지 뜻이 있다. (1) 고대 민가를 채집하면서 민간 풍속을 살핀 관원을 가리킨다. 유협劉勰의 《문심조룡, 명시明詩》에 "왕의 은택이 완전히 다하자 풍인이 채집을 그만두었다.自王澤殄竭, 風人輟采."는 구절이 보인다. (2) 시인을 가리킨다. 조식曹植의 〈구통친친표求通親親表〉에서 "이로써 화목하고 평화로우므로 시인이 그것을 노래한다.是以雍雍穆穆, 風人咏之."는 구절이 보인다. 여기서는 국풍의 시인이라는 의미로 사용되었다. 따라서 '풍인지시風人之詩'는 곧 국풍을 가리키는 것에 다름 아니다. 일반적으로 국풍은 각 나라의 민가

를 조정에서 파견된 채집관이 여러 나라를 돌아다니며 수집하여 기록한 것으로 본다. 이것은 민간의 풍속과 민심을 살펴보고자 하는 목적에서 생겨난 일종의 정치적 제도인데, 《한서漢書, 예문지藝文志》에 "옛날에는 채시采詩의 관리가 있어서, 임금이 각 지방의 풍속을 살피고 정치의 득실을 깨달아 스스로 시정施政의 참고로 삼았다.古有采詩之官,王者所以觀風俗,知得失,自考正也."는 기록이 보인다. 이 제도는 옛날에 지리가 험준하고 교통이 발달하지 못하여 왕래가 자유롭지 못하며 서로 다른 방언으로 인해 의사소통마저 어려웠던 그 시대에 황하, 장강 유역의 민간가요가 한데 편찬될 수 있었던 주요한 배경이 된다. 그러나 허학이는 국풍을 비롯한 《시경》의 시를 모두 전문 시인이 지었다고 보고 있다. 제14칙에 관련 내용이 보인다.

2 聲氣(성기): 문장의 성운과 기세.

3 微婉而敦厚(미완이돈후): 완곡하고 돈후하다.

4 優柔而不迫(우유이불박): 부드러우며 박절하지 않다.

5 擧業(거업): 과거 응시를 위해 준비하는 공부. 명청明淸 시대에는 팔고문八股文을 가리키는 대명사로 사용되었다.

6 牽於義理(견어의리): 의리에 구애되다. 여기서의 '의리'는 문장에 나타난 사상이나 내용을 뜻한다.

7 狃於穿鑿(뉴어천착): 천착에 얽매이다. '천착'은 억지로 끌어 갖다 붙이는 것, 즉 견강부회牽强附會의 의미다.

8 了(료): 마침내. 드디어.

9 이상은 모두 《시경, 국풍》의 시편이다. 〈관저關雎〉, 〈갈담葛覃〉, 〈권이卷耳〉는 주남의 노래고, 〈여분汝墳〉, 〈초충草蟲〉, 〈은기뢰殷其靁〉, 〈소성小星〉, 〈하피농의何彼穠矣〉는 소남의 노래다.

10 이상은 모두 《시경, 국풍》의 시편이다. 〈백주柏舟〉, 〈녹의綠衣〉, 〈연연燕燕〉, 〈격고擊鼓〉, 〈개풍凱風〉, 〈곡풍谷風〉, 〈시미式微〉, 〈모구旄丘〉, 〈천수泉水〉는 패풍의 노래고, 〈맹氓〉, 〈죽간竹竿〉, 〈백혜伯兮〉는 위풍衛風의 노래고, 〈군자우역君子于役〉은 왕풍王風의 노래고, 〈갈생葛生〉은 당풍唐風의 노래고, 〈겸가蒹葭〉는 진풍秦風의 노래고, 〈구역九罭〉은 빈풍의 노래다.

11 哀而不傷(애이불상): 슬프면서도 상심하지 않다. 《논어, 팔일八佾》에서 공자가 《시경》의 〈관저〉를 평하여, "즐거우면서 지나치지 않고, 슬프면서도 상심하지 않다.樂而不淫,哀而不傷."라고 했다.

12 怨而不怒(원이불노): 원망하면서도 분노하지 않다. '樂而不淫(낙이불음)', '哀
而不傷(애이불상)'과 같은 의미로, 후대에 절제된 감정을 나타내는 미학적 용
어로 많이 사용되었다.

13 熟讀涵泳(숙독함영): 자세히 읽고 깊이 음미하다.

4

국풍은 성정과 성기가 오랫동안 시인의 모범이 되었을 뿐 아니라
사물에 기탁하여 비유하고 체제가 영롱하여 사실상 한위漢魏 오언시五
言詩의 법칙이 되었다.4) 그 장구의 구분과 기법의 변화는 가지각색으로
한 가지가 아니며,5) 문채가 모두 아름답고 하나같이 다 천연스러움을
바탕으로 한다. 대개 말에 따라서 운이 생겨나고 운을 따라서 흥취가
생겨나며, 화려한 수식이 자연스럽고 조탁을 필요로 하지 않는다.

한유韓愈가 "《시경》은 올바르면서도 꽃처럼 아름답다詩正而葩"고 말
했다. 유사한 사물을 끌어와 자신의 생각을 기탁했으니, 꽃이 아름다운
것은 저절로 생겨난 것이지 무슨 의도가 있어 그런 것이 아닐지어다.

해제　국풍의 체제와 수사에 관한 논의다. 국풍의 체제는 다양하며 그 기법 또한
가지각색이지만 문채의 아름다움이 모두 천연스러움에 바탕을 두고 있어
서 한위 오언시의 법칙이 되었다고 했다. 이것은 제1칙에서 말한 《시경》
이 기본적으로 후대 모든 시의 근원이 된다는 관점과 일맥상통하는 것으

---

4) '비흥'이 본디 외물에 빗대는 것이지만 '부체' 또한 외물에 빗대는 것이 많다. 예
를 들면 〈갈담葛覃〉의 '황조黃鳥'와 '관목灌木', 〈여분汝墳〉의 '조매條枚'와 '조이條
肄'는 모두 부체로서 외물에 빗댄 것이다.

5) 예를 들면 〈관저關雎〉의 첫 장은 하나의 기법인데, 후반 2장은 하나의 기법이지
만 조금 다르다. 〈갈담葛覃〉은 전반 2장은 하나의 기법이지만 조금 다르고, 후
반 1장은 하나의 기법이다. 〈권이卷耳〉는 전반 첫 장이 하나의 기법이고 중간의
2장이 하나의 기법인데, 마지막 1장은 조금 다르다.

로, 오언시가 후한後漢의 악부樂府에서 기원했다는 오늘날의 일반적인 통설과는 사뭇 다르다. 이 견해는 지우摯虞, 유협의 시론을 계승한 것으로 보인다. 지우는 《문장유별론文章流別論》에서 다음과 같이 말했다.

"오언시는 '누가 참새는 뿔이 없다고 했는가, 어째서 나의 집을 뚫고 들어올까?'의 부류가 그것이다.五言者, "誰謂雀無角, 何以穿我屋"之屬是也."

여기서 지우가 인용한 시는 《시경, 소남, 행로行露》의 시편이다. 유협 역시 《문심조룡, 장구章句》에서 이와 똑같은 견해를 피력했다. 이러한 맥락에서 허학이는 소체騷體, 부체賦體, 악부도 모두 《시경》에서 연원한다고 보고 있다. 아래 제5칙에서 자세히 논하고 있다.

風人之詩, 不特[1]性情聲氣爲萬古詩人之經, 而託物興寄[2], 體製玲瓏[3], 實爲漢魏五言[4]之則[5]. [其比興者固爲託物, 其賦體亦多託物. 如葛覃[6]之黃鳥灌木, 汝墳[7]之條枚條肄, 皆賦體之託物也.] 至其分章變法[8], 種種不一, [或首章一法, 後二章一法而小異, 如關雎之類; 或前二章一法小異, 後一章一法, 如葛覃之類; 或首章一法, 中二章一法, 後一章小異, 如卷耳之類.] 而文采備美[9], 一皆本乎天成[10]. 大都隨語成韻, 隨韻成趣, 華藻自然, 不假雕飾. 退之[11]謂"詩正而葩"[12], 蓋託物引類[13], 則葩藻自生, 非用意爲之也.

1 不特(불특): '不但(부단)'과 같은 말이다. '불특'은 뒷 구절의 '而(이)'와 결합하여 '…할 뿐만 아니라 …하기도 하다'는 복문을 만든다.

2 託物興寄(탁물흥기): 외물에 빗대어 정감을 기탁하다.

3 體製玲瓏(체제영롱): 체제가 정교하고 아름답다.

4 漢魏五言(한위오언): 오언시는 대개 후한 중엽에 창작된 〈고시십구수古詩十九首〉에서부터 본격적으로 발전했다고 보는 것이 일반적이다. 물론 임방任昉의 《문장연기文章緣起》에서는 오언시의 기원을 서한 시기의 이릉李陵이 소무蘇武에게 준 증답시에서 찾았고, 종영의 《시품》에서도 이릉에 이르러 오언의 작품이 저작되었다고 했지만, 이 작품은 여러 가지 정황상 위작으로 간주되고 있다.

5 則(칙): 법칙.

6 葛覃(갈담): 주남의 시편이다.

7 汝墳(여분): 소남의 시편이다.

8 分章變法(분장변법): 장구의 구분과 기법의 변화.

9 文采備美(문채비미): 문채가 모두 아름답다.

10 本乎天成(본호천성): 천연함을 바탕으로 한다. '천성'은 '저절로 이루어지다' 또는 '인위적인 색채가 안 보이게 자연스럽고 교묘하게 이루어지다'의 의미다.

11 退之(퇴지): 한유韓愈(768~824). 당나라 시기의 대문호다. 자가 퇴지이고, 시호는 문공文公이다. 회주懷州 수무현修武縣 곧 지금의 하남성 출생으로, 792년 진사에 급제하여 지방 절도사의 속관을 거쳐 803년 감찰어사監察御使가 되었다. 그러나 그 때 수도의 장관을 탄핵했다가 지금의 광동성廣東省인 양산현령陽山縣令으로 좌천되었다. 이듬해 소환된 후로는 주로 국자감國子監에서 근무했으며, 817년 오원제吳元濟의 반란 평정에 공을 세워 형부시랑刑部侍郞이 되었다. 그러나 또다시 819년 헌종憲宗이 불골佛骨을 모신 것을 간하다가 조주자사潮州刺史로 좌천되었고, 그 다음 해 헌종 사후 소환되어 이부시랑吏部侍郞까지 올랐다. 중국 문학사에서 그는 기존의 대구對句를 중심으로 짓는 변문騈文에 반대하고 자유로운 형식의 고문古文을 친구 유종원柳宗元 등과 함께 창도하여 이른바 '고문운동古文運動'의 시초를 연 사람으로 숭상된다.

12 詩正而葩(시정이파): 《시경》은 올바르면서도 꽃처럼 아름답다. 《시경》의 사상 내용이 순정하면서도 문장 표현이 아름다운 것을 말한다. 한유의 〈진학해進學解〉에 보인다.

13 託物引類(탁물인류): 유사한 사물을 이끌어다가 자신의 생각을 기탁하다.

5

국풍은 한위 오언시의 법칙이 되었을 뿐 아니라, 또한 후대의 소체騷體, 부체賦體, 악부樂府의 근원이 되었다.

〈치의緇衣〉·〈교동狡童〉·〈선還〉·〈동방지일東方之日〉·〈의차猗嗟〉·〈십묘지간十畝之間〉·〈벌단伐檀〉·〈월출月出〉 등과 같은 시편은 전편이 모두 '兮(혜)'자를 사용했는데, 곧 소체가 자연적으로 생겨난 곳이다.

〈군자해로君子偕老〉·〈석인碩人〉·〈대숙우전大叔于田〉·〈소융小

戎) 등과 같은 시편은 상세하게 서술하여 긴밀하게 구성되니 부체가 자연적으로 생겨난 곳이다.

다음과 같은 시구는 그 구법과 어조가 악부의 잡언雜言이 자연적으로 생겨난 곳이다.

"높은 산에 오르려는데, 내 말이 힘을 못쓰네. 잠시 금잔에 술을 따라, 회포를 풀어보네. 높은 산에 오르려는데, 내 말이 병들었네. 잠시 쇠뿔 잔에 술을 따라, 마음을 달래보네.陟彼崔嵬, 我馬虺隤. 我姑酌彼金罍, 維以不永懷. 陟彼高岡, 我馬玄黃. 我姑酌彼兕觥, 維以不永傷."

"산에는 옻나무 있고, 진펄에는 밤나무 있네. 그대는 술과 음식이 있으면서, 어찌 날마다 거문고를 타지 않는가. 기쁘게 즐기면서, 하루를 보낼지어다. 메말라 죽는다면, 다른 사람이 그대 집 들어오리.山有漆, 隰有栗. 子有酒食, 何不日鼓瑟. 且以喜樂, 且以永日. 宛其死矣, 他人入室."

오늘날 사람들은 오직 소체, 부체, 악부가 초한楚漢에서 기원한 줄로만 알고 그것이 자연적으로 생겨난 것을 망각하고 있는데, 어째서인가?

해제 소체, 부체, 악부가 《시경》에서 기원했다는 주장이다. 그것은 오늘날 초한의 민가에서 발생했다는 통설과는 크게 다르다. 소체는 굴원의 《이소》로 대표되는 초사체楚辭體의 시체를 가리킨다. 이것은 '兮(혜)'자를 많이 사용하고 있는 것이 특징이므로 국풍 중에서 '혜'자가 들어간 시편을 예로 들어서 그것의 기원이 되었다고 했다. 부체는 한나라 궁정 문인에 의해 발전한 운율을 지닌 산문 형식의 시체를 가리킨다. 한부의 묘사적 특징이 비교적 잘 드러난 국풍의 시 몇 편을 예로 들어 그것의 기원이 되었다고 했다. 악부는 한무제 때 설립한 음악관청에서 발전한 시체를 가리킨다. 국풍 중에서 잡언의 형식을 갖추고 있는 두 편의 시를 예로 들어 그것의 기원이 되었다고 주장하고 있다.

국풍은 여러 지역의 노래를 엮은 것이기 때문에 그 내용, 풍격, 형식 등이 다양하지 않을 수 없다. 따라서 그 속에서 소체, 부체, 악부의 모태가 되는 요소를 찾는 것이 불가능한 것은 아니다. 허학이가 이와 같이 모든 체제의 근원을 《시경》으로 삼은 것은 국풍의 시가 각 지역에서 노래된 민가가 아니라 전문 시인에 의해 창작되었다고 보는 관점에서 출발했기 때문인 듯하다.

風人之詩, 不特爲漢魏五言之則, 亦爲後世騷 · 賦 · 樂府[1]之宗. 如緇衣 · 狡童 · 還 · 東方之日 · 猗嗟 · 十畝之間 · 伐檀 · 月出等篇,[2] 全篇皆用兮[3]字, 乃騷體之所自出也. 如君子偕老 · 碩人 · 大叔于田 · 小戎等篇,[4] 敷敍聯絡, 則賦體之所自出也. 如"陟彼崔嵬, 我馬虺隤. 我姑酌彼金罍, 維以不永懷. 陟彼高岡, 我馬玄黃. 我姑酌彼兕觥, 維以不永傷."[5] "山有漆, 隰有栗. 子有酒食, 何不日鼓瑟. 且以喜樂, 且以永日. 宛其死矣, 他人入室."[6] 其句法音調, 又樂府雜言之所自出也. 今人但知騷 · 賦 · 樂府起於楚漢, 而忘其所自出, 何哉?

1 騷(소) · 賦(부) · 樂府(악부): 모두 고대의 시체 중 하나다. '소'는 소체騷體를 가리키는 말로 굴원屈原의 《이소離騷》로 대표된다. 이 작품은 전국시대 초楚나라 민가를 기초로 형성된 운문으로 서정적 성분과 낭만적 분위기가 풍부하고 편폭이 대체로 길며 형식도 비교적 자유롭다. '兮(혜)'자를 많이 사용하는 특징이 있다. '부'는 초사楚辭에서 발전한 것으로, 객관 사물을 묘사하는 수사적 방식이 특징적이다. '악부'는 처음 진秦나라 때 발생하여 한무제漢武帝 때 크게 발전했다. 본래 음악을 수집하고 정리 편찬하는 기관이었으나, 후일 그곳에서 채집, 보존한 악장과 가사 및 그 모방 작품을 악부 또는 악부시樂府詩라고 칭했다.
2 이상은 모두 《시경, 국풍》의 시편이다. 〈치의緇衣〉, 〈교동狡童〉은 정풍鄭風의 노래고, 〈선還〉, 〈동방지일東方之日〉, 〈의차猗嗟〉는 제풍齊風의 노래고, 〈십무지간十畝之間〉, 〈벌단伐檀〉은 위풍魏風의 노래고, 〈월출月出〉은 진풍陳風의 노래다.
3 兮(혜): 감탄의 어기조사. 주로 소체의 운문에서 많이 사용된다.
4 이상은 모두 《시경, 국풍》의 시편이다. 〈군자해로君子偕老〉는 용풍鄘風의 노래고, 〈석인碩人〉은 위풍衛風의 노래고, 〈대숙우전大叔于田〉은 정풍의 노래고, 〈소융小戎〉은 진풍秦風의 노래다.
5 陟彼崔嵬(척피최외), 我馬虺隤(아마훼퇴). 我姑酌彼金罍(아고작피금뢰), 維以

不永懷(유이불영회). 陟彼高岡(척피고강), 我馬玄黃(아마현황). 我姑酌彼兕觥(아고작피시굉), 維以不永傷(유이불영상): 높은 산에 오르려는데 내 말이 힘을 못쓰네. 잠시 금잔에 술을 따라, 회포를 풀어보네. 높은 산에 오르려는데, 내 말이 병들었네. 잠시 쇠뿔 잔에 술을 따라, 마음을 달래보네. 〈주남, 권이卷耳〉의 시구다.

6 山有漆(산유칠), 隰有栗(습유율). 子有酒食(자유주식), 何不日鼓瑟(하불일고슬). 且以喜樂(차이희락), 且以永日(차이영일). 宛其死矣(완기사의), 他人入室(타인입실): 산에는 옻나무 있고, 진펄에는 밤나무 있네. 그대는 술과 음식이 있으면서, 어찌 날마다 거문고를 타지 않는가. 기쁘게 즐기면서 하루를 보낼지어다. 메말라 죽는다면, 다른 사람이 그대 집 들어오리. 〈당풍, 산유추山有樞〉의 시구다.

6

시는 문장과 다르니, 문장은 분명하고 직설적이며 시는 완곡하고 함축적이다. 국풍은 낡은 틀에 사로잡히지 않고[6] 완곡하면서 함축적이다. 국풍 중에는 다음과 같은 것이 있다.

영탄의 여운에 마음을 기탁한 것으로 〈관저關雎〉·〈한광漢廣〉·〈인지지麟之趾〉·〈하피농의何彼襛矣〉·〈추우騶虞〉·〈간혜簡兮〉·〈치의緇衣〉·〈겸가蒹葭〉가 있다. 말하고자 하는 뜻이 전부 감추어져 드러나지 않은 것으로 〈개풍凱風〉·〈포유고엽匏有苦葉〉·〈석인碩人〉·〈하광河廣〉·〈청인淸人〉·〈재구載驅〉·〈의차猗嗟〉·〈주림株林〉·〈습유장초隰有萇楚〉·〈부유蜉蝣〉가 있다. 반대로 말을 함으로써 뜻을 드러낸 것으로 〈척호陟岵〉가 있다.[7] 원망하는 것 같으나 사실은 그렇지 않은 것으로 〈재치載馳〉가 있다. 의심하는 것 같으나 사실은 신임

---

6) 뜻이 말 밖에 있음.
7) 뒤쪽(본권 제39칙)에 설명이 보인다.

하는 것으로 〈이자승주二子乘舟〉가 있다. 좋아하는 것 같으나 사실은 싫어하는 것으로 〈교동狡童〉이 있다. 조롱하는 것 같으나 사실은 칭송하는 것으로 〈간혜簡兮〉가 있다.[8] 희롱하는 것 같으나 사실은 풍자하는 것으로 〈신대新臺〉가 있다.

이것은 모두 이른바 낡은 틀에 사로잡히지 않은 것이다. 맹자는 "자신의 생각으로써 작자의 본뜻을 거슬러 올라가면 그것을 얻을 수 있다以意逆志, 得之"고 말했다.[9]

국풍의 전반적인 수사 특징과 감상 방법에 관한 논의다. 시는 대개 완곡하고 함축적으로 표현되어 있어서, 그 내용이 분명하고 직설적인 문장에 비해 작자의 뜻을 이해하기가 쉽지 않다. 그것은 시의 본뜻이 시어의 표면적인 글자 뜻에 있지 않고 언어의 이면에 숨어 있기 때문이다. 따라서 시의 함의를 잘 파악해야 시를 제대로 감상할 수 있다. 허학이는 국풍의 함축적인 표현 방법을 7가지 유형으로 간단하게 분류하고 대표적인 작품을 소개했다.

아울러 이러한 함축적인 표현 방법을 이해할 수 있는 방법으로 맹자의 '이의역지以意逆志' 비평론을 언급하고 있는데, '이의역지'란 《맹자, 만장상萬章上》에 기록된 맹자의 시경론이라고 할 수 있다. 맹자는 함구몽咸丘蒙이 〈소아, 북산北山〉에 관해 오해를 하고 있자 다음과 같이 말했다.

"《시》를 논하는 사람은 글자에 얽매여서 말뜻을 해치지 말아야 하며, 말뜻에 얽매여서 원뜻을 해치지 말아야 할 것이니, 자신의 생각으로써 작자의 본뜻을 거슬러 올라가면 바로 그것을 얻을 수 있다.故說詩者, 不以文害辭, 不

---

8) 주자는 "현자가 악관樂官의 벼슬을 하면서 지은 것으로 보고, 자신을 칭송한 것 같으나 실제로는 스스로 자기를 비웃는 것이다"고 했다. 그러나 나는 시인의 창작으로서 자기를 비웃는 것 같지만 실제로는 칭송하는 것이라고 생각한다.

9) 시는 비록 낡은 틀에 사로잡히지 않는 것을 지향하지만, 당나라 사람은 '격조'를 중시하므로 국풍·한·위의 시를 논하는 것과는 다르다. 당시론 및 만당절구晩唐絶句에 설명이 보인다.

以辭害志; 以意逆志, 是爲得之.”

　이후 맹자가 제기한 '이의역지'의 의미는 점차 보편적인 명제가 되어 《시경》을 이해하는 하나의 방법론으로 자리 잡아, 청대 주존이朱尊彛는 《시경》을 공부하는 천고의 핵심 방법이라고 극찬했다.

詩與文章不同, 文顯而直, 詩曲而隱. 風人之詩, 不落言筌[1], [意在言外], 曲而隱也. 風人有寄意於詠歎之餘者, 關雎, 漢廣, 麟之趾, 何彼穠矣, 騶虞, 簡兮, 緇衣, 蒹葭是也.[2] 有意全隱而不露者, 凱風, 匏有苦葉, 碩人, 河廣, 淸人, 載驅, 猗嗟, 株林, 隰有萇楚, 蜉蝣是也.[3] 有反言以見意者, 陟岵[4]是也. [說見於後.] 有似怨而實否者, 載馳[5]是也. 有似疑而實信者, 二子乘舟[6]是也. 有似好而實惡者, 狡童[7]是也. 有似嘲而實譽者, 簡兮[8]是也. [朱子以爲"賢者仕於伶官而作, 若自譽而實自嘲." 予則以爲詩人之作, 似嘲而實譽也.] 有似譽而實刺者, 新臺[9]是也. 此皆所謂不落言筌者也. 孟子謂"以意逆志, 得之."[10] [詩雖以不落言筌爲尙, 然唐人又以氣格爲主, 故與論國風·漢·魏不同. 說見唐論及晩唐絶句.]

1　不落言筌(불락언전): 낡은 틀에 사로잡히지 않다. '筌(전)'은 물고기를 잡는 기구를 가리키고, '言筌(언전)'은 해석이나 설명, 또는 용사를 비유한다. 이것은 본래 다음의 《장자莊子, 외물편外物篇》에서 나온 말이다. "통발은 물고기를 잡는 데 있으니 물고기를 잡으면 통발을 잊어버린다…말은 뜻을 드러내는 데 있으니 뜻을 얻으면 말을 잊어버린다.筌者所以在魚, 得魚而忘筌…言者所以在意, 得意而忘言."

2　이상은 모두 《시경, 국풍》의 시편이다. 〈관저關雎〉, 〈한광漢廣〉, 〈인지지麟之趾〉는 주남의 노래고, 〈하피농何彼穠矣〉, 〈추우騶虞〉는 소남의 노래고, 〈간혜簡兮〉는 패풍의 노래고, 〈치의緇衣〉는 정풍의 노래고, 〈겸가蒹葭〉는 진풍秦風의 노래다.

3　이상은 모두 《시경, 국풍》의 시편이다. 〈개풍凱風〉, 〈포유고엽匏有苦葉〉은 패풍의 노래고, 〈석인碩人〉, 〈하광河廣〉은 위풍衛風의 노래고, 〈청인淸人〉은 정풍의 노래고, 〈재구載驅〉, 〈의차猗嗟〉는 제풍齊風의 노래고, 〈주림株林〉은 진풍陳風의 노래고, 〈습유장초隰有萇楚〉는 회풍檜風의 노래고, 〈부유蜉蝣〉는 조풍曹風의 노래다.

4　陟岵(척호): 위풍魏風의 노래다.

5 載馳(재치): 용풍의 노래다.

6 二子乘舟(이자승주): 패풍의 노래다.

7 狡童(교동): 정풍의 노래다.

8 簡兮(간혜): 패풍의 노래다.

9 新臺(신대): 패풍의 노래다.

10 以意逆志(이의역지), 得之(득지): 자신의 생각으로써 작자의 본뜻을 거슬러 올라가면 그것을 얻을 수 있다. 《맹자, 만장상萬章上》에 나오는 구절이다.

7

엄우嚴羽가 말했다.

"시를 논하는 것은 선禪을 논하는 것과 같다. 선도禪道는 오직 오묘한 깨달음에 있고, 시도詩道 역시 오묘한 깨달음에 있다."

이것은 본디 시를 배우는 사람이 마땅히 도리를 깨달아야 함을 말하는 것인데, 《시경》에서 당시唐詩까지는 독자가 더욱 깨달아야 마땅하다. 오늘날 사람들은 시에 우매할 뿐 아니라 선에도 우매하다. 낡은 틀에 얽매이지 않으면 시는 선과 상통하여 논할 수 있다.

국풍은 대부분 시인이 그 말을 빌어서 미자를 의탁한 것이지, 실제 그 작중 화자가 직접 지은 것이 아니다. 〈여분汝墳〉·〈초충草蟲〉·〈정녀靜女〉·〈상중桑中〉·〈재치載馳〉·〈맹氓〉·〈구중유마丘中有麻〉·〈여왈계명女曰鷄鳴〉·〈봉丰〉·〈진유溱洧〉·〈계명鷄鳴〉·〈주무綢繆〉 등의 작품은 모두 시인이 마음을 다해 모의하여 지었다. 시를 논하는 사람이 '풍'을 모두 그 작중 화자가 직접 지은 것이라고 여기고 시 속의 말이 다 사실이라고 여기는 것은, 선을 논하는 자가 불경을 다 부처님 설법이라고 여기고 불경 속의 사건이 모두 실제 상황이라고 여기는 것과 어찌 다르겠는가?

당나라 장계張繼의 시에서 "한밤중 종소리 객선까지 들려오네夜半鐘

聲到客船"라고 한 것에 대해, 송나라 사람이 한밤중에는 종소리가 없다는 것을 이유로 분분히 모여 논쟁했다. 이에 호응린胡應麟이 다음과 같이 말했다.

"한밤중인지 아닌지를 막론하고, 한마디로 종소리가 들리는지 안 들리는지 알 수 없다."

이처럼 파어破語가 충분히 실제의 의혹이 될 수 있으므로 시를 깨달아야 함은 물론 선도 깨달아야 한다.[10]

해제 국풍을 감상하는 또 하나의 방법으로 엄우의 '이선논시以禪論詩'를 제기하고 있다. 그것은 시의 함축적인 의미를 깨닫는 과정이 마치 참선을 하는 것처럼 어렵다는 사실을 대변한다. 따라서 시의 완곡하고 함축적인 뜻을 이해하기 위해서는 마땅히 도리를 깨우쳐야 한다. 오묘한 깨달음은 바로 언어 밖의 본질적인 뜻을 이해하는 지름길이다.

여기서 허학이는 국풍을 전문 시인이 창작한 시로 보고 각 시편의 주제가 단순히 표면적인 의미에 있지 않음을 강조하고 있다. 시의 내용을 사실 그대로 믿는 것은 불경 속의 내용을 모두 사실이라고 믿는 것과 같으며, 지나치게 시어를 깨뜨려서 시의 본질을 떠나 지엽적인 문제에 집착하는 우스운 결과를 초래한다. 그 일례로 당나라 시인 장계의 〈풍교야박楓橋夜泊〉에 관해 설명했다. 이 시의 마지막 구에 대해 북송의 문인 구양수歐陽修가 "삼경은 종을 칠 시간이 아니다三更不是打鐘時"라고 말한 이후 그 진위 여부에 대한 갑론을박이 자못 많아졌다.

이와 아울러 불교 경전의 깊은 뜻까지 이해한 주자가 시의 뜻을 제대로 파악하지 못하고 국풍을 작중 화자의 작품이라고 주장한 것을 꼬집어 "지나치게 집착하여 판단력을 잃게 되면 죽을 때까지도 깨닫지 못한다貪癡者則

---

10) 당나라 부혁傅奕이 "불교가 중국에 들어온 이후에 노장을 모방한 문장으로써 그 불설을 나타내었다"고 말했다. 주자는 또한 "불설은 모두 노장에서 나왔다"고 말했다. 주자는 어릴 때 불경의 경전을 깊이 공부하여 그 요점을 이해할 수 있었다. 지나치게 집착하여 판단력을 잃게 되면 죽을 때까지도 깨닫지 못한다.

^{抵死不悟}"고 논박한 점이 인상 깊다. 주자는 국풍의 시가 작중 화자의 작품이라고 주장하며 《시경》에 대한 기존의 유학적 견해에서 벗어나 문학 자체에 대한 해석을 중시했다.

嚴滄浪¹云: "論詩與論禪. 禪道惟在妙悟, 詩道亦在妙悟."² 此本謂學詩者當悟, 然自三百篇至唐, 讀者尤宜悟也. 今人旣昧於詩, 復昧於禪. 不落言筌, 詩與禪通論也. 風人之詩, 多詩人託爲其言以寄美刺, 而實非其人³自作. 至如⁴汝墳, 草蟲, 靜女, 桑中, 載馳, 氓, 丘中有麻, 女曰鷄鳴, 丰, 溱洧, 鷄鳴, 綢繆等篇,⁵ 又皆詩人極意摹擬爲之. 說詩者以風皆爲自作, 語皆爲實際, 何異論禪者以經盡爲佛說, 事悉爲眞境乎? 唐張繼⁶詩"夜半鐘聲到客船"⁷, 宋人以夜半無鐘聲, 紛紛聚訟.⁸ 胡元瑞⁹云: "無論夜半是非, 卽鐘聲聞否, 未可知也." 此足以破語¹⁰皆實際之惑, 不惟悟詩, 且悟禪矣. [唐傳奕¹¹云: "佛入中國, 其後模象老莊¹², 以文飾之." 朱子亦言"佛說盡出老莊." 朱子早年洞究¹³釋典¹⁴, 故能得其要領¹⁵. 貪癡者則抵死不悟¹⁶.]

1 嚴滄浪(엄창랑): 엄우嚴羽(약 1197~1245). 송대의 문인이다. 호가 창랑이고, 자는 의경儀卿이다. 복건성 소무邵武에서 출생했다. 관직에 뜻을 두지 않고 일생동안 은자로서의 지조를 고집했다. 각지를 유람하며 많은 승려·도사들과 교유했다. 그의 대표작 《창랑시화滄浪詩話》는 송대에 배출된 시론 중에서 가장 뛰어난 체계를 정립한 시론서로서 선학禪學에 기초한 것이다.

2 論詩與論禪(논시여논선), 禪道惟在妙悟(선도유재묘오), 詩道亦在妙悟(시도역재묘오): 시를 논하는 것은 선禪을 논하는 것과 같다. 선도禪道는 오직 오묘한 깨달음에 있고, 시도詩道 역시 오묘한 깨달음에 있다. 《창랑시화, 시변詩辨》에 보인다.

3 其人(기인): 여기서 말하는 '그 사람'이란 시 속에 나타난 작중 화자를 가리킨다.

4 至如(지여): '至於(지어)'와 같은 말이다. '…으로 말하면', '…에 관해서는'의 뜻이다. 화제를 바꾸거나 제시할 때 쓰인다.

5 이상은 모두 《시경, 국풍》의 시편이다. 〈여분汝墳〉은 주남의 노래고, 〈초충草蟲〉은 소남의 노래고, 〈정녀靜女〉는 패풍의 노래고, 〈상중桑中〉, 〈재치載馳〉는

용풍의 노래고, 〈맹氓〉은 위풍衛風의 노래고, 〈구중유마丘中有麻〉는 왕풍의 노래고, 〈여왈계명女曰鷄鳴〉, 〈봉丰〉, 〈진유溱洧〉는 정풍의 노래고, 〈계명鷄鳴〉은 제풍의 노래고, 〈주무綢繆〉는 당풍의 노래다.

6 張繼(장계): 당나라 시기의 시인이다. 자는 의손懿孫이며, 호북성湖北省 양양襄陽 사람이다. 현종玄宗 때 진사進士가 되었고, 검교사부원외랑檢校祠部員外郎과 홍주洪州 염철판관鹽鐵判官 등의 벼슬을 지냈다. 기행과 유람을 내용으로 하는 시를 많이 남겼으며, 특히 절구絶句에 뛰어났다.

7 夜半鐘聲到客船(야반종성도객선): 장계의 시 〈풍교야박楓橋夜泊〉의 가장 마지막 구다. 잠시 그 전문을 소개하면 다음과 같다. "달 지고 까마귀 우는데 서리가 하늘 가득 내리고, 강가의 단풍 고기잡이 등불 바라보다 시름 속에 잠을 청하네. 고소성 밖 한산사, 한밤중 종소리 객선까지 들려오네月落烏啼霜滿天, 江楓漁火對愁眠. 姑蘇城外寒山寺, 夜半鐘聲到客船." 청나라 강희제康熙帝가 이 시에 끌려 풍교를 찾았다고 하며, 지금의 강소성江蘇省 소주蘇州에 있는 풍교楓橋, 고소성姑蘇城, 한산사寒山寺는 이 한 수의 시로 인해 오늘날까지 명소가 되고 있다.

8 구양수歐陽修가 장계의 〈풍교야박〉 대해 "삼경은 종을 칠 시간이 아니다三更不是打鐘時"라고 말한 이후 이에 대한 의견이 자못 많아졌다.

9 胡元瑞(호원서): 호응린胡應麟(1551~1602). 명대 후기의 문인이다. 원서는 그의 자인데 만년에는 명서明瑞로 바꾸었다. 호는 소실산인少室山人, 석양생石羊生, 부용봉객芙蓉峰客, 벽관자壁觀子 등이다. 《시수詩藪》 20권을 지었다. 그는 문헌학, 사학, 시학, 소설 및 희극 방면에서 모두 뛰어난 성취가 있었는데, 평생 벼슬을 지내지 않고 천하를 유람하며 빈부귀천에 상관없이 여러 사람들을 두루 사귀었다고 전한다.

10 破語(파어): 시어를 파괴하여 다른 의미로 해석하는 것을 가리킨다.

11 傅奕(부혁): 당나라 초기의 학자다. 천문과 역학에 정통했다. 어릴 때부터 총명하고 박학다식하며 언변에 능했다. 불교를 싫어하고 승려를 증오했다.

12 老莊(노장): 노자老子와 장자莊子. 노자는 중국 도가의 시조다. 성은 이李, 이름은 이耳이고 자는 담聃이다. 혹자는 이름이 담이고 자가 이라고도 한다. 초나라 고현苦縣 곧 지금의 하남성 녹읍鹿邑 사람이다. 생몰년은 대략 B.C. 571년~B.C. 471년으로 추정되며 일찍이 공자에게 예를 가르쳤다고 전한다. 《도덕경道德經》에 그의 사상이 잘 담겨 있다. 장자는 이름은 주周이고 송宋나라 몽蒙 곧 지금의 하남성 상구商丘에서 태어나 맹자와 동시대에 노자를 계승한 것으로 알려져

있는데, 혹자는 실존 인물이 아니라고도 한다. 생몰년은 대략 B.C. 369
년~B.C. 289년경으로 추정되며 《장자》 33편(내편 7편, 외편 15편, 잡편 11편)
이 전한다.

13 洞究(동구): 깊이 연구하다.

14 釋典(석전): 불교 경전.

15 要領(요령): 요점.

16 貪癡者則抵死不悟(탐치자칙저사불오): 지나치게 집착하여 판단력을 잃게 되
면 죽을 때까지도 깨닫지 못한다.

8

양신楊愼이 말했다.

"《시경》은 모두 감정을 절제하고 마음의 본질에 융합되어 도덕으
로 귀착되었으나, 도덕적인 성정의 구절이 있지는 않다. 이남二南은
수신제가修身齊家가 그 주제이나 '금과 슬琴瑟', '종과 북鐘鼓', '마름풀荇
菜', '질경이芣苢', '아름다운 복숭아나무夭桃', '무성한 오얏나무穠李'를
말했지 어디에 '수신제가'라는 글자가 있는가? 모두 뜻이 언어 밖에 있
어 사람들이 스스로 깨닫도록 한다."

내가 생각건대 이 주장은 국풍의 풍격을 깨달아 경학을 공부하는
서생의 폐단을 구할 뿐 아니라 후세에 문장을 시라고 간주하는 미혹
을 떨쳐버리기에 족하다. 다만 첫 구의 "감정을 절제하고 마음의 본질
에 융합하다約情合性"는 의미가 〈대서代序〉의 "성정에서 나와서 예의에
서 멈춘다發乎情, 止乎禮義"의 설에 바탕을 둔다는 것은 타당하지 않
다.11)

🔲 명대의 시인 양신의 시경론을 통해 자신의 관점을 관철시키고 있다. 양신

---

11) 〈대서〉는 자하子夏가 지은 것이 아니다.

역시 기본적으로 시의 오묘한 본뜻을 깨닫는 것이 중요하다고 말하며, 시의 함축적인 표현 방법에 대해 강조했다. 즉 이남의 시는 주제가 분명 '수신제가'이지만 각 시편에서 '수신제가'의 글자를 찾을 수 없다. 그 표면적인 글자를 찾아볼 수 없다고 해서 이면의 주제인 수신제가의 뜻을 모른다면 시를 제대로 이해한 것이 아니다. 따라서 언어 밖의 숨은 뜻을 깨닫는 것이 곧 시 공부의 본질인 셈이다.

　허학이는 양신의 이와 같은 관점을 크게 수용하고 마지막에 몇 가지 견해를 덧붙였다. 특히 양신이 말한 '약정합성約情合性'은 앞서 말한 '애이불상哀而不傷', '원이불노怨而不怒', '낙이불음樂而不淫'과 같이 절제된 감정의 미학을 가리키는 것으로 이해할 수 있으며, 〈대서〉에서 말하는 '감정에서 발원하여 예의에서 멈춘다'는 의미와는 다르다고 보았다.

楊用修[1]云: "三百篇皆約情合性[2], 而歸之道德[3], 然未嘗[4]有道德性情句也. 二南[5]者, 修身齊家[6]其旨也, 然其言琴瑟[7]·鐘鼓[8]·荇菜[9]·茉莒[10]·夭桃[11]·穠李[12], 何嘗[13]有修身齊家字, 皆意在言外[14], 使人自悟." 愚按[15]: 此論不惟得風人之體, 救經生[16]之弊, 且足以祛[17]後世以文爲詩之惑. 惟首句'約情合性'四字, 本乎大序[18]"發乎情, 止乎禮義"之說爲未妥. [大序非子夏[19]作也.]

1　楊用修(양용수): 양신楊愼(1488~1559). 명나라 시기의 문인이다. 자가 용수이고, 호는 승암升庵이다. 사천四川 신도新都 사람이다. 정덕正德 6년(1511)에 장원급제하여 한림수찬翰林修撰의 관직을 지냈다. 시문과 사곡에 능했으며, 민간문학에 대해 깊은 관심을 가졌다. 박학다식하여 많은 저술을 창작했다.

2　約情合性(약정합성): 감정을 절제하고 마음의 본질에 융합하다. '情(정)'은 마음의 작용을 가리키고, '性(성)'은 그에 대응하여 마음의 본체를 가리킨다.

3　歸之道德(귀지도덕): 도덕으로 귀착하다.

4　未嘗(미상): 일찍이 …한 적이 없다. 지금까지 …하지 못하다.

5　二南(이남): 《시경》의 〈주남〉과 〈소남〉을 가리킨다.

6　修身齊家(수신제가): 몸과 마음을 닦아 수양하고 집안을 다스리다. 《예기禮記, 대학大學》에 "마음이 수양된 이후에 집안이 다스려지고, 집안이 다스려진 이후에 나라가 다스려진다.身修以後家齊, 家齊以後國治."라는 말이 보인다.

7 琴瑟(금슬): 〈주남, 관저〉에 "琴瑟友之(금슬우지: 금슬을 연주하며 사이좋게 지내다)"의 구가 있다.

8 鐘鼓(종고): 〈주남, 관저〉에 "鐘鼓樂之(종고락지: 풍악을 울리며 즐기다)'의 구가 있다.

9 荇菜(행채): 〈주남, 관저〉에 "參差荇菜(참치행채: 올망졸망 마름풀)"의 구가 있다.

10 芣苢(부이): 〈주남, 부이〉에 "采采芣苢(채채부이: 질경이를 캐고 캐자)"의 구가 있다.

11 夭桃(요도): 〈주남, 요도〉에 "桃之夭夭(도지요요: 복숭아나무 아름답다)"의 구가 있다.

12 穠李(농이):〈소남, 하피농의何彼穠矣〉에 '무성한 오얏나무穠李'가 나온다. '穠(농)'은 '襛(농)'으로도 쓰이는데, 한시韓詩에는 '莪(융)'으로 되어 있다.

13 何嘗(하상): '何曾(하증)'과 같은 말이다. 언제 …한 적이 있었는가.

14 意在言外(의재언외): 뜻이 언어 밖에 있다. 즉 말의 진정한 뜻은 명확하게 말할 수 없지만 느낌을 통해 알 수 있음을 가리킨다. 이것은 송나라 문인 호자胡仔의 《초계어은총화후집苕溪漁隱叢話後集》권15에서 나왔다. "이 절구는 매우 아름다우니, 뜻이 언어 밖에 있어서 그윽한 감정이 저절로 나타나므로, 명확한 설명을 할 필요가 없다.此絶句極佳, 意在言外, 而幽怨之情自見, 不待明言之也."

15 愚按(우안): 내가 생각건대. '우'는 자기의 겸칭이고, '안'은 편자, 작자 등이 논단 또는 평어를 덧붙일 때 쓰는 말이다.

16 經生(경생): 대략 다음의 3가지 뜻이 있다. (1) 한대漢代의 박사를 지칭하는 말이다. 경학을 전수하는 것을 도맡는다. (2) 경학을 공부하는 서생書生의 범칭이다. (3) 판각이 성행하기 이전에 서적을 베껴 써서 생업을 삼는 사람을 가리킨다. 여기서는 (2)의 뜻으로 쓰였다.

17 袪(거): 가다. 떠나다.

18 大序(대서): 《시경》의 대서를 가리킨다. 《시경》 전편에 대해 개괄한 서문이다. 전통적으로 〈대서〉는 자하가 지었다고 보는데, 허학이는 이에 대해 부정하고 있다. 참고로 말하자면 〈대서〉를 누가 지었는지에 대해서는 아직도 의론이 분분하다. 한나라 대유학자 정현의 '자하설'을 중심으로 '모공설毛公說', '위굉설衛宏說' 및 이상의 3인 합작설 등 다양한 주장이 있다. 특히 자하의 창작설을 부정하는 견해는 당·송 이래로 줄곧 제기되어 왔는데, 그러다가 20세기 의고주

의疑古主義가 흥기한 이래 '자하설'은 거의 철저하게 부정되고, 〈대서〉는 한나라 유학자들이 춘추전국 시기의 여러 서적 등에서 보이는 유문遺文을 참고하여 지은 것으로 보는 것이 통론이다. 그러나 일부 학자들은 여전히 자하가 지은 것이라고 보고 있기도 하다.

19 子夏(자하): 공자의 제자로 공문십철孔門十哲의 한 사람이다. 성명은 복상卜商이고, 춘추 말년 진晉나라 사람이다. 생졸년은 대략 B.C. 507년~B.C. 420년이다. 그의 학문은 주관적 내면성을 존중하는 중자曾子 등과는 달리 예禮의 객관적 형식을 존중하는 것이 특색이다.

9

조이광趙宧光이 말했다.

"《시경》은 대부분 완곡하지만 의미가 통하고 은밀하지만 드러나며, 또 음절이 즐길 만하여 듣기에 감흥이 없는 것이 없다."

나는 일찍이 '국풍'의 오묘함은 언어의 밖, 음절 가운데 있다고 했는데, 조이광의 설과 표현이 다르지만 의미는 같다.

해제 명대 조이광의 시경론을 언급하고 그의 시론이 자신과 크게 다르지 않음을 지적했다. '曲而通(곡이통)', '微而著(미이저)'는 시의 함축적인 미학적 특징을 잘 드러낸 말이고, '語言之外(언어지외)', '音節之中(음절지중)'은 시의 오묘한 풍격을 잘 직시한 말이다.

원문 趙凡夫[1]云: "詩多曲而通[2]·微而著[3], 復有音節之可娛, 聽之無不興感[4]." 予嘗謂國風妙在語言之外·音節之中, 與凡夫之說異而同.

주석
1 趙凡夫(조범부): 조이광趙宧光(1559~1625). 명나라 시기의 문인이다. 자가 범부이고 오중吳中 사람으로 한산寒山에 은거하여 살았다. 육서六書에 뛰어나고 시문을 잘 지었으며, 전각篆刻에도 뛰어났다.
2 曲而通(곡이통): 완곡하지만 의미가 통한다.

3 微而著(미이저): 은밀하지만 의미가 드러난다.

4 興感(흥감): 감흥.

10

조이광이 말했다.

"시는 함축하여 드러나지 않음을 중시하는데, 말을 다 하면 문장이지 시가 아니다."

내가 생각건대, 국풍은 함축이 진실로 그 본질이다. 예를 들면 〈곡풍谷風〉과 〈맹氓〉은 정성을 간절히 다하고 완곡함이 충분히 구비되어, 아름답지 않음이 없다. 그것이 문장과 다른 까닭은 바로 완곡하고 부드러워 반복하여 사람을 감동시키는 데 있다.

시의 본질에서 함축은 가장 중요하게 손꼽히는 특징이다. 허학이는 국풍 중에서 그 함축미가 가장 잘 드러난 것으로 〈곡풍〉과 〈맹〉 두 편을 예로 들었다. 또한 그는 이 두 편이 성정, 성기, 체제, 문채, 음절이 두루 잘 갖추어진 국풍의 시 중 가장 뛰어난 것이라고 여기고 있다(아래 제13칙 참조).

趙凡夫云: "詩主[1]含蓄不露, 言盡則文也, 非詩也." 愚按: 風人之詩, 含蓄固其本體[2], 若谷風[3]與氓[4], 懇款竭誠[5], 委曲備至[6], 則又無不佳. 其所以[7]與文異者, 正[8]在微婉優柔[9], 反覆動人[10]也.

1 主(주): 중시하다.

2 本體(본체): 본질.

3 谷風(곡풍): 패풍의 시편이다.

4 氓(맹): 위풍衛風의 시편이다.

5 懇款竭誠(간관갈성): 정성을 간절히 다하다.

6 委曲備至(위곡비지): 완곡함이 충분히 구비되다.

7 所以(소이): 까닭.

8 正(정): 바로.

9 微婉優柔(미완우유): 완곡하고 부드럽다.

10 動人(동인): 사람을 감동시키다.

11

조이광이 말했다.

"시를 읽는 사람은 글자마다의 뜻을 이해할 수 있으나 한 글자도 이해하지 못하는 듯하다. 그러나 간혹 다 이해할 필요도 없이 이미 명료하게 된다."

이 말은 절묘하여서 선禪을 논하기에도 충분하다. 오늘날 과거시험을 공부하는 이들은 국풍에 대해 글자의 뜻을 샅샅이 가려내고 편장의 주제를 관철하지만, 진실로 이른바 글자마다의 뜻을 이해할 수 있으나 한 글자도 이해하지 못한다고 하겠다.

조이광의 시론을 인용하며 다시 한 번 시의 함축성을 강조하고 있다. 시에서 사용된 글자의 표면적인 뜻을 안다고 하더라도 그것이 함축하고 있는 의미를 정확하게 파악하기란 쉽지 않다. 또한 시는 그 깨달음을 말로 표현할 수 없는 속성을 지니고 있기도 하다. 이를 통해 과거시험을 준비하는 사람들이 모두 국풍의 자의字意를 가려내고 편장의 주제에 대해서는 관철하고 있지만 그 참뜻을 이해하지 못하는 현상을 꼬집어 비판했다. 허학이는 바로 이와 같은 과거공부의 무의미함에 한탄하며 일찍부터 관직에 나아갈 뜻을 품지 않고 평생 은거하며 학문에 열중했다.

趙凡夫云: "讀詩者字字能解, 猶然一字未解也. 或未必盡解, 已能了然[1]矣." 此語妙絶[2], 亦足論禪. 今之爲經生者, 於國風搜剔字義[3], 貫串章旨[4], 正[5]所謂字字能解, 一字未解也.

1 了然(요연): 명확한 모양.

2 妙絶(묘절): 절묘하다.

3 搜剔字義(수척자의): 글자의 뜻을 샅샅이 가려내다.

4 貫串章旨(관관장지): 편장의 주제를 관철하다.

5 正(정): 진실로. '誠(성)'과 같은 말이다.

12

　국풍에 대하여 시인과 유학자의 주장은 다소 다르다. 유학자는 득실을 논하고, 시인은 체제를 논한다. 성정과 성기에 관해서는 시인과 유학자가 같다. 반면 글자의 뜻을 샅샅이 가려내어 편장의 주제를 관철하는 것은 시인과 크게 다를 뿐 아니라 또한 유학자와도 부합하지 않는다.

국풍에 대한 시인과 유학자와의 태도를 비교했다. 유학자가 득실을 논하는 것은 시의 효용성을 강조하기 때문이고, 시인이 체재를 논하는 것은 시의 문학성을 강조하기 때문이다. 그러나 시의 심미적 기능에 대해서는 기본적으로 비슷하기 때문에 성정과 성기에 대한 입장이 동등하다고 말했다. 성정의 바름과 성기의 자연스러움 등은 유학자와 시인 양쪽 모두가 지향하는 것이기 때문에 기본 입장이 다르지 않은 것이다. 하지만 글자의 뜻을 샅샅이 가려내어 편장의 주제를 관철하는 것은 과거시험에서나 요구되는 쓸모없는 것으로, 시의 참뜻을 이해하는 데 조금도 도움이 되지 않을 뿐 아니라 유학의 도를 깨우치는 데에도 타당한 방법이 아니라고 지적했다.

風人之詩, 詩家[1]與聖門[2], 其說稍異. 聖門論得失, 詩家論體製. 至論性情聲氣, 則詩家與聖門同也. 若搜剔字義, 貫穿章旨, 不惟與詩家大異, 亦與聖門不合矣.

1 詩家(시가): 시인을 가리킨다.

13

국풍은 그 성정, 성기, 체제, 문채, 음절이 두루 잘 갖추어지지 않은 것이 없다. 지금 대략적으로 몇 장을 가려 뽑아 예로 든다.

"구욱구욱 물수리 강가 모래섬에서 우네. 아리따운 아가씨 군자의 좋은 짝이구나.關關雎鳩, 在河之洲. 窈窕淑女, 君子好逑."

"칡덩굴 길게 산골짜기에 뻗어 잎이 무성하니. 꾀꼬리 날아와 관목 위에 모여 짹짹 지저귀네.葛之覃兮, 施于中谷, 維葉萋萋. 黃鳥于飛, 集于灌木, 其鳴喈喈."

"저 여수가 방죽을 따라 잔 나뭇가지 자르네. 당신을 뵙지 못하니 아침을 굶은 듯하네요. 저 여수가 방죽을 따라 새로 난 나뭇가지 자르네. 당신을 만나게 되었으니 나를 버리지 않겠지요.遵彼汝墳, 伐其條枚. 未見君子, 惄如調饑. 遵彼汝墳, 伐其條肄. 旣見君子, 不我遐棄."

"머리 장식 풍성하구나, 밤낮으로 관청에서 제사 지내네. 머리 장식 많구나, 제사 마치고 집으로 돌아가네.被之僮僮, 夙夜在公, 被之祁祁, 薄言還歸."

"베짱이는 울고 메뚜기는 뛰노는데, 임을 뵐 수 없으니 마음이 시름 겹네. 보기만 한다면 만나게 된다면 이 마음 놓일 텐데.喓喓草蟲, 趯趯阜螽. 未見君子, 憂心忡忡. 亦旣見止, 亦旣覯止, 我心則降."

"반짝반짝 작은 별이 네댓 개 동쪽에 비추네. 잽싸게 밤에 가서 아침부터 저녁까지 임을 따르네. 정말 운명이 다르도다. 반짝반짝 작은 별은 삼성과 묘성인가, 잽싸게 밤에 가서 이부자리 안고 도는구나. 정말 운명이 다르도다.嘒彼小星, 三五在東. 肅肅宵征, 夙夜在公. 實命不同. 嘒彼小星, 維參與昴. 肅肅宵征, 抱衾與裯. 實命不猶."

"해야 달아 어찌 번갈아 지느냐, 마음의 시름은 빨지 않은 옷마냥 제거되지 않구나. 가만히 생각하니 훨훨 날수가 없구나.日居月諸, 胡迭而微. 心之憂矣, 如匪澣衣. 靜言思之, 不能奮飛."

"제비가 날아 날개를 퍼덕거리네. 여인이 시집가니 멀리 들까지 전송하네. 바라봐도 보이지 않으니 눈물이 비오는 듯하네. 제비가 날아 위아래서 짹짹하네. 여인이 시집가니 멀리 남쪽까지 전송하네. 바라봐도 보이지 않으니 실로 내 마음 괴롭구나.燕燕于飛, 差池其羽. 之子于歸, 遠送于野. 瞻望弗及, 泣涕如雨. 燕燕于飛, 下上其音. 之子于歸, 遠送于南. 瞻望弗及, 實勞我心."

"아름다운 꾀꼬리 지저귀는 소리 아름답네. 아들 칠형제 있으나 어머님 마음 위로하지 못하네.睍睆黃鳥, 載好其音. 有子七人, 莫慰母心."

"쇠하고 쇠했는데 어찌 돌아가지 않는지요? 임금님 한 몸 때문이 아니라면 어찌 이슬 맞으십니까! 쇠하고 쇠했는데 어찌 돌아가지 않는지요? 임금님 자신만을 위해서가 아니라면 어째 진흙 속에서 계십니까!式微式微, 胡不歸. 微君之故, 胡爲乎中露. 式微式微, 胡不歸. 微君之躬, 胡爲乎泥中."

"여우갖옷 해졌는데 수레는 동쪽으로 오지 않네. 대부들이여, 함께 협력하지 않겠는가. 쇠미해졌구나, 떠돌아다니는 이들이로다. 대부들이여, 웃으며 귀를 막고 있구나.狐裘蒙戎, 匪車不東. 叔兮伯兮, 靡所與同. 瑣兮尾兮, 游離之子. 叔兮伯兮, 襃如充耳."

"기수는 넘실대고, 전나무로 노 만들고 소나무로 배 만드네. 수레 타고 놀면서 답답한 마음이나 씻어 볼까.淇水滺滺, 檜楫松舟. 駕言出遊, 以寫我憂."

"큰 수레 덜컥덜컥하니 털옷이 갈대와 같네요. 어찌 그대를 생각하지 않을까만, 그대가 결혼하지 않을까 봐 두려워요. 큰 수레가 덜컹덜컹하니 털옷이 붉은 옥 같네요. 어찌 그대를 생각하지 않을까만, 그대가 달려 나오지 않을까 봐 두려워요.大車檻檻, 毳衣如菼. 豈不爾思, 畏子不敢. 大車哼哼, 毳衣如璊. 豈不爾思, 畏子不奔."

"주살로 맞히면 당신에게 안주 만들어 드리지요. 안주 만들어 놓고 술 마시며 당신과 백년해로하지요. 금슬을 연주하니 즐겁고 행복하지요.弋言加之, 與子宜之. 宜言飮酒, 與子偕老. 琴瑟在御, 莫不靜好."

"산에는 참느릅나무 진펄에는 느릅나무 있네. 그대는 옷을 두고도 끌지도 들지도 않네. 그대는 수레와 말을 두고도 타지도 달리지도 않네. 그대가 메말라 죽는다면 다른 사람만 즐거우리. 산에는 복나무 진펄에는 감탕나무 있네. 그대는 정원과 내실을 두고도 물 뿌리고 쓸지 않네. 그대는 종과 북을 두고도 치지도 두드리지도 않네. 그대가 메말라 죽는다면 다른 사람이 차지하리.山有樞, 隰有楡. 子有衣裳, 弗曳弗婁. 子有車馬, 弗馳弗驅. 宛其死矣, 他人是愉. 山有栲, 隰有杻. 子有廷內, 弗洒弗掃. 子有鐘鼓, 弗鼓弗考. 宛其死矣, 他人是保."

"북쪽 동산에 노니는데 네 필의 말 숙련되었네. 가벼운 수레 끄는 말 재갈에 달린 방울 소리, 사냥개 수레 위에 실려 있네.遊于北園, 四馬既閑. 輶車鸞鑣, 載獫歇驕."

"갈대 무성하고 흰 이슬이 서리가 되네. 바로 그 사람은 강물 건너편에 있네. 물결 거슬러 올라가 그를 따르려니 길이 험하고도 멀도다. 물결 따라 건너가 그를 따르려니 강물 한가운데 있는 듯하네.蒹葭蒼蒼, 白露爲霜. 所謂伊人, 在水一方. 遡洄從之, 道阻且長. 遡游從之, 宛在水中央."

"네 필 말 수레 타고 주림에 머물렀네. 네 망아지 수레 타고 아침에 주림에서 음행을 저지르네.駕我乘馬, 說于株野. 乘我乘駒, 朝食于株."

"누가 물고기를 삶는가, 가마솥을 깨끗이 씻어야지. 누가 서쪽 주나라로 가는가? 좋은 소식 부쳐야지.誰能烹魚, 漑之釜鬵. 誰將西歸, 懷之好音."

"기러기 날아와 모래톱에 노니는데, 공께서 돌아가면 계실 곳 없으랴, 그대에게 잠시 거하는 것이네. 기러기 날아와 뭍에 노니는데, 공께서 돌아가면 다시 오지 않으리니, 그대에게 잠깐 머무는 것이네.鴻飛遵渚, 公歸無所, 於女信處. 鴻飛遵陸, 公歸不復, 於女信宿."

이상의 시구에서 그 성정이나 성기는 물론이거니와 그 체재의 영롱함, 문채의 완미함, 음절의 조화로움을 모두 개괄적으로 살펴볼 수 있다. 〈곡풍谷風〉과 〈맹氓〉의 경우는 장구를 가려 뽑을 수가 없다.[12]

국풍의 시는 성정, 성기, 체제, 문채, 음절이 두루 겸비되었음을 구체적인 예를 들어 설명하고 있다. 그중 〈곡풍〉과 〈맹〉은 장구를 가려 뽑기가 어려울 정도로 전편이 훌륭함을 강조했다. 위의 제10칙에서 허학이는 〈곡풍〉과 〈맹〉은 "정성을 간절히 다하고, 완곡함이 충분히 구비되어 아름답지 않음이 없다.懇款竭誠, 委曲備至, 則又無不佳."고 극찬했다.

風人之詩, 其性情, 聲氣, 體製, 文采, 音節, 靡不兼善. 今略摘數章以見. 如"關關雎鳩, 在河之洲. 窈窕淑女, 君子好逑."[1] "葛之覃兮, 施于中谷, 維葉萋萋. 黃鳥于飛, 集于灌木, 其鳴喈喈."[2] "遵彼汝墳, 伐其條枚. 未見君子, 惄如調飢. 遵彼汝墳, 伐其條肄. 旣見君子, 不我遐棄."[3] "被之僮僮, 夙夜在公, 被之祁祁, 薄言還歸."[4] "喓喓草蟲, 趯趯阜螽. 未見君子, 憂心忡忡. 亦旣見止, 亦旣覯止, 我心則降."[5] "嘒彼小星, 三五在東. 肅肅宵征, 夙夜在公. 實命不同. 嘒彼小星, 維參與昴. 肅肅宵征, 抱衾與裯. 實命不猶."[6] "日居月諸, 胡迭而微. 心之憂矣, 如匪澣衣. 靜言思之, 不能奮飛."[7] "燕燕于飛, 差池其羽. 之子于歸, 遠送于野. 瞻望弗及, 泣涕如雨. 燕燕于飛, 下上其音. 之子于歸, 遠送于南. 瞻望弗及, 實勞我心."[8] "睍睆黃鳥, 載好其音. 有子七人, 莫慰母心."[9] "式微式微, 胡不歸? 微君之故, 胡爲乎中露! 式微

---

12) 이상의 12칙은 국풍의 체재와 주제를 논한 것인데, 학자들이 그 체재와 주제를 깨닫는다면 가히 한·위·당나라의 시를 더불어 논할 만하다.

式微, 胡不歸? 微君之躬, 胡爲乎泥中!"[10] "狐裘蒙戎, 匪車不東. 叔兮伯兮, 靡所與同. 瑣兮尾兮, 游離之子. 叔兮伯兮, 褎如充耳."[11] "淇水滺滺, 檜楫松舟. 駕言出遊, 以寫我憂."[12] "大車檻檻, 毳衣如菼. 豈不爾思, 畏子不敢. 大車啍啍, 毳衣如璊. 豈不爾思, 畏子不奔."[13] "穀則異室, 死則同穴. 謂予不信, 有如皦日."[13] "弋言加之, 與子宜之. 宜言飮酒, 與子偕老. 琴瑟在御, 莫不靜好."[14] "山有樞, 隰有楡. 子有衣裳, 弗曳弗婁. 子有車馬, 弗馳弗驅. 宛其死矣, 他人是愉. 山有栲, 隰有杻. 子有廷內, 弗洒弗掃. 子有鐘鼓, 弗鼓弗考. 宛其死矣, 他人是保."[15] "遊于北園, 四馬旣閑. 輶車鸞鑣, 載獫歇驕."[16] "蒹葭蒼蒼, 白露爲霜. 所謂伊人, 在水一方. 遡洄從之, 道阻且長. 遡游從之, 宛在水中央."[17] "駕我乘馬, 說于株野. 乘我乘駒, 朝食于株."[18] "誰能烹魚, 漑之釜鬵. 誰將西歸, 懷之好音."[19] "鴻飛遵渚, 公歸無所, 於女信處. 鴻飛遵陸, 公歸不復, 於女信宿"[20]等章, 其性情聲氣無論, 至其體製玲瓏, 文采備美, 音節圓暢, 具可槪見. 若谷風與氓, 則又未可以章句摘也. [以上十二則, 論國風詩體·詩趣, 學者得其體趣, 斯可與論漢魏唐人矣.]

1 關關雎鳩(관관저구), 在河之洲(재하지주). 窈窕淑女(요조숙녀), 君子好逑(군자호구): 구욱구욱 물수리 강가 모래섬에서 우네. 아리따운 아가씨 군자의 좋은 짝이구나. 〈주남, 관저關雎〉의 시구다.

2 葛之覃兮(갈지담혜), 施于中谷(시우중곡), 維葉萋萋(유엽처처). 黃鳥于飛(황조우비), 集于灌木(집우관목), 其鳴喈喈(기명개개): 칡덩굴 길게 산골짜기에 뻗어 잎이 무성하네. 꾀꼬리 날아와 관목 위에 모여 짹짹 지저귀네. 〈주남, 갈담葛覃〉의 시구다.

3 遵彼汝墳(준피여분), 伐其條枚(벌기조매). 未見君子(미견군자), 惄如調饑(녁여조기). 遵彼汝墳(준피여분), 伐其條肄(벌기조이). 旣見君子(기견군자), 不我遐棄(불아하기): 저 여수가 방죽을 따라 잔 나뭇가지 자르네. 당신을 뵙지 못하니 아침을 굶은 듯하네요. 저 여수가 방죽을 따라 새로 난 나뭇가지 자르네. 당신을 만나게 되었으니 나를 버리지 않겠지요. 〈주남, 여분汝墳〉의 시구다.

4 被之僮僮(피지동동), 夙夜在公(숙야재공), 被之祁祁(피지기기), 薄言還歸(박언환귀): 머리 장식 풍성하구나, 밤낮으로 관청에서 제사 지내네. 머리 장식 많구나, 제사 마치고 집으로 돌아가네. 〈소남, 채번采蘩〉의 시구다.

5 喓喓草蟲(요요초충), 趯趯阜螽(적적부종). 未見君子(미견군자), 憂心忡忡(우심충충). 亦旣見止(역기견지), 亦旣覯止(역기구지), 我心則降(아심즉강): 베짱이는 울고 메뚜기는 뛰노는데, 임을 뵐 수 없으니 마음이 시름겹네. 보기만 한다면 만나게 된다면 이 마음 놓일 텐데. 〈소남, 초충草蟲〉의 시구다.

6 嘒彼小星(혜피소성), 三五在東(삼오재동). 肅肅宵征(숙숙소정), 夙夜在公(숙야재공). 實命不同(실명부동). 嘒彼小星(혜피소성), 維參與昴(유삼여묘). 肅肅宵征(숙숙소정), 抱衾與裯(포금여주). 實命不猶(실명불유): 반짝반짝 작은 별이 네댓 개 동쪽에 비추네. 잽싸게 밤에 가서 아침부터 저녁까지 임을 따르네. 정말 운명이 다르도다. 반짝반짝 작은 별은 삼성과 묘성인가, 잽싸게 밤에 가서 이부자리 안고 도는구나. 정말 운명이 다르도다. 〈소남, 소성小星〉의 시구다. 이 구절에서 '實(실)'이 '寔(식)'으로 된 판본도 있다. '實(실)'은 《한시韓詩》에서 보인다. 《한시》는 연燕나라 한영韓嬰이 전한 《시경》의 해설서다. 당나라 때까지 전해오다가 이후 사라졌는데, 오늘날 그 일부인 《한시외전韓詩外傳》이 전한다.

7 日居月諸(일거월제), 胡迭而微(호질이미). 心之憂矣(심지우의), 如匪澣衣(여비한의). 靜言思之(정언사지), 不能奮飛(불능분비): 해야 달아 어찌 번갈아 지느냐, 마음의 시름은 빨지 않은 옷마냥 제거되지 않구나. 가만히 생각하니 훨훨 날수가 없구나. 〈패풍, 백주柏舟〉의 시구다.

8 燕燕于飛(연연우비), 差池其羽(차지기우). 之子于歸(지자우귀), 遠送于野(원송우야). 瞻望弗及(첨망불급), 泣涕如雨(읍체여우). 燕燕于飛(연연우비), 下上其音(하상기음). 之子于歸(지자우귀), 遠送于南(원송우남). 瞻望弗及(첨망불급), 實勞我心(실로아심): 제비가 날아 날개를 퍼덕거리네. 여인이 시집가니 멀리 들까지 전송하네. 바라봐도 보이지 않으니 눈물이 비오는 듯하네. 제비가 날아 위아래서 쨱쨱하네. 여인이 시집가니 멀리 남쪽까지 전송하네. 바라봐도 보이지 않으니 실로 내 마음 괴롭구나. 〈패풍, 연연燕燕〉의 시구다.

9 睍睆黃鳥(현환황조), 載好其音(재호기음). 有子七人(유자칠인), 莫慰母心(막위모심): 아름다운 꾀꼬리 지저귀는 소리 아름답네. 아들 칠형제 있으나 어머님 마음 위로하지 못하네. 〈패풍, 개풍凱風〉의 시구다.

10 式微式微(식미식미), 胡不歸(호불귀), 微君之故(미군지고), 胡爲乎中露(호위호중로). 式微式微(식미식미), 胡不歸(호불귀), 微君之躬(미군지궁), 胡爲乎泥中(호위호니중): 쇠하고 쇠했는데 어찌 돌아가지 않는지요? 임금님 한 몸 때문

이 아니라면 어찌 이슬 맞으십니까! 쇠하고 쇠했는데 어찌 돌아가지 않는지요? 임금님 자신만을 위해서가 아니라면 어째 진흙 속에서 계십니까! 〈패풍, 식미 式微〉의 시구다.

11 狐裘蒙戎(호구몽융), 匪車不東(비거부동). 叔兮伯兮(숙혜백혜), 靡所與同(미소여동). 瑣兮尾兮(쇄혜미혜), 游離之子(유리지자). 叔兮伯兮(숙혜백혜), 褎如充耳(포여충이): 여우갖옷 해졌는데 수레는 동쪽으로 오지 않네. 대부들이여, 함께 협력하지 않겠는가. 쇠미해졌구나, 떠돌아다니는 이들이로다. 대부들이여, 웃으며 귀를 막고 있구나. 〈패풍, 모구旄丘〉의 시구다.

12 淇水潗潗(기수유유), 檜楫松舟(회즙송주). 駕言出遊(가언출유), 以寫我憂(이사아우). 기수는 넘실대고, 전나무로 노 만들고 소나무로 배 만드네. 수레 타고 놀면서 답답한 마음이나 씻어 볼까. 〈위풍衛風, 죽간竹竿〉의 시구다.

13 大車檻檻(대거함함), 毳衣如菼(취의여담), 豈不爾思(기불이사), 畏子不敢(외자불감). 大車啍啍(대거톤톤), 毳衣如璊(취의여문). 豈不爾思(기불이사), 畏子不奔(외자불분): 큰 수레 덜컥덜컥하니 털옷이 갈대와 같네요. 어찌 그대를 생각하지 않을까만, 그대가 결혼하지 않을까 봐 두려워요. 큰 수레가 덜컹덜컹하니 털옷이 붉은 옥 같네요. 어찌 그대를 생각하지 않을까만, 그대가 달려 나오지 않을까 봐 두려워요. 〈왕풍, 대거大車〉의 시구다.

14 弋言加之(익언가지), 與子宜之(여자의지). 宜言飮酒(의언음주), 與子偕老(여자해로). 琴瑟在御(금슬재어), 莫不靜好(막불정호): 주살로 맞히면 당신에게 안주 만들어 드리지요. 안주 만들어 놓고 술 마시며 당신과 백년해로하지요. 금슬을 연주하니 즐겁고 행복하지요. 〈정풍・여왈계명女曰鷄鳴〉의 시구다.

15 山有樞(산유추), 隰有楡(습유유). 子有衣裳(자유의상), 弗曳弗婁(불예불루). 子有車馬(자유거마), 弗馳弗驅(불치불구). 宛其死矣(완기사의), 他人是愉(타인시유). 山有栲(산유고), 隰有杻(습유뉴). 子有廷內(자유정내), 弗洒弗掃(불쇄불소). 子有鐘鼓(자유종고), 弗鼓弗考(불고불고). 宛其死矣(완기사의), 他人是保(타인시보): 산에는 참느릅나무 진펄에는 느릅나무 있네. 그대는 옷을 두고도 끌지도 들지도 않네. 그대는 수레와 말을 두고도 타지도 달리지도 않네. 그대가 메말라 죽는다면 다른 사람만 즐거우리. 산에는 복나무 진펄에는 감탕나무 있네. 그대는 정원과 내실을 두고도 물 뿌리고 쓸지 않네. 그대는 종과 북을 두고도 치지도 두드리지도 않네. 그대가 메말라 죽는다면 다른 사람이 차지하리. 〈당풍, 산유추山有樞〉의 시구다.

16 遊于北園(유우북원), 四馬旣閑(사마기한). 輶車鸞鑣(유거난표), 載獫歇驕(재험헐교): 북쪽 동산에 노니는데 네 필의 말 숙련되었네. 가벼운 수레 끄는 말 재갈에 달린 방울 소리, 사냥개 수레 위에 실려 있네. 〈진풍秦風, 사철駟驖〉의 시구다.

17 蒹葭蒼蒼(겸가창창), 白露爲霜(백로위상). 所謂伊人(소위이인), 在水一方(재수일방). 遡洄從之(소회종지), 道阻且長(도조차장). 遡游從之(소유종지), 宛在水中央(완재수중앙): 갈대 무성하고 흰 이슬이 서리가 되네. 바로 그 사람은 강물 건너편에 있네. 물결 거슬러 올라가 그를 따르려니 길이 험하고도 멀도다. 물결 따라 건너가 그를 따르려니 강물 한가운데 있는 듯하네. 〈진풍秦風, 겸단蒹葭〉의 시구다.

18 駕我乘馬(가아승마), 說于株野(설우주야). 乘我乘駒(승아승구), 朝食于株(조식우주): 네 필 말 수레 타고 주림에 머물렀네. 네 망아지 수레 타고 아침에 주림에서 음행을 저지르네. 〈진풍陳風, 주림株林〉의 시구다.

19 誰能烹魚(수능팽어), 漑之釜鬵(개지부심). 誰將西歸(수장서귀), 懷之好音(회지호음): 누가 물고기를 삶는가, 가마솥을 깨끗이 씻어야지. 누가 서쪽 주나라로 가는가? 좋은 소식 부쳐야지. 〈회풍, 비풍匪風〉의 시구다.

20 鴻飛遵渚(홍비준저), 公歸無所(공귀무소), 於女信處(어여신처). 鴻飛遵陸(홍비준육), 公歸不復(공귀불복), 於女信宿(어여신숙): 기러기 날아와 모래톱에 노니는데, 공께서 돌아가면 계실 곳 없으랴, 그대에게 잠시 거하는 것이네. 기러기 날아와 물에 노니는데, 공께서 돌아가면 다시 오지 않으리니, 그대에게 잠깐 머무는 것이네. 〈빈풍, 구역九罭〉의 시구다.

14

국풍은 비록 정풍과 변풍이 다르지만 모두 성정의 바름에서 비롯되었다. 생각건대 〈소서〉와 〈정의〉에서는 시를 논하여,[13] 그 시어에 미

---

13) 심중沈重은 "소서는 자하子夏와 모공毛公의 합작으로, 자하가 뜻이 있으면서도 다 쓰지 못하여 모공이 다시 그것을 완성했다"라고 말했다. 혹자는 "소서는 위굉衛宏이 지었다"고 한다. 참고로 말하자면 대모공大毛公은 이름이 형亨이고, 소모공小毛公은 이름이 장萇인데, 한나라 무제武帝 때의 사람이다. 위굉은 자가 경중

자가 있는 것은 시인이 찬미하거나 풍자했기 때문이고, 그 시어가 감개한 뜻을 지닌 것은 시인이 그 말을 빌어서 미자를 의탁했기 때문이라고 했다.[14] 주자는 시를 논하여, 그 시어에 미자가 있는 것은 역시 찬미와 풍자를 했기 때문이라고 말했지만, 그 시어가 감개한 뜻을 지닌 것은 그 작중의 화자가 직접 지었기 때문이라고 했다.[15]

내가 생각건대 정풍에서 직접 지은 것이 성정의 바름에서 나왔다면 듣는 사람이 더욱 감흥을 일으킬 수 있겠지만, 변풍에서 직접 지은 것이 성정의 바르지 못함에서 나왔다면 듣는 사람이 어찌 경계할 수 있겠는가? 사마천司馬遷은 다음과 같이 말했다.

"옛날 시 삼천여 편은 공자에 이르러 그 중복된 것을 빼고 예의에 부합되는 305편을 골랐는데, 공자는 그것을 다 악기로 연주하여 노래하면서 소韶, 무武, 아雅, 송頌의 소리에 맞도록 했다."

무릇 삼천 편이 반드시 모두 성정의 바름에서 비롯되지 않았겠지만, 《시경》은 바르지 않은 것이 없다. 혹자는 변풍에서 감개한 뜻을 지닌 시에 대해 바로 진나라의 화재로 산실된 이후 대대로 이어진 유학자들이 일시逸詩로써 갖다 붙여 삼백의 수를 채운 것이라고 말한다. 아마 주자의 주에 미혹되어 성정이 바르지 못함에서 나온 것이라고 의심하고, 〈대서〉와 〈정의〉의 주장을 자세하게 알지 못했기 때문일 것이다. 《한서漢書, 예문지藝文志》에서는 다음과 같이 말했다.

"305편이 진나라의 난리를 당했어도 완전한 것은, 그것을 암송했기

___

敬仲이고 후한 사람이다. 당나라 공영달이 〈정의〉를 지었는데, 그 학설은 〈소서〉를 본받았다.

14) 정풍에서 감개한 뜻을 지닌 것에 대해, 〈소서〉에서는 시인의 찬미라고 분명히 말한 적은 없지만 공영달이 그 의미를 부연하여 시인의 찬미라고 분명하게 말했다. 변풍에서 감개의 뜻을 지닌 것에 대해서는 〈소서〉에서 이미 시인의 풍자라고 분명하게 말하고 있다.

15) 북송北宋의 여러 사람들이 이미 이 주장을 했다.

때문이지 다만 죽백에 쓰여 있었기 때문이 아니다.”

국풍의 작자에 관한 논의다. 〈소서〉와 〈정의〉에서는 모두 시인의 창작으로 보았고, 주자는 국풍 중 작중 화자가 직접 지은 작품이 있다고 보았다. 허학이는 주자의 주장에 반론을 제기하며 모두 전문 시인의 작품이라는 한대의 설을 계승했다. 국풍은 정풍이든지 변풍이든지를 막론하고 모두 성정의 바름에서 발원한 것으로 미자와 경계의 효용을 지니고 있다고 했다(위의 제2칙 참조). 따라서 공자가 《시경》을 편찬하면서 성정이 바른 시편만을 골라 모으고 성운과 기세가 조화롭도록 음악도 정리했다고 보는 것이다.

　그러나 일반적으로 변풍은 성정이 바르지 못한 것에서 나왔다고 간주된다. 역대로 이에 대한 각종 이설이 제기되고 있다. 특히 변풍 중에서 감개한 뜻을 지닌 시를 어떻게 볼 것인가의 문제는 그리 간단한 것이 아니다. 혹자는 진나라의 화재로 《시경》이 산실된 이후 유학자들이 여기저기에 기록된 일시를 붙여 삼백의 수를 채운 것이라고 했는데, 그 설에 대해 허학이는 《한서, 예문지》를 근거로 시는 본디 기록되어 전해진 것이 아니라 암송으로 구전되었음을 주의시키면서 《시경》의 시에 유학자들이 억지로 갖다 붙인 것이 있을 수 없음을 주장하고 있다. 한마디로 허학이는 주자와 같이 변풍을 성정이 바르지 못한 것에서 나왔다고 보는 관점에 대해 전면적으로 비평하고 있는 것이다.

風人之詩, 雖正變不同, 而皆出乎性情之正. 按[1]: 小序[2]・正義[3]說詩, [沈重[4]云: "小序是子夏毛公合作, 卜商意有不盡, 毛更足成之." 或云: "小序是衛宏作." 按: 大毛公名亨, 小毛公名萇, 漢武時人. 衛宏字敬仲, 後漢人. 唐孔穎達作正義, 其說宗小序.] 其詞有美刺者, 既爲詩人之美刺矣, 其詞如懷感[5]者, 亦爲詩人託其言以寄美刺焉. [正風如懷感者, 小序雖未嘗明說爲詩人之美, 而孔氏演序義則明說爲詩人之美也. 變風如懷感者, 小序已明說爲詩人之刺矣.] 朱子[6]說詩, 其詞有美刺者, 則亦爲美刺矣; 其詞如懷感者, 則爲其人[7]之自作也. [北宋諸公已有此說.] 予謂[8]: 正風而自作者, 猶出乎性情之正, 聞之者尚足以感發; 變風而自作者, 斯出乎性情之不正, 聞之者安足以懲創[9]乎! 司馬子長[10]云: "古者詩三千餘篇, 及至孔子, 去其重, 取其可施於禮義三百五篇, 孔子皆絃歌之, 以求合韶[11]・武[12]・雅・頌之音." 蓋三千篇未必皆出乎正, 而三百篇則無不正也. 或謂變風如懷感者, 乃秦火散失[13]之後, 世儒[14]附會[15]以逸詩[16], 足三百之數, 蓋惑於朱註[17], 疑其出乎性情之不正, 而未詳乎小序・正義之說耳. 漢書藝文志[18]云: "三百五篇遭秦而全者, 以其諷誦, 不獨在竹帛[19]故也."

1 按(안): 생각건대. 편자, 작자 등이 논단 또는 평어를 덧붙일 때 쓰는 말이다.

2 小序(소서): 《모시毛詩》의 〈소서〉를 가리킨다. 《시경》의 각 편장에 대한 해설이다. 《시경》은 한나라 때 유학의 성행에 따라 본격적으로 읽히고 연구되었는데, 서한 때에 '삼가시三家詩'라고 병칭되는 《노시魯詩》, 《제시齊詩》, 《한시漢詩》와 《모시》가 있었다. '삼가시'는 일찍이 모두 사라지고 오늘날 전해지는 것은 《모시》다.

3 正義(정의): 《모시정의毛詩正義》를 가리킨다. 《시경》에 대한 공영달의 주소본注疏本으로 '공소孔疏'라고도 한다. 당나라 정관貞觀 16년(642)에 당태종唐太宗의 칙명에 의해 편찬되었다. 이전 시대의 각종 주석본을 바탕으로 삼아 내용이 자못 풍부하여서 당대 이후로 크게 중시되었다. 대체로 〈소서〉를 계승했다.

4 沈重(심중): 미상. 다만 여기서 인용된 구절이 당나라 육덕명陸德明(약 550~630)의 《경전석문經典釋文》에 기록되어 있는 사실에 의거할 때 그는 당초 혹은 그 이전의 문인임을 짐작할 수 있다.

5 懷感(회감): '懷有感慨(회유감개)'의 뜻. 감개한 뜻을 지니다.

6 朱子(주자): 주희朱熹(1130~1200). 남송 시대의 저명한 유학자다. 자는 원회元晦・중회仲晦이고, 호는 회암晦庵・회옹晦翁・운곡산인雲谷山人・창주병수滄洲病叟・둔옹遯翁 등이다. 주자는 존칭이다. 복건성 우계尤溪 출생이다. 선대는 본래 휘주徽州 무원婺源(지금의 안휘성安徽省 소재)의 호족이었는데, 부친 주위재朱韋齋가 당시의 재상宰相 진회秦檜와 의견충돌로 퇴직하여 우계에 우거寓居하면서 이곳에 거주하게 되었다. 14세 때 부친을 여의고 그 유명遺命에 따라 호적계胡籍溪, 유백수劉白水, 유병산劉屛山에게 사사하면서 불교와 노자의 학문에도 흥미를 가졌다. 19세 때 진사에 합격하여 관계官界에 들어갔으며, 24세에 이연평李延平과 만나면서 그의 영향으로 정씨학程氏學에 몰두하여 이른바 '주자학朱子學'이라

는 독자적인 학문의 기틀을 세웠다.

7 其人(기인): 작품 속에 나타나는 작중 화자를 가리킨다.

8 予謂(여위): 내가 생각건대. '愚按(우안)'과 같은 말이다.

9 懲創(징창): 혼나서 스스로 경계하다.

10 司馬子長(사마자장): 사마천司馬遷(약 B.C. 145~B.C. 86). 서한 시대의 역사
가다. 자가 자장이다. 섬서성陝西省 용문龍門(지금의 한성현韓城縣 하양夏陽 지역)
에서 출생했다. 부친 사마담司馬談의 유업을 이어받아 《사기史記》를 완성했다.

11 韶(소): 옛 음악의 이름이다. 중국 고대 순舜임금의 음악을 가리킨다.

12 武(무): 옛 음악의 이름이다. 주나라 무왕武王의 음악을 가리킨다.

13 秦火散失(진화산실): 진나라 때의 분서갱유焚書坑儒 사건을 가리킨다. 진시황
秦始皇은 B.C. 213년 승상丞相 이사李斯의 제의에 따라 시서詩書 및 각종 제자백가
諸子百家의 서적을 소각하고 민간의 소장을 금했을 뿐 아니라 당시의 많은 유학
자를 매장하여 사상을 탄압했다. 다만 의약, 복서卜筮, 천문, 농업 등에 관한 실
용적인 책은 소각에서 제외되었다.

14 世儒(세유): 세 가지 의미가 있다. (1) 세상에서 떠받드는 속된 유학자나 학자.
(2) 대대로 가학家學을 전하는 유생儒生. (3) 세상에 이름을 떨친 유학자. 여기서
는 (2)의 뜻으로 사용되었다.

15 附會(부회): 억지로 갖다 붙이다. 견강부회牽强附會하다.

16 逸詩(일시): 《시경》에는 빠져 있는 시. 지금 전하는 《시경》에도 제목만 있고
본문이 없는 6편의 일시가 수록되어 있다.

17 惑於朱註(혹어주주): 주자의 주석에 미혹되다. '朱註(주주)'는 주자의 《시경
집전(詩經集傳)》에 보이는 주자의 주를 가리킨다.

18 漢書藝文志(한서예문지): 《한서》의 〈예문지〉. 《한서》는 후한 시기의 역사
가 반고班固가 저술한 기전체紀傳體의 역사서다. 12제기帝紀, 8표表, 10지志, 70열
전列傳으로 구성되어 있다. 그중 〈예문지〉는 그 시대에 현존했던 서적의 목록
을 기록한 책이다. 반고는 유흠劉歆의 《칠략七略》을 본받아 〈예문지〉를 지어
중국목록학의 시초를 열었다. 그 후의 정사正史인 《수서隋書》, 《신당서新唐書》,
《구당서舊唐書》, 《송사宋史》, 《명사明史》에 모두 〈예문지〉가 있다. 다만 《수
서》와 《구당서》에서는 그 명칭을 '경적지經籍志'라고 했다. 또 〈예문지〉를 보
충한 많은 보서補書도 나왔다.

19 竹帛(죽백): 죽간竹簡과 포백布帛. 옛날 종이가 발명되어 일상화되기 전까지는

대쪽과 비단 등에다 글을 썼다. 이에 죽백은 '서적'의 의미로 통용된다.

15

〈소서〉와 〈정의〉에서 시를 논한 것은 한당漢唐의 여러 유학자들이 으뜸으로 삼지 않은 것이 없다. 그 국풍의 시어가 감개한 뜻을 지닌 것은 시인이 그 말을 빌어서 미자를 의탁한 까닭이므로, 성정의 바름에서 얻었을 뿐 아니라 시인의 돈후한 풍격을 보이기에 충분하다. 강기姜夔가 "미자美刺나 잠원箴怨은 모두 흔적이 없다"고 한 것은 바로 이것을 두고 한 말이다.

그러나 기타 시를 논한 것은 대부분 역사 전기에 의거하여 시대에 억지로 맞추었는데, 그 시어를 음미해보면 사실은 대다수가 이와 같지 않다. 주자는 〈소서〉에 따라서 견해를 밝혔기에 가장 일리가 있으나, 변풍에서 감개한 뜻을 지닌 것에 대해서는 반드시 그 작중 화자의 자작이라고 했으니, 그 당시의 여러 유학자들 중에서도 역시 믿지 않는 사람이 있었다.

생각건대 공자가 "《시삼백》은 한마디로 총괄할 수 있으니, '생각함에 사특함이 없다'고 할 것이다"라고 했는데, 그 뜻이 매우 분명하고, 그 말이 매우 명확하다. 그런데 주자는 다음과 같이 말했다.

"대개 시의 말이 선량하면 사람의 착한 마음을 감동시켜 움직일 수 있고, 나쁘면 사람의 안일한 생각을 징계할 수 있으니, 그 작용이 사람들로 하여금 성정의 바름으로 돌아가게 할 따름이다."

이것은 《삼백편》에는 사특함이 없을 수 없지만 읽는 이들이 곧 사특함이 없다는 말인데, 어찌 공자의 뜻이겠는가?

또 주자는 다음과 같이 말했다.

"공자는 〈정풍鄭風〉과 〈위풍衛風〉에 대해 음악에서 그 소리가 절절한 것을 법도로 삼고, 시에서 그 말을 엄중하게 나타내는 것을 경계로 삼았다. 성인聖人은 본디 어지러운 것을 말하지 않으나, 《춘추春秋》에 기록된 것은 난신적자亂臣賊子의 일이 아닌 게 없는 것과 같다."

이 주장대로 믿는다면 《시경》이 《춘추》의 필법과 겸하는 것이 된다. 공자가 "시에서 일어난다興於詩"고 말하고, 또 "시는 흥겨울 수 있다詩可以興"고 말한 것은 《시경》이 《춘추》와 그 작용이 다르기 때문이다. 시는 역사와 겸할 수 없기에 양신이 그것에 대해 일찍이 논변했는데,16) 도리어 《춘추》와 겸할 수 있겠는가?

또 주자는 다음과 같이 말했다.

"시는 성정을 바탕으로 삼아 사특함도 있고 바름도 있으며, 읊조리는 사이에 가락의 고저가 반복된다. 그러므로 학자가 처음 배울 때 그 선을 좋아하고 악을 싫어하는 마음이 세차게 일어나서 스스로 멈출 수 없는 까닭은 기필코 이에 대해 깨달았기 때문이다."

지금 진陳나라와 수隋나라의 염정시艶情詩를 시험 삼아 예로 들어서 초학의 젊은 사람들 앞에 펼친다면, 나는 흥이 부족해질까 걱정이지만 틀림없이 국풍과 서로 비교하여 가르치기에는 충분할 것이다.

해
제 《모시毛詩》와 《정의正義》로 대표되는 한대 시경론과 주자로 대표되는 송대 시경론의 장단점에 대해 개괄적으로 말하고 있다. 《모시》와 《정의》는 한당漢唐의 여러 유학자들이 모두 근본으로 삼았다. 《모시》는 한대 고문학파古文學派의 산물이다. 《정의》는 당나라 조정의 관명에 의해 공영달이 편찬한 주석본이다. 국풍 중 감개한 뜻을 지닌 시에 대해 시인의 미자로 본 것은 《모시》, 《정의》에서 비롯된 전통적인 관점이다. 그러나 기타 시에 대한 논의가 역사 전기에 지나치게 얽매여서 견강부회한 해설이 적지 않음을 지적했다.

---

16) 두시杜詩에 관한 논의 중(제19권 제29칙)에 보인다.

한편 주자는 기본적으로 《모시》의 〈소서〉에 의거했기 때문에 한대 이후의 시경론 중에서 가장 믿을 만하나, 몇 가지 점에서 오류가 있음을 지적하고 있다. 주자는 한당의 장구章句와 훈고訓詁 중심의 시경론에서 의리義理와 미학美學 중심의 해설로 방향을 전환하는 데 크게 기여했다. 특히 그는 《모시》에서 보이는 정치적 교화 중심의 해석을 지양하고 《시경》의 시를 문학적 원형이라는 각도에서 재해석하고자 노력했으며, 당시 유행하고 있었던 구양수歐陽修, 소철蘇轍, 정초鄭樵 등의 시경론을 두루 수용하면서도 독자적인 안목으로 《시집전詩集傳》를 편찬했다. 그러나 주자가 변풍 중 감개한 뜻을 지닌 시가 작중 화자가 직접 지었다고 보는 견해에 대해서는 일찍부터 의문이 제기되었다.

여기서 허학이는 공자의 시경론을 바탕으로 주자의 견해에 대해 반박하고 있다. 즉 주자는 변풍이 성정이 바르지 못한 것에서 나왔다고 본 반면에 허학이는 변풍도 성정의 바름에서 출발한다고 보았다. 만약 변풍을 성정이 바르지 못한 것이라면 공자의 '사무사思毋邪'설에서 어긋나게 된다고 강조했는데, 그 논박이 전혀 일리가 없지 않다.

 小序・正義說詩, 漢唐諸儒[1], 無不宗之. 其國風詞如懷感者, 爲詩人託其言以寄美刺, 則旣得乎性情之正, 且足以見詩人敦厚之風. 姜白石[2]謂"美刺箴怨[3]皆無跡"是也. 但其他[4]多依附史傳[5], 牽合時代[6], 味其詞, 實多不類. 朱子因小序爲辯說, 最是有見; 然於變風如懷感者必欲爲其人之自作, 則當時諸儒亦有不相信者. 按: 孔子曰"詩三百, 一言以蔽之, 曰: 思無邪", 其旨甚顯, 其語甚明. 朱子則曰: "凡詩之言善者可以感發人之善心, 惡者可以懲創人之逸志[7], 其用歸於使人得其性情之正而已." 是三百篇不能無邪, 而讀之者乃無邪也, 豈孔子之意耶? 又云: "夫子之於鄭衛[8], 深絶其聲於樂, 以爲法, 而嚴立其詞於詩, 以爲戒. 如聖人固不語亂, 而春秋[9]所記無非亂臣賊子之事." 信如此說, 是詩兼春秋之法者也. 孔子曰"興於詩"[10], 又曰"詩可以興"[11], 則詩與春秋, 其用不同矣. 詩不可以兼史, 楊用修旣嘗辨之, [見杜詩論中], 顧[12]可以兼春秋乎? 朱子乃云: "詩本性情, 有邪有正, 而吟詠之間, 抑揚反覆, 故學者之初, 所以興起其好善惡惡之心而不能自已者, 必於此而得之." 今試擧陳隋妖豔之詩¹³, 奏之於初學小子之前, 吾恐不足以興, 適¹⁴足以相誘¹⁵耳.

1 漢唐諸儒(한당제유): 한나라에서 당나라까지의 여러 유학자. 한~당까지는 그
  이전의 선진유학先秦儒學을 이어받아 유학의 기틀을 마련했다. 이것은 후일 송
  명이학宋明理學의 바탕이 되었다.

2 姜白石(강백석): 강기姜夔(1155~1221). 남송 시기의 문학가이자 음악가다. 자
  가 백석이고 요주饒州 파양鄱陽 곧 지금의 강서성江西省 사람이다. 어려서부터 다
  재다능하여 시사詩詞 이외에 서예와 음률에도 정통했으며, 또한 시론에도 밝아
  자신의 창작이론을 저술했다. 그러나 과거시험에는 운이 없어 벼슬길에 나아
  가지 못하고 평생 가난하게 살면서 강호를 떠다니다가 생을 마쳤다.

3 箴怨(잠원): 경계警戒와 원망怨望.

4 其他(기타): 〈소서〉와 〈정의〉를 제외한 대부분의 《시경》해설을 가리킨다.

5 依附史傳(의부사전): 역사와 전기傳記에 의거하다.

6 牽合時代(견합시대): 시대에 억지로 맞추다.

7 逸志(일지): 안일한 생각.

8 鄭衛(정위): 《시경》의 '정풍鄭風'과 '위풍衛風'을 가리킨다. 그 곡조가 대개 음란
  하다고 여겨 정나라와 위나라 지역의 풍속이 바르지 않다고 보았다.

9 春秋(춘추): 유가경전인 오경五經 가운데 하나로 중국 최초의 편년체編年體 역사
  서다. 춘추시대 노魯나라 은공隱公 원년(B.C. 722)~애공哀公 14년(B.C. 481)까
  지의 기록을 담고 있다. 기원전 5세기 초에 공자가 노나라에 전해지던 역사서
  를 직접 편찬한 것으로 알려져 있다.

10 興於詩(흥어시): 시에서 일어나다. 《논어, 태백泰伯》에 "시에서 일어나고, 예
   에서 서며, 음악에서 완성된다.興於詩, 立於禮, 成於樂."고 한 구절이 보인다.

11 詩可以興(시가이흥): 시는 즐거울 수 있다. 《논어, 양화陽貨》에 "시는 감흥을
   일으킬 수 있고, 사물을 올바로 볼 수 있으며, 함께 잘 어울릴 수 있고, 잘못을
   원망할 수 있게 한다.詩可以興, 可以觀, 可以群, 可以怨."고 한 구절이 보인다.

12 顧(고): 도리어.

13 妖艷之詩(요염지시): 남북조 말기에 유행한 염체시를 가리킨다. 진陳나라 때
   크게 성행했다.

14 適(적): 틀림없이. 때마침.

15 相誘(상유): 서로 가르치다.

16

주자가 말했다.

"학자는 《시경》에 대해 반드시 먼저 〈소서〉를 이해하고, 오직 본문을 숙독하여 음미하면서 미리 여러 전문가의 주해를 보지 말 것이니, 오래 보게 되면 이 시가 무슨 사건을 말하는지 자연스럽게 알게 된다."

이것은 시를 논함에 있어서는 마땅히 그 문기文氣의 자연스러움에 따라야 한다는 것을 말할 따름이다. 내가 생각건대 〈소서〉는 역사와 전기에 의거하여 시대에 억지로 맞추었으므로 진실로 그 오류를 바로잡아야 마땅하다. 변풍에서 감개한 뜻이 있는 시에 대해 반드시 그 문기를 따라서 그 작중 화자의 자작이라고 한다면 어찌 이치에 심히 저해되지 않겠는가? 게다가 시를 논함에 있어서는 마땅히 문기를 따라야 한다고 말한 것이라면, 공자가 "생각함에 사특함이 없다思無邪", "시에서 일어난다興於詩"라고 한 두 말은 도리어 그 문기를 따르지 않고서 억지로 그렇게 말한 것이던가?

또 주자가 말했다.

"시에서 풍자를 하는 것 중 진실로 한 마디도 보태지 않고서 자신의 견해를 표현한 것이 있으니, 〈청인淸人〉, 〈의차猗嗟〉의 부류가 그것이다. 그러나 말의 뜻 사이에 주체와 객체의 구분이 있는 듯하니, 어찌 다른 사람을 풍자하고자 하면서 도리어 다른 사람의 말로써 자기 자신을 풍자 중에 빠지게 하는가?"

내가 생각건대 반드시 그 말에 주체와 객체의 구분이 있기에 풍자가 될 수 있으니, 〈동산東山〉의 시는 마땅히 전쟁에서 돌아오는 사병이 스스로 지은 것이겠지만, '소아小雅'의 〈사모四牡〉, 〈채미采薇〉는 사신을 위로하거나 국경 수비를 파견하는 시가 아니다. 게다가 그 말을 빌어서 풍자를 의탁했으니 또 어찌 그 자신을 풍자 속에 빠지게 하겠는가! 오늘날 사람들이 충효忠孝나 음분淫奔의 사건을 이야기하면서 모두 그 사건을 서술하고 그 말을 서술하는데, 미자의 말이 반드시 있지는 않지만 미자가 그 속에 있는 것과 같다. 마단림馬端臨의 《문헌통고文獻通考》에서 다음과 같이 말했다.

"공자가 '《시삼백》은 한마디로 총괄할 수 있으니 생각에 사특함이 없다고 할 것이다'고 했지만, 그 말이 사특함에 가깝지 않을 리 없다. 〈문왕文王〉, 〈대명大明〉과 같은 각 시편이 어찌 사특함과 관계가 없겠는가?"

이 말은 더욱 돌이켜 생각해 볼 필요가 있다.

해제 주자의 시경론에 대한 비평이다. 허학이는 일찍이 주자의 시경론은 장절을 나누어 해석과 풀이를 간결하고 명백하게 한 점이 매우 우수하지만 미자의 참뜻을 이해하지 못한 한계점이 있다고 지적했다(제21칙 참조). 그것은 주자가 문기에 따라서 《시경》의 시를 이해한 탓이라고 할 수 있다. 시인이 의탁한 미자의 의미를 제대로 파악하기 위해서는 문맥의 뜻으로만 접근할 수 없다. 또 주자는 문기의 자연스러움에 의거하여 그 시를 작중 화자가 직접 지은 것이라고 판단하고 시 속의 주·객체에 대해 혼돈을 일으키고 있는데, 이 역시 시 속에 함축된 미자의 의미를 이해하지 못한 결과인 셈이다. 주자의 이러한 관점은 후대 학자들에게도 영향을 미쳤으니, 마단림 역시 그의 이론을 수용했다.

한편 주자는 〈소서〉의 견해를 가장 잘 살핀 주해가다. 주자는 여러 가지의 주해를 살필 필요도 없이 〈소서〉를 우선적으로 이해해야 한다고 했다. 그러나 〈소서〉는 지나치게 역사 전기에 천착하여 오류가 많다. 이에 허학이는 다양한 주석본을 두루 참고할 필요가 있다고 강조한다.

원문 朱子云: "學者於詩, 須先去了[1]小序, 只將本文熟讀玩味, 仍不可先看諸家註解, 看得久之, 自然認得此詩是說個甚事." 此謂說詩當順其文氣之自然耳.

予謂[2]: 小序依附史傳, 牽合時代, 固當以此正[3]其謬妄[4]. 若變風如懷感者, 必欲順其文氣而爲其人之自作, 寧不[5]甚害於理耶? 且旣謂說詩當順文氣, 而於孔子"思無邪"·"興於詩"二語反[6]不當順其文氣而顧强爲之說耶? 又云: "詩之爲刺, 固[7]有不加一詞而意自見者, 淸人[8]·猗嗟[9]之屬是已. 然詞意之間, 猶有賓主之分[10], 豈有將欲刺人, 乃反自爲彼人之言以陷其身於所刺之中哉?" 予謂: 必其詞有賓主之分乃得爲刺, 則東山之詩[11]亦當爲歸士[12]之自作, 而小雅四牡[13]·采薇[14]亦不得爲勞使臣[15]·遣戍役[16]之詩矣. 且託其言以寄刺, 又曷[17]爲陷其身於所刺之中哉! 如今人言忠孝淫奔[18]之事, 皆述其事, 述其言, 不必有美刺之詞, 而美刺在其中. 馬端臨[19]文獻通考[20]云: "孔子曰: 詩三百, 一言以蔽之, 曰: 思無邪. 則以其詞之不能不隣乎邪也. 使篇篇如文王[21]·大明[22], 則奚[23]邪之可閑[24]乎?" 此語尤足省發[25].

1 了(료): 이해하다.

2 予謂(자위): 내가 생각건대. '愚按(우안)'과 같은 말이다.

3 正(정): 바로잡다.

4 謬妄(류망): 오류.

5 寧不(녕불): 어찌 …이 아닌가? '豈不(기불)'과 같은 말이다.

6 反(반): 도리어.

7 固(고): 진실로.

8 淸人(청인): 정풍의 시편이다.

9 猗嗟(의차): 제풍의 시편이다.

10 賓主之分(빈주지분): 주체와 객체의 구분. '빈주'는 손님과 주인 또는 주객主客을 뜻한다.

11 東山之詩(동산지시): 〈빈풍, 동산東山〉을 가리킨다. 《모시서》에 따르면 주공周公의 동정東征에 종군했던 사람이 3년 만에 귀가하여 그때의 사향思鄕을 읊은 것이라고 했다.

12 歸士(귀사): 전쟁에서 돌아온 사병.

13 四牡(사모): 〈소아, 녹명지십鹿鳴之什〉의 시편이다. 《모시서》에 따르면 사신이 온 것을 위로하는 노래라고 했다. 그러나 본문은 주나라 사람이 먼 곳으로 출정하여 부모님을 그리며 돌아갈 날을 생각하는 노래다.

14 采薇(채빈): 〈소아, 녹명지십〉의 시편이다. 《모시서》에 따르면 변경을 수비
하러 전쟁터에 나가는 사람을 보낼 때 부르는 노래라고 했다. 그러나 본문은 북
방 수자리에서 자기의 고생을 읊은 것이다.

15 勞使臣(노사신): 사신을 위로하다.

16 遺戍役(견술역): 국경 수비를 파견하다.

17 曷(갈): 어찌.

18 淫奔(음분): 음란하여 바람이 나다. 사통하다. 즉 남녀가 정분이 나 도망가는
것을 말하는데, 특히 여자가 바람나는 것을 가리킨다. 서주 때부터 전통 혼인제
도에서 남녀의 혼인은 반드시 부모의 명령과 중매자의 말을 거쳐야 했으므로
부모의 허락과 중매인의 중개를 거치지 않은 혼인은 예법에 어긋났기에 '음분'
이라고 불렀다.

19 馬端臨(마단림): 송말원초의 학자다. 자는 귀여貴與이고, 호는 죽주竹洲이며 강
서 낙평樂平 사람이다. 어려서부터 여러 서적을 두루 섭렵하고, 휘주徽州의 조경
曹涇 문하에서 주자학을 수학했다. 음서蔭敍로 승사랑承事郞이 되었으나, 남송이
멸망한 후에는 원나라의 조정에 나아가지 않고 자호서원慈湖書院과 가산서원柯
山書院에서 후학을 가르치며 여생을 보내다가, 이후 태주로교수台州路敎授가 되
었다. 당나라 두우杜佑가 지은 《통전通典》의 빠진 부분을 보충해 《문헌통고文獻
通考》를 편찬하여 연우延祐 4년(1317년)에 인종仁宗에게 바쳤다.

20 文獻通考(문헌통고): 마단림의 대표 저서다. 중국 고대부터 남송 영종寧宗까
지의 제도와 문물에 관한 내용이다. 체제는 전부田賦 · 전폐錢幣 · 호구戶口 · 직
역職役 · 정각征榷 · 시적市糴 · 토공土貢 · 국용國用 · 선거選擧 · 학교學校 · 직관職
官 · 교사郊社 · 종묘宗廟 · 왕례王禮 · 악樂 · 병兵 · 형刑 · 경적經籍 · 제계帝系 · 봉
건封建 · 상위象緯 · 물이物異 · 여지輿地 · 사예四裔 등 24항목으로 되어 있다. 특
히 사예 중에는 고려高麗라는 조항이 있어 눈길을 끈다.

21 文王(문왕): 〈대아, 문왕지십文王之什〉의 시편이다.

22 大明(대명): 〈대아, 문왕지십〉의 시편이다.

23 奚(해): 어찌.

24 閑(한): 관계가 없다. 쓸데없다.

25 省發(성발): 돌이켜 생각하다.

17

변풍의 시에서 주자가 음란을 풍자한 것이라고 가리킨 것은 10편이다. 즉 〈포유고엽匏有苦葉〉·〈신대新臺〉·〈장유차牆有茨〉·〈순지분분鶉之奔奔〉·〈체동蝃蝀〉·〈출기동문出其東門〉·〈남산南山〉·〈폐구敝笱〉·〈재구載驅〉·〈주림株林〉이다. 〈소서〉와 〈정의〉를 살펴보면 오직 〈출기동문〉만이 난리를 걱정하고 치세를 생각하여 지은 것이고, 나머지는 모두 그러하다.

주자가 음분의 자작이라고 가리킨 것은 29편이다. 즉 〈정녀靜女〉·〈상중桑中〉·〈맹氓〉·〈유호有狐〉·〈목과木瓜〉·〈채갈采葛〉·〈대거大車〉·〈구중유마丘中有麻〉·〈장중자將仲子〉·〈준대로遵大路〉·〈유녀동거有女同車〉·〈산유부소山有扶蘇〉·〈탁혜蘀兮〉·〈교동狡童〉·〈건상褰裳〉·〈봉丰〉·〈동문지선東門之墠〉·〈풍우風雨〉·〈자금子衿〉·〈양지수揚之水〉·〈야유만초野有蔓草〉·〈진유溱洧〉·〈동방지일東方之日〉·〈동문지분東門之枌〉·〈동문지지東門之池〉·〈동문지양東門之楊〉·〈방유작소防有鵲巢〉·〈월출月出〉·〈택피澤陂〉이다. 〈소서〉와 〈정의〉를 살펴보면, 오직 〈상중〉·〈맹〉·〈대거〉·〈봉〉·〈동문지선〉·〈진유〉·〈동방지일〉·〈동문지분〉·〈동문지양〉·〈월출〉·〈택피〉만이 음란을 풍자한 시고, 기타는 모두 다른 사건 때문에 지은 것이어서 당초 음란과는 관련되지 않았다.

일찍이 《좌전左傳》을 살펴보건대, 정백鄭伯이 진晉나라에 가자 자전子展이 〈장중자〉를 읊었다.[17] 정鄭나라 육경六卿이 한선자韓宣子와 전별할 때 자차子齹는 〈야유만초〉를 읊었고, 자산子産은 〈고구羔裘〉를 읊었고, 자태숙子太叔은 〈건상〉을 읊었고, 자유子游는 〈풍우〉를 읊었고,

---

17) '읊는다賦'는 것은 '노래하는 것歌詠'을 일컫는다.

자기子旗는 〈유녀동거〉를 읊었고, 자류子柳는 〈탁혜〉를 읊었는데, 모두 정풍鄭風이다. 만약 음란과 관련된 것이라면, 여러 경卿들이 모두 현명할진대 그들이 나라의 추함을 드러냈겠는가? 혹은 문장을 일부러 끊어서 시를 읊은 것이라고 말하지만, 여러 경들이 읊은 것은 여전히 시의 전문全文으로 문장을 일부러 끊은 것이 아니다. 설령 단장斷章이라고 할지라도 그 당시의 시를 누가 몰랐겠으며, 도리어 자기 나라의 음란한 시를 다른 나라의 임금과 재상 앞에서 장구를 일부로 끊어서 노래했겠는가? 정백이 수용垂隴에서 조맹趙孟에게 예로서 향연을 베풀 때 백유伯有가 〈순지분분鶉之賁賁18)〉을 읊자, 조맹이 "평상의 말이 문지방을 넘지 않는데 하물며 들판을 넘겠는가? 사신이 들은 바가 아니다"라고 말했다. 백유가 읊은 것은 위풍衛風인데도 조맹이 그것을 나무랐으니 하물며 정풍은 어떻겠는가?

그러므로 〈소서〉와 〈정의〉에서 시를 논한 것은 비록 많지만 실제와 같지 않은 것이 있다. 변풍 〈상중〉 등의 편은 시인이 그 말을 빌어서 풍자를 의탁했고, 〈상중〉의 여러 편 이외는 반드시 음란을 풍자한 것이 아니라는 것을 깨달았다. 여러 시를 곱씹어 음미하면 〈정녀〉, 〈출기동문〉은 마땅히 음란을 풍자한 것이고, 〈택피〉는 다른 사건으로 인해 지은 것이다. 기타의 시는 아직 포괄적인 감별을 기다렸다가 결정해야 할 것이다.

변풍에 대한 주자의 견해가 〈소서〉·〈정의〉와 차이가 있음을 구체적으로 설명하고 있다. 주자의 소위 '음분지시淫奔之詩'에 대한 사상은 《시집전詩集傳》의 핵심 내용이기도 하다. 주자는 '이남' 이외에 13국풍을 모두 '변풍'으로 보았는데, 그중 정풍鄭風과 위풍衛風을 '난세亂世의 노래'라고 단정하고,

---

18) '賁(분)'은 '奔(분)'과 같다.

왕풍王風, 제풍齊風, 진풍陳風 등의 일부 시편을 포함하여 도합 40편을 '음분의 시'라고 지적했다. 그것은 다시 음란을 풍자한 것과 음분의 자작 두 부류로 나뉘는데, 허학이는 〈소서〉·〈정의〉와 비교하며 주자의 견해에 다소 부적절한 부분이 있음을 지적했다. 특히 《좌전》을 근거로 변풍이 성정의 사특함에서 나온 음란한 시도 아니고, 음분한 사람이 직접 창작한 것도 아님을 다시 한 번 주장하고 있다. 만약 변풍이 음분의 시라고 한다면 춘추전국 시대 각 국가의 연회에서 어떻게 낭송될 수 있었겠느냐는 허학이의 반문은 생각해 볼 만한 가치가 있는 듯하다.

 變風之詩, 朱子指爲刺淫[1]者十篇: 匏有苦葉, 新臺, 牆有茨, 鶉之奔奔, 蝃蝀, 出其東門, 南山, 敝笱, 載驅, 株林是也.[2] 考之小序·正義, 惟出其東門爲閔亂[3]而作, 餘皆同也. 朱子指爲淫奔自作者二十九篇: 靜女, 桑中, 氓, 有狐, 木瓜, 采葛, 大車, 丘中有麻, 將仲子, 遵大路, 有女同車, 山有扶蘇, 籜兮, 狡童, 褰裳, 丰, 東門之墠, 風雨, 子衿, 揚之水, 野有蔓草, 溱洧, 東方之日, 東門之枌, 東門之池, 東門之楊, 防有鵲巢, 月出, 澤陂是也.[4] 考之小序·正義, 有桑中, 氓, 大車, 丰, 東門之墠, 溱洧, 東方之日, 東門之枌, 東門之楊, 月出, 澤陂爲刺淫之詩, 其他皆爲別事而作, 初非關乎淫泆[5]也. 嘗觀左傳[6], 鄭伯如晉,[7] 子展賦[8]將仲子[賦謂歌詠之], 鄭六卿餞韓宣子,[9] 子齹賦野有蔓草, 子産賦羔裘, 子太叔賦褰裳, 子游賦風雨, 子旗賦有女同車, 子柳賦籜兮, 皆鄭風也, 如果關乎淫泆, 諸卿皆賢, 其肯彰國之惡乎? 若[10]曰賦詩斷章[11], 則諸卿所賦乃全詩, 非斷章也; 借[12]曰斷章, 當時之詩, 誰不知之, 顧可以己國淫泆之詩, 斷章歌詠於他國君相之前乎? 鄭伯享趙孟於垂隴[13], 伯有賦鶉之賁賁[奔同], 趙孟[14]曰: "牀第之言不踰閾, 況在野乎? 非使臣之所得聞也." 伯有所賦, 衛風[15]也, 而趙孟猶譏之, 況鄭風乎? 故小序·正義說詩雖多有不類者, 若變風桑中等篇, 爲詩人託其言以寄刺, 而桑中諸篇而外, 又未必爲刺淫, 則得之矣. 然詳味諸詩, 靜女·出其東門亦當爲刺淫, 而澤陂則當爲別事而作也. 其他尙俟[16]博識者定之.

 1 刺淫(자음): 음란을 풍자하다.

2 이상은 모두 《시경, 국풍》의 시편이다. 〈포유고엽匏有苦葉〉, 〈신대新臺〉는 패풍의 노래고, 〈장유자牆有茨〉, 〈순지분분鶉之奔奔〉, 〈체동蝃蝀〉은 용풍의 노래고, 〈출기동문出其東門〉은 정풍의 노래고, 〈남산南山〉, 〈폐구敝笱〉, 〈재구載驅〉는 제풍의 노래고, 〈주림株林〉은 진풍陳風의 노래다.

3 閔亂(민란): '閔亂思治(민란사치)'의 뜻이다. 난세를 걱정하고 치세를 생각하다.

4 이상은 모두 《시경, 국풍》의 시편이다. 〈정녀靜女〉는 패풍의 노래고, 〈상중桑中〉은 용풍의 노래고, 〈맹氓〉, 〈유호有狐〉, 〈목과木瓜〉는 위풍衛風의 노래고, 〈채갈采葛〉, 〈대거大車〉, 〈구중유마丘中有麻〉는 왕풍의 노래고, 〈장중자將仲子〉, 〈준대로遵大路〉, 〈유녀동거有女同車〉, 〈산유부소山有扶蘇〉, 〈탁혜蘀兮〉, 〈교동狡童〉, 〈건상褰裳〉, 〈봉丰〉, 〈동문지선東門之墠〉, 〈풍우風雨〉, 〈자금子衿〉, 〈양지수揚之水〉, 〈야유만초野有蔓草〉, 〈진유溱洧〉는 정풍의 노래고, 〈동방지일東方之日〉은 제풍의 노래고, 〈동문지분東門之枌〉, 〈동문지지東門之池〉, 〈동문지양東門之楊〉, 〈방유작소防有鵲巢〉, 〈월출月出〉, 〈택피澤陂〉는 진풍陳風의 노래다.

5 淫泆(음일): 음란하다. 쾌락적이다.

6 左傳(좌전): 공자가 편찬한 《춘추春秋》를 노나라 좌구명左丘明이 해석한 책이다. 일명 《춘추좌씨전春秋左氏傳》, 《좌씨춘추左氏春秋》, 《좌씨전左氏傳》이라고도 한다. 《공양전公羊傳》, 《곡량전穀梁傳》과 함께 '춘추삼전春秋三傳'의 하나다. 다른 두 전이 경문經文의 구절을 중시한 데 비해 《좌전》은 역사 사건의 사실을 중시한 특색이 있다.

7 鄭伯如晉(정백여진): 정백이 진나라에 가다. '여如'는 가다의 의미다. 양공襄公 26년 7월 정백이 위후衛侯의 일로 진나라에 갔을 때 진후晉侯가 향연을 베푼 자리에서 정백을 따라온 자전子展이 〈장중자將仲子〉를 읊어 자신의 뜻을 나타내었다. 이에 진후는 위후를 자기 나라로 돌려보내 주었다(《좌전左傳, 양공26년》 참조). 〈장중자〉는 《시경, 정풍》의 시편이다.

8 賦(부): 읊다. 노래하다.

9 鄭六卿餞韓宣子(정육경전한선자): 정나라 6경이 한선자를 전별餞別하다. 소공昭公 16년 4월에 정나라 6경이 교외에서 한선자를 위해 송별연을 베풀었을 때, 한선자가 정나라 6경에게 정나라의 뜻이 담긴 시를 읊을 것을 요청했다. 이때 그들은 각기 《시경》의 〈정풍〉을 노래했는데, 즉 자차子齹는 〈야유만초野有蔓草〉를 읊었고, 자산子産은 〈고구羔裘〉를 읊었고, 자태숙子太叔은 〈건상褰裳〉을 읊

었고, 자유子游는 〈풍우風雨〉를 읊었고, 자기子旗는 〈유녀동거有女同車〉를 읊었고, 자류子柳는 〈탁혜蘀兮〉를 읊었다(《좌전, 소공 16년》 참조). 한선자는 한기韓起(?~BC 451)를 가리키는데, 그는 춘추 후기 진晉나라 경대부卿大夫로서 시호가 '선宣'이어서 '한선자'라고 불린다.

10 若(약): 혹은.

11 賦詩斷章(부시단장): 《시경》 시편의 한 구절 또는 한 단락을 절취하여 자신의 뜻을 기탁하여 읊는 것을 가리킨다. 이것은 춘추시대에 유행한 일종의 문화 현상이라 하겠는데, 당시 문인은 외교, 종교, 교육, 정치 등의 다방면에서 《시경》을 절취하여 노래함으로써 자신의 문학적 재능을 뽐내었다. 청나라 위원魏源의 통계에 따르면, 《국어國語》에는 31조, 《좌전》에는 217조의 용례가 있다고 한다.

12 借(차): 설령 …라 할지라도.

13 鄭伯享趙孟於垂隴(정백향조맹어수롱): 정백이 수롱에서 조맹을 접대하다. 정백이 향연을 베풀어 조맹을 접대할 때 정나라의 자전子展, 백유伯有, 자서子西, 자산子産, 자태숙子太叔, 이자석二子石(인단印段과 공숙단公叔段을 말함)이 그를 보좌했다. 그때 조맹이 그 7인에게 시를 읊어 각자의 뜻을 보이라고 명하자, 그들은 각기 〈초충草蟲〉, 〈순지분분鶉之賁賁〉, 〈서묘黍苗〉, 〈습상隰桑〉, 〈야유만초野有蔓草〉, 〈실솔蟋蟀〉, 〈상호桑扈〉를 읊었다(《좌전, 양공 27년》 참조).

14 趙孟(조맹): 춘추시대 진晉나라 조씨趙氏의 영수. 본명은 조앙趙鞅이며, 조무趙武라고도 한다.

15 衛風(위풍): 백유伯有가 읊었다고 한 〈순지분분鶉之賁賁〉은 용풍의 시편이다. 그런데 여기서 위풍이라고 한 것은 주의할 필요가 있다. 허학이는 《시경》의 패·용·위풍은 모두 위나라의 노래인데 당초 《시경》의 편집자가 나누어 기록한 것이라는 설을 따르고 있다. 이와 관련된 자세한 허학이의 주장은 제28칙에 보인다. 이 세 지역은 주나라 무왕이 은나라를 무너뜨리고 은나라의 마지막 임금인 주紂의 아들에게 은나라 유민들이 사는 땅을 관장하도록 했다가 후일 다시 그 땅을 삼분한 것으로 지금의 하남성 기현淇縣 일대에 해당한다. 이 세 편장에 들어 있는 시들에서 같은 고장의 지명이나 강 이름 등이 많이 나오고, 내용 또한 위나라와 관련된 것이 많기 때문에 모두 위풍으로 볼 수 있다는 것이다.

16 俟(사): 기다리다.

18

주자는 변풍에서 감개한 뜻을 지닌 시는 반드시 그 작중 화자의 자작이라 했다. 그러나 〈상중桑中〉에서는 "아름다운 맹강孟姜이로다"라고 하면서, 또 "아름다운 맹익孟弋이로다", "아름다운 맹용孟庸이로다"라고 했다. 〈구중유마丘中有麻〉에서는 "저기에서 자차子嗟를 만류하도다"라고 하면서, 또 "저기에서 자국子國을 만류하도다"라고 했는데, 이것은 같은 때에 여러 사람을 약속하여 만난 것이니, 이러한 이치가 있겠는가? 〈택피澤陂〉에서는 "아름다운 한 사람이여, 건장하고 또 엄숙하도다"라고 했는데, 이것이 어찌 음분한 사람을 가리킨다 할 수 있겠는가? 〈진유溱洧〉는 남녀가 묻고 답하며 서로 장난치며 노는 것을 명백하게 서술하고 있는데도, 주자는 역시나 "이는 음분한 이가 직접 쓴 노래"라고 말했다. 그 우겨대는 고집이 이와 같도다!

국풍의 변풍 중 감개한 뜻을 지닌 시는 작중 화자가 직접 창작한 것이라는 주자의 견해에 대해 구체적인 예를 들어 반박하고 있다. 허학이는 전통적인 《시경》의 '미자론美刺論'을 계승하여, 변풍 역시 전문적인 시인들이 창작하여 미자의 뜻을 기탁하고 있다고 보고 있다. 주자는 시가 지닌 미자의 참뜻을 이해하지 못한 점이 가장 단점이라 하겠으니, 아래 제21칙에서 그 점에 대해 언급하고 있다.

朱子於變風如懷感者必欲爲其人之自作, 然桑中[1]云"美孟姜矣", 又云"美孟弋矣"‧"美孟庸矣", 丘中有麻[2]云"彼留子嗟", 又云"彼留子國", 是一時而期會[3]數人也, 有是理乎? 且澤陂[4]云"有美一人, 碩大且儼", 是豈可指淫奔之人耶? 又溱洧[5]明述士女[6]問答相謔, 而朱子亦云"此淫奔者自敍之詞", 其執拗[7]乃爾[8]!

1 桑中(상중): 용풍의 시편이다.
2 丘中有麻(구중유마): 왕풍의 시편이다.

3 期會(기회): 약속해서 만나다.

4 澤陂(택피): 진풍陳風의 시편이다.

5 溱洧(진유): 정풍의 시편이다.

6 士女(사녀): 남녀.

7 執拗(집요): 자신의 의견을 우겨대는 고집이 매우 세다.

8 爾(이): 이와 같다.

19

주자는 변풍에서 감개한 뜻을 지닌 시는 반드시 그 작중 화자의 자작이라고 했는데 이치상 따르기 어려운 데가 있다. 정풍에서 감개한 뜻을 지닌 시 역시 그 작중 화자의 자작이라 했는데, 사실상 믿기 어렵다.

생각건대 춘추전국春秋戰國 시대의 부녀자가 시를 노래했다면 체제가 대부분 평범하고 직설적이며 문채는 완전하지 못할 것이다. 정풍 중 〈갈담葛覃〉·〈권이卷耳〉·〈부이芣苢〉·〈여분汝墳〉·〈초충草蟲〉·〈행로行露〉·〈은기뢰殷其雷〉·〈표유매摽有梅〉·〈소성小星〉·〈강유사江有汜〉는 비록 모두 자연스러움을 바탕으로 삼고 있지만 체제가 본받을 만하고 문채가 볼 만하여 문인 학사가 아니면 사실 지을 수 없다. 그런데도 후비后妃 및 일반 서민의 아낙네에서 잉첩媵妾에 이르기까지 시를 짓지 못함이 없었다면, 나는 감히 믿지 못하겠다.

풍시가馮時可가 말했다.

"문인 학사가 저잣거리의 남녀의 입을 빌어 말한 것이다. 문인 학사는 백성의 본보기이므로 그 시를 펼쳐보면 백성의 풍습을 모두 알 수 있다."

이 말에 따라 살펴보니 〈관저關雎〉·〈규목樛木〉·〈종사螽斯〉·〈작소鵲巢〉·〈채번采蘩〉·〈채빈采蘋〉은 그 가사가 빼어난데, 또 어찌 궁중의 사람·일반 아녀자·서민이 지을 수 있는 것이겠는가? 변풍 〈백주_{柏舟}〉 같은 작품은 더 말할 것도 없다. 혹자는 국풍은 모두 주나라 태사_{太師}의 무리가 윤색했다고 하는데, 그 체제나 문채를 살펴보면 마음속으로 역시나 의문이 생겨나기에 억지로 그 까닭을 설명하고자 한 것일 뿐이다.

국풍의 작자 문제에 관한 논의다. 위에서 언급한 변풍에 이어 정풍에서 감개한 뜻을 지닌 시가 작중 화자의 창작이라는 주자의 견해에 대해 반박한 내용이다. 국풍의 시는 춘추전국 시대의 부녀자가 짓기 어려운 체제와 문채를 갖추고 있어 문인이나 학사 등 전문적인 시인이 지었다고 봐야 사실에 부합된다고 주장했다. 이런 맥락에서 국풍의 시가 주나라 태사에 의해 윤색되었다는 주장에 대해서도 억지스러운 견해라고 부인했다. 《시경》의 체재와 문채 등이 획일적이지 않고 다양하다는 점을 상기하면 어느 누군가에 의해 일괄적으로 윤색되지도 않았을 것이다. 한마디로 허학이는 주자가 국풍을 민간가요라고 보는 견해에 맞서 전문 시인의 창작이라고 주장하고 있다.

朱子於變風如懷感者必欲爲其人之自作, 則於理有難從; 於正風如感懷者亦欲爲其人之自作, 則於實有難信. 按春秋戰國婦人歌詩, 體多平直, 而文采不完. 正風如葛覃·卷耳·苤苢·汝墳·草蟲·行露·殷其雷·摽有梅·小星·江有汜[1], 雖皆本乎自然, 而體製可法, 文采可觀, 非文人學士, 實有未能, 而謂后妃[2]以及士庶[3]之妻逮於[4]女子滕妾[5]無不能之, 則予未敢信也. 馮元成[6]謂: "文人學士借里巷[7]男女爲言. 文人學士, 民之表也, 覽其詩而民風可具見也." 卽此而觀, 則其詞之有美者, 如關雎·樛木·螽斯·鵲巢·采蘩·采蘋[8]亦豈宮人·衆妾[9]·家人[10]之所能乎? 變風柏舟[11]諸篇, 不待言矣. 或謂風人之詩皆周太師[12]之徒潤色之, 蓋視其體製·文采, 心亦有疑, 而强爲之說耳.

1 이상은 모두 《시경, 국풍》의 시편이다. 〈갈담_{葛覃}〉, 〈권이_{卷耳}〉, 〈부이_{苤苢}〉, 〈여분_{汝墳}〉은 주남의 노래고, 〈초충_{草蟲}〉, 〈행로_{行露}〉, 〈은기뢰_{殷其雷}〉, 〈표유매

摽有梅〉, 〈소성小星〉, 〈강유사江有汜〉는 소남의 노래다.

2 后妃(후비): 주나라 문왕文王의 비妃인 태사太姒를 가리킨다. 문왕은 주나라의 기초를 닦은 임금으로 덕치에 힘썼다. 죽은 뒤 그의 아들 무왕武王이 상나라를 멸망시키고 주나라를 세웠으며, 그에게 문왕이라는 시호를 추존했다. 뒤에 유가로부터 이상적인 성천자聖天子로서 숭앙을 받았으며, 문왕과 무왕의 덕을 기리는 다수의 시가 《시경》에 수록되어 있다.

3 士庶(사서): 일반 서민.

4 逮於(체어): …에 이르다. …에 미치다.

5 女子媵妾(여자잉첩): 시집가는 데 따라 보내는 여자로서, 시녀를 가리킨다.

6 馮元成(풍원성): 풍시가馮時可. 명나라 문인이다. 자는 민경敏卿, 호가 원성이다. 융경隆慶 5년(1571)에 진사가 되어 벼슬이 호광포정사참정湖廣布政使參政에까지 이르렀다. 저술이 많은 것으로 유명하며 《좌씨석左氏釋》, 《좌씨토左氏討》, 《상지잡식上池雜識》, 《양항잡록兩航雜錄》, 《초연루超然樓》, 《천지天池》, 《석호石湖》, 《개가皆可》, 《수하繡霞》, 《서정西征》, 《북정北征》 등을 남겼다.

7 里巷(이항): 마을의 거리. 저잣거리.

8 이상은 모두 《시경, 국풍》의 시편이다. 〈관저關雎〉, 〈규목樛木〉, 〈종사螽斯〉는 주남의 노래고, 〈작소鵲巢〉, 〈채번采蘩〉, 〈채빈采蘋〉은 소남의 노래다.

9 衆妾(중첩): 일반 아녀자, 보통 아낙네.

10 家人(가인): 서민. 백성.

11 柏舟(백주): 패풍의 시편이다.

12 太師(태사): 주나라 때 천자를 보필하던 벼슬로 당시 태사太師, 태부太傅, 태보太保의 가장 높은 세 가지 벼슬 중의 하나다.

20

주자가 말했다.

"《시경》에서 풍이라고 일컫는 것은 대부분 민간가요에서 나온 작품이다. 이른바 남녀가 서로 더불어 노래하며, 각자 그 감정을 말한 것이다."

생각건대 《춘추전春秋傳》에 수록된 가요와 《시기詩紀》에서 편찬한 한위의 가요는 《시경》의 체재와 결코 서로 비슷하지 않으므로, 국풍은 모두 시인의 시이며 처음부터 가요와 서로 섞인 적이 없었다. 주자는 국풍을 반드시 남녀가 직접 지은 것이라고 보았으므로 대부분 민간가요의 가사라고 여겼을 따름이다. 이에 혹자가 물었다.

"이와 같다면 국풍 중 성정의 참됨에 부합하지 않는 것은 어찌된 것인가?"

내가 대답한다.

국풍은 미자를 중시하는데 선악善惡은 시 속의 화자를 바탕으로 하지만 성정은 작자에게 달려 있는 것이니, 그 완곡하면서 돈후하고 부드러우면서 박절하지 않은 것은 모두 작자의 공로다. 조카 국태國泰가 "좋아하고 싫어하는 것이 마음에서 나와서 스스로 그칠 수 없으니, 한마디로 성정의 참됨이다"고 말했다. 하물며 〈북문北門〉·〈북풍北風〉·〈서리黍離〉·〈토원兎爰〉·〈치의緇衣〉·〈출기동문出其東門〉·〈원유도園有桃〉·〈척호陟岵〉·〈십무지간十畝之間〉·〈석서碩鼠〉·〈체두杕杜〉·〈겸가蒹葭〉·〈위양渭陽〉·〈습유장초隰有萇楚〉·〈비풍匪風〉·〈하천下泉〉·〈치효鴟鴞〉·〈구역九罭〉 등이 대부분 직접 창작한 것이라면, 어찌 성정의 참됨에 부합하지 않는가?

국풍의 작자 문제에 관한 논의를 보충했다. 《춘추전》, 《시기》에 수록된 가요와 국풍을 비교할 때 체재가 서로 다르므로 국풍을 민간가요라고 보기 힘들다고 주장하고 있다. 또한 국풍이 전문 시인에 의해 지어졌기에 성정이 참되다고 지적함으로써 국풍의 작자 문제에 대한 자신의 견해를 피력했다.

朱子云: "凡詩之所謂風者, 多出於里巷歌謠之作. 所謂男女相與詠歌, 各言其情者也." 按: 春秋傳所錄歌謠及詩紀[1]所編漢魏歌謠, 與詩體絶不相類, 故國風皆詩人之詩, 初未嘗有歌謠相雜也. 朱子於國風必欲爲男女之自作, 故

多以爲里巷歌謠之詞耳. 或曰: "若是, 則國風有不切於性情之眞, 奈何?" 曰:
風人之詩, 主於美刺, 善惡本乎其人, 而性情係於作者, 至其微婉敦厚, 優柔
不迫, 全是作者之功. 姪國泰[2]謂: "好惡由衷, 而不能自已, 即性情之眞也."
況如北門·北風·黍離·兎爰·緇衣·出其東門·園有桃·陟岵·十畝之
間·碩鼠·杕杜·蒹葭·渭陽·隰有萇楚·匪風·下泉·鴟鴞·九罭等篇[3],
亦多出於自作, 又豈不切於性情之眞耶?

1 詩紀(시기): 명대 풍유눌馮惟訥이 편한 책으로 《고시기古詩紀》라고도 부른다.
   총 156권으로 이루어져 있다. 전집前集은 10권으로 《시경》에 수록되지 않은 선
   진先秦 시기의 시가를 수록하고 있다. 정집正集은 130권으로 한대에서 수대까지
   의 시를 수록했다. 외집外集은 4권으로 고소설과 필기 중에 전해지는 신선과 귀
   신에 관한 일명 선귀시仙鬼詩를 수록하고 있다. 별집別集은 12권으로 고시에 대
   한 평론을 싣고 있다.
2 國泰(국태): 허학이의 조카다. 구체적인 생몰연대는 알 수 없으나, 허학이가 그
   와 함께 문학에 대해 자주 토론했던 것으로 짐작된다.
3 이상은 모두 《시경, 국풍》의 시편이다. 〈북문北門〉, 〈북풍北風〉은 패풍의 노래
   고, 〈서리黍離〉, 〈토원兎爰〉은 왕풍의 노래고, 〈치의緇衣〉, 〈출기동문出其東門〉은
   정풍의 노래고, 〈원유도園有桃〉, 〈척호陟岵〉, 〈십무지간十畝之間〉, 〈석서碩鼠〉는
   위풍魏風의 노래고, 〈체두杕杜〉는 당풍의 노래고, 〈겸가蒹葭〉, 〈위양渭陽〉은 진
   풍秦風의 노래고, 〈습유장초隰有萇楚〉, 〈비풍匪風〉은 회풍의 노래고, 〈하천下泉〉
   은 조풍曹風의 노래고, 〈치효鴟鴞〉, 〈구역九罭〉은 빈풍의 노래다.

21

주자가 국풍에 대해 말한 것은 비록 미자의 뜻을 이해하지 못했지
만, 장절을 나누어 해석하고 풀이한 것은 간결하고 뜻이 분명하므로,
마땅히 고금의 고수라 하겠다. 반면 공영달은 〈소서小序〉를 존중하여
비록 미자의 뜻은 이해했지만, 장구章句의 해석이 난잡하고 번잡하며,
또 비흥比興의 곳에서는 자주 견강부회하여 참뜻에서 진실로 멀어졌다.

주자가 말했다.

"《시전詩傳》에서는 다만 이같이 말할 뿐 더 이상 덧붙일 수 없으니, 이해의 능력은 도리어 독자에게 있다."

또 말했다.

"시는 본래 이와 같이 말할 뿐이다. 한 장의 말이 끝나면 다음 장이 또 그것을 따라서 감탄하여 읊조리니, 비록 별다른 뜻이 없어도 의미 심장하므로 사물에서 의미를 찾아서는 안 된다. 후인들이 종종 그 말이 이와 같이 평담平澹한 것을 보고서, 오직 의미를 덧붙이는 것에 관심을 가져 다른 것을 막아버렸다."

그러므로 국풍은 마땅히 공영달과 주자의 해석을 적절히 살펴 이해해야 하며, 아·송은 오로지 주자의 해석을 위주로 해야 한다.

해제 주자와 공영달의 《시경》 해설에 대한 장단점을 논하고 있다. 주자는 미자의 뜻은 이해하지 못했지만 장절을 나누어 간결하고 분명하게 풀이한 점을 높이 평가했다. 공영달은 〈소서〉의 관점을 계승하여 미자의 뜻은 이해했지만 장구의 해석이 번잡하고 비흥 부분의 해설에서 견강부회가 많음을 지적했다. 이와 같이 역대의 《시경》 해설서는 각기 장단점이 있으므로 두루 참고하여 시의 이해를 올바르게 도와야 한다.

원문 朱子說國風, 雖未得美刺之旨, 而分章訓釋, 簡淨明白, 當是古今絶手[1]. 孔氏[2] 宗小序, 雖於美刺有得, 而章句離析[3], 冗雜蕪穢[4], 且比興[5]處往往穿鑿[6], 眞境[7] 實遠. 朱子云: "詩傳[8]只得如此說, 不容更着語, 工夫[9]却在讀者." 又云: "詩本只是恁地[10]說話, 一章言了, 次章又從而歎詠之, 雖別無義而意味深長, 不可於名物[11]上尋義理[12]. 後人往往見其言只如此平澹[13], 只管[14]添上義理, 却窒塞[15]了他." 故國風當以孔氏·朱子而參酌[16]之, 至於雅頌, 則一以朱註爲主.

주석 1 絶手(절수): 고수高手.
2 孔氏(공씨): 공영달孔穎達(574~648). 당나라 시기의 학자다. 자는 충원沖遠 또는

중달仲達이고 시호는 헌憲이다. 기주冀州 형수衡水 사람으로 당나라 건국 후 국자
박사國子博士와 국자좨주國子祭酒 등을 역임했다. 당태종의 명을 받아 안사고顔師
古, 사마재장司馬才章, 왕공王恭, 왕염王琰 등과 함께 남학파와 북학파의 경학을 절
충하여 《오경정의五經正義》를 집필했다.

3 離析(이석): 분석. 해석.

4 冗雜蕪穢(용잡무예): 난잡하고 번잡하다.

5 比興(비흥):《시경》의 수사적 표현 방법을 가리킨다.

6 穿鑿(천착): 견강부회하다.

7 眞境(진경): 원래는 도교의 '신선들이 사는 곳'이라는 의미로 '선경仙境'이라고
도 한다. 여기서는 '시가 나타내는 원래의 의미'로 보아 '참뜻'으로 번역했다.

8 詩傳(시전): 송대 주희의 《시경》 해설서로 해박한 훈고와 철저한 고증이 뛰어
나다.

9 工夫(공부): 시간과 정력을 들인 후 얻은 어떤 방면의 조예와 능력. 여기서는
《시경》의 시를 이해하는 능력을 가리킨다.

10 恁地(임지): 이와 같이.

11 名物(명물): 사물.

12 義理(의리): 의미. 뜻.

13 平澹(평담): '平淡(평담)'이라고도 하며, 시문의 풍격이 자연스러워 다듬고 꾸
미지 않은 것을 말한다. 다듬고 꾸미지 않았다고 해서 표현이 속되고 거칠다는
의미가 아니라 평이하고 소박한 표현 속에 함축된 의미를 포함하고 있어 표현
이 풍부하면서도 깊은 의미를 담고 있는 시문 풍격을 가리킨다.

14 管(관): 관심을 가지다.

15 窒塞(질색): 막다.

16 參酌(참작): 이리저리 비교해 보고 알맞게 헤아리다.

22

주남周南의 〈관저關雎〉는 《모시서毛詩序》의 해설이 그다지 분명하
지 않아서 공영달이 그 뜻을 알기 쉽게 풀이했는데, "후비后妃가 숙녀
로서 군자의 배필이 되고자 한 것"으로 여긴 것은 시구의 "좌우左右"를

'보좌하다'라는 의미로 해석했기 때문일 뿐이다. 그러나 처음 두 구로써 후비를 떠올리도록 비유한 것으로 이해한다면 뒤의 문장과 서로 연결이 되지 않는다.

한편 주자는 "궁중에 있는 사람들이 태사太姒가 처음 시집을 때에 지었다"라고 여겼는데, 궁중의 사람들이 지을 수 있는 시가 아닐뿐더러, '구하다求', '그리워하다思', '벗하다友', '즐겁게 하다樂'가 궁중의 사람들에게 귀속되고 있으니, 또한 흥취가 없다.

생각건대 공자가 "〈관저關雎〉는 즐거우면서도 지나치지 않고, 슬프면서도 상심하지 않는다"고 했다. 이 말을 곱씹어 음미하면 '구하다求', '그리워하다思', '벗하다友', '즐겁게 하다樂'가 문왕文王에게 집중되어 있으므로, 사실은 전문 시인의 작품이다. 옛날의 해석인 정현의 《모시전毛詩箋》에 증명할 만한 것이 많이 있다.[19]

제22칙~제49칙은 국풍의 시에 대한 허학이의 관점을 좀 더 자세하게 설명한 부분이다. 여기서는 주남의 첫 시편인 〈관저〉에 대한 역대의 주요 견해를 분석하고 마지막에 작자 문제를 언급하고 있다.

《모시서》에 따르면 〈관저〉는 후비의 덕을 노래한 것으로, 그 주요 의미를 다음과 같이 풀이했다.

"숙녀가 군자의 배필이 되는 것을 즐거워한 것으로 후비의 어진 마음이 가까이 가기를 근심하기에 그 기색이 음탕하지 않고, 요조숙녀를 어여쁘게 여기고 현명하며 재주 있는 이를 그리워하니 선량한 마음에 저촉되지 않는다.樂得淑女以配君子, 憂在進賢, 不淫其色, 哀窈窕, 思賢才, 而無傷善之心焉."

《모시》에서는 숙녀가 곧 후비다. 이후 정현이 《시경》에 대해 연구하여 《모시전毛詩箋》, 《모시보毛詩譜》, 《정지鄭志》, 《박허신오경이의駁許愼五經異義》 등 여러 서적에서 그의 시경론을 서술했는데, 그중 《모시전》 20권이

---

19) 이하 28칙에서 여러 나라의 시를 나누어 논한다.

오늘날까지 전해지는 가장 완정된 것이다. 정현은 그 해설에서 "후비가 어진 이를 구한 것"이라는 설을 제기했다. 이것은 《모시서》의 '憂在進賢(우재진현)'을 잘못 해석했기 때문이다. 또한 정현은 '哀窈窕(애요조)'에서 '哀(애)'자를 '衷(충)'자로 보아야 한다고 주장했고 '無傷善之心(무상선지심)'을 '好逑(호구)'의 의미로 풀이했다. 정현은 당시 고문과 《모시》에 대해 체계적이고 종합적으로 연구하여 후대 시경학의 발전에 중요한 영향을 미쳤으나, 한편으로는 지나치게 자의적으로 글자를 바꾸었다는 기탄을 받기도 했다. 당나라에 이르러 공영달이 대체로 《모시서》와 정현 등의 해설을 종합하여 해석했지만 그 상세한 차이점에 대해서는 깨닫지 못했다.

반면 송대의 주자는 〈관저〉에 대해 다음과 같이 말했다.

"주나라의 문왕은 태어나면서 성덕이 있었고 또 성스러운 여인 사씨姒氏를 배필로 얻고자 했다. 궁중의 사람들이 태사가 처음 시집을 오자 그 조용하고 정숙한 덕을 보고서 이 시를 지었다.周之文王生有聖德, 又得聖女姒氏以爲之配. 宮中之人, 于其始至, 見其有幽閑貞靜之德, 故作是詩."

주자의 견해에서 한 걸음 더 나아가 청대의 방옥윤方玉潤은 《시경원시詩經原始》에서 다음과 같이 말했다.

"〈소서〉에서 후비의 덕이라고 한 것과 《시집전詩集傳》에서 궁인이 태사太姒와 문왕을 노래한 것이라고 한 것은 모두 정확하지 않다. 시 중에 대궐의 문에 대한 언급이 한 글자도 없는데 하물며 문왕과 태사를 노래했겠는가? 내가 생각하건대 국풍은 모두 민간에서 채집한 것으로, 만약에 왕과 후비에 관한 것이라면 송체여야 마땅하다. 이 시는 주나라 읍의 초혼初婚을 노래한 것이므로 방중악房中樂이라고 할 수 있는데, 마을 사람들도 사용하고 국가에서도 사용하기에 적합하지 않음이 없었다.小序以爲 '后妃之德, 集傳又謂 '宮人之咏太姒·文王' 皆無確證. 詩中亦無一語及宮闈, 況文王·太姒耶" 竊謂風者, 皆采自民間者也, 若君妃, 則以頌體爲宜. 此詩蓋周邑之咏初昏者, 故以爲房中樂, 用之鄕人, 用之邦國, 而無不宜焉."

이와 같이 〈관저〉에 대한 의견이 분분하다. 허학이는 공자의 시론에 의거하고 이상의 여러 전대 학자의 견해를 참고삼아, 〈관저〉는 문왕이 좋은 배필을 찾는 내용으로서 전문 시인이 창작한 것으로 보았다.

원
문

周南關雎[1], 序[2]說未甚顯明, 孔氏演其義, 以爲"后妃[3]思得淑女以配君子", 蓋以"左右"字訓佐助故耳. 但以首二句爲興后妃, 則與下文不相連屬. 朱子以爲"宮中之人於太姒始至而作", 則旣非宮人所能, 而以求‧思‧友‧樂屬於[4] 宮人, 亦無情趣[5]. 按孔子曰: "關雎樂而不淫, 哀而不傷."[6] 詳味此語, 則求‧思‧友‧樂主於文王, 而其實則詩人之作也. 舊說[7]多有可證. [以下二十八則, 分論諸國之詩.]

주
석

1 關雎(관저): 주남의 시편이다.

2 序(서): 《모시서》를 가리킨다.

3 后妃(후비): 주나라 문왕의 비妃인 태사太姒를 가리킨다. 본권 제19칙의 주석2 참조.

4 屬於(속어): …에 귀속되다.

5 情趣(정취): '興趣(흥취)'와 같은 말이다.

6 關雎樂而不淫(관저낙이불음), 哀而不傷(애이불상): 〈관저〉는 즐거우면서도 지나치지 않고, 슬프면서도 상심하지 않는다. 《논어, 팔일》 참조.

7 舊說(구설): 옛날의 해석이란 뜻으로 주로 동한東漢 정현鄭玄(127~200)의 《모시전毛詩箋》을 가리킨다. 서한 시기에는 《모시毛詩》, 《노시魯詩》, 《제시齊詩》, 《한시韓詩》 등의 《시경》에 대한 다양한 해설이 있었는데, 그중 《노시》, 《제시》, 《한시》를 '삼가시三家詩'라고 한다. 《모시》는 서한 때에는 삼가시에 밀려 공인을 받지 못했으나 정현이 《모시》를 보충하고 해설한 《모시전》을 쓰면서, 이 책이 비교적 훈고에 충실하고 역사적 사실에 가까운 장점을 인정받아 삼가 시를 제치고 가장 높은 평가를 받게 되었다.

23

〈관저〉에서는 '마름나물荇菜'을 가지고 이야기하고 있는데, 대개 후 비는 마름나물을 제사에 올린다. 전장前章은 마름나물이 물에 떠 있지 만 취하는 사람이 없음을 말했는데, 그것으로써 후비를 구하는 것을 나타낸 것이다. 후장後章은 이미 후비를 얻었으니, 마름나물을 골라

삶은 것이다.

'흐른다流'는 것은 물을 따라 뜬 채로 흘러간다는 의미인데, 주자의 주註에는 "물의 흐름을 따라 취하는 것"이라 했다. 전후의 문맥을 자세히 살피지 않았을뿐더러 또한 말의 뒷부분을 생략하고 앞부분만으로 그 뜻을 제시한 것이 된다. 그 '좌우左右'에 관해서는 "혹은 왼쪽에서 하고 혹은 오른쪽에서 하여 일정한 방향이 없음을 말한다"고 했는데, 적절한 말이다. "좌우로 고르다左右芼之"는 위의 구절을 이어서 말한 것으로 왼쪽과 오른쪽으로 취해 그것을 골라냄을 말한 것이다.

해제 〈관저〉의 시구에 관한 풀이다. 허학이는 대체로 《모시서》를 바탕으로 하되 역대의 해설을 두루 포괄하여 〈관저〉를 이해하고 있다. 앞의 제22칙에서 〈관저〉는 문왕이 좋은 배필을 구하는 내용이라고 했다. 따라서 마름나물을 따는 것을 문왕이 후비를 구하는 것에 비견할 수 있다.

원문 關雎以荇菜[1]爲言, 蓋后妃以荇菜供祭祀也. 前章言荇菜在水, 未有人采, 故因之以求后妃. 後章旣得后妃, 則采取而烹芼[2]之矣. 流是隨水泛流之意, 朱註言"順水之流而取之", 不但於前後不相體貼[3], 且爲歇後語[4]矣; 其言左右, "或左或右, 言無方也", 得之. "左右芼之", 承上而言, 謂左右采而芼之也.

주석 1 荇菜(행채): 마름나물. 물에서 자라는 먹을 수 있는 식물이다. 주자의 《시집전》에서는 마름나물에 대해 자세히 설명하여 "뿌리는 물 밑에서 자라고, 줄기는 비녀 같이 생겼으며, 위는 푸르고 아래는 희며, 잎은 자주색이요, 둘레는 지름이 한 치 남짓한데, 수면에 떠 있다.根生水底, 莖如釵股, 上青下白, 葉紫赤, 圓徑寸餘, 浮在水面."라고 했다.
2 烹芼(팽모): 마름나물을 골라 삶다.
3 體貼(체첩): 자세히 살피다.
4 歇後語(헐후어): 말의 뒷부분을 생략하고 그 앞부분만으로 그 뜻을 암시하는 말.

24

주남의 〈권이卷耳〉는 시인이 후비가 문왕을 그리워하는 것을 서술하여 지은 것이다. 첫장의 "나我"는 후비를 가리키고, 아래 세 장의 "나"는 문왕을 가리킨다. 대개 문왕이 높은 곳에 오르는 노고를 생각하며 그가 술로써 스스로 걱정을 풀기를 바라지만, 그리워하여 상심하는 데까지는 이르지 않았다. 그러나 마지막 장에서 끝내 걱정을 풀 수 없었음을 알 수 있다.

주자의 주에서 후비가 "산에 올라가는 것으로써 그리워하는 사람을 바라보며 따라가고자 함을 기탁했다"고 말한 것은 너무 견강부회한 것이다. 또한 〈소서〉에서는 "후비가 신하의 수고로움을 생각하여 지었다"고 말하고 있는데, 실제와 더욱더 부합되지 않는다. 후일 양신의 견해를 보니 진실로 나와 의견이 같았다.

해제 주남 〈권이〉에 관한 논의다. 《모시서》에서는 '후비의 뜻后妃之志'을 노래한 것으로, 문왕을 보좌하여 어진 이를 구하고 관리를 살피기 위해 조석으로 염려하는 뜻을 담고 있다고 했다. 허학이는 〈소서〉의 견해를 바탕으로 하되 시의 작자는 작중 화자가 아니라 전문 시인이라는 점을 강조했다. 즉 후비가 문왕을 그리워하는 내용을 시인이 쓴 것으로 보고 있다.

한편으로 주자는 이 시는 "후비가 직접 창작한 것으로 그 지조가 지극히 한결같음을 볼 수 있다.后妃所自作, 可以見其貞靜專一之矣."고 했다. 또 방옥윤은 부인이 남편의 행역을 생각하며 그 수고로움을 마음 아파하며 지은 것이라고 보았다. 전종서錢鍾書의 《관추편管錐編》에서는 먼저 부인에 대한 이야기를 쓴 다음 남편에 대한 이야기를 썼다고 보았다.

원문 周南卷耳, 乃詩人述后妃思念文王而作. 首章"我"字屬后妃, 下三章"我"字屬文王, 蓋思文王登陟勞苦, 冀[1]其以酒自解, 不至懷傷; 末章, 又知其終不能解也. 朱註謂: 后妃"託言登山, 以望所懷之人而往從之", 旣甚牽强[2], 而小序又

言"后妃念臣下之勤勞而作", 迂遠³益甚矣. 後見楊用修說, 正與予合.

25

〈관저〉는 문왕이 후비를 얻지 못해 오매불망 구하는 것을 서술했고, 〈갈담葛覃〉은 후비가 이미 문왕에게로 시집가서 부모를 그리워하는 것을 서술했으며, 〈권이〉는 문왕이 밖으로 나갔기 때문에 후비가 문왕을 그리워한 것이다. 흥취가 있으며 순서가 있다. 첫 편에 대해 주자는 "궁중의 사람들이 후비를 그리워하여 구하는 것"이라고 여겼는데, 무슨 까닭인가?

주남의 시편 〈관저〉, 〈갈담〉, 〈권이〉가 시간의 흐름에 따라 순차적으로 쓰인 것으로 이해했다. 참고로 〈갈담〉에 대한 역대의 평론을 살펴보면 다음과 같다.

《모시서》에서는 다음과 같이 설명했다.

"후비의 근본을 노래한 것이다. 후비가 시집에 있으니 여자가 해야 할 집안일에 뜻을 둔 것이다. 검소하고 절약하며 옷을 깨끗이 빨아 입으며 그의 보모인 스승을 공경하니 돌아가 친정 부모도 안심시킬 수 있고 부도婦道로써 천하를 교화시킬 수 있다.后妃之本也. 后妃在父母家, 則志在於女功之事. 躬儉節用, 服澣濯之矣, 尊敬師傅, 則可以歸安父母, 化天下以婦道."

주자도 《모시》의 견해와 비슷하게 말했다.

"이 시는 후비가 직접 지은 것이므로 찬탄의 말이 없다. 그러나 이 시에서 이미 귀한 신분이지만 부지런하고 이미 부유하지만 근검절약하며, 이미 장성했지만 스승을 공경하여 방탕하지 않고 이미 시집을 갔지만 친정 부모에게 끊임없이 효도하는 것을 알 수 있으니, 이것은 모두 덕이 두터운 것이며 보통 사람들이 힘들어 하는 것이다. 〈소서〉에서 후비의 근본이라고 한 것은 거의 맞는 말이다. 此詩后妃所自作, 故無贊美之詞. 然於此可以見其已貴而能勤, 已富而能儉, 已長而敬不弛於師傅, 已嫁而孝不衰於父母, 是皆德之厚而人所難也. 小序以爲后妃之本, 庶幾近之."

한편 방옥윤은 이상의 견해에 다음과 같이 반박했다.

"〈소서〉에서 후비의 근본이라고 한 것과 《시집전》에서 후비가 직접 지은 것이라고 한 것은 증거가 무엇인지 알 수 없다. 반론을 제기하는 사람들이 이렇게 말한다. '후비는 깊은 궁궐에 있는데 어찌 골짜기에 길게 뻗어 있는 칡덩굴 및 이 들판의 새와 수풀의 모습을 볼 수 있으리오?' 내가 생각하건대 후비가 부지런히 일을 할지라도 어찌 직접 칡을 자르고 벨 것이며, 후비가 검소하다 하더라도 또 친정으로 가면서 옷을 빨아 입지는 않을 것이다. 설령 있다 하더라도 억지로 한다면 성정의 바름이 아닐 텐데 어찌 한 나라의 국모가 된다 할 것이오? 이것은 민간에서 채집한 것으로 〈관저〉와 함께 방중악이니 앞의 〈관저〉는 초혼을 노래한 것이고 이것은 친정으로 돌아감을 읊조린 것이다. 小序以爲后妃之本, 集傳遂以爲后妃所自作, 不知何所證據. 以致駁之者云: 后處深宮, 安得見葛之延於谷中, 以及此原野之間鳥鳴叢木景象乎? 愚謂后縱勤勞, 豈必親手 '是刈是濩', 后卽節儉, 亦不至歸寧尙服澣衣. 縱或有之, 亦屬嬌强, 非情之正, 豈得爲一國母乎? 蓋此亦采之民間, 與關雎同爲房中樂, 前咏初昏, 此賦歸寧耳."

關雎述文王未得后妃而寤寐[1]以求之, 葛覃述后妃旣歸[2]文王而思父母, 卷耳則因文王之出而思文王也. 有情趣, 有次第[3]. 首篇朱子以爲"宮人思求后妃", 何耶?

1 寤寐(오매): 자나 깨나.
2 歸(귀): 시집가다.
3 次第(차제): 순서. 차례.

26

주남의 〈한광漢廣〉에서 노래했다.

"남쪽에 교목이 있지만, 가서 쉴 수가 없구나. 한수漢水에 놀러 나온 여인이 있지만, 구할 수 없도다.南有喬木, 不可休息. 漢有游女, 不可求思."

'休(휴)'와 '求(구)'는 운韻이며 '思(사)'는 어조사이므로, '息(식)'은 '思(사)'자의 오자誤字임이 틀림없다.

공영달이 말했다.

"'休息(휴식)'은 고본古本에서 모두 그렇게 쓰였는데, 간혹 '休思(휴사)'라고 쓰기도 했다. 이것은 의미에 따라 고쳤을 따름이다."

내가 생각건대 고서古書에는 오자가 정말 많다. '新民(신민)'을 '親民(친민)'으로 적거나, '索隱(색은)'을 '素隱(소은)'으로 적은 것이 그런 예다. 주자의 《시집전詩集傳》에는 바른 것도 있지만 바르지 않은 것도 있는데, 대체로 뜻을 중시하고 글자는 소홀히 했다.

 주남 〈한광〉의 첫 두 구절 "南有喬木(남유교목), 不可休息(불가휴식)"에서 '息(식)'이 '思(사)'의 오자임을 지적하고 있다. 주자의 주에 의거할 때, '息(식)'자와 '思(사)'자가 섞인 것은 《한시韓詩》에서 비롯된 것이다. 이와 같이 본래의 글자가 다른 글자로 바뀐 것은 그 의미를 중시한 결과다. 특히 훈고를 중시하던 한대와는 달리 송대에는 '의리義理'가 중시되었다. 따라서 송대의 주자의 《시집전》에도 글자보다는 뜻을 중시해 오자가 더러 있음을 지적하며 교감의 중요성을 강조하고 있다.

한편 〈한광〉에 대한 《모시서》의 해설은 다음과 같다.

"덕이 널리 미침을 노래한 것이다. 문왕의 도가 남쪽 나라에도 펼쳐져서 강수江水와 한수漢水 유역에도 아름다운 교화가 행해졌다. 예를 어기면 아리따운 여자를 만날 수 없으니 여자를 찾아 나서도 구할 수 없다.德廣所及也. 文王之道被於南國, 美化行乎江漢之域, 無思犯禮, 求而不可得也."

정현은 이것을 보충하여 "폭군 주紂임금 때 천하에 음란한 풍조가 퍼졌으나 강수와 한강 유역에는 문왕의 가르침을 받았다.紂時淫風遍於天下, 維江漢之域受文王之敎化."고 해설했다.

27

소남召南의 〈야유사균野有死麕〉에서 노래했다.

"조용하게 천천히 오세요, 내 앞치마 건드리지 말고요, 삽살개 짖게
하지 마세요.舒而脫脫兮, 無感我帨兮, 無使尨也吠."

주자가 말했다.

"이것은 여자가 거절하는 말을 기술한 것이다. 우선 천천히 와서 내
앞치마를 건드리지 말며 내 삽살개를 놀라게 하지 말라고 당부함으로
써, 서로 함께할 수 없음을 진실로 말한 것이다."

이 의미는 통하지 않는다. 정현은 다음과 같이 말했다.[20]

"정숙한 여인이 남자가 예로써 다가와 천천히 가만가만 하기를 바
란 것이다."

오늘날의 해석은 이것을 따른다. 그러나 그것은 이미 서로 몰래 통
하는 감정이 있는데, 정숙한 여인이라면 오히려 결혼하는 것을 허락
하겠는가? 그 말을 곱씹어 음미하면 변풍의 음란을 풍자한 시이니, 죽
간竹簡이 잘못 섞였을 따름이다. 그 아래에 나오는 작품 〈하피농의何彼
穠矣〉에서는 왕희王姬가 평왕平王의 손녀임을 말하고 있는데, 역시 소
남의 시가 아님을 알 수 있다.[21]

---

20) 한대 정현은 《전箋》을 지었는데, 〈소서〉를 본받았다. 그 뜻이 애매하면 그것을
분명하게 밝혔으며, 만약 다름이 있으면 자신의 생각을 적었다.
21) 문왕이 왕이라 시호를 받은 것은 무왕이 상나라를 멸망시킨 이후의 일이다. 이
시에서는 바로 평왕平王이라 했다. 진실로 문왕이라고 하더라도 문왕이 살아 있

소남 〈야유사균〉에 관한 논의다. 허학이는 주자의 해설이 잘못된 것이라 보고, 대략《모시서》와 정현의 견해를 참고하고 있다.《모시서》에서는 다음과 같이 말했다.

"이 시는 무례함을 싫어하는 것이다. 천하가 크게 혼란스러워져 난폭하고 서로 능멸하여 결국 음란한 기풍이 성행했다. 문왕의 교화가 펼쳐지니 비록 난세의 상황일지라도 무례함을 싫어하는 것이다.惡無禮也. 天下大亂, 強暴相陵, 遂成淫風. 被文王之化, 雖當亂世, 猶惡無禮也."

따라서 정현이 "정숙한 여인이 남자가 예로써 다가와 천천히 가만가만 하기를 바란 것이다"고 해설한 것은 이 시가 당시의 음란한 풍조를 풍자한 것으로 보았기 때문이다. 정현은 또 다음과 같이 말했다.

"무례한 사람은 중매쟁이를 통하지 않고 예물이 이르지도 않았는데 위협하여 혼약을 맺는 것이니, 이것이 주왕紂王의 시대를 일컫는다.無禮者, 爲不由媒妁, 雁幣不至, 劫脅以成婚, 謂紂之世."

한편 허학이는 〈야유사균〉의 내용이 변풍과 같은 점을 들어 죽간이 잘못 섞여 소남에 들어가게 되었다고 주장하고 있는데, 그 명확한 창작 시기는 알 수 없지만 이미 왕도가 시행되지 않을 때 지어진 것은 분명한 듯하다. 그 주장을 뒷받침하듯 〈야유사균〉 다음에 나오는 〈하피농의〉도 소남의 시가 아니라고 했다. 그 이유는 시 속에 나오는 왕희가 평왕의 손녀인 점에 의거할 때 창작 시기가 이미 동주東周에 해당하기 때문인데, 설득력이 전혀 없지는 않다.

召南野有死麕[1]云: "舒而脫脫兮, 無感我帨兮, 無使尨也吠" 朱子云: "此述女子拒之詞. 言姑徐徐而來, 毋動我之帨, 毋驚我之犬, 以甚[2]言其不能相及[3]也." 此意有未達. 鄭氏云: [漢鄭玄作箋, 宗小序, 其義若隱, 則表明之, 如有不同, 則用己意.] "貞女欲吉士以禮來, 脫脫然舒也." 今講義從之. 然彼既有相竊之情[4], 貞女尚[5]肯許爲婚乎? 詳味其詞, 乃變風刺淫之詩, 蓋錯簡[6]耳. 下篇何彼穠矣[7], 言王姬[8]爲平王之孫[9], 則亦非召南之詩可知. [文王之諡爲王, 乃武王克商以後事.

──────────

을 때의 시는 아니다.

此詩卽平王. 果爲文王, 然亦非文王在時詩也.]

1 野有死麕(야유사균): 소남의 시편이다. '麕(균)'은 '麞(장)'이라고도 한다. 사슴 과 비슷하나 약간 작으며 뿔이 없다. 또 '사균'은 사냥해서 잡은 노루를 말한다. 이 시는 사균의 고기를 여인에게 싸다 준다는 내용이다.

2 甚(심): 진실로. 참으로.

3 相及(상급): 서로 함께하다.

4 相竊之情(상절지정): 남녀가 서로 남몰래 통하는 정. '竊(절)'은 '남녀가 사통私 通하다'는 뜻이다.

5 尙(상): 오히려.

6 簡(간): 죽간竹簡으로 옛날에 종이가 없었을 때 종이 대신 글씨를 쓰던 대나무 조각을 가리킨다.

7 何彼襛矣(하피농의): 소남의 시편이다. 왕희王姬를 찬미한 노래다.

8 王姬(왕희): 주자는 《시집전》에서 '주나라 왕 딸의 성이 희姬여서 왕희라 했다' 고 했다.

9 平王之孫(평왕지손): '평왕平王의 손녀'라는 뜻. 〈하피농의〉에 보면 "어쩌면 저 리도 성한가, 꽃이 도리桃李와 같도다. 평왕의 손녀와 제후齊侯의 아들이로다.何 彼襛矣, 華如桃李. 平王之孫, 齊侯之子."라는 구절이 있다. 평왕은 주나라 유왕幽王의 아 들 의구宜臼를 가리킨다. 본디 그의 아버지 유왕은 포사褒似를 총애하여 본처인 신후申后를 폐위하려고 했는데, 포사에게는 아들 백복伯服이 있었고, 신후에게 는 아들 의구가 있었다. 당시의 적장자계승법嫡長子繼承法에 의하면 태자는 마땅 히 의구가 되어야 하지만 포사의 아들 백복이 태자가 되었다. 이에 격분한 신후 는 친정으로 돌아가 B.C. 771년에 견융犬戎과 연합하여 유왕을 공격했다. 신후 와 견융이 풍호豊鎬(서주의 도성으로 현재 섬서성 서안시 서남쪽 교외 풍하灃河 의 양쪽을 가리킴)로 공격해 들어오자 유왕은 급히 여산驪山으로 도망갔으나 그 곳에 숨어 있던 견융족에게 죽임을 당했다. 그 후 의구가 진晉나라로 도망가 있 던 백복을 죽이고 마침내 즉위하여 평왕이 되었다. 평왕은 동쪽 낙읍洛邑으로 수도를 옮긴 이후 왕성王城(지금의 낙양 서쪽)에 거주했다. 이로부터 풍호 시기 를 서주西周라 하고 낙양 시기를 동주東周라 한다. 《시경, 소아》의 〈십월지교十 月之交〉·〈우무정雨無正〉·〈소민小旻〉·〈소반小弁〉 등의 시는 유왕의 이러한 정 치적 혼란을 풍자한 것이다.

28

패풍邶風 · 용풍鄘風 · 위풍衛風은 모두 위풍이다.

주자가 다음과 같이 말했다.

"패와 용 지역은 이미 위나라 땅으로 편입되었으므로 그 시들은 모두 위나라의 일인데, 여전히 그 옛 나라의 명칭을 쓴 까닭을 알 수 없다."

내가 생각건대 위풍인데도 옛 나라의 명칭을 쓴 것은 바로 《시경》 편집자의 잘못인데, 공자가 그것을 따라 고치지 않았을 따름이니 자잘하게 그것을 따질 필요는 없다.

정자程子가 다음과 같이 말했다.

"제후가 마음대로 서로 침범하여, 위나라가 처음으로 패와 용 지역을 병합했기 때문에 변풍의 첫 부분이 되었다. 또 같은 나라의 시인데도 그 이름을 셋으로 한 것은 그 처음의 어지러움을 보이고자 함이다."

과연 이와 같다면, 《춘추》의 필법이지 시를 말하는 것이 아닐 것이다.

패풍, 용풍, 위풍에 대한 개괄적인 논의다. 패, 용, 위는 모두 나라 이름이다. 주나라 무왕은 은나라를 정벌한 후 주紂임금의 도읍 조가朝歌를 탈취했다. 그리고 주임금의 동생인 무경武庚을 세워 은나라의 제사를 받들게 했다. 이곳은 지금의 하남성 기현淇縣 동북쪽 일대로 흔히 '은허殷墟'라고도 한다. 이 조가의 북쪽이 패, 남쪽이 용, 동쪽이 위다. 여러 가지 설이 있으나 《한서, 지리지地理志》에 따르면 이 땅은 각기 무경과 주무왕의 동생인 관숙管叔, 채숙蔡叔에 의해 다스려졌다. 그러나 언제 위가 패 · 용을 합병했는지는 정확히 알 수 없다. 다만 성왕成王 때 주공이 무경과 관채管蔡의 난을 평정한 뒤 강숙康叔을 위에 봉하고 패풍의 땅까지 다스리게 하면서 이 지역을 통틀어 위라고 불렀다고 한다. 위는 의공懿公 때 북방 오랑캐인 적狄에게 멸망당했다. 따라서 패·풍·위를 셋으로 나누어 볼 것인가, 아니면 하나로 묶어 볼 것인가 하는 문제가 생긴다.

여기서 허학이는 패풍·용풍·위풍은 모두 위나라의 일을 노래하고 있으므로 위풍이라는 견해를 피력하고 있다. 실제 패풍과 용풍의 작품을 살펴보면 지명, 관명 등이 위나라의 것과 같으며 대개 위나라의 일을 노래하고 있다. 또한 《좌전》에서 위나라의 북궁문자北宮文子가 패풍의 〈백주柏舟〉를 노래하며 위나라의 시라고 했고, 오나라 계찰季札도 패·용·위의 노래를 모두 위풍이라고 했다.

또한 허학이는 위풍을 패풍·용풍·위풍의 셋으로 나눠 수록한 것은 당초 《시경》 편집자의 잘못이라고 판단하고 있다. 즉 이러한 삼분은 《시경》의 시들이 채집될 때 이미 있었던 것으로 공자 역시 그 설에 따라 편찬했다고 본 것이다. 이 문제와 관련하여 최근 주진보周振甫는 《시경》의 편찬자가 패·용이 위에 들어가는 것을 동의하지 않았기 때문이라고 했는데 참고할 만하다. 이러한 견해는 처음에는 패·용·위가 한 편이었는데 후세 사람들이 셋으로 나누었다고 본 마서진馬瑞辰의 관점과 상반된다.

 邶·鄘·衛三詩, 皆衛風[1]也. 朱子云: "邶鄘地既入衛, 其詩皆爲衛事, 而猶繫其故國之名, 則不可曉." 愚按: 衛風而繫故國之名, 直[2]是輯詩者紕繆[3], 孔子因而不改耳, 不必曲爲之說也. 程子[4]曰: "諸侯擅相侵伐[5], 衛首幷邶·鄘之地, 故爲變風之首. 且一國之詩而三其名, 所以見其首亂也." 果爾, 則又春秋之法[6], 非所以言詩矣.

 1 衛風(위풍): 《시경》 15국풍 중의 하나로, 위풍 앞에 나오는 패풍과 용풍도 내용상 위나라의 일을 노래하고 있다.

2 直(직): 바로. 곧.

3 紕繆(비류): 과실. 과오. 오류.

4 程子(정자): 정이程頤(1033~1107). 북송 시기의 이학가다. 자는 정숙正叔이며 사람들이 이천선생伊川先生이라 불렀다. 형 정호程顥와 함께 '이정二程'이라도 불

린다. 낙양洛陽 사람으로 형과 함께 낙학洛學을 창시하여 송대 이학理學의 기초를 닦았다.

5 擅相侵伐(천상침벌): 마음대로 서로 침범하다. 춘추시대에 제후들이 서로 공격하여 다른 제후국을 병합하던 어지러운 상황을 가리킨다.

6 春秋之法(춘추지법): '춘추필법春秋筆法'을 가리킨다. 《춘추》는 일종의 대사기大事記여서 어떤 사람의 말을 인용한다거나 사건의 배경, 진행 과정에 대해 설명을 한 경우가 없다. 따라서 중국의 역대 학자들은 《춘추》는 함축적인 말 속에 많은 뜻을 포함하고 있다고 보았으며 이러한 《춘추》의 서술방식을 '춘추필법'이라 불렀다.

29

〈소서〉에서는 《시경》을 논하면서, 무릇 국풍 중 감개한 뜻을 지닌 것은 시인이 그 말을 빌어서 미자를 의탁한 것이라 했다. 그러나 패풍의 〈녹의綠衣〉·〈연연燕燕〉·〈일월日月〉·〈종풍終風〉·〈천수泉水〉와 용풍의 〈백주柏舟〉, 위풍의 〈죽간竹竿〉·〈하광河廣〉 등의 시는 위나라 장공莊公의 부인이 직접 지은 것이라 여겼다.

내가 처음 그 설을 믿은 것은 그 시어가 진실하고 절절하며 성정의 바름을 표현했기 때문이다. 그러나 《시보詩譜》[22]를 살펴보면 다음과 같이 말하고 있다.

"작자가 각기 상심한 바가 있으며, 그 원래의 나라를 따라 이름을 달리하여 패·용·위의 시가 되었다."

공영달은 다음과 같이 말했다.

"〈녹의〉 등의 시는 위장공 부인의 일을 서술하지만 세 나라의 시로 나누어 들어갔는데, 《시보》에서 말한 것과 같이 분명히 세 나라의 사람이 지은 것이지 위장공의 부인이 직접 지은 것이 아니다. 부인이 다

---

22) 정현은 《시보》를 써서 풍風·아雅·송頌의 대략을 말했다.

른 나라에 있어서 위나라 사람들이 그 일을 시로 쓴 것인데, 대부大夫가 방문하고 왕래하다가 그 돌아가기를 바라는 모양을 보고서 노래한 것이다. 한편 〈재치載馳〉는 허許나라 목공穆公의 부인이 지었는데도 용풍에 들어갔는데, 그 당시에 허나라가 용 땅에 속했기 때문에 그 시를 용풍에 넣은 것이다."23)

내가 생각건대 국풍이 시인의 작품임이 이로써 더욱 입증되었으니 주자가 이에 대해 어떻게 생각할지 모르겠다. 일찍이 조카 국태에게 얘기했더니 그는 다음과 같이 말했다.

"당나라 시인들의 궁사宮詞와 규원시閨怨詩를 보더라도 어찌 궁중의 사람들과 여인들이 직접 쓴 것이라 하겠습니까?"

이것은 깨달음이 뛰어나다고 칭찬할 만하다. 〈재치〉 역시 반드시 용나라 사람이 지은 것이라 하겠으니, 《좌전》의 말에는 상세하지 않은 것이 있다. 예를 들어 《좌전》에 다음과 같은 부분이 있다.

정鄭나라 장공莊公이 아우 공숙단共叔段의 일로 인해 그 어머니 강씨姜氏를 성영城潁이라는 땅에 가두고 맹세하여 "황천黃泉에 가기 전에는 만나지 않겠다"라고 말했으나, 이윽고 후회했다. 영고숙潁考叔이 "만약 땅을 황천까지 파서 동굴에서 만나 보시면 누가 먼저의 맹세를 꼈다고 하겠습니까?"라고 말하자, 장공이 이에 따랐다. 장공은 동굴에 들어가 면회하고서 "큰 동굴 가운데에서 그 즐거움이 흡족했도다"라고 읊었다. 어머니 강씨도 나와서는 "큰 동굴 밖은 그 즐거움이 넘치는구나"라고 읊었다.

내가 생각건대 만약 이와 같이 말한다면 두 사람의 시가 합쳐서 한 편이 된 것이니 이러한 이치가 있겠는가? 대개 옛사람들이 시를 얘기

---

23) 이상은 공영달의 말이다. 〈재치〉가 허나라 목공의 부인이 지은 것이라는 말이 《좌전》에 보인다.

하는 것은 종종 이와 같았다. 후인들이 알지 못하고 그 사람이 직접 썼다고 생각한 것일 뿐이다. 〈식미式微〉, 〈모구旄丘〉 역시 패나라 사람이 여黎나라 신하의 말을 빌어서 지은 것이다.

앞의 내용에 이어서 패풍·용풍·위풍의 전래 및 그 작자에 관한 문제를 논하고 있다. 일례로 위나라 장공의 부인이 직접 썼다고 알려진 몇 편의 시는 각기 패, 용, 위나라의 대부들이 지은 것이며, 또한 일부 《좌전》의 기록에 의거하여 그 작품의 화자가 직접 지었다고 보는 관점에 오류가 있음을 지적했다.

참고로 《모시서》에 따르면 여기서 인용한 각 시의 내용은 대략 다음과 같다. 〈녹의〉는 애첩이 남편의 총애를 받아 왕후의 자리를 잃고 이 시를 지은 것, 〈연연〉은 위나라를 떠나 친정 진陳나라로 떠나는 첩 대규戴嬀를 전송하며 읊은 시, 〈일월〉은 장강莊姜이 자신의 처지를 노래한 것, 〈종풍〉은 장강이 아들이 없어 첩이 낳은 아들 완完을 데려다 키웠는데 그의 이복 형제인 주우州吁가 완을 죽여 슬퍼하며 부른 노래다. 또 〈천수〉는 위나라 여인이 고향을 그리워한 노래, 〈백주〉는 공강共姜이 약혼자인 위나라 세자世子 공백共伯이 죽자 수절을 맹세하며 다른 곳으로 시집보내려고 하는 부모의 뜻을 거절한 노래, 〈죽간〉은 시집간 위나라 여자가 친정 고향을 그리는 시, 〈하광〉은 송나라 양공襄公의 어머니가 위나라로 돌아와 송나라에 남기고 온 아들을 생각하며 시은 노래다.

한편 용풍인 〈재치〉에 관해서는 《모시서》에서도 허나라 목공의 부인이 지은 것이고 했는데, 《좌전》에는 다음과 같이 기록되어 있다. 허목공의 부인은 위나라의 혜공惠公의 서형 완頑과 선강宣姜 사이에서 태어나 허나라로 시집갔다. 위나라가 북적에게 공격을 당해 멸망의 위기에 처했으나 허나라가 너무 작아 구할 수 없음을 슬퍼하며 지은 노래다.

그러나 허학이는 이러한 작품은 모두 전문 시인에 의해 창작된 것이므로, 〈재치〉는 용나라 사람이 허부인의 일을 빌어 지은 시라고 보았다. 이와 같은 맥락에서 패풍의 〈식미〉, 〈모구〉 역시 패나라 사람이 여나라 신하의 말을 빌어 지은 것으로, 여나라 사람이 직접 지은 것이 아니다고 지적했다.

小序說詩, 凡國風詞如懷感者, 爲詩人託其言以寄美刺. 而於邶風綠衣・燕燕・日月・終風・泉水, 鄘風柏舟, 衛風竹竿・河廣諸詩, 又以爲夫人衛女[1]自作. 予初亦信其說, 蓋以其語意眞切而得於性情之正故也. 及考詩譜云: [鄭玄作詩譜, 言諸國・雅・頌大略.] "作者各有所傷, 從其本國而異之, 爲邶・鄘・衛之詩焉." 孔氏云: "綠衣諸詩, 述夫人衛女之事而得分屬三國者, 如此譜說, 定是三國之人所作, 非夫人衛女自作矣. 女在他國, 衛人得爲作詩者, 蓋大夫[2]聘問[3]往來, 見其思歸之狀而爲之作歌也. 唯載馳, 許穆夫人作而得入鄘風者, 蓋以于時國在鄘地, 故使其詩屬鄘也." [以上孔氏語. 載馳, 許穆夫人作, 見左傳.] 愚按: 國風爲詩人之作, 於此尤爲可證, 不知朱子於此更何解也. 嘗以語姪國泰, 國泰曰: "試觀唐人宮詞[4]閨怨[5], 亦豈宮閨之自作耶? 此足以稱善悟. 然載馳亦必鄘人作, 而左氏語有未詳. 如左氏: 鄭莊公[6]以叔段故, 寘其母姜氏于城潁而誓之曰: "不及黃泉, 無相見也" 旣而[7]悔之. 潁考叔曰: "若闕地及泉, 隧而相見, 其誰曰不然?" 公從之. 公入而賦: "大隧之中, 其樂也融融." 姜出而賦: "大隧之外, 其樂也洩洩" 予謂: 果如此說, 則二人之詩合爲一篇, 有是理乎? 大抵古人說詩, 往往如此. 後人不知, 遂以其人自作耳. 式微・旄丘亦爲邶人託黎臣之言而作.

1 衛女(위녀): 춘추시대 위衛나라 제후 장공莊公의 부인을 가리킨다. 원래 제齊나라의 공주로 위나라 제후 장공에게 시집을 갔기 때문에 '장강莊姜'이라고 불렸다. '강姜'은 제나라 황족의 성이다. 《시경》 속에 제일 먼저 보이는 미인으로 귀족 출신의 아름답고 비범한 여인으로 묘사되고 있다. 그러나 결혼 후 아들을 낳지 못해 냉대를 받았으며, 삶이 순탄하지 못했다. 장공은 뒤에 진陳나라 여인 여규厲嬀를 첩으로 맞아들이고, 여규의 여동생 대규戴嬀도 첩으로 맞아들였다. 그 후로 장공은 장강에게 냉담하게 대했으며 장강은 궁 안에서 혼자 외롭게 지냈다고 한다. 주자는 장강을 중국 역사상 첫 번째 여성 시인으로 보았다.

2 大夫(대부): 주나라 때의 벼슬 지위. 당시 벼슬은 경卿-대부大夫-사士의 서열이었으며, 또 그 안에서도 각각 상・중・하의 3등급이 있었다.

3 聘問(빙문): 방문하다.

4 宮詞(궁사): 중국 고대의 시체 중 하나다. 대부분이 궁정생활과 관련된 내용이며 보통 칠언절구로 창작되었다. 당나라 시가 중에 많이 보이며 왕건王建의 《궁

사《宮詞》등의 작품이 있다.

5 閨怨(규원): '여인의 슬픔과 원망'이라는 뜻으로 여기서는 이러한 내용을 담은 규원시閨怨詩를 가리킨다. 당나라 시인들이 즐겨 썼다. 궁사와 규원시는 시인들이 궁정 사람과 여인의 입을 빌어서 쓴 시에 해당한다.

6 鄭莊公(정장공): 춘추시대 정鄭나라 장공莊公 정백鄭伯을 가리킨다. 모친 강씨姜氏는 형 장공보다 동생 단段을 더욱 애지중지했으나, 무공武公이 죽은 뒤 맏아들 정백이 즉위하게 되었다. 이 때 강씨는 단과 함께 제制(지금의 하남성 공현鞏縣 동쪽)에 살기를 바랐으나, 결국 이들은 장공의 만류로 인해 경京 땅에 살게 되었다. 그리하여 단은 '경성대숙京城大叔'으로 불렸으며, 나중에 공共 땅으로 도망가서 살았다고 하여 '공숙단共叔段'으로 부르기도 했다. 당시 아우 공숙단은 힘을 길러 형이 통치하는 정나라를 습격할 준비를 했으며 모친 강씨는 공숙단을 위해 성문을 열어 주기로 되어 있었다. 형 장공은 공숙단이 출병한다는 얘기를 듣고 신하 자봉子封에게 200승乘의 병력을 이끌고 경 지역을 정벌하러 가도록 명령했다. 마침 경의 군대가 공숙단을 모반하자 공숙단은 다시 언鄢 땅으로 잠입했다. 장공은 언 땅에서 공숙단을 공격했으며 공숙단은 또다시 공 땅으로 달아났다. 장공은 이 일로 인해 모친 강씨를 성영이라는 땅에 가두었다. 본문에서 허학이가 인용한 부분은 장공이 모친 강씨를 성영 땅에 가둔 후 이를 후회하는 모습을 보이자, 영고숙이 화해의 묘안을 내놓고 장공이 그대로 따라 모친 강씨와 화해하는 장면이다.

7 旣而(기이): 이윽고.

30

변풍에서 완곡하고 부드러운 것은 유독 패풍의 시편에 가장 많다. 《시경》편집자가 패풍을 변풍의 처음으로 삼은 것은 이러한 이유 때문인가? 이것은 비록 국풍의 풍격을 이해한 것일지라도 《시경》편집의 체재는 알지 못한 것이다.[24]

---

24) 왕풍王風에 관한 논의 중에 설명이 보인다.

해제 국풍의 편집 체제에 관한 논의다. 패풍이 변풍 중 가장 먼저 나오는 이유가 무엇인가에 대해 묻고 있다. 혹자는 완곡하고 부드러운 내용이 많아 정풍에 가깝기 때문이라고 하는데, 그것은 풍격의 측면에서 보면 어느 정도 수긍할 만하지만 실제 편집 체계에는 맞지 않다고 주장했다. 결론적으로 말해 허학이는 패풍이 변풍의 처음으로 나오는 것은 편집이 잘못된 결과로 보고 있다. 아래 제32칙에서 왕풍은 주나라가 동쪽으로 도읍을 옮긴 후인 평왕 때의 시이며 풍체風體와 아체雅體가 모두 갖추어져 있으므로 마땅히 왕풍이 변풍의 처음으로 나와야 한다고 주장하고 있다. 또 이렇게 국풍의 앞뒤 순서가 뒤바뀐 것은 죽간이 잘못 섞였기 때문이라는 견해를 제33칙에서 서술하고 있다.

원문 變風微婉優柔者, 惟邶風篇什[1]最多. 輯詩者以邶爲變風之首, 其以是歟? 此雖得風詩之體[2], 不得輯詩之體也. [說見王風論中.]

주석
1 篇什(편십): 시편. 본래는 《시경》의 아송雅頌 10편을 '일십一什'이라고 한 데서 나온 말인데, 그 의미가 전환되어 시편을 가리키는 말로 사용된다.
2 風詩之體(풍시지체): 국풍의 풍격. '風詩(풍시)'는 '국풍'을 가리키고, '體(체)'는 '풍격'의 의미다.

31

용풍鄘風의 〈군자해로君子偕老〉에서 노래했다.

"빛나고 빛나구나, 꿩 깃 수놓은 예복이로구나. 검은 머리 구름 같아, 가발이 필요 없네. 구슬 귀걸이 걸고, 상아 머리핀 꽂고, 이마는 넓고 희네. 어찌 그렇게 천신 같겠으며, 어찌 그렇게 천제 같겠는가."

주자朱子의 주에서 말했다.

"그 복식과 용모가 아름다워 보는 사람이 귀신을 본 듯 놀란다."

아마도 시인의 주제를 깨닫지 못한 듯하다. 이 장의 전반 7구는 그 복식의 수려함과 용모의 아름다움을 형용하고, 마지막 2구는 이와 같이 음란한 사람이 어찌 홀연히 천제와 같이 스스로 존엄할 수 있는 가라고 말하는 것이다. 대개 음란한 사람은 종종 이와 같다. 첫 장의 전반 5구는 부인의 덕을 포괄적으로 말하며 언어가 장중하나, 아래 2장은 분명하게 다르다. '緻袢(설번)'의 뜻은 자세하지 않은데, 대략 주름지게 짠 갈포를 안에 덧붙여서 그 가장자리가 은근히 드러나게 했다. 오직 법도를 갖춰야 할 때 입는 예복이어야 반드시 장식이 가미되었다.

 용풍 〈군자해로〉에 관한 논의다. 본문에 인용된 것은 그 시의 두 번째 구다. 또 여기서 인용한 주자의 주는 이 전체 구에 대한 설명이 아니고 "胡然而天(호연이천), 胡然而帝(호연이제)"에 대한 해설이다. 이 시에 대한 주자의 전체 평은 부인의 아름다움을 노래한 것으로 미자와는 상관이 없다고 했다.

그러나 허학이는 주자의 관점에 대해 비판을 제기하며 전반적으로 《모시서》의 관점을 수용하고 있다. 《모시서》의 설명은 다음과 같다.

"이것은 위衛나라 선공宣公의 부인 선강宣姜을 풍자한 시다. 부인이 음란해서 남편을 바르게 섬기는 도를 잃어버렸기에, 군자의 덕과 아름다운 복식을 진술하며 마땅히 남편인 군자와 해로해야 함을 노래한 것이다.刺衛夫人也. 夫人淫亂, 失事君子之道, 故陳人君之德, 服飾之盛, 宜與君子偕老也."

위나라 선공은 음탕하고 불륜을 저지른 임금이었는데, 그 부인 선강 또한 음탕했다. 선공이 죽은 뒤 선강의 아들 삭朔이 제위에 올랐는데 그가 바로 혜공惠公이다. 그런데 그녀는 혜공의 이복형제인 공자 완頑과 정분이 났다. 그 사이에 난 자식이 대공戴公, 문공文公 및 허목공許穆公의 부인이다. 용풍에는 이와 같이 선강의 음탕을 풍자한 노래가 여러 편 있는데 〈군자해로〉는 그중 하나다.

 鄘風君子偕老云: "玼[1]兮玼兮, 其之翟也. 鬒[2]髮如雲, 不屑[3]髢[4]也. 玉之瑱[5]也, 象之揥[6]也, 揚[7]且之皙[8]也. 胡然而天也, 胡然而帝也." 朱註謂: "其服飾

容貌之美, 見者驚猶鬼神." 殊不得風人旨趣. 此章前七句形容其服飾之麗,
容貌之美, 末二句言如此淫亂之人, 何爲而忽自尊嚴如天如帝也. 蓋淫亂之
人, 往往若此. 首章前五句泛言夫人之德, 語語莊重, 下二章迥然不同⁹矣.
"絏袢"¹⁰未詳, 大約是以絺綌¹¹襯貼¹²在內, 微露¹³其幅. 蓋雖¹⁴法度之服, 亦
必加艶飾¹⁵耳.

주석

1 玼(자): 선명하다.

2 鬒(진): 검은 머리

3 不屑(불설): …할 가치가 있다고 생각하지 않다.

4 髢(체): 가발.

5 瑱: 귀걸이에 달린 옥.

6 揥(체): 상아로 만든 머리에 꽂는 장식.

7 揚(양): 이마가 넓다.

8 晳(석): 희다.

9 迥然不同(형연부동): 현저히 다르다.

10 絏袢(설번): 여름에 입는 흰색의 내의.

11 絺綌(추치): 주름지게 짠 고운 갈포葛布. '갈포'란 칡의 섬유로 짠 베를 가리킨다.

12 襯貼(츤첩): '配襯(배츤)'과 같은 말이다. 다른 사물을 사용하여 중요한 사물
을 돋보이게 하다. 안받침하다.

13 微露(미로): 미미하게 드러내다. '微微顯露(미미현로)'와 같은 말이다.

14 雖(수): '唯(유)'와 같은 말이다.

15 艶飾(염식): 아름답게 장식하다.

32

왕풍王風은 동천 이후 평왕平王의 시로서 풍아가 모두 갖춰져 있다.
주자가 말했다.

"평왕이 동도로 이주하여 왕실의 권위가 낮아져 제후와 다를 게 없
었다. 그러므로 그 시가 아가 되지 못하고 풍이 된다."

또 말했다.

"시가 사라졌다는 것은 〈서리泰離〉가 국풍으로 강등된 것을 말하는 것이며 아가 사라진 것이다."

혹자가 주자에게 묻자, 주자가 다시 다음과 같이 말했다.

"정초鄭樵가 조정에서 나온 것은 아고, 민간에서 나온 것은 풍이다고 했다. 주나라 문왕文王과 무왕武王 때, 주공周公과 소공召公의 백성들이 지은 것을 주공과 소공이 다스린 지역의 노래라고 일컫는다. 동천 이후 왕기王畿의 백성들이 지은 것을 왕풍이라 일컫는다. 거의 대체로 이와 같으니 아가 풍으로 내려갔다고 말할 필요가 없다."

이로 보건대 주자는 이전에 말한 것에 대해 다시 회의를 가졌다. 내가 생각건대 무릇 시에서 군국의 큰 체재와 관련된 것이 아고, 민간의 감회에서 나온 것이 풍이다. 왕풍의 〈서리〉·〈토원兎爰〉은 변아고, 〈채갈采葛〉·〈구중유마丘中有麻〉는 변풍이며, 〈양지수揚之水〉·〈중곡유퇴中谷有蓷〉·〈갈류葛藟〉·〈대거大車〉는 풍이 될 수도 있고 아가 될 수도 있다. 그러므로 왕풍이 본디 아의 체재라고 하는 것은 실로 그릇되었고, 왕풍이 모두 국풍의 체재가 된다고 하는 것도 그릇되었다.

조카 국태가 말했다.

"아는 바름을 중시하는데, 서주 때는 정아만 있다가 변아가 뒤이어 나왔다. 동주 때는 정아가 없어 변아를 늘 국풍에 넣었다. 하물며 동천 이후 국가의 체재가 날마다 비속해지고 아악의 관직이 세워지지 않았으니 비록 아가 있었어도 어찌 배울 수 있었겠는가?"[25]

강왕康王 이후, 유왕幽王 이전에는 풍의 체재가 있었지만 풍을 마련하지 않은 것은, 아체가 있어서 그것을 덧붙였기 때문이라고 운운한다. 주자가 "〈서리〉가 국풍으로 강등되었다"고 한 것은 본디 옛 주장

---

25) 이상은 국태의 말이다.

을 따른 것이나 실제로는 상통하지 않는다. 공자는 《춘추》를 지음으로써 왕실을 높였는데, 어찌 왕실의 노래를 풍으로 강등시켰겠는가?

해제 왕풍에 관한 논의다. '왕王'은 나라 이름으로, 소위 왕땅은 주나라의 동도인 낙읍洛邑 왕성王城 기내畿內 사방 6백리를 말한다. 주나라 초기 문왕은 풍豐, 무왕은 호鎬에 도읍했다. 성왕 때 주공이 낙읍을 건설하기 시작하여 이때부터 풍호를 서도, 낙읍을 동도라고 했다. 후일 유왕이 포사에게 빠져 결국 서주를 잃자 그의 아들 평왕이 낙읍으로 동천하여 동주가 시작되었다. 동주는 이미 제후의 힘으로 세워진 나라이므로 왕의 권위가 추락하여 제후국과 비슷한 처지였기에 낙읍 왕성의 시를 왕풍이라 한다. 주나라가 천자의 자리에 있었지만 그 정교政敎가 왕기王畿 안에서만 행해졌기에 왕풍은 여러 제후국의 시와 대등하게 된 것이다.

이에 주자는 《시집전》에서 왕풍이 이남과 다른 점을 논하여 이남은 동주 초까지 섭렵하지만 서주의 유풍이 있어서 난세의 음이 아니나 왕풍은 동천한 이후 영토가 날마다 척박해지고 민생이 곤란해진 시기에 지어진 난세의 음이라고 했다. 이것은 왕풍이 이남과 똑같이 주나라 왕실의 시임에도 불구하고 국풍의 변풍이 될 수밖에 없는 이유를 잘 설명하고 있는 듯하다. 이와 아울러 주자는 일찍이 왕풍의 시가 아가 되지 못하기에 풍이 된 것이라고 한 것과 아가 사라져 〈서리〉가 국풍으로 강등되었다고 한 것에 대해 후일 스스로 회의를 품고, 주남과 소남이 주공과 소공이 다스린 지역의 노래인 것처럼 왕풍 또한 그 지역의 노래라고 규정했다. 이것은 국풍이 민간의 노래라는 측면에서 보면 더욱 일리가 있는 말이 된다.

한편 허학이는 왕풍의 체제에 관해서 변아도 있고 변풍도 있으며 풍이 될 수도 있고 아가 될 수 있는 시도 있다고 말하며 기존의 잘못된 관점을 정리하고 있다. 동주 때까지만 해도 풍을 아의 말미에 붙이고 별도로 풍을 마련한 것은 아니므로, 아가 사라져 아의 체재인 〈서리〉가 국풍으로 강등되었다는 맹자의 말은 당초 잘못이라고 지적했다. 또 공자가 주왕실을 존중하고 천자로서의 권위가 여전히 살아 있었다는 점을 들어서 왕실의 노래를 풍으로 내렸다고 보는 것은 일종의 어불성설이라는 입장을 견지하고 있다. 왕풍에 대한 이러한 그의 견해는 국풍의 편찬 체재에 의문을 불러일으키게 했으니 다음 제33칙에 관련 내용이 보인다.

王風[1]者, 東遷[2]以後, 平王[3]之詩, 風雅皆具也. 朱子云: "平王徙居東都, 王室遂卑, 與諸侯無異, 故其詩不爲雅而爲風." 又云: "詩亡, 謂黍離[4]降爲國風, 而雅亡也." 或問朱子, 朱子又云: "鄭漁仲[5]言: 出於朝廷者爲雅, 出於民俗者爲風. 文武之時, 周召之民作者謂之周召之風. 東遷之後, 王畿[6]之民作者謂之王風. 似乎大約是如此, 不必說雅之降爲風也." 觀此, 則朱子復有疑於前說矣. 愚按: 凡詩有關乎君國大體者爲雅, 出於民間懷感者爲風. 王風黍離, 免爰[7], 變雅也; 采葛[8]·丘中有麻[9], 變風也; 揚之水[10]·中谷有蓷[11]·葛藟[12]·大車[13], 或可爲風, 或可爲雅. 故謂王風本爲雅體者固非, 謂王風悉爲風體者亦非也. 姪國泰云: "雅以正爲主, 西周有正雅, 而變雅係之. 東周無正雅, 故變雅總係之於風. 況東遷以後, 國體日卑, 雅樂之官不立, 雖有雅, 將何所隷[14]乎?"[以上國泰語.] 若康王[15]以後·幽王[16]以前, 亦有風體, 而不立爲風者, 因其有雅體而遂附之云. 朱子"黍離降爲國風", 本從舊說, 而實有未通. 孔子方作春秋以尊王[17], 寧肯降王爲風耶?

1 王風(왕풍): 왕나라의 노래. 주나라의 동도인 낙읍의 기내 사방 600m를 가리킨다.

2 東遷(동천): 주나라는 평왕 때 도읍을 낙읍으로 옮겼다. 이때부터 동주가 시작된다.

3 平王(평왕): 성은 희姬고 이름은 의구宜臼다. 주나라의 제13대 왕으로 재위 기간은 B.C. 770년~B.C. 720년이다. 서주의 마지막 폭군인 유왕幽王의 아들이다.

4 黍離(서리): 왕풍의 첫 번째 시편이다. 주나라 평왕 때 도읍을 낙읍으로 옮긴 뒤, 주나라의 대부가 행역行役으로 호경을 지나면서 옛날의 부귀영화가 사라진 것을 보고 한탄하며 지은 시다. 서주의 종묘궁실은 간데없고 그 땅에는 기장과 피만이 수북이 자라고 있는 것을 보고서 주나라 왕실의 전복을 한탄하는 내용이다. 《모시전》에서 다음과 같이 말했다. "유왕의 난으로 종주가 망하여 평왕이 동천했는데, 정치가 갈수록 미약해져 제후로 열거되니, 그 시가 아로 회복될 수 없고 국풍과 비슷해졌다. 幽王之亂而宗周滅, 平王東遷, 政遂微弱, 下列於諸侯, 其詩不能復

5 鄭漁仲(정어중): 정초鄭樵(1104~1162). 송나라 시기의 역사가이자 목록학자
다. 자가 어충이고, 호는 협제선생夾漈先生이다. 복건성 포전현莆田縣 출신으로
젊은 시절부터 여러 지역을 돌아다니며 이름난 장서가를 찾아가서 다방면의
지식을 습득했다. 그의 저술로는 80여종이 있다고 하나 지금은 《통지通志》,
《이아주爾雅注》, 《시변망詩辨妄》, 《육경오론六經奧論》, 《협제유고夾漈遺稿》등
몇 종만 전한다.

6 王畿(왕기): 왕성王城을 둘러싼 사방 천리의 지역을 가리킨다.

7 兔爰(토원): 왕풍의 시편이다. 어지러운 세상을 만난 것을 개탄한 노래다. 《모
시서》에서 다음과 같이 말했다. "주나라 환왕桓王이 신임을 잃어 제후들이 배반
하고 원한을 사 재난이 이어졌으며 왕실의 군대가 다치고 패하여 군자들이 자
신의 삶을 즐겁게 여기지 않았다.桓王失信, 諸侯皆叛, 構怨連禍, 王師傷敗, 君子不樂其生
焉." 전체 내용은 토끼와 꿩을 통해 인간 세속을 비유하고 있다. 걸어 다니는 토
끼는 그물에 걸리지 않고 자유롭게 뛰노는데 날아다니는 꿩은 그물에 걸려 자
유롭지 못함을 지적하여, 간사한 이는 출세를 하고 올바른 이는 박해를 당하는
현실을 풍자했다.

8 采葛(채갈): 왕풍의 시편이다. 《모시서》에서는 "참언을 두려워한 것懼讒也"이
라고 말했다. 이에 대해 정현은 다음과 같이 설명했다. "환왕 때 정치가 바르지
못해 신하들은 위아래가 없으니 밖으로 사신을 나가면 참소자들이 마구 헐뜯
으므로 그것을 두려워한 것이다.桓王之時, 政事不明, 臣無大小, 使出者則爲讒人所毀, 故懼之."

9 丘中有麻(구중유마): 왕풍의 시편이다. 《모시서》에서 다음과 같이 말했다.
"어진 이를 생각한 것이다. 장왕이 현명하지 못하여 어진 이들을 쫓아내어서 나라
사람들이 그들을 생각하며 지었다.思賢也. 莊王不明, 賢人放逐, 國人思之而作是詩也."

10 揚之水(양지수): 왕풍의 시편이다. 《모시서》에서 다음과 같이 말했다. "평왕
을 풍자한 것이다. 그 백성을 보살피지 않고 모국에서 진을 치고 국경을 지키니
주나라 사람들이 원망했다.刺平王也. 不撫其民而遠屯戍於母家, 周人怨思焉." 즉 평왕이
동천한 뒤로는 남방의 초나라가 강성해져 이를 막아야 했는데, 제후의 나라에
이미 주왕의 정령이 행해지지 않아 주나라 사람들이 직접 남쪽의 신申, 보甫, 허
許나라의 국경을 지켜야만 했다. 한편 신나라, 보나라 땅이 초나라의 공격을 받
아 멸망한 것은 환왕桓王, 장왕莊王 이후라는 역사적 사실에 주목하여 부사년傅斯
年은 이 시가 평왕 시기에 지어진 것이 아니라고 주장했다.

11 中谷有蓷(중곡유퇴): 왕풍의 시편이다. 《모시서》에서 다음과 같이 말했다. "부부가 날마다 쇠약해지는데 흉년이 들어 기근에 찌들자 식구를 버리게 되었다.夫婦日以衰薄, 凶年饑饉, 家室相棄爾."

12 葛藟(갈류): 왕풍의 시편이다. 《모시서》에서 다음과 같이 말했다. "왕족이 평왕을 풍자한 것이다. 주왕실의 도가 쇠하여 그 구족을 버렸다.王族刺平王也. 周室道衰, 棄其九族焉." 구족九族이란 자신을 기준으로 위로는 고조高祖까지, 아래로는 현손玄孫에 이르는 친족을 말한다.

13 大車(대거): 왕풍의 시편이다. 《모시서》에서 다음과 같이 말했다. "주나라 대부를 풍자했다. 예의가 무너지고 남녀가 음분하기에 옛 법을 말하여 지금을 풍자하지만 대부들이 남녀의 송사를 처리할 수 없다.刺周大夫也. 禮義陵遲, 男女淫奔, 故陳古以刺今, 大夫不能聽男女之訟焉."

14 隸(예): 익히다. 배우다.

15 康王(강왕): 주나라의 제3대 왕이다. 《사기, 주기周紀》에 의하면, 강왕은 제2대 임금인 성왕과 함께 정사를 잘하여 태평했으므로 40여 년 동안 형벌을 쓰지 않았다고 한다.

16 幽王(유왕): 주나라의 제12대 왕이다. 선왕宣王의 아들이며 성격이 난폭하고 주색을 좋아했다. 그의 어머니 강후姜后가 죽자 그의 전횡은 더욱 심해졌다. 어느 날 포사라는 여인을 만나면서 여색에 빠져 정사를 돌보지 않았다. 유왕은 웃지 않는 애첩 포사를 웃기기 위하여 온갖 횡포를 저질렀다. 매일 비단 백 필을 찢기도 했지만 포사가 웃지 않자 급기야 거짓으로 봉화烽火를 올리게 하여 제후들을 모이도록 했다. 전시 상황인줄 알고 허겁지겁 모여든 제후들을 보고 포사가 미소 짓자 유왕은 수시로 거짓 봉화를 올려 포사를 즐겁게 했다. 그러다가 실제로 견융이 침공해 들어와 위급함을 알리는 봉화를 올렸지만 아무도 출동하지 않아 나라가 망하게 되었다.

17 孔子方作春秋以尊王(공자방작춘추이존왕): 공자는 《춘추》를 지음으로써 왕실을 높였다. 이 구는 공자가 《춘추》를 편찬하여 '존왕양이尊王攘夷(왕실을 높이고 오랑캐를 물리침)'의 대의를 피력한 것을 말한다. '존왕'이란 국가의 통일을 보호하고 주왕실의 권위를 존중한다는 것이고, '양이'란 '화華'와 '이夷'의 경계를 엄격하게 구분하고 문화의 대의를 발양하는 것이다. 《논어, 헌문憲問》 참조.

33

〈왕풍〉이 〈패풍〉, 〈용풍〉, 〈위풍〉의 뒤에 자리하는 것은 이해할 수 없다. 고금의 국풍을 살펴보면 순서가 같지 않은 것은 간책이 어지럽게 뒤섞인 지 오래되었기 때문이다. 주자가 제외하고 논하지 않은 것도 이러한 이유에서다.

구양수歐陽修가 말했다.

"〈왕풍〉이 〈위풍〉 뒤에 있고 〈이남〉 다음에 자리하지 않는데, 어찌 그것이 정풍正風에 가깝다는 것인지 불분명하다."

이것은 곧 "〈서리黍離〉가 국풍으로 강등되었다"는 식의 주장으로, 《춘추》의 필법으로써 시를 말한 것일 뿐 아니라 게다가 춘추의 뜻에도 위배된다. 정현鄭玄의 《시보詩譜》에서는 〈왕풍〉이 〈빈풍豳風〉의 뒤에 위치하는데, 〈빈풍〉은 본디 변풍과 병렬되기에 합당하지 못하고, 〈왕풍〉 또한 여러 나라들과 함께 섞일 수 없으므로 일단 국풍의 끝에 붙인 것이다. 그러나 반드시 〈왕풍〉이 변풍의 앞에 자리하고, 〈빈풍〉이 국풍의 마지막에 배치되어야 비로소 타당하다. 정자程子가 여러 나라의 선후의 의미를 말했지만 자못 견강부회했다.

《시경》의 편찬 체재, 즉 국풍의 순서에 관한 논의다. 현재 《시경》은 창작 시대를 따지면 송이 가장 이른 시기의 작품이고, 그 다음은 아이며 풍이 가장 나중에 지어진 것이다. 그중 국풍의 편찬 순서는 주남周南, 소남召南, 패邶, 용鄘, 위衛, 왕王, 정鄭, 제齊, 위魏, 당唐, 진秦, 진陳, 회檜, 조曹, 빈豳의 순이다. 그런데 국풍의 순서에 대해서는 많은 견해가 있다. 여기서는 왕풍의 위치에 대해 비평하고 있다. 한마디로 허학이는 왕풍이 주남과 소남 바로 뒤에 놓여야 한다는 것이다. 옛날에는 간책이 쉽게 뒤섞일 수 있었으므로 이와 같은 주장이 얼마든지 나올 수 있다. 한대 정현의 《시보》에서와 같이 왕풍을 빈풍의 뒤에 둔 것도 결코 부정할 수 없다. 왕풍을 두고 이러한 이론이 분분한 것은 앞의 제32칙에서 살펴본 바와 같이 왕풍이 주왕실의 노래이기 때문이다. 허학이의 이러한 관점은 주왕실의 쇠퇴 과정에 따라 국풍의 순서를 정리한 것에서 비롯되었다고 봐야 할 것이다.

王風居邶·鄘·衛之後, 不可曉. 觀古今國風, 次第不一, 則其簡帙錯亂[1]久矣. 朱子闕而不論[2], 是也. 歐陽公[3]云: "王處衛後而不次於二南, 惡[4]其近於正[5]而不明也." 此卽"黍離降爲國風"之說, 不但以春秋之法言詩, 抑且與春秋之義相背矣. 鄭氏[6]詩譜[7], 王居豳後, 蓋豳本不當與變風並列, 而王亦不當與諸國相參, 故姑附於國風之末. 然必王居變風之前, 豳附國風之後, 始爲安妥[8]. 程子說諸國先後之義, 頗爲穿鑿.

1 簡帙錯亂(간질착란): 죽간이 뒤섞여 책장 또는 편, 장의 순서가 잘못되다. 즉 착간錯簡을 말한다.

2 闕而不論(궐이불론): 의문스러운 것을 당분간 보류하고 논하지 않다.

3 歐陽公(구양공): 구양수歐陽修(1007~1072). 송나라 시기의 정치가이자 문인이다. 호는 취옹醉翁, 육일거사六一居士이고, 시호는 문충文忠이다. 가난한 집안에서 태어나 4세 때 아버지를 여의었으며, 문구文具를 살 돈이 없어서 어머니가 모래 위에 갈대로 글씨를 써서 가르쳤다고 한다. 10세 때 당나라 한유의 전집을 읽은 것이 문학의 길로 들어선 계기가 되었다. 송나라 초기에 유행한 서곤체西崑體를 개혁하고, 한유를 모범으로 하는 시문을 지었다. 1030년에 진사가 되었으며, 한림원학사翰林院學士, 참지정사參知政事 등의 관직을 거쳐 태자소사太子少師가 되었다. 인종仁宗과 영종英宗 때 범중엄范仲淹을 중심으로 한 새 관료파에 속하여 활약했으나, 신종神宗 때 동향의 후배인 왕안석王安石의 신법新法에 반대하여 관직에서 물러났다. 시로는 매요신梅堯臣과 겨루었고, 문장으로는 당송팔대가唐宋八大家의 한 사람으로 이름이 났다. 또한 《신당서新唐書》, 《오대사기五代史記》를 편찬한 역사가이기도 하다. 그의 문하에서 소식蘇軾 등 유능한 인재가 많이 나왔다.

4 惡(오): 어찌.

5 正(정): 정풍正風.

6 鄭氏(정씨): 정현鄭玄(127~200). 서한 말기의 유학자다. 자는 강성康成이고 북

해北海 곧 지금의 산동성 고밀高密 사람이다. 젊었을 때부터 학문에 뜻을 두었고, 경학의 금문今文과 고문古文 외에 천문天文, 역수曆數에 이르기까지 박학다식했다. 처음에 향색부鄕嗇夫라는 지방의 말단관리가 되었으나 그만두고, 낙양에 올라가 태학太學에 입학했다. 그 후 마융馬融 등에게서 학문을 배운 뒤, 44세 때에 '당고黨錮의 화禍'를 입고 집안에 칩거하여 연구와 저술에만 몰두했다. 이후 여러 차례 관직의 초빙을 받았고 만년에는 황제가 대사농大司農의 관직을 내렸으나 모두 사양하고 후진 양성에만 힘을 쏟았다.

7 詩譜(시보): 《모시》에 대한 정현의 해설서. 정현의 《시경》 이론은 《모시전》과 《시보》에 체계적으로 서술되어 있다. 《모시전》이 구체적인 분석을 토대로 하고 있다면, 《시보》는 개론적인 설명을 위주로 한 저서라고 할 수 있다.

8 安妥(안타): 타당하다.

34

주자는 《시경》을 논하며, 정풍鄭風에 음분한 이의 자작이 가장 많다고 했다. 〈소서〉와 〈정의〉를 살펴보건대, 〈봉丰〉, 〈동문지선東門之墠〉, 〈진유溱洧〉가 음란할 따름이고, 나머지는 모두 다른 사건 때문에 지은 것이다. 그 주장은 사실과 같지 않으니, 한마디로 음분한 이의 자작이 아니며 또한 반드시 모두 음란을 풍자한 것이 아니다.

정鄭나라는 본래 서도西都 기내의 함림咸林, 곧 지금의 섬서성陝西省 안화주安華州에 있었다. 주선왕周宣王이 그의 서제庶弟인 우友를 제후로 봉해 그 땅을 채읍으로 주었다. 그가 바로 정나라의 환공桓公이다. 환공은 후일 주나라 유왕幽王의 사도司徒가 되었는데 견융犬戎이 침입했을 때 죽었다. 그의 아들 굴돌掘突이 뒤를 이어 무공武公이 되었다. 정무공은 진晉나라 문후文侯와 함께 평왕平王의 동천에 공을 세워 괵虢과 회鄶의 땅을 얻어 그곳으로 도읍을 옮겼는데 이것을 신정新鄭이라고 한다. 지금의 하남성 개봉부開封府 신정현에 해당하는데, 땅이 험준하기로 유명하고 동주와 지리적으로 가까웠다. 〈정풍〉 21편은 모두 동주 시대의 작품으로 간주된다.

주자는 《시경》의 정위풍鄭衛風에 대해 다음과 같이 말했다.

"정위의 음악은 모두 음란한 성조다. 그러나 《시경》으로써 살펴보면 위시 39편에는 음분의 시가 겨우 4분의 1 정도이고, 정시 21편에는 음분의 시가 이미 7분의 5를 넘는다. 위나라의 시는 남자가 여자를 좋아하는 노래이나, 정나라의 시는 모두 여자가 남자를 유혹하는 말이다. 위나라 사람은 꾸짖고 경계시키는 뜻이 많으나 정나라 사람은 방탕하여 수치와 후회를 돌이킬 수 없는 백성에 가깝다. 이에 정성이 위나라보다 더 음란하다. 그러므로 공자가 방풍邦風(즉 국풍)을 논하여 오직 정성을 경계로 삼고 위성을 언급하지 않은 것은 대개 비중이 큰 것을 들어 말한 것이므로 진실로 순서가 있다. 《시경》이 볼 만하다는 것을 어찌 믿지 않겠는가?鄭衛之樂, 皆爲淫聲. 然以詩考之, 衛詩三十有九, 而淫奔之詩才四之一, 鄭詩二十有一, 而淫奔之詩已不翅七之五. 衛猶爲男悅女之詞, 而鄭皆爲女惑男之語. 衛人猶多刺譏懲創之意, 而鄭人幾於蕩然無復羞愧悔悟之萌. 是則鄭聲之淫, 有甚於衛矣. 故夫子論爲邦, 獨以鄭聲爲戒而不及衛, 蓋擧重而言, 固自有次第也. 詩可以觀, 豈不信哉?"

주자의 이 견해에 대해 허학이는 〈소서〉와 〈정의〉의 해설을 바탕으로 정풍에서 실제 음란한 것은 〈봉〉, 〈동문지선〉, 〈진유〉 세 편이고 나머지는 음분한 이가 지은 것이 아니며 또 음란을 풍자한 내용도 아니라고 주장했다. 아래에서 이 세 작품에 대한 《모시》와 주자의 해설을 간략하게 살펴본다.

(1) 〈봉〉에 대한 해설이다.

《모시서》: "어지러움을 풍자했다. 혼인의 도가 무너지고 양이 번창하나 음이 조화되지 않고, 남자가 행하나 여자가 따르지 않는다.刺亂也. 昏姻之道缺, 陽倡而陰不和, 南行而女不隨."

주자: "부인이 기다리는 남자가 이미 마을에서 기다리는데, 부인이 다른 마음이 있어 따르지 않고서 곧 후회하며 이 시를 지었다.婦人所期之男子已俟乎巷, 而婦人以有異志不從, 旣則悔之, 而作是詩也."

(2) 〈동문지탄〉에 대한 해설이다.

《모시서》: "어지러움을 풍자했다. 남녀가 예를 갖추어 대하지 않고 서로 정분이 통했다.刺亂也. 男女有不待禮而相奔者也."

주자의 견해 또한 이와 비슷하다.

(3) 〈진유〉에 대한 해설이다.

《모시서》: "어지러움을 풍자한 것이다. 전쟁이 그치지 않고 남녀가 서로 버리고 음풍이 크게 유행하여 구제할 수가 없다.刺亂也. 兵革不息, 男女相棄, 淫風大行, 莫之能救焉."

주자: "정나라 풍속에 삼월 상사일 새벽에 난초를 따고 물가에 가서 불길한 것을 제거하는 것이 있다. 그러므로 여자가 남자에게 "어찌 가서 구경하지 않는가"라고 묻자, 남자가 "나는 이미 구경했다"고 대답했다. 여자가 다시 구경 가기를 요구하며 "또 가서 구경하자"고 한다. 유수 밖 그 지역의 신앙은 관대하고 즐길 만하다. 그리하여 남녀가 서로 희희낙락하고 작약을 주고받으며 정을 두텁게 나눈다. 이 시는 음분한 이가 직접 쓴 노래다. 鄭國之俗, 三月上巳之辰, 采蘭水上以祓除不祥. 故其女問於士曰盍往觀乎, 士曰吾旣往矣. 女復要之曰且往觀乎. 蓋溱洧水之外, 其地信寬大而可樂也. 於是士女相與戲謔, 且以勺藥相贈而結恩情之厚也. 此詩淫奔者自敍之詞."

朱子說詩, 惟鄭風淫奔自作者最多. 考之小序・正義, 惟丰・東門之墠・溱洧[1]爲刺淫耳, 餘皆爲別事而作. 其說雖有不類, 要非淫奔者自作, 而亦未必皆刺淫也.

1 丰(봉)・東門之墠(동문지탄)・溱洧(진유): 모두 정풍의 시편이다.

35

정풍의 〈장중자將仲子〉에서 노래했다.

"둘째 도령님, 우리 마을에 넘어 들어와 우리 집 산버들 꺾지 마세요. 어찌 나무가 아깝겠어요? 저의 부모님이 두려워서지요. 도령님도 그립기는 하지만 부모님의 말씀도 두려워요.將仲子兮, 無踰我里. 無折我樹杞. 豈敢愛之, 畏我父母. 仲可懷也, 父母之言, 亦可畏也."

〈소서〉에서 다음과 같이 해석했다.

"정나라 장공莊公이 제중祭仲의 간언을 듣지 않고 공숙단共叔段의 화를 일으켰음을 풍자했다."

그 말뜻을 음미하니 이와 같지 않다. 주자는 음분의 작품이라고 여겼는데 역시 그렇지 않다. 곱씹어 음미하면 시인이 음녀가 잘못을 뉘우치고 있음을 서술한 것으로, 부드러운 말로써 그 사람의 잘못을 그만두게 할 따름이다. 대개 찬미의 시이지 풍자의 시가 아니다.

정풍 〈장중자〉에 관한 논의다. 먼저 《모시서》에서는 장공을 풍자한 것이라고 보았다. 그는 어머니 무강武姜을 못 이겨 그의 아우 공숙단을 해치게 되었다. 장공의 이 일은 《좌전, 은공隱公》 원년에 보인다. 《모시서》의 해설은 《좌전》에 기록된 역사적 사실에 기초하여 이 시를 해석한 것이다.

반면 주자는 음분한 이가 지은 것이라고 보았다. 이에 대해 허학이는 모두 사실이 아니라고 하며 풍자의 내용으로 보는 것은 잘못이라고 지적하고 있다. 방옥윤 역시 이성으로써 그 마음을 다스릴 수 있고, 예로써 그 직무를 삼가 신중히 할 수 있음을 말하는 것으로 음분의 노래가 아니라고 주장하며 다음과 같이 말했다.

"《좌전》에서 자전子展이 진晉나라에 가서 이 시를 읊어서 위후衛侯가 돌아왔다. 그것이 만약 본국의 음시淫詩라면 어찌 이를 들어 읊었을 것이며 다른 나라에서 노래하도록 했겠는가? 이에 이것은 음시가 아님을 확실히 알 수 있다.故左傳子展如晉賦此詩, 而衛侯得歸. 使其爲本國淫詩, 豈尙擧以自賦, 而復見許於他國歟? 此非淫詞, 斷可知已."

鄭風將仲子云: "將仲子兮, 無踰我里. 無折我樹杞. 豈敢愛之, 畏我父母. 仲可懷也, 父母之言, 亦可畏也." 小序以爲: "刺莊公[1]弗聽祭仲[2]之諫, 以成叔段[3]之禍." 味其詞, 不類. 朱子以爲淫奔之作, 又非. 詳味之, 乃詩人述淫女悔過, 婉詞以絶其人耳. 蓋美詩, 非刺詩也.

1 莊公(장공): 정나라 장공.
2 祭仲(제중): 《모시서》에서는 인명으로 보고 있는데, 《시집전》에서는 남자의 자라고 했다.

3 叔段(숙단): 춘추시기 정나라 사람으로 성은 희姬고 이름은 단段이다. 후일 공共
으로 도망갔기 때문에 '공숙단'이라고 부른다. 정무공鄭武公의 둘째 아들이다.
그 어머니 무강武姜이 장자인 오생寤生을 낳을 때 난산의 고통을 겪었다는 이유
로 그를 무척 싫어했다. 그리고 여러 차례 공숙단을 태자로 세워 줄 것을 정무
공에게 부탁했지만 무공이 동의하지 않았다. 정무공이 죽은 뒤 오생이 즉위하
여 정장공이 되었다(B.C. 744년). 그 뒤 공숙단이 성곽을 정비하고 군대를 확
충하여 정나라 도성을 공격했다. 어머니 무강이 그를 도와 성문을 열어 주었
다. 그런데 정무공은 이미 공숙단의 기병 날짜를 알아채고 있었기에 공숙단을
물리칠 수 있었다. 크게 패한 공숙단이 언鄢(지금의 하남성 언룽鄢陵 북쪽)으로
도망가자 무강이 경京(지금 하남성 형양滎陽 동남 지역)땅을 공숙단에게 분봉해
줄 것을 요구했다(B.C. 722년). 이에 정무공이 허락하자 공숙단은 경에서 살면
서 제멋대로 세력을 남용하며 정나라 서북부 변경지역을 자신의 세력 속에 포
함시켰다. 정대부 공자 여향呂向이 정장공에게 정나라의 안위를 위해 권력을 공
숙단에게 넘겨주든지 그를 없앨 것을 건의했으나 정장공은 간섭하지 않았다.
공숙단은 더욱 방자하게 자신의 세력을 넓혀 그 일대를 자신의 봉읍지로 삼았
다. 그런데 《시경》에서 공숙단의 형상은 어머니를 공경하고 형을 존경하고 백
성을 사랑하고 어진 이를 존중하여 민심을 얻은 자로 나타난다.

36

정풍의 〈숙우전叔于田〉에서 노래했다.

"숙이 사냥 나가니 거리에 사는 사람이 없는 듯. 어찌 사는 사람이
없겠는가, 숙처럼 정말 아름답고 어진 이가 없다네.叔于田, 巷無居人. 豈
無居人, 不如叔也, 洵美且仁."

주자는 나라 사람들이 공숙단을 사랑하여 지은 것으로 여겼으나,
그렇지 않다. 〈소서〉에서는 다음과 같이 말했다.

"장공을 풍자한 것이다. 단이 경성에 있을 때 군사를 이끌고 사냥을
나가니, 나라 사람들이 기뻐하며 그를 따랐다."

혹자는 공숙단은 임금의 동생으로서 큰 읍을 봉지로 받았지만, 무

장한 무리가 있어 마을로 이사와 백성들과 함께 섞여 살 수 없었다고 간주했다. 그런데 시의 의미를 음미하니 장공을 풍자한 것 같지 않고 사실 숙을 사랑한 것인데, 숙은 공숙단이 아니라고 할 것이다.

그 다음의 〈대숙우전大叔于田〉편이 실제 공숙단을 가리키므로 편명에서 대숙大叔이라 하여 구별했다.26) 그 시에서 다음과 같이 노래했다.

"숙께서는 자주 사냥을 하지 마세요, 그것이 당신을 다치게 할까봐 걱정이네요.將叔無狃, 戒其傷女."

이것은 곧 공숙단을 풍자한 것으로 공숙단을 사랑한 것이 아니다. 이 옳고 그름을 구분하여 분별하지 않을 수 없다.

정풍 〈숙우전〉에 관한 논의다. 《모시서》에서는 숙은 장공의 아우 공숙단을 가리키며, 이 시는 장공을 풍자한 것이라 했다. 주자의 《시집전》에서는 "공숙단은 의롭지 못하지만 민심을 얻었기에 사람들이 그를 사랑했으므로 이 시를 지었다.段不義而得衆, 國人愛之, 故作此詩."고 보았다. "숙이 나가 사냥하니 마을에 사람이 없는 것 같다고 말한 것은 실제 사람이 없는 게 아니라, 사람이 있다하더라도 숙과 같이 아름답고 인자하지 않으니 사람이 없다는 것이다.言叔出而田, 則所居之巷若無居人矣, 非實無居人也, 雖有而不如叔之美且仁, 是以若無人耳." 그러나 주자는 이와 같이 말하면서도 남녀상열지사男女相悅之詞가 아닐는지도 모르겠다고 했다.

그런데 여기서 주목할 만한 것은 숙이 누구인가 하는 문제를 통해 이 시의 내용이 달라진다는 점이다. 허학이는 〈대숙우전大叔于田〉과의 비교를 통해 이 시에서 말하는 숙은 공숙단이 아님을 지적하고 있는데, 참고하여 생각해 볼 필요가 있다.

鄭風叔于田云: "叔于田, 巷無居人. 豈無居人, 不如叔也, 洵美且仁." 朱子以

---

26) 《좌전》에서 "단段은 경성京城의 태숙太叔을 일컫는다"고 했다.

爲國人愛段而作, 非也. 小序以爲"刺莊公也. 叔處于京, 繕甲治兵[1], 以出于田, 國人說而歸之." 或疑段以國君貴弟, 受封大邑, 有人民兵甲之衆, 不得出居閭巷, 下雜民伍. 今味其詞, 不類刺公, 而實爲愛叔, 則叔非叔段可知. 下篇[2]實指叔段, 故篇名大叔以別之. [左傳云: "段謂之京城太叔."] 其曰"將叔無狃, 戒其傷女." 乃刺叔非愛叔也. 此邪正之分, 不可以不辯.

1 繕甲治兵(선갑치병): 군대를 다스리다. '繕(선)'은 '치(治)'와 같은 뜻이다.

2 下篇(하편): 〈대숙우전大叔于田〉을 가리킨다. 《모시서》에서 다음과 같이 말했다. "〈대숙우전〉은 장공을 풍자한 것이다. 대숙이 재능이 많고 용맹하여 의롭지 않지만 민심을 얻었다. 大叔于田, 刺莊公也. 叔多才而好勇, 不義而得衆也." 한편 주자는 다음과 같이 말했다. "두 시는 모두 〈숙우전〉이라고 했기에 '대'자를 덧붙여 구별했다. 잘 모르는 사람이 공숙단에게 대숙이라는 호가 있다고 보고, 태泰라고 읽고 또 첫 장에 '대'자를 더했는데 잘못되었다. 二詩皆曰叔于田, 故加'大'以別之. 不知者乃以段有大叔之號, 而讀曰泰, 又加'大'于首章, 失之矣."

37

정풍 〈여왈계명女曰雞鳴〉의 전반 2장은 아침에 일찍 일어나서 오리와 기러기를 주살하여 잡아와 요리하여 술을 마시며 기뻐함을 가르친 것에 불과할 뿐, 한 마디도 수신修身이나 제가齊家의 일을 언급하지 않았다. 그러나 소리가 화합되어 즐거우면서 음란하지 않아 오래도록 읊조리면 앙금이 흐려지고 저속함이 다 없어지니, 진실로 반드시 마지막 장을 중시할 필요는 없다.

〈여왈계명〉에 관한 논의다. 《모시서》에서는 덕을 말하지 않고 색을 좋아하는 세태를 풍자한 것이라고 했다. 주자는 "현명한 부부가 서로 경계하는 노래賢夫婦相警戒之詞"라고 했다.

이 시는 모두 3장으로 되어 있다. 제1장은 부부가 새벽잠에서 깨어나 주고받는 대화, 제2장은 남편이 아내에게 일상의 행복을 느끼며 백년해로를 하겠다는 다짐의 말이다. 그러나 제3장은 이해하기가 어려워 학자들에 따라 여러 가지 다른 해석이 있다. 일반적으로 여인이 남편에게 자기를 아껴 주고 사랑해 주기만 하면 성심성의껏 남편을 섬기겠다고 약속하는 말로 해석한다. 혹자는 남편이 손님을 모셔오면 대접을 잘하겠다는 뜻으로 풀이하기도 한다.

한편 허학이는 이 시의 핵심인 전반 2장을 이해하기만 하면 여러 가지 설이 분분한 마지막 장에 얽매일 필요가 없다고 했다. 아마 이 시가 실제 남편과 아내의 대화라기보다는 《모시서》에서 말한 바와 같이 당시의 세태를 풍자한 시라고 보았기 때문일 것이다.

 鄭風女曰雞鳴, 前二章不過敎其早起, 弋取鳧雁[1]以歸, 飮酒相樂, 未嘗一言以及修身齊家之事. 然其聲氣之和, 樂而不淫, 諷詠之久, 則渣滓[2]渾化, 粗鄙[3]盡除, 正不必以末章爲重也.

 1 弋敢鳧雁(익감부안): 오리와 기러기를 주살하여 잡다.
2 渣滓(사재): 찌꺼기. 침전물. 앙금.
3 粗鄙(조비): 상스럽다. 저속하다.

38

제풍齊風의 〈선還〉에 대해 〈소서〉에서 "거침을 풍자한 것이다"고 했는데, 그 내용을 잘 이해한 것이다. 주자의 주에서는 "사냥꾼이 스스로 자신을 칭찬한다"고 했는데, 이와 같으면 또한 사특함이 없지 않을 수 없다. 제풍의 〈노령盧令〉은 주남의 〈토저兎罝〉와 같은 뜻을 노래했다.

 제풍의 〈선還〉에 관한 논의다. 제나라는 본디 소호少昊 때에 상구씨爽鳩氏가 살던 땅이다. 주무왕 때 강태공姜太公을 제후로 봉했다. 이후 공상工商의 생업이 발달하여 어염魚鹽의 소득이 있어 백성들이 많이 귀속하여 대국이 되었다.

〈선〉에 대한 《모시서》의 해석은 다음과 같다.

"황폐함을 풍자한 것이다. 애공哀公이 사냥을 좋아하여 짐승을 잡는 데 질리지 않으므로 그 나라 사람들도 따라 배워 풍속이 되었다.刺荒也. 哀公好田獵, 從禽獸而無厭, 國人化之, 遂成風俗."

정현의 《모시전》에 따르면 '황폐함荒'이란 정사政事가 어지러운 것을 말한다.

또한 주자는 다음과 같이 말했다.

"사냥꾼이 길에서 교차하여 재빠르게 이익을 다투므로 이와 같이 칭찬한 것인데 그 잘못됨을 스스로 알지 못하니, 그 풍속이 아름답지 않음을 볼 수 있고 그 앞날 또한 반드시 그렇게 될 것이다.獵者交錯於道路, 且以便捷輕利相稱譽如此, 而不自知其非也, 則其俗之不美可見, 而其來亦必有所自矣."

주자의 이 견해를 계승하여 방옥윤은 《모시서》에 대해 비판하며 다음과 같이 말했다.

"시에 '君(군)', '公(공)'의 글자가 없는데 어찌 애공을 풍자한 줄 알겠는가? 이 시는 사냥꾼이 서로 칭찬하는 것을 시인이 옆에서 듣고 비웃는 것에 지나지 않으며, 두 사냥꾼의 말을 직접 서술하여 한 글자도 보태지 않고 한 편의 시를 완성한 것이다. 그러나 제나라 풍속은 이익에 급급하고 기만의 기풍을 좋아하니 언어 밖에 풍자가 아닌 풍자가 있다고 할 것이다.然詩無君·公字, 胡以知其然耶? 此不過獵者互相稱譽, 詩人從旁微哂, 因直述其詞, 不加一語, 自成篇章. 而齊俗急功利, 喜夸詐之風, 自在言外, 亦不刺之刺也."

그러나 이 견해는 허학이의 관점에서 보면 표면적인 글자에 천착하여 시가 지닌 미자의 가치를 망각한 것이 된다. 허학이는 대체로 〈소서〉의 관점을 계승하고 있다.

한편 〈노령盧令〉도 〈선〉과 대략 비슷한 내용의 시편인데, 〈노령〉에 대해 《모시서》에서는 다음과 같이 말했다.

"황폐함을 풍자했다. 양공이 사냥을 좋아하여 그물과 창을 쓰며 백성의 생활을 돌보지 않아 백성이 고통스러워 하므로 옛일을 진술하여 풍자했다.刺荒也. 襄公好田獵畢弋, 而不修民事, 百姓苦之, 故陳古以風焉."

한마디로 황폐함을 풍자한 까닭은 덕을 좋아하고 태평스러운 시대를 바라는 마음을 노래한 것이라고 할 수 있다. 따라서 허학이는 〈노령〉을 주남의 〈토저兔罝〉와 견주어 본 것이다. 〈토저〉에 대해 《모시서》에서는 다음과 같이 말했다.

"〈토저〉는 후비의 교화다. 〈관저〉의 교화가 행해져 덕을 좋아하지 않음이 없고 현인들이 매우 많아졌다.兔罝, 后妃之化也. 關雎之化行, 則莫不好德, 賢人衆多也."

齊風還[1], 小序以爲"刺荒也", 得之. 朱註謂"獵者自相稱譽", 如此, 則又不能無邪矣. 盧令[2], 則兔罝[3]之意也.

1 還(선): 제풍의 이 노래는 사냥의 즐거움을 읊은 것이다.
2 盧令(노령): 제풍의 시편이다.
3 兔罝(토저): 주남의 시편이다.

39

국풍의 시는 사람을 가장 감격시키므로 공자가 "시는 감흥을 일으킬 수 있다"고 말했다. 예를 들면 위풍魏風 〈척호陟岵〉에서 노래한 것인데, 주자가 "효자가 행역을 나가, 그 부모가 자신을 걱정하는 말을 상상한 것이다"고 여긴 것은 이를 두고 말한 것이다. 자신이 부모를 생각함을 말하지 않고 오직 부모가 자신을 생각함을 말했으니, 자신이 부모를 생각한 마음이 어떠하겠는가! 듣는 사람이 모두 감동할 만하다.

맹무백孟武伯이 효에 대해 묻자 공자가 "부모는 오직 자식의 질병을 걱정한다"고 대답했으니, 진실로 제자들을 감동시킨 까닭이다. 정현鄭玄과 공영달孔穎達이 "효자가 행역을 나가 그 부모의 훈계의 말을 생각한 것이다"고 해석한 것은 흥취가 적은 듯하다.

위魏나라는 순舜, 우禹의 도읍지다. 그 땅이 협애하고 백성이 가난하지만 민속이 근검하고 성현의 유풍이 있었다. 주나라 초기에 희姬씨의 성으로 봉해졌으나 후일 진헌공晉獻公에 의해 멸망하고 그 땅을 빼앗겼다. 위풍에 대해 주희는 《시집전》에서 다음과 같이 말했다.

"소씨蘇氏가 '위땅이 진나라에 속한 지 오래되었기에 그 시가 진나라의 작품이 아닌가 한다. 그러므로 당풍 앞에 들어가 있는 것은 마치 패풍과 용풍이 위풍보다 앞에 들어간 것과 흡사하다'고 말했다. 오늘날 생각건대 위나라 시 중의 '공행公行', '공로公路', '공족公族'은 모두 진관晉官이므로 실제 진시晉詩가 아닌가 한다. 위나라에도 이 관직이 있었는지는 고증할 수 없는 듯하다. 蘇氏曰, 魏地入晉久矣, 其詩疑皆爲晉而作, 故列於唐風之前, 猶邶鄘之於衛也. 今按篇中公行, 公路, 公族皆晉官, 疑實晉詩. 又恐魏亦嘗有此官, 蓋不可考矣."

반면 이에 대해 방옥윤은 《시경원시》에서 다음과 같이 말했다.

"진晉나라는 헌공獻公에 이르러 나라가 이미 강대해졌으나 정치가 점차 사치스러워졌다. 그런데 위魏나라의 시는 각 편마다 그 임금의 검약을 풍자하고 있어 진나라의 기상과 다르니 의심할 필요도 없이 필시 진나라의 시가 아니다. 또 패풍과 용풍이 위나라의 사건을 노래했음은 그 시에서 확실하게 가리키는 것이 있으나, 여기에는 그 당시 임금의 가계가 드러나지 않으니 패·용과 위의 관계에 비춰 비교할 수 없는데, 아마도 회풍鄶風, 진풍陳風과 같은 부류일 뿐이다. 그렇다면 위풍이 제풍齊風과 진풍秦風 사이에 들어간 까닭은 무엇인가? 제나라를 이어서 패권을 차지하고 진秦나라보다 먼저 강국이 된 것은 진晉나라다. 위나라는 이미 진晉나라에 들어가 진땅이 되었으므로 당풍과 함께 제, 진 사이에 들어간 것이다. 또한 그 땅은 순임금과 우임금의 옛 도읍이므로 다른 나라와 다르며, 먼저 성현의 유풍이 다 사라지지 않음을 보인 것은 패권의 웅지와 성대한 개국이 여기서 비로소 새롭게 되었음을 운운한 것이다. 案晉至獻公, 國已强大, 政漸奢侈. 而魏詩每刺其君儉勤, 與晉氣象迥乎不侔, 必非晉詩無疑. 且邶鄘之咏衛事, 其詩確有可指, 此則不著時君世系, 亦不得比邶鄘之於衛, 殆亦鄶陳例耳. 然則何以編之齊秦間乎? 繼齊而霸, 先秦而强者, 晉也. 魏旣入晉, 則爲晉地, 故與唐同居齊秦之間. 且其地爲舜禹故都, 與他國不同, 先之所以見聖帝遺風猶未盡滅, 霸圖盛業於此方新云耳."

참고로 〈척호〉에 대한 《모시서》의 해설은 다음과 같다.

"효자가 행역을 나가 부모를 그리워한 것이다. 위나라는 워낙 미약하여 자주 전쟁을 겪었고 큰 나라에 부역했기 때문에 부모형제가 헤어졌으므로 이 시를 지은 것이다.孝子之行役, 思念父母也. 國迫而數侵削, 役乎大國, 父母兄弟離散, 而作是詩也."

허학이는 공자의 말을 인용해 이 시의 미학적 의미를 새롭게 부여했다. 대체로 주자의 비평을 긍정하고 정현과 공현달의 해석이 다소 무미건조함을 지적했다. 매우 실감나는 분석인 듯하다.

風人之詩, 最善感發人, 故孔子曰: "詩可以興." 如魏風陟岵云云, 朱子以爲 "孝子行役, 想像其父母念己之言"是也. 然不言己思父母, 而但言父母念己, 則己思父母之情何如! 聞之者皆足以感發矣. 孟武伯[1]問孝, 子曰"父母惟其疾之憂", 正所以感發乎人子[2]也. 鄭氏·孔氏以爲"孝子行役, 思其父母敎戒之言", 似少情趣.

1 孟武伯(맹무백): 성은 맹손孟孫, 이름은 체彘, 시호는 무武다. 맹의자孟懿子의 아들이다. 《논어, 위정》에 관련 내용이 보인다.
2 人子(인자): 사람의 아들. 자식. 여기서는 공자의 제자들을 가리킨다.

40

당풍唐風의 〈실솔蟋蟀〉은 시인이 당나라의 풍속을 찬미한 시다. 〈산유추山有樞〉는 비록 풍자했으나 사특하지 않아 공자가 그것을 편집해 넣었는데, 더욱 당나라 풍속의 아름다움을 드러낼 따름이다. 한나라의 〈생년불만백生年不滿百〉 및 악부樂府 〈서문행西門行〉의 내용은 실로 여기서 비롯되었다. 이 시로부터 후세 시인의 광달한 기풍이 더욱 일어났다.

당唐나라는 본디 요堯임금의 옛 도읍지다. 주성왕周成王이 동생 숙우叔虞를 당후唐侯로 봉했다. 그 땅이 척박하고 백성이 가난했지만 근검하고 질박했으며 요임금의 유풍이 있었다. 자섭子燮에 이르러 국호를 진晉이라고 고쳤다. 그러나 진풍이라 하지 않고 당풍이라고 하는 것은 그 옛 명칭을 이은 것이다. 마치 패용邶鄘과 같은 것이다. 진땅은 지금의 산서성山西省 태원현太原縣이다. 후일 곡옥曲沃, 강絳으로 옮겼는데 모두 산서성 일대다.

〈실솔〉에 대한 《모시서》의 해설은 다음과 같다.

"진晉나라 희공僖公을 풍자했다. 검소하나 예에 맞지 않아 이 시를 지어 그를 위로하고 그때에 맞춰 예로써 몸소 우악虞樂을 즐긴 것이다. 이것은 진풍인데 당풍이라고 하는 것은 그 풍속에서 근원했기 때문으로 사려가 심원하고 검소하면서도 예에 맞으니 요임금의 유풍이 있도다.刺晉僖公也. 儉不中禮, 故作是詩以閔之, 欲其及時以禮自虞樂也. 此晉也, 而謂之唐, 本其風俗, 憂深思遠, 儉而用禮, 乃有堯之遺風焉."

다음은 〈산유추〉에 대한 《모시서》의 해설이다.

"진나라 소공昭公을 풍자했다. 진소공이 왕도를 닦아 그 나라를 바르게 다스리지 않아, 재물은 쓸 수 없고 종과 북을 친히 즐길 수 없으며 조정을 깨끗이 쓸고 닦을 수 없기에, 나라가 황폐해지고 백성이 흩어져 장차 망하게 생겼는데, 사방에서 그 나라를 뺏고자 모의하는데도 알지 못하자 나라 사람들이 이 시를 지어 풍자했다.刺晉昭公也. 不能修道以正其國, 有財不能用, 有鐘鼓不能以自樂, 有朝廷不能洒埽, 政荒民散, 將以危亡, 四隣謀取其國而不知, 國人作詩以刺之也.

요컨대 이 두 시는 당나라의 풍속을 살펴볼 수 있는 대표적인 시다. 〈실솔〉이 그 풍속을 찬미했다면 〈산유추〉는 그 풍속을 경계시키고 있다. 이와 아울러 허학이는 이 시에서 한나라 오언시인 〈생년불만백〉, 〈서문행〉과 같은 현실적인 작품이 나왔다고 했다. 그 내용이 대체로 '급시행락及時行樂'의 풍속과 관련되므로 전혀 터무니없는 주장은 아닌 듯하다. 참고로 덧붙이면 주자는 〈실솔〉과 〈산유추〉의 시를 '급시행락'과 연관시켜 비평했으며, 허학이는 앞서 제4칙과 제5칙에서 《시경》이 〈고시십구수〉 및 한악부에 영향을 미쳤다고 말했다.

 唐風蟋蟀, 是詩人美唐俗之詩. 山有樞, 雖諷而未爲邪, 孔子存之[1], 益以見唐

俗之美耳. 漢人生年不滿百² 及樂府西門行³, 語意實出於此. 自是益起後世
詞人曠達之風矣.

1 孔子存之(공자존지): 공자가 가려 뽑아 수록했다. 사마천의 《사기, 공자세
　가》에 의거하면, 공자가 시 300여 편을 가려 뽑아 《시경》을 편찬했다.
2 生年不滿百(생년불만백): 〈고시십구수〉 중의 한 수다.
3 西門行(서문행): 동한 시기의 악부민가다.

41

　당풍의 〈양지수揚之水〉에 대해 〈소서〉는 "소공召公을 풍자한 것이
다"고 했고, 주자는 "소서의 주장이 잘못되지 않았다"고 말했는데, 맞
는 말이다. 그러나 《집주》에서 "나라 사람들이 진晉나라를 배반하여
지은 것이다"고 한 것은 옳지 않다.

　〈무의無衣〉에 대해 〈소서〉는 "무공武公을 찬미한 것이다"고 했고,
주자는 "이 시는 무공이 자작한 것은 아닌 것 같고, 전문 시인이 지은
것으로 은밀히 풍자한 것일 뿐이다"고 말했다. 내가 생각건대 시인의
풍자라고 한 것이 이치에 맞는 말이다. 이 옳고 그름을 구분하여 분별
하지 않을 수 없다.

　당풍의 〈양지수〉와 〈무의〉에 대한 〈소서〉와 주자의 견해를 비교하여 논
한 것이다. 허학이는 《시경》을 이해하기 위해서는 〈소서〉, 〈정의〉, 주자
의 해설 등을 두루 참고해야 한다고 했다.
　진晉나라 소후昭侯는 곡옥曲沃땅을 떼어 숙부인 성사成師를 그곳에 봉했
다. 그가 곧 환숙桓叔이다. 그 뒤로 환숙은 덕이 있어 날로 강성해지고 반대
로 소후는 덕이 없어 미약해졌다. 이에 소후를 배반하고 환숙을 따르려는
사람이 많아졌다. 〈양지수〉는 바로 그러한 세태를 노래한 것이다. 따라서
《모시서》에서 진소공을 풍자한 것이라고 말했다. 《좌전, 환공桓公》 2년

에 이와 관련된 기록이 있다.

한편 환숙의 손자인 진나라 무공武公이 진나라를 차지했을 때 그의 대부
大夫가 천자의 사신에게 임명을 간청하면서 〈무의〉를 지었다. 시에서 후백
侯伯들이 입는 칠명七命의 옷이나 천자의 경들이 입는 육명六命의 옷을 내려
줬으면 좋겠다는 뜻을 나타낸 것은 곧 후백이나 적어도 경卿에 임명해 달
라는 뜻을 나타낸 것이다. 또한 《사기, 환숙세가桓叔世家》에 환숙이 진나라
를 합병하고 주나라 이왕釐王에게 보물을 바쳐 진나라 제후로 임명되었다
는 기록이 있다.

唐風揚之水¹, 小序以爲"刺昭公也". 朱子云"序說不誤", 得之. 而集註又以爲
"國人將叛晉而作", 非也. 無衣², 小序以爲"美武公也". 朱子云: "此詩若非武
公自作, 則詩人所作而陰刺³之耳." 愚按: 謂詩人之刺者, 得之. 此邪正之分,
不可以不辨.

1 揚之水(양지수): 당풍의 시편이다. 《모시서》의 전문은 다음과 같다. "진소공
　을 풍자했다. 소공이 곡옥을 봉해 나라를 나누었다. 곡옥은 강성해졌는데 소공
　은 미약하여 백성들이 배반하고 곡옥으로 모여들었다. 刺晉昭公也. 昭公分國以封沃.
　沃盛强, 昭公微弱, 國人將叛而歸沃焉."
2 無衣(무의): 당풍의 시편이다. 《모시서》의 전문은 다음과 같다. "진무공을 칭
　송했다. 무공이 진나라를 합병하니 그 대부가 그를 위해 천자의 사자에게 봉명을
　청하여 이 시를 지었다. 美晉武公也. 武公始幷晉國, 其大夫爲之請命乎天子之使而作是詩也."
3 陰刺(음자): 은밀히 풍자하다.

42

진풍秦風의 여러 편에는 이미 서융의 풍속이 제거되고 화하華夏의
소리가 있다. 〈겸가蒹葭〉, 〈신풍晨風〉, 〈위양渭陽〉은 언어가 더욱 부드
럽고 완곡하다. 계찰季札이 주나라 음악을 살필 때 진나라의 곡을 노
래하자,²⁷⁾ 다음과 같이 말했다.

"이것을 화하의 소리라고 일컫는다. 대개 화하의 소리는 웅장한데, 웅장함의 극치니 주나라의 옛 노래인가?"

그러므로 〈사철駟驖〉은 수렵의 시일지라도 마지막 장의 소리가 매우 유유자적하다. 〈소융小戎〉의 3장은 행역자 가족의 그리움을 의탁한 노래인데, 매 장 전반부 6구는 수레와 무기의 성대함을 서술한 까닭에 그 시어가 삼엄하고 거칠지만, 후반부 4구는 그리움의 정을 서술한 까닭에 그 시어가 완곡하고 부드럽다. 왕세정王世貞이 "〈소융〉은 너무 험악한 곳으로 빠졌다"고 한 것은 전반부 6구에 대해 말한 것일 따름이다.

옛날에 백익伯益이 하夏나라 우임금의 치수를 도와 공을 세워 영嬴씨의 성姓을 받았다. 그 뒤 중휼中潏이 서융西戎 땅에 살며 서쪽 변경 지역을 지켰다. 육세손 대락大駱은 성成과 비자非子라는 두 아들을 낳았는데, 비자가 주효왕周孝王을 섬기며 견汧, 위渭 사이에서 말을 길렀다. 효왕이 그를 부용附庸으로 삼아 진秦땅을 하사했다. 선왕宣王 때에 견융이 성의 일족을 멸하자 선왕은 비자의 증손 진중秦仲을 대부로 삼아 서융을 치게 했으나 성공하지 못하고 죽임을 당했다. 유왕幽王이 서융, 견융犬戎에 의해 죽고 평왕平王이 동천하자 진중의 손자 양공襄公이 군대를 이끌고 그를 호송했다. 왕이 양공을 제후로 봉하고, 그 공로로 기岐와 풍豐 땅을 주었다. 현손玄孫 덕공德公때 다시 옹雍으로 이주했다.

방옥윤은 진풍에 대해 다음과 같이 말했다.

"진시秦詩는 진중의 세대에서 시작되는데 그때는 그저 대부여서 부용附庸의 나라에 비견되었다. 그런데 오나라와 초나라 대국도 시가 없는데 진나라의 소국이 어찌 국풍이 있는가? 아마 진秦나라가 실제 제나라 진晉나라를 이어 패국이 되었기 때문일 것이다. 그러므로 제풍, 진풍晉風 다음에 진풍秦風이 이어진 것이다. 案秦詩始於秦仲世, 其時僅爲大夫, 比於附庸之國. 吳楚大國尙無

27) 주註에서 상용되는 곡을 노래했다고 함.

詩, 秦小國何以有風? 蓋秦實繼齊晉而霸焉者也. 故齊晉後卽繼以秦.”

《전국책戰國策, 진책秦策》의 소진蘇秦의 말에 따르면 “진나라의 서쪽에는
파촉巴蜀·한중漢中이 이롭고, 북으로는 호맥胡貉·대마代馬가 쓸모 있고,
남쪽으로는 무산巫山·검중黔中이 견고하고, 동쪽으로 효崤·함函이 견고
하며, 옥야가 천리에 펼쳐지고 지세가 유리했다.蘇秦曰, 秦西有巴蜀漢中之利, 北
有胡貉伐馬之用, 南有巫山黔中之固, 東有崤函之固, 沃野千里, 地勢形便.” 진나라는 이렇게
좋은 지리적 요건에도 불구하고 서북의 오랑캐 지역과 밀접해 있었던 까
닭에 오랫동안 서융의 풍속에서 벗어나지 못했다. 그러나 계찰이 국풍을
들을 때 이미 진풍은 화하의 소리에 가깝다고 말했으니, 그것은 곧 진나라
가 오랑캐의 풍속을 버리고 한화漢化가 되었음을 의미한다. 허학이는 여기
서 그중 대표적인 몇 편의 작품을 들었다.

秦風諸篇已去[1]西戎[2]之習, 而有中夏之聲[3]. 其蒹葭[4]·晨風[5]·渭陽[6], 語尤微
婉. 按季札[7]觀周樂, 歌秦, [註謂歌所常用之曲], 曰: “此之謂夏聲. 夫能夏則大,
大之至也, 其周之舊乎?” 故卽駟驖[8]田獵之詩, 而末章聲氣, 亦甚悠閒也. 小
戎[9]三章, 託從役者家人思念之詞, 每章前六句述車甲[10]之盛, 故其語森嚴而
矯峻[11], 後四句敍思慕之情, 故其語微婉而優柔. 王元美[12]云“小戎失之太峻”,
以前六句言耳.

1 去(거): 제거하다.
2 西戎(서융): 주나라 사람들은 자신을 ‘화하華夏’라고 칭하고 화하 주위의 민족들
   을 각기 동이東夷, 남만南蠻, 서융西戎, 북적北狄이라고 칭하며 자신들과 구별했
   다. 즉 서융은 고대 화하인의 서방 소수민족에 대한 통칭이다.
3 中夏之聲(중하지성): 중국의 가락. ‘중하’는 중국인이 중국을 스스로 부를 때 쓰
   는 말이다.
4 蒹葭(겸가): 진풍의 시편이다. 《모시서》에서 다음과 같이 말했다. “양공襄公을
   풍자한 것이다. 주나라의 예를 사용할 수 없어 장차 그 나라를 강하게 할 방법
   이 없다.刺襄公也. 未能用周禮, 將無以固其國焉.”
5 晨風(신풍): 진풍의 시풍이다. 《모시서》에서 다음과 같이 말했다. “강공康公을
   풍자한 것이다. 목공穆公의 유업을 저버리고 어진 신하들을 버렸다.刺康公也. 忘穆

公之業, 始棄其賢臣焉."

6 渭陽(위양): 진풍의 시편이다. 《모시서》에서 다음과 같이 말했다. "강공康公이 어머니를 생각한 것이다. 강공의 어머니는 진헌공晉獻公의 딸이다. 진문공晉文公(중이重耳를 가리킴)이 여희麗姬의 반란을 당했는데, 모반을 일으키기 전에 진희秦姬(즉 여희)가 죽자 목공穆公이 문공을 불러들였다. 강공은 그때 태자였는데 문공을 위수의 북쪽에서 전송하며 어머니를 그리워하나 보지 못하는데 내가 외삼촌을 보니 어머니가 살아 있는 듯하다고 했다. 그 즉위에 이르러서 어머니를 생각하여 이 시를 지었다. 康公念母也. 康公之母, 晉獻公之女也. 文公遭麗姬之亂, 未反而秦姬卒, 穆公納文公. 康公時爲太子, 贈送文公於渭之陽, 念母之不見也, 我見舅氏, 如母存焉. 及其卽位, 思而作是詩也."

7 季札(계찰): 성은 희姬, 이름은 찰札이다. 춘추시대 오왕吳王 수몽壽夢의 넷째 아들로, 생졸년은 B.C. 576년~B.C. 484년이다.

8 駟驖(사철): 진풍의 시편이다. 《모시서》에서 다음과 같이 말했다. "양공을 칭송한 것이다. 제후로 막 임명이 되자 들에 나가 사냥을 하며 동산에서 즐거움을 누릴 수 있었다. 美襄公也. 始命有田狩之事, 園囿之樂焉."

9 小戎(소융): 진풍의 시편이다. 《모시서》에서 다음과 같이 말했다. "양공을 칭송한 것이다. 그 병사와 무기를 준비하여 서융을 토벌했는데, 서융이 바야흐로 강대해져 징벌이 끊이지 않았다. 남자들이 그 수레와 무기를 아끼고 여자들이 그 남편을 걱정한 것이다. 美襄公也. 備其兵甲以討西戎, 西戎方强而征伐不休, 國人則矜其車甲, 婦人能閔其君子焉."

10 車甲(거갑): 수레와 무기.

11 森嚴而矯峻(삼엄이교준): 삼엄하고 거칠다.

12 王元美(왕원미): 왕세정王世貞(1526~1590). 명나라 시기의 문인이다. 자가 원미고, 호는 봉주鳳州, 엄주산인弇州山人 등이다. 강소江蘇 태창太倉 출생으로 1547년에 진사가 되어 형부刑部의 관리가 되었으나, 강직한 성격 때문에 당시의 재상 엄숭嚴嵩의 뜻을 거역했다. 엄숭이 구실을 만들어 고도어사古都御史인 그의 아버지를 사형시키자, 벼슬을 그만두고 아버지의 무고함을 주장하여 8년간이나 노력한 끝에 명예를 회복시켰다. 그 뒤 다시 지방관에 복귀했고, 남경의 형부상서刑部尙書를 마지막으로 관직에서 물러났다. 젊을 때부터 문명이 높아 가정칠재자嘉靖七才子, 즉 후칠자後七子의 한 사람으로 손꼽혔으며 그중 학식이 가장 뛰어났다. 이반룡李攀龍과 함께 '이왕李王'이라 불리며 명대 후기의 고문사파

古文辭派의 지도자로서 격조를 중시하는 의고주의擬古主義를 주장했다.

43

진풍의 〈겸가蒹葭〉에 대해 주자는 "그것이 가리키는 것을 모르겠다"고 했다. 그 말뜻을 음미하면 틀림없이 속세를 등진 선비가 바라보지만 나아가지 못하는 것이다. 그러나 처음부터 끝까지 시편 속에는 속세를 피해 등지다는 말이 없는데, 이것은 시인이 언급할 수 없기 때문일 것이다!

해제 진풍의 〈겸가〉에 관한 논의다. 《모시서》에서는 주나라 예로서 나라를 강하게 만들지 못하는 진양공秦襄公을 풍자한 것이라 보았다.

주자는 다음과 같이 말했다.

"가을에 물이 불어 넘치는 시기를 말하는데, 이른바 저 사람이 강물 건너편에 있으니 위아래로 구하려고 해도 모두 얻을 수 없다. 그러나 그것이 무엇을 가리키는지 모르겠다.言秋水方盛之時, 所謂彼人者, 乃在水之一方, 上下求之而皆不可得. 然不知其何所指也."

이에 대해 허학이는 은둔한 선비가 나아가지 못하는 모양이라고 말했다. 방옥윤도 다음과 같이 말했다.

"진나라는 주나라 땅을 차지했지만 주나라의 예를 실행할 수 없었다. 이에 주나라의 현신들과 연장자들이 물가에 은거하여 출사하기를 원하지 않았다. 시인이 안타까운 마음을 금할 길 없어 초은招隱에 기탁하여 이 시를 지어 그 뜻을 드러내었다.蓋秦處周地, 不能用周禮. 周之賢臣遺老, 隱處水濱, 不肯出仕. 詩人惜之, 托爲招隱, 作此見志."

원문 秦風蒹葭, 朱子謂"不知其所指". 味其詞, 必遁世絶俗之士, 可望而不可卽者. 然終篇[1]無遁世絶俗[2]語, 此風人所以不可及歟!

주석 1 終篇(종편): 시의 처음부터 끝까지를 가리킨다.

44

진풍의 〈무의無衣〉에서 노래했다.

"어찌 옷이야 없을까만, 당신과 두루마기를 함께 입겠소. 왕께서 군사를 일으키신다면, 나의 짧은 창 긴 창 닦아, 당신과 원수를 함께 치리라.豈曰無衣, 與子同袍. 王于興師, 修我戈矛, 與子同仇."

주자는 다음과 같이 말했다.

"진나라 풍속이 사나워 전투를 즐긴 까닭에 그 사람들이 평소 서로 '어찌 그대가 옷이 없어서 그대와 같은 옷을 입었겠는가? 대개 왕이 군대를 일으키니, 나의 무기를 가다듬어 그대와 함께 짝하는 것이도 다'라고 말한 것이다."

이 주장대로라면 진나라 사람이 직접 말한 것으로 성정이 바르지 않은 듯하다. 정현은 다음과 같이 말했다.

"이것은 강공康公을 나무란 것이다. 임금에게 '어찌 당신이 옷이 없어 나와 당신이 같은 옷을 입었다고 하리오? 왕이 군대를 일으키므로 내가 무기를 수리하여 그대와 함께 짝이 되어 원수를 토벌하는 것이오.'라고 말한 것이다."

그 뜻이 비록 통하기는 하지만, 강공의 시대에는 나라의 정치와 민간의 정서가 이와 같이 일그러지지 않았다. 그 말뜻을 음미하면 시인의 시로서 제풍의 〈선〉과 같은 뜻이다.

해제 진풍의 〈무의〉에 관한 논의다. 《모시서》에서 다음과 같이 말했다.

"용병을 풍자한 것이라고 했다. 진나라 사람이 그 임금이 전쟁을 좋아하고 용병이 좋아하여 백성과 함께하지 않음을 풍자했다.刺用兵也. 秦人刺其君好攻戰, 亟用兵, 而不與民同欲焉."

한편 《한서, 조충국신경기전찬趙充國辛慶忌傳贊》에는 다음과 같은 기록이 있다.

"산서山西의 천수天水, 안정安定, 북지北地의 지리적 위치가 강호羌胡와 가까워 민속이 전쟁 대비를 연마하고 용맹하게 말 타고 싸우는 것을 중시한다. 진나라 시에서 '왕께서 군사를 일으키신다면, 나의 짧은 창 긴 창 닦아, 당신과 원수를 함께 치리라'고 했으니 그 풍속의 기풍이 예부터 그러했다. 지금의 가요가 강개한 것은 풍류가 여전히 남았기 때문이다.山西天水, 安定, 北地處勢迫近羌胡, 民俗修習戰備, 高尙勇力鞍馬騎射, 故秦詩曰: '王於興師, 修我甲兵, 與子皆行.' 其風聲氣俗自古而然. 今之歌謠慷慨, 風流猶存耳."

이것을 바탕으로 진교종陳喬樅은 다음과 같이 말했다.

"반고의 주장에 의거하니, 《제시齊詩》에서 〈무의〉를 풍자라고 하지 않았음을 알겠다.據班說, 知齊詩不以無衣爲刺."

즉 진교종은 〈무의〉를 진나라의 풍속을 묘사한 노래로 본 것이다. 주자의 견해도 이와 크게 다르지 않다. 반면 허학이는 《모시서》에 따라 풍자의 뜻으로 해석하며 제풍의 〈선〉과 같은 의미로 풀이했다. 〈선〉에 관한 내용은 제38칙에 보인다.

秦風無衣云: "豈曰無衣, 與子同袍. 王于興師, 修我戈矛, 與子同仇." 朱子云: "秦俗强悍, 樂於戰鬪, 故其人平居而相謂曰: '豈以子之無衣而與子同袍乎? 蓋以王于興師, 則將修我戈矛而與子同仇也.'" 信如此說, 則爲秦人自言, 是性情猶未爲正. 鄭氏云: "此責康公. 言君豈曰汝無衣, 我與汝共袍乎? 而於王興師, 則曰修我戈矛, 與子同仇往伐之." 其義雖通, 但康公[1]之世, 國政民情不應如此乖戾[2]. 詳味其詞, 乃是詩人之詩, 與齊風還同意.

1 康公(강공): 진강공秦康公. 성은 영嬴이고 이름은 앵罃이다. 진나라 목공穆公과 그 부인 진희秦姬사이에서 태어난 아들이다. 진문공晉文公은 목공穆公의 외조카다. 강공은 진문공을 송별하며 위양渭陽에 이르러 "나는 삼촌을 배웅하며 위양에 이르렀도다.我送舅氏, 曰到渭陽."라고 노래했다(〈진풍, 위양渭陽〉 참조). 이에 후인들이 위양으로써 조카와 삼촌의 관계를 비유했다.

2 乖戾(괴려): 어그러지다.

　변풍의 시는 대부분 시인이 그 말을 빌어서 풍자를 의탁했다. 예를 들면 진풍陳風〈동문지분東門之枌〉은 진실로 시인의 구어인데, 간혹 마지막 장의 '爾(이)'와 '我(아)'자가 눈에 거슬린다면 풍격을 완전히 이해하지 못한 것이다. 시험 삼아 〈주림株林〉의 "말이 모는 나의 수레를 타고駕我乘馬", "망아지가 모는 나의 수레 타고乘我乘駒"를 보면 알 수 있다. 〈이소離騷〉 이래로 이런 종류가 매우 많아 예를 다 들 수 없다.

변풍의 시가 작중 화자가 직접 지은 것이 아니라 전문 시인이 그 말을 빌어서 풍자를 의탁한 것임을 강조한 단락이다. 허학이는 시구 속에서 인용된 '나'와 '너' 등에 현혹되어 그 사람이 직접 지은 것이라고 보는 것은 미자의 의미를 잘 이해하지 못한 결과라고 강조한다. 그렇지 않다면 앞서 제29칙에서 말한 바와 같이 당나라 시인들의 궁사와 규원시가 모두 궁중의 사람들과 여인들이 직접 쓴 것이 될 것이다.

　진陳나라는 복희씨伏羲氏의 옛터다. 방옥윤은 진陳, 회鄶, 조曹는 모두 소국이어서 여러 나라의 말미에 놓이게 되었다고 지적했다. 그중 진은 복희가 다스리던 곳이고, 순임금의 후예들이 살던 곳이어서 회, 조보다 앞에 위치한다.

變風之詩, 多詩人託爲其言以寄刺. 如陳風東門之枌[1], 則直是詩人口語, 或以末章"爾"·"我"字爲嫌, 是全不知文體. 試觀株林[2]"駕我乘馬"·"乘我乘駒", 便可見矣. 楚騷[3]而下, 此類甚多, 不能悉擧.

1　東門之枌(동문지분): 진풍의 시편이다. 《모시서》에서 다음과 같이 말했다. "어지러움을 질타한 것이다. 유공이 음란하여 교화가 떠나가니 남녀들이 모두 직분을 버리고서 자주 길가에 모여 저자거리에서 가무를 즐겼다.疾亂也. 幽公淫荒, 風化之所行, 男女棄其舊業, 亟會於道路, 歌舞於市井爾."
2　株林(주림): 진풍의 시편이다. 《모시서》에서 다음과 같이 말했다. "영공靈公을

풍자한 것이다. 하희夏姬와 간음하여 말을 타고 왕래하기를 아침저녁으로 쉬지 않았다. 刺靈公也. 淫乎夏姬, 驪馳而往, 朝夕不休息焉."

3 楚騷(초소): 초나라의 노래인 〈이소離騷〉를 가리킨다. 〈이소〉는 전국시대 초나라 굴원屈原의 작품으로 전체 373구 2490자로 된 장편시다.

46

진풍陳風의 〈주림株林〉은 영공靈公이 하희夏姬를 간음한 것을 풍자했다. 그러나 처음부터 끝까지 시편에는 하희를 간음한 글자가 없으며, 진풍秦風의 〈겸가蒹葭〉와 더불어 부드럽고 완곡한 오묘함을 드러내었다.

진풍 〈주림〉에 관한 논의다. 진영공陳靈公은 대부 하숙경夏叔卿이 죽자 그의 처 하희夏姬를 간음하러 아침저녁으로 끊이지 않고 주株땅을 왕래했다. 하희는 하징서夏徵舒의 어머니이자 정목공鄭穆公의 딸이기도 하다. 《좌전, 선공宣公》 9년과 10년에 관련 기록이 있다.

陳風株林, 刺靈公淫乎夏姬也. 然終篇無淫夏姬字, 與秦風蒹葭俱見微婉之妙.

47

진풍의 〈택피澤陂〉에서 노래했다.
"아름다운 임이여, 훌륭하고 덕이 있으며 아름답네. 有美一人, 碩大且卷."
또 노래했다.
"훌륭하고 덕이 있으며 엄숙하네. 碩大且儼."
음분의 시가 아니며 또한 음란을 풍자한 시도 아님을 알 수 있다.

진풍 〈택피〉에 관한 논의다. 《모시서》에서는 다음과 같이 말했다.

"당시의 세태를 풍자한 것이다. 영공靈公과 군신이 그 나라에서 음란함을 말하는 것이니, 남녀의 상열지사를 걱정하며 비통해 한 것이다.刺時也. 言靈公君臣淫於其國, 男女相說, 憂思感傷也."

반면 주자는 다음과 같이 말했다.

"미인을 볼 수 없으니 걱정한들 어찌하리오. 오매불망 잠을 이루지 못하고 눈물을 쏟을 뿐이다.有美一人而不可見, 則雖憂傷而如之何哉? 寤寐無爲, 涕泗滂沱而已矣."

또 《시삼가의집소詩三家義集疏》에 따르면, 《노시魯詩》에서는 여자가 사랑하는 남자를 그리워하며 몸부림치는 시라고 보았다고 한다.

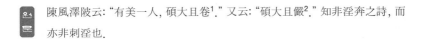 陳風澤陂云: "有美一人, 碩大且卷[1]." 又云: "碩大且儼[2]." 知非淫奔之詩, 而亦非刺淫也.

1 卷(권): '婘(권)'과 같은 글자다. 아름답다.
2 儼(엄): 엄숙하다.

48

빈풍豳風 첫 편은 주공이 빈국의 풍속을 진술한 것이다. 공자는 빈풍이 정해진 순서가 없어서 일단 국풍의 마지막에 배치해 넣었다.[28] 오직 그 옛 전통에 따라서 주공의 시를 덧붙였는데, 후인이 끝내 변풍이라고 칭했으니 오류가 심하다.

대개 이남이 문왕의 교화이기에 정풍이라고 한다면, 빈풍은 후직后稷과 공류公劉의 교화로 말미암은 것으로 문왕의 천여 년 전에 나온 것인데, 변풍이라고 하는 것이 가능한 것인가? 왕통王通이 "성왕이 끝내 주공을 의심했기에 변풍이 되었다"라고 말했는데, 과연 이와 같으면

---

28) 계찰季札이 음악을 살필 때 빈풍은 제풍 뒤에 있었다.

빈풍을 넣은 것이 부당하다.

혹자는 또 "시의 체재가 웅장하여 아에 가까우므로 대아에 넣어야 마땅하다"고 하는데, 이 또한 합당하지 않다. 대아는 왕실과 정치의 큰 체제인데, 후직과 공류의 일은 〈생민生民〉, 〈공류〉 2편에서 이미 상세하게 읊었다. 이 시편은 사실 민간의 풍속을 말한 것이므로 자연히 국풍이 되어야 한다. 다만 그 시가 주공에 의해 지어졌기에 그 풍격이 저절로 다를 뿐이며, 아에 넣을 수는 없다. 〈치효鴟鴞〉 이하 6편은 마땅히 변소아 앞에 넣어야 한다.

빈豳나라는 기산岐山의 북쪽, 곧 지금의 섬서성 빈읍현邠邑縣 부근의 평평하고 낮은 들에 있었다. 옛날 우나라와 하나라 때에 기棄라는 사람이 후직后稷이 되어 태邰, 곧 지금의 섬서성 무공현武功縣 지역을 봉지로 받았다. 하나라 말기 후직이 맡은 임무를 다 하지 못해 그 아들 불줄不窋이 융적들이 사는 땅으로 달아났다. 불줄은 국도鞠陶를 낳았고 국도는 공류公劉를 낳았는데, 공류는 후직의 일을 다시 회복하여 백성들이 부유하게 잘 살도록 했다. 그리고 지세의 유리함을 보고 빈땅에 도읍했다. 이후 태왕太王 때 기산의 남쪽으로 옮기고, 문왕文王 때에는 천명을 받아 풍豐에 도읍을 정했으며 다시 무왕武王이 천자가 되어 호鎬에 도읍을 정했다. 이후 주무왕이 붕어하자 성왕成王이 즉위했으나 나이가 어려 주공이 섭정하면서 후직, 공류의 교화를 서술하고 시를 지어 성왕을 경계시켰다. 이것을 '빈풍'이라 한다. 이와 같이 빈나라는 주나라로 발전했는데, 빈땅에는 공류에서 고공단보古公亶父까지 10대代에 걸쳐 도읍했다. 빈풍은 곧 이 빈땅을 중심으로 유행했던 노래라고 할 수 있다.

여기서 허학이는 기존의 통설에 대해 몇 가지 문제점을 제기하고 다음과 같이 정리했다. 첫째 빈풍은 변풍이 아니라 정풍으로 보아야 마땅하다. 둘째 빈풍은 왕실과 정치에 관한 것이 아니라 민간의 풍속과 관련된 것이므로 아에 넣어야 한다는 주장은 옳지 않다. 다만 〈치효〉 이하의 6편은 변소아 앞에 넣어야 한다.

豳風首篇[1], 周公陳豳國之風也. 孔子以豳無所次, 姑次於國風之末, [季札觀樂時豳在齊之後.] 但因其舊, 而以周公之詩附之, 而後人遂以變風稱焉, 則謬甚矣. 蓋二南, 文王之化, 旣爲正風, 而豳乃后稷[2]·公劉[3]風化所由, 出於文王千有餘年之上, 爲變風可乎? 文中子[4]謂: "成王[5]終疑周公, 故爲變風." 果爾, 則又不當繫之豳矣. 或又謂: "詩體宏贍類雅, 當係之於大雅." 是又不然. 大雅乃王政之大體, 后稷·公劉之事, 生民[6]·公劉[7]二篇旣詳詠之矣, 此篇實道民俗之風, 自當爲風. 但其詩作於周公, 故其體自不同耳, 未可係之雅也. 鴟鴞以下六篇[8], 當係於變小雅之前.

1 豳風首篇(빈풍수편): 빈풍의 첫 편인 〈칠월七月〉을 가리킨다. 이 시는 빈나라 농민들의 세시 생활의 모양과 농촌의 정경을 노래한 것이다. 《모시서》에서 다음과 같이 말했다. "왕업을 진술한 것이다. 주공이 변고를 당해 후직과 공류의 교화가 유래된 일을 서술했으니 왕업을 이루는 것이 어렵다는 것이다. 陳王業也. 周公遭變, 故陳后稷先公風化之所由, 致王業之艱難也." 《모시전》에 따르면 주공이 변고를 당했다는 것은 관숙管叔과 채숙蔡叔이 그를 모함하는 유언을 퍼뜨리어 동도로 피한 일을 말한다.

2 后稷(후직): 주왕조의 전설적 시조다. 농경신農耕神으로 오곡의 신이기도 하다. 성은 희姬고 이름은 기棄다. 《사기, 주본기周本記》에 의하면 유태씨有邰氏의 딸로 제곡帝嚳의 아내가 된 강원姜原이 거인의 발자국을 밟고 잉태하여 아들을 낳았는데, 그것이 불길하다 하여 세 차례나 버렸지만 그때마다 구조되었다고 한다. 후에 요임금의 농관農官이 되고 태邰에 책봉되어 후직이 되었다.

3 公劉(공류): 북빈北豳 곧 지금의 감숙성甘肅省 경성현慶城縣 사람이다. 주왕조의 선조로서 불줄不窋의 자손이다. 그는 후직의 사업을 다시 수리하여 농사에 힘썼다. 대아의 〈공류〉는 후인이 제사 때 그의 공정을 칭송한 시가다. 《모시서》에서 다음과 같이 말했다. "소강공召康公이 성왕을 훈계한 것이다. 성왕이 직접 정치를 다스리려고 하자 백성의 일이 중요함을 훈계했다. 공류가 백성들에게 덕이 두터움을 찬양하여 이 시를 바쳤다. 召康公戒成王也. 成王將涖政, 戒以民事. 美公劉之厚於民, 而獻是詩也."

4 文中子(문중자): 왕통王通(584~617). 수나라 시기의 사상가다. 자는 중엄仲淹이고, 호가 문중자다. 당나라 왕발王勃의 조부이기도 하며 어려서부터 여러 학문

에 통달하여 스스로 유학자임을 자부하고 강학에 힘을 쏟았다. 문하에서 당나라의 명신 위징魏徵, 방현령房玄齡 등이 배출되었다. 문제文帝에게 《태평십책太平十策》을 상주했으나 채택되지 않았고, 양제煬帝의 부름을 받았으나 응하지 않았다. 대표 저서로 《문중자文中子》가 있다.

5 成王(성왕): 주성왕周成王. 성은 희姬고 이름은 송誦이다. 서주의 두 번째 국왕으로 주무왕의 아들이다. 시호가 성왕이다. 어릴 때 왕위를 이어받아 주공에 의해 섭정되었다.

6 生民(생민): 대아의 시편이다. 《모시서》에서 다음과 같이 말했다. "조상을 높인 것이다. 후직이 강원姜嫄에게서 태어났고 문왕과 무왕의 공은 그들의 조상인 후직에게서 나왔기에, 그를 하늘과 동등하게 추존했다.尊祖也. 后稷生於姜嫄, 文武之功起於后稷, 故推以配天焉."

7 鴟鴞以下六篇(치효이하육편): 〈치효鴟鴞〉, 〈동산東山〉, 〈파부破斧〉, 〈벌가伐柯〉, 〈구역九罭〉, 〈낭발狼跋〉을 가리킨다.

49

빈풍 6편은 주공이 후직과 공류의 교화가 말미암은 바를 진술한 것인데, 비록 빈땅의 노래일지라도 진실로 그 당시의 정황을 쓴 것일 뿐이다. 주공이 어찌 천여 년 이전의 일을 알겠는가? 이에 경학을 공부하는 서생이 본질을 망각하고 말단으로써 시를 논했음을 알겠으니 절대 그렇게 해서는 안 될 것이다.

해제 빈풍 6편이란 〈치효鴟鴞〉, 〈동산東山〉, 〈파부破斧〉, 〈벌가伐柯〉, 〈구역九罭〉, 〈낭발狼跋〉을 가리킨다. 위에서 이 6편은 모두 소아편에 넣어야 한다고 주장했다.

원문 豳風六篇, 乃周公陳后稷·公劉風化[1]所由, 雖豳地之風, 實以寫當時情景[2]耳. 周公豈能知千有餘年以上之事乎? 乃知經生以言筌[3]說詩, 斷不可也.

1 風化(풍화): 교화. 감화.

2 情景(정경): 정황. 광경.

3 言筌(언전): 말과 통발. 즉 말은 뜻을 전달하는 도구이고 통발은 물고기를 잡는
도구로서, 이 두 가지는 모두 목적·본질에 대해서는 지엽말단에 지나지 않는
것인바, 그러한 '말단에 구애되어 목적·본질을 망각하는 일의 어리석음'을 비
유하는 말이다.

50

소아小雅와 대아大雅는 체재가 각기 다르다. 〈대서大序〉29)에서 말했
다.

"정치에 적고 큰 것이 있는 까닭에 소아가 있고 대아가 있는 것이
다."

구설에서는 〈녹명鹿鳴〉에서 〈청아菁莪〉까지 22편은 정소아正小雅,
〈문왕文王〉에서 〈권아卷阿〉까지 18편은 정대아正大雅, 〈유월六月〉에서
〈하초불황何草不黃〉까지 58편은 변소아變小雅, 〈민로民勞〉에서 〈소민召
旻〉까지 13편은 변대아變大雅로 보았다.

주자가 말했다.

"정소아는 연회의 음악이다. 정대아는 조정의 음악이며 제사 때 올
린 고기를 받거나 경계를 늘어놓은 말이다.30) 그러므로 어떤 것은 기
쁘고 화목하게 뭇 신하의 마음을 다하고, 어떤 것은 정중하고 공손하
게 선왕의 덕을 발양한다. 시어의 분위기가 다르고 음절 또한 다르며,
대부분 주공이 창작할 때 정해진 것이다."31)

---

29) 옛날에는 〈자하서子夏序〉라고 했는데, 혹자는 한나라의 유가에게서 나왔다고
추측한다.

30) 유씨劉氏는 조정의 모임 때 노래한 것으로 〈문왕〉, 〈대명〉 등의 편이 있고, 제
사 뒤에 노래한 것으로 〈생민〉, 〈행위〉 등의 편이 있고, 경계를 진언할 때 노래
한 것으로 〈공류〉, 〈권아〉 등의 편이 있다고 말했다.

풍시가가 다음과 같이 말했다.

"대아의 정경正經은 천명을 받아 하늘에 부합하여 대를 이어 지킴을 말하는 것이요, 소아의 정경은 국내를 다스림에 있어서는 여러 신하와 친구를 위로하고, 나라 밖을 다스림에 있어서는 명령을 내려 출정하는 것이다. 그러므로 소아는 제후의 노래요,32) 대아는 천자의 노래다."33)

그 변체의 경우 대아는 걱정하고 충고하는 것이 많고, 소아는 슬프고 원망하는 것이 많다.34) 주자가 "모두 현인과 군자가 당시의 풍속을 걱정하여 지은 것이다"고 한 것은 이것을 두고 한 말이다.35)

해지 아에 대한 전반적인 설명이다. 아는 정치와 관련된 시편이다. 아에는 크게 대아와 소아가 있다. 정치에 크고 작은 사건의 구분이 있기 때문이다. 또 거기에는 각기 정아와 변아가 있음을 나누어 설명하고 있다. 일반적으로 아는 다음과 같이 구분된다.

정소아: 〈녹명鹿鳴〉~〈청아菁莪〉(모두 22편)
정대아: 〈문왕文王〉~〈권아卷阿〉(모두 18편)
변소아: 〈유월六月〉~〈하초불황何草不黃〉(모두 58편)
변대아: 〈민로民勞〉~〈소민召旻〉(모두 13편)

원주 小雅·大雅, 體各不同. 大序[舊作子夏序, 或疑出漢儒]謂: "政有小大, 故有小雅焉, 有大雅焉." 舊說鹿鳴至菁莪二十二篇爲正小雅; 文王至卷阿十八篇爲正大雅; 六月至何草不黃五十八篇爲變小雅; 民勞至召旻十三篇爲變大雅. 朱子云: "正小雅, 燕饗¹之樂也. 正大雅, 會朝²之樂·受釐³陳戒之辭也. [劉氏

---

31) 이상은 주자의 주다.
32) 제후들이 사용한다는 말이다.
33) 이상은 풍시가의 말이다.
34) 회남왕淮南王은 "소아는 원망하고 비방하되 어지럽지 않다"고 말했다.
35) 이하 16칙은 아송의 시를 논한다.

曰: 或歌於會朝之時, 如文王·大明等篇; 或陳於祭祀之後, 如生民·行葦等篇; 或陳於進戒之際, 如公劉·卷阿等篇.] 故或歡欣和說以盡羣下⁴之情, 或恭敬齋莊⁵以發先王之德. 詞氣不同, 音節亦異, 多周公制作時所定也."[以上朱子註.] 馮元成云: "大雅正經, 所言受命配天, 繼代守成. 而小雅正經, 治內, 則惟燕勞羣臣朋友; 治外, 則惟命將出征. 故小雅爲諸侯之樂, [謂用之於諸侯], 大雅爲天子之樂也."[以上元成語.] 及其變也, 大雅多憂閔而規刺, 小雅多哀傷而怨誹, [淮南王云: "小雅怨誹而不亂."], 朱子謂"皆賢人君子閔時病俗之所爲"是也. [以下十六則, 論雅頌之詩.]

1 燕饗(연향): '宴饗(연향)'과 같은 말이다. 즉 천자가 군신과 동석하는 연회를 가리킨다.

2 會朝(회조): 제후가 모여 천자에게 알현하거나 딴 제후와 만나다.

3 受釐(수리): 제사 지낸 고기祭肉을 가리킨다. 한대에는 매년 천지天地에 올리는 제사를 지냈는데 황제가 사람을 파견하여 제사를 지내도록 하거나 군국郡國이 제사를 지냈다. 제사 후 반드시 남은 고기를 황제에게 보내어 복을 받았음을 아뢰었는데, 이것을 '수리'라고 한다.

4 羣下(군하): 많은 관료. 《장자, 어부漁父》에 "많은 관료가 성질이 거칠고 게으르다.群下荒怠"는 말이 있다.

5 恭敬齋莊(공경재장): 정중하고 공손하다.

51

소아와 대아의 분별에 대해서는 전대의 학자들이 이미 상세하게 논의했다. 이아二雅의 정변 체재를 개괄하여 말하자면, 정아正雅는 평탄하고 정돈되어 말이 모두 분명하고, 변아變雅는 우회하여 섞여 있어 말이 대부분 심오하다. 이것은 본디 태평스러움과 어지러움이 다르거나 아니면 문장의 기운이 한 차례 변한 것이다.

혹자는 "〈소아〉의 음악을 취하여 그 정치의 변화를 노래한 것이 변소아變小雅고, 〈대아〉의 음악을 취하여 그 정치의 변화를 노래한 것이 변대아變大雅가 된다"고 말하는데, 나는 그것을 이해하지 못하겠다.

이아(소아, 대아)의 정변의 체재에 대해 간략하게 말했다. 정변의 구분은 천하의 태평스러움과 어지러움과 관련되어 있다. "왕도가 쇠퇴하자 예의가 무너지고 정치적 교화가 사라졌으며 나라의 정치가 달라지고 집안의 풍속이 바뀌니 변풍, 변아가 지어졌다." 또 정현은 시대의 변화에 따라 그 시를 나누었다. 즉 서주의 성세인 문왕文王, 무왕武王, 성왕成王 및 강왕康王 시기의 시는 '정'에 속하고 의왕懿王, 이왕夷王에서 춘추시대의 진영공陳靈公 까지의 시는 '변'에 속한다고 했다. 시대가 변함에 따라 문장의 기운도 변했으니 정아와 변아의 풍격이 다를 수밖에 없다. 정아는 평탄하고 정돈되어 말이 모두 분명하고, 변아는 우회하여 섞여 있어 말이 대부분 심오하다.

小雅·大雅之辯, 前賢旣詳論之矣. 槪¹以二雅正變之體言之, 正雅坦蕩整秩², 而語皆顯明; 變雅迂廻參錯³, 而語多深奧. 是固治亂之不同, 抑⁴亦文運⁵之 一變也. 或謂: "取小雅之音, 歌其政之變者爲變小雅; 取大雅之音, 歌其政之 變者爲變大雅." 則吾不得而知矣.

1 槪(개): 개괄하다.
2 坦蕩整秩(탄탕정질): 평탄하다. 정돈되다.
3 迂廻參錯(우회참착): 에돌다. 우회하다. '참착'은 '뒤섞이어 가지런하지 못하다' 의 뜻이다.
4 抑(억): 아니면.
5 文運(문운): 문장의 기운.

52

〈소서〉와 〈정의〉에서 소아의 '녹명鹿鳴' 여러 편을 문왕과 무왕 때의 시라고 했다. 내가 생각건대 주공이 예악禮樂을 제작한 것은 실제 성왕이 재위한 시대이므로 여러 편을 무왕 때의 시라고 하는 것은 반드시 옳은 것이 아니다. 만약 문왕 때의 노래라고 한다면 더욱 잘못되었다. 문왕은 천하를 삼분하여 그 둘을 가지고서 은나라를 섬겼는데, 어찌 문왕 때 이미 천자의 예악을 사용했겠는가?

해제 '녹명편'의 창작 시기에 관한 논의다. 성왕 때 주공이 음악을 제작했으므로 모두 문왕, 무왕 때의 시라고 하는 것은 잘못되었음을 지적했다. 《모시서》에서 〈녹명〉시는 여러 신하와 귀빈과 함께 연회를 베푸는 내용이라고 말했다. 《의례儀禮》를 보면 향음주례鄕飮酒禮, 연례宴禮 등에서 모두 〈녹명〉을 노래하고 있음을 알 수 있다.

원문 小序·正義以小雅鹿鳴諸篇爲文武時詩. 愚按: 周公[1]制作禮樂, 實在成王之世, 謂諸篇爲武王時詩, 且未必然, 若以爲文王時詩, 則愈謬矣. 文王三分天下有其二,[2] 以服事殷, 豈文王時已用天子禮樂耶?

주석
1 周公(주공): 주공단周公旦. 성은 희姬고 이름은 단이다. 주문왕 희창姬昌의 네 번째 아들이며, 유학의 기저를 닦은 인물로 추앙받는다. 공자가 일생동안 가장 숭배한 성인이기도 하다. '주공'은 본디 주대의 작위爵位를 가리키는데, 주나라 천자를 보좌한다.
2 文王三分天下有其二(문왕삼분천하유기이), 以服事殷(이복사은): 문왕은 천하를 삼분하여 그 둘을 가지고서 은나라를 섬겼다. 즉 주무왕이 나라를 세우기 전에 주나라는 이미 서방제후의 우두머리로서 천하의 3분의 2를 차지하고 있었음을 말한 것이다. 《맹자집주孟子集注, 양혜왕장구하梁惠王章句下》에 다음과 같은 내용이 보인다. "상나라 주紂임금의 시대에 문왕은 천하를 삼분하여 그 둘을 가지고서 은나라를 섬겼다. 무왕 13년에 이르러 주임금을 치고 천하를 차지했다.商紂之世, 文王三分天下有其二, 以服事殷. 至武王十三年, 乃伐紂而有天下."

53

소아의 〈대동大東〉에서 천한天漢, 직녀織女, 견우牽牛, 계명啓明, 장경

長庚, 천필天畢, 남기南箕, 북두北斗를 말했는데, 아의 시 중에서 가장 특이한 것이다. 〈이소〉에 나타나는 괴이함의 시초는 사실 여기에 바탕을 두고 있는데, 시어가 더욱 아름답다.

 소아 〈대동〉에 관한 논의다. 《모시서》에서 다음과 같이 말했다.

"어지러움을 풍자한 것이다. 동쪽 나라들은 부역에 시달리고 재물에 궁하여 담대부譚大夫가 이 시를 지어 병폐를 고한 것이다.刺亂也. 東國困於役而傷於財, 譚大夫作是詩以告病焉."

또 정현은 다음과 같이 말했다.

"담국은 동쪽에 있었기에 그 대부가 더욱 징역의 일에 시달렸다. 노장공魯莊公 10년 제나라 군대가 담을 멸망시켰다.譚國在東, 故其大夫尤苦征役之事也. 魯莊公十年, 齊師滅譚."

한편 방옥윤은 이에 대해 근거가 없어 믿을 수 없다고 하며, 본디 부역이 심하여 백성의 고통을 노래한 것으로 보았다. 또한 뒤 구절에서 갑자기 별자리 등을 노래한 것은 이해할 수 없지만, 이러한 기괴한 시어가 없다면 너무 평탄할 것이라고 했다. 그런데 허학이는 이 시에서 사용된 별자리 등의 특별한 시어가 〈이소〉의 발단이 되었다고 보고 있다. 앞서 〈이소〉의 근원을 《시경》에서 찾았는데, 나름대로 독특한 견해라고 하지 않을 수 없다.

 小雅大東[1], 言天漢・織女・牽牛・啓明・長庚・天畢・南箕・北斗,[2] 於雅詩中爲最奇. 離騷[3]詭異之端[4], 實本於此, 然語益瑰瑋[5]矣.

1 大東(대동): 소아의 시편이다.
2 天漢(천한)・織女(직녀)・牽牛(견우)・啓明(계명)・長庚(장경)・天畢(천필)・南箕(남기)・北斗(북두): 모두 별이름이다.
3 離騷(이소): 전국시대 초나라 굴원屈原이 지은 장편 서사시다.
4 詭異之端(궤이지단): 괴이함의 시초.
5 瑰瑋(괴위): 아름답다.

54

소아의 변체로는 〈초자楚茨〉·〈신남산信南山〉·〈보전甫田〉·〈대전大田〉·〈첨피낙의瞻彼洛矣〉·〈상상노화裳裳老華〉·〈상호桑扈〉·〈원앙鴛鴦〉·〈규변頍弁〉·〈거할車舝〉·〈어조魚藻〉·〈채숙采菽〉·〈습상隰桑〉·〈호엽瓠葉〉 등이 있다. 〈소서〉와 〈정의〉에서는 대부분 현재를 걱정하며 옛날을 그리워하는 시라고 여겼다. 그 말뜻을 음미하면 그렇지 않다. 주자는 정아의 시편에 착간이 있다고 여겼는데, 그 말이 맞다.

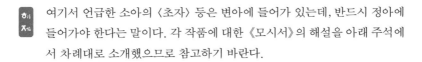

여기서 언급한 소아의 〈초자〉 등은 변아에 들어가 있는데, 반드시 정아에 들어가야 한다는 말이다. 각 작품에 대한 《모시서》의 해설을 아래 주석에서 차례대로 소개했으므로 참고하기 바란다.

小雅之變, 有楚茨[1]·信南山[2]·甫田[3]·大田[4]·瞻彼洛矣[5]·裳裳老華[6]·桑扈[7]·鴛鴦[8]·頍弁[9]·車舝[10]·魚藻[11]·采菽[12]·隰桑[13]·瓠葉[14]等篇, 小序·正義多以爲傷今思古[15]之詩. 味其詞, 不類. 朱子以爲正雅之篇有錯簡[16]者, 得之.

1 楚茨(초자): "유왕을 풍자했다. 정치가 번잡하고 부세가 무거운데 밭이 묵고 황폐해져 기근과 재난이 겹치니, 백성들이 결국 유랑하게 되었고 제사를 제대로 지내지 못하게 되었으므로, 이에 군자가 옛일을 생각하며 지은 것이다.刺幽王也, 政煩賦重, 田菜多荒, 饑饉絳喪, 民卒流亡, 祭祀不饗, 故君子思焉."

2 信南山(신남산): "유왕을 풍자했다. 성왕의 업적을 닦고 천하를 정비하여 우임금의 공을 받들지 못하므로 군자가 옛날을 그리워한 것이다.刺幽王也. 不能修成王之業, 疆理天下, 以奉禹功, 故君子思古焉."

3 甫田(보전): "유왕을 풍자했다. 군자가 현실을 슬퍼하며 옛날을 그리워한 것이다.刺幽王也. 君子傷今而思古焉."

4 大田(대전): "유왕을 풍자했다. 기근으로 인해 먹고 살 것이 부족하여 스스로

살아갈 방도가 없음을 불쌍히 여김을 말한 것이다.刺幽王也. 言矜寡不能自存焉."

5 瞻彼洛矣(첨피낙의): "유왕을 풍자했다. 옛날 명군이 제후에게 벼슬을 내리고 착한 자에게 상을 주고 악한 자를 벌했음을 그리워한 것이다.刺幽王也. 思古明王能爵命諸侯, 賞善罰惡焉."

6 裳裳老華(상상노화): '裳裳者華(상상자화)'라고도 한다. "유왕을 풍자했다. 옛날 벼슬하던 사람은 대대로 녹봉을 받았는데, 소인이 벼슬하니 참언이 생겨나고 어짊을 등진 자들이 무리지어 공신의 가세를 끊었다.刺幽王也. 古之仕者世祿, 小人在位, 則讒諂幷進, 棄賢之之類, 絶功臣之世焉."

7 桑扈(상호): "유왕을 풍자했다. 군신이 일을 처리함에 선왕의 예법을 지키지 않는다.刺幽王也. 君臣上下, 動無禮文焉."

8 鴛鴦(원앙): "유왕을 풍자했다. 옛날 어진 군주는 도가 있는 만물을 취하고 스스로 절도를 지켰다.刺幽王也. 思古明王交於萬物有道, 自奉養有節焉."

9 頍弁(규변): "여러 공들이 유왕을 풍자했다. 광폭하여 인자함이 없어 같은 성씨들이 함께 연회를 즐기며 구족이 친목할 수 없으며 위태로워 장차 망할 것이므로 이 시를 지었다.諸公刺幽王也. 暴戾無親, 不能宴樂同姓, 親睦九族, 孤危將亡, 故作是詩也."

10 車舝(거할): "대부가 유왕을 풍자했다. 포사가 질투가 심해 무도함이 생겨나고 참언과 교언이 나라를 망하게 하여 은택이 백성에게 베풀어지지 않았다. 주나라 사람이 어진 부녀를 얻어 군자의 짝으로 삼을 것을 생각하며 이 시를 지었다.大夫刺幽王也. 褒姒嫉妬, 無道幷進, 讒巧敗國, 德澤不加於民. 周人思得賢女以配君子, 故作是詩也."

11 魚藻(어조): "유왕을 풍자했다. 만물이 그 본성을 잃고 왕이 호경에 거처하여 스스로 즐거울 수 없음을 말하니 군자가 옛 무왕을 그리워한 것이다.刺幽王也. 言萬物失其性, 王居鎬京, 將不能以自樂, 故君子思古之武王焉."

12 采菽(채숙): "유왕을 풍자했다. 제후를 경멸하여 제후가 조정에 와도 작위를 내리지 않는다. 주객의 예절로써 그들을 불러 만나나 신의가 없다. 군자가 조그만 것을 살펴 옛날을 그리워한 것이다.刺幽王也. 侮慢諸侯, 諸侯來朝, 不能賜命. 以禮數征會之, 而無信義. 君子見微而思古焉."

13 隰桑(습상): "유왕을 풍자했다. 소인이 벼슬을 하고 군자가 재야에 묻혔으니, 군자를 그리워하며 진심을 다해 그를 섬긴다.刺幽王也. 小人在位, 君子在野, 思見君子, 盡心以事之."

14 瓠葉(호엽): "대부가 유왕을 풍자했다. 임금이 예를 버려 실행할 수 없으니 비

록 맛있는 제물이 있으나 대접할 수 없다. 그러므로 옛사람을 그리워하며 보잘 것없는 것으로써 예를 폐기하지 않는다.大夫刺幽王也. 上棄禮而不能行, 雖有牲牢饔餼, 不肯用也. 故思古之人, 不以微薄廢禮焉."

15 傷今思古(상금사고): 오늘날을 슬퍼하며 옛날을 그리워하다.

16 錯簡(착간): 죽간이 뒤섞여 책장 또는 편, 장의 순서가 잘못되다.

55

시에는 국풍이지만 아와 비슷한 것이 있는데, 〈정지방중定之方中〉·〈기오淇奧〉·〈원유도園有桃〉 등이 그것이다. 대개 군국君國의 성대함과 관련된다.

반면 아이지만 국풍과 비슷한 것이 있는데, 〈기부祈父〉·〈황조黃鳥〉·〈아행기야我行其野〉 등이 그것이다. 대개 모두 객지 생활의 사사로움에서 비롯되었다.36)

해제 풍, 아의 시편 중에서 구분이 모호한 시편에 관한 논의다. 앞서 주희가 말한 것처럼 《시경》은 오랜 시간 동안 전해지면서 몇 군데 착간이 있었을 것이다. 허학이는 제32칙에서 "대개 시에서 군국의 큰 체재와 관련된 것이고, 민간의 감회에서 나온 것이 풍이다"고 말했다. 이에 근거하여 국풍과 이아 중 몇 편의 시에 대한 의문을 밝혔다.

원문 詩有風而類雅者, 如定之方中1·淇奧2·園有桃3等篇是也. 蓋有關乎君國4之大者也. 有雅而類風者, 如祈父5·黃鳥6·我行其野7等篇是也. 蓋皆出於羈旅之私者也. [若王風黍離8·兎爰9, 豳風東山10等篇, 本雅詩也. 小雅谷風11·采綠12·苕之華13等篇, 本風詩也.]

---

36) 왕풍의 〈서리黍離〉·〈토원兎爰〉·빈풍豳風의 〈동산東山〉 등은 본디 아의 시다. 소아의 〈곡풍谷風〉·〈채록采綠〉·〈소지화苕之華〉 등은 본디 국풍의 시다.

1 定之方中(정지방중): 용풍의 시편이다. 《모시서》에서 다음과 같이 말했다. "위문공을 찬미했다.美衛文公也."

2 淇奧(기오): 위풍衛風의 시편이다. 《모시서》에서 다음과 같이 말했다. "무공의 덕을 찬미했다.美武公之德也."

3 園有桃(원유도): 위풍魏風의 시편이다. 《모시서》에서 다음과 같이 말했다. "당시의 세태를 풍자했다. 대부가 그 임금을 걱정했는데, 나라가 작고 궁박하고 인색할 정도로 근검하여 그 백성을 다스릴 수 없으며, 덕치가 사라지고 날마다 몰락해가므로 이 시를 지었다.刺時也. 大夫憂其君, 國小而迫, 而儉以嗇, 不能用其民, 而無德敎, 日以侵削, 故作是詩也."

4 君國(군국): 군주君主가 다스리는 나라.

5 祈父(기보): 소아의 시편이다. 《모시서》에서 다음과 같이 말했다. "선왕을 풍자했다.刺宣王也."

6 黃鳥(황조): 소아의 시편이다. 《모시서》에서 다음과 같이 말했다. "선왕을 풍자했다.刺宣王也."

7 我行其野(아행기야): 소아의 시편이다. 《모시서》에서 다음과 같이 말했다. "선왕을 풍자했다.刺宣王也."

8 黍離(서리): 왕풍의 시편이다. 《모시서》에서 다음과 같이 말했다. "종주를 걱정했다. 주나라 대부가 행역을 나가 주나라의 도읍지에 이르렀는데 옛 종묘와 궁실을 지나다가 벼와 기장만이 가득하여, 주왕실의 무너짐을 걱정하며 배회하다 차마 떠나지 못하고 이 시를 지었다.閔宗周也. 周大夫行役, 至於宗周, 過故宗廟宮室, 盡爲禾黍, 閔周室之顚覆, 彷徨不忍去, 而作是詩也." 본권 제32칙의 주석4에도 관련된 참고 내용이 있다.

9 兎爰(토원): 왕풍의 시편이다. 《모시서》에서 다음과 같이 말했다. "주나라를 걱정했다. 환왕桓王이 신임을 잃어 제후들이 배반하고 원한을 사 재난이 이어졌으며 왕실의 군대가 다치고 패하여 군자들이 자신의 삶을 즐겁게 여기지 않았다.閔周也. 桓王失信, 諸侯皆叛, 構怨連禍, 王師傷敗, 君子不樂其生焉."

10 東山(동산): 빈풍의 시편이다. 《모시서》에서 다음과 같이 말했다. "주공이 동쪽으로 정벌했다. 주공이 동쪽으로 정벌을 나가 삼년이 지나 돌아와서 돌아온 군인을 위로하니 대부들이 그를 칭송하므로 이 시를 지었다.周公東征也. 周公東征, 三年而歸, 勞歸士, 大夫美之, 故作是詩也."

11 谷風(곡풍): 소아의 시편이다. 《모시서》에서 다음과 같이 말했다. "유왕을 풍

자했다. 천하의 풍속이 쇠퇴하고 친구의 도리가 끊어졌다.刺幽王也. 天下俗薄, 朋友
道絶焉."

12 采綠(채록): 소아의 시편이다. 《모시서》에서 다음과 같이 말했다. "이별하여
슬퍼함을 풍자했다. 유왕 때 짝과 이별하여 슬퍼하고 원망하는 자들이 많았다.
刺怨曠也. 幽王之時, 多怨曠者也."

13 苕之華(초지화): 소아의 시편이다. 《모시서》에서 다음과 같이 말했다. "대부
가 당시의 세태를 걱정한 것이다. 유왕 때 서융, 동이가 중국을 교대로 침입하
여 군대가 일어나니 이로 인해 기근이 들었다. 군자가 주왕실이 멸망해 가는 것
을 자신이 직접 경험하게 되었음을 상심하기에 이 시를 지었다.大夫閔時也. 幽王之
時, 西戎·東夷交侵中國, 師旅幷起, 因之以饑饉. 君子閔周室之將亡, 傷己逢之, 故作是詩也."

56

대아는 왕업의 근원을 캐서 후인을 경계시키므로 그 편장이 크고
배치가 긴밀하며, 차례를 찾을 수 있고 요점을 가려낼 수 있어 여전히
배울 만하다. 송은 성덕을 묘사하여 신명에게 고하므로 그 편장은 짧
고 영탄이 어우러져 있지만, 가리키는 단서가 없고 수미를 찾을 수 없
어서 더욱 모방하기 쉽지 않을 뿐이다. 이몽양李夢陽의 〈인사禋祀〉·
〈벽옹辟雍〉·〈관생觀牲〉의 3편의 시는 송의 악곡이 되어야 마땅한데
아의 악곡을 사용한 까닭은 바로 모방하기 힘들기 때문이다.

 대아의 특징을 송과 비교해 간략하게 설명하고 있다.

	대 아	송
내용	왕업의 근원을 밝힘, 후인 경계	성덕을 묘사함, 신명에게 고함
편장	크다	짧다
주제	분명하다	분명하지 않다
학습	쉽다	어렵다

특히 대아의 악곡이 송에 비할 때 배우기 쉬움을 강조하며, 명나라 시기 가
행에 가장 뛰어난 이몽양도 송의 악곡을 모방하기 힘들어 했음을 지적했다.

大雅推原王業[1]以戒後人, 故其篇長大, 而布置聯絡[2], 有次序可尋[3], 有枝葉可摘[4], 尙可學也. 頌則形容盛德, 以告神明, 故其篇簡短而詠歎渾淪, 無端倪可指, 無首尾可窺, 更不易摹倣耳. 李獻吉[5]禋社 · 辟雍 · 觀牲三詩, 宜頌而爲雅者, 正以不易摹倣故也.

1 推原王業(추원왕업): 왕업의 근원을 캐다.

2 布置聯絡(포치연락): 배치하고 연결하다.

3 次序可尋(차서가심): 순서를 찾을 수 있다.

4 枝葉可摘(지엽가적): 요점을 가려낼 수 있다.

5 李獻吉(이헌길): 이몽양李夢陽(1475-1529). 명나라 시기의 문인이다. 자가 헌길이고, 호는 공동자空同子다. 효종孝宗과 무종武宗을 섬겨 강직한 신하로 평가된다. 하경명何景明, 서정경徐禎卿 등과 함께 시문의 복고를 주창하여 이른바 '문필진한文必秦漢, 시필성당詩必盛唐'을 주장했다. 진한의 고문과 이두李杜의 시를 이상으로 하고 시의 격조를 중시했다. 그러나 지나치게 복고론을 강조하여 모의표절模擬剽竊이라는 비난을 받기도 했다.

57

대아는 처음 몇 편이 가장 엄격하고 정연하다. 〈황의皇矣〉, 〈생민生民〉, 〈공류公劉〉에 이르면 비로소 광대해지고 점차 힘이 넘쳐나게 된다. 이것은 작자의 재기才氣가 다르기 때문이지 별다른 창작의 의도가 있어서가 아니다. 이에 후인이 거의 모방하기가 어렵다.

대아의 전체 풍격에 대한 설명이다. 대아의 풍격이 다른 것은 그 작자의 기질에서 나타나는 것이지 의도적으로 다르게 창작한 결과가 아님을 강조하고 있다.

大雅首數篇[1]最爲嚴整, 至皇矣[2] · 生民[3] · 公劉[4], 則始爲宏肆[5], 漸入淋漓[6]. 乃是作者才氣[7]不同, 非有意創別也. 後人於此[8]殆難彷彿.

1 大雅首數篇(대아수수편): 대아의 첫 몇 편. 대아의 첫 편은 '문왕지십文王之什'이다. '십什'은 10편을 가리키는 말이다.

2 皇矣(황의): 대아의 시편이다. 《모시서》에서 다음과 같이 말했다. "주왕실을 찬미했다. 하늘이 보살펴 은나라를 대체하니 주나라보다 훌륭한 나라가 없고, 주나라가 대대로 덕을 닦으니 문왕보다 훌륭한 군왕이 없다. 美周也. 天監代殷, 莫若周, 周世世修德, 莫若文王."

3 生民(선민): 대아의 시편이다.

4 公劉(공류): 대아의 시편이다.

5 宏肆(굉사): 넓고 크다. 광대해지다.

6 淋漓(임리): 말이나 글이 통쾌하고 힘차다.

7 才氣(재기): 사람이 갖춘 특수한 재주와 품덕品德이 고상한 기질. 즉 한 사람이 내재한 재능과 분위기가 밖으로 드러나는 것.

8 於此(어차): 이에.

58

아와 송의 시편은 차례를 대부분 이해할 수 없다. 공영달의 주장은 자못 견강부회했다. 대아의 〈문왕文王〉, 〈대명大明〉, 〈면緜〉 3편은 깊은 뜻이 있다. 〈문왕〉은 오직 문왕의 덕을 찬미했는데, 주나라가 천명을 받음이 문왕에게서 시작되었다. 〈대명〉은 왕계王季, 태임大任, 문왕文王, 태사大姒의 어짊 및 문왕이 상나라를 처벌한 일을 서술했다. 〈면〉은 태왕大王, 태강大姜이 기岐로 옮기고서 문왕이 천명을 받은 일까지를 서술했는데, 대개 부친에서부터 선조에 이르지만 상나라를 물리친 행적은 사실 태왕에게서 시작된다. 따라서 이로써 천자제후가 조회할 때의 노래라고 말하는 것이다.

 대아의 차례에 관한 논의다. 대아의 시편은 〈문왕〉, 〈대명〉, 〈면〉으로 이어진다. 이것은 일어난 사건의 순서가 있음을 말한다. 모두 왕업을 찬송한 내용이다.

雅・頌篇什, 次第多不可曉. 孔氏之說, 頗爲穿鑿. 若大雅文王[1]・大明[2]・緜[3] 三篇, 則有深義. 文王專美文王之德, 周之受命始於文王也. 大明追述王 季・大任・文王・大姒之德以及武王克商之事. 緜又追述大王・大姜遷岐 而及於文王之受命, 蓋由父以及祖, 而翦商之跡, 實始於大王也. 故以此爲 天子諸侯會朝之樂云.

1 文王(문왕): 대아의 시편이다. 《모시서》에서 다음과 같이 말했다. "문왕이 천 자의 명을 받아 주나라를 세웠다.文王受命作周也."
2 大明(대명): 대아의 시편이다. 《모시서》에서 다음과 같이 말했다. "문왕이 밝 은 덕이 있으므로 하늘이 다시 무왕을 천자로 명했다.文王有明德, 故天復命武王也."
3 緜(면): 대아의 시편이다. 《모시서》에서 다음과 같이 말했다. "문왕이 흥성한 것은 본래 태왕에게서 말미암았다.文王之興, 本由太王也."

59

대아의 〈문왕文王〉에서 노래했다.

"주나라는 비록 오래되었지만, 그 천명은 새롭구나.周雖舊邦, 其命維 新."

〈대명大明〉에서 노래했다.

"하늘이 땅을 살펴, 천명이 이뤄졌네.天監在下, 有命旣集."

모두 천명이 주나라에 귀의한다는 의미를 말한 것이다. 그러므로 〈황의皇矣〉에서는 태왕에 대해 이미 "천명을 받아 이미 공고해졌네受 命旣固"라고 노래했다.

《사기史記》에서는 다음과 같이 말했다.

"시인은 서백西伯에 대해 말했는데, 대개 천명을 받은 해에 왕이라 칭하여 우예虞芮의 송사를 근절시켰다."

이것은 오류가 심하다. 생각건대 《사기고요史記考要》에서 "문왕이 시호를 얻고 주태왕周太王과 왕계王季가 왕으로 추존된 것은 모두 무왕이 상나라를 정벌한 이후의 일이다."고 한 것은 이를 두고 말한 것이다. 공영달은 몰랐던 까닭에 대아의 〈역박棫樸〉·〈영대靈臺〉에서 왕이라 칭한 것을 문왕 때 지은 것이라고 하고, 또한 〈소아〉의 여러 편에서 왕, 천자라 칭한 것도 문왕 때 지은 것이라 했으니, 오류가 더욱 심하도다.

호씨胡氏가 말했다.

"문왕이 천하를 삼분하여 그 둘을 가졌기에 특별히 문왕의 성덕이 널리 미쳐서 매우 광범위하게 퍼졌음을 형용한 것인데, 어찌 천하의 3분의 2가 되는 판도가 진실로 주나라에 돌아갔음을 말하리오."

이 말을 살펴보면 천명을 받아 왕이라 칭했다는 주장에 대해 분별이 될 뿐 아니라 분명해지게 된다.

해제 대아의 창작 시기에 관한 논의다. 〈문왕〉, 〈대명〉, 〈황의〉에서 하늘의 명을 받았다는 것은 모두 무왕이 상나라를 정벌한 이후이므로 이 시 또한 이때에 창작된 것임을 강조했다.

원문 大雅文王云: "周雖舊邦, 其命維新." 大明云: "天監在下, 有命旣集." 皆言天命歸周之意. 故皇矣於大王已言"受命旣固"矣. 史記[1]云: "詩人道西伯, 蓋受命之年稱王而斷虞芮之訟." 謬甚. 按考要[2]云: "文王之得謚[3], 大王[4]·王季[5]之追王[6], 皆武王克商[7]以後事."是也. 孔氏不知, 故於大雅棫樸[8]·靈臺[9]稱王以爲文王時作, 而於小雅諸篇稱王稱天子者亦以爲文王時作, 謬愈甚矣. 胡氏云: "文王三分天下有其二, 特以文王之聖, 道化所及, 極其形容之廣云爾, 豈謂天下三分有二之版圖誠歸之於周哉." 觀此, 則受命稱王之說, 不特辯而明矣.

주석 1 史記(사기): 서한의 역사가 사마천이 상고 시대의 황제黃帝~한나라 무제 태초太初 연간의 중국과 그 주변 민족의 역사를 포괄하여 저술한 통사다. 역대 중국 정사의 모범이 된 기전체紀傳體의 효시로서 본기本紀 12편, 세가世家 30편, 서書 8편, 표表 10편, 열전列傳 70편 등 총 130편으로 구성되어 있다. 처음에는 '태사공서太史公書' 혹은 '태사공기太史公記'로 불렸으나 위진魏晉시대에 와서 본격적으로 로《사기》라고 불렸다.

2 考要(고요): 가유기柯維騏의 《사기고요史記考要》를 가리킨다. 가유기(1497~1574)는 자가 기순奇純이고 복건성 보전莆田 사람이다. 78세에 사마천의 《사기》에 대해 변증했다.

3 謚(득): 시호諡號. 죽은 사람에게 추증追贈한 왕호王號나 관위官位를 가리킨다.

4 大王(대왕): 주태왕周太王. 주나라의 선조다. 성은 희姬고 이름은 단보亶父이며 흔히 고공단보古公亶父라 칭한다. 인정을 널리 베풀어 적지 않은 부락이 그에게 귀속되었다. 주나라가 상나라를 멸한 후 '왕기王氣'가 그에게서 시작되었다고 하여 '태왕'이라고 추존追尊한 것이다. 《사기, 주본기周本紀》의 기록에 따르면, 고공단보는 후직, 공류의 업적을 계승하여 덕치를 베풀어 백성의 신임을 얻었다. 훈육薰育과 견융戎狄이 침입해와 재물을 탈취하자 백성들의 안전을 위해 그들의 요구에 흔쾌히 응했는데, 백성들이 항의하자 사람을 죽여 가면서까지 임금이 되고 싶지 않다며 빈豳땅을 떠나 기산岐山 아래에 자리를 잡고 살았다. 그후 사람들이 다시 모여들어 견융의 풍습을 바꾸고 나라를 더욱 부강하게 만들었다. 또 그는 오직 그의 부인인 태강太姜만 총애하고 다른 부인은 두지 않아 맹자가 칭송했다. 맏아들은 태백太伯이고 차자는 우중虞仲이며 막내아들이 계력季歷이다. 고공이 죽은 뒤 계력이 제위에 올랐으며 태임太任을 아내로 맞아 주문왕인 희창姬昌을 낳았다.

5 王季(왕계): 주태공 고공단보의 셋째 아들이다. 이름은 계력季歷이고 주문왕의 아버지다. 공계公季라고도 한다.

6 追王(추왕): 왕으로 추존하다. 무왕이 주나라를 건립한 이후 그의 부친과 선조를 왕으로 추존했음을 가리킨다.

7 武王克商(무왕극상): 주무왕이 상나라를 멸망시키다. 주무왕은 B.C. 1134년에 상나라의 마지막 왕인 주紂임금을 멸망시키고 천하의 통일을 이룩했다.

8 棫樸(역박): 대아의 시편이다. 《모시서》에서 다음과 같이 말했다. "문왕이 현인을 관직에 둘 수 있도다.文王能官人也."

9 靈臺(영대): 대아의 시편이다. 《모시서》에서 다음과 같이 말했다. "문왕이 천명을 받음에 백성들이 그 영험한 덕을 기뻐했는데, 조수와 곤충에게도 미쳤다.

文王受命, 而民樂其有靈德, 以及鳥獸昆蟲焉."

60

소아의 〈빈지초정賓之初筵〉에 대해 〈소서〉에서 다음과 같이 말했다.

"유왕幽王이 자신의 일을 내팽개치고 측근을 깔보며 음주에 지나치게 빠져 있어, 위무공衛武公이 돌아가 이 시를 지었다."

대아의 〈억抑〉에 대해 〈소서〉에서 다음과 같이 말했다.

"위무공이 여왕厲王을 풍자하고 또 스스로를 경계한 것이다."

주자는 모두 무공이 스스로를 경계한 작품이라고 여겼다. 과연 이와 같다면 제후의 시는 기필코 아에 넣을 수 없다. 혹자는 무공과 여왕은 본디 시대가 다르다는 것에 회의를 품으면서 〈억〉시는 마땅히 유왕을 풍자한 것이라고 여겼다. 그 말을 곱씹어 음미하면 위무공이 스스로를 경계하고 있지만 사실상 왕을 풍자한 것이다.

해제 소아의 〈빈지초정〉과 대아의 〈억〉에 관한 논의다. 허학이는 두 작품을 모두 위무공의 작품으로 보면서, 그 내용은 스스로 경계한 것이 아니라 왕을 풍자한 작품이라고 주장하고 있다.

원문 小雅賓之初筵, 小序以爲"幽王荒廢, 媟[1]近小人, 飮酒無度, 衛武公[2]旣入, 而作是詩." 大雅抑之篇, 小序以爲"衛武公刺厲王[3], 亦以自警也." 而朱子俱以爲武公自警之作. 果爾, 則諸侯之詩, 必不入之雅矣. 或疑武公・厲王本不同時, 則抑詩亦當爲刺幽王而作. 然詳味其詞, 乃衛武公自警, 實以諷王也.

주석 1 媟(설): 깔보다.

2 衛武公(위무공): 위나라 제11대 임금이다. 재위기간 B.C. 812년~B.C. 758년이다. 위리후衛釐侯의 아들이자 위공백衛共伯의 아우다. 부왕이 죽고 그의 형이 제위를 이어받자, 그는 사람을 사서 형을 습격했다. 이후 그가 제위에 올랐으니,

그가 바로 위무공이다.

3 厲王(여왕): 서주의 제10대 국왕이다. 재위기간 B.C. 878년~B.C. 841년이다.
성은 희姬고, 이름은 호胡다. 주이왕周夷王의 아들이다. 그는 재위기간 동안 폭정
을 행했고 백성들에게 가혹한 정치를 베풀었으며 귀족의 권력을 탈취하고 오
랑캐를 관리로 삼기도 했다. 이에 귀족과 평민의 불만을 초래했다. 또 형초荊楚
지역을 끊임없이 정벌하고 서북 방면으로는 유목부락의 침입을 방어하며 주변
소수민족과 대치했다. 주여왕은 이런 불만을 없애기 위해 백성들을 감시하여
불만을 품은 사람들을 즉사시켰다. 결국 B.C. 841년 국민들이 폭동을 일으켜
왕궁을 포위하고 여왕을 습격했다. 그는 도망쳤으나 B.C. 828년 체彘 곧 지금
의 산서성 곽현霍縣 지역에서 죽었다.

61

대아의 〈숭고崧高〉·〈증민蒸民〉·〈한혁韓奕〉에 대해 〈소서〉는 모
두 윤길보尹吉甫가 선왕宣王을 찬미한 것이라고 여겼다. 그러나 〈숭
고〉·〈증민〉의 시에서 이미 길보가 신백申伯과 중산보仲山甫를 위해
지은 것이라고 밝혔는데, 그것이 아에 열거된 까닭에 대해 주자는 다
음과 같이 말했다.

"〈숭고〉는 윤길보가 신백을 전송하는 시이므로 선왕 때 중흥의 사
업을 볼 수 있을 따름이다."

그 주장은 옳다. 그러나 주註에 유독 이에 대한 설명이 없는 것은 무
엇 때문인가?

해
제
대아의 〈숭고〉, 〈증민〉, 〈한혁〉의 내용에 관한 논의다. 모두 선왕 시기의
중흥을 볼 수 있는 작품으로 왕의 대업과 관련되기에 아에 열입되었음을
지적했다.

원
문
大雅崧高[1]·蒸民[2]·韓奕[3], 小序皆以爲尹吉甫[4]美宣王[5]也. 然崧高·蒸民詩已明言吉甫爲申伯[6]·仲山甫[7]而作, 其所以得列於雅者, 朱子云: "崧高, 尹吉甫送申伯之詩, 因可以見宣王中興之業耳." 其說是也. 然註獨無此意, 何耶?

1 崧高(숭고): 대아의 시편이다.《모시서》에서 다음과 같이 말했다. "윤길보가 선왕을 찬미했다. 천하가 다시 평정되어 나라를 세우고 제후와 가까워지게 되었으며 신백을 포상했다. 尹吉甫美宣王也. 天下復平, 能建國親諸侯, 褒賞申伯焉."

2 蒸民(증민): 대아의 시편이다.《모시서》에서 다음과 같이 말했다. "윤길보가 선왕을 찬미했다. 어진 자를 벼슬에 임명하여 재능을 발휘하니 주왕실이 중흥했다. 尹吉甫美宣王也, 任賢使能, 周室中興焉."

3 韓奕(한혁): 대아의 시편이다.《모시서》에서 다음과 같이 말했다. "윤길보가 선왕을 찬미했다. 제후에게 벼슬을 내릴 수 있었다. 尹吉甫美宣王也. 能錫命諸侯."

4 尹吉甫(윤길보): 성은 혜兮고 이름은 갑甲이다. 자는 백길보伯吉父인데 윤은 관명이다. 주선왕周宣王의 대신大臣이다.

5 周宣王(주선왕): 주나라 제11대 왕이다. 재위 기간은 B.C. 827년~B.C. 781년이다. 성은 희姬고 이름은 정靜이다. 주려왕周厲王의 아들이다. 주여왕 시절 폭동이 일어났을 때 대신 소공召公이 정을 숨기고 자신의 아들을 태자라고 속여 태자를 안전하게 했다. 여왕이 죽고 나서 정을 왕으로 세웠다.

6 申伯(신백): 주선왕의 외삼촌으로 서주 시기의 저명한 정치가이자 군사가다. 신국申國(지금의 하남성 남양南陽 지역에 도읍)을 세운 군주다.

7 仲山甫(중산보): '仲山父(중산보)'라고도 쓴다. 고공단보의 후예다. 품덕이 고상하여 모범이 된 인물로 주선왕의 중흥에 기여했다.

62

변풍과 변아는 비록 모두 풍자를 중시하지만 시어가 다르다. 변아는 선왕의 시 이외에 간절한 것이 열에 아홉이고 완곡한 것이 열에 하나다. 반면 변풍은 시어마다 완곡하다.

황상명黃常明이 말했다.

"흉간하면서 드러나지 않는 것은 오직 국풍만이 그러하다."

아에서 다음과 같이 노래했다.

"시름겨워 슬퍼하고, 나라가 포악함을 생각하네.憂心慘慘, 念國之爲虐."

"어린 양이 뿔이 났다는 것은, 정말로 그대를 어지럽히는 것이네.彼童而角, 實虹小子."

"면전에서 명령하지 않고, 귀에다 대고 말을 일러주네.匪面命之, 言提其耳."

"난리는 하늘에서 내려오는 것이 아니라, 여자에게서 생겨난다네.亂匪降自天, 生自婦人."

충성스러운 신하와 절의를 지닌 사람이 임금을 바르게 하고 나라가 안정되게 하고자 진술함이 간절하지 못할까 봐 노심초사하는데, 어찌 부드럽고 완곡하게 말하겠는가!

변아의 특징을 변풍과 비교하여 설명했다. 변풍과 변아는 모두 풍자를 위주로 하나 어조가 다르다. 변풍은 말이 부드럽고 완곡하므로 흉간하면서 드러나지 않는다. 그러나 변아는 완곡한 것이 열에 하나일 뿐, 열에 아홉은 모두 간절하다. 그 이유에 대해 허학이는 충성스러운 신하와 절의를 지닌 사람이 임금을 바르게 하고 나라가 안정되게 하고자 진술한 것이기 때문에 간절하지 않을 수 없다고 지적했다. 일리가 있는 말인 듯하다.

變風·變雅, 雖並主諷刺, 而詞有不同. 變雅自宣王之詩而外, 懇切[1]者十之九, 微婉者十之一. 變風則語語微婉矣. 黃常明[2]云: "謫諫而不斥者, 惟風爲然." 如雅云"憂心慘慘, 念國之爲虐."[3] "彼童而角, 實虹小子."[4] "匪面命之, 言提其耳."[5] "亂匪降自天, 生自婦人."[6] 忠臣義士[7], 欲正君定國, 惟恐所陳不激切, 豈盡優柔婉媚[8]乎!

1 懇切(간절): 간곡하다. 절실하다.
2 黃常明(황상명): 생졸년은 미상이나 송나라 고종 소흥紹興 10년경에 활동한 사

람으로 추측된다. 자가 상명이고, 복건 보전莆田 사람이다. 선화宣和 6년에 진사
가 되어 진주진현승辰州辰縣丞으로 부임했다. 《공계시화鞏溪詩話》 10권이 있고,
《사고총목제요四庫總目提要》에서 그의 시를 다음과 같이 평했다. "풍교를 근본
으로 하여 화려함을 숭상하지 않았으니 국풍의 영향을 잃지 않을 수 있었다.以
風敎爲本, 不尙雕華, 然能不失風人之皆."

3 憂心慘慘(우심참참), 念國之爲虐(염국지위학): 시름겨워 슬퍼하고, 나라가 포
   악함을 생각하네. 〈소아, 정월正月〉의 시구다.
4 彼童而角(피동이각), 實虹小子(실홍소자): 어린 양이 뿔이 났다는 것은, 정말
   로 그대를 어지럽히는 것이네. 〈대아, 억抑〉의 시구다.
5 匪面命之(비면명지), 言提其耳(언제기이): 면전에서 명령하지 않고, 귀에다 대
   고 말을 일러주네. 〈대아, 억抑〉의 시구다.
6 亂匪降自天(난비강자천), 生自婦人(생자부인): 난리는 하늘에서 내려오는 것
   이 아니라, 여자에게서 생겨난다네. 〈대아, 첨앙瞻卬〉의 시구다.
7 義士(의사): 절의를 지닌 사람.
8 優柔婉媚(우유완미): 부드럽고 완곡하다.

63

주송周頌은 대부분 협운을 하지 않는데, 그 까닭은 상세하지 않다.
주자가 말했다.

"주송은 대부분 협운을 하지 않는데, 화가和歌가 있은 후부터 협운
했다고 생각된다. '청묘에서 연주하는 비파는 연사練絲로 제작한 현에
다 두 개의 구멍이 있다. 연주할 때 한 사람이 노래하면 세 사람이 화
답한다.' 화답한 것이 곧 화성和聲이다. 맞는지 틀린지 모르겠다."

또 《시보전詩補傳》에서 말했다.

"상송商頌과 주송, 두 송은 모두 신에게 고하는 것이나 노송魯頌
은 송축에 사용되었다. 후세의 문인은 송을 바치며 노송을 모방했
다."

최선崔銑이 말했다.

"주송은 여러 묘廟에서 아뢰고 노송은 여러 명당明堂에서 아뢰며, 주송은 선조를 제사 지내고 노송은 임금을 송축하므로, 주송으로써 제사 지내고 노송으로써 연회를 펼친다. 이런 까닭에 노송이 변송이라고 하는 것이 가능하다."

내가 생각건대 노송의 〈경駉〉·〈유필有駜〉·〈반수泮水〉는 체재가 소아와 비슷하고, 〈비궁閟宮〉은 체재가 대아와 비슷한데, 시어가 송과 겸한다. 상송의 〈나〉, 〈열조〉, 〈현조〉의 체재는 진실로 송이지만, 〈장발長發〉과 〈은무殷武〉의 체재는 대아와 비슷하다.

해제 송에 대한 개괄적인 설명이다. 송은 주송, 상송, 노송으로 나뉜다. 주송은 협운을 하지 않는다고 한 것을 통해, 그것이 가장 오래된 작품임을 짐작할 수 있게 한다. 전대 학자들의 주장을 종합하여 그 특징에 관해 간략하게 설명하고, 체재가 대아나 소아와 비슷한 작품이 있음을 지적했다. 여기서 인용된 송의 각 시편에 대한 《모시서》의 내용은 아래 주석에서 참조하기 바란다.

원문 周頌多不叶韻[1], 未詳其故. 朱子云: "周頌多不叶韻, 疑自有和底篇相叶. '淸廟[2]之瑟, 朱弦[3]而疏越, 一倡而三歎[4]', 歎卽和聲也. 未知是否." 又補傳[5]云: "商周二頌, 皆以告神, 而魯頌用以頌禱. 後世文人, 獻頌效魯." 崔文敏[6]云: "周頌奏諸廟, 魯頌奏諸明, 周祀先, 魯禱君, 周以祭, 魯以燕. 故謂魯頌爲變頌可也." 愚按: 魯頌駉[7]·有駜[8]·泮水[9]體類小雅, 閟宮[10]體類大雅, 而語則兼頌. 商頌那[11]·烈祖[12]·玄鳥[13]體實爲頌, 長發[14]·殷武[15]體類大雅.

주석 1 叶韻(협운): '諧韻(해운)' 또는 '協韻(협운)'이라고도 한다. 시문의 평측을 정리하기 위해 고음古音에서 동일 운에 속하지 않는 문자를 동일의 운으로 하여 서로 통용시킨 것을 말한다.

2 淸廟(청묘): 주천자의 제사 7묘 중 하나다. 문왕을 제사 지내는 곳이다.

3 朱弦(주현): 연사練絲로 제작한 악기의 현. '연사'란 생실을 비누나 소다 물에 담

가서 희고 윤이 나게 한 실을 가리킨다.

4 一倡三歎(일창삼탄): 연주할 때 한 사람이 노래하면 세 사람이 화답한다. 《순자荀子, 예론禮論》에서 나온 말이다. 후일 음악이나 시문이 아름다워 여운이 풍부하여 감탄이 그치지 않음을 형용하는 말로 사용되었다.

5 補傳(보전): 《시보전詩補傳》을 가리킨다. 송나라 문인 범처의范處義가 편찬했다. 범처의는 호가 일재逸齋이고 준주浚州 곧 지금의 하남성 준현浚縣 사람이다. 경학에 정통했다. 이 책은 구본에는 '일재찬逸齋撰'이라고 되어 있고 성명이 기록되어 있지 않아 누구의 저서인줄 몰랐는데, 주이존朱彝尊의 《경의고經義考》에서 다음과 같이 기록하고 있어 그 저자가 범처의임을 확실히 알 수 있게 되었다. "《송사·예문지》에 범처의의 《시보전》 30권이 있는데 권수가 일재본과 서로 일치한다.宋史藝文志有范處義詩補傳三十卷, 卷數與逸齋本相符."

6 崔文敏(최문민): 최선崔銑(1478−1541). 명나라 시기의 이학가이자 정치인이다. 자는 자종子鍾, 중부仲鳧이고 호는 후거後渠인데 후일 소석少石으로 바꾸기도 했다. 시호가 문민이다. 최승崔陞의 아들이며 홍치 10년(1505)에 진사에 급제했으며 후일 《효종실록孝宗實錄》 편찬에 참여했다. 유근劉瑾 등을 방문하면서 인사를 제대로 올리지 않았다는 이유로 죄를 지어 남경이부南京吏部로 좌천되었다가 유근이 실각한 후 다시 조정의 요직으로 부름받았지만, 병을 핑계로 고향으로 돌아가 후거서옥後渠書屋을 짓고 독서와 강학을 하며 생활했다. 세종世宗 즉위 후에 남경국자감좨주南京國子監祭酒가 되었다.

7 駉(경): 노송의 시편이다. "희공僖公을 찬송한 노래다.頌僖公也."

8 有駜(유필): 노송의 시편이다. "희공 때 군신의 도가 있음을 찬송한 노래다.頌僖公君臣之有道也."

9 泮水(반수): 노송의 시편이다. "희공이 반궁泮宮을 정비함을 찬송한 노래다.頌僖公能修泮宮也"

10 閟宮(비궁): 노송의 시편이다. "희공이 주공의 집을 회복했음을 찬송한 노래다.頌僖公能復周公之宇也."

11 那(나): 상송의 시편이다. "성탕成湯을 제사 지낸 노래다.祀成湯也."

12 烈祖(열조): 상송의 시편이다. "중종中宗을 제사 지낸 노래다.祀中宗也."

13 玄鳥(현조): 상송의 시편이다. "고종高宗을 제사 지낸 노래다.祀高宗也."

14 長發(장발): 상송의 시편이다. "대제大禘 때 부른 노래다.大禘也." 대제란 교외에서 하늘을 제사 지내는 큰 제사를 가리킨다.

15 殷武(은무): 상송의 시편이다. "고종을 제사 지낸 노래다.祀高宗也."

64

송은 성덕의 모습을 찬미한다. 〈청묘淸廟〉에서 노래했다.

"엄숙하고 정중하며 덕이 많은 공경제후들 제사를 돕네, 의용이 아름다운 선비들 문왕의 아름다운 덕을 받드네.肅雝顯相, 濟濟多士, 秉文之德."

이것은 문왕의 교화가 넓음을 말하는데, 그것을 가장 잘 형용했다.

그 아래 이어서 노래했다.

"하늘의 명령은 아름답기 그지없네. 아! 끝없이 아름답구나, 아! 광명이로구나, 문왕의 덕은 순수하도다.維天之命: 於穆不已, 於乎不顯, 文王之德之純."

'문왕의 덕'이라고 하는 네 글자의 의미를 온전히 표현했다.

송의 특징에 관한 논의다. 송은 종묘의 악가다. 제사를 지낼 때 군왕의 성덕을 기리고 이루어 놓은 공을 칭송하여 신명에게 고한 것이다. 한편 청나라 유학자 완원阮元은 〈석송釋頌〉이란 글에서 옛날에는 '송'이 '容(용)'자와 통용되었음을 지적하며 노래에 춤을 겸했음을 뜻한다고 보았다.

頌者, 美盛德之形容. 淸廟[1]言: "肅雝顯相, 濟濟多士, 秉文之德." 此言文王道化之廣, 最善形容者也. 下"維天之命: 於穆不已, 於乎不顯, 文王之德[2]之純."[3] 則文王之德, 四語盡之矣.

1 淸廟(청묘): 주송의 시편이다.
2 文王之德(문왕지덕): 문왕의 덕. 문왕은 주나라의 시조로 성은 희姬고 이름은 창昌이다.
3 이상은 주송 〈유천지명維天之命〉의 시구다.

주송의 〈신공臣工〉에 대해 〈소서〉에서 다음과 같이 말했다.

"제후가 제사를 도우러 묘에 파견된 것이다."

〈의희噫嘻〉에 대해 〈소서〉에서 다음과 같이 말했다.

"봄여름에 상제에게 곡식을 기원하는 것이다."

그 말뜻을 음미하면 사실은 모두 그렇지 않다. 주자는 모두 "농관農官을 경계하는 시"라고 했는데 더욱더 송과 무관하니, 별도의 설이 있지 않을까 생각된다.

공영달은 다음과 같이 말했다.

"송은 비록 신에게 고하는 것을 위주로 하나, 천하가 태평하여 임금의 덕을 노래했으니 또한 제사가 아닌 것도 있으므로 반드시 모두 신에게 아뢴 것은 아니다."

이 설을 잠시 기록해 둔다.

해제 주송의 〈신공〉과 〈의희〉에 관한 논의다. 《모시서》와 주자의 해설이 시의 내용과 맞지 않음을 지적했다. 공영달이 송이 반드시 신에게 제사 지내는 내용이 아니라고 한 견해에 의거하여 이 두 편의 시가 별도의 의도가 있다고 다소 조심스럽게 주장하고 있다.

원문 周頌臣工, 小序以爲"諸侯助祭, 遣于廟也"; 噫嘻, 小序以爲"春夏祈穀于上帝也". 味其詞, 實皆不類. 而朱子俱以爲"戒農官之詩", 則又無關於頌. 疑別有說耳. 孔氏曰: "頌雖告神爲主, 但天下太平, 歌頌君德, 亦有非祭祀者, 不必皆是告神明也." 此說姑存以備考[1].

주석 1 備考(비고): '備注(비주)'와 같은 말이다. 비고하다. 주기註記하다.

고금의 문장에 《시경》을 인용한 것은 열에 아홉이나, 《역경易經》, 《서경書經》, 《예기禮記》를 인용한 것은 열에 한둘도 안 된다. 대개 시는 후학을 흥기할 수 있으므로 어릴 때부터 익히지 않음이 없다. 진한秦漢 이후로 시교詩敎가 날마다 쇠미해져서 인용하는 경우가 적어졌을 따름이다. 정자程子가 "고인의 시는 지금의 가곡과 같아서 비록 마을의 아이일지라도 모두 들어서 그 말을 알았으므로 흥기할 수 있었으나, 지금은 비록 나이가 많고 학식과 명망이 높은 선비일지라도 그 뜻을 알지 못하는데 하물며 학자들은 오죽하겠는가?"라고 말했다.[37]

이른바 '부시언지賦詩言志'의 전통에 관한 논의다. 옛날에는 《시경》의 시를 인용하는 것이 하나의 문학적 전통이었다. 《좌전》, 《국어國語》 등의 춘추전국 시기 저서에는 《시경》의 시를 많이 인용하고 있다. 그것은 《시경》의 시를 통해 자신의 뜻을 표현하고자 했기 때문이다. 따라서 '부시언지'에서 말하는 '뜻志'이란 시 창작자가 아닌 시를 읊는 사람이 표현하고자 하는 생각을 가리킨다. 그러나 시교가 날마다 약해져 《시경》을 인용하는 경우가 후대로 갈수록 점차 적어졌다. 허학이는 그 이유에 대해 정자의 말을 인용하여 간단명료하게 말했다. 옛날의 시는 노래와 같은 것이어서 마을의 아이들도 들어서 배워 그 의미를 알았으나, 그 노래가 사라지면서 점차 시의 의미를 제대로 파악하지 못하게 되었기 때문이다.

古今文章, 引詩[1]者十之九, 而易[2]·書[3]與禮[4], 不能一二. 蓋詩能興起後學, 故自童稚[5]靡不習之. 秦漢而下, 詩敎[6]日微, 故引之者亦少耳. 程子曰: "古人之詩, 如今之歌曲, 雖閭里童稚, 皆習聞之而知其說, 故能興起, 今雖老師宿儒[7], 尙不能曉其義, 況學者乎?" [以下六則, 總論三百篇之詩.]

---

[37] 이하 6칙에서는 《시경》의 시를 총괄적으로 논한다.

1 引詩(인시): 《시경》의 시를 인용하다.

2 易(역): 《역경易經》. 《주역周易》이라고도 한다. '주역'이란 글자 그대로 주나라 의 역이란 말이며, 주역이 나오기 전에도 하나라 때의 연산역連山易, 상나라의 귀장역歸藏易이라는 역서가 있었다. 역이란 말은 변역變易, 즉 '바뀐다', '변한다' 는 뜻이며 천지만물이 끊임없이 변화하는 자연현상의 원리를 설명하고 풀이한 것이다. 요컨대 《주역》은 세계의 변화에 관한 원리를 기술한 책으로 대략 동 주 시대에 지어졌을 것으로 추정된다.

3 書(서): 《서경書經》. 《상서尙書》라고도 한다. '상서'는 상고上古의 책으로 숭상 해야 한다는 뜻이다. 당시의 사관史官, 사신史臣이 기록한 것을 공자가 편찬했다 고 한다. 당초에는 100편이었다고 하나, 진시황秦始帝의 분서焚書로 산일散逸된 후 한나라의 문제文帝 때 복생伏生이 구술한 것을 그 당시 통용되던 예서隷書로 베껴 《금문상서今文尙書》로 완성했다. 그 후 경제景帝 때 노나라의 공왕恭王이 공 자의 구택舊宅을 부수면서 발견한 고문으로 쓰인 것을 《고문상서古文尙書》라고 한다. 《고문상서》는 일찍 없어지고 현재는 동진東晉의 매색梅賾이 원제元帝에게 바친 《위고문상서僞古文尙書》가 《금문상서今文尙書》와 함께 전해진다.

4 禮(예): 《예기禮記》. 오경五經의 하나로 예법禮法의 이론과 실제를 풀이한 책이 다. 공자와 그 후학들이 지은 책이지만 진시황의 분서갱유 이후에 흩어져서 전 해지고 있었다. 한나라 무제 시대에 하간헌왕河間獻王이 공자와 그 후학들이 지 은 131편의 저작들을 모아 정리하고, 그 후 한나라 선제宣帝 때 유향劉向과 대덕 戴德·대성戴聖의 형제들이 잇따라 증보하거나 간추렸다.

5 童稚(동치): 어린이.

6 詩敎(시교): 시를 통하여 가르치다.

7 老師宿儒(노사숙유): 나이가 많고 학식과 명망이 높은 선비

67

공자가 말했다.

"시를 배우지 않으면 할 말이 없다"

또 말했다.

"《시삼백》을 읽었다 하더라도 사방에 사신을 보냈는데 시의적절

한 응대를 할 수 없다면 비록 많이 안다고 할지라도 또 무슨 소용이 있으리오?"

내가 생각건대 춘추 열국의 대부는 연회를 열면서 빈번히 시를 지었는데, 그 응대의 말이 침착하고 완곡하며 높게 격앙되어야 할 근심이 없었으니, '시의적절한 응대'라는 말을 어찌 불신하겠는가!

해제 공자는 일찍이 《시경》의 효용에 대해 말했다. 곧 《시경》은 정치·외교적 수단이 된다는 것인데, 대부분 온화하고 완미한 풍격을 지닌 점을 주목하여 그 효용성을 긍정하고 있다.

원문 孔氏曰: "不學詩, 無以言."[1] 又曰: "誦詩三百, 使於四方, 不能專對, 雖多, 亦奚以爲?"[2] 愚按: 春秋列國[3], 大夫饗燕[4], 輒能賦詩[5], 故其辭命[6]從容委婉[7], 而無亢激[8]之患, "專對"[9]之言, 詎[10]不信然!

주석
1 不學詩(불학시), 無以言(무이언): 시를 배우지 않으면 할 말이 없다. 이 구절은 《논어, 계씨季氏》에 보인다.
2 誦詩三百(송시삼백), 使於四方(사어사방), 不能專對(불능전대), 雖多(수다), 亦奚以爲(역해이위): 《시삼백》을 읽었다 하더라도 사방에 사신을 보냈는데 시의적절한 응대를 할 수 없다면 비록 많이 안다고 할지라도 또 무슨 소용이 있으리오? 이 구절은 《논어, 자로子路》에 보인다.
3 春秋列國(춘추열국): 춘추시대의 여러 나라. 《춘추》에 기록된 시기는 B.C. 772년~B.C. 481년이나, 일반적으로는 B.C. 770년~B.C. 476년을 춘추시대라고 한다.
4 饗燕(향연): '饗宴(향연)'과 같은 말이다.
5 賦詩(부시): 시를 짓다.
6 辭命(사명): 사령. 사람에게 응대하는 말.
7 從容委婉(종용위완): 침착하고 완곡하다.
8 亢激(항격): 반격하다.
9 專對(전대): 시의적절한 응대. 기회에 맞게 대처하는 것을 가리킨다.

68

맹자孟子가 말했다.

"왕의 행적이 없어져 시가 사라지고, 시가 사라진 후에 《춘추》가 지어졌다."

주자가 말했다.

"행적이 없어졌다는 것은 평왕平王이 동천하여 정교政敎의 호령이 천하에 미치지 못함을 말한다. 시가 사라졌다는 것은 〈서리黍離〉가 국풍으로 강등되고 아가 사라졌음을 말한다."

내가 생각건대 천하에 채시采詩의 정책이 있고, 제후에게는 시를 바치는 규정이 있는데, 동천한 이후에는 이런 일례가 두 번 다시 있지 않았다. 그러므로 "시가 사라졌다"는 말은 마땅히 풍과 아를 겸해서 한 말이다. 대개 동천 이후에 풍아의 미자 시가 이미 사라졌기에 《춘추》의 포폄서가 비로소 지어진 것이다.

여조겸呂祖謙이 말했다.

"붓을 들어 춘추의 시대를 가다듬은 것을 가리키지, 춘추가 시작되었음을 말하는 것이 아니다."

그 뜻은 동천한 이후 변풍이 많아졌다는 것이지 풍이 망했다고 황급하게 말할 수는 없다는 것을 일컫는다. 채시의 정책이 시행되지 않았는지는 모르겠지만 열국의 국풍은 비록 존재했다 하더라도 사실상 사라졌을 따름이다. 하물며 여러 나라의 시에는 음란을 풍자한 것이 많고, 또한 그 임금을 직간한 것이 있는데, 어찌 제후가 채집하여 바쳤겠는가? 그 당시 제후가 서로 채록한 것을 공자孔子가 총괄하여 취하여 산정한 것이라고 생각될 따름이다.

채시采詩와 헌시獻詩는 민심을 파악할 수 있는 중요한 정치적 수단이었다.
풍아의 미자가 그 노래 속에 담겨 있기 때문이다. 그러나 동천 이후 이런
풍토가 사라졌다. 허학이는 그 까닭을 풍아의 미자가 점차 사라지고 변풍
이 많아진 것에서 찾았다. 여러 나라의 노래에 음란을 풍자하거나 임금을
직간한 것이 많아 더 이상 채시를 하지 않게 되면서 국풍이 사실상 사라지
게 된 것이나 마찬가지라는 말이다.

孟子曰: "王者之迹熄¹而詩亡, 詩亡然後春秋作." 朱子云: "迹熄, 謂平王東
遷², 而政敎號令³不及於天下也. 詩亡, 謂黍離降爲國風而雅亡也." 愚按: 天
子有采詩⁴之政, 諸侯有貢詩⁵之典, 東遷而後, 不復有此擧矣. 故"詩亡"之說,
當兼風·雅而言. 蓋謂東遷之後, 風雅美刺之詩旣亡, 而春秋褒貶之書始作
也. 呂成公⁶言"指筆削⁷春秋之時, 非謂春秋之所始." 意謂東遷而後, 變風尙
多, 未可遽⁸言風亡. 不知采詩之政不行, 則列國之風雖存而實亡耳. 況諸國
之詩, 刺淫者爲多, 亦有直刺其君上者, 又豈諸侯采之以貢乎? 疑當時諸國
互相采錄, 孔子⁹總取而刪輯¹⁰之耳.

1 熄(식): 사라지다.
2 平王東遷(평왕동천): 평왕은 주나라 유왕幽王의 아들 의구宜臼를 가리키는데,
  그가 제위에 올라 수도를 풍호豊鎬에서 낙읍洛邑으로 옮기면서부터 동주 시대가
  열렸다.
3 政敎號令(정교호령): 정치의 호령. '政敎(정교)'란 정치와 교화를 말하는데, 엄
  밀하게 구분하면 '정'은 형금刑禁, '교'는 예의禮義를 가리킨다.
4 采詩(채시): 시를 채집하다. 주나라에는 전문적으로 시가를 채집하는 관원을
  두었다. 각지를 순행하며 민간의 가요를 채집하며 민간의 풍습과 정치적 득실
  을 살폈다.
5 貢詩(공시): '獻詩(헌시)'와 비슷한 말이다. 각 지방의 민간풍속을 시로 써서 조
  정에 헌납하여 풍간 혹은 칭송의 목적을 꾀했다.
6 呂成公(여성공): 여조겸呂祖謙(1137~1181). 남송 시기의 학자다. 자는 백공伯恭
  이고 호는 동래東萊이며 절강성浙江省 금화金華 출신이다. 어려서부터 많은 책을
  섭렵했고 주자朱子, 장남헌張南軒, 육상산陸象山 등과 더불어 강학에 힘써 대성했

다. 주자와 함께 북송北宋 도학자의 어록語錄을 편집하여 《근사록近思錄》을 편찬
했다. 저서에 《동래좌씨박의東萊左氏博議》 25권, 《여씨가숙독지기呂氏家塾讀持
記》 32권 등이 있다.

7 筆削(필삭): 저술하다. '필'은 써서 기록하는 뜻이고 '삭'은 첨삭할 때 칼을 사용
하여 간독簡牘을 깎는다는 뜻이다.

8 遽(거): 황급히. 서둘러.

9 孔子(공자): 중국의 성인으로 노나라 추읍陬邑 곧 지금의 산동성 곡부현曲阜縣에
서 태어났다. 이름은 구丘, 자는 중니仲尼다. 인仁을 이상의 도덕이라 하여 효제
孝悌, 충서忠恕로써 이상을 이루는 근저로 삼고 여러 나라를 두루 돌아다니며 치
국의 도를 주장했다. 68세에 노나라에 돌아와 육경六經을 편찬하여 후세에 유
교의 시조로 추앙되고 있다. 그의 언행을 기록한 《논어》 20권이 있다.

10 總取而刪輯(총취이산집): 총괄하여 취하고 산정해서 편찬하다.

69

왕응린王應麟이 《시고자서詩考自序》에서 다음과 같이 말했다.

"한대 《시경》을 논한 것으로 네 개의 학파[38]가 있는데, 지금은 오
직 모전毛傳[39]과 정전鄭箋[40]만 전래되고 있고, 한시韓詩는 다만 외전外
傳이 존재하고[41] 노시魯詩와 제시齊詩는 사라진 지 오래되었다.[42]"

생각건대 《수서隋書, 경적지經籍志》에서 제시는 위魏나라 때 이미 사
라졌고, 노시는 서진西晉 때 사라졌다고 했다. 왕응린은 전기傳記를 채
록하면서 한, 노, 제 삼가의 주장을 인용했는데, 한시에 관한 내용이
비교적 많고 노시에 관해서는 겨우 226마디의 말이 있으며 제시에 관

---

38) 모毛, 노魯, 제齊, 한韓.
39) 대모공大毛公이 훈고를 지었음.
40) 앞부분(본권 제27칙)에 보인다.
41) 한나라 사람 한영韓嬰.
42) 노시는 노나라 사람 신배申培가 지었고, 제시는 제나라 사람 원고轅固가 지었
다.

해서는 59마디의 말이 있을 따름이다. 최근 편찬된 《한위총서漢魏叢書》 중에 신배申培의 시론이 있지만 대개 호사자가 지은 것이어서 논변할 만하지 않다.

한나라 시기의 《시경》 학파에 관한 논의다. 오늘날 전해지는 것은 모시다. 노시, 제시는 일찍이 없어졌고 한시는 일부가 전한다. 왕응린이 한, 노, 제 삼가의 주장을 인용하고 있으나 그 내용이 풍부하지 못하고, 또 명대에 편찬된 《한위총서》에 신배의 노시가 인용되어 있으나 확실한 근거가 있는 것이 아님을 지적했다.

王應麟[1]詩考[2]自序: "漢言詩者四家[3][毛·魯·齊·韓], 今惟毛傳[大毛公作詁訓], 鄭箋[4][見前]孤行, 韓僅存外傳[5][燕人韓嬰], 而魯齊詩亡久矣. [魯人申培, 齊人轅固]" 按: 隋書經籍志[6], 齊詩魏代[7]已亡, 魯詩亡於西晉[8]. 應麟采錄傳記, 引韓·魯·齊三家之說, 惟韓稍多, 魯僅二百二十六言, 齊五十九言而已. 近刻漢魏叢書[9]中有申公詩說, 蓋好事者[10]所爲, 不足辯也.

1 王應麟(왕응린): 남송 시기의 관리이자 학자다. 자는 백후伯厚이고 호는 심녕거사深寧居士, 또는 후재厚齋다. 이종理宗 순우淳祐 원년에 진사에 급제하여 주요 관직을 두루 역임했다. 정직하고 직언을 잘 했기에 누차 권신들의 심기를 건드려 귀양살이를 했다. 관직을 사직하고 고향으로 돌아가 20년간 저술에 전념했다.
2 詩考(시고): 왕응린이 지은 책으로 삼가三家의 시경론을 고찰했다. 왕응린은 여러 책을 참고하여 삼가의 일문逸文을 만들었다.
3 四家(사가): 한나라 시기에 출현한 《시경》에 관한 4개의 학파를 가리킨다.
4 鄭箋(정전): 정현의 《모시전毛詩箋》을 가리킨다. 고문경학과 금문경학에 모두 정통한 정현은 《모전》을 바탕으로 금문의 삼가시를 참고해 주소注疏를 보충하여 이 책을 완성했다.
5 外傳(외전): 《한시외전韓詩外傳》을 가리킨다. 한영韓嬰이 지었다. 한영은 한문제 시대의 박사였다. 《시경》을 인용하여 그의 정치사상을 드러냈다. 공자의 일문軼文과 제자백가의 잡설 및 춘추시대의 이야기를 서술했다.

6 隋書經籍志(수서경적지): 《수서》의 〈경적지〉. 《수서》는 당나라 위징魏徵 등
　이 태종의 명을 받아 지은 수나라의 정사正史다. '경적지'는 그 시대에 현존했던
　서적의 목록을 기록한 책이다. 대부분의 정사에서는 예문지라고 했는데, 《수
　서》와 《구당서》에서는 그 명칭을 '경적지'라고 했다.
7 魏代(위대): 위나라 왕조를 가리킨다.
8 西晉(서진): 조위曹魏를 이어 사마씨司馬氏가 세운 정권. 263년 사마소司馬昭가
　집정할 때 3국의 하나인 촉한蜀漢을 멸망시켰고, 265년 사마소의 아들 사마염司
　馬炎이 위나라의 황제 조환曹奐으로부터 선양禪讓이라는 명목으로 황제의 자리
　를 빼앗아 제위에 오르고 낙양을 도읍으로 삼아 진나라, 즉 서진西晉을 세웠다.
9 漢魏叢書(한위총서): 명나라 시기에 편찬된 총서叢書. 정영程榮이 편찬하여
　1590년경에 간행했다. 한, 위, 육조 시대의 서적 38종을 경經, 사史, 자子의 3부
　로 나누어 수록한 것이다. 그 후 만력萬曆 말기에 하윤중何允中이 76종으로 늘려
　《광한위총서廣漢魏叢書》를 만들었고, 다시 1791년에는 청나라의 왕모王謨가 86
　종을 수록한 《증정한위총서增訂漢魏叢書》를 편찬했다. 그 후 판을 거듭할수록
　증보되어 94종본, 96종본 등이 간행되었으나, 현재는 그 모두를 《한위총서》라
　고 부른다. 육조 시대 이전의 서적을 참고하는 데 편리한 총서이며, 종류는 뒤
　로 갈수록 늘어났으나 교정은 최초 정영의 것이 가장 뛰어나다.
10 好事者(호사자): 참견하기를 좋아하는 사람.

70

《모시고훈전毛詩古訓傳》에 의거하면, 진나라의 화재 이후 한나라
초기 여러 유학자들이 《시경》에 대해 논한 것 및 전기傳記에서 한
시·노시·제시 세 학파의 설을 인용한 것은 대부분 본래의 것과 같
지 않다. 〈소서〉가 가장 마지막에 나왔지만, 대부분 으뜸으로 삼을 수
있으므로 이로부터 삼가의 설이 사라져 갔다.

섭병경葉秉敬이 말했다.

"육경이 처음 나왔을 때 여러 유자들이 강습에 정통하지 못하고, 그
시비를 증명한 다른 책이 없었던 까닭에 거짓된 주장이 들어갔다. 시

간이 오래 흘러 여러 유가의 의논이 정밀해지고 또 고인의 죽간이 산기슭이나 집안의 벽 속에서 때때로 나와서 증명할 수 있게 되자, 학자들이 마침내 그것을 좇아 차이를 고증하니 그 장점과 단점, 상세함과 조잡함이 드러났다. 장점이 나오면 단점을 버리는 것은 자연스런 이치다."[43]

혹자가 물었다.

"모공은 한시, 노시, 제시의 작자와 동시대의 사람이 아닌가요?"

내가 대답한다.

《후한서後漢書, 유림전儒林傳》에서는 "위굉衛宏이 《모시서》를 지었다"고 말했는데, 주자는 위굉이 특별히 그것을 보충하여 윤색했다고 여겼다. 그러므로 간혹 서문의 머리말을 모공이 나눈 대로 하고서 그 아래 미루어 말하길 후인에 의해 보충이 되었다고 운운했다. 이씨李氏 또한 "시서詩序로써 고증하니 문사가 어지러운 것이 한 사람의 손에서 나온 것이 아니라 실로 한나라의 여러 유학자에게서 나왔다"라고 말했는데, 〈소서〉에 여러 유학자의 설명이 섞여 있다. 그러나 한나라 유학자는 오류가 많아서 결국 견강부회를 면하지 못했다. 송나라 유학자로 이어져 시간이 많이 지나고서야 강습이 더욱 정밀해져 그 주장이 비로소 타당하게 되었다. 오직 주자의 주에서 국풍 중 감개한 뜻을 지닌 것은 그 작중 화자의 자작이라고 한 말은 실로 따르기 어려울 뿐이다. 지금 하나같이 주자의 주로서 정론으로 삼으니 논자들은 이미 시의 종지를 얻지 못하고, 옛것을 믿는 사람들은 하나같이 〈소서〉를 으뜸으로 삼으니 또한 오류에 빠졌다.

---

43) 이상은 섭병경의 말이다.

《시경》해설에 관한 종합적인 논의다. 한나라 유학자들이 《시경》을 논한 것과 여러 학파의 설을 인용한 것은 이미 본래의 것과 다르고, 오직 《모시》가 으뜸으로 남아 전해지게 되었다. 송나라에 이르러 많은 학자들의 고증으로 인해 좀 더 타당한 주장이 나오게 되었는데, 그중 주자의 해설을 가장 으뜸으로 삼는다. 그러나 주자가 국풍 중 감개한 뜻을 지닌 것은 작중 화자의 자작이라고 한 설은 받아들이기 어렵다고 지적했다. 《시경》을 공부하기 위해서는 어느 한 가지 해설에 얽매어서는 안 되고 다양한 주석본을 두루 참고할 필요가 있다. 앞서 제15칙과 제16칙에서 이와 관련된 주장을 피력했다.

按三百篇古訓[1], 經秦火[2]之後, 漢初諸儒說詩及傳記所引韓·魯·齊三家[3]之說, 多迂遠不類. 惟小序最後出, 而多有可宗, 自是三家之說浸微. 葉氏[4]曰: "六經[5]始出, 諸儒講習未精, 且未有他書以證其是非, 故雜僞之說可入; 歷時旣久, 諸儒議論旣精, 而又古人簡書[6]時出於山崖屋壁[7]之間, 可以爲證, 而學者遂得卽之以考同異, 而長短精粗見矣. 長者出而短者廢, 自然之理也."[以上葉氏語.] 或曰: "毛公非韓·魯·齊同時耶?" 曰: 後漢[8]儒林傳言 "衛宏[9]作毛詩序", 朱子以爲宏特增廣而潤色之. 故或以序之首句爲毛公所分, 而其下推說云云, 爲後人所益. 李氏亦曰: "以詩序考之, 文詞散亂, 非出一人之手, 實出漢之諸儒也." 則小序參雜諸儒之說明矣. 但漢儒迂謬, 終不免於牽合[10]. 逮於[11]宋儒, 歷時益久, 講習益精, 其說始爲安妥[12]. 惟朱註以國風詞如懷感者爲其人之自作, 則實有難從耳. 今一以朱註爲定, 說者旣不得詩之宗旨, 其信古者一以小序爲宗, 則亦失之迂矣.

1　三百篇古訓(삼백편고훈): 《시경》을 연구하는 고훈고의古訓古義의 저작으로 《모시고훈전毛詩詁訓傳》을 가리킨다. 대략 선진 학자의 의견에 의거하여 많은 고의를 보존하고, 《십삼경주소十三經注疏》의 《모전》을 채용했다. 《모전》은 서한 시대의 학자 모형毛亨이 지은 것으로 그는 모시설의 개창자다.
2　秦火(진화): 진시황이 유학과 제자백가의 서적을 불태운 일을 가리킨다.
3　韓魯齊三家(한노제삼가): 한나라 때 《시경》을 전수한 주요 학자를 가리킨다. 제나라의 원고생轅固生, 노나라의 신배공申培公, 연燕나라의 한영韓嬰을 두고 하

는 말이다.

4 葉氏(섭씨): 섭병경葉秉敬(1562-1627). 석림섭씨石林葉氏의 후손이다. 1601년에 진사가 되어 공부도수사주사工部都水司主事가 되었다. 당시 남경의 배수도가 오랫동안 막혀 거리에 오물이 넘쳐나고 악취가 심해지자, 그가 시찰하여 수리 방안을 마련했는데 《개구법開溝法》이 그 책이다. 이후 개봉지부開封知府로 승진했으나 얼마 후 어머니의 상으로 사직하고 귀향했다. 그 후 송대 3명의 장원狀元이 쓴 책론策論을 모은 《삼장원책三狀元策》1권을 편찬하고, 구주지부衢州知府 임응상林應翔의 요청으로 《구주부지衢州府志》를 편찬했다. 1624년 다시 복직하여 주요 요직을 맡았다. 일생동안 청렴한 생활을 했으며 박학다식하여 40여 종의 저서를 썼는데, 정치·부세·교육·시사·천문·지리·수학·건축·수리 등 다양한 내용을 다루고 있으며 시와 시운에도 뛰어났다.

5 六經(육경): 중국 고대의 여섯 가지 중요한 경서. 곧 《시경詩經》, 《서경書經》, 《역경易經》, 《춘추春秋》, 《예기禮記》, 《악경樂經》을 가리킨다. 공자가 68세에 노나라로 돌아와 육경을 편찬한 것으로 전해진다. 그중 《악경》은 진나라의 분서갱유 때 완전히 없어지고 이후 오경五經이 전하게 되었다.

6 簡書(간서): 죽간에 적은 글.

7 山崖屋壁(산애옥벽): 산기슭과 집 벽.

8 後漢(후한): 《후한서後漢書》를 가리킨다. 남조 시기 송나라의 범엽范曄(398~445)이 편찬한 기전체의 역사서다. 광무제光武帝에서 헌제獻帝에 이르는 후한의 13대 196년의 역사를 기록하고 있다. 본기本紀 10권, 열전列傳 80권, 지志 30권으로 되어 있다.

9 衛宏(위굉): 동한 시기의 학자다. 자는 경중敬仲, 차중次仲이고 동해東海 사람이다. 광무제 때 의랑議郎이 되었다. 사만경謝曼卿과 두림杜林에게서 수학했으며 《모시서毛詩序》, 《고문상서古文尙書》의 훈지訓旨를 지었다. 또 《한구의漢舊儀》 4편이 있다.

10 牽合(견합): 견강부회하다.

11 逮於(체어): …에 이르다.

12 安妥(안타): 타당하다.

71

고금의 기풍이 달라 그 음운 또한 저절로 같지 않다. 《시경》, 《초사楚辭》 및 경전經傳의 운어는 고음을 사용하거나 방음을 사용하거나 글자가 잘못되어서 읽기에 조화롭지 않은 것이 많다. 후인이 부득이 맞출 수밖에 없다.

조이광이 말했다.

"고시가의 음운이 조화롭지 못한 것은 모두 고음 때문이다. 송나라 사람들이 독음을 잃어버려 협운으로 잘못 지었으니, 고시가 및 경전의 운어에서 조화롭지 못한 것을 두루 찾아 고음으로 정하여 후학을 가르쳤다."

내가 생각건대 만약 이와 같다면 혼란이 극에 달할 것이다. 대개 고시의 고음은 이치에 마땅함이 있으나 실제 고거考據할 수 없는 까닭에 부득이 지금의 운에 맞추어 협운한다. 지금 그 방음의 잘못된 글자까지 아울러 고음으로 정한다면 오류가 심할 것이다. 고음은 실로 넓다.[44] 그러므로 대개 음운이 비슷한 것은 모두 협운할 필요가 없으니, 협운을 하게 되면 도리어 참모습을 잃어버릴 뿐이다. 오직 평측平仄이 조화롭지 못하고 상성上聲과 거성去聲이 맞지 않는 것은 협운이 가능하다. 반드시 협운할 필요가 없는 것은 잠시 보류해야 한다.[45]

 고금의 음운은 다를 수밖에 없다. 따라서 고음은 후인의 음운 체계에 맞지 않다. 그 결과 후인이 이해하지 못하여 잘못된 것으로 간주하기도 한다. 무조건 조화롭지 못한 것을 고음이라고 간주한다면 큰 혼동이 일어나므

---

44) 예를 들면 '칠양七陽'의 운이 '경庚'·'청靑'과 통용되고, '일선一先'의 운이 '진眞'·'문文'과 통용되는 것과 같다. 한위의 음과 비교하면 더욱 광범위하다. 한위의 운은 한위시에 관한 논의에서 설명한다.
45) 국풍 중 위풍魏風의 〈척호陟岵〉나 대아의 〈문왕文王〉과 같은 종류다.

로, 명확한 것이 아니면 그대로 두는 것이 오히려 참모습을 잃지 않을 수 있음을 지적했다.

古今風氣不同, 其音韻[1]亦自應不同. 然三百篇·楚辭[2]及經傳[3]韻語, 或用古音[4], 或用方音[5], 或字有訛誤[6], 故讀之多有不諧[7]. 後人不得不協[8]. 趙凡夫謂: "古詩歌音韻不諧者, 皆是古音. 宋人失讀, 謬作協韻, 乃遍搜古詩歌及經傳韻語不諧者, 定爲古音, 以敎後學." 予謂: 苟[9]如此, 則混亂極矣. 蓋古詩古音, 理宜有之, 然實無所考據[10], 故不得不協之以合今韻. 今乃幷其方音訛字而定爲古音, 謬愈甚矣. 且古韻實寬, [如'七陽'與'庚''靑'同用, '一先'與'眞''文'同用之類, 較漢魏韻更廣. 漢魏韻, 說見漢魏論中.] 故凡音韻稍近者皆不必協, 協之恐反失眞耳. 惟平仄[11]不諧·上去[12]不合者, 協之可也. 至有必不可協者, 姑闕[13]之. [如國風夙夜必偕[14], 大雅在帝左右[15]之類.]

1 音韻(음운): 음절을 구성하는 음의 단위.

2 楚辭(초사): 초나라의 노래. 후인들이 굴원 〈이소〉의 문체를 모방하여 지은 작품을 통칭한다.

3 經傳(경전): 유가의 경전과 그 경전을 해석한 전을 가리킨다.

4 古音(고음): 주나라, 진秦나라 시기의 어음語音을 가리킨다.

5 方音(방음): 지방의 어음을 가리킨다. 표준어와 대칭되는 원음元音, 보음輔音, 성조聲調를 지니고 있다.

6 訛誤(와오): 잘못 되다.

7 不諧(불해): 조화롭지 않다.

8 協(협): 맞추다. 즉 '협운'을 하는 것을 가리킨다.

9 苟(구): 진실로. 다만.

10 考據(고거): 고적古籍의 자의字義 및 역대의 명물名物, 전장典章, 제도制度 등을 연구하고 하나하나 궁구 변증하여 확고한 근거가 있는 것. 이런 학문은 청대에 성행했으며, 훈고訓詁와 감교勘校로 대별된다.

11 平仄(평측): 한자의 평성平聲과 측성仄聲. 한자의 성조 중에서 평성을 '평'이라고 하고, 상성上聲·거성去聲·입성入聲을 '측'이라고 한다.

12 上去(상거): 상성上聲과 거성去聲. 중고 시기 중국어 성조에는 음절의 고저를

표시하는 평성, 상성, 거성, 입성이 있었다. 평성은 소리의 처음과 끝에 변화가 없이 평탄한 것, 상성은 소리가 올라가는 것, 거성은 소리가 내려가는 것, 입성은 짧고 촉급促急한 것을 일컫는다.

13 姑闕(고궐): 잠시 보류해 두다.

14 夙夜必偕(숙야필해): 〈위풍魏風, 척호陟岵〉의 시구다.

15 在帝左右(재제좌우): 대아의 제일 첫 시편인 〈문왕文王〉을 가리킨다.

초楚

1

엄우가 말했다.

"《시경》의 풍風·아雅·송頌이 사라지고 한 차례 변하여 이소離騷[1]
가 되었고, 다시 변하여 서한西漢의 오언이 되었다."

내가 생각건대 《시경》이 정해진 방향으로 지속적으로 발전하여
한위의 여러 시가 되었는데,[2] 새로운 체재가 생겨나 바로 소騷가 되었
을 뿐이다.

호응린이 말했다.

"옛 사람들이 '시문에 소부騷賦가 있는 것은 초목에 대나무가 있고
금수에 물고기가 있는 것과 같은 것으로 분류하기가 어렵다. 소는 진
실로 가행歌行의 비조이고, 부는 비흥의 한 방법으로 한마디로 모두 시
에 속한다'고 했는데, 이치에 맞는 말이다."[3]

---

1) 굴원屈原과 송옥宋玉의 《초사楚辭》를 총칭한다.
2) 아래 제3권에서 상세하게 논한다.
3) 이상은 호응린의 말이다. 이하 22칙은 굴원과 송옥의 《초사》를 논한다.

‘이소’의 연원에 관한 논의다. 여기서 말하는 이소란 굴원과 송옥이 지은 초사를 총칭한 것이다. 굴원과 송옥의 초사가 발전하여 후대의 한부漢賦가 되었다. 이에 ‘사부’라고 겸칭된다. 굴송부는 주로 ‘兮(혜)’자를 사용하는 것이 가장 큰 특징이다. 이것은 초나라 민간 가요의 영향을 받은 것으로 시구의 장단에 구애받지 않고 어구의 리듬도 자연스럽게 변화시킨다. 일반적으로 시구의 끝 혹은 중간에서 사용되어 다양한 형식을 만들어 낸다. 물론 ‘혜’자의 운용은 《시경》에서도 찾아볼 수 있다. 일례로 〈정풍鄭風, 야유만초野有蔓草〉에서 “들판에 덩굴풀 뻗어 있고, 이슬이 두루 맺혔네野有蔓草, 零露溥兮”라고 노래하고 있다. 그러나 《시경》에서 운용된 ‘혜’자에는 일정한 유형이 없다. 따라서 이러한 체재는 굴원에 의해 독립적으로 발전했다고 하겠으며, 흔히 ‘소체부’라고도 불린다.

한편 《초사》는 굴원과 송옥으로 대표되는 초나라 시인이 당시 초지역의 민가를 바탕으로 창작한 시로서, 《시경》의 북방 지역을 위주로 한 노래와는 엄밀히 큰 차이가 있다. 그런데 허학이는 《시경》을 중국 시가의 원천이라는 전제하에 〈이소〉 역시 《시경》의 시에서 비롯되었다고 했다(제1권 제5칙 참조). 또 한위 오언시도 《시경》에서 기원한다고 했다(제1권 제4칙 참조). 다만 한위의 오언시가 정체라면 이소는 독자적으로 발전한 또 하나의 다른 체재가 된다고 지적했다. 그것을 간략하게 도식화하면 다음과 같다.

```
          →   한대의 오언
시경
          →   이소 → 부
```

이것은 시대의 변화에 따라 《시경》 → 이소 → 오언시로 발전했다고 보는 일반적인 관점과는 분명하게 차이가 난다.

嚴滄浪云: “風雅頌[1]既亡, 一變[2]而爲離騷[3][屈宋楚辭[4]總名], 再變而爲西漢五言[5].” 愚按: 三百篇正流[6]而爲漢魏諸詩, [詳見下卷], 別出[7]而乃爲騷耳. 胡元瑞云: “昔人言: ‘詩文之有騷賦[8], 有草木之有竹, 禽獸之有魚, 難以分屬[9], 然騷實歌行[10]之祖, 賦則比興一端, 要皆屬[11]詩.’ 近[12]之.” [以上七句皆元瑞語. 以下二十二

則論屈宋楚辭.]

1 風雅頌(풍아송):《시경》의 체재. 내용에 따라 분류한 체재다. '풍'은 일반 민간
　의 노래, '아'는 조정이나 사대부의 악가, '송'은 종묘의 악가다.

2 一變(일변): 한 차례 변하다.

3 離騷(이소): 전국시대 초나라 굴원屈原의 작품으로 전체 373구 2490자로 된 장
　편시다. 〈이소〉는 굴원이 간신들의 모략으로 추방당해 유랑하면서 쓴 작품으
　로 실의와 우국의 정을 노래했는데, 그 의미에 대해서는 여러 가지 의견이 있
　다. 반고는 '근심거리를 만나다遭憂'라고 해석했다. 사마천도 '離(리)'자를 '罹
　(리)'의 동음가차자라고 보고 '근심에 차다罹憂'라고 해석했다. 한편 왕일王逸은
　'근심을 떠나보내다別愁'라고 했다. 최근 유국은游國恩은 〈이소〉는 초나라 가곡
　의 명칭으로 '근심牢騷'의 의미라고 주장하며,《초사》는 초나라 지역의 방언 문
　학으로 〈이소〉, 〈구가九歌〉, 〈구변九辯〉 등은 옛 가곡으로써 편명을 삼았다고
　보았다.

4 楚辭(초사): 초나라의 노래. 후인들이 굴원 〈이소〉의 문체를 모방하여 지은 작
　품을 통칭한다. 송대 황백사黃伯思의《동관여론東觀餘論·교정초사서校定楚辭序》
　에서 다음과 같이 말했다. "초사는 비록 초나라에서 비롯되었으나 그 명칭은
　한나라 때 비로소 사용되었다. …대개 굴원과 송옥의 소체는 모두 초어로 쓰였
　고 초나라 성조를 사용했으며 초나라 지역을 기술하고 초나라 사물을 지칭했
　으므로 초사라고 일컬을 수 있다.楚辭雖肇於楚, 而其目蓋始於漢世. …蓋屈宋諸騷, 皆書楚
　語, 作楚聲, 紀楚地, 名楚物, 故可謂之楚辭."

5 西漢五言(서한오언): 서한은 오언가요가 점차 형성되어 오언시가의 싹이 막 트
　기 시작한 때다.

6 正流(정류): 정해진 방향으로 지속적으로 발전하다.

7 別出(별출): 새로운 체재가 생겨나다.

8 騷賦(소부): 문체의 한 종류를 가리킨다. 굴원의 〈이소〉를 본뜬 운문을 범칭한
　다. 각 구의 끝 자에 '兮(혜)'자를 붙이는 것이 가장 큰 특징이다.

9 難以分屬(난이분속): 종류를 나누기가 어렵다. 구분하기 어렵다. 여기서의 '속'
　은 같은 종류(부류, 범주)의 뜻이다.

10 歌行(가행): 악부 시체의 일종이다. 음절, 율격이 비교적 자유로우며 오언, 칠
　언, 잡언 등 형식을 채용한 변화가 많은 체제다.

11 屬(속): 속하다.

12 近(근): 들어맞다.

2

주자가 말했다.

"《시경》에 육의六義가 있는데, 초사에서도 이 육의에 해당하는 것을 찾을 수 있다. 초목에 기탁하여 감정을 드러내고 남녀의 뜻에 붙여 심중의 생각을 상징적으로 드러내면서 유람의 즐거움을 다하는 것은 변풍變風의 갈래다. 사건을 서술하고 감정을 진술하며, 현재를 한탄하고 옛것을 그리워하며, 군신 간의 의리를 잊지 않는 것은 변아變雅의 부류다. 신을 섬기고 가무의 성대함을 말하는 것은 거의 송頌에 가깝다. 부賦는 《이소경離騷經》의 첫 장에서 말한 바와 같고, 비比는 향기로운 풀이 악한 사람을 가리키는 것과 같은 부류고, 흥興은 사물에 의탁하여 비유하는 것으로 애초 의미를 지니지 않는다. 예를 들면 〈구가九歌〉에서 원수沅水의 지초芷와 풍수澧水의 난蘭이 공자公子를 떠올리게 하지만 감히 말하지 않는 것과 같은 부류다. 《시경》은 흥이 많고 비와 부가 적으며, 〈이소〉는 흥이 적고 비와 부가 많은데, 한마디로 반드시 이것을 구별한 이후에야 그 말의 뜻을 찾을 수 있다."4)

축요祝堯가 말했다.

"소인騷人의 부는 시인詩人의 부와 비록 다르지만 오히려 고시의 뜻이 있는 듯하며, 수사가 화려하지만 뜻은 본받을 만하다. 시인이 지은 것이 성정을 읊조리는 것에 의거한다면 소인이 지은 것 역시 성정에서 발원한다. 그 정감이 자신도 모르게 어구로 형상화되고, 그 어구는 자신도 모르게 이치에 합당하다. 정감이 어구에서 형상화되는 까닭에

---

4) 이상은 주자의 말이다.

화려하지만 볼만 하고, 어구가 이치에 합당하기에 규범적이고 배울 만하다."

내가 생각건대 시소詩騷의 변화란 이것을 아우른 것이다.

[해제] 《초사》를 《시경》과 비교하여 논했다. 주자는 《시경》의 육의六義로써 〈이소〉를 분석하여 풍風, 아雅, 송頌, 부賦, 비比, 흥興에 해당하는 요소를 찾았다. 이것은 곧 《초사》가 《시경》의 전통에서 벗어난 것이 아님을 의미하기도 한다. 그러나 〈이소〉는 《시경》에 비해 흥이 적고 비와 부가 많은데, 그것은 굴원이 구체적이고 과장적인 묘사를 즐겨 사용하면서 규모가 크고 내용이 복잡한 작품을 추구했기 때문이다. 그러므로 작자의 뜻을 분명하게 알기 위해서는 이러한 수사적 용법을 먼저 잘 구별해야 할 것이다.

한편 축요는 소인騷人의 작품은 고시의 뜻을 지니고 있어 본받을 만하며, 시인詩人의 작품과 마찬가지로 성정에서 발원하여 이치에 합당하므로, 시소詩騷의 풍격에 근본적인 차이가 없음을 지적했다. 소인이란 사부 작가를 가리키고, 시인이란 《시경》의 작가를 가리킨다. 한마디로 소체가 《시경》에서 연원하고 있음을 다시 한 번 강조한 것이다.

[원문] 朱子云: "詩有六義, 楚人之詞[1], 亦以是而求之. 其寓情草木[2]·託意男女[3]·以極遊觀之適[4]者, 變風之流也. 其敍事陳情[5]·感今懷古[6]·不忘君臣之義者, 變雅[8]之類也. 其言事神·歌舞之盛, 則幾乎頌矣. 賦[9]則如騷經[10]首章之云也, 比則香草惡物[11]之類也, 興則託物興詞·初不取義, 如九歌[12]沅芷澧蘭[13]以興思公子而未敢言之屬也. 然詩之興多而比賦少, 騷則興少而比賦多, 要必辨此而後詞義可尋."[以上朱子語.] 祝君澤[14]云: "騷人之賦[15]與詩人之賦雖異, 然猶有古詩之義, 辭雖麗而義可則. 詩人所賦, 因以吟詠情性也, 騷人所賦, 亦以其發乎情也. 其情不自知而形於辭, 其辭不自知而合於理. 情形於辭, 故麗而可觀, 辭合於理, 故則而可法." 愚按: 詩騷之變, 斯並得之.

[주석] 1 楚人之詞(초인지사): 초나라 문인의 노래. 즉 초사를 가리킨다.
2 寓情草木(우정초목): 초목을 묘사함으로써 작자의 정감을 기탁하다.

3 託意男女(탁의남녀): 남녀를 묘사함으로써 작자의 생각을 기탁하다.

4 遊觀之適(유관지적): 유람의 즐거움.

5 敍事陳情(서사진정): 사건을 서술하고 감정을 진술하다.

6 感今懷古(감금회고): 현재를 한탄하며 옛날을 회상하다. '感(감)'은 '憾(감)'과 같은 글자다.

7 君臣之義(군신지의): 임금과 신하 사이의 의리를 가리킨다.

8 變雅(변아):《시경》의 이아 중 서주의 왕조가 쇠퇴할 때 지어진 작품으로 변소아는 유월六月~하초불황何草不黃, 변대아는 민로民勞~소민召旻까지를 가리킨다.

9 賦(부): 시의 육의六義의 하나.

10 騷經(소경): 굴원의 〈이소〉를 가리킨다. 왕일의《초사장구서楚辭章句敍》에 의거하면 〈이소〉는 동한 시대부터 '이소경' 혹은 '소경'으로 불렸다. "장제가 즉위하여 문예가 깊고 넓어졌는데, 반고와 가규가 또다시 직접 본 것에 의거하여 전대의 의문점을 고쳐《이소경장구》라고 이름 지었다.孝章卽位, 深弘道藝, 而班固·賈逵復以所見改易前疑, 各作離騷經章句." 전통적으로 〈이소〉를 포함한 굴원의 작품은 '이소'라고 범칭하고, 그 이외 작품은 '초사' 또는 '속이소續離騷'라고 했다.

11 惡物(악물): 성질이 못된 사람.

12 九歌(구가):《초사》의 편명이다. 원래는 전설 중의 아주 오랜 가곡의 명칭이었으나, 굴원이 민간 제신 악곡에 근거하여 고치거나 가공하여 완성한 것이다. 모두 11편으로 그 편명은 다음과 같다. 〈동황태일東皇太一〉, 〈운중군雲中君〉, 〈상군湘君〉, 〈상부인湘夫人〉, 〈대사명大司命〉, 〈소사명少司命〉, 〈동군東君〉, 〈하백河伯〉, 〈산귀山鬼〉, 〈국상國殤〉, 〈예혼禮魂〉.

13 沅芷澧蘭(원지풍란): 원수沅水와 풍수澧水의 양쪽 기슭에서 자라는 향초.

14 祝君澤(축군택): 축요祝堯. 원나라 시기의 유학자로 생졸년은 미상이다.《고부변체古賦辨體》를 지었다고만 전할 뿐이다.

15 賦(부): 읊조리다.

3

축요가 말했다.

"굴원屈原과 송옥宋玉의 사辭는 집집마다 널리 전송傳誦되어 숭상되었다. 산정된 후의 유음遺音 중 이보다 더 예스러운 것이 없는 것은 육의六義를 겸비했기 때문이다. 부5)는 진실로 이것을 바탕으로 의미가 깊고 심오하게 되었으니 그 어구가 무궁한 의미를 지니는 까닭을 알겠으며, 진실로 자신의 근심과 생각을 펼쳐 드러내니 분명히 정감에서 비롯되었다. 그 충군과 애국을 늘어놓음은 은연히 이치에서 비롯되었다. 정감으로 말미암아 어구가 되고, 어구로부터 이치가 생겨나니, 참으로 시인이 정감에서 출발하여 예의에서 멈춘다는 오묘함을 깨닫게 되는 것이 어찌 오직 사일뿐이겠는가. 다만 굴원과 송옥의 사가 예스러운 줄 알면서 그것이 예스러운 까닭을 알지 못하고 힘써 모방하기에 이른다면, 또 오직 어렵고 심오한 말로써 그 비천한 내용을 꾸미고 기이한 글자를 가려서 그 비루한 어구를 다듬어 급급하게 예스럽다고 한다면, 아무런 의미조차 없을 것인데 어찌 예스러움이 있겠는가?"

또 말했다.

"부가 예스러우려면 육의가 나타내는 것이 어떠한지를 살펴야 할 따름이다. 대개 문의文意가 화려하고 수식에 얽매여 지나치게 사치스러운 사를 지으면서 정감을 근본으로 삼지 않는다면 그 체재가 본디 옛것이 아닌데, 하물며 오직 기이한 글자를 숭상하는 것을 예스럽다고 하겠는가. 나는 사의 말단을 쫓아갈수록 더욱 사의 근본에서 멀어지는 것이 걱정스럽다."

축요의 말을 음미하면 근대에 지어진 소騷가 어떠한지 알 수 있다.

해제 소騷의 근원과 본질에 대해 간략하게 논했다. 소는 굴원과 송옥이 지은 초사를 가리킨다. 이후 소는 점차 한대의 부賦로 발전하여 '사부辭賦'라고 병

---

5) 곧 소를 가리킨다.

칭되었다. 앞서 제2칙에서 소체의 근원이 《시경》에 있음을 논했다. 또 제1권의 제5칙과 제53칙에서도 그와 관련된 내용을 찾아볼 수 있다.

또한 허학이는 《초사》는 성정에서 비롯된 것이라고 강조하고 있다. 이것은 《시경》의 본질과 일맥상통하는 것이다. 따라서 단순히 어렵고 심오한 말이나 기이한 글자로써 꾸미고 화려한 수식에만 얽매인다면 사부의 본질에서 멀어질 뿐이다. 축요의 말을 통해 명나라 시기의 사부는 이미 그 본질에서 멀어졌음을 알 수 있으니, 허학이는 바로 당시의 창작 세태를 한탄하고 있다.

祝君澤云: "屈宋之辭[1], 家傳人誦[2], 尙矣. 刪後遺音, 莫此爲古[3]者, 以兼六義焉爾[4]. 賦者[賦卽騷也]誠能雋永[5]於斯, 則知其辭所以有無窮之意味者, 誠以舒憂泄思[6], 粲然出於情. 放其忠君愛國, 隱然出於理. 自情而辭, 自辭而理, 眞得詩人發乎情・止乎禮義之妙, 豈徒以辭而已哉. 如但知屈宋之辭爲古, 而莫知其所以古, 及其極力摹倣, 則又徒爲艱深之言以文其淺近之說, 摘奇難之字以工其鄙陋之辭, 汲汲焉[7]以辭爲古, 而意味殊索然[8]矣. 夫何古之有?" 又云: "賦之爲古, 亦觀六義所發何如耳. 若夫霧縠組麗[9]・雕蟲篆刻[10], 以從事於侈靡[11]之辭, 而不本於情, 其體固已非古, 況乎專尙奇難之字以爲古, 吾恐其益趨於辭之末・而益遠於辭之本也." 味君澤之說, 則近代之爲騷者可知矣.

1 辭(사): 초사의 '사'는 초나라 지방 특유의 시가 체재다. 초나라 사람들이 그것을 '사'라고 부른 것은 《시경》의 시와 구별하기 위해서다. 그러므로 초사의 명칭은 당초 한나라 사람이 전국이 이미 통일된 상황에서 역사상 어떤 특정 지역(초나라)의 어떤 특정의 시체인 사에 대한 칭호에서 유래되었다. 현존하는 자료를 통해 볼 때 굴원이 초나라의 사를 개창했으며 집대성했다고 말할 수 있다. 다만 초사의 명칭 속에는 굴사屈辭가 포함되어 있으나 굴원의 사를 전적으로 가리키는 것은 아니다. 더욱이 후대에 사용된 초사의 개념에는 굴원 이후 기타 시인이 창작한 사의 작품도 포함된다. 그러므로 굴원의 작품에 한정할 때는 굴원체屈辭體라고 해야 더 옳다.

2 家傳人誦(가전인송): '가전호송家傳戶誦'의 뜻이다. 집집마다 널리 전송되다.

3 莫此爲古(막차위고): 이보다 더 예스러운이 것이 없다.

4 爾(이): …할 뿐이다. '耳(이)', '而已(이이)'와 같은 뜻이다.

5 雋永(준영): 문장 따위가 의미가 깊다. 심오하다. 의미심장하다.

6 舒憂泄思(서우설사): 생각을 터뜨리다.

7 汲汲焉(급급언): 급급하다. 골똘하게 한정된 일에만 마음을 쓰다.

8 索然(삭연): 다하여 없어지는 모양. 흥미가 없는 모양.

9 霧縠組麗(무곡조려): 문의가 화려하다. '霧縠(무곡)'은 안개처럼 가볍고 부드러운 천을 가리키고, '組麗(조려)'는 견직물이나 시문 등이 화려한 것을 형용하며, '화려하다'는 뜻으로 사용된다.

10 雕蟲篆刻(조충전각): 문장을 짓기 위해 수식에 얽매이는 것을 비유한다. '蟲(충)'은 '충서蟲書'를 가리키고, '刻(각)'은 '각부刻符'를 가리킨다. 충서와 각부는 모두 진秦나라 서체로 서한 시대 어린아이들이 반드시 배워야 하는 기예였다. 따라서 '조충전각'은 도라고 말하기에는 부족한 잡기에 많이 비유된다. 경학을 중시하는 유학자의 입장에서 보면 시문의 창작이란 바로 조충전각과 같은 신변잡기에 불과한 것이었다.

11 侈靡(치미): 지나치게 사치스럽다.

4

호응린이 말했다.

"사시四詩[6]는 법칙이 아정하여 진실로 삼대三代의 풍모가 된다. 장엄하고 화려함의 발단은 진실로 〈이소〉에서부터 나타났다."

유협劉勰이 말했다.

"〈이소〉는 《시경》의 작자 이후 비상하여 사부辭賦가 발전하기 이전에 크게 유행했다. 그러므로 요堯·순舜의 광명정대함을 진술하고 우禹·탕湯의 공손하고 신중함을 말한 것은 《상서尙書》 중 〈요전堯典〉, 〈탕고湯誥〉 등의 양식이다. 걸桀·주紂의 무도함을 비난하고 예

---

6) 국풍, 이아, 송.

羿·요澆의 몰락을 애도한 것은 《시경》 중 경계와 풍간의 취지다. 〈섭강涉江〉에서 규용虯龍으로 군자를 비유하고, 〈이소〉에서 구름과 무지개로써 간신을 비유한 것은 《시경》 중 비흥比興의 수법이다. 〈애영哀郢〉에서 매번 고개 돌려 바라보며 눈물 닦고, 〈구변九辯〉에서 군왕의 궁문宮門이 아홉 개임을 탄식한 것은 《시경》 중 충성스러우나 원망을 품은 말이다. 이 네 가지 사항을 보건대 〈이소〉는 국풍國風, 소대아小大雅와 일치한다. 그러나 〈이소〉에서 구름과 용에 의탁하여 괴이한 것을 말하고, 구름의 신 풍융豊隆으로 하여금 복비宓妃를 구하게 하고, 짐조鴆鳥로 하여금 융녀娀女에게 구혼하도록 한 것 등은 괴상한 말이다. 〈천문天問〉에서 공공共工이 천주天柱를 넘어뜨려 천지가 무너지게 하고, 후예后羿가 아홉 개의 태양을 화살로 쏘았으며, 〈초혼招魂〉에서 머리 아홉 개의 거인 나무꾼을 말하고, 눈이 세 개 있는 토지신을 말한 것도 기괴한 이야기다. 〈이소〉에서 은殷나라 팽함彭咸의 유훈에 의탁하고, 〈구장九章〉에서 오자서伍子胥를 따라 유유자적한 것은 편협한 뜻이다. 〈초혼〉에서 남녀가 섞여 앉아 문란하고 절제하지 않는 것을 쾌락이라 하고, 그치지 않고 술 마시며 밤낮 취해 있는 것을 환락이라고 하니 음란한 생각이다. 이 네 가지의 사항은 경전과 다르다. 그러므로 경서經書에 부합하는 것을 먼저 말하고 괴상망측한 것을 뒤에 말했다. 진실로 《초사》는 삼대의 시서詩書의 체재를 본받고 전국시대의 기풍이 섞여 있어 아와 송에 비하면 미천하지만 사부의 걸작임을 알겠다."

생각건대 회남자淮南子, 선제宣帝, 양웅楊雄, 왕일王逸은 모두 방경方經으로 열거하고 유독 반고班固만 매우 폄하했는데, 유협이 비로소 절충하여 천고의 정론이 되었다. 대개 굴원은 본래 사부의 으뜸이므로, 반드시 성인의 경전으로 열거할 필요는 없다.

《초사》의 문학사적 의의에 관한 논의다. 한무제漢武帝 때 시행된 백가의 사상을 배척하고 오직 유가를 존중하는 '파출백가罷黜百家, 독존유술獨尊儒術'의 정책은 유가사상을 정치이념으로 확정하고 유가경전을 시비판단의 도덕 기준이 되도록 했다. 이것은 학술사상에도 그대로 영향을 미쳐, 이른바 '종경宗經' 사상이 크게 발전하게 되는 요인이 되었다. 굴원 또한 예외가 아니어서 중국경학사에서 그와 관련된 논쟁이 벌어졌는데, 그것은 '정방正方'과 '반방反方'의 대립으로 나타났다. '정방'의 주장은 유안劉安, 사마천에게서 비롯되어 왕일에 의해 최고조에 이르렀다. '반방'의 주장은 반고가 대표적으로 제기했다.

먼저 유안은 〈이소〉의 의미가 풍아와 겸하므로 '경經'이라고 할 수 있다고 보았다. 유안은 〈이소〉의 '원분지정怨憤之情'을 긍정하고 굴원의 고상한 정치 이상과 순국의 정신을 찬양했다. 사마천도 이런 관점을 계승하여 〈굴원열전屈原列傳〉에서 그의 일생을 충국忠國의 과정으로 묘사하고, 굴원의 〈이소〉를 문왕文王이 《주역》을 짓고 공자가 《춘추》를 지은 것과 같은 의미를 지닌다고 보고 《시경》과 함께 논했다. 양웅 역시 간접적으로 굴원을 비평했지만 대체적으로 굴원의 인품을 존경했다.

그러나 반고는 그렇지 않았다. 반고는 굴원이 자신의 재주를 드러내고자 하고 회왕懷王을 질책한 점을 들어 범상犯上의 죄를 저질렀다고 간주하고서, 굴원이 자신의 이상에 집착하고 투쟁을 견지한 것은 충신의 도리에 위배된다고 말했으며 자살한 것도 배울 점이 못 된다고 비평했다.

이후 왕일은 반고의 주장에 대해 하나하나씩 반론을 제기했고, 유협은 이러한 관점을 절충하고 초사의 문학적 지위를 강조하여 "〈이소〉는 《시경》의 작자 이후 비상하여 사부가 발전하기 이전에 크게 유행했다軒翥詩人之後, 奮飛辭家之前"고 평했다.

〈이소〉는 시경의 국풍, 소아, 대아, 송에 비해 자유롭고 수식이 화려하다. 그러나 〈이소〉가 《시경》과 가장 큰 다른 점이 있다면, 〈이소〉는 전통적으로 경부經部가 아닌 집부集部, 즉 문학 작품에 속한다는 데 있을 것이다. 이에 허학이는 〈이소〉가 사부의 으뜸임에는 틀림없지만 성인의 경전과 나란히 둘 필요는 없다고 본 것이다. 이러한 그의 관점은 유협의 절충론을 계승하고 발전시킨 것으로 보인다.

胡元瑞云: "四詩[1]典則雅淳[2], [國風·二雅及頌], 自是三代風範[3]; 宏麗[4]之端, 實自離騷發之." 劉勰[5]云: "離騷軒翥[6]詩人之後, 奮飛辭家之前. 故其陳堯舜之耿介[7]·稱禹湯之祇敬[8], 典誥[9]之體也; 譏桀紂[10]之猖狂[11]·傷羿澆[12]之顚隕[13], 規諷之旨[14]也; 虬龍以喩君子[15], 雲蜺以譬讒邪[16], 比興之義也; 每一顧而掩涕[17], 歎君門之九重[18], 忠怨之辭也: 觀玆四事, 同于風雅者也. 至於託雲龍[19], 說迂怪, 豐隆求宓妃[20], 鴆鳥媒娀女[21], 詭異之辭也; 康回傾地[22], 夷羿彈日[23], 木夫九首[24], 土伯三目[25], 譎怪之談也; 依彭咸之遺則[26], 從子胥以自適[27], 狷狹[28]之志也; 士女雜坐[29], 亂而不分, 指以爲樂, 娛酒不廢, 沉湎日夜[30], 擧以爲歡, 荒淫之意也: 摘此四事, 異乎經典者也. 故論其典誥則如彼, 語其夸誕則如此. 固知楚辭者, 體慢於三代, 而風雅於戰國, 乃雅頌之博徒[31], 而詞賦[32]之英傑也." 按: 淮南王[33]·宣帝[34]·楊雄[35]·王逸[36]皆擧以方經[37], 而班固[38]獨深貶之, 勰始折衷[39], 爲千古定論. 蓋屈子[40]本辭賦之宗, 不必以聖經[41]列之也.

1 四詩(사시): 《시경》의 국풍, 대아, 소아, 송을 가리킨다.
2 典則雅淳(전칙아순): 법칙이 아정하다. '전칙'은 시문 등의 법칙이나 장법章法을 가리킨다. '아순'은 '雅醇(아순)'이라고도 하며 아정하고 순후하다는 뜻이다.
3 三代風範(삼대풍범): 삼대의 풍모. '삼대'는 하夏, 은殷, 주周를 가리킨다.
4 宏麗(굉려): 장엄하고 화려하다.
5 劉勰(유협): 남조 시기 양나라의 문학가다. 문학비평서인 《문심조룡》을 지었다. 소명태자昭明太子의 신임이 두터웠고 《문선文選》 편찬에 그의 창작이론이 많은 영향을 미쳤다. 불전佛典을 비롯하여 각종 서적을 열독하여 많은 교양을 쌓았는데, 그의 심오한 학문적 소양은 《문심조룡》에 잘 나타나 있다. 이 책의 원고를 탈고하여 당시 문단의 중진이었던 심약沈約에게 교열을 부탁하자 심약은 한 번 보고 감탄하면서 그의 탁자 위에 정중히 놓았다고 한다. 만년에는 출가하여 남경 교외의 정림사定林寺에서 승려 생활로 여생을 보냈다.
6 軒翥(헌저): 비상하다. 높이 날다.
7 堯舜之耿介(요순지경개): 요순임금과 순임금의 광명정대함.

8 禹湯之祗敬(우탕지지경): 하나라 우임금과 상나라 탕임금의 공손하고 신중함.

9 典誥(전고): 《상서尙書》중의 문체.

10 桀紂(걸주): 하나라와 상나라 말기의 폭군. 걸은 하나라 말기의 폭군이고 주
   는 상나라 말기의 폭군이다.

11 猖狂(창광): 창피. 무도함. 망령됨.

12 羿澆(예요): 상고 시기의 전설 속의 용사勇士인 예와 요를 가리킨다. 예는 하나
   라 때의 제후로 궁술의 명인이다. '요'는 '奡(오)'라고도 쓰는데, 하나라 한착寒浞
   의 아들이다.

13 顚隕(전운): 몰락하다.

14 規諷之旨(규풍지지): 경계와 풍간의 취지.

15 〈구장九章, 섭강涉江〉참조. "駕靑虬兮驂白螭(가청규혜참백리)."

16 〈이소〉참조. "飄風屯其相離兮(표풍둔기상리혜), 帥雲霓而來御(수운예이래
   어)."

17 〈구장, 애영哀郢〉참조. "望長楸而太息兮(망장추이태식혜), 涕淫淫其若霰(체
   음음기약산). 過夏首而西浮兮(과하수이서부혜), 顧龍門而不見(고용문이불
   견)."

18 〈구변(九辨)〉참조. "君之門兮九重(군지문혜구중)."

19 〈이소〉참조. "駕八龍之婉婉兮(가팔용지완완혜), 載雲旗之委蛇(재운기지위
   사)."

20 〈이소〉참조. "吾令豐隆乘雲兮(오령풍융승운혜), 求宓妃之所在(구복비지소
   재)."

21 〈이소〉참조. "望瑤台之偃蹇兮(망요대지언건혜), 見有娀之佚女(견유융지일
   녀). 吾令鴆爲媒兮(오령짐위매혜), 鴆告余以不好(짐고여이불호)."

22 〈천문(天問)〉참조. "康回凭怒(강회빙노), 地何故以東南傾(지하고이동남
   경)." 강회康回는 공공共工으로, 전욱顓頊과 전쟁할 때 천주天柱인 부주산不周山을
   부딪치자 천지가 무너졌다.

23 〈천문〉참조. "羿焉彃日(예언필일)."

24 〈초혼招魂〉참조. "一夫九首(일부구수), 拔木九千些(발목구천사)."

25 〈초혼〉참조. "土伯九約(토백구약)…參目虎首(참목호수)."

26 〈이소〉참조. "願依彭咸之遺訓(원의팽함지유훈)". '팽함'은 은나라 대부로, 임
   금에게 자신의 의견을 간언했으나 받아들여지지 않자 물에 빠져 죽었다.

27 〈구장, 비회풍悲回風〉 참조. "從子胥而自適(종자서이자적)." 오자서는 전국시
    대의 오나라 대부다. 오나라 왕 부차夫差에게 간언했으나, 부차가 그를 자살시
    키고 그 시체를 묶어 강물에 던져 버렸다.

28 狷狹(견협): 편협하다. 성급하고 마음이 좁다.

29 〈초혼〉 참조. "士女雜坐(사녀잡좌), 亂而不分些(난이불분사)."

30 〈초혼〉 참조. "娛酒不廢(오주불폐), 沉日夜些(침일야사)."

31 博徒(박도): '賭徒(박도)'와 같은 말이다. 즉 미천하다는 의미로 사용되었다.

32 詞賦(사부): 한부를 가리킴.

33 淮南王(회남왕): 유안劉安(B.C. 179년~B.C. 122년). 서한 시기의 사상가이자
    문학가다. 패군沛郡 풍豐 곧 지금의 강소성 풍현豐縣사람이다. 한고조漢高祖의 손
    자이며 부친을 뒤이어 회남왕으로 봉해졌다. 한문제 16년 유항劉恒은 한초의
    회남국을 유안 형제 세 사람에게 나누어 봉했다. 유안은 장자의 신분으로 회남
    왕을 세습했다. 지금의 안휘성 회하淮河 이남 지역에 해당한다. 유안은 독서를
    좋아하고 거문고를 잘 탔으며 사냥을 싫어했다. 당시 많은 왕들은 저마다 세력
    을 키웠는데 유안은 그들과 달랐다. 그는 유학을 비롯한 여러 학문에 두루 능했
    으며, 뛰어난 재능을 지닌 학자나 방사方士, 호걸들을 귀하게 여겨 수천 명의 식
    객을 두기도 했다. 한무제는 언변이 좋고 박식한 회남왕을 다른 왕들보다 더 극
    진히 대접했다. 유안은 막하의 학자들에게 명하여 각각 그 도를 강론시켜 《회
    남자》라는 책을 만들었다.

34 宣帝(선제): 서한의 제10대 황제 유순劉詢(B.C. 91~B.C. 49). 본명은 병이病已
    였는데 즉위 후 개명했다. 자는 차경次卿이다. 그는 한무제의 증손자로 어릴 때
    민간에 떠돌아다니다가 조정 대신에 의해 황제로 세워졌다.

35 楊雄(양웅): 서한 말기의 학자 겸 문인이다. 자는 자운子雲이고 사천성 성도成
    都에서 출생했다. 청년시절에 고향 선배인 사마상여의 영향을 많이 받았으며
    성제成帝 때 글 솜씨를 인정받아 궁정문인의 한 사람이 되었다. 성제의 여행을
    수행하며 쓴 〈감천부甘泉賦〉, 〈하동부河東賦〉, 〈우렵부羽獵賦〉, 〈장양부長楊賦〉
    등은 화려한 문장인데 성제의 사치를 꼬집어 풍자했다. 시대에 적응하지 못한
    자신의 불우한 원인을 묘사한 〈해조解嘲〉, 〈해난解難〉도 독특한 여운을 주는 산
    문이다. 또 《방언方言》, 《주역》에 기본을 둔 철학서인 〈태현경太玄經〉과 《논
    어》의 문체를 모방한 수상록인 《법언法言》 등을 저술했다. 왕망王莽이 정권을
    찬탈하자 그 정권을 찬미하는 문장을 썼기 때문에, 송대 이후로 지조가 없는 사

람으로 비난받기도 했다.

36 王逸(왕일): 동한 시기의 문학가다. 자는 숙사叔師고 남군南郡 의성宜城 곧 지금의 호북성 양양襄陽 사람이다. 안제安帝 때 교서랑校書郞이 되었고, 순제順帝 때는 관시중官侍中이 되었다. 이후 예주자사豫州刺史, 예장태수豫章太守 등의 주요 관직을 역임했다. 《동관한기東觀漢紀》의 편찬에 참가했으며 문학에 뛰어나 후인이 그 작품을 정리하여 《왕일집王逸集》을 엮었다. 그러나 대부분의 작품이 이미 없어졌고, 오직 《초사장구楚辭章句》만이 완정하게 남아 전해지고 있다. 이 《초사장구》는 《초사》의 가장 이른 시기의 완정된 주석본이라는 점에서 가치가 매우 크다. 그가 굴원을 애도하여 지은 〈구사九思〉도 《초사장구》안에 수록했다.

37 方經(방경): 모범이 되는 경전. 홍흥조洪興祖의 《초사보주楚辭補注, 이소경장구離騷經章句》에 다음과 같은 내용이 있다. "생각건대 고인이 〈이소〉를 인용할 때 '경'이라고 말한 자는 없다. 아마 후세의 사람들이 그의 글을 본받아 서술하고 그것을 높여 '경'이라고 했을 것이다. 굴원의 뜻은 아니다.按古人引離騷, 未有言經者. 蓋後世之士, 祖述其詞尊之爲經耳, 非屈原意也."

38 班固(반고): 동한 시기의 문인이자 역사가다. 자는 맹견孟堅이고 섬서성 함양咸陽에서 출생했다. 반표班彪의 아들로서 아버지의 유지遺志를 이어 고향에서 《한서》 편집에 종사했으나, 62년경 국사를 개작改作한다는 중상모략으로 투옥되었다. 이후 그의 동생 반초班超의 노력으로 명제明帝의 용서를 받아 20여 년에 걸쳐 《한서》를 완성했다. 79년 여러 학자들이 백호관白虎觀에서 오경五經의 차이를 토론할 때, 황제의 명을 받아 《백호통의白虎通義》를 편집했다. 화제和帝 때 두헌竇憲의 중호군中護軍이 되어 흉노 원정에 수행하고, 92년 두헌의 반란사건에 연좌되어 옥사했다. 그가 창작한 〈양도부兩都賦〉는 한부의 걸작으로 손꼽힌다.

39 折衷(절충): 절충하다.

40 屈子(굴자): 굴원屈原(약 B.C. 343~B.C. 278). 전국시대의 정치가이자 시인이다. 초나라 왕족과 동성同姓이며, 이름은 평平이고 자가 원原이다. 생몰 연대는 기본 자료인 《사기》에 명기되지 않았기 때문에 여러 설이 있으나, 지금은 희곡 《굴원》의 작자인 곽말약郭沫若의 설에 따른다. 학식이 뛰어나 초나라 회왕의 좌도左徒가 되어 중요한 임무를 맡았으나 법령입안法令立案 때 궁정의 정적政敵들과 충돌하여, 중상모략으로 국왕 곁에서 멀어졌다. 〈이소〉는 그 울분을 노래한 것이라고 《사기》에 적혀 있다.

5

굴원의 〈이소〉에 대해 주자는 다음과 같이 말했다.

"그것은 충군과 애국의 성심에서 비롯되었지만 변풍變風과 변아變雅의 말류7)로 치달아, 학식이 바른 학자와 몸가짐이 단정한 선비가 부끄러워하는 것이 되었다."

이 말은 진실로 잘못되지 않았다. 그러나 초횡焦竑은 그 말을 매우 나무라면서 다음과 같이 말했다.

"어찌 변풍과 변아가 공자가 산정한 것이 아니겠으며, 학식이 바른 학자와 몸가짐이 단정한 선비가 충군과 애국을 버리는 것을 도라고 하겠는가?"

또 굴원이 원분에 쌓였다고 비방하지 않고자 다음과 같이 말했다.

"그 뜻이 모두 평담平淡함으로 귀착되었다."

내가 생각건대 굴원의 충은 충성스러우나 지나치다는 것이 천고의 정론이다. 오늘날은 오직 그 사辭의 정교함만 가지고서 〈이소〉가 편중되지도 않고 지나치지도 않는다고 말하며 대성大聖의 중용 속에 억지로 포함시키는데, 후세에 누가 그것을 믿겠는가? 이것은 굴원을 표양하는 것이 아니라 그저 자신에게 누를 끼칠 뿐이다.

 굴원의 〈이소〉에 대한 후대 평가와 관련된 논의다. 주자는 〈이소〉를 부정적으로 보았다. 변풍과 변아의 말류로 치달았다는 말은 주자의 시경론에 의거할 때 성정이 올바르지 못하고 사특함으로 나아갔다는 말이 된다. 정통 유학자들의 관점에서는 굴원의 충군과 애국이 진심에서 우러나온 것이

7) 즉 유협은 "경전과 다른 것이다"라고 말했다.

기는 하지만 그 감정이 온화하고 완곡하지 못한 점은 수치스러운 것이다. 반면 초횡은 〈이소〉를 긍정적으로 보았다. 그는 굴원의 충군과 애국의 정신을 높이 사서 대성의 반열에 올려놓으며 그의 뜻이 모두 평담하다고 평가했다. 이러한 견해에 대해 허학이는 굴원의 충성스러운 성정은 존숭하지만 그의 발분은 온유돈후를 강조하는 성인의 미학에 비해서는 지나치다고 강조하고 있다.

屈原離騷, 朱子謂: "其出於忠君愛國之誠心, 而馳騁[^1]於變風變雅之末流[卽劉勰言"異乎經典者也."][^2], 爲醇儒莊士[^3]所羞稱." 此語實不爲謬. 焦弱侯[^4]極詆[^5]之, 謂"豈變風變雅非孔子所刪定[^6], 而醇儒莊士能舍忠君愛國以爲道耶?"至又不欲以怨憤[^7]傷原[^8], 而謂"其指一歸於平淡[^9]". 愚按: 屈原之忠, 忠而過, 乃千古定論. 今但以其辭之工也, 而謂其無偏無過[^10], 欲强躋[^11]之於大聖[^12]中和[^13]之域, 後世其孰信之? 此不足以揚原, 適[^14]足以累己耳.

1 馳騁(치빙): 빨리 달리다. 질주하다.
2 이 말은 유협의 《문심조룡, 변소辯騷》에 보인다.
3 醇儒莊士(순유장사): 학식이 바른 학자와 몸가짐이 단정한 선비.
4 焦弱侯(초약후): 초횡焦竑(1541~1620). 명나라 시기의 문인이다. 홍무洪武 30년 (1397)에 출생하여 영락永樂 19년 진사에 급제했다. 당초 감찰어사監察御史를 제수받았다가 후일 강서안찰부사江西按察副使, 강서포정사江西布政使를 역임하고 정통正統 6년에 호부시랑戶部侍郎으로 승진했다. 관직 생활 23년 동안 수차례 백성들의 억울한 누명을 바로잡아 무고한 옥살이에서 벗어나게 해 주었고 동남 연해의 왜구를 막는 데에도 큰 공헌을 세웠다.
5 詆(저): 꾸짖다.
6 刪定(산정): 삭제하고 결정하다.
7 怨憤(원분): '怨恨(원한)'과 같은 말이다. 원망이나 증오를 가리킨다.
8 傷原(상원): 굴원을 비방하다.
9 平淡(평담): '平澹(평담)'과 같은 말이다. 곡절이 없다는 뜻이다.
10 無偏無過(무편무과): 어느 편으로 치우지지 않음.
11 躋(제): 오르다.

12 大聖(대성): 도덕이 완전하고 지혜가 뛰어나며 만물에 능통한 사람.

13 中和(중화): 중용의 도.

14 適(적): 다만. '시啻'와 같다.

6

왕세정이 말했다.

"〈이소〉가 전체적으로 잡다하게 중복되고 흥기가 한결같지 않은 까닭은, 대개 충성스러운 신하가 임금의 총애를 잃은 슬픔이 너무나 깊어 사리를 명확하게 밝힐 겨를이 없었기 때문이다. 또한 고의로 그 단서를 어지럽게 하여 같은 격조로 말하고자 하는 사람으로 하여금 스스로 찾게 하고, 다른 격조의 문장으로 창작하려는 사람으로 하여금 가려 뽑기 어렵게 만들었을 따름이다."

내가 생각건대 〈이소〉는 비록 전체적으로 잡다하게 중복되고 흥기가 한결같지 않지만, 자세하게 풀어보면 실마리가 긴밀하게 구성되지 않는 것이 없다. 왕세정이 "잡다하지만 어지럽지 않고, 중복되지만 싫증나지 않는다."고 한 것은 이를 두고 말한 것이다. 학자들이 진실로 자세히 읽어 깊이 음미하여, 심원하고 아득하며 황홀한 가운데서 그 맥락을 얻고 그 심원한 오묘함을 알 수 있다면, 〈이소〉의 참된 뜻이 보이게 될 것이다. 〈이소〉를 배우는 후인들은 육의에 대해서는 모자람이 없지만 심원한 곳에 대해서는 실로 이해가 부족하다. 이것은 축요도 제대로 이해하지 못한 것이다.

해제 〈이소〉의 내용 특징에 관한 논의다. 〈이소〉는 373구의 장편 서정시로 굴원이 스스로 겪은 경험을 서술한 작품이다. 또한 〈이소〉는 대체로 현실주의적인 내용을 위주로 전개되나 자아형상 속에 농후한 신비주의적인 색채를 반영하고 있어 낭만적인 분위기를 강하게 자아낸다. 따라서 〈이소〉는 단순히 굴원의 자전체 서사시가 아니므로 반드시 작품 속에 반영된 함의가 무엇인지를 잘 파악해야 한다. 그것이 바로 맥락을 찾아 심원한 오묘함을 이해하는 일이다. 그런데 앞서 제2칙에서 지적했듯이 〈이소〉의 복잡하고 풍부한 육의의 수사법에 사로잡혀 대부분의 사람들은 그 표면적인 의미를 파악하느라 작품의 심원한 뜻을 이해하는 데까지는 나아가지 못한다. 그 단계를 넘어설 때 〈이소〉의 오묘한 뜻을 이해할 수 있다고 강조하고 있다.

王元美云: "騷辭所以總雜重復·興寄不一者, 大抵忠臣怨夫惻怛[1]深至, 不暇致詮[2], 亦故亂其緒, 使同聲者自尋·修隙[3]者難摘耳." 愚按: 騷辭雖總雜重復·興寄不一, 細繹[4]之, 未嘗不聯絡有緒, 元美所謂 "雜而不亂·復而不厭" 是也. 學者苟能熟讀涵泳, 於窈冥恍惚[5]之中得其脉胳[6], 識其深永之妙[7], 則騷之眞趣[8]乃見. 後人學騷者, 於六義亦未嘗缺, 而深永處實少. 此又君澤所未悉[9]也.

1 怨夫惻怛(원부측달): 임금을 잃은 이의 슬픔.

2 不暇致詮(불가치전): 사리를 명확히 밝힐 겨를이 없다.

3 修隙(수극): 부족한 것을 보완하다. 여기서는 '동성同聲'과 반대되는 개념으로 다른 격조의 문장으로 창작하는 것을 의미한다.

4 細繹(세역): 자세하게 풀어내다.

5 窈冥恍惚(요명황홀): 아득하며 황홀하다. '요명'은 그윽하고 오묘한 모양을 가리키고, '황홀'은 미묘하여 그 속내를 헤아려 알 수 없는 모양을 가리킨다.

6 脉胳(맥락) 말이나 문장 등의 맥락 또는 조리.

7 深永之妙(심영지묘): 심원한 오묘함.

8 眞趣(진취): 참된 뜻.

9 未悉(미실): 이해하지 못하다.

7

　무릇 〈이소〉를 읽으면 다음과 같이 세 부류로 나뉜다. 그 심원한 오묘함을 깨달아 한 번 읊조려 세 번 감탄하며 스스로 멈출 수 없는 사람이 가장 뛰어나다. 그 심원하고 황홀하며 끝없이 무궁함을 깨달아 기쁘기도 하고 놀라기도 하는 사람이 그 다음이다. 악기에서 나는 음률을 깨달아 입으로 낭랑하게 읊조리며 여음을 느끼는 사람이 또 그 다음이다. 그렇지 않으면 그저 무미건조할 뿐이다.

　〈이소〉의 감상에 관한 논의다. 앞서 지적한 바와 같이 〈이소〉의 심원한 뜻을 간파하기란 어려운 일이다. 이에 그 감상의 수준을 세 단계로 나누어 학습자의 이해 정도를 구분했다. 이와 관련하여 청나라 문인 왕방채王邦采는 〈이소〉를 읽고 느끼게 된 심경의 변화를 다음과 같이 말했다.
　"나는 어릴 때 굴원의 〈이소〉를 읽었는데 글자가 대부분 기이하고 초나라 성조가 많으며 뜻이 대부분 심오하여 마치 옛 음악을 듣는 것 같았다. 또 몇 줄 읽지 않아서 문득 졸음에 겨워 잠이 들었다. 얼마의 시간을 들여 마침내 다 읽게 되자 마치 좋은 차를 마시는 것 같처럼 점점 맛이 있음을 깨달았다. 이에 반복하여 읽으니 잘 익은 막걸리를 마신 것 같이 심취되었다.予少時嘗讀屈子離騷矣, 字多奇, 聲多楚, 義多奧, 如聽古樂, 然讀未數行, 輒昏昏欲睡, 稍長, 卒讀之, 漸覺有味, 如啜佳茗焉, 因反覆讀之, 又如飮醇醪令人心醉也."

凡讀騷辭, 得其深永之妙, 一倡三歎而不能自已者, 上也; 得其窈冥恍惚 · 漫衍無窮[1] · 可喜可愕[2]者, 次也; 得其金石宮商之聲[3] · 琅琅[4]出諸喉吻[5]而有遺音[6]者, 又次也. 否則但如嚼蠟[7]耳.

1　漫衍無窮(만연무궁): 끝없이 무궁하다. '만연'은 끝이 없는 모양, 일대에 넘쳐 퍼지는 모양, 성대한 모양을 가리킨다.
2　可喜可愕(가희가악): 기쁘기도 하고 놀라기도 하다.
3　金石宮商之聲(금석궁상지성): 악기에서 나는 음률. '금석'은 '종鐘'과 '경磬' 따위

의 악기를 가리킨다. '궁상'은 오음五音, 즉 궁상각치우宮商角徵羽 중의 기본 소리

를 가리키는데 흔히 '음률'을 지칭하기도 한다.

4 琅琅(낭랑): 옥이나 금속이 부딪쳐 울리는 소리를 가리키며, 일반적으로 아름

다운 소리를 형용한다.

5 出諸喉吻(출저후문): 목구멍에서 나오다. '諸(저)'는 '之於(지어)'의 합음이다.

6 遺音(유음): 여음.

7 嚼蠟(작랍): '초를 씹다'는 뜻으로 '맛이 없다', '무미건조하다'는 의미를 비유한

다.

8

굴원의 〈원유遠遊〉는 〈이소〉에 비해 더욱 긴밀하게 구성되고 문채

또한 완비되었다. 그런데 《문선文選》에서 수록하지 않은 것은 이해할

수 없다. 사마상여司馬相如의 〈대인부大人賦〉는 비록 〈원유〉를 모방했

지만 기이하고 어려운 글자로 다듬는 것을 좋아해 후인들이 거의 읽

을 수 없다.

〈원유〉에 관한 논의다. 〈원유〉는 왕일의 《초사장구楚辭章句》에 명백하게

굴원의 작품으로 되어 있다. 주자 역시 굴원의 작품으로 보았다. 그러나

청대의 고증학考證學 기풍 속에서 〈원유〉의 작자에 대한 문제가 불거졌다.

호준원胡濬源이 《초사신주구확楚辭新注求確》에서 한나라 문인의 작품이라

고 주장하면서 쟁론이 시작되었다. 그 뒤를 이어 오여륜吳汝綸이 《평점고

문사류찬評點古文辭類纂》에서 후인이 사마상여의 〈대인부〉를 모방한 것이

라고 했다. 이러한 견해는 최근까지도 줄곧 이어졌다. 육간여陸侃如는 그의

저서 《굴원屈原》에서 동한인의 위작이라고 했으며, 곽말약郭沫若은 《굴원

부금역屈原賦今譯》에서 사마상여 〈대인부〉의 초고라고 논했다. 유국은游國

恩도 《초사개론楚辭概論》에서 서한인의 위작일 가능성이 크다고 했다. 심

지어 이보강李寶强은 〈'원유'의 작자 문제를 검토함遠遊篇作者問題商推〉(《남

양대학학보南洋大學學報, 창간호創刊號》)이라는 논문에서 회남왕 유안의 작

품이거나 혹은 그의 막료가 쓴 친필일 것이라고 주장했다. 그러나 강량부姜亮夫가 작품의 내용, 어법, 음운 등의 측면에서 분석한 결과 〈원유〉는 굴원이 직접 쓴 것이라는 결론을 내렸는데, 이것이 오늘날 통설이 되고 있다.

　허학이는 〈원유〉의 내용 구성과 문장 표현이 〈이소〉보다 더 훌륭하다고 평가했다. 또 사마상여의 〈대인부〉는 〈원유〉를 모방한 것이라고 했다. 두 작품을 비교해 보면 형식과 내용에 있어서 비슷한 점이 많다. 예를 들면 〈원유〉의 "시속이 질투하고 핍박하는 것이 구슬퍼, 가벼이 날아올라 멀리 노닐고자 하네悲時俗之迫阨兮, 願輕舉而遠遊"가 〈대인부〉에서는 "세속이 질투하고 핍박하는 것이 구슬퍼, 떠나가 가벼이 날아올라 멀리 노니네悲世俗之迫阨兮, 朅輕舉而遠遊"라고 되어 있다. 즉 '時(시)'자가 '世(세)'자로 '願(원)'자가 '朅(걸)'자로 바뀌었을 뿐이다. 이와 아울러 《문선》에 〈원유〉가 실리지 않은 점을 지적하며 소통蕭統의 《문선》에 대한 비평적 견해를 드러내었다.

屈原遠遊[1], 較[2]離騷更爲聯絡[3], 而文采亦完. 文選[4]不錄, 不可曉. 司馬相如[5]大人賦[6]雖倣遠遊, 然好以奇難[7]爲工, 後人幾[8]不能讀矣.

1 遠遊(원유): 굴원의 작품. 왕일의 《초사장구》에서 다음과 같이 말했다. "원유는 굴원이 지은 것이다. 굴원은 바르고 곧은 행동을 실천하지만 세상에 용납되지 못하여 위로는 헐뜯고 아첨하는 사람들에게 참소당하고, 아래로는 속인들에게 심히 곤란을 당하여 산택을 방황했는데 호소할 데도 없었다. 그리하여 근본이 하나임을 깊이 생각하고, 편안하고 조용함을 닦아 지켰다. 생각이 세상을 구제하고자 하면 마음속은 분개해지고, 문학적 재능이 뛰어나 마침내 오묘한 생각을 서술하고, 선인에게 의탁하고 짝이 되어 함께 노닐며 천지를 두루 돌아다니지 않은 곳이 없었다. 그러나 오히려 초나라를 생각하고 예부터 잘 아는 사람을 그리워한 것은, 충신의 마음이 돈독하고 인의의 마음이 돈후했기 때문이다. 그래서 군자는 그의 뜻을 보배처럼 소중히 여기고, 그의 말을 진귀하게 여겼다.遠遊者, 屈原之所作也. 屈原履方直之行, 不容於世. 上爲讒佞所譖毁, 下爲俗人所困極, 章皇山澤, 無所告訴. 乃深惟元一, 修執恬漠. 思欲濟世, 則意中憤然, 文采鋪發, 遂敍妙思, 託配仙人, 與俱遊戲, 周曆天地, 無所不到. 然猶懷念楚國, 思慕舊故, 忠信之篤, 仁義之厚也. 是以君子珍重其誌, 而瑋其辭焉."

2 較(교): 비교하다.

3 聯絡(연락): 연결되다. 긴밀하게 구성되다.

4 文選(문선): 남조 시기 양나라의 소명태자 소통이 여러 문인들과 함께 진·한 이후 제·양 시대까지의 대표적인 시문을 모아 엮은 책이다. 전체 30권이며 130여 명의 이름난 문장가의 작품이 실려 있는데, 이 중에는 무명작가의 고시와 고악부도 포함되어 있다.

5 司馬相如(사마상여): 서한 시대의 문인이다. 자는 장경長卿이며 사천성 성도에서 출생했다. 처음에 재물을 관에 기부하고 시종관侍從官이 되어 한경제漢景帝를 섬기고 무기상시武騎常侍가 되었다. 그러나 경제가 문학을 좋아하지 않았기에 자신의 뜻을 펼치지 못했다. 이에 경제의 아우인 양효왕梁孝王이 문인을 우대하는 것을 보고 한나라의 관직을 내놓고 양나라로 갔는데, 얼마 후 효왕이 죽자 고향으로 돌아가 가난하고 곤궁한 생활을 하며 〈자허부子虛賦〉를 지었다. 후일 무제가 그의 재능을 알아보고 총애하여 다시 시랑侍郎이 되었다. 《한서, 예문지》에 따르면 그의 부는 본디 28편이었다고 하는데, 지금 남아 전하는 것은 〈자허부〉를 비롯하여 부 3편과 산문 〈유파촉격喩巴蜀檄〉 1편이 있을 뿐이다.

6 大人賦(대인부): 사마상여의 작품으로 〈대인지송大人之頌〉이라고도 한다. '大人(대인)'은 천자를 은유한다. 작품 중에 묘사된 대인은 하늘을 여행하고 진인眞人과 교제하며 요순과 서왕모西王母를 방문하고 장생불로하며 자유자재로 소요하는데, 이것은 한무제의 신선 사상과 부합했다. 이 작품은 상상력이 풍부하고 표현이 화려하나 그 내용과 형식이 모두 《초사, 원유》를 모방했다고 평가된다.

7 奇難(기난): 기이하고 어려운 글자를 가리킨다.

8 幾(기): 거의.

9

굴원의 〈구가九歌〉는 본디 신을 제사 지내는 노래다. 그중 오직 〈상군湘君〉, 〈상부인湘夫人〉, 〈대사명大司命〉, 〈소사명少司命〉 4장이 간혹 임금과 신하 사이의 뜻을 기탁했고, 나머지 여러 장은 직접적으로 신에게 제사 지내는 것일 따름이다. 주석가들은 반드시 굴원이 모든 일마다 군주를 잊지 않았음을 말하고자 했으므로, 구절마다 견강부회했다. 그 의도는 이렇게 함으로써 굴원의 작품들이 망령된 것이 아님을 밝히는 데 있었다. 그리하여 고인의 문장들을 더욱 복잡하게 만들어 읽으면 읽을수록 헷갈리게 했으니, 주석가들의 잘못이다. 이것을 깨달으면 도연명陶淵明과 두보杜甫의 시를 제대로 살필 수 있다.

〈구가〉에 관한 논의다. 〈구가〉는 초땅의 민간 고사를 취해 민간 제가祭歌의 형식으로 쓴 서정시다. 그런데 전통 유가에서는 〈구가〉를 애국주의로 해석하고 있다. 대표적으로 왕일의 《초사장구, 구가서九歌序》에서 다음과 같이 말했다.

"옛날 초나라의 남쪽 도읍 영郢땅과 원수沅水, 상수湘水의 사이에서는 그 풍속이 귀신을 믿어 제사 지내기를 좋아했는데, 그 제사는 반드시 노래를 짓고 춤을 추면서 여러 신을 즐겁게 했다. 굴원은 조정에서 쫓겨나 그 지역에 은거했는데 근심을 가슴에 품고 슬픔이 끓어올라 밖으로 나와 마을 사람들이 제사 지내는 예와 가무의 음악을 보았다. 그 가사가 저속하여 〈구가〉의 노래를 지었다. 위로는 신을 섬기는 공경함을 진술하고 아래로는 자신의 억울함을 드러내어 풍간의 뜻을 기탁했다. 그러므로 그 문장의 의미가 다르고 장구가 복잡하며 다른 뜻으로 광범위하게 해석된다.昔楚南郢之邑, 沅湘之間, 其俗信鬼而好祠, 其祠必作歌樂鼓舞以樂諸神. 屈原放逐, 竄伏其域, 懷憂苦毒, 愁思沸鬱, 出見俗人祭祀之禮, 歌舞之樂, 其辭鄙陋, 因爲作九歌之曲, 上陳事神之敬, 下見己之寃結, 託之以諷諫, 故其文意不同, 章句雜錯, 而廣異義焉."

이러한 유가적 해석에 대해 허학이는 비판적인 입장을 견지하며, 〈구가〉는 신을 제사 지내는 노래라고 본 것이다. 참고로 〈구가〉의 신은 크게 다음의 세 부류로 구분된다.

(1) 천신天神: 동황태일東皇太一, 운중군雲中君, 동군東君, 대사명大司命, 소사명少司命.

(2) 지신地神: 상군湘君, 상부인湘夫人, 하백河伯, 산귀山鬼

(3) 인귀人鬼: 국상國殤

마지막 〈예혼禮魂〉은 이상의 제례를 마무리하는 노래다.

屈原九歌本祀神[1]之辭, 中惟湘君[2]·湘夫人[3]·大司命[4]·少司命[5]四章, 或有 寄意於君臣之間者, 餘數章則直祀神耳. 註家必欲謂屈子事事不忘君, 故每 每穿鑿强解[6], 意以爲必如此乃不妄作[7], 遂使古人文字牽纏附合[8], 愈讀愈晦[9], 則註家之過也. 知此則可以觀陶[10]杜[11]矣.

1 祀神(사신): 신에게 제사 지내다.

2 湘君(상군): 상수湘水의 신.

3 湘夫人(상부인): 요임금의 두 딸이자 순임금의 두 왕비인 아황娥皇과 여영女英 을 가리킨다. 순임금이 남방을 순시할 때 따라가지 못한 두 왕비가 뒤늦게 쫓아 가다가 순임금이 죽었다는 소식을 듣고 둘이 함께 물에 몸을 던져 죽었다고 한 다. 상군, 상부인에 대한 견해가 많으나 왕일의 견해를 따라 설명을 덧붙였다.

4 大司命(대사명): 중국 고대의 전설 가운데 나오는 인류의 생사운명을 관장하는 남신.

5 少司命(소사명): 사람의 자손의 유무와 아동의 성장을 관장하는 천신. 청대 왕 부지王夫之의 《초사통석楚辭通釋》에서 다음과 같이 기록하고 있다.
"대사명은 사람의 생사를 모두 맡고, 소사명은 사람의 자손의 유무를 맡는데 그 맡는 대상이 어린이기 때문에 '소少'라고 했다. '대大'는 도맡아 다스린다는 말이 다.大司命統司人之生死, 而少司命則司人子嗣之有無, 以其所司者嬰穉, 故曰少. 大則統攝之辭也."

6 穿鑿强解(천착강해): 견강부회.

7 妄作(망작): 망령되다.

8 牽纏附合(견전부합): 얽히고설키다.

9 愈讀愈晦(유독유회): 읽으면 읽을수록 분명하지 않다.

10 陶(도): 도연명陶淵明(365~427). 동진 시기의 시인이다. 이름은 잠潛이고 자가 연명 또는 원량元亮이다. 문 앞에 버드나무 다섯 그루를 심어 놓고 스스로 오류 五柳 선생이라 칭하기도 했다. 팽택현령彭澤縣令을 지내다가 사직하고 귀향했으 며 동진 말년 조정에서 그에게 저작랑著作郎의 관직을 내렸으나 나아가지 않아 사람들이 그를 도징사陶徵士, 도징군陶徵君이라고 불렀다. 사후 그의 친구들이 정절선생靖節先生이라는 사시私諡를 내렸다.

11 杜(두): 두보杜甫(712~770). 당나라 시기의 시인이다. 현실적인 시풍을 많이
   지니고 있으며 '시성詩聖'으로 추앙받는다. 자는 자미子美고 호는 소릉少陵이다.
   하남성 공현鞏縣에서 출생했는데 어려서 일찍 부모를 여의고 낙양洛陽의 숙모
   밑에서 자랐다. 24세 때 진사에 낙제하고 천하를 유람하다가 이백李白과 고적高
   適 등을 만났다. 756년 안녹산安祿山의 난을 피해 숙종肅宗의 행재소로 가던 도중
   포로가 되었으나 1년 만에 탈출에 성공하여 좌습유左拾遺가 되었다. 759년 대기
   근으로 관직을 사임하고 가족과 함께 감숙성을 거쳐 사천성 성도에 정착했다.
   이후 대체로 성도 서교西郊의 완화초당浣花草堂에 안주하며 생활하다가 764년에
   친구 엄무嚴武의 소개로 공부원외랑工部員外郎이 되었다. 이에 흔히 '두공부杜工
   部'라고 부르기도 한다. 그러나 곧 귀향의 뜻을 품고 성도를 떠났는데 지병으로
   인해 770년 동정호洞庭湖 부근에서 사망했다.

10

〈구가〉의 〈국상國殤〉한 편은 소리가 세차고 기세가 엄준하며 쇠와
같이 쟁쟁한 것이 뭇 작품들과 다르니, 진실로 정신이 의연하고 용기
를 북돋기에 족하다.

해제 〈구가〉의 〈국상〉에 관한 논의다. 이 시는 나라를 위해 죽은 장수를 제사
지내는 제가祭歌로 장수의 영웅적 기개와 장렬한 정신을 노래했다. 전체 두
단락으로 나눌 수 있는데 전반부에서는 격렬한 전투 과정을 묘사하고, 후
반부에서는 희생자에 대한 애도와 찬미가 주를 이룬다. 따라서 그 풍격이
대체로 세차고 엄준하다.

원문 九歌國殤一篇, 聲悍氣峻[1], 錚若金鐵[2], 與諸作不同, 正足爲毅魂鼓勇[3].

주석 1 聲悍氣峻(성한기준): 소리가 세차고 기세가 엄준하다.
   2 錚若金鐵(쟁약금철): 쇠와 같이 쟁쟁하다.
   3 毅魂鼓勇(의혼고용): 의연하고 용기를 북돋다.

11

〈이소〉는 장엄하고 화려하며 〈구가〉는 빼어나고 아름다운데, 〈구가〉는 배울 만하나 〈이소〉는 배우기 쉽지 않다. 명대의 여러 선배들이 다투어 〈이소〉를 지으며 분분히 모방했으니, 일시에 굴원이 눈앞에 모여 있는 듯하다.

해제 〈이소〉와 〈구가〉의 풍격을 비교했다. 〈구가〉는 신을 찬미하고 즐겁게 노는 악가라고 할 수 있으므로 아름다운 묘사가 많다. 반면 〈이소〉는 자신의 불우不遇한 마음을 여러 사물에 빗대어 진술하고 있기 때문에 장엄하다고 할 수 있다. 〈이소〉는 표면적인 내용도 이해하기 어렵지만 그 함축된 의미를 깨닫기가 쉽지 않기 때문에 더욱 모방하기 힘들다. 그러나 많은 문인들이 〈이소〉를 모방했음을 지적했다. '재자불우才子不遇'의 심정을 〈이소〉의 모방을 통해 표출하고자 했기 때문이다.

원문 離騷宏麗, 九歌秀美, 然九歌可學, 而離騷不易學也. 國朝[1]諸先輩競力爲騷, 紛紛摹擬[2], 一時屈子羣然在目[3]矣.

주석
1 國朝(국조): 명나라를 가리킨다.
2 紛紛摹擬(분분모의): 분분히 모방하다.
3 羣然在目(군연재목): 눈앞에 모여 있다.

12

굴원의 〈구장九章〉은 〈구가〉만 못하지만, 〈구장〉의 〈섭강涉江〉과 〈애영哀郢〉은 뛰어나다. 《문선》에서 〈섭강〉을 수록하고, 엄우가 〈애영〉을 선택한 것은 각기 의도가 있다.

그러나 〈구장〉을 〈이소〉, 〈구가〉와 비교하면 굴원이 짓지 않은 작품이 많다. 다시 말해 〈섭강〉과 〈애영〉은 가장 정교하고 문장도 매우 뛰어나지만 반드시 모두 굴원이 지은 것이 아니라고 생각된다. 예컨대 〈석왕일惜往日〉에서 "말을 다하지 못한 채 연못에 뛰어들려 하니, 임금이 몰라보는 것이 서럽구나不畢辭而赴淵兮, 惜壅君之不識"라고 한 것과 〈비회풍悲懷風〉에서 "문득 임금에게 간언해도 듣지 않으시니, 무거운 돌을 짊어진다고 무슨 이익이 있으리!驟諫君而不聽兮, 重任石之何益"라고 한 것이 어찌 굴원이 한 말이겠는가? 분명히 당륵唐勒, 경차景差의 무리가 굴원을 위해 지었을 것인데, 일시에 그들의 이름이 사라지고 굴원에게로 귀속된 것일 뿐이다. 주석가들의 견강부회가 가소롭다.

해
제 〈구장〉에 관한 논의다. 〈구장〉이 〈구가〉와 〈구변九辯〉이 고악곡의 명칭을 빌린 것과는 달리 실제 9편의 편수를 나타내는 말이다. 왕일은 굴원이 강남으로 축방되어 임금과 나라를 걱정하며 지은 것이라고 했으나, 사실은 그 시기와는 상관이 없다는 것이 일반적인 견해다. 또 주희는 〈구장〉은 후인이 9장을 집록하여 1권으로 만든 것으로 일시에 노래된 것이 아니라고 했다. 실제 사마천의 《사기, 굴원열전屈原列傳》에서는 〈회사懷沙〉, 〈애영〉의 작품을 직접 언급했을 뿐 '구장'의 명칭은 보이지 않는다. '구장'의 명명은 유향劉向의 〈구탄九歎〉에서 처음으로 보인다. 그러므로 〈구장〉은 적어도 유향 이전에 이미 정리되어 있었다고 볼 수 있다.

이렇게 〈구장〉의 제작 시기가 의문스러움에 따라 그 작가에 대한 이론도 일어나기 시작했는데, 바로 허학이가 그 논의의 서막을 열어 이후 청대의 여러 학자들에 의해 줄곧 논의되었다. 여기서 허학이는 〈석왕일〉, 〈비회풍〉이 굴원이 지은 것이 아니라 당륵, 경차 등이 지은 것이라고 추정하고 있다. 그 이유로서 굴원 자신이 아니라 제삼자가 창작했을 법한 시구를 예로 들었다. 다만 〈구장〉이 일시에 창작된 작품이 아니라고 한다면 작품마다 창작된 순서가 있을 것인데, 그 편차에 대한 의견도 논자마다 다르다. 이와 결부시켜 생각한다면 〈석왕일〉과 〈비회풍〉은 굴원이 멱라강汨羅江에 뛰어들기 직전의 상황을 쓴 작품이라고 할 수 있을 것이다.

屈原九章[1]不如九歌[2], 九章涉江·哀郢爲勝. 文選錄涉江, 而滄浪取哀郢, 各有意. 然九章較離騷·九歌, 制作多有不類, 卽涉江·哀郢最工而文又甚顯, 疑未必皆屈子所爲. 至如惜往日云"不畢辭而赴淵兮, 惜壅君之不識." 悲回風云"驟諫君而不聽兮, 任重石之何益!" 是豈屈子口語耶? 蓋必唐勒[3]·景差[4]之徒爲屈而作, 一時失其名, 遂附入[5]屈原耳. 註家强解[6], 可笑.

1 九章(구장): 굴원이 지은 초사 작품. 모두 9편이다. '章(장)'은 '드러내다'의 뜻으로 자신의 충심을 드러낸다는 의미로 사용되었다. '구장'의 뜻에 관해 왕일의 《초사장구》에서 다음과 같이 말했다. "〈구장〉은 굴원이 지은 것이다. 굴원이 강남의 들에 추방되어 임금을 생각하고 나라를 염려하며 근심에 잠긴 마음을 누를 길 없어 다시 〈구장〉을 지었다. '장'이란 드러나다의 뜻이요, 밝다의 뜻이다. 자기가 진술한 바의 충신의 도는 심히 드러나고 밝다는 것을 말한 것이다.
九章者, 屈原之所作也. 屈原放於江南之壄, 思君念國, 憂心罔極, 故復作九章, 章者, 著也, 明也. 言己所陳忠信之道, 甚著明也."

2 九歌(구가): 굴원이 민간에서 귀신에게 제사 지낼 때 불리던 악곡을 가지고 쓴 작품으로서 고악곡명이다. 모두 11편이다. 따라서 여기서의 9는 〈구장〉과 같이 실수가 아니다.

3 唐勒(당륵): 전국시대 초나라 사람이다. 대부大夫를 지냈고, 사부 작가로 활동했다. 굴원보다 뒤에 나온 사람으로 대략 송옥과 동시대인이다. 《한서, 예문지》에 그의 부 4편이 있다고 하는데 지금은 다 없어졌다. 《사기, 굴원가생열전屈原賈生列傳》에서 "굴원이 이미 죽은 뒤에 초나라에 송옥, 당륵, 경차의 무리가 있었는데, 모두 사辭를 좋아하고 부賦에 뛰어났다. 그러나 굴원이 부드러운 언어로 응대하는 것을 본받아 끝내 감히 직간直諫하지 못했다.屈原旣死之後, 楚有宋玉·唐勒·景差之徒者, 皆好辭而以賦見稱. 然皆祖屈原之從容辭令, 終莫敢直諫."고 평가했다.

4 景差(경차): 전국시대 초나라 사람이다. 성은 화芈이고 씨가 경景이며 이름이 차差이다. 초나라의 공족公族으로 사부 작가로 이름이 났다. 굴원보다 뒤에 나온 사람으로 송옥, 당륵 등과 동시대 사람인 듯하다. 경양왕頃襄王 때 대부를 지내기도 했다. 그의 작품으로는 유일하게 〈대초大招〉 1편이 전하는데, 진위 여부는 분명하지 않다(왕일은 굴원의 작품으로 봄).

5 附入(부입): 귀속되다.

6 強解(강해): 무리하게 해석하다.

13

　굴원의 〈복거卜居〉는 생각이 용솟음치는 샘 같고, 문장이 꿰맨 구슬 같아 오묘함을 형용할 수 없다. 〈어부漁父〉는 약간 뒤떨어지나 정제되어 법도가 있다. 모두 소騷가 변하여 부賦로 들어가는 단계이므로 《문선》에서 특별히 그것을 수록했다. 장경원張京元은 "〈복거〉, 〈어부〉는 의미가 얕고 말이 천박하여서 위작이라고 생각된다"고 말했는데, 그 오류가 이 지경까지 이르렀다.

해제

　〈복거〉와 〈어부〉에 관한 논의다. 이 두 작품에 대해서 일찍이 왕일은 굴원의 작품으로 보았다. 그런데 왕일의 다음 말로 인해 후인들이 의문을 품기 시작했다.

　"굴원이 축방되었다 … 어부가 속세를 피하여 은둔하고 있다가, 굴원을 시냇가에서 만났을 때 괴상하게 여겨 말을 건네어 서로 대화를 주고받았다. 초나라 사람이 굴원을 그리워하여 그 말을 서술했기에 세상에 전래되었다.屈原放逐…而漁父避世隱身…時遇屈原川澤之域, 怪而問之, 逐相應答. 楚人思念屈原, 因敍其辭以相傳焉."

　이 말에 따르면 〈복거〉와 〈어부〉는 초나라 사람이 굴원의 이야기를 빌어 지은 작품이 된다. 명대 장경원은 《산주초사刪注楚辭》에서 두 편의 의미가 비천하여 굴원의 작품이 아니라고 했다. 청대의 최술崔述 역시 《고고속설考古續說》에서 두 작품을 위작이라고 확신했다. 이러한 견해를 이어 최근 육간여, 유국은, 곽말약, 정진탁鄭振鐸 등도 모두 굴원의 작품이 아니라고 주장했다. 대체로 제삼자의 말투로 기술했기 때문에 굴원이 지은 것이라고 볼 수 없다고 보았다. 그런데 진자전陳子展은 '복거'와 '어부'는 굴원의 창작인가 아닌가漁父是否屈原所作》(《학습월간學習月刊》, 1962년 제6기)이라는 논문에서 굴원의 작품으로 보았다. 사마천, 왕일이 이미 굴원의 작품으

로 본 이상 확실한 증거 없이 부정하기에는 곤란하다는 견해를 내세우고
있다.

　허학이는 두 작품을 모두 굴원의 창작으로 보고 있다. 〈복거〉는 형용할
수 없이 오묘하고, 〈어부〉는 정제되어 법도가 있다고 극찬했다. 또 《문
선》에도 모두 수록되었는데, 소에서 부로 들어가는 단계의 작품이기 때문
이라고 그 문학적 가치를 밝혔다. 실제 〈복거〉와 〈어부〉는 부분적으로 운
율이 있으나 산문화의 특징이 분명하여 굴원의 작품 중 비교적 특수한 것
으로 평가되며 오늘날의 산문시와 비슷하다고 간주된다.

원문

屈原卜居[1], 思若湧泉, 文如貫珠, 妙不容言[2]; 漁父[3]警絶[4]稍遜, 而整齊有法[5],
皆變騷入賦之漸, 故文選特錄之. 張中山[6]云: "卜居·漁父, 意淺語膚, 疑是
僞作," 其憒謬[7]至此.

주석

1　卜居(복거): 《초사》의 시편이다. 굴원의 작품이라고 전해지나 초나라 사람이
　　굴원 사후 그를 애도하여 기록한 것이라고 보기도 한다. 왕일의 《초사장구》에
　　서 다음과 같이 말했다. "굴원이 지은 것이다. 굴원은 충정한 마음을 지니고 있
　　어, 질투를 당했다. 참소하고 아첨하는 신하들을 생각해보니 임금을 이어 그릇
　　된 길을 따라 부귀를 누렸다. 자기는 충직을 지키다가 몸은 버려지고 마음과 뜻
　　이 헷갈려 어찌할 바를 몰랐다. 그리하여 태복의 집으로 가서 신명에게 물어 그
　　것을 시구로 결정하는데, 자기가 세상에 처하여 어느 곳으로 가야 할 것인가를
　　점치고 뛰어난 계책을 들어 그것으로써 의심스러운 마음을 진정하고 싶어 했
　　다. 그러므로 〈복거〉라고 했다. 卜居者, 屈原之所作也. 屈原體忠貞之性, 而見嫉妬, 念讒佞之
　　臣, 承順君非, 而蒙富貴, 己執忠正而身放棄, 心迷意惑, 不知所爲. 乃往至太卜之家, 稽問神明, 決之著
　　龜, 卜己居世何所宜行, 冀聞異策, 以定嫌疑. 故曰卜居也."
2　妙不容言(묘불용언): 형용할 수 없이 오묘하다.
3　漁父(어부): 문답체로 된 이야기로, 《사기, 굴원열전》에도 보인다. 초나라의
　　굴원 스스로가 지었다고도 하나 후세 사람이 지었다고 하는 설이 유력하다.
　　조국에서 추방되어 초조히 강가를 방황하는 굴원이 어부의 물음에 답하여 이
　　세상의 오탁汚濁에 물들지 않으려는 깨끗한 자신의 의지를 말하는데, 은자인
　　어부는 이 세상의 청탁淸濁에 구애받지 말라며 〈창랑가滄浪歌〉를 부르면서 떠나

간다.

4 警絶(경절): 경탄하다. 뛰어나다.

5 整齊有法(정제유법): 정제되어 법도가 있다.

6 張中山(장중산): 장경원張京元. 명나라 시기의 문인으로 만력 32년(1604)에 진사가 되었다. 문벌귀족 출신이나 벼슬길이 여의치 않아 초사 연구에 집중하여 《산주초사刪注楚辭》를 지었으며, 명말의 소품小品 문학가로서 이름을 날렸다.

7 憒謬(궤류): 오류.

14

장경원이 〈천문天問〉에 대해 말했다.

"굴원은 쫓겨나 숨어 살면서 의지할 곳이 없어 탄식하며 잡다하게 옛일을 생각하다 붓이 가는대로 힐문했다. 혹자는 사람이 묻기에 족하지 않기에 하늘을 향해 소리쳐 물은 것이라고 했다. 또한 그 응대의 말이 순박하니 결코 한나라 이후의 사람이 말할 수 있는 것이 아니다. 다만 작품이 잡다하게 중첩되고 어지러워서 독자가 이해하기 어렵다. 구설에서는 종묘의 그림을 보고서 물었다고 말하는데, 아마도 이 여러 가지를 벽에 그릴 필요는 없었을 것이다."

생각건대 장경원이 《초사》에 대해 말한 것은 매번 오류가 많지만, 이것은 거의 다른 사람이 따르지 못할 만큼 뛰어나다.

해제 〈천문〉에 관한 논의다. 〈천문〉은 편폭이 크고 체재가 다소 특이한 장편시다. 전체 350여 구 1500여 자의 문답식으로 구성되어 있으며 모두 172개의 문제가 들어 있다. 전반부는 우주, 자연에 대한 탐구를 위주로 하고 후반부는 국가 역사의 회고 및 선악시비의 추구 등의 내용을 위주로 구성되어 있으며 다방면의 신화 자료를 포괄적으로 사용하고 있다. 따라서 굴원의 작품 가운데 〈이소〉가 가장 위대한 작품이라면 〈천문〉은 가장 기괴한 작품으로 간주된다. 《사기, 굴원열전》에 의거할 때 굴원이 지은 것이 분명한 듯하다.

〈천문〉은 곧 '하늘에 묻다問天'는 뜻이다. 그러나 천명을 선양하는 것이 아니라 역사교훈을 총결하는 것이며, 모르는 것을 묻는 것이 아니라 믿지 못하는 것을 묻고 불평한 것을 묻고 꼭 알아야 하는 것을 묻는다. 이런 호소력은 〈이소〉나 〈구장〉에 결코 뒤지지 않는다. 고금의 여러 학자들의 고증에 따르면 이 시는 굴원이 다른 지역을 주유하다 고대의 묘당 아래에서 휴식하면서 그 묘당 벽에 그려진 그림을 보고 영감을 받아 창작했다고 한다. 대표적으로 왕일의 《초사장구, 천문서天問序》에서는 다음과 같이 말하고 있다.

"굴원이 추방되매 근심으로 몸이 파리해지고 산택을 방황하며 언덕과 평지를 돌아다니다가 하나님을 부르짖으며 하늘을 쳐다보고 탄식했다. 초나라에 선왕의 종묘와 공경의 사당이 있는 것을 보니 천지와 선천의 신령, 진기한 것과 괴이한 것 및 옛 성현과 괴물의 행사가 그려져 있었다. 두루 돌아다니다가 지쳐, 그 아래에서 쉬면서 그림을 쳐다보고 그 벽에 글을 써서 그것을 꾸짖고 묻고 하여 울분을 토로함으로써 근심스런 생각을 해소시켰다. 초나라 사람들이 굴원을 애석히 여겨 함께 논술했기 때문에 그 문장의 의미가 순서대로 되지 않았다고 한다. 屈原放逐, 憂心愁悴, 彷徨山澤, 經歷陵陸, 嗟號昊旻, 仰天歎息, 見楚有先王之廟及公卿祠堂, 圖畵天地山川神靈, 琦瑋僑佹及古賢聖怪物行事, 周流罷倦, 休息其下, 仰見圖畵, 呵而問之, 以渫憤懣, 舒寫愁思, 楚人哀惜屈原, 因共論述, 故其文義不次序云爾."

그러나 이에 대한 반론이 후대에 제기되었으니, 여기서 인용한 장경원의 견해가 바로 그 선두적인 의의를 지닌다. 허학이 역시 장경원의 견해에 동의하며, 〈천문〉은 굴원이 축방된 이후 은거할 때 과거를 회상하면서 하늘을 향해 힐문하며 지은 노래라고 규정했다. 한마디로 벽화를 보고 짓지 않았다는 견해다. 또한 청대의 왕부지는 《초사통석楚辭通釋》에서 다음과 같이 반론했다.

"작품 속에서 사건을 비록 잡다하게 열거했으나, 천지와 산천으로부터 사람의 일에 이르렀고, 옛날로 거슬러 올라가 진술하여 초나라의 선대로써 마쳤으니, 순서가 없는 것이 아니라 순서가 있다. 본래 굴원이 스스로

합쳐서 엮어 편장을 완성한 것으로, 왕일이 벽에 써서 물었다고 말한 것은
사실이 아니다.篇內事雖雜擧, 而自天地山川, 次及人事, 追述往古, 終之以楚先, 未嘗無次序
存焉. 固原自所合綴以成章者, 逸謂書壁而問, 非其實矣."

　　요컨대 왕부지는 〈천문〉이 굴원이 일시에 창작한 작품으로 제벽題壁의
글이 아닐 뿐더러 초나라 사람들이 편집한 것도 아니라고 보았다.

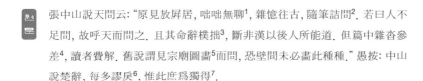

張中山說天問云: "原見放屏居, 咄咄無聊[1], 雜憶往古, 隨筆詰問[2]. 若曰人不
足問, 故呼天而問之. 且其命辭樸拙[3], 斷非漢以後人所能道. 但篇中雜沓參
差[4], 讀者費解. 舊說謂見宗廟圖畫[5]而問, 恐壁間未必畫此種種." 愚按: 中山
說楚辭, 每多謬戾[6], 惟此庶爲獨得[7].

1　咄咄無聊(돌돌무료): 의지할 곳이 없어 탄식하다.
2　隨筆詰問(수필힐문): 붓이 가는 대로 힐문하다.
3　樸拙(박졸): 순박하고 서투름.
4　雜沓參差(잡답참치): 잡다하게 중복되고 어지럽다.
5　宗廟圖畫(종묘도화): 종묘에 그려진 그림.
6　謬戾(류려): 오류.
7　庶爲獨得(서위독득): 거의 남이 따르지 못할 만큼 뛰어나다.

15

　　송옥의 〈구변九辨〉은 굴원의 〈구가〉와 비교하면 비록 유창한 것 같
지만 기세가 약간 졸렬한 듯하다. 오직 마지막 장에서 기세가 매우 웅
장하다. 그러나 다른 여러 편은 굴원과 다른 풍격을 지닌다. 초횡이
"말이 스스로를 비난하는 듯하니, 마땅히 굴원이 지었다"고 말했는데,
사실이 아니다.

송옥의 〈구변〉에 관한 논의다. 송옥은 굴원과 함께 초사를 잘 지은 문인이
다. 왕일은 《초사장구, 구변서九辯序》에서 다음과 같이 말했다. "송옥은 굴

원의 제자다. 그의 스승이 충성을 다했음에도 방축된 것을 애석해 하여 〈구변〉을 지어 그 뜻을 서술했다.宋玉, 屈原弟子也. 閔惜其師忠而放逐, 故作九辯以述其志."

〈구변〉은 〈구가〉와 마찬가지로 고악곡의 명칭에서 나왔다. 그것이 송옥부인지에 대해서는 아직까지도 이론이 분분하지만 대체로 송옥의 작품으로 보고 있다. 명대의 초횡, 청대의 오여륜, 양계초梁啓超 등이 대표적이다. 《한서, 예문지》의 '시부략詩賦略'에는 송옥부가 16편으로 기록되어 있고, 역대로 송옥의 이름으로 된 작품은 도합 19편이 있다. 그러나 현존하는 작품으로는 청대 엄가균嚴可均의 《전상고삼대진한삼국육조문全上古三代秦漢三國六朝文》에서 13편을 찾아볼 수 있는데, 여기에다 지난 20세기 말 새롭게 출토된 〈어부御賦〉를 더하면 지금 남아있는 송옥의 부는 모두 14편이다. 〈구변〉 이외의 것은 그 진위가 모두 의문시되고 있으나, 《초사》와 《문선》에 수록된 작품은 매우 중요시된다.

宋玉[1]九辨[2]較屈原九歌, 雖若流利[3], 而氣似稍劣[4], 惟卒章氣甚雄沛[5]. 然諸篇與屈子另爲一手. 焦弱侯謂: "語類自傷, 當出原作." 非也.

1 宋玉(송옥): 전국시대 말기 초나라의 궁정시인이다. 굴원에게 사사하여 초나라의 대부大夫가 되었으나, 뒤에 실직했다. 굴원에 다음가는 부賦 작가로, 두 시인을 '굴송屈宋'이라 병칭했다. 그의 작품은 16편이라고 하나, 지금 남아 있는 것으로는 《초사》에 수록된 〈구변九辨〉, 〈초혼招魂〉 2편과 《문선》에 수록된 〈풍風〉, 〈고당高唐〉, 〈신녀神女〉, 〈등도자호색登徒子好色〉 4편 및 〈대초왕문對楚王問〉, 〈적적笛〉, 〈대언大言〉, 〈소언小言〉, 〈풍賦諷〉, 〈조釣〉, 〈무舞〉, 〈고당대高唐對〉 등 14편이 있다.

2 九辨(구변): 송옥의 장편서정시다. 굴원의 〈이소〉와 〈구장〉에서 많은 영향을 받은 작품이다. 또 후일 한무제의 〈추풍사秋風辭〉나 반악潘岳의 〈추흥부秋興賦〉를 비롯하여 후세의 시문과 속문학俗文學에까지 그 영향을 끼쳤다. 이른바 중국 '비추문학悲秋文學'의 개조開祖로 알려진 작품이다.

3 流利(유리): 유창하다.

4 稍劣(초렬): 조금 졸렬하다.

16

송옥의 〈구변〉은 옛날에 11장으로 나눠졌는데, 전반 5장은 《문선》에 따라 정해졌음이 틀림없다. 그 뒤는 다음과 같이 나뉘었다.

제6장: "서리와 이슬이 처량하게霜露慘悽"~"아직 태연자약함에는 이르지 못했네.信未達乎從容"

제7장: "남몰래 초나라 대부 신포서申包胥의 기백이 왕성함을 찬미했네竊美申包胥之氣盛"~"따뜻한 봄을 보지도 못하네.不得見乎陽春"

제8장: "고요하게 가을의 기나긴 밤이여靚杪秋之遙夜"~"멈칫하고 망설이며 주저하네.蹇淹留而躊躇"

제9장: "어찌 뭉게뭉게 떠도는 구름이런가?何氾濫之浮雲"~"역시 여러 가지로 어긋나는구나.亦多端而膠加"

제10장: "연잎으로 된 옷 입고 편안하네被荷裯之晏晏"~"간신배들의 질투로 임금과 유리되어 길이 막혀버렸네.姤被離而鄣之"

제11장: "원컨대 불초한 이 몸 물러남을 허락받아願賜不肖之軀"~끝.

주자는 다시 9장으로 정하여 9의 숫자에 맞추었다.

"서리와 이슬이 처량하게霜露慘悽"에서 "남몰래 초나라 대부 신포서의 기백이 왕성함을 찬미했네竊美申包胥之氣盛"까지가 한 장이요, "어찌 뭉게뭉게 떠도는 구름이런가?何氾濫之浮雲"와 "연잎으로 된 옷 입고 편안하네被荷裯之晏晏"를 합쳐 "세상이 어둡고 빛을 잃었네下暗漠而無光"까지가 한 장이 되고, "요순임금 모두 후임을 들어 세웠네堯舜皆有所擧任"와 "원컨대 불초한 이 몸 물러남을 허락받아願賜不肖之軀"를 합쳐 한 장이 된다. 또 그 논의가 "어찌 뭉게뭉게 떠도는 구름이런가?何氾濫之浮雲"에서 그 뒤의 "끝내 저 떠도는 구름에 가렸네卒壅蔽此浮雲"가 상응하니 마땅히 한 장이다. "원컨대 불초한 이 몸 물러남을 허락받아願賜不肖之軀" 이하가 앞 장에 속하지 않는다면, 앞 단락에는 결말이 없고 뒷 단락에는 머리말이 없기에 문장이 되지 않는다.

　내가 생각건대 주자는 이로써 《논어》와 《맹자》가 옳다는 것을 설명한 것이지 〈이소〉를 말하고자 한 것이 아니다. 게다가 "서리와 이슬이 처량하게霜露慘悽"와 "남몰래 초나라 대부 신포서의 기백이 왕성함을 찬미하네竊美申包胥之氣盛"를 한 장으로 한 것은 수긍할 만하나, "연잎으로 된 옷 입고 편안하네被荷裯之晏晏"와 "원컨대 불초한 이 몸 물러남을 허락받아願賜不肖之軀"는 모두 분명히 머리말인데, 어찌 중간 부분에 넣을 수 있는가? 또 굴원의 〈구가〉도 실제 11장이므로 9장 외 별도로 덧붙여진 것이 있음을 알 수 있으니, 반드시 〈구변〉에 대해 의심할 필요는 없다. 지금 "서리와 이슬이 처량하게霜露慘悽"를 "남몰래 초나라 대부 신포서의 기백이 왕성함을 찬미하네竊美申包胥之氣盛"와 합쳐 주자의 견해를 따를지라도, 그 외 "연잎으로 된 옷 입고 편안하네被荷裯之晏晏"에서 "세상이 어둡고 빛을 잃었네下暗漠而無光"까지를 다시 한 장으로 하고, 나머지는 모두 옛 설과 같으므로 여전히 11장으로 정한다.

해제　〈구변〉의 체재에 관한 논의다. 송옥의 〈구변〉은 옛날에는 11장으로 나누어졌는데 주자가 9장으로 나누었다. 그러나 허학이는 주자의 이러한 구분은 문학이 아닌 유학의 입장에서 논했기에 〈구변〉의 본질과는 거리가 멀다고 했다. 또 〈구가〉도 실제 11장이므로 숫자 9와는 억지로 맞출 필요가 없다고 했다. 사실 〈구변〉과 〈구가〉는 고악곡의 명칭에서 나온 것이므로 '9'의 의미가 편수를 뜻하는 것이 아니다.

원문　宋玉九辨舊分爲十一章, 前五章從文選所定, 無疑. 後自"霜露慘悽"至"信未達乎從容"爲第六, 自"竊美申包胥之氣盛"至"不得見乎陽春"爲第七, 自"靚杪秋之遙夜"至"蹇淹留而躊躇"爲第八, 自"何氾濫之浮雲"至"亦多端而膠加"

爲第九, 自"被荷裯之晏晏"至"妒被離而鄣之"爲第十, 自"願賜不肖之軀"至
末爲第十一. 朱子更定爲九章, 以實九數, 以"霜露慘悽"合"竊美申包胥"爲一
章, 以"何氾濫之浮雲"合"被荷裯之晏晏"至"下暗漠而無光"爲一章, 以"堯舜
皆有所擧任"合"願賜不肖之軀"爲一章. 其論以"何氾濫之浮雲"與後"卒壅蔽
此浮雲"相應, 宜爲一章;"願賜不肖之軀"以下不屬前章, 則前段無尾, 後段
無首, 而不成文. 愚謂[1]: 朱子以此解論孟之書[2]則可, 非所以說騷也. 且以"霜
露慘悽"與"竊美申包胥"爲一章尙或可從, 至"被荷裯之晏晏"與"願賜不肖之
軀而別離"皆顯然起語, 安得揷入胷腹[3]耶? 且屈原九歌實十一章, 故知九數外
別自有附入者, 不必於九辨致疑也. 今以"霜露慘悽"合"竊美申包胥[4]"從朱[5], 餘
復以"被荷裯之晏晏"至"下暗漠而無光"爲一章, 他悉如舊, 仍定爲十一章.

1 愚謂(우위): 내가 생각건대. '予謂(여위)' 또는 '愚按(우안)'과 같은 말이다.
2 論孟之書(논맹지서): 《논어》와 《맹자》를 가리킨다.
3 胷腹(흉복): 가슴과 배. 사물의 중앙부, 또는 중요한 부분을 비유하여 이른 말.
4 申包胥(신포서): 초나라 대부. 초나라의 오자서伍子胥가 오나라로 가면서 신포
  서에게 장차 초를 멸하리라고 맹세하자 신포서는 초를 지키겠다고 했다. 뒤에
  오자서가 군사를 이끌고 초를 치러 오자 신포서는 진秦나라의 궁정에 가서 7일
  밤낮을 울며 구원군을 요청했다. 진나라 애공哀公이 그를 가엾게 여겨 군사를
  내어주었다. 여기서 말한 신포서의 기세가 왕성함이란 바로 이 일을 가리킨다.
5 從朱(종주): 주자의 견해를 따르다.

17

  송옥의 〈구변〉은 대부분 한 해가 저물고 목숨이 쇠퇴하며, 버려져
뜻을 이루지 못하는 마음을 슬퍼했다. 한마디로 각기 창작한 동기가
있으니 반드시 모두 굴원을 애도해 지은 것이 아니다. 한나라 사람 중
동방삭東方朔의 〈칠간七諫〉, 유향劉向의 〈구탄九歎〉이 굴원을 애도해
지은 작품이고, 기타 가의賈誼의 〈석서惜誓〉, 엄기嚴忌의 〈애시명哀時
命〉, 왕포王襃의 〈구회九懷〉 등은 각기 창작한 동기가 있다.

그런데 왕일이 견강부회하여 모두 굴원을 애도해 창작했다고 여겼다. 예를 들면 〈애시명〉에서 "오자서는 죽어서 의를 이루었고, 굴원은 멱라수에 몸을 던졌다.子胥死而成義兮, 屈原沉於汨羅."고 말했고, 〈구회〉에서는 "지난날을 생각하니, 또한 재앙이 많았구나. 오자서는 장강에 빠졌고, 굴원은 상수에 빠졌도다.伊思兮往古, 亦多兮遭殃. 伍胥兮浮江, 屈子兮沉湘."고 말했는데, 이것이 어찌 굴원을 애도해 지은 것이겠는가?

《초사》는 〈이소〉, 〈구가〉 등 굴원의 작품으로 대표되는 초나라 시인의 작품집이다. 《사마천, 굴원열전》에서 〈이소〉, 〈천문〉, 〈초혼〉, 〈애영〉, 〈회사〉 5편을 언급하고 '초사'의 말은 없는 것으로 보아서 초사의 명명은 좀 더 후대의 일이었음을 알 수 있다. 즉 서한 말 유향이 굴원, 송옥을 비롯하여 한대 문인이 초사를 모방하여 지은 작품을 한데 모으고 자신의 〈구탄〉을 함께 수록하여 책으로 엮으면서 《초사》라는 서적이 처음으로 생겨났다. 물론 유향이 실제로 《초사》를 편찬했는가의 문제를 두고서도 여러 가지 반론이 제기되고 있다. 말하자면 최근 안휘安徽 부양阜陽에서 한나라의 여음후汝陰侯 하후조夏侯灶의 묘가 발굴되면서 《초사》의 잔간殘簡이 나왔는데, 이것은 유향 이전 한대 초기에 이미 《초사》가 편집되었다는 증거가 된다. 그러나 당시 각종 서적을 교감하던 유향이 《초사》를 정리한 것은 틀림없는 사실로 받아들여지고 있다.

이후 왕일이 유향의 집본輯本을 바탕으로 주석을 달고 자신의 작품 〈구사九思〉를 덧붙여 《초사장구》를 편찬했다. 《초사》의 목록은 각 판본마다 다소 차이가 있다. 그중 송옥의 〈구변〉, 동방삭의 〈칠간〉, 유향의 〈구탄〉, 가의의 〈석서〉, 엄기의 〈애시명〉, 왕포의 〈구회〉에 대해 왕일은 모두 굴원을 애도해 지은 작품으로 간주하고, 그 내용을 굴원의 생애와 결부하여 이해하고자 했다. 그러나 허학이는 그 작품이 모두 굴원을 애도하여 지은 것이 아님을 몇 구절의 예를 들어 설명했다.

宋玉九辨, 多傷歲時搖落・年命將衰・放棄無成之意, 要各有所爲, 未必皆爲屈原也. 漢人惟東方朔[1]七諫[2]·劉向[3]九歎[4], 爲屈原作, 他如賈誼[5]惜誓[6]·嚴忌[7]哀時命[8]·王襃[9]九懷[10], 亦各有爲. 王逸穿鑿, 悉[11]以爲屈原而作. 且如哀時命云"子胥死而成義兮, 屈原沉於汨羅[12]." 九懷云"伊思兮往古, 亦多兮遭殃. 伍胥兮浮江, 屈子兮沉湘." 是豈爲原作耶?

1 東方朔(동방삭): 서한 시기의 문인이다. 자는 만천曼倩이고 염차厭次 곧 지금의 산동성 평원현平原縣 부근 사람인데, 생졸년은 미상이다. 막힘이 없는 유창한 변설과 재치로 한무제의 사랑을 받아 측근이 되었다. 그러나 단순한 시종꾼이 아닌, 무제의 사치를 간언하는 등 근엄한 일면도 있었다. '익살의 재사'로 많은 일화가 전해진다. 부국강병책富國强兵策을 상주했으나 받아들여지지 않자 이를 자조自嘲한 문장 〈객난客難〉과 〈비유선생지론非有先生之論〉을 비롯하여 약간의 시문을 남겼다. 이미 한나라 때부터 황당무계한 문장을 그의 이름으로 가탁假託하는 일이 많아 《신이경神異經》, 《십주기十洲記》 등의 저자라고 전해지나 모두 진晉나라 이후의 위작僞作으로 추정된다. 속설에 서왕모西王母의 복숭아를 훔쳐 먹어 장수했다 하여 '삼천갑자 동방삭'으로 일컬어졌다고 하는데, 후일 '오래 사는 사람'이라는 표현으로 그 뜻이 바뀌어 사용되고 있다.

2 七諫(칠간): 동방삭이 지은 7편의 짧은 시로 구성되었다. '간'은 '규권規勸', 즉 법도를 진술하여 임금에게 간하다는 뜻이다. 옛날 신하는 세 번 간하여 임금이 받아들이지 않으면 물러났다. 굴원은 초나라와 동성同姓이라 일곱 번을 간했으므로 '칠간'이라고 했다. 또는 칠간은 천자가 일곱 명의 신하와 쟁론한다는 의미로 풀이하기도 한다. 동방삭은 굴원을 추모하여 이 사를 지음으로써 그 뜻을 서술했다.

3 劉向(유향): 서한 시기의 문인이다. 자는 자정子政이고, 처음의 이름은 경생更生이었는데 후일 성제 때 '향'으로 고쳤다. 한고조의 이복 동생 유교劉交의 4세손이다. 젊었을 때부터 재능을 인정받아 선제宣帝에게 기용되어 간대부諫大夫가 되었으며, 후일 궁중도서관인 석거각石渠閣에서 오경五經을 강의하며 도서를 정리했다. 이때 지은 《별록別錄》은 후일 중국의 목록학 발전에 많은 영향을 미쳤으며 그 외에도 《설원說苑》, 《신서新序》, 《열녀전列女傳》, 《홍범오행전론洪範五行傳論》등 많은 저서를 남겼다.

4 九歎(구탄): 유향의 작품. 굴원을 추모한 사 작품으로 모두 9장이다. 〈봉분逢

紛〉, 〈이세離世〉, 〈원사怨思〉, 〈원절遠逝〉, 〈석현惜賢〉, 〈우고憂苦〉, 〈혼명昏命〉, 〈사고思古〉, 〈원유遠遊〉가 그것이다.

5 賈誼(가의): 서한 시기의 문인이다. 낙양 사람으로 18세에 《시경》, 《서경》을 암송하여 이름이 났다. 어릴 때 순자의 제자였으며 진나라의 박사 장창張蒼에게 서 《춘추좌씨전春秋左氏傳》을 배워 후일 《좌전》의 주석을 달았는데 사라졌다. 또한 도가에도 정통했고 문학을 좋아했다. 처음 하남군수河南郡守 오공吳公의 추 천을 받아 정계에 진출하여 20여 세에 한문제에 의해 최연소 박사로 발탁되었 다. 여러 가지 제도의 개정을 건의하면서 1년도 채 되지 않아 태중대부太中大夫 로 승진했다. 그러나 많은 원로대신들의 질투로 인해 23세 때 장사왕長沙王의 태부太傅로 폄직되었다. 다시 장안長安으로 돌아와 문제가 총애하는 아들인 양 회왕梁懷王의 태부가 되었다. 그러나 양회왕이 말에서 떨어져 죽은 후에 가의는 죄책감을 느끼고 33세에 울분에 쌓여 죽었다. 일찍이 당시 고관들의 질투로 좌 천되었을 때 자신의 불우한 운명을 굴원에 비유해 〈복조부鵩鳥賦〉와 〈조굴원부 弔屈原賦〉를 지었다.

6 惜誓(석서): 왕일이 다음과 같이 말했다. "〈석서〉는 누가 지은 것인지 모른다. 가의가 지었다고 하나 분명하지 않다. '석'자는 슬프다는 뜻이고 '서'는 믿다, 서 약하다는 뜻이다. 회왕이 자신과 약속을 했으나 배반했음을 슬퍼한 것이다. 옛 날 군신은 함께 다스리는데 반드시 서약을 하여 약속한 연후에 말하면 순종하 고 몸소 가까이 대했다. 대개 회왕을 풍자했는데, 시작은 있으나 결말이 없다. 惜誓者, 不知誰所作也. 或曰賈誼, 疑不能明也. 惜者, 哀也; 誓者, 信也, 約也. 言哀惜懷王與己信約而 複背之也. 古者君臣將共爲治, 必以信誓相約, 然後言乃從而身以親也. 蓋刺懷王有始而無終也."

7 嚴忌(엄기): 서한 시기의 문인이자 사부 작가다. 원래 성은 장莊이었는데 명제 明帝의 이름을 피하여 엄으로 고쳤다. 오왕吳王 유비劉濞, 양효왕梁孝王 유무劉武의 문객이 되어 사부를 잘 지었다. 《한서, 예문지》에 24편의 부가 기록되어 있으 나 현존하는 것은 〈애시명哀時命〉 1편뿐이다.

8 哀時命(애시명): 엄기가 지은 완전한 소체의 작품이다. 왕일은 굴원을 애도하 는 작품이라고 여겼다. 그 서문에서 다음과 같이 말했다. "엄기가 굴원이 충성 스러운 성품을 지녔음에도 훌륭한 군주를 만나지 못해 암흑의 세상에 빠졌음 을 애도하여 슬퍼하며 사를 지어 한탄하며 술회했기에 〈애시명〉이라고 불렀 다. 忌哀屈原受性忠貞, 不遭明君而遇暗世, 斐然作辭, 嘆而述之, 故曰哀時命也." 그러나 이 작품 속에는 엄기 자신의 실의도 들어 있다. 그는 오왕 유비의 빈객이 되어 변론을

잘 짓기로 이름났는데 오왕이 교만하고 사치한 모습을 보고 오를 떠나 양으로 가서 양효왕의 빈객이 되었다. 양효왕 역시 제왕의 자리에 앉으려는 야심이 있는 것을 보고 감히 직언하지 못해 자신의 불만스러운 마음을 이 작품을 지어 표출한 것이다.

9 王褒(왕포): 서한 시기의 사부가다. 자는 자연子淵이고 생졸년은 미상인데, 한 선제 시기에 활동을 한 것은 틀림없다. 〈동소부洞簫賦〉등 16편의 부작품이 있으며 양웅과 병칭되어 '연운淵雲'이라고 불린다. 어릴 때부터 시를 잘 썼고 부에 뛰어났으며 음악에도 높은 수준을 지니고 있었다. 특히 영물소부詠物小賦에 뛰어났다.

10 九懷(구회): 왕포가 굴원을 추모하여 지었다. 〈광기匡机〉, 〈통로通路〉, 〈위준危俊〉, 〈소세昭世〉, 〈존가尊嘉〉, 〈축영蓄英〉, 〈사충思忠〉, 〈도옹陶壅〉, 〈주소株昭〉 9장으로 되어 있다.

11 悉(실): 모두.

12 汨羅(멱라): 멱라강. 동정호洞庭湖의 동쪽 면에 있는 주요 지류 중 하나다. 상고 시기 화성羋姓을 가진 나국羅國이 이곳에 위치했기 때문에 정해진 이름이다. 악양현嶽陽縣 파초향芭蕉鄕 요배리坳背里에서 발원하여 서남쪽 멱라시汨羅市 대구만大丘灣에 이르러 멱라강汨羅江으로 들어간다. 전국 말년 초나라 시인 굴원이 회왕과 경양왕景襄王의 대외 정책에 반대하여 축방되어 멱라강변의 옥사산玉笥山에 거주하다가 기원전 278년 초나라 수도 영도郢都가 진나라에 의해 점령되었다는 소식을 듣고 음력 5월 5일 투신자살했다. 이 일은 중국 단오절의 유래가 되기도 한다.

18

송옥의 〈초혼招魂〉은 굴원이 이미 죽어서 송옥이 그의 혼을 부른 것이다. 구설에서는 모두 굴원이 쫓겨나자 송옥이 그 영혼이 흩어짐을 생각하여, 〈초혼〉을 지어서 그 영혼을 부른 것이라고 여겼다.

주자가 또 말했다.

"형초荊楚의 풍속에서는 간혹 산 사람에게 초혼의 의식이 행해지기도 했는데, 송옥이 이에 그 나라의 풍속을 따라 그의 영혼을 불렀다."

이렇게 말하는 까닭은 대개 그 머리말의 몇 마디가 분명하지 않기 때문이다. 그 머리말은 다음과 같다.

"나는 어렸을 적부터 청렴결백하여, 스스로 의를 실천함을 그치지 않았네. 좋은 덕을 위주로 살았는데, 속세에 끌려와서는 더러운 누명 뒤집어썼네. 임금께서는 이러한 나의 훌륭한 덕을 살펴보시지도 않아, 늘 재앙을 당하고 슬픔에 휩싸이네."

이것은 바로 굴원이 이미 죽어 송옥이 굴원의 말을 빌어서 상제에게 호소하므로, 상제가 무양巫陽을 보내어 굴원을 부른 것이다. "늘 재앙을 당하고 슬픔에 휩싸이네"라고 말했으니, 평생 뜻을 이루지 못하고 무거운 돌을 품고 강으로 들어간 이유가 모두 그 말속에 담겨있다. 2000년 동안 몽롱하여 깨닫지 못했으니 웃음이 나온다.

〈초혼〉의 창작 동기에 관한 논의다. 〈초혼〉은 280구로 된 장편시로 사마천은 굴원이 지었고 왕일은 송옥이 지었다고 주장했다. 잠시 왕일이 《초사장구》에서 쓴 해설은 살펴보면 다음과 같다.

"〈초혼〉은 송옥이 지은 것이다. …송옥은 굴원이 충성스러우나 버림받아 산택에서 근심하고 번민하다가 혼백이 제멋대로 흩어져 그의 생명이 장차 끊어지려고 함을 슬프게 여겼다. 그러므로 〈초혼〉을 지어 그의 정신을 회복시키고 그의 수명을 연장시키고자 하였으며, 밖으로는 사방의 악한 일을 진술하고 안으로는 초나라의 아름다운 일을 존숭함으로써 회왕을 풍간하여 그가 깨달아 반성하기를 바랐다.招魂者, 宋玉之所作也. …宋玉憐哀屈原, 忠而斥棄, 愁懣山澤, 魂魄放佚, 厥命將落. 故作招魂, 欲以複其精神, 延其年壽, 外陳四方之惡, 內崇楚國之美, 以諷諫懷王, 冀其覺悟而還之也."

주희도 이와 비슷한 견해를 보였다. 그 후 명대 황문환黃文煥의 《초사청직楚辭聽直》에서 작자에 대한 의문이 제기된 이래 오늘날까지 여러 가지 의견이 분분하다. 요약하면 다음과 같다.

굴원이 자기의 혼을 불렀다는 설: 황문환, 유국은 등.
굴원이 회왕의 혼을 불렀다는 설: 오여륜, 곽말약 등.

송옥이 초나라 모왕某王의 혼을 불렀다는 설: 육간여.

굴원이 전사자의 혼을 불렀다는 설: 임경林庚.

회남왕 유안의 문객들이 유안의 혼을 불렀다는 설: 주동윤朱東潤.

요컨대 〈초혼〉은 초나라 무격巫覡이 부르는 초혼의 노래를 직접 묘사한 것이다. 왕일로 대표되는 구설에서는 굴원이 쫓겨나서 송옥이 그 영혼이 흩어짐을 생각하여 초혼을 지어 그 영혼을 부른 것이라고 여겼다. 이에 대해 주자는 형초 지역에서는 산 사람에게도 초혼을 하는 풍속이 있다고 덧붙였다. 그러나 허학이는 굴원이 이미 죽어서 송옥이 그의 혼을 부른 것으로 보았다.

宋玉招魂[1], 乃屈原旣死, 而宋玉招之. 舊說皆以爲屈原放斥[2], 玉慮其魂魄將散, 故作招魂以招之. 朱子又云: "荊楚[3]之俗, 或以是施之生人, 玉遂因其國俗以招之也." 爲此說者, 蓋因其篇首數語有未明耳. 其曰: "朕幼淸以廉潔兮, 身服義而未沫. 主此盛德兮, 牽於俗而蕪穢. 上無所考此盛德兮, 長離殃而愁苦." 此正屈原旣死, 宋玉託原詞以訴上帝, 故帝遣巫陽[4]以招之也. 言 "長離殃而愁苦"則平生轗軻[5]與懷沙赴江俱在其中矣. 二千年醉夢未醒, 可發一笑.

1 招魂(초혼): 《초사》에 실린 송옥의 작품.

2 放斥(방척): 쫓아내다. 추방하다.

3 荊楚(형초): 지역명. '형'은 초의 옛 이름이다. 즉 형초는 옛날 형주荊州 지역, 오늘의 호북, 호남 일대를 가리킨다.

4 巫陽(무양): 고대 전설 속의 무녀.

5 轗軻(감가): '轗軻(함가)', '輡軻(감가)'라고도 한다. '不遇(불우)'와 같은 말이다. 뜻을 이루지 못하다.

19

송옥의 〈초혼〉은 구절마다 놀랍다. 당륵의 〈대초大招〉[8]는 비록 그 체재를 모방했으나 문채가 따라가지 못한다. 《문선》에서 〈초혼〉을 취하고 〈대초〉를 수록하지 않은 것은 이 때문이다.

　그러나 주자가 말했다.

　"〈대초〉는 천도天道의 동정을 살핌에 있어서 그 실마리를 대략 알 수 있는 듯하고, 국가의 체재와 당시의 정치 상황에 대해서 선후의 순서를 자못 알 수 있다."

　결국 〈대초〉가 〈초혼〉보다 뛰어나다고 여겼다. 이것은 유가의 견해일 뿐, 문필가의 정론은 아니다.

해제 〈초혼〉의 작품성에 관한 논의다. 당륵의 〈대초〉와 비교하여 그 특징을 분석했다.

원문 宋玉招魂, 語語警絶. 唐勒大招, [舊以爲景差作, 胡元瑞考定以爲唐勒], 雖倣其體製, 而文采不及. 文選取招魂而遺大招, 是也. 朱子謂: "大招於天道詘伸動靜[1], 若粗識其端倪, 於國體時政[2], 又頗知所先後." 遂以爲勝招魂. 此儒者之見, 非詞家[3]定論也.

주석
1 詘伸動靜(굴신동정): 동태를 살피다.
2 國體時政(국체시정): 국가의 체재와 당시의 정치 상황.
3 詞家(사가): 시문에 뛰어난 사람.

20

　굴원과 송옥의 《초사》는 오랫동안 사부의 으뜸으로 의미가 심원할 뿐 아니라 가구를 발췌할 수 있다. 수려한 구절이 있고 진귀한 구절도 있다.

────────────

8) 옛날에는 경차景差가 지었다고 했으나 호응린이 당륵이 지었다고 고증했다.

굴원의 다음과 같은 시구는 모두 수려한 구절이다.

"나는 넓은 밭에 난초를 키우고, 또 백묘의 밭에 혜초를 심었네.余既滋蘭之九畹兮, 又樹蕙之百畝."

"아침에는 목란에서 떨어지는 이슬을 마시고, 저녁에는 국화의 떨어진 꽃송이를 먹네.朝飲木蘭之墜露兮, 夕餐秋菊之落英."

"마름풀과 연잎으로 저고리를 만들고, 연꽃을 모아 치마를 만드네.製芰荷以爲衣兮, 集芙蓉以爲裳."

"옥 방석 옥 자리를 깔아 놓았으니, 어찌 향초 가지 한 아름 바치지 않으리오. 혜초로 고기를 쪄 난초를 깔아 그 위에 놓고, 계주와 초장을 차리네.瑤席兮玉瑱, 盍將把兮瓊芳. 蕙肴蒸兮蘭藉, 奠桂酒兮椒漿."

"아무리 기다려도 임은 오지 않고, 피리를 이리저리 불며 누구를 그리워하나.望夫君兮未來, 吹參差兮誰思."

"내 옥패를 강물에 던지고, 내 옥띠를 풀어서 예포澧浦 물에 버리네. 꽃피는 모래톱의 향초를 캐어서, 임의 시녀에게 선사하려네. 기회는 다시 얻지 못하지만, 잠시 소요하며 여유롭게 거니네.捐余玦兮江中, 遺余珮兮澧浦. 采芳洲兮杜若, 將以遺兮下女. 時不可兮再得, 聊逍遙兮容與."

"살랑살랑 가을바람 불고, 동정호 일렁이며 나뭇잎 떨어지네.嫋嫋兮秋風, 洞庭波兮木葉下."

"원수沅水 가에 지초, 예포 가에 난초가 있네, 임을 그리워하지만 차마 말을 못 하네.沅有芷兮澧有蘭, 思公子兮未敢言."

"가을 난초 파릇파릇, 푸른 잎에 자줏빛 줄기. 대청에는 미인이 가득하나, 유독 나와 눈이 마주치네. 들어오고 나가실 때 아무 말 않고, 회오리바람 타고 구름깃발에 올라타네. 생이별보다 더 슬픈 일이 있겠으며, 처음 만날 때보다 더 즐거운 일이 있겠는가.秋蘭兮青青, 綠葉兮紫莖. 滿堂兮美人, 忽獨與余兮目成. 入不言兮出不辭, 秉回風兮載雲旗. 悲莫悲兮生離別, 樂莫樂兮新相知."

"붉은 표범 타고 얼룩 살쾡이 따라, 신이풀로 만든 수레에 계수나무 깃발을 묶었네.乘赤豹兮從文狸, 辛夷車兮結桂旗."

"산에 가서 삼수풀 캐려는데, 돌이 첩첩이 쌓여 있고 칡넝쿨 얽혀 있네. 그대를 원망하며 돌아갈 줄 모르고, 그대 날 그리워하지만 여유가 없으시네.采三秀兮於山間, 石磊磊兮葛蔓蔓. 怨公子兮悵忘歸, 君思我兮不得閒."

"산이 험준하게 솟아 해를 가리니, 그 밑은 캄캄하고 비가 내리네. 진눈깨비도 어지러이 한없이 섞여 날리며, 구름이 뭉게뭉게 피어 처마와 잇닿은 듯 깔리네.山峻高以蔽日兮, 下幽晦以多雨. 霰雪紛其無垠兮, 雲霏霏而承宇."

송옥의 다음과 같은 시구는 모두 수려한 구절이다.
"공활한 하늘은 드높고 기운은 청명한데, 고요하게 괴인 물은 맑기도 하네.泬寥兮天高而氣清, 寂寥兮收潦而水清"9).

"제비는 훨훨 날며 돌아간다 하고, 매미는 조용히 아무 소리도 내지 않네. 기러기는 기럭기럭 남쪽으로 가는데, 곤계가 지저귀며 구슬프게 우는구나.燕翩翩其辭歸兮, 蟬寂漠而無聲. 雁廱廱而南遊兮, 鵾雞啁哳而悲鳴."

굴원의 다음과 같은 시구는 진귀한 구절이다.
"아침에 수레를 타고 순임금 묻힌 창오蒼梧를 떠나, 저녁에 곤륜산 현포縣圃에 닿았네. 잠시 동안 이 신령스러운 문전에서 쉬려는데, 해가 홀연히 저물려 하는구나. 나는 희화羲和를 시켜 해를 천천히 가게 하여, 엄자산崦嵫山을 바라보며 닿지 못하게 하네. 길이 멀고 까마득하나 나는 오르내리며 구하여 찾네. 내 말을 함지에서 물 먹이고, 말고삐를 부상나무에 매어두네. 약목을 꺾어 해를 쫓아버리고, 잠시 여기

---

9) '清(청)'은 '淨(정)'과 같다.

서 소요하며 한가로이 노니네.朝發軔於蒼梧兮, 夕余至乎縣圃. 欲少留此靈瑣兮, 日忽忽其將暮. 吾令羲和弭節兮, 望崦嵫而勿迫. 路曼曼其修遠兮, 吾將上下而求索. 飮余馬於咸池兮, 總余轡乎扶桑. 折若木以拂日兮, 聊逍遙以相羊."

"비상하는 여덟 마리 용을 몰고, 휘날리는 구름 깃발에 올라타네.駕八龍之蜿蜿兮, 載雲旗之委蛇."

"푸른 하늘에 기대 무지개를 끌어당기고, 문득 뛰어올라 하늘을 어루만지네.據靑冥而攄虹兮, 遂儵忽而捫天."

"혜성을 끌어당겨 깃발로 삼고, 북두성 자루를 들어 대장기로 삼네.摰彗星以爲旍兮, 擧斗柄以爲麾."

"상수湘水의 신령에게 북과 비파를 연주하게 하고, 바다의 신에게 물의 신선 풍이가 추는 춤을 추게 하네. 흑룡과 온갖 벌레들이 모두 몰려나오고, 용과 뱀같이 생긴 것이 꿈틀꿈틀하네.使湘靈鼓瑟兮, 令海若舞馮夷. 玄螭蟲象並出進兮, 形蟉虯而逶蛇."

"사방을 두루 돌아보고 하늘 끝까지 모두 돌아다니며, 위로 하늘의 벌어진 틈까지 올랐다가 내려와서는 커다란 골짝을 바라보네. 아래는 푹 꺼져서 땅이 없고, 위는 너무 넓어서 하늘이 없네. 바라보니 어질어질해 아무것도 보이지 않고, 귀가 멍멍해 아무 소리도 들리지 않네. 무위자연을 초탈한 지극히 청정한 상태에 이르러, 태초와 함께 이웃하여 살게 되었네.經營四荒兮周流六漠, 上至列缺兮降望大壑. 下崢嶸而無地兮, 上寥廓而無天. 視儵忽而無見兮, 聽惝怳而無聞. 超無爲以至淸兮, 與泰初而爲鄰."

"하늘의 문을 활짝 열어서, 어지러이 나는 먹구름을 타네. 회오리바람 앞장 세우고, 소나기 내리게 해 먼지를 닦네.廣開兮天門, 紛吾乘兮玄雲. 令飄風兮先驅, 使涷雨兮灑塵."

"임과 함께 구하에서 노니는데, 세찬 바람 불어 큰 물결 일렁이네.與女遊兮九河, 衝風起兮水橫波."

"고기비늘처럼 이어진 지붕의 왕의 궁전, 자줏빛 자개문의 화려한 궁궐. 신령은 어찌 물속에 있는가?魚鱗屋兮龍堂, 紫貝闕兮朱宮. 靈何爲兮水中."

"그대와 손을 잡고 동쪽으로 가서, 미인을 남포南浦에서 보내네. 물결이 넘실거리며 마중하러 오고, 고기떼 줄지어 나를 전송하네.子交手兮東行, 送美人兮南浦. 波滔滔兮來迎, 魚鱗鱗兮媵予."

"어둡고 깜깜해 대낮이 그믐 같은데, 동풍이 몰아치고 신령이 비를 내리네.杳冥冥兮羌晝晦, 東風飄兮神靈雨."

"우뢰는 우르르 울리고 비는 캄캄하게 내리는데, 원숭이들은 이 밤 슬피 우네. 바람이 세차게 불고 나뭇잎이 떨리는데, 임을 그리워하며 근심에 젖네.雷塡塡兮雨冥冥, 猿啾啾兮狖夜鳴. 風颯颯兮木蕭蕭, 思公子兮徒離憂."

송옥의 다음과 같은 시구는 진귀한 구절이다.

"원컨대 불초한 이 몸 물러남을 허락받아 임과 이별하여, 구름 속에서 이 내 뜻대로 떠도네. 정기 어린 해와 달의 빛을 잡아타고, 온갖 신들이 남기신 유풍을 뒤쫓네. 고결하도록 하얀 무지개를 말로 삼아 타고, 영기어린 뭇 별들을 스쳐가네. 훨훨 날아오르는 주작별을 좌측에 두고, 굼틀거리는 창룡별을 우측에 두네. 콰르릉 울리는 벼락의 신을 데리고서, 길을 쓸며 앞서가는 풍신 비렴飛廉을 따라가네. 가마는 방울소리 짤랑거리고 앞서 가고, 휘장을 늘어뜨린 수레가 졸졸 따르네. 휘날리는 구름깃발 올라타고, 줄지어 늘어선 말들을 뒤따르네.願賜不肖之軀而離別兮, 放遊志乎雲中. 乘精氣之摶摶兮, 騖諸神之湛湛. 驂白霓之習習兮, 歷羣靈之豐豐. 左朱雀之茇茇兮, 右蒼龍之躍躍. 屬雷師之闐闐兮, 道飛廉之衙衙. 前輕輬之鏘鏘兮, 後輜乘之從從. 載雲旗之委蛇兮, 扈屯騎之容容."

후인이 초사를 지은 것은 오직 그 졸렬한 것만 베껴 미사여구를 늘어놓았을 뿐, 그 가구는 끝내 얻을 수 없었다.

해제
굴원과 송옥의 《초사》 중에서 의미가 심장할 뿐 아니라 아름다운 구절을 가려 뽑을 수 있다고 했다. 그중 수려한 구절과 진귀한 구절로 나누어 제시했다. 이러한 구절을 통해 굴송의 초사가 천고에 으뜸이 되는 이유를 알 수 있다.

원문

屈宋楚辭, 爲千古詞賦之宗, 不特意味深永, 而佳句可摘. 然有秀雅之句[1], 有瑰瑋之句[2]. 屈原如"余旣滋蘭之九畹兮, 又樹蕙之百畝."[3] "朝飮木蘭之墜露兮, 夕餐秋菊之落英."[4] "製芰荷以爲衣兮, 集芙蓉以爲裳."[5] "瑤席兮玉瑱, 盍將把兮瓊芳. 蕙肴蒸兮蘭藉, 奠桂酒兮椒漿."[6] "望夫君兮未來, 吹參差兮誰思."[7] "捐余玦兮江中, 遺余珮兮澧浦. 采芳洲兮杜若, 將以遺兮下女. 時不可兮再得, 聊逍遙兮容與."[8] "嫋嫋兮秋風, 洞庭波兮木葉下."[9] "沅有芷兮澧有蘭, 思公子兮未敢言."[10] "秋蘭兮靑靑, 綠葉兮紫莖. 滿堂兮美人, 忽獨與余兮目成. 入不言兮出不辭, 乘回風兮載雲旗. 悲莫悲兮生離別, 樂莫樂兮新相知."[11] "乘赤豹兮從文狸, 辛夷車兮結桂旗."[12] "采三秀兮於山間, 石磊磊兮葛蔓蔓. 怨公子兮悵忘歸, 君思我兮不得閒."[13] "山峻高以蔽日兮, 下幽晦以多雨. 霰雪紛其無垠兮, 雲霏霏而承宇."[14] 宋玉如"泬寥兮天高而氣淸, 寂寥兮收潦而水淸[淨同]."[15] "燕翩翩其辭歸兮, 蟬寂漠而無聲. 雁廱廱而南游兮, 鵾雞啁哳而悲鳴."[16] 皆秀雅之句也. 屈原如"朝發軔於蒼梧兮, 夕余至乎縣圃. 欲少留此靈瑣兮, 日忽忽其將暮. 吾令羲和弭節兮, 望崦嵫而勿迫. 路曼曼其修遠兮, 吾將上下而求索. 飮余馬於咸池兮, 總余轡乎扶桑. 折若木以拂日兮, 聊逍遙以相羊."[17] "駕八龍之蜿蜿兮, 載雲旗之委蛇."[18] "據靑冥而攄虹兮, 遂儵忽而捫天."[19] "擥彗星以爲旍兮, 擧斗柄以爲麾."[20] "使湘靈鼓瑟兮, 令海若舞馮夷. 玄螭蟲象並出進兮, 形蟉虯而透蛇."[21] "經營四荒兮周流六漠, 上至列缺兮降望大壑. 下崢嶸而無地兮, 上寥廓而無天. 視儵忽而無見兮, 聽惝恍而無聞. 超無爲以至淸兮, 與泰初而爲鄰."[22] "廣開兮天門, 紛吾乘兮玄雲. 令飄風兮先驅, 使涷雨兮灑塵."[23] "與女遊兮九河, 衝風起兮水橫波."[24] "魚鱗屋兮龍堂, 紫貝闕兮朱宮. 靈何爲兮水中?"[25] "子交手兮東行, 送美人兮南浦. 波滔滔兮來迎, 魚鱗鱗兮媵予."[26] "杳冥冥兮羌晝晦, 東風飄兮神靈雨."[27] "雷塡塡兮雨冥冥, 猿啾啾兮狖夜鳴. 風颯颯兮木蕭蕭, 思公子兮徒離憂."²⁸ 宋玉如"願賜不肖之軀而離別兮, 放遊志乎雲中. 乘精氣之摶摶兮, 鶩諸神之湛湛. 騁白霓之習習兮, 歷群靈之豐豐. 左朱雀之茇茇兮, 右蒼龍之躍躍. 屬雷師之闐闐兮, 道飛廉之衙衙. 前輕輬之鏘鏘兮, 後輜乘之從從. 載雲旗之委蛇兮, 扈屯騎之容容."²⁹ 皆瑰瑋之句也. 後人爲楚辭者, 但能竊其糟粕³⁰, 餖飣³¹成篇, 至其佳句, 了不可得矣.

1 秀雅之句(수아지구): 수려하고 우아한 구.

2 瑰瑋之句(괴위지구): 문장의 내용 중 독특하고 아름다운 구.

3 余旣滋蘭之九畹兮(여기자난지구원혜), 又樹蕙之百畝(우수혜지백무): 나는 넓은 밭에 난초를 키우고, 또 백묘의 밭에 혜초를 심었네. 〈이소〉의 구절이다.

4 朝飮木蘭之墜露兮(조음목난지추로혜), 夕餐秋菊之落英(석찬추국지낙영): 아침에는 목란에서 떨어지는 이슬을 마시고, 저녁에는 국화의 떨어진 꽃송이를 먹네. 〈이소〉의 구절이다.

5 製芰荷以爲衣兮(제기하이위의혜), 集芙蓉以爲裳(집부용이위상): 마름풀과 연잎으로 저고리를 만들고, 연꽃을 모아 치마를 만드네. 〈이소〉의 구절이다.

6 瑤席兮玉瑱(요석혜옥진), 盍將把兮瓊芳(합장파혜경방). 蕙肴蒸兮蘭藉(혜효증혜난자), 奠桂酒兮椒漿(전계주혜초장): 옥 방석 옥 자리를 깔아 놓았으니, 어찌 향초 가지 한 아름 바치지 않으리오. 혜초로 고기를 쪄 난초를 깔아 그 위에 놓고, 계주와 초장을 차리네. 〈상군〉의 구절이다.

7 望夫君兮未來(망부군혜미래), 吹參差兮誰思(취참치혜수사): 아무리 기다려도 임은 오지 않고, 피리를 이리저리 불며 누구를 그리워하나. 〈상군〉의 구절이다.

8 捐余玦兮江中(연여결혜강중), 遺余珮兮澧浦(유여패혜예포). 采芳洲兮杜若(채방주혜두약), 將以遺兮下女(장이유혜하녀). 時不可兮再得(시불가혜재득), 聊逍遙兮容與(요소요혜용여): 내 옥패를 강물에 던지고, 내 옥띠를 풀어서 예포澧浦 물에 버리네. 꽃피는 모래톱의 향초를 캐어서, 임의 시녀에게 선사하려네. 기회는 다시 얻지 못하지만, 잠시 소요하며 여유롭게 거니네. 〈상군〉의 구절이다.

9 嫋嫋兮秋風(뇨뇨혜추풍), 洞庭波兮木葉下(동정파혜목엽하): 살랑살랑 가을바람 불고, 동정호 일렁이며 나뭇잎 떨어지네. 〈상부인〉의 구절이다.

10 沅有芷兮澧有蘭(원유지혜례유난), 思公子兮未敢言(사공자혜미감언): 원수沅水 가에 지초, 예포 가에 난초가 있네. 임을 그리워하지만 차마 말을 못 하네.

〈상부인〉의 구절이다.

11 秋蘭兮靑靑(추난혜청청), 綠葉兮紫莖(녹엽혜자경). 滿堂兮美人(만당혜미인), 忽獨與余兮目成(홀독여여혜목성). 入不言兮出不辭(입불언혜출불사), 乘回風兮載雲旗(병회풍혜재운기). 悲莫悲兮生離別(비막비혜생이별), 樂莫樂兮新相知(낙막낙혜신상지): 가을 난초 파릇파릇, 푸른 잎에 자줏빛 줄기. 대청에는 미인이 가득하나, 유독 나와 눈이 마주치네. 들어오고 나가실 때 아무 말 않고, 회오리바람 타고 구름깃발에 올라타네. 생이별보다 더 슬픈 일이 있겠으며, 처음 만날 때보다 더 즐거운 일이 있겠는가. 〈소사명〉의 구절이다.

12 乘赤豹兮從文狸(승적표혜종문리), 辛夷車兮結桂旗(신이거혜결계기): 붉은 표범 타고 얼룩 살쾡이 따라, 신이풀로 만든 수레에 계수나무 깃발을 묶었네. 〈산귀〉의 구절이다.

13 采三秀兮於山間(채삼수혜어산간), 石磊磊兮葛蔓蔓(석뇌뢰혜갈만만). 怨公子兮悵忘歸(원공자혜창망귀), 君思我兮不得閒(군사아혜부득한): 산에 가서 삼수풀 캐려는데, 돌이 첩첩이 쌓여 있고 칡넝쿨 얽혀 있네. 그대를 원망하며 돌아갈 줄 모르고, 그대 날 그리워하지만 여유가 없으시네. 〈산귀〉의 구절이다.

14 山峻高以蔽日兮(산준고이폐일혜), 下幽晦以多雨(하유회이다우). 霰雪紛其無垠兮(산설분기무은혜), 雲霏霏而承宇(운비비이승우): 산이 험준하게 솟아 해를 가리니, 그 밑은 캄캄하고 비가 내리네. 진눈깨비도 어지러이 한없이 섞여 날리며, 구름이 뭉게뭉게 피어 처마와 잇닿은 듯 깔리네. 〈섭강〉의 구절이다.

15 沆寥兮天高而氣淸(혈요혜천고이기청), 寂寥兮收潦而水淸(적료혜수료이수청): 공활한 하늘은 드높고 기운은 청명한데, 고요하게 괴인 물은 맑기도 하네. 〈구변〉의 구절이다.

16 燕翩翩其辭歸兮(연편편기사귀혜), 蟬寂漠而無聲(선적막이무성). 雁廱廱而南游兮(안옹옹이남유혜), 鶤雞啁哳而悲鳴(곤계조찰이비명): 제비는 훨훨 날며 돌아간다 하고, 매미는 조용히 아무 소리도 내지 않네. 기러기는 기럭기럭 남쪽으로 가는데, 곤계가 지저귀며 구슬프게 우는구나. 〈이소〉의 구절이다.

17 朝發軔於蒼梧兮(조발인어창오혜), 夕余至乎縣圃(석여지호현포). 欲少留此靈瑣兮(욕소류차영쇄혜), 日忽忽其將暮(일홀홀기장모). 吾令羲和弭節兮(오령희화미절혜), 望崦嵫而勿迫(망엄자이물박). 路曼曼其修遠兮(노만만기수원혜), 吾將上下而求索(오장상하이구색). 飮余馬於咸池兮(음여마어함지혜), 總余轡乎扶桑(총여비호부상). 折若木以拂日兮(절약목이불일혜), 聊逍遙以相羊

(요소요이상양): 아침에 수레를 타고 순임금 묻힌 창오蒼梧를 떠나, 저녁에 곤륜산 현포縣圃에 닿았네. 잠시 동안 이 신령스러운 문전에서 쉬려는데, 해가 홀연히 저물려 하는구나. 나는 희화羲和를 시켜 해를 천천히 가게 하여, 엄자산崦嵫山을 바라보며 닿지 못하게 하네. 길이 멀고 까마득하나 나는 오르내리며 구하여 찾네. 내 말을 함지에서 물 먹이고, 말고삐를 부상나무에 매어두네. 약목을 꺾어 해를 쫓아버리고, 잠시 여기서 소요하며 한가로이 노니네. 〈이소〉의 구절이다.

18 駕八龍之蜿蜿兮(가팔용지완완혜), 載雲旗之委蛇(재운기지위사): 비상하는 여덟 마리 용을 몰고, 휘날리는 구름 깃발에 올라타네. 〈이소〉의 구절이다.

19 據靑冥而攄虹兮(거청명이터홍혜), 遂儵忽而捫天(수숙홀이문천): 푸른 하늘에 기대 무지개를 끌어당기고, 문득 뛰어올라 하늘을 어루만지네. 〈구장〉의 구절이다.

20 擥彗星以爲旄兮(남혜성이위정혜), 擧斗柄以爲麾(거두병이위휘): 혜성을 끌어당겨 깃발로 삼고, 북두성 자루를 들어 대장기로 삼네. 〈원유〉의 구절이다.

21 使湘靈鼓瑟兮(사상령고슬혜), 令海若舞馮夷(령해약무풍이). 玄螭蟲象並出進兮(현리충상병출진혜), 形螵虯而逶蛇(형료규이위사): 상수湘水의 신령에게 북과 비파를 연주하게 하고, 바다의 신에게 물의 신선 풍이가 추는 춤을 추게 하네. 흑룡과 온갖 벌레들이 모두 몰려나오고, 용과 뱀같이 생긴 것이 꿈틀꿈틀 하네. 〈원유〉의 구절이다.

22 經營四荒兮周流六漠(경영사황혜주류육막), 上至列缺兮降望大壑(상지열결혜강망대학). 下崢嶸而無地兮(하쟁영이무지혜), 上寥廓而無天(상요곽이무천). 視儵忽而無見兮(시숙홀이무견혜), 聽惝怳而無聞(청창황이무문). 超無爲以至淸兮(초무위이지청혜), 與泰初而爲鄰(여태초이위린): 사방을 두루 돌아보고 하늘 끝까지 모두 돌아다니며, 위로 하늘의 벌어진 틈까지 올랐다가 내려와서는 커다란 골짝을 바라보네. 아래는 푹 꺼져서 땅이 없고, 위는 너무 넓어서 하늘이 없네. 바라보니 어질어질해 아무것도 보이질 않고, 귀가 멍멍해 아무 소리도 들리지 않네. 무위자연을 초탈한 지극히 청정한 상태에 이르러, 태초와 함께 이웃하여 살게 되었네. 〈원유〉의 구절이다.

23 廣開兮天門(광개혜천문), 紛吾乘兮玄雲(분오승혜현운). 令飄風兮先驅(령표풍혜선구), 使凍雨兮灑塵(사동우혜쇄진): 하늘의 문을 활짝 열어서, 어지러이 나는 먹구름을 타네. 회오리바람 앞장 세우고, 소나기 내리게 해 먼지를 닦네.

〈구가, 대사명〉의 구절이다.

24 與女遊兮九河(여여유혜구하), 衝風起兮水橫波(충풍기혜수횡파): 임과 함께 구하에서 노니는데, 세찬 바람 불어 큰 물결 일렁이네. 〈구가, 하백〉의 구절이다.

25 魚鱗屋兮龍堂(어린옥혜용당), 紫貝闕兮朱宮(자패궐혜주궁). 靈何爲兮水中(영하위혜수중): 고기비늘처럼 이어진 지붕의 왕의 궁전, 자줏빛 자개문의 화려한 궁궐. 신령은 어찌 물속에 있는가? 〈구가, 하백〉의 구절이다.

26 子交手兮東行(자교수혜동행), 送美人兮南浦(송미인혜남포). 波滔滔兮來迎(파도도혜래영), 魚鱗鱗兮媵予(어린린혜잉여): 그대와 손을 잡고 동쪽으로 가서, 미인을 남포南浦에서 보내네. 물결이 넘실거리며 마중하러 오고, 고기떼 줄지어 나를 전송하네. 〈구가, 하백〉의 구절이다.

27 杳冥冥兮羌晝晦(묘명명혜강주회), 東風飄兮神靈雨(동풍표혜신령우): 어둡고 깜깜해 대낮이 그믐 같은데, 동풍이 몰아치고 신령이 비를 내리네. 〈구가, 산귀〉의 구절이다.

28 雷塡塡兮雨冥冥(뢰전전혜우명명), 猿啾啾兮狖夜鳴(원추추혜유야명). 風颯颯兮木蕭蕭(풍삽삽혜목소소), 思公子兮徒離憂(사공자혜도리우): 우뢰는 우르르 울리고 비는 캄캄하게 내리는데, 원숭이들은 이 밤 슬피 우네. 바람이 세차게 불고 나뭇잎이 떨리는데, 임을 그리워하며 근심에 젖네. 〈구가, 산귀〉의 구절이다.

29 願賜不肖之軀而離別兮(원사불초지구이이별혜), 放遊志乎雲中(방유지호운중). 乘精氣之搏搏兮(승정기지단단혜), 騖諸神之湛湛(무제신지담담). 驂白霓之習習兮(참백예지습습혜), 歷群靈之豐豐(역군령지풍풍). 左朱雀之茇茇兮(좌주작지발발혜), 右蒼龍之躍躍(우창룡지약약). 屬雷師之闐闐兮(속뢰사지전전혜), 道飛廉之衙衙(도비렴지아아). 前輕輬之鏘鏘兮(전경량지장장혜), 後輜乘之從從(후치승지종종). 載雲旗之委蛇兮(재운기지위사혜), 扈屯騎之容容(호둔기지용용): 원컨대 불초한 이 몸 물러남을 허락받아 임과 이별하여, 구름 속에서 이 내 뜻대로 떠도네. 정기 어린 해와 달의 빛을 잡아타고, 온갖 신들이 남기신 유풍을 뒤쫓네. 고결하도록 하얀 무지개를 말로 삼아 타고, 영기어린 뭇 별들을 스쳐가네. 훨훨 날아오르는 주작별을 좌측에 두고, 굼틀거리는 창룡별을 우측에 두네. 콰르릉 울리는 벼락의 신을 데리고서, 길을 쓸며 앞서가는 풍신 비렴飛廉을 따라가네. 가마는 방울소리 짤랑거리고 앞서 가고, 휘장을 늘어뜨

린 수레가 졸졸 따르네. 휘날리는 구름깃발 올라타고, 줄지어 늘어선 말들을 뒤 따르네. 〈구변〉의 구절이다.

30 糟粕(조박): 찌꺼기. 쓸모없는 것 또는 가치 없는 것을 비유한다.

31 餕飣(두정): 죽 진열해 놓은 음식을 가리킨다. 즉 불필요한 미사여구를 늘어 놓은 글을 비유한다.

21

주자의 《초사주楚辭註》는 왕일과 비교해 간단명료하지만, 읽어보 면 자못 논리적이니 또한 서로 장단점이 있다. 〈이소〉에 관해서는 4 구를 1장으로 하여 천착을 면하지 못했을 따름이다.

장경원의 《산주초사刪註楚辭》는 주자의 주를 한 마디도 수록하지 않았고 이미 논리가 심히 어긋났다. 아울러 "〈이소〉는 원래 용운을 하지 않으므로 애써 협운한 것은 잘못이다"라고 한 것은 〈이소〉에 대 해 처음부터 그 일부분을 잘 살피지 못한 것 같다.

해제

왕일, 주자, 장경원 등의 《초사》 주에 대한 논평이다. 앞서 《시경》에 대한 전대 주석을 두루 살펴야 한다고 한 것과 같이 《초사》의 주석도 잘 살펴 그 장단점을 취사선택해야 함을 강조하고 있다. 앞서 제14칙에서 장경원 의 산주는 거의 믿을 것이 없다고 언급했다. 여기서도 그의 잘못된 견해를 비판하고 있다.

역대 《초사》의 주요 주석본으로는 한대 유향의 집본, 왕일의 《초사장 구》, 송대 홍흥조洪興祖의 《초사보주楚辭補注》, 주희의 《초사집주》, 명대 장경원의 《산주초사》, 청대 왕부지의 《초사통석楚辭通釋》, 장기蔣驥의 《산대각주초사山帶閣注楚辭》, 대진戴震의 《굴원부주屈原賦注》 등이 있다.

원문

朱子楚辭註較王逸簡淨明白[1], 讀之頗爲連屬, 然亦互有得失[2]. 至離騷以四 句爲一章, 不免穿鑿[3]耳. 張中山刪註楚辭, 於朱註一語不錄, 已甚失之, 又 謂: "離騷原不用韻, 强叶者非." 則似於離騷初未窺一斑[4]也.

주석

1 簡淨明白(간정명백): 간단명료하다.

2 互有得失(호유득실): 서로 장단점이 있다.

3 未窺一斑(미규일반): 일부분을 살피지 못하다.

22

엄우가 말했다.

"《초사》에서 굴원과 송옥의 여러 작품은 마땅히 읽어야 한다. 그 밖에는 가의의 〈회장사懷長沙〉10), 회남왕의 〈초은조招隱操〉, 엄기의 〈애시명哀時命〉을 읽을 필요가 있는데, 이 외에는 읽을 필요가 없다."

내가 생각건대 굴원과 송옥의 여러 작품 외에 반드시 가의의 〈석서惜誓〉가 읽을 만하고, 기타 작품은 모방하고 베껴서 한 마디도 뛰어난 것이 없다. 동방삭의 〈초방初放〉, 왕일의 〈봉우逢尤〉의 경우는 더욱 수준이 떨어진다.

해제

《초사》에 대한 전체 평이다. 《초사》에 대한 엄우와 허학이의 비평적 관점이 서로 다름을 알 수 있다. 허학이는 《초사》에서 굴원과 송옥의 작품만 읽을 필요가 있다고 했다. 그 외로 가의의 〈석서〉를 읽을 만한 작품으로 평가하고 있다.

원문

嚴滄浪云: "楚辭惟屈宋諸篇當讀, 外惟賈誼懷長沙[1][不見楚辭]·淮南王招隱操[2]·嚴夫子[3]哀時命, 此外亦不必也." 愚按: 諸篇而外, 尙有賈誼惜誓[4]可讀, 其他摹倣盜襲[5], 無一警語[6]. 至如方朔初放·王逸逢尤, 益又卑下[7]矣.

주석

1 懷長沙(회장사): 여기서는 가의의 작품이라고 했는데 어떤 작품인지 알 수가

---

10) 《초사》에는 보이지 않는다.

없다. 현존하는 가의의 작품으로는 〈조굴원부弔屈原賦〉, 〈봉조부鵬鳥賦〉, 〈석서
惜誓〉, 〈한운부旱雲賦〉 등을 들 수 있다.

2 招隱操(초은조): 회남소산淮南小山이 〈초은〉을 지어 산 속에서의 어려운 상황을
말하여 은둔한 이들를 풍자했다. 회남소산은 회남왕 유안을 중심으로 한 그 문
객들을 가리킨다.

3 嚴夫子(엄부자): 엄기嚴忌. 본권 제17칙의 주석11 참조.

4 惜誓(석서): 왕일은 《초사장구》에서 이 작품이 가의가 지은 것이 아닐 것이라
고 했다. 초사를 모방한 작품이다.

5 摹倣盜襲(모방도습): 몰래 모방하다.

6 無一警語(무일경어): 한 마디도 놀랄 만한 게 없다.

7 卑下(비하): 품격이 낮다.

23

호응린이 말했다.

"소騷와 부賦의 구절은 진실로 다르지 않으나 체재는 크게 다르다.
소는 복잡하여 순서가 없으나, 부는 가지런하고 차례가 있다. 소는 함
축이 심원한 것을 숭상하나 부는 과장하여 광대한 것에 힘쓴다."

또 다음과 같이 말했다.

"소는 초나라 때 성했고 한나라 때 쇠퇴하여 위나라 때 없어졌다.
부는 한나라 때 성행하여 위나라 때 쇠퇴하고 당나라 때 없어졌다."

"한나라 때 소의 체재에 힘쓴 것이 〈초은招隱〉인가? 위나라 이후 부
의 체재에 힘쓴 것이 〈삼도三都〉인가?"

내가 생각건대 굴원의 〈복거卜居〉와 〈어부漁父〉, 송옥의 〈초혼招
魂〉, 당륵의 〈대초大招〉는 모두 부체다. 사마상여의 〈대인부大人賦〉와
〈선춘궁부宣春宮賦〉, 반고의 〈유통부幽通賦〉, 장형張衡의 〈사현부思玄
賦〉는 모두 소체다. 학자들은 구별하지 않으면 안 될 것이다.[11]

소와 부의 체재에 관한 논의다. '소'는 《초사》 중 굴원, 송옥으로 대표되는 초나라 문인들의 사를 전문적으로 가리키는 것이다. '부'는 소가 변하여 한 나라 궁정문인에 의해 발전한 것이다. 그런데 이 소체와 부체는 형식적인 면에서 구분하기 여간 어렵지 않다. 따라서 한대에는 일반적으로 '사부'라 고 통칭되었다.

앞서 허학이는 굴원의 〈복거〉와 〈어부〉는 그 과도기에 있는 작품으로 소체가 아닌 부체에 가깝다고 보았다. 사마상여의 〈대인부〉는 굴원의 〈원 유〉를 모방한 것이다. 그 외에도 다소 구분하기 어려운 작품을 예로 들어 주의를 환기시켰다.

 胡元瑞云: "騷與賦, 句語無甚相遠, 體裁則大不同. 騷複雜無倫[1], 賦整蔚有 序[2]. 騷以含蓄深婉[3]爲尙, 賦以誇張宏鉅[4]爲工." 又云: "騷盛於楚, 哀於漢, 而亡於魏; 賦盛於漢, 哀於魏, 而亡於唐." "求騷於漢之世, 其招隱乎? 求賦 於魏之後, 其三都乎?" 愚按: 屈原卜居·漁父, 宋玉招魂, 唐勒大招, 皆賦體 也. 相如[5]大人賦·宣春宮賦, 班固幽通賦[6], 張衡[7]思玄賦[8], 皆騷體也. 學者 不可不辨. [以下二則論騷·賦之不同.]

1 複雜無倫(복잡무윤): 복잡하고 순서가 없다.
2 整蔚有序(정울유서): 가지런하고 차례가 있다.
3 含蓄深婉(함축심완): 함축이 심원하다.
4 誇張宏鉅(과장굉거): 과장이 광대하다.
5 相如(상여): 사마상여司馬相如. 본권 제8칙의 주석5 참조.
6 幽通賦(유통부): 반고의 작품이다. 고향 안릉安陵에서 지은 작품으로 자신의 개 인적 사상과 정감을 표출했다. 반고는 이 작품을 중시하여 《한서, 서전敍傳》에 넣고 반씨 가족사의 중요한 내용으로 삼았다. 이 작품은 반고가 가정의 변고를 당할 무렵 우주, 역사, 인생의 여러 문제에 대한 생각을 서술한 것으로 그의 청 년기의 사상서로 간주된다.
7 張衡(장형): 서한 시기의 문인이자 과학자다. 자는 평자平子이고 하남성 남양南

11) 이하 2칙은 소와 부의 다른 점을 논한다.

陽 사람이다. 부문賦文에 능했다. 당시의 태평성대를 풍자한 〈이경부二京賦〉,
〈귀전부歸田賦〉 등이 대표적인 작품이다. 또한 천문天文, 역학曆學의 대가로서
안제安帝의 부름을 받아 대사령大史令이 되고, 일종의 천구의天球儀인 혼천의渾天
儀를 비롯하여 지진계地震計라 할 수 있는 후풍지동의候風地動儀를 만들었다. 만
년에는 하간왕河間王의 재상宰相으로서 호족豪族들의 발호를 견제하는 데 큰 공
을 세웠다.

8 思玄賦(사현부): 장형이 순제順帝 양가陽嘉 4년(135)에 환관의 참언을 받게 되어
처세를 생각하며 자신의 생각을 술회한 작품이다. 굴원의 〈이소〉를 모방한 소
체의 작품이다.

24

호응린이 말했다.

"세상 사람들이 대체로 초사, 한부라고 칭하는 것은 소명태자昭明太
子의 《문선》에서 소와 부를 둘로 구분한 것을 역대로 이어받았음이
다. 명칭이 다르니 체재 또한 구별된다. 그러나 굴원의 여러 작품은
당시에 모두 부라고 했다. 《한서, 예문지》에는 시부가 열거되어 있지
만 소라고 하는 것은 없다. 굴원부 25편을 가장 으뜸으로 했다. 순경荀
卿, 송옥에서부터 사물을 가리켜 노래하니 별도로 부체가 되었다. 양
웅과 사마상여 이하로 크게 변천하여 굴원의 여러 작품이 마침내 모
두 〈이소〉의 이름으로 묶여졌는데 사실은 모두 부의 한 체재다."

이 주장은 전대 사람들이 분명히 깨닫지 못한 것이다.

해
제
호응린의 논의를 통해 소부의 차이점을 말했다. 초사체와 부체는 엄밀한
의미에서 구분된다. 초땅의 민간가요를 바탕으로 창작한 시를 초사 혹은
소체라고 하는데 흔히 〈이소〉, 〈구가〉 등 굴원과 송옥의 작품으로 대표된
다. 부체는 이 소체의 영향 아래 한나라 궁정문인들에 의해 발전한 것이
다. 이에 《문심조룡, 전부詮賦》에서는 "부는 《시경》의 작자에서 비롯되었

고 《초사》에서 크게 확충되었다.賦也者,受命於詩人,拓宇於楚辭也."고 하면서 소와 부를 구분했다. 《문선》에서도 소, 부를 둘로 나누었다.

그러나 소, 부는 그렇게 명확하게 구분되는 것이 아니다. 앞서 제23칙에서도 언급한 바와 같이 그 둘의 영향관계가 밀접하여 흔히 '사부'라고 겸칭되었다. 《한서》 등의 서적에서 사부가 혼칭된 예는 너무나 많다. 그러나 초사와 한부의 명칭이 서로 다르다고 해서 각기 다른 체재가 아니다. 한부는 초사를 바탕으로 발전했고 부가 점차 발전하면서 후일 굴원의 초사를 '이소'로 명명한 것이다. 따라서 〈이소〉는 한부의 으뜸이 된다.

胡元瑞云: "世率稱楚辭漢賦, 昭明文選分騷・賦爲二, 歷代因[1]之. 名義既殊, 體裁亦別. 然屈原諸作, 當時皆謂之賦. 漢藝文志所列詩賦一種, 而無所謂騷者. 首冠[2]屈原賦二十五篇. 自荀卿[3]・宋玉, 指事詠物[4], 別爲賦體. 楊・馬而下, 大演波流[5], 屈氏諸作, 遂俱係[6]離騷爲名, 實皆賦一體也." 此論前人所未發明.

1 因(인): 따르다. 답습하다.
2 首冠(수관): 가장 으뜸이다.
3 荀卿(순경): 순자荀子(약 B.C. 313~B.C. 211). 고대의 3대 유학자 가운데 한 사람이다. 이름은 황況이고 자가 경卿이다. 한선제漢宣帝 유순劉詢의 이름을 피휘하여 손경孫卿이라고도 칭한다. 그의 생애와 활동에 대해서는 정확히 알려진 것이 없는데 조趙나라 출생이고 몇 년 동안 직하학궁稷下學宮의 좨주祭酒가 되었다고 전한다. 또 참언讒言으로 물러나 초나라에 가서 춘신군春申君에 의해 피살당할 때까지 난릉蘭陵 곧 지금의 산동성山東省 지역에서 영令을 역임하며 만년을 보냈다. 공맹사상孔孟思想을 가다듬고 체계화했으며, 사상적인 엄격성을 통해 이해하기 쉽고 응집력 있는 유학사상의 방향을 제시했다. 자하子夏의 학파에 속하여, 성선설性善說에 의해 덕치德治를 주장한 맹자에 대해 성악설性惡說에 근거한 예치禮治를 내세웠다. 형명법술刑名法術의 대성자인 한비韓非와 소전小篆을 창시한 이사李斯는 그의 제자다.
4 指事詠物(지사영물): 사물을 가리켜 노래하다.
5 大演波流(대연파류): 크게 변천하다.

6 係(계): 묶다.

25

나는 젊을 때 사리에 밝지 못하여 고인은 시문에 대해 스스로 능하지 못한 것이 없다고 말했다. 후일 《모시서毛詩序》를 읽으니 양한兩漢의 문필과 크게 차이가 나고, 순경의 시부를 읽으니 《시경》이나 굴원·송옥의 사와 크게 달랐다. 이에 후세의 유학자들이 시문의 창작에서 스스로 역량이 부족한 것이지 그저 잘하거나 못하는 부분이 있어서가 아님을 깨달았다. 왕세정이 "순경의 〈성상成相〉 여러 편은 천고에 사라지지 않는 추악한 작품이다"라고 말한 것은 이러한 사실을 깨달은 것이다.12)

해제 순경의 시부에 관한 논의다. 순경은 곧 순자荀子를 가리킨다. 고음에서 '荀(순)'과 '孫(손)'은 음이 비슷하여 서로 통용되는 글자였다. 이에 손경孫卿이라고도 불린다. 순자는 전국 시기 말기의 문인으로 일찍이 여러 편의 산문 외 〈성상成相〉과 〈부賦〉 두 편의 운문을 썼다. 그러나 그의 작품은 《시경》 및 굴송사에 비해 많이 뒤떨어지므로 작가의 문필에는 역량의 차이가 있다고 평한 것이다.

〈성상〉은 임금을 위한 치국의 도리에 관해 서술한 서사시다. 《한서, 예문지》에 '성상잡사成相雜辭' 10편이 기록되어 있으나 이미 일실되었다. 1975년 호북湖北 운몽현雲夢縣에서 발견된 진묘秦墓에서 '위리지도爲吏之道'라는 제목이 적힌 죽간이 나왔는데 그 격식이 바로 순경의 〈성상〉과 일치했다. 사실 '성상'이란 고대의 통속적인 설창문학說唱文學의 양식이다. '성'은 '연주하다奏'의 뜻이고 '상'은 고악기의 명칭이다. 즉 이 작품은 민간가요의 형식으로 정치적 견해를 표현한 것인데 역대로 주목을 받지 못했다.

---

12) 이 1칙은 순경의 시부를 논하여 덧붙인 것이다.

또한 〈부〉는 순경의 부 작품집이라고 할 수 있다. 〈예禮〉, 〈지智〉, 〈운雲〉, 〈잠蠶〉, 〈잠箴〉 5편이 그것이다. 모두 각각의 사물을 구체적으로 묘사하면서 반문과 직설 등의 어투로 독특한 풍격을 이루고 있다. 후대 '부'의 명명이 여기서 나왔다.

予少不曉事¹, 謂古人於詩文自無不能. 後讀毛詩序², 與兩漢文筆³大異, 讀荀卿詩賦, 與三百篇屈宋之辭大異, 乃知後世之儒於詩文自有不能, 非止有善有不善也. 王元美云: "荀卿成相諸篇, 便是千古惡道." 得之. [此一則附論荀卿詩賦.]

1 曉事(효사): 사리에 밝다.
2 毛詩序(모시서): 한나라 때 지어진 《시경》의 해설서다. '대서'와 '소서'의 구분이 있다. 대서는 《시경》에 대한 총서에 해당하고, 소서는 《시경》의 각 편장에 대한 해설이다.
3 兩漢文筆(양한문필): 양한 시기의 문장. 양한은 전한前漢과 후한後漢의 두 나라를 가리킨다. 한나라는 진나라에 이어지는 중국의 통일 왕조로 고조 유방劉邦이 건국했다. 이후 왕망王莽이 세운 신新(8~22)나라에 의하여 잠시 중단이 있었는데, 이 시기를 기준으로 그 이전 장안을 수도로 했던 시대를 전한 또는 서한西漢, 낙양에 재건된 시대를 후한 또는 동한東漢이라고 한다.

26

축요가 말했다.

"〈자허子虛〉, 〈상림上林〉, 〈양도兩都〉, 〈이경二京〉, 〈삼도三都〉의 서두와 결말은 산문이지만, 중간 부분은 바로 부다. 세상에 전해진 것이 이미 오래되어 변하고 또 변했다. 그 중간의 부는 지나치게 과장하여 꾸미는 것에 치중하고 수사를 중시하여 제·양·당나라 초기의 배체俳體로 발전했다. 그 서두와 결말의 산문은 의론에 사용되고 내용을 중시하여 당말 및 송의 문체로 발전했다. 성정은 더욱 심원해졌지만,

육의六義가 사라져 부체가 마침내 없어졌다."

또 말했다.

"배체가 양한에서 시작되고13), 율체가 제·양에서 시작되었다. 배구는 율격의 뿌리고 율격은 배구의 덩굴이다. 진사도陳師道가 '배체가 비루하여 율격을 가하고, 율체가 약해서 사육四六을 더한다'라고 말했다. 이것은 당 이래 진사부進士賦의 체재가 유래한 연유다."

내가 생각건대 고금 부체의 변화에 대해 이것은 충분히 말한 듯하다.14)

부체의 변화에 관한 논의다. 축요의 말을 인용하여 부의 발전 과정을 요약했다. 부는 시대의 변화에 따라 배체, 율체, 사육체의 문채가 더해져 사육부, 율부, 문부, 진사부 등으로 변했다. 다만 여기서 주목할 만한 한 가지 사항은 당송 문체의 연원을 〈자허부〉, 〈상림부〉, 〈양도부〉, 〈이경부〉, 〈삼도부〉 등의 한부에서 찾고 있다는 점이다. 즉 부의 가장 큰 문학적 특징인 시와 문의 경계에 대해서도 빼놓지 않고 언급하고 있는 셈이다.

祝君澤云: "子虛[1]·上林[2]·兩都[3]·二京[4]·三都[5], 首尾是文, 中間乃賦. 世傳旣久, 變而又變. 其中間之賦, 以鋪張[6]爲靡而專於辭者, 則流爲齊[7]·梁[8]·唐初之俳體[9]; 其首尾之文, 以議論爲使而專於理者, 則流爲唐末及宋之文體. 性情益遠, 六義漸滅[10], 賦體[11]遂失." 又云: "俳體始於兩漢, [漢漸入於俳也.] 律體始於齊梁, 俳者律之根, 律者俳之蔓. 陳后山[12]云: '俳體卑矣, 而加以律; 律體弱矣, 而加以四六[13].' 此唐以來進士賦[14]體之所由始也." 愚按: 古今賦體之變, 此爲盡之. [此一則論賦體之變.]

1 子虛(자허): 서한 시기의 문인 사마상여가 지은 산문부散文賦. 한대 산문부의 전형적인 작품이다. 내용은 자허子虛가 초나라 왕을 위해 제齊나라 사신으로 가는

---

13) 한나라 때 점차 배율로 나아갔다.
14) 이 1칙은 부체의 변화를 논했다.

것을 가정하여, 초나라 운몽雲夢의 거대함과 군신君臣의 성대한 수렵의 모습, 초나라 풍물의 아름다움 등을 제나라 왕 앞에서 자랑한 것이다. 이에 대하여 오유선생烏有先生은 제나라 토지의 광활함과 산물의 풍부함을 이야기하여 자허를 반박했다. 대부분의 내용이 제왕의 넓은 정원과 수렵의 성대함을 묘사하는 데 주력하여, 풍자가 다소 있다 하더라도 결국은 당시 통치자가 좋아하는 향락적인 풍토에 부합하는 것으로 보인다. 사마상여에 관해서는 본권 제8칙의 주석5를 참조하기 바란다.

2 上林(상림): 서한 시기의 문인 사마상여가 지은 산문부. 천자가 장안 서쪽의 상림원上林苑에서 사냥하는 것을 읊었다.

3 兩都(양도): 동한 시기의 문인 반고가 지은 〈서도부西都賦〉와 〈동도부東都賦〉 2편을 가리킨다. 그 〈자서〉에 근거하면, 동한이 낙양에 도읍을 정하자 서경의 연장자들이 장안에 수도를 정할 것을 희망하기에 반고가 이 작품을 지어 반박했다.

4 二京(이경): 장형의 대표작인 〈이경부二京賦〉를 가리킨다. 〈서경부西京賦〉와 〈동경부東京賦〉 2편으로 되어 있다. 즉 '이경'은 서경西京인 장안과 동경東京인 낙양을 가리킨다.

5 三都(삼도): 서진 시기 좌사左思의 작품이다. 〈오도부吳都賦〉, 〈위도부魏都賦〉, 〈촉도부蜀都賦〉로 나뉜다. 이 작품은 세 도성을 묘사한 것 외에 위, 촉, 오 삼국의 개황을 묘사했다.

6 鋪張(포장): 과장하여 말하다.

7 齊(제): 남조 시기의 두 번째 왕조(479~502)다. 북조北朝의 북제北齊와 춘추시대의 제나라와 구별하기 위해 남제南齊 혹은 창건자 소도성蕭道成의 성씨를 따서 소제蕭齊라고 한다. 송나라 말기 소도성은 난릉蘭陵 출신의 하급병사 신분으로 출세하여 송나라 왕실의 반란을 진압하여 권력자가 된 뒤 황제를 폐위시키고 순제順帝로부터 선양을 받아 제나라를 건국했다.

8 梁(양): 남조 시기의 세 번째 왕조(502~557)다. 남제 말 내란이 일어나자 옹주자사雍州刺史 소연이 501년 건강建康을 공략하여 폭군 동혼후東昏侯를 퇴위시키고 남강왕南康王을 화제和帝로 추대했다가 그 이듬해인 502년에 제위를 선양禪讓받아 스스로 국왕이 되어 양나라를 세웠다.

9 俳體(배체): 배율 형식의 부체賦體를 가리킨다.

10 澌滅(시멸): 사라지다.

11 賦體(부체): 사부辭賦의 체재를 말한다. 사부는 소체부騷體賦, 한대부漢大賦, 변

체부變體賦, 변체율부變體律賦, 문부文賦 등으로 변화했다.

12 陳後山(진후산): 진사도陳師道(1052~1101). 북송 시기의 정치가이자 시인이
다. 자는 이상履常, 또는 무기無己이고 호가 후산거사後山居士이다. 팽성彭城 곧 지
금의 강소성 서주徐州 사람이다. 원우元祐 초 소식蘇軾 등이 그를 추천하여 서주
교수徐州教授가 되었고 이후 태학박사太學博士, 영주교수潁州教授, 비서성정자秘書
省正字 등을 역임했다. 송대 강서시파江西詩派의 주요 인물로, 여본중呂本中이 지
은《강서시사종파도江西詩社宗派圖》에서는 그를 황정견黃庭堅 아래, 즉 서열 2위
에 두었다. 방회方回의《영규율수瀛奎律髓》에서는 "두보의 시가 당시의 으뜸이
라면 황정견과 진사도의 시는 송시의 으뜸이다.老杜詩爲唐詩之冠, 黃陳詩爲宋詩之冠."
고 말했다.

13 四六(사륙): 변려문騈儷文. 4자와 6자로 이루어진 문체로서, 한나라 때 시작되
어 육조 시대에 크게 발전했다.

14 進士賦體(진사부체): 과거시험의 진사시進士試에서 요구되는 부의 체재.

詩源辨體

한위총론漢魏總論

한漢

1

《시경》은 처음으로 세월이 흘러 한위의 시가 되었다. 국풍은 시간이 지나 한나라의 〈고시십구수古詩十九首〉, 소무蘇武와 이릉李陵, 위나라의 삼조三祖인 조조曹操·조비曹丕·조예曹叡, 건안칠자建安七子의 오언이 되었다.1) 아는 시간이 지나 한나라 위맹韋孟과 위현성韋玄成, 위나라의 조식과 왕찬王粲의 사언이 되었다. 송은 시간이 지나 한나라의 〈안세방중安世房中〉과 무제 때의 〈교사郊祀〉, 위나라 왕찬의 〈태묘송太廟頌〉과 〈유아무兪兒舞〉의 잡언이 되었다.

---

1) 왕위王韋가 "한위의 시는 아송에서 변천했고, 당나라의 시체는 국풍에서 연원한다"고 한 것은 오직 고율古律과 성기聲氣로써 탐구한 것이다. 그렇지만 조식의 〈증백마왕贈白馬王〉 및 왕찬의 〈공연公讌〉·〈종군從軍〉 등과 같은 위나라 시인의 오언 작품이 실제 아에서 비롯되었다는 것을 몰라서는 안 된다.

오언은 국풍과 비슷하나 사언은 아에서 점차 멀어졌고 잡언은 송에서 점점 더 벗어났다. 그러므로 종영의 《시품》은 오언에서 그쳤고 소명태자의 《문선》에서는 잡언을 언급하지 않았다.

호응린이 다음과 같이 말했다.

"국풍·아·송은 성인의 경전經典과 병렬된다. 다만 국풍의 시인이 지은 시는 대부분 가정이나 집안 식구, 길 떠남, 비탄, 모임과 흩어짐, 감탄, 그리움의 말을 근본으로 삼고 있으므로 그 여운이 후대에 유독 전해졌다. 아·송은 광대하고 심오하며 장엄하고 규범적이어서 명당明堂과 청묘淸廟에서 사용되었으나 용도가 이미 법도에 맞지 않고 관리와 신하가 지으면서부터 체재 또한 달라졌으니, 하夏·은殷·주周의 삼대三代 이하로 조화로운 것이 극히 드물게 된 것은 마땅하다."2)

한위시의 근원이 《시경》에 있음을 구체적으로 논하고 있다. 이상의 내용을 정리하면 대략 다음과 같다.

국풍 → 〈고시십구수〉, 소무와 이릉, 위나라의 조조·조비·조예, 건안칠자 등의 오언시

아 → 한나라 위맹과 위현성, 위나라의 조식과 왕찬 등의 사언시

송 → 한나라의 〈안세방중安世房中〉과 〈교사郊祀〉, 위나라 왕찬의 〈태묘송太廟頌〉과 〈유아무兪兒舞〉 등의 잡언시

한위시의 가장 큰 형식적인 특징은 오언시가 발전하여 후대 중국시의 기본 형식을 완성했다는 것이다. 오언시가 정확하게 언제 최초로 생겨났는지는 쉽게 단언할 수 없지만 동한 시기의 〈고시십구수〉로 대표되는 오언이 점차 사언을 대체하여 한위시의 주류가 된 것은 틀림없다. 허학이는 한위의 오언시가 바로 국풍에서 근원한다고 보고, 왕위의 관점에 대해 부분적인 비평을 가했다. 왕위는 명나라 초기의 문인으로 허학이보다 조금 앞

---

2) 위나라의 시는 한나라 시와 비교해 같은 점도 있고 다른 점도 있다. 이하 총론에서는 한위시의 같은 점을 논하고 제4권에서 차이점을 구분할 것이다.

서 활동했다. 요컨대 한위의 시는 기본적으로 《시경》의 국풍, 아, 송에서 기원한다고 보았다. 국풍은 오언시, 아는 사언시, 송은 잡언시의 발전에 영향을 미쳤다고 강조했다.

三百篇始流而爲漢魏. 國風流而爲漢十九首[1]·蘇[2]李[3]·魏三祖[4]·七子[5]之五言. [王欽佩[6]謂: "漢魏變於雅頌, 唐體[7]沿於國風." 此但以古律[8]聲氣求之. 然魏人五言, 如子建[9]贈白馬王[10]及仲宣[11]公讌[12]·從軍[13]等作, 實出於雅, 則又不可不知.] 雅流而爲漢韋孟[14]·韋玄成[15]·魏曹植·王粲之四言. 頌流而爲漢安世房中[16]·武帝郊祀[17]·魏王粲太廟頌[18]·兪兒舞[19]之雜言. 然五言於風爲近, 而四言於雅漸遠, 雜言於頌則愈失之. 故鍾嶸詩品止於五言, 而昭明文選亦不及乎雜言也. 胡元瑞云: "國風·雅·頌, 並列聖經[20]. 第[21]風人所賦, 多本[22]室家[23]·行旅·悲歡·聚散·感歎·憶贈[24]之詞, 故其遺響[25], 後世獨傳. 雅頌閎奧淳深[26], 莊嚴典則[27], 施諸明堂淸廟[28], 用旣不倫, 作自聖佐賢臣[29], 體又迥別[30], 三代[31]而下, 寥寥寡和[32], 宜矣." [魏詩較漢有同有異. 以下總論, 論漢魏之同者, 至下卷始分別矣.]

1 漢十九首(한십구수): 한대의 무명씨가 지은 시를 가리킨다. 일반적으로 동한 말년에 중하층 지식인들이 민가의 영향 아래 지은 오언시로 보는데, 서한의 색채가 약간 느껴지는 곳도 있다. 한대의 고시는 《문선》, 《옥대신영》, 《고문원古文苑》 등에 여러 수가 실려 있는데, 그중 가장 대표적인 작품이 《문선》에 실린 '고시십구수'다. 내용은 대부분 어지러운 동한 말의 사회를 배경으로 남녀의 정을 노래하고 있다. 시어가 소박하고 자연스러운 것이 특징이며 오언시의 으뜸으로 손꼽힌다. 이후 건안 시기의 오언시 발전에 큰 영향을 미쳤다.

2 蘇(소): 소무蘇武(B.C. 140~B.C. 80). 서한 시기의 명신이다. 자는 자경子卿으로 두릉杜陵 곧 지금의 섬서성 서안西安 동남쪽 지역 사람이다. 무제의 명을 받고 흉노의 땅에 사신으로 갔다가 선우單于에게 붙잡혀 복속服屬할 것을 강요당했지만 끝까지 굴복하지 않아 북해北海(바이칼호) 부근에 19년간 유폐되었다. 흉노에게 항복한 이릉의 설득에도 굴복하지 않고 절개를 지키다가 귀국했다.

3 李(이): 이릉李陵(?~B.C. 74). 서한 시기의 무장이다. 자는 소경少卿이고 농서隴西 곧 지금의 감숙성甘肅省 사람이다. B.C. 99년 이광리李廣利가 흉노를 정벌할

때 보병 5천명을 인솔해 출정하여 승리를 이끌었다. 그러나 귀국하다가 8만의 흉노군에게 포위되어 항복했다. 한무제가 그 사실을 듣고 분노하여 그의 어머니와 처자를 죽이려고 할 때 사마천이 그를 변호하다가 궁형宮刑에 처해졌다. 이릉은 흉노에 항복한 후 선우의 딸과 결혼하고 우교왕右校王으로 봉해져 선우의 군사·정치의 고문으로서 활약하다 몽골공원에서 병사했다.

4 魏三祖(위삼조): 위무제魏武帝 조조曹操(155~220), 위문제魏文帝 조비曹丕(187~226), 위명제魏明帝 조예曹叡(약 205~239)를 가리킨다. 조조는 위나라의 시조다. 자는 맹덕孟德이고 묘호廟號는 태조太祖이며 시호는 무황제武皇帝다. 조비는 위나라의 초대 황제로 220년~226년에 재위했다. 자는 자환子桓이고 시호는 문제文帝다. 조조의 셋째 아들로 태어났지만 유씨劉氏가 낳은 조앙曹昂과 조삭曹鑠이 모두 일찍 죽고 그의 어머니인 변씨卞氏가 황후의 자리에 오르면서 조조의 적장자嫡長子가 되었다. 마지막으로 조예는 위나라의 제2대 황제로 226년~239년에 재위했다. 자는 원중元仲이고 시호는 명황제明皇帝다. 조비의 장남으로 태어났으며 원소袁紹의 아들 원희袁熙의 처였던 문소황후文昭皇后 견씨甄氏가 그의 생모다. 조진曹眞, 사마의司馬懿 등을 중용하여 오吳와 촉蜀의 연이은 공격을 막아내고 내정에 힘을 기울였다.

5 七子(칠자): 동한 말기 한헌제漢獻帝의 건안建安(196~220) 연간에 위무제 조조 부자를 중심으로 모인 문학 집단을 가리킨다. '칠자'의 명칭이 처음으로 쓰인 것은 조비의 〈전론典論, 논문論文〉에서다. 그는 당시의 문인 공융孔融, 진림陣琳, 왕찬王粲, 서간徐幹, 완우阮瑀, 응창應瑒, 유정劉楨을 칠자라고 불렀다. 한편 《위서魏書, 왕찬전王粲傳》에 의거하면 공융 대신에 조식이 들어가는데, 이에 대해 허학이는 조비가 조식의 재능을 질투했기 때문에 일부러 조식을 배제했다고 보았다(제4권 제16칙 참조).

6 王欽佩(왕흠패): 왕위王韋. 자가 흠패이고 호는 남원南原이다. 명대의 관원으로 상원현上元縣 곧 지금의 강소성 남경 지역 사람이다. 부친 왕휘王徽는 성화成化 연간 급사중給事中을 지냈는데 직간直諫을 잘 하기로 유명했다. 왕위는 고린顧璘, 진기陳沂와 함께 '금릉삼준金陵三俊'으로 병칭되며 홍치 18년(1505)에 진사가 되었다.

7 唐體(당체): 당시唐詩의 체재와 풍격.

8 古律(고율): 고시의 율격.

9 子建(자건): 조식曹植(192~232). 삼국 시대 위나라의 시인으로 위무제 조조의

아들이며, 위문제 조비의 아우다. 자가 자건이고 시호는 사思다. 마지막 봉지封地가 진陳땅이었기에 흔히 진사왕陳思王이라고도 부른다. 일찍이 맏형 조비와 태자 계승문제로 암투하다가 29세 때 아버지가 죽고 형이 위나라 초대 황제로 즉위하면서 평생 정치적 입지가 불우하게 되었다. 이러한 현실적 갈등과 좌절은 그의 문학 풍격에도 그대로 반영되어 전반기의 영웅적 기개와 호방한 작품이 사라지고 비분강개悲憤慷慨와 회재불우懷才不遇의 감정이 많이 표현되었다.

10 贈白馬王(증백마왕): 조식의 대표적인 장편 서정시다. 그 서문에 시를 짓게된 배경이 다음과 같이 잘 드러나 있다. "황초黃初 4년(223) 정월에 백마왕 조표曹彪, 임성왕 조창曹彰과 나는 함께 상경했다. 절기의 집회로 낙양에 도착했는데 임성왕이 서거했다. 칠월에 백마왕과 제나라로 돌아가게 되었다. 얼마 후 유사有司가 두 왕은 귀국하면서 숙박과 휴식을 달리해야 한다고 말하여 나는 매우 분통이 터졌다. 며칠 간 기약 없는 이별을 하게 되므로 마음을 털어놓고 백마왕과 작별의 인사를 하며 울분에 맺혀 이 시편을 지었다.黃初四年正月, 白馬王, 任城王與余, 俱朝京師. 會節氣, 到洛陽, 任城王薨. 至七月與白馬王還國. 後有司以二王歸藩, 道路宜異宿止, 意毒恨之, 蓋以大別在數日, 是用自剖, 與王辭焉. 憤而成篇."

11 仲宣(중선): 왕찬王粲(177~217). 후한 말기 위나라 시인이다. 자가 중선이고 산양山陽 고평高平 곧 지금의 강소성 정이현邒胎縣 출신으로 귀족의 집안에서 태어났다. 190년 한헌제가 동탁의 강요에 못 이겨 장안으로 천도할 때 그를 수행하여 보필했고, 거기서 그 당시 최고의 학자인 채옹蔡邕의 눈에 들었다. 당초 사도司徒에 임명되었고 황문랑黃門郞을 제수받았으나 사양하고 나아가지 않았다. 얼마 후 동탁이 암살되어 장안이 혼란에 빠지자 형주荊州(지금의 호북성 지역)로 몸을 피해 유표劉表를 의지했다. 208년 유표가 죽자 그의 아들 유종劉琮을 설득하여 조조에게 귀순시키고 자신도 승상연丞相椽이 되어 관문후關門侯의 작위를 받았다. 후에 조조가 위왕이 되자 시중侍中으로서 제도 개혁에 진력하는 한편, 건안칠자의 한 사람으로도 활동했다.

12 公讌(공연): 왕찬의 대표시다. 《예문유취藝文類聚》에는 '공연회시公宴會詩'라고 되어 있다.

13 從軍(종군): 왕찬의 대표시다. 모두 5수다. 《악부시집樂府詩集》에서는 '종군행 오수從軍行五首'라고 되어 있다. 《삼국지三國志, 위지魏志》에 따르면 건안 20년 3월 조조가 장노張魯를 징벌하고 12월 남정南鄭 곧 지금의 섬서성 지역에 이르렀는데 이때 시중侍中 왕찬이 〈종군시〉 5수를 지어 그 일을 찬미했다고 한다.

14 韋孟(위맹): 서한 초기의 시인이다. 팽성彭城 곧 지금의 강소성 서주徐州 사람
이다. 한나라 초기 초원왕楚元王 유교劉交의 사부가 되었고, 또 그의 아들 초이왕
楚夷王인 유영객劉郢客 및 그의 손자 유무劉戊의 사부를 역임했다. 유무의 황음무
도함을 시로 풍자해 지었다. 그 후 관직에서 물러나 추鄒 곧 지금의 산동성 지역
으로 이사했다. 현존하는 그의 시로는 〈풍간시諷諫詩〉와 〈재추시在鄒詩〉2수가
있는데, 《시경, 대아大雅》의 특색을 잘 계승하고 있다.

15 韋玄成(위현성): 서한 초기의 시인이다. 자는 소옹少翁이고 노나라 추鄒 사람
이다. 생년은 미상이나 한원제漢元帝 건소建昭 3년 6월 갑신甲辰일에 죽었다. 어
릴 때부터 배우기를 좋아했고 특히 아랫사람들에게 겸손했다. 그는 사언시를
잘 지었는데, 현존하는 것으로는 〈자핵自劾〉과 〈계시시자손戒是示子孫〉2수가
있다.

16 漢安世房中(한안세방중): 한나라의 〈안세방중가安世房中歌〉. 이에 관한 가장
이른 기록은 《한서, 예악지禮樂志》에 보인다. 당산부인唐山夫人이 지은 것으로
되어 있으나, 청대 이래로 그 작자에 관한 쟁론이 끊이지 않는다. 모두 17장으
로 구성되어 있는데, '방중연악房中燕樂' 1수와 '방중사악房中祠樂' 13수다. '방중연
악'은 흔히 '방중악房中樂'이라고 통칭되며 초나라 성조의 사언 잡체시다. '방중
사악'은 아체雅體의 사언시인데 한고조가 죽은 후 숙손통叔孫通이 고례古禮 및 진
秦나라의 의례儀禮를 채용하여 고조의 공덕을 진술하기 위해 지은 일종의 종묘
악장宗廟樂章이다.

17 武帝郊祀(무제교사): 한무제 시기의 교사예악郊祀禮樂과 관련된 악가. 보통 19
장이라고 말하나 실제는 20수다. 〈천마天馬〉가 2수이기 때문이다. 서한 시대의
고유한 정치 관념과 군권 사상 및 봉건 대일통의 사상을 반영하고 있다.

18 太廟頌(태묘송): 돌아가신 선조의 공덕을 칭송한 시가다. 조조의 명에 의해
지어진 왕찬의 이 시는 《초학기初學記》권13에 보인다.

19 兪兒舞(유아무): 고대의 잡무명雜舞名. 그 춤은 한초에 만들어졌다. 《송서宋書,
악지樂志》에 다음과 같이 기록되어 있다. "위나라의 〈유아무가兪兒舞歌〉4편은
위나라가 막 건국되었을 때 사용되었는데, 왕찬에 의해 그 노랫말이 새로 고쳐
져 〈모유矛兪〉, 〈노유弩兪〉, 〈안대安臺〉, 〈행사신복가行辭新福歌〉가 되었다. 가사
는 위왕조의 공덕을 서술하고 있다. 후일 태조묘에서 한데 모아 창작했다. 황
초 2년 〈소무묘昭武舞〉라고 고치고 진나라 때에는 다시 〈선무무宣武舞〉라고 고
쳤다. 魏兪兒舞歌四篇, 魏國初建所用, 使王粲改創其辭, 爲矛兪, 弩兪, 安臺, 行辭新福歌曲, 行辭以述

20 聖經(성경): 성인의 경전. 즉 육경六經으로 대표되는 유가의 경전을 말한다.

21 第(제): 다만.

22 本(본): 근본으로 삼다.

23 室家(실가): 가정이나 집안 식구.

24 憶贈(억증): 그리움.

25 遺響(유향): 여운.

26 閎奧淳深(굉오순심): 넓고 심오하다.

27 莊嚴典則(장엄전칙): 엄숙하고 규범이 있다.

28 明堂淸廟(명당청묘): '명당'은 고대 제왕이 정치를 행하는 곳이고 '청묘'는 주 문왕의 영전靈殿으로, 즉 엄숙 청정한 영전을 가리킨다.

29 聖佐賢臣(성좌현신): 슬기로운 관리와 어진 신하.

30 迥別(형별): 크게 다르다. 분명하게 구별되다.

31 三代(삼대): 하夏, 은殷, 주周나라 왕조를 가리킨다. 이 시대는 덕화德化에 의한 왕도 정치가 실시되었던 이상적인 태평성대太平聖代의 시대로 일컬어진다.

32 寥寥寡和(요료과화): 조화로운 것이 지극히 드물다. '寥寥(요료)'는 '수가 적은 모양'을 나타내고, '寡和(과화)'는 '조화를 잘 이루지 않는다'는 뜻이다.

2

한위의 오언은 국풍에서 근원하여 성정性情에 바탕을 두고 있으므로, 대부분 사물에 기탁하여 흥기하고 체재가 영롱하여 오랜 세월 오언의 으뜸이 되었다.3) 상세하게 논하자면 위나라 시의 체재는 점차 어지러워지더니 진晉·송宋·제齊·양梁으로 가면 갈수록 사라져 버렸다.

 당나라 근체시近體詩 성립 이전의 오언고시가 한위 시대에 최고조로 발전

---

3) 국풍에 관한 논의 제3칙에 설명이 보인다.

했음을 설명했다. 한위 오언시는 국풍에서 근원하며 인간의 성정을 바탕으로 하고 있기 때문에 그 여운이 오랫동안 지속되어 후대에 많은 영향을 남겼다. 그러나 위나라 이후 오언시가 쇠퇴했다고 하는 것은 진나라 때부터 점차 인위적인 수식이 가미되어졌음을 말하는 것이다. 허학이는 한위 오언시의 자연스러운 기풍이 서진 시기 육기陸機에 의해서 크게 변화가 일어났다고 본다. 이와 같이 오언시의 근원을 국풍에서 찾는 것은 유협의 견해를 계승한 것이라고 볼 수 있다. 유협은 《문심조룡, 장구章句》에서 "오언은 주나라 시대에 보인다. 《시경, 행로行露》가 바로 그것이다.五言見於周代, 行露之章是也."고 했다.

다만 오언시가 국풍에서 연원한 것은 부정할 수 없지만, 그 외 초사, 선진 시기의 민가 및 한대의 민요 등 여러 가지 영향을 받았다는 설을 완전히 배제할 수도 없다.

원문

漢魏五言, 源於國風, 而本乎[1]情, 故多託物興寄, 體裁玲瓏[2], 爲千古五言之宗. [說見國風論第三則.] 詳而論之, 魏人體裁漸失, 晉[3]·宋[4]·齊·梁, 日趨日亡[5]矣.

주석

1 本乎(본호): '…을 근본으로 삼다', '…에 바탕을 두다'는 의미다. '乎(호)'는 '於(어)'와 같은 자다.

2 體裁玲瓏(체재영롱): 체제가 정교하고 아름답다. '玲瓏(영롱)'은 옥의 맑은 소리 또는 옥이 조각된 모양을 가리키며 '빛이 맑고 산뜻하다'는 뜻이다.

3 晉(진): 진나라는 서진西晉(265~316)과 동진東晉(317~419)으로 구분되며, 그 제실帝室은 사마씨司馬氏다. 263년 사마소司馬昭가 집정할 때 3국의 하나인 촉한蜀漢을 멸망시켰고, 265년 사마소의 아들 사마염司馬炎이 위나라의 황제 조환曹奐으로부터 선양이라는 명목으로 황제의 자리를 빼앗아 제위에 오르고 낙양을 도읍으로 삼아 진나라, 즉 서진을 세웠다. 팔왕八王의 난(300~306)으로 국정이 혼란에 빠졌을 때 북방 오랑캐의 침입으로 316년 진왕조는 일단 멸망했다. 그후 사마예司馬睿가 양자강揚子江 이남 지역으로 건너가 317년 건강 곧 지금의 강소성 남경을 수도로 진왕조를 재건하여 동진을 세웠다.

4 宋(송): 동진 말기의 권신權臣이자 무장武將인 유유劉裕가 진나라 공제恭帝로부터

선양을 받아 세운 나라(420~479). 건강에 도읍했고, 조송趙宋과 구별하기 위하여 유송劉宋이라고도 부른다.

5 日趨日亡(일추일망): 날이 갈수록 사라지다.

3

한위의 오언은 흥취에 바탕을 두고 있으므로, 그 체재가 완곡하고 시어가 부드러우며 천연적인 오묘함이 있다. 오언고시는 정체가 된다. 상세하게 논하자면 위나라 시인이 점차 인위적인 수식을 보이면서 점점 변화의 단계로 들어갔다.

해제 한위 오언시의 특징에 관한 논의다. 한위시는 인위적인 수식의 흔적이 없이 자연스러움을 강조했다. 그것은 국풍의 성정에서 기원했기 때문이다. 그러나 위나라 이후 점차 인위적인 조탁이 가미되어 천연적인 자연스러움이 쇠퇴하게 되었다.

원문 漢魏五言, 本乎情興, 故其體委婉¹而語悠圓², 有天成之妙³. 五言古⁴, 惟是爲正. 詳而論之, 魏人漸見作用⁵, 而漸入於變矣.

주석
1 委婉(위완): 완곡하다.
2 悠圓(유원): 부드럽다.
3 天成之妙(천성지묘): 천연스러운 오묘함. '天成(천성)'이란 '저절로 이루어지다'의 의미다.
4 五言古(오언고): 오언고시. 고대 시체의 하나로 동한 초기에 형성되었다. 매구는 5자로 되어 있으나 매 편의 구수句數는 제한이 없다. 용운用韻이 자유로워 격구 또는 매구에 압운이 가능하고, 평성이든 측성이든 모두 사용할 수 있으며 일운도저一韻到底, 환운 모두 가능하다.
5 作用(작용): '用意(용의)', '意圖(의도)'와 같은 말이다. 여기서는 바로 인위적인 수식을 가리킨다.

한위 오언시는 완곡하고 부드러우며 국풍과 비슷하니 이것은 훌륭한 변화다. 한위의 사람들로 하여금 다시 사언으로 짓게 한다면 답습을 면할 수 없고 천고에 아름다움을 드러낼 수 없을 것이다.

호응린이 다음과 같이 말했다.

"사언은 주나라 때 성행하고 한나라 때 한 차례 변하여 오언이 되었다. 체재가 다르지만 시어는 진실로 함께 논할 수 있으니 훌륭한 변화다."

실로 식견이 있는 말이나 약간 지나침이 없지 않다.4)

해제 한위시의 가장 큰 특징은 그 이전의 사언을 대체하여 오언이 주류를 이루었다는 것이다. 오언시는 국풍의 완곡하고 부드러운 풍격을 잘 계승하여 인위적인 조탁이 없는 자연적인 아름다움을 지닌다. 체재가 다르지만 시어가 국풍과 나란히 겨룰 수 있다는 말은 앞서 제1칙에서 지적한 바와 같이 가정이나 집안 식구, 길 떠남, 비탄, 모임과 흩어짐, 감탄, 그리움의 말을 근본으로 삼아 인간의 성정을 드러내고자 했기 때문이다.

원문 漢魏五言, 委婉悠圓, 於國風爲近, 此變之善者. 使漢魏復爲四言, 則不免於襲1, 不能擅美2千古矣. 胡元瑞云: "四言盛於周3, 漢一變而爲五言. 體雖不同, 詞實並駕4, 乃變之善者也." 語誠有見, 然不免或過5. [說見十九首論中.]

주석 1 不免於襲(불면어습): 답습을 면할 수 없다. '不免(불면)'은 '면할 수 없다', '아무리 해도 …가 된다'의 뜻이다.

2 擅美(천미): 홀로 뛰어나게 아름답다.

3 周(주): 중국의 고대 왕조(B.C. 1046~B.C. 771)다. 이전의 하나라, 은나라와

---

4) 〈고시십구수〉에 관한 논의 중에 설명이 보인다.

더불어 이상적 정치를 펼치며 태평성대를 이루어 삼대三代라고 칭한다. 중국 역
사상 가장 오래 유지된 나라로 봉건제도를 확립했다.

4 並駕(병가): '並駕齊驅(병가제구)'의 줄임말이다. '말머리를 나란히 하여 나아
가다' 또는 '함께 논의하다'의 의미다.

5 或過(혹과): 약간 지나치다.

5

한위의 오언은 성정의 참됨을 근본으로 삼기는 하나, 반드시 성정
의 바름을 근본으로 삼지는 않았다.[5] 그러므로 성정에 대해서는 더
이상 논하지 않는다. 간혹 국풍의 성정으로써 한위의 시를 논하는 것
은 육경六經의 이론으로써 진한秦漢의 문장을 논하는 것과 같아 배울
것이 많지 않다.

한위의 오언시는 국풍과 같이 인간의 성정에 바탕을 두고 있다. 그러나 국
풍과 한위시가 궁극적으로 지향하는 성정은 완전히 다르다. 국풍이 성정의
바름에 기초한다면 한위시는 성정의 참됨에 바탕을 둔다. 따라서 국풍에는
성정이 바르지 않은 것이 없으나 한위시에는 성정이 바르지 않은 것이 있으
니, 아래 제38칙에 자세한 설명이 보인다.
　성정의 바름에서 참됨으로의 변화는 중국문학사에서 중대한 의미를 지
닌다. 성정의 바름이 도덕적 잣대가 된다면 성정의 참됨이란 문학적 잣대
라고 할 수 있을 것이다. 그것은 바로 문학의 독립을 의미하기도 한다. 이
에 국풍은 성인의 경전과 나란히 논할 수 있지만 국풍의 성정으로써 한위
의 시를 논하는 것은 애초 잘못된 유비類比의 오류를 범하는 것이 된다.

漢魏五言, 雖本乎情之眞, 未必[1]本乎情之正. [說見十九首論中.] 故性情不復論
耳. 或欲以國風之性情論漢魏之詩, 猶欲以六經之理論秦漢之文[2], 弗多得矣.

5) 〈고시십구수〉에 관한 논의 중에 설명이 보인다.

1 未必(미필): '반드시 …한 것은 아니다', '꼭 그렇다고 할 수 없다'의 의미다.

2 秦漢之文(진한지문): 진한 시기의 문장. 당나라에 이르러 화려한 수사의 변문
騈文과 대칭하여 고문古文이라고 불렸다.

6

　한위의 오언은 완곡하고 부드러우며 비록 성정에 바탕을 두지만 재
주가 뛰어난 사람이 아니면 지을 수 없는데, 다만 재주를 지니고 있어
도 드러내지 않을 따름이다. 〈고시십구수〉·소무·이릉·조식·왕
찬·유정劉楨의 시와 조일趙壹·서간徐幹·진림陳琳·완우阮瑀의 시를
비교해 보면 재주가 뛰어난 자가 아니면 지을 수 없음을 알게 된다.

　한위 오언시의 창작이 어려움을 설명하고 있다. 재주가 뛰어난 사람이라
야 오언시를 창작할 수 있다는 것은 시인의 재기론才氣論을 긍정하는 말이
다. 그러나 여기서 말하는 재주란 화려한 기교를 뽐내는 것이 아니라 오히
려 그 인위적인 조탁이 드러나지 않고 자연스러운 경지에 이르러야 한다
는 뜻이다. 한위시는 재주가 있어도 드러나지 않고 인위적인 조탁의 흔적
이 없이 자연스럽기 때문에 오언시의 으뜸이라고 불리는 것이다. 아울러
허학이는 한위시 중에서 비교적 뛰어난 작품으로 〈고시십구수〉를 비롯하
여 소무, 이릉, 조식, 왕찬, 유정의 시를 손꼽고 있는데, 〈고수십구수〉에 관
해서는 아래 제37칙~제45칙에서 논하고 소무와 이릉에 관해서는 제51칙~
제55칙에서 논한다. 또 조식, 왕찬, 유정 등에 관해서는 다음 제4권에서 논
한다.

漢魏五言, 委婉悠圓, 雖本乎情, 然亦非才高者不能, 但有才而不露耳. 以十
九首[1]·蘇·李·曹植·王·劉[2]與趙壹[3]·徐幹[4]·陳琳[5]·阮瑀[6]相比, 則知
非才高者不能也.

1 十九首(십구수): 〈고시십구수〉를 가리킨다. 본권 제1칙의 주석1 참조.

2 劉(유): 유정劉楨(?~217). 삼국 시대 위나라의 명사이자 건안칠자 중 한 사람이
다. 자는 공간公幹이고 동평東平 곧 지금의 산동성 사람이다. 박학다식하고 재주
가 있어 위문제 조비와 친밀하게 교류했지만 후일 불경죄不敬罪로 형벌을 받았
다. 그의 오언시는 언어가 질박하고 풍격이 강건하다는 평가를 받는다.

3 趙壹(조일): 동한 시기의 사부가다. 자는 원숙元叔이고 한양漢陽 서현西縣 곧 지
금의 감숙성 천수天水 지역 사람이다. 체격이 크고 수염과 눈썹이 잘 생겼으며
재주를 믿고 오만했다. 환제桓帝와 영제靈帝 시기에 누차 죄를 지어 거의 죽을
뻔했으나 친구의 도움으로 목숨을 구했다.

4 徐幹(서간): 한위의 문학가이자 건안칠자 중 한 사람이다. 자는 위장偉長이고
북해군北海郡 곧 지금의 산동성 창락昌樂 사람이다. 어려서부터 학문에 힘썼고
많은 서적을 열독했다. 영제 말기 당시의 세족 자제들이 붕당을 결집하여 자신
의 영예와 이익을 추구하자, 서간은 두문불출하며 세속에 영합하지 않았다. 건
안 초 조조가 그를 불러 사공군사좨주연속司空軍師祭酒掾屬의 관직을 주었고 다시
오관장문학五官將文學으로 승진시켰다. 수년 후 병을 핑계로 사퇴했다. 건안 22
년(217) 역병疫病이 유행했을 때 병에 감염되어 사망했다.

5 陳琳(진림): 동한 말기의 저명 문학가이자 건안칠자의 한 사람이다. 자는 공장
孔璋이고 광릉廣陵 사양射陽 곧 지금의 강소성 보응寶應 사람이다. 영제 말기 대장
군大將軍 하진何進의 주부主簿를 맡았다. 하진이 환관을 주살하기 위해 군사를 모
아 낙양을 치려 할 때 진림이 그를 말렸지만 그는 아랑곳하지 않고 돌격했다가
실패하여 죽었다. 동탁이 낙양에서 폭동을 일으키자 진림은 기주冀州로 피난하
여 원소의 막부로 들어갔다. 원소는 그에게 문장을 도맡게 했으므로 군중의 문
서가 대부분 그의 손에서 나왔다. 그중 가장 유명한 것이 〈위원소격예주문爲袁
紹檄豫州文〉이다. 건안 5년(200) 관도官渡의 전투 때 원소가 대패하자 진림은 조
조의 포로가 되었다. 조조는 그의 재능을 아껴 죄를 묻지 않고 사공군사좨주司
空軍師祭酒로 임명하여 완우와 함께 일하게 했다. 후일 승상문하독丞相門下督으로
승진했다. 건안 22년 유정, 응창, 서간 등과 함께 역병에 감염되어 사망했다.

6 阮瑀(완우): 한위의 문학가이자 건안칠자 중 한 사람이다. 자는 원유元瑜이고
진류陳留 위씨尉氏 곧 지금의 하남성 개봉開封 사람이다. 젊었을 때 채옹에게서
사사받았는데, 채옹이 그를 '기재奇才'라고 칭찬했다. 그가 지은 장표서기章表書
記가 뛰어나며 음악적 소양도 매우 깊었다. 그의 아들 완적阮籍, 손자 완함阮咸은
모두 '죽림칠현竹林七賢'으로 이름났다.

　한위 오언시가 완곡하고 부드러우며 그 격조가 자유로운 것은 두말할 필요가 없을 따름이다. 간혹 한위시에서 오직 격조만 취하는 까닭에 반드시 먼저 광활하고 질박하게 한 다음에 완곡하고 부드럽게 하고자 하는데,6) 이것은 옛날의 명망을 흠모하여 그 실체를 깨닫지 못한 것이다. 소명태자의 《문선》은 대체로 그 실체를 깨달았다고 할 것이다.

해제 한위 오언시의 격조에 관한 논의다. 격조가 자유롭다는 것은 한마디로 광활하고 질박하다蒼莽古質는 의미로 이해할 수 있는데, 이것은 곧 '한위풍골漢魏風骨'에 관한 설명에 다름 아니다. 한위풍골이란 조씨 삼부자와 건안칠자를 중심으로 이루어진 건안문학의 특징을 말하는 것으로 의기가 충만하고 강개한 풍격을 지니고 있다.

　그러나 허학이는 오직 이러한 격조만으로 한위시를 논의해서는 안 된다고 주장하고 있다. 한위시의 가장 중요한 특징은 완곡하고 부드러움에 있기 때문이다. 따라서 광활하고 질박한 격조만을 중시하여 조식보다 조비의 시를 으뜸으로 하는 것은 한위시의 실체를 이해하지 못한 결과라고 비평했다. 앞서 제6칙에서 한위의 재주 있는 시인으로 조씨 삼부자 중 조식을 손꼽았고, 제4권의 제10칙에서도 조식이 당시의 으뜸이라고 주장하고 있다. 또 소명태자가 《문선》에서 조비보다 조식의 시를 더 비중 있게 수록한 것도 한위시의 이러한 특징을 중시했기 때문이라고 보았다.

원문 漢魏五言, 委婉悠圓, 其氣格自在[1], 不必言耳. 或欲於漢魏專取氣格, 故必先蒼莽古質[2]而後委婉悠圓, [如所謂曹公勝於[3]子建之類, 詳見曹公詩論中.] 是慕好[4]古之名而不得其實者也. 昭明文選, 庶幾[5]得之.

---

6) 이를테면 조조가 조식보다 뛰어나다고 하는 것인데, 조비에 관한 시론(제4권 제10칙)에 상세하게 보인다.

1 氣格自在(기격자재): 격조가 자유롭다.

2 蒼莽古質(창망고질): 광활하고 질박하다.

3 勝於(승어): …보다 뛰어나다.

4 慕好(모호): 흠모하다.

5 庶幾(서기): 거의 …할 것이다. 대체로 …할 것이다.

8

조이광이 말했다.

"고시는 편장이 중요하지 구절이 중요하지 않다."

이 말은 사람들이 이해하기 쉽지 않다. 한위의 오언은 격조가 다르
나 시어가 같고, 시어는 다르나 뜻이 같은 것이 실로 많다. 나는 밤낮
으로 매일 읊조려도 당초 깨닫지 못했는데, 후일 사람들이 하나씩 검
출해 내는 것을 보고나서야 비로소 그것을 완전히 알게 되었다. 그러
나 구방고九方皐가 천리마를 가려내는 비법을 알지 못하겠으니, 한위
시의 오묘한 비밀은 도대체 어디에 있단 말인가?

한위 오언시의 오묘함을 찾기 어려움을 말하고 있다. 한위시는 대체로 뜻
이 비슷한 것이 많지만 시어가 다르고, 또 시어가 비슷하다 하더라도 격조
는 다르기 때문에 각 시의 오묘함을 찾기란 쉬운 일이 아니다. 그만큼 완곡
하고 부드러워 어느 한 구절을 따로 떼어 평가할 수가 없다는 말이다. 따라
서 "고시는 편장에 있지 구절에 있지 않다"고 평한 조이광의 말은 적절하
다고 볼 수 있다.

그렇지만 한위시의 비슷한 가운데 각기 다른 풍격을 가려내어 볼 수 있
어야 그 오묘함의 경지에 이를 수 있다. 이에 천리마를 잘 알아보는 구방고
와 같은 안목이 절실히 요구된다. 구방고는 겉모습에 치중하지 않고 오직
본질을 중시함으로써 천리를 달릴 수 있는 좋은 말을 잘 구별하는 능력을
지닌 인물이다. 천리마가 그 능력을 겉으로 뽐내지 않듯 뛰어난 시인도 자

신의 재능을 드러내지 않고 자연스럽게 시를 짓는다. 따라서 더욱 더 천리마와 같은 명시를 잘 가려낼 수 있는 구방고의 안목이 필요한 것이다.

趙凡夫云: "古詩在篇不在句." 此語人未易曉. 漢魏五言, 格不同而語同·語不同而意同者實多, 予日夕諷詠[1], 初不覺也, 後見人一一檢出, 方盡知之. 然不知九方相馬[2], 天機[3]竟在何處.

1 日夕諷詠(일석풍영): 밤낮으로 읊조리다.
2 九方相馬(구방상마): 구방고가 천리마를 가려내다. '구방고상마九方皐相馬'라고도 한다. 사람, 사물, 일 등을 대할 때 본질적인 특징만 파악하고 그 외형적인 형태는 중시하지 못함을 빗대어 가리킨다. 구방고는 명마名馬를 잘 감별하는 사람을 뜻하는데, 그 성어의 유래는 다음과 같다. 옛날 진목공秦穆公이 백락伯樂에게 그를 이어서 천리마를 알아볼 수 있는 사람을 추천하라고 하자 백락이 구방고를 추천했다. 이에 진목공이 구방고에게 천리마를 찾아올 것을 명했다. 3개월 후 구방고가 돌아와 황색의 암말을 구했다고 말했다. 진목공이 직접 가서 보니 흑색의 수컷 말이었다. 이에 진목공이 몹시 화가 나 말의 색깔도 구분하지 못하는 구방고를 추천한 백락을 불러 나무랐다. 백락이 탄식하며 구방고가 본 것은 내재적 실체여서 그것의 본질만 보고 다른 것은 소홀히 한 것이라고 말하며 구방고의 감별 방식이 오히려 자신의 방식보다 더 진귀하다고 강조했다.
3 天機(천기): 하늘의 비밀. 조화의 기밀. 여기서는 한위시의 오묘한 비밀을 가리킨다.

9

고시가에서는 작은 흠이 있다고 해서 없애버리는 것은 옳지 못하다. 한위의 오언 중에도 의미가 중복되고 시어가 비루하며 자구에 이해하기 어려운 것이 있는데, 비록 본받을 만하지는 않지만 고시를 짓는 데에는 방해되지 않는다. 〈고시십구수, 청청하반초青青河畔草〉는 연이어 6구에 첩자疊字를 사용했지만 진실로 천연스러운 오묘함을 드러내었다.

고시는 근체시와는 다른 특성을 지닌다. 고시는 그 나름대로의 규칙이 있게 마련이므로 근체시의 법칙에 따라 이해해서는 안 된다. 한위 오언시 중 의미가 중복되고 시어가 조잡하며 자구가 잘 이해되지 않는 것이 있는 것도 인위적으로 조탁하지 않고 자연스러움을 중시하기 때문에 생겨난 특징일 것이다.

예를 들어 〈고시십구수〉의 '청청하반초青青河畔草' 시는 첩자를 많이 사용한 것이 특징이다. 이 시에서는 '青青(청청)', '鬱鬱(울울)', '盈盈(영영)', '皎皎(교교)', '娥娥(아아)', '纖纖(섬섬)' 등이 첩자로 사용되었다. 이에 대해 심덕잠沈德潛의 《고시원古詩源》권4에서는 다음과 같이 말했다.

"《시경, 위풍衛風, 석인碩人》의 '황하의 물결 넘실넘실, 북으로 콸콸 흘러가네'라는 장에서 변화되어 나온 것이다. 從衛碩人河水洋洋, 北流活活一章化出."

즉 첩자의 사용이 《시경》에서부터 이미 있었음을 알 수 있는데, 이것은 단순한 시어의 반복이 아니다. '청청하반초'에서 사용된 6개의 첩자의 음조는 모두 자연미가 있으며 평측平仄과 청탁淸濁이 서로 교차되면서 시의 음률미를 살려준다. 〈고시십구수〉가 지어질 무렵에는 아직 성률이 발견되기 전이라, 이러한 첩자의 사용은 의도적이라기보다는 모두 자연적으로 나온 소리라고 할 수 있다. 따라서 근체시의 법칙에 따라 고시를 평가하게 되면 고시의 오묘함을 찾을 방도가 없다.

古詩歌不當以小疵[1]棄之, 漢魏五言中, 亦有意思[2]重複·詞語質野[3]·字句難訓[4], 雖非可法[5], 不害[6]爲古. 又如靑靑河畔草[7], 一連六句用疊字[8], 正見天成之妙.

1 小疵(소자): 결점, 흠.

2 意思(의사): 의미.

3 詞語質野(사어질야): 시어가 비루하다.

4 字句難訓(자구난훈): 자구가 해석하기 어렵다.

5 法(법): 본받다. 모범으로 삼아 좇다.

6 不害(불해): 방해되지 않는다.

7 靑靑河畔草(청청하반초): 〈고시십구수〉 중의 한 수. 그 시의 첫 구를 따서 제목

으로 삼았다.

8　疊字(첩자): 같은 글자를 겹쳐 쓴 것.

10

한위의 오언은 완전히 천연스러워서 애초 시구를 발췌할 수가 없
다. 진송晉宋 이래의 작품에서 기교가 뛰어나거나 그렇지 않은 시구를
비로소 발췌할 수 있다. 엄우가 "한위의 고시는 기상이 한데 어우러
져7) 시구를 발췌하기가 어렵다. 진晉나라 이래로 비로소 가구佳句가
생겼다."고 한 것은 이를 두고 말한 것이다. 왕공王恭이 고시의 한 구
절인 "친숙한 것을 만나지 못했으니, 어찌 급히 늙지 않으리오所遇無故
物, 焉得不速老"를 가구라고 칭송했는데, 대개 세상의 이치를 논하고자
했을 따름이다.8)

한위 오언이 진송 이하의 시와 다른 점을 논하고 있다. 한위 오언시에서 시
구를 발췌할 수 없다는 것은 훌륭한 구절이 없다는 뜻이 아니다. 오히려 전
체 시가 매우 긴밀하게 연결되어 있어 한 구절만 가려내기가 어려울 정도
로 자연스럽다는 말이다. 따라서 진나라 왕공이 〈고시십구수〉의 '회거가언
매迴車駕言邁'의 한 구절인 "친숙한 것을 만나지 못했으니, 어찌 급히 늙지 않
으리오所遇無故物, 焉得不速老"를 따로 발췌해 언급한 것에 대해서도 세상의 이
치를 논하고자 했을 따름이지, 그것이 가구이기에 특별히 가려 뽑은 것은 아
님을 강조했다. 요컨대 진송 이하의 시는 능숙한 기교로 인해 전체 시에서
한두 구절의 좋은 시구를 찾아 가려낼 수는 있으나, 한위시에 비해 시구의
긴밀한 조화가 크게 떨어져 자연스러움이 사라졌음을 지적하고 있다.

원문
漢魏五言, 渾然天成¹, 初未可以句摘. 晉宋而下², 工拙³方可以句摘矣. 嚴滄

---

7) '渾淪(혼윤)'이 '混迍(혼돈)'이라고 적힌 판본은 잘못되었다.
8) 이하 7칙은 한위의 시가 후대와 다름을 논한다.

浪云: "漢魏古詩, 氣象渾淪[4], [一本作"混沌", 非.] 難以句摘. 晉以還[5]方有佳句[6]."
是也. 王孝伯[7]稱[8]古詩"所遇無故物, 焉得不速老"[9]爲佳句, 蓋論理意[10]耳. [以
下七則論漢魏詩與後代不同.]

1 渾然天成(혼연천성): 완전히 천연스럽다.

2 而下(이하): '以下(이하)'와 같다.

3 工拙(공졸): 뛰어난 구절과 그렇지 못한 구절을 가리킨다.

4 氣象渾淪(기상혼윤): 기상이 한데 어우러지다. '기상'은 타고난 성정이나 기질
을 가리키고 '혼윤'은 분리하지 않은 모양, 즉 천지개벽 초에 우주 만물이 판연
하지 아니한 모양을 가리킨다.

5 以還(이환): '以來(이래)'와 같다.

6 佳句(가구): 인위적인 기교를 통해 완성된 좋은 시구를 가리킨다.

7 王孝伯(왕효백): 왕공王恭(?~398). 자가 효백이고, 태원太原 진양晉陽 곧 지금의
산서성 태원太原 사람이다. 동진의 대신大臣으로 왕몽王濛의 손자이며 왕온王蘊
의 아들이다. 생전에 2차례 군대를 일으켜 조정 대신들을 토벌하고자 했으나
실패하여 사형에 처해졌다. 죽음에 임해서도 자신의 반란이 조정에 충성을 하
기 위한 것이었음을 피력했다. 환현桓玄이 집정한 후 왕공을 시중侍中, 태보太保
로 추존하고 충간忠簡이라는 시호를 내렸다. 《수서, 경적지》에 그의 문집 5권
이 기록되어 있으나 이미 사라졌다.

8 稱(칭): 칭찬하다. 칭송하다.

9 所遇無故物(소우무고물), 焉得不速老(언득불속노): 친숙한 것을 만나지 못했
으니, 어찌 급히 늙지 않으리오. 〈고시십구수, 회거가언매迴車駕言邁〉의 시구다.

10 理意(이의): 도리. 이치.

11

호응린이 말했다.

"엄우가 고시는 기상이 한데 어우러져 시구를 발췌하기 어렵다고
했다. 이것은 오직 한나라 시의 경우에만 국한하여 말할 수 있다. 예
를 들면 '높은 누대에 슬픈 바람 많네高臺多悲風', '명월이 높은 누대를

비추네明月照高樓', '임금을 생각함이 흐르는 물과 같네思君如流水'는 모두 건안建安 시기의 시어다. 또 조비의 '붉은 노을이 명월에 끼었고, 화성이 구름 사이에서 나왔네丹霞夾明月, 華星出雲間', 조식의 '가을 난초가 긴 둑을 덮고, 부용이 푸른 연못을 덮었네秋蘭被長阪, 朱華冒綠池'에서는 시구와 시어를 구성하는 법칙이 차츰 드러난다."

내가 생각건대 〈고시십구수〉의 '그대를 그리는 마음은 사람을 늙게 하네思君令人老', '맑고 맑은 계곡 속 바위들磊磊澗中石', '마음은 같지만 떨어져 지내네同心而離居', '가을 풀의 초록빛 시들어가네秋草萋以綠', 그리고 조식의 '높은 누대에 슬픈 바람 많네高臺多悲風' 등은 천연스러움을 바탕으로 삼아 인위적인 조탁의 흔적이 없는데, 지은이 스스로도 당초 의식하지 못했을 따름이다. 조비의 '붉은 노을이 명월에 끼었네丹霞夾明月' 등의 시어는 짓다보니 그렇게 된 것이다. 반드시 육기陸機 등의 무리와 같이 의도적으로 꾸며야만 비로소 가구라고 칭할 수 있을 것이다.

고시의 가구에 관한 논의다. 여기서 말하는 '가구'란 의도적인 수식을 통해 얻은 좋은 시구를 말한다. 그것은 자연스럽게 이루어진 시구와 반대되는 개념이다.

일찍이 엄우는 고시의 전체 흐름이 대체로 긴밀하고 자연스러워 이른바 꾸며서 얻은 좋은 시구를 발췌하기 어렵다고 했다. 이에 대해 호응린은 엄우의 말은 오직 한나라의 시에만 해당한다고 말하면서 한나라의 시와 위나라의 시를 구분하여 위나라 건안 연간부터 이미 기교의 흔적이 드러난다고 지적했다.

반면 허학이는 한위 오언시의 변화가 서진 시기의 육기에서부터 시작된다는 점을 강조하며, 한나라와 위나라의 시가 다른 점도 있으나 같은 점도 있음을 논하고자 한다. 한위시는 그 이후의 시에 비해 인위적으로 꾸민 시구가 없이 천연스럽다는 것이 가장 큰 차이점이다. 즉 호응린은 한위시의

다른 일면만 보고 같은 측면은 간과한 것이라고 할 수 있다(본권 제18칙의
원주 및 제4권의 제1칙 참조).

胡元瑞云: "滄浪謂古詩氣象渾淪, 難以句摘[1]. 此但可言漢. 若'高臺多悲
風'[2]・'明月照高樓'[3]・'思君如流水'[4], 皆建安[5]語也. 子桓・子建如'丹霞夾明
月, 華星出雲間.'[6] '秋蘭被長阪, 朱華冒綠池.'[7] 句法字法[8], 稍稍透露.[9] 予按[10]:
十九首如"思君令人老"[11]・"磊磊澗中石"[12]・"同心而離居"[13]・"秋草萋以
綠"[14], 與子建"高臺多悲風"等, 本乎天成, 而無作用之跡[15], 作者初不自知耳.
如子桓"丹霞夾明月"等語, 乃是構結使然. 必若陸士衡[16]輩有意雕刻, 始可稱
佳句也.

1 句摘(구적): 중요한 시구를 발췌하다.

2 高臺多悲風(고대다비풍): 높은 누대에 슬픈 바람 많네. 조식 〈잡시雜詩〉의 첫
   구다.

3 明月照高樓(명월조고루): 명월이 높은 누대를 비추네. 조식 〈칠애七哀〉의 첫
   구다.

4 思君如流水(사군여유수): 임금을 생각함이 흐르는 물과 같네. 서간 〈실사室思〉
   의 시구다.

5 建安(건안): 동한 헌제獻帝 시기의 연호다. 196년~220년에 사용되었다. 이때는
   실질적으로 조조가 권세를 잡고 정치적, 문화적인 주역 노릇을 했으므로 통상
   위나라에 귀속시킨다. 그러나 문학사에서 말하는 건안문학은 이 정치적 연호
   보다는 더 광범위하다. 즉 한영제漢靈帝 중평中平 원년(184) 황건적黃巾賊의 난이
   일어난 때부터 위명제魏明帝 경초景初 말년(240)까지 대략 50년 시기를 포함한
   다. 당시 사회 현상에 대해 《삼국지, 위서, 명제기明帝紀》에 다음과 같이 기록하
   고 있다. "난리가 일어난 이래로 사오십 년간 말의 안장을 떼지 못하고 선비가
   갑옷을 벗지 못하며 매일 전투를 벌였으니, 피가 붉은 들에 흐르고 상처가 터져
   아픔을 호소하는 소리가 지금까지 그치지 않는다.自衰亂以來, 四五十載, 馬不舍鞍, 士
   不釋甲, 每一交戰, 血流丹野, 創痍號痛之聲, 於今未已." 이러한 사회 상황이 문학의 창작에
   고스란히 반영되어 건안 시기의 문학은 대체로 비분강개悲憤慷慨한 풍격을 강하
   게 지니고 있다.

6 丹霞夾明月(단하협명월), 華星出雲間(화성출운간): 붉은 노을이 명월에 끼었고, 화성이 구름 사이에서 나왔네. 조비 〈부용지작시芙蓉池作詩〉의 시구다.

7 秋蘭被長阪(추난피장판), 朱華冒綠池(주화모녹지): 가을 난초가 긴 둑을 덮고, 부용이 푸른 연못을 덮었네. 조식 〈공연公宴〉의 시구다.

8 句法字法(구법자법): 시구와 시어를 구성하는 방식.

9 透露(투로): 드러내다.

10 予按(여안): 내가 생각건대. '愚按(우안)'과 같은 말이다.

11 思君令人老(사군령인노): 그대를 그리는 마음은 사람을 늙게 하네. 〈고시십구수, 염염고생죽冉冉孤生竹〉의 시구다.

12 磊磊澗中石(뇌뢰간중석): 맑고 맑은 계곡 속 바위들. 〈고시십구수, 청청릉상백青青陵上栢〉의 시구다.

13 同心而離居(동심이이거): 마음은 같지만 떨어져 지내네. 〈고시십구수, 동심이이거同心而離居〉의 시구다.

14 秋草萋以綠(추초처이록): 가을 풀의 초록빛 시들어가네. 〈고시십구수, 동성고차장東城高且長〉의 시구다.

15 作用之跡(작용지적): 인위적으로 꾸민 흔적.

16 陸士衡(육사형): 육기陸機(261~303). 서진 시기의 문인이다. 자가 사형이며 본래 오吳나라의 세족世族이었다. 오나라가 망한 뒤 낙양으로 갔다. 장화張華의 추천으로 관직에 오르고 이름도 날리기 시작했다. 그는 시의 내용보다도 수사와 대우 등 형식에 치중하여 그 당시의 화려함을 추구하는 시대적 기풍을 가장 잘 반영했다.

12

한위의 오언은 성정을 나타내기 위해 문장을 지은 까닭에 그 체재가 완곡하고 성정이 깊다. 안연지顏延之와 사령운謝靈運의 오언은 문장을 짓기 위해 뜻을 만든 까닭에 그 시어를 다듬었고 뜻이 번잡하다.

여본중呂本中의 《동몽훈童蒙訓》에서 다음과 같이 말했다.

"〈고시십구수〉 및 조식의 여러 시, 예를 들면 '명월이 높은 누대를 비추니, 흐르는 빛 마침 배회하네明月照高樓, 流光正徘徊'와 같은 것은 모두 의미가 심원하고 여운이 있으며 말은 다했어도 뜻이 무궁하다. 학자들이 마땅히 이와 같은 시로써 항상 스스로 수양한다면 자연히 오묘한 시를 쓰게 될 것이다."

여본중이 말한 '뜻'이란 곧 내가 말한 '성정'이다.

 한위시와 서진 이후의 시는 창작의 목적에서 판이하게 다름을 말했다. 한위 오언시가 자연스러운 것은 성정을 표현하기 위해 시를 짓기 때문이다. 반면 서진 이후로 시의 기교가 더해진 것은 시를 짓기 위해서 자신의 생각을 꾸미려고 했기 때문이다. 그 대표적인 시인으로 남조南朝 송宋나라 시기의 안연지와 사령운을 손꼽았다. 따라서 자연스럽고 오묘한 시를 쓰기 위해서는 〈고시십구수〉와 조식 등의 한위시를 배워야 한다.

漢魏五言, 爲情而造文[1], 故其體委婉而情深[2]. 顔[3]謝[4]五言, 爲文而造意[5], 故其語雕刻而意冗[6]. 呂氏童蒙訓[7]云: "讀古詩十九首及曹子建諸詩, 如"明月照高樓, 流光正徘徊"[8]之類, 皆思深遠而有餘意[9], 言有盡而意無窮[10], 學者當以此等詩常自涵養[11], 自然下筆高妙[12]." 呂氏之所謂意, 卽予之所謂情也.

1 爲情而造文(위정이조문): 성정을 나타내기 위해 문장을 짓다.

2 委婉而情深(위완이정심): 완곡하고 성정이 깊다.

3 顔(안): 안연지顔延之(384~456). 남조 시기 송나라의 문인이다. 자는 연년延年이며 낭야琅邪 임기臨沂 곧 지금의 산동성 사람이다. 진晉나라 광록훈光祿勳 안함顔含의 증손曾孫으로 송나라의 무제武帝, 소제少帝, 문제文帝를 섬기며 국자좨주國子祭酒, 시안태수始安太守, 중서시랑中書侍郞, 영가태수永嘉太守 등 주요 관직을 역임했다. 성질이 과격하고 술을 매우 좋아했으며 언행에 조심성이 적어 혹평을 받기도 했으나, 생활이 매우 검소하고 재물을 크게 중시하지 않아 도연명에게 술과 돈을 준 이야기가 유명하다. 또한 어려서부터 책읽기를 좋아하여 읽지 않은 책이 거의 없었고, 사령운과 함께 시명을 나란히 하여 흔히 '안사顔謝'라고 병칭된다. 그러나 시를 지을 때 지나치게 아름다움을 추구하고 어려운 전고典故를 즐겨 사용하여 이해하기 어렵다는 비난을 받기도 한다.

4 謝(사): 사령운謝靈運(385~433). 남조 시기 송나라의 문인이다. 본래는 진군陳郡 양하陽夏 곧 지금의 하남성 태강현太康縣에서 태어났으나, 후에 회계會稽 곧 지금 의 절강성 소흥紹興으로 이주해 살았다. 조부 사현謝玄의 뒤를 이어 동진 때 강 락공康樂公의 봉작을 계승하여 사강락謝康樂이라고 불리기도 한다. 그는 본디 문 벌가문 출신이어서 정치적 야심이 컸는데 송나라에 들어와 중용되지 못하자 마음속에 늘 분노와 원망을 품고 있었다. 이에 산수를 유람함으로써 마음을 달 랬으나 최후에는 모반의 죄를 쓰고 처형되었다. 그는 어려서부터 학문을 좋아 했고 주로 산수자연의 아름다움을 주제로 하여 시를 지었으므로, 중국문학사 상 가장 대표적인 산수시인으로 손꼽힌다. 또 불경을 깊이 연구하여 《대반열 반경大般涅槃經》을 번역하기도 했다.

5 爲文而造意(위문이조의): 문장을 짓기 위해서 구상하다.

6 雕刻而意冗(조각이의용): 시어를 다듬었지만 뜻이 쓸데없다.

7 呂氏童蒙訓(여씨동몽훈): 송대 여본중呂本中이 편찬한 《동몽훈童蒙訓》을 가리 킨다. 여본중(1084~1145)은 본명이 대중大中으로 자는 거인居仁인데, 흔히 동채 東萊 선생이라고 불렀다. 이 책은 그의 증조부 여공저呂公著, 조부 여희철呂希哲, 부친 여호문呂好問이 주축이 되어 선조를 공경한 관련 인물들의 사적과 언론을 모은 문집이다. 어린 아이들에게 효도의 핵심을 가르치는 윤리 도덕의 교과서 라고 할 수 있다.

8 明月照高樓(명월조고루), 流光正徘徊(유광정배회): 명월이 높은 누대를 비추 니, 흐르는 빛 마침 배회하네. 조식 〈칠애七哀〉의 첫 구절이다. 이 시에 대해 왕 부지는 《고시평선古詩評選》에서 다음과 같이 평했다. "성정이 언뜻 보면 천근하 나 결국은 심원하다. 시어가 괴로운 것을 토로하나 감미로운 듯하다. '입실入室 했다'고 하는 칭송이 이 시로 보아 거의 부끄럽지 않다. '명월이 높은 누대를 비 추니, 흐르는 빛 마침 배회하네'라고 한 것은 사물 밖에서 마음을 전하고 공중 에 색을 칠하는 것이라고 말할 수 있다. 마지막 말은 온통 사람의 마음 속 생각 으로 하늘의 뜻을 따르는 듯하니, 지식으로 찾을 수 있는 것이 아니라 마땅히 지혜로부터 얻은 것이다.情乍近而終遠, 詞在苦而如甘, 入室之譽, 以此當之庶幾無愧. '明月照 高樓, 流光正徘徊', 可謂物外傳心, 空中造色. 結語居然在人意中而如從天隙, 匪可識尋, 當由智得." 또 호응린의 《시수詩藪》에서는 다음과 같이 말했다. "'명월이 높은 누대를 비추 니, 흐르는 빛 마침 배회하네'의 구절을 사령운은 '푸른 광채가 사람을 들뜨게 하니, 나그네 담담히 돌아갈 것 잊네'라고 조술했다. 그러나 조식의 시는 한나

라의 시와 여전히 다르지 않다.明月照高樓, 流光正徘徊, 謝靈運'淸輝能娛人, 游子淡忘歸'祖
之, 然明月高樓去漢尙不遠." 요컨대 조식의 〈칠애〉는 〈고시십구수〉에 비견할 만큼
자연스러우며 뛰어난 시로 평가되고 있다.

9 思深遠而有餘意(사심원이유여의): 의미가 심원하고 여운이 있다. 여본중이 고
   시에 대해 평한 말이다.

10 言有盡而意無窮(언유진이의무궁): 말은 다했어도 뜻이 무궁하다. 이 말은 본
   디 엄우의 《창랑시화, 시변詩辨》에서 나왔다. "성당의 여러 문인들은 오직 흥취
   를 중시하니, 영양이 나뭇가지에 뿔을 걸어 자취를 찾을 수 없는 것과 같다. 그
   러므로 오묘한 곳은 투철하고 영롱하며 머물러 있지 않는다. 공중의 소리, 상중
   의 색, 물 속의 달, 거울 속의 상이며, 말은 다했어도 의미가 무궁하다.唐諸人惟在
   興趣, 羚羊挂角, 無迹可求. 故其妙處, 透徹玲瓏, 不可湊泊, 如空中之音, 相中之色, 水中之月, 鏡中之
   象, 言有盡而意無窮."

11 涵養(함양): 수양하다. 저절로 물드는 것같이 차차 길러 내다는 뜻으로 학문
   이나 견식 등이 차차 몸에 배도록 양성하는 것을 가리킨다.

12 下筆高妙(하필고묘): 시를 지음이 뛰어나고 교묘하다. '下筆(하필)'은 붓을 대
   어 쓴다는 뜻으로 시나 글을 지음을 이르는 말이다.

13

　한위의 오언은 흥기가 심원하기에 그 체제가 간결하고 완곡하다.
당나라 시인의 오언고시는 상세하게 서술하는 것에 뛰어나므로 그 체
재가 길고 유창하다.

한위의 오언시와 당나라의 오언고시의 체재를 비교하여 논했다. 당나라
때는 근체시가 본격적으로 발전했다. 근체시가 발전하면서 그 이전의 옛
시는 모두 '고시'로 통칭되었다. 그러나 근체시 성립 이후에도 근체시의 법
식에 따르지 않고 그 이전의 시, 즉 고시를 여전히 창작했다. 그것은 근체
시의 규율에서 벗어나 좀 더 자유로운 형식으로 시를 창작할 수 있게 했다.
이에 당나라의 오언고시는 한위의 오언시에 비해 대부분 체재가 길고 유
창한 특징을 지니게 되었다.

漢魏五言, 深於興寄[1], 故其體簡而委婉. 唐人五言古, 善於[2]敷陳[3], 故其體長而充暢[4].

1 興寄(흥기): '기흥寄興'이라고도 한다. 어떤 구체적인 사물에 기탁하여 작자의
　감정을 표현하는 것을 가리킨다.

2 善於(선어): …에 뛰어나다.

3 敷陳(부진): 상세하게 서술하다.

4 充暢(충창): 문장의 기세가 충실하고 원활하다.

14

　한위의 오언시는 성조가 조화로워 꾸민 자취를 찾을 수 없다. 당나라 시인의 오언고시는 기상이 특출하지만 성조가 완전히 드러난다.

한위의 오언시와 당나라의 오언고시의 차이점을 비교하여 논했다. 한위의 오언시는 당나라 때처럼 음률音律, 배구排句, 평측平仄 등을 따져서 시를 지은 것이 아니다. 자신의 감정을 자연스럽게 표출함으로써 시를 지었기 때문에 어떠한 인위적인 조탁이 나타나지 않는다. 그러나 당나라의 오언고시는 아무리 근체시의 엄격한 규율에서 벗어나 자유로운 풍격을 추구했다고 하더라도, 이미 당시의 기풍으로 인해 한위시의 자연스러움을 회복할 수 없게 되었다. 이러한 비교를 통해 한위시의 자연스러운 본질을 강조하고 있다.

漢魏五言, 聲響色澤[1], 無跡可求[2]. 至唐人五言古, 則氣象崢嶸[3], 聲色盡露矣.

1 聲響色澤(성향색택): 성조가 조화롭다.

2 無跡可求(무적가구): 꾸밈의 자취를 찾을 수 없다. 엄우의 《창랑시화, 시변》에서 "성당의 여러 문인들은 오직 흥취를 중시하니, 영양이 나뭇가지에 뿔을 걸어 자취를 찾을 수 없는 것과 같다.盛唐諸人, 惟在興趣, 羚羊掛角, 無跡可求."고 한 말에서

나왔다.

3 氣象崢嶸(기상쟁영): 기상이 특출하다. '쟁영'은 산 같은 것이 높이 솟은 모양을 가리키며, 기상이나 재능 등이 평범하지 않은 것을 비유한다.

15

혹자가 물었다.

"한위의 시와 이백李白, 두보杜甫의 시 중 어느 것이 뛰어난가?"

내가 대답한다.

한위의 오언은 흥기가 심원하여 대개 국풍에 버금간다. 이백과 두보의 오언고시는 자신의 생각대로 창작하는 데 능하여 곧 재주가 뛰어난 시인의 시이므로 한위시에 비견할 수 없다. 한위의 시를 읽으면 감탄을 멈출 수 없으며 여운이 있다.

한위의 오언과 이백·두보의 오언고시를 비교하여 논했다. 허학이는 이백과 두보가 제아무리 만고에 뛰어난 시인이라고 하더라도 한위시 만큼 흥기가 심원하지 못하다고 본다. 서진 이후로 인위적인 조탁으로 인해 한위시의 천연스러움이 점차 사라져 당나라의 뛰어난 시인인 이백과 두보조차도 그 천연스러움을 회복할 수 없게 되었음을 안타까워하고 있다. 한위시에서 나타나는 천연스러움은 재주가 있는 시인이 아니면 창작할 수 없지만, 그 뛰어난 시인들은 자신의 재주가 시에 드러나는 것을 허락하지 않는다. 그러나 이백과 두보는 재주가 뛰어남에 틀림없지만 이미 한위시의 천연적인 자연스러움이 아닌 깨달음을 통한 지극한 경지에 이르렀으므로, 서로 비교하여 논할 수 없음을 강조했다.

或[1]問: "漢魏詩與李[2]杜孰優劣?" 曰: 漢魏五言, 深於興寄, 蓋風人之亞也; 若李杜五言古, 以所向如意[3]爲能, 乃詞人才子之詩, 非漢魏比也. 讀漢魏詩, 一倡而三歎, 有遺音[4]矣.

1 或(혹): 혹자.

2 李(이): 이백李白(701~762). 당나라 시기의 최고 시인으로 손꼽힌다. 낭만적인
시풍을 많이 지니고 있으며 '시선詩仙'으로 추앙받는다. 자는 태백太白이고 호는
청련거사青蓮居士다. 측천무후則天武后 치세 말년에 지금의 중앙아시아 쇄엽碎葉
이라는 곳에서 태어나 5세에 아버지를 따라 사천 지방으로 이주하여 유년기를
보냈다. 25세경 고향 사천을 떠나 전국을 돌아다니며 정계에 진출하고자 하는
뜻을 품었다. 42세에 드디어 오균吳筠의 천거로 장안에 입성하여 현종玄宗을 알
현하고 한림공봉翰林供奉이라는 직책을 제수받았다. 그러나 한낱 궁정시인인
자신의 처지를 만족하지 못하고 장안을 떠났다. 이후 중원 지역을 만유漫遊하며
두보杜甫, 고적高適 등의 시인들과 친분을 맺었고 도교에 입문하여 도사 생활을
하기도 했다. 영왕永王의 반란에 일조하게 됨으로써 역모에 가담한 죄로 유배형
을 받게 되었으나 다시 사면되어 장강 부근을 유랑하다가 62세에 친척 이양빙
李陽氷 집에서 병사했다.

3 所向如意(소향여의): 자신의 생각대로 창작하다.

4 遺音(유음): 여운.

16

한위의 고시와 성당의 율시 중 오묘한 곳에서는 모두 꾸밈의 자취
를 찾을 수 없다. 그러나 한위의 시에 꾸밈의 자취가 없는 것은 천연스
러움에 바탕을 둔 것이고, 성당의 시에 꾸밈의 자취가 없는 것은 조예
가 깊은 경지에 이르렀기 때문이다. 혹자는 한위의 시에 꾸밈의 자취
가 없는 것도 조예가 깊은 경지에 들어갔기 때문이라고 하는데, 어찌
한위의 시인이 당나라 시인과 같이 날마다 단련하여 많은 작품을 지어
서 수준이 향상되었겠는가? 진한과 당송 문인의 문장 또한 그러하다.

한위의 고시와 성당의 율시를 비교하여 논했다. 한위의 고시는 천연스러
워 꾸민 혼적을 찾을 수 없지만 성당의 율시는 날마다 단련하여 깊은 경지
에 이른 결과 자연스럽게 될 수 있었음을 지적하며, 한위 고시의 높은 성취

를 다시 한 번 강조하고 있다. 즉 오언시는 한위 이래로 쇠퇴하다가 성당 시기에 이르러 뛰어난 시인들의 노력에 의해 다시 한 번 심원한 경지에 이르게 되었다.

漢魏古詩·盛唐律詩, 其妙處皆無跡可求. 但漢魏無跡, 本乎天成; 而盛唐無跡, 乃造詣而入[1]也. 或以漢魏無跡, 亦造詣而入者, 豈漢魏亦如唐人日鍛月鍊[2], 千百成帙[3], 而有階級可升[4]耶? 秦[5]漢與唐宋人文章, 亦然[6].

1 造詣而入(조예이입): 학문이나 기예가 깊은 경지에까지 나아가다.
2 日鍛月鍊(일단월련): 날마다 단련하다.
3 千百成帙(천백성질): 많은 작품을 책으로 엮다.
4 階級可升(계급가승): 수준이 올라가다.
5 秦(진): 중국 최초의 통일 국가다. 진시황秦始皇이 전국시대의 6국을 멸하고 B.C. 221년에 통일을 달성했다. 중앙 집권정치를 실시했으나 그의 사후에 반란이 일어나 B.C. 206년에 멸망했다.
6 亦然(역연): 또한 그러하다.

17

한위 시인의 시는 자연스럽게 그렇게 된 것으로 깨달음에 의탁하지 않는다. 후대의 학자들은 망령된 것을 버리고 진실한 것으로 돌아가려면 반드시 깨달음을 통해 그 경지에 이르러야 할 따름이다.
엄우가 말했다.
"한위의 시는 숭상할 만하니, 깨달음에 의탁하지 않는다."
또 다음과 같이 말했다.
"학자는 반드시 최상승最上乘을 따라서 법안法眼을 모두 바르게 하여 제일의第一義를 깨달아야 한다. 한위와 성당의 시는 제일의이다."9)

한위시는 시를 짓기 위해 창작한 것이 아니라 자연스러운 정감을 표출하기 위해 창작된 것이다. 따라서 한위시는 시어, 풍격 등이 자연스러워 꾸민 흔적을 찾을 수 없다. 그러나 후대로 갈수록 시를 짓기 위해 창작하다 보니 먼저 시를 짓는 방법을 깨닫지 않으면 오묘함의 경지에 이를 수 없게 되었다. 이러한 과정을 송대 이후로는 불교의 참선 과정에 많이 비유하게 되었다. 그중 엄우의 '이선논시以禪論詩'가 가장 대표적이다. 불교의 최고 경지에 오르기 위해 법문을 깨닫는 것처럼 시의 오묘한 경지에 이르기 위해서는 많은 수련을 거쳐야 한다는 논지다. 허학이는 엄우의 시론을 인용하여 깨달음을 통해 시의 오묘함을 배울 수 있음을 긍정하고 있는데, 그중 한위와 성당의 시는 그 경지에 오르기 위해 가장 모범으로 삼아야 되는 것이다.

漢魏人詩, 自然而然[1], 不假悟入[2]; 後之學者, 去妄返眞[3], 正須以悟入耳. 嚴滄浪云: "漢魏尙[4]矣, 不假悟也." 又云: "學者須從最上乘[5], 具正法眼[6], 悟第一義[7]. 漢魏盛唐之詩, 則第一義也." [以上七句俱滄浪語. 以下九則論學漢魏之詩.]

1 自然而然(자연이연): 자연히. 저절로.
2 不假悟入(불가오입): 깨달음에 의탁하지 않는다. '오입'은 충분히 이치를 깨달음, 실상의 이치를 깨달아서 실상의 이치에 들어감을 의미한다.
3 去妄返眞(거망반진): 망령된 것을 버리고 진실한 것으로 돌아가다. 진실한 것이란 본질 또는 천성을 가리킨다.
4 尙(상): 흠모하다. 숭상하다.
5 最上乘(최상승): 일체의 번뇌를 버리고 진리를 깨달음. 최고의 교법敎法을 말한다.
6 具正法眼(구정법안): 법안을 모두 바르게 하다. '법안'이란 불타佛陀의 오안五眼의 하나로서 모든 법을 관찰하는 눈을 가리킨다.
7 第一義(제일의): 가장 중요한 의미. 여기서는 불교의 용어로서 본래의 의의意義, 구경究竟의 진리를 가리킨다.

---

9) 이상은 엄우의 말이다. 이하 9칙은 한위시의 학습에 대해 논한다.

18

한위 시인의 시는 자연스럽게 지어진 것으로 학습에 의탁하지 않았다. 후대의 학자들은 흥취가 부족한 데다가 시 창작의 기풍 또한 쇠약해져, 전문적으로 익혀서 요령을 배우지 않으면 좋은 시를 지을 수 없을 따름이다.

호응린이 말했다.

"양한兩漢의 시는 일찍이 힘써 조화롭게 하여 신비하고 정교하며 완전히 자연스럽게 창작되지 않은 것이 없다. 지금 그 체재를 창작하고자 고심하여 애쓰는 것이 아니라 마땅히 그 시를 모두 취하여 정신을 집중시켜 잘 익히면, 기풍과 성정이 미세하게 의취를 갖추게 될 것이다. 그것은 마치 초나라의 대부가 제나라의 거리인 장악莊嶽에 있으면 제나라 말을 하게 되는 것과 같다."10)

해제 한위시의 학습 방법에 관한 논의다. 그중 하나의 방법은 한위시를 고심하여 힘써 판별하는 것이 아니라 그 시를 모두 다 취하여 정신을 집중시켜 익숙하게 잘 익히는 것이다. 그것은 마치 초나라의 대부가 제나라의 땅인 장莊과 악嶽 지역에 있으면 제나라 말을 하게 되는 것과 같은 이치라고 했다. 자연스러움을 배우는 것은 스펀지에 물이 스며들듯 자연스럽게 배워야 마땅함을 강조한 것이다.

원문 漢魏人詩, 自然而然, 不假學習. 後之學者, 情興不足, 風氣¹亦漓², 苟非專習凝領³, 不能有得耳. 胡元瑞云: "兩漢詩, 未嘗鍛鍊求合⁴, 而神聖工巧⁵, 備出天造⁶. 今欲爲其體, 非苦思力索⁷所辦, 當盡取其詩, 玩習凝會⁸, 風氣性情, 纖屑具領⁹. 若楚大夫子¹⁰身處莊嶽¹¹, 庶幾¹²齊語." [以上十二句俱元瑞語. 元瑞

---

10) 이상은 모두 호응린의 말이다. 호응린은 한위시에 대해 그 차이점을 보았으나 그 같은 점을 보지 못한 까닭에 양한시를 말하면서 위나라 시를 언급하지 않았다.

於漢魏見其異而不見其同, 故言兩漢而不及魏.]

1 風氣(풍기): 기풍. 분위기.

2 漓(리): 엷다. '厚(후)'의 반대 의미다. 여기서는 기풍이 쇠약해진 것을 가리킨다.

3 專習凝領(전습응령): 전문적으로 익혀 요령을 배우다.

4 鍛鍊求合(단련구합): 연습하고 노력하여 조화롭게 하다.

5 神聖工巧(신성공교): 신비하고 정교하다. 본래는 한의학에서 환자를 치료하는 네 가지 방법을 가리킨다. 보고 아는 것을 신神, 들어 아는 것을 성聖, 물어 아는 것을 공工, 맥을 짚어 보고 아는 것을 교巧라고 한다. 또 약물로써 치료하는 것을 신성神聖, 침술로써 치료하는 것을 공교工巧라고 하는데, 여기서 확대되어 '신성'은 신령스러운 것, '공교'는 섬세하고 정교한 것을 가리킨다.

6 備出天造(비출천조): 완전히 자연스럽게 창조되다.

7 苦思力索(고사역색): 골똘히 탐구하고 힘써 모색하다.

8 玩習凝會(완습응회): 잘 연구하여 익히고 정신을 집중하다.

9 纖屑具領(섬설구령): 미세하게 의취를 갖추다.

10 楚大夫子(초대부자): 초나라 대부.

11 莊嶽(장악): 제나라의 거리명. '莊장'은 거리명이고 '嶽악'은 마을명이다. 이것의 출처는 《맹자, 등문공장구하滕文公章句下》다. 그 구체적인 내용은 다음과 같다. "맹자가 대불승戴不勝에게 말했다. '너는 너의 군왕이 현명하기를 바라는가? 내가 너에게 분명히 말해주겠다. 여기에 초나라 대부가 있는데 그의 아들에게 제나라 말을 잘 하기를 바란다. 그렇다면 제나라 사람에게 그를 가르치도록 해야 하겠는가, 초나라 사람에게 그를 가르치도록 해야 하겠는가?' 대불승이 대답했다. '제나라 사람에게 가르치도록 해야 한다.' 맹자가 말했다. '제나라 사람에게 그를 가르치게 하면 많은 초나라 사람들이 그를 간섭할 것이어서 설령 매일 그를 엄하게 가르쳐 제나라 말을 하지만 제나라 말을 하는 것은 불가능할 것이다. 그를 데리고 장악의 거리에 가서 수년을 머물게 하더라도 비록 매일 그에게 초나라 말을 하게 한다면 그것도 불가능할 것이다. 너는 설거주薛居州는 좋은 사람이라고 말하는데 그를 왕궁에 머무르게 했다. 왕궁에 있는 사람들이 나이가 많거나 어리거나 또 지위가 낮거나 높거나 모두 설거주와 같다면 왕은 누구와 나쁜 일을 하겠는가? 왕궁에 있는 사람들이 나이가 많거나 어리거나 또 지위가

낮거나 높거나 간에 모두 설거주와 같이 좋은 사람이 아니라면 왕은 누구와 더 불어 좋은 일을 하겠는가? 설거주 한 사람이 송왕宋王을 어떻게 하겠는가!'孟子謂 戴不勝曰: 子欲子之王之善與? 我明告子. 有楚大夫於此, 欲其子之齊語也, 則使齊人傅諸? 使楚人傅 諸? 使齊人傅之. 曰: 一齊人傅之, 衆楚人咻之, 雖日撻而求其齊也, 不可得矣; 引而置之莊嶽之間數年, 雖日撻而求其楚, 亦不可得矣. 子謂薛居州, 善士也, 使之居於王所. 在於王所者, 長幼卑尊皆薛居州 也, 王誰與爲不善? 在王所者, 長幼卑尊皆非薛居州也, 王誰與爲善? 一薛居州, 獨如宋王何?"

12 庶幾(서기): 가깝다. 비슷하다.

19

혹자가 나에게 물었다.

"왕세정이 '한나라와 위나라의 시는 그 체재가 다작多作에 적당하지 못하고 대부분 충분히 응용할 수가 없어 답습에 가깝다'고 말했는데, 그렇다면 한위의 시는 배우기에 적합하지 않은 것이 아닌지요?"

내가 대답한다.

한위시는 배우기에 적당하지 않은 것이 아니다. 다만 순식간에 시를 지을 수 있는 것이 아니니, 많이 지으면 다급하게 되어 답습에 가깝게 된다. 왕세정이 "한나라와 위나라의 시는 조탁으로 그 경지에 도달할 수 있는 것 같지 않으니, 관건은 오래도록 전문적으로 배워 요체를 터득하는 데 있다. 정신이 사물과 합치되어 홀연히 와서 저절로 이루어지니, 어디로 갔는지 자취를 찾을 수 없고 형색과 소리를 알 수 없다."고 한 것은 이를 두고 말한 것이다. 그러므로 전문적으로 배워 요체를 터득하여 정신이 사물과 합치되면 충분히 응용할 수 있을 것이고, 다급하게 조탁하면 정신과 사물이 멀어져서 답습에 가깝게 될 뿐이다.

한위시를 배우는 두 번째 방법에 관해 설명했다. 한위시는 순식간에 조탁하여 지을 수 있는 것이 아니라 오랜 시간을 들여 전문적으로 배워 그 요체를 터득할 때 비로소 좋은 시를 지을 수 있다. 제8칙에서 말한 바와 같이 한위시에는 한위의 오언은 격조가 다르나 시어가 같고 시어는 다르나 뜻이 같은 것이 실로 많기 때문에, 왕세정이 '체재가 다작에 적당하지 못하고 대부분 충분히 응용할 수가 없어 답습에 가깝다'고 지적한 것은 결코 틀린 말이 아니다. 그러나 하나하나씩 검출하면 각기 오묘함이 있으니, 그 오묘함을 배우는 것이 요령이다. 한마디로 한위시는 꾸준한 학습을 통해서 그 오묘한 경지에 도달할 수 있다. 바로 아래 칙에서 허학이는 20년간 배워서야 그 깨달음을 얻을 수 있었다고 말했다.

원문

或問予: "元美有云: '西京建安[1], 其體不宜[2]多作, 多不足[3]以盡變, 而嫌於襲[4].' 然則漢魏詩不當學耶?"曰: 漢魏詩非不當學, 但不可倉卒[5]爲之, 多作則倉卒而嫌於襲矣. 元美不云乎, '西京建安似非琢磨[6]可到, 要在專習凝領[7]之久, 神與境會[8], 忽然而來, 渾然而就, 無岐級[9]可尋, 無色聲[10]可指'是也. 故專習凝領, 而神與境會, 乃足以盡變; 倉卒琢磨, 而神與境離, 則嫌於襲耳.

주석

1 西京建安(서경건안): 서경은 한나라를 가리키고, 건안은 위나라의 연호다.

2 不宜(불의): 마땅하지 않다. 적당하지 않다.

3 不足(부족): …하기에 부족하다. …할 수 없다. …할 만하지 않다.

4 嫌於襲(혐어습): 답습에 가깝다. '嫌於(혐어)'는 …에 가깝다의 뜻이다.

5 倉卒(창졸): 창졸간에. 갑자기.

6 琢磨(탁마): 시문을 정미하게 가다듬다.

7 專習凝領(전습응령): 잘 연구하여 익히고 요체를 터득하다.

8 神與境會(신여경회): 정신과 외물이 만나다.

9 岐級(기급): 자취. 흔적.

10 色聲(색성): 형색과 소리.

20

한위의 시는 흥취를 근본으로 삼는데, 학자가 전문적으로 익혀서 요체를 터득하면 정신과 사물이 합치된다는 것은 곧 흥취가 이르렀다는 것이다. 그렇지 않으면 답습으로 간주되거나 고심하다가 의론으로써 시를 짓게 됨을 면치 못할 따름이다. 예를 들면 완적阮籍의 〈영회詠懷〉 시는 점차 의론으로써 시를 지었다. 나는 한위시를 20년 배워서야 깨달음을 얻었다.

한위시의 세 번째 학습 방법은 흥취를 근본으로 삼는 것이다. 흥취는 일종의 '물아일치物我一致'의 경지라고 할 수 있다. 정신과 외물이 만날 때 저절로 생겨나는 것이기 때문이다. 바로 그 경지에 이를 때까지 전문적으로 익히면 한위시의 요체를 터득할 수 있게 된다. 반면 이러한 경지에 이르지 못하면 시의 자연스러움을 잃게 되어 답습에 가깝게 되거나 의론시가 된다고 했다.

여기서 의론이라고 하는 것은 흥취가 일어나기 전의 단계라고 할 수 있다. 앞서 제19칙에서 지적한 바와 같이 한위시는 창졸간에 지을 수 없으므로 정신과 사물이 만나게 되는 순간까지 정신을 가다듬어야 하나, 그 순간에 이르지 못하면 자신의 생각이 시가 될 수밖에 없다. 그러한 일례로 완적의 〈영회시〉를 들었다. 〈영회시〉는 짧은 시간에 창작된 것이 아니라 각기 다른 시기에 창작된 것을 모아 지은 시로서 완적의 일생을 총괄하고 있다. 허학이는 제4권 제44칙에서 완적의 〈영회시〉에 대해 "흥과 비가 많고 체재가 비록 고체에 가까우나 대부분 의도적으로 시를 지어 보인 것이므로 조탁의 흔적을 면치 못한다."고 비평했다.

또한 그 창작 시기와 관련하여 청대의 문인 오여륜은 《고시초古詩鈔》에서 다음과 같이 말했다.

"81장은 결코 한꺼번에 지어진 것이 아니다. 나는 일생동안 살아오면서 지은 시를 총괄적으로 모아 '영회'라고 제목을 붙인 것이 아닌가 한다. 八十一章決非一時之作, 吾疑其總集平生所爲詩, 題爲咏懷耳."

한편 《문선》의 이선주李善注에서는 안연지의 말을 인용하여 〈영회〉는 완적의 만년의 작품으로 보고 있다.

"논자들이 완적은 진나라에서 문장의 대표였지만 항상 재난을 당했기에 이 영회를 읊었다고 했다.說者阮籍在晉文代, 常慮禍患, 故發此咏耳."

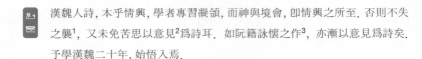

漢魏人詩, 本乎情興, 學者專習凝領, 而神與境會, 即情興之所至. 否則不失之襲[1], 又未免苦思以意見[2]爲詩耳. 如阮籍詠懷之作[3], 亦漸以意見爲詩矣. 予學漢魏二十年, 始悟入焉.

1 不失之襲(불실지습): 인습으로 간주할 수 있다. '不失(불실)'은 '간주할 수 있다'의 뜻이다.

2 意見(의견): 어떤 대상에 대해 가지는 일정한 생각.

3 阮籍詠懷之作(완적영회지작): 완적의 〈영회시〉. 완적(210~263)은 삼국 시대 위나라의 시인이다. 자는 사종嗣宗이고 진류陳留 위씨尉氏 곧 지금의 하남성 사람이다. 건안칠자 중의 한 사람인 완우阮瑀의 아들이다. 일찍이 보병교위步兵校尉의 관직을 지냈기에 완보병阮步兵이라고도 불린다. 노장의 학문을 숭상하며 정치적 충돌을 피해 은둔하는 태도를 취했다. 혜강嵇康, 유령劉怜 등 7인과 함께 죽림에서 모여 유유자적하는 삶을 살았으므로 흔히 그들을 '죽림칠현'이라고 한다. 많은 기행奇行 중 '청안백안靑眼白眼'의 고사가 유명하다.《수서, 경적지》에《완적집阮籍集》13권이 기록되어 있으나 이미 일실되었다. 명대 장부張溥가《완보병집阮步兵集》을 집록했다. 현존하는 완적의 작품으로는 부 6편, 산문 9편, 시 90여 편이 있는데, 그중 문학적 성취가 가장 높은 것이 바로 〈영회시〉 82수다. 〈영회시〉는 구체적인 창작 시간 및 배경을 고증하기는 어렵지만 일반적으로 일시에 지어진 것이 아니라 서로 다른 시기의 작품으로 본다. 즉 이 시는 완적의 감정을 서술한 작품으로 당시의 특수한 정치적 환경에다가 그의 독특한 성격 및 처세 태도가 가미되어 완성되었다.《문선》이선주에서는 또 다음과 같이 기록했다. "완적은 어지러운 왕조에 벼슬하여 항상 화를 당할까 두려웠기에 이 시를 노래했다. 그러므로 매 구에 삶을 걱정하는 탄식이 있다. 비록 뜻은 풍자에 있지만 문장이 대부분 자신의 생각을 감추고 있기에 오랜 세월동안 명확하게 추측하기가 어려웠다.嗣宗身仕乱朝, 常恐罹謗遇禍, 因妓發咏, 故每有憂生之嗟. 雖志在刺譏, 而文多隱避, 百代之下, 難以情測." 이 말은 〈영회시〉의 본 주제를 잘 대변하고 있다. 〈영회시〉는 자신의 처지를 한탄하고 당시의 정치 상황을 풍자하면

서, 자신의 뜻을 직접적으로 말하지 않고 우회적인 표현방법을 통해 은밀히 드러내고 있다.

21

하양준何良俊이 다음과 같이 말했다.

"고시 중에 빗대어 풍자한 시는 그 말이 완곡하고 부드럽고, 시종 한 가지 사건으로 수미가 상응하여 문맥이 긴밀히 연결되었다. 오늘날 시인들은 다만 고인의 어구를 모방하여 부질없이 고어나 고자를 그대로 늘어놓아 시를 지으니, 문맥이 서로 연결되지 않고 또 서두와 결말을 구분할 수 없으며 마지막 편을 읽어도 그 궁극적인 목적이 어디에 있는지 모르겠다."

내가 생각건대 고금으로 한위시를 배운 사람 중에서 오직 이반룡李攀龍이 비슷하다. 그러나 〈대종군代從軍〉, 〈공연公讌〉은 답습한 것에 가깝고, 〈송원미送元美〉, 〈답유중울答俞仲蔚〉은 의론으로써 시를 지은 것에 가깝다. 기타 여러 사람들은 대부분 하양준이 말한 것과 같다. 이에 한위시가 진실로 배우기 쉽지 않음을 알겠다.

한위시는 완곡하고 부드러우며 전체 문맥의 조화를 잘 이룬다. 그런데 명대의 한위시를 배우고자 하는 사람들은 고시의 시구만 모방할 뿐 문맥의 조화를 이루지 못하고 있음을 지적했다. 그중 한위시의 오묘함을 비교적 잘 계승한 사람으로 이반룡을 들었다. 이반룡은 명대의 저명 문학가로, 전칠자前七子를 계승하여 사진謝榛, 왕세정 등과 문학의 복고운동을 창도함으로써 후칠자後七子의 영수가 되었다. 그러나 그 역시 흥취에 바탕을 두는 한위시의 오묘함을 완전히 깨닫지 못하여 답습하거나 의론의 시를 짓기도 했음을 해당 작품을 들어 말하고 있다.

何元朗[1]云: "古詩有託諷[2]者, 其詞曲而婉[3], 然終始[4]只一事而首尾照應[5], 血脉連屬⁶. 今人但摹倣古人詞句⁷, 餖飣成篇⁸, 血脈不相接續⁹, 復不辨有首尾¹⁰, 讀之終篇¹¹, 不知其安身立命¹²在於何處." 愚按: 古今學漢魏者, 惟于鱗¹³爲近, 然代從軍·公讌不免於襲, 送元美·答兪仲蔚又不免以意見爲詩. 其他諸人, 則多如元朗所云爾¹⁴. 乃知漢魏之詩誠不易學也.

1 何元朗(하원랑): 하양준何良俊(1506~1573). 명나라의 관료이자 학자다. 자가 원랑이고 호는 자호柘湖다. 강소성 화정華亭 곧 지금의 상해上海 송강松江 사람이다. 주로 희곡방면의 이론을 연구했다. 박학다식한 사람으로 유명했으며, 스스로도 "소장하고 있는 4만 권을 거의 읽었다"고 할 정도로 많은 지식을 쌓았다. 어려서부터 그의 동생 양부良傅와 더불어 학문에 뛰어나 당시 사람들이 그들 형제를 서진 때의 육기陸機와 육운陸雲에 비유했다. 1522년~1566년에 공생貢生으로 태학太學에 들어가 남경한림원공목南京翰林院孔目에 임명되었다. 그러나 뒷날 벼슬을 버리고 고향으로 돌아가 저술활동에 전념했다.

2 託諷(탁풍): 빗대어 풍자하다.

3 曲而婉(사곡이완): 완곡하고 부드럽다.

4 終始(종시): 처음부터 끝까지.

5 首尾照應(수미조응): 전후가 상응하다. 어구의 전후가 서로 통하여 조화를 이루다.

6 血脈連屬(혈맥연속): '血脈貫通(혈맥관통)', '血脈相通(혈맥상통)'과 같은 말이다. 즉 한 편의 문장이 주제를 위하여 긴밀하게 연결되어 있음을 이르는 말이다.

7 詞句(사구): 어구.

8 餖飣成篇(두정성편): 부질없이 고어나 고자를 그대로 답습하여 늘어놓으며 시를 짓다.

9 接續(접속): 연결되다.

10 首尾(수미): 처음과 끝.

11 終篇(종편): 마지막 편.

12 安身立命(안신입명): 천명天命이 돌아가는 곳을 알아 몸을 세움으로써 마음에 근심하고 번뇌하는 바가 없는 일.

13 于鱗(우린): 이반룡李攀龍(1514~1570). 명나라 시기의 저명 문학가다. 자가 우린이고 호는 창명滄溟이다. 역성歷城 곧 지금의 산동성 제남濟南 사람이다. 어려

서부터 시문에 치우쳐 미쳤다는 소리를 들었고, 장년이 되어서는 관직을 사임하고 백설루白雪樓에서 은거하며 방문객을 사절하는 등 거침없이 생활하여 대범하고 오만하다는 평을 들었다. 이몽양李夢陽, 하경명何景明을 존경하여 전칠자의 뒤를 이어서 왕세정, 사진 등과 더불어 문학의 복고운동을 이끌며 후칠자의 영수가 되었다. 진한의 고문을 모범으로 삼고, 한위 및 성당의 시가 지니는 격조를 중시했으며, 송원 시기의 시를 배척했다. 또 이백과 두보를 추앙하며 원진元稹과 백거이白居易의 시를 배격했다. 이후 20여 년간 문단을 주도하며 청초의 시론에 많은 영향을 미쳤다.

14 爾(이): 어조사. '의矣'와 같은 뜻으로 사용되었다.

22

한위의 시를 배우면 시어를 완전히 응용할 수 없다. 흥상이 다르고 체재 또한 달라 진실로 신비한 조화와 오묘한 운용을 배울 방법이 없을 따름이다. 비유컨대, 고인의 그림을 배우면서 만약 한 획이 비슷하지 않다면 고인의 그림이 아니다. 또 반드시 어떤 그림을 모방하여 그것을 똑같이 그린다면, 그것은 그림을 모사한 것이지 그림을 그린 것이 아니다. 그러므로 대개 한위시를 배워 반드시 한위 시인이 직접 지은 것 같은데, 어떤 시와 같은지를 가리키고자 하지만 자취를 찾을 수 없다면, 곧 완전히 응용한 것이다. 이것은 전문적으로 배워 요체를 터득하여 정신이 사물과 만나지 않으면 이를 수 없는 경지다. 이반룡의 10여 편의 시는 거의 이와 비슷하다.

해제 한위시의 학습을 그림을 배우는 것에 비유하여 설명하고 있다. 그림을 배우면서 한 획이라도 다르면 모방이라고 할 수 없지만, 완전히 똑같이 그린다면 그것은 그린 것이 아니라 모방한 것이 된다. 마찬가지로 한위시를 배우면서 완전히 똑같이 흉내 낸다면 모방이 되겠지만, 한 글자라도 같지 않고 또 그 원작의 흔적을 어디에서도 찾을 수 없다면 이미 모방의 수준을 뛰어넘어 창작의 단계에 이르렀다고 볼 수 있다. 한위시는 격조가 다르나 시어가 같고 시어는 다르나 뜻이 같은 것이 실로 많기 때문에 모방이 아닌 창조의 단계로 나아가는 것이 힘들다고 할 수 있다. 여러 시인 중 이반룡이 바로 그러한 비법을 터득하여 모방의 단계에서 벗어나 창조의 경지에 올랐음을 다시 한 번 언급했다.

원문

學漢魏詩, 惟語不足以盡變. 其興象[1]不同, 體裁[2]亦異, 固天機妙運[3]無方耳. 譬如學古人畫, 苟一筆不類, 便非其人; 若必摹倣某幅而爲之, 則是臨畫[4], 非作畫[5]也. 故凡學漢魏詩, 必果如出漢魏人手, 至欲指似某篇, 無跡可求[6], 斯爲盡變. 此非專習凝領, 而神與境會, 弗能及也. 于鱗十餘篇, 庶幾近之.

주석

1 興象(흥상): '興趣(흥취)'와 같은 말이다. 즉 시문의 운치韻致를 가리킨다.

2 體裁(체재): 시문의 형식.

3 天機妙運(천기묘운): 신비한 조화와 오묘한 운용.

4 臨畫(임화): 그림을 본떠 그리다.

5 作畫(작화): 그림을 창작해서 그리다.

6 無跡可求(무적가구): 자취를 찾을 수 없다.

23

고시와 율격의 관계는 전서篆書와 해서楷書의 관계와 같다. 옛날에는 전서가 있고 해서가 없었던 까닭에 전서의 서법이 저절로 숭상되었다. 후인이 해서를 익혀서 전서를 변화시킨 까닭에 전서의 서법이 비로소 사라졌다. 한위 시대에는 고시가 있고 율시가 없었던 까닭에 고시의 격조가 저절로 숭상되었다. 후인이 이미 율시를 익혀서 고시를 변화시켰기에 고시의 격조가 비로소 떨어졌다. 학자가 오직 전문적으로 배워서 요체를 터득해야만 거의 되돌아갈 수 있을 뿐이다. 혹자는 고시의 학습은 반드시 비슷할 필요는 없다고 말하는데, 이것은 더욱더 고시의 학습에 누를 끼친다. 과연 그렇다면 새로운 풍격과 체재의 문장을 짓는 것이 가능할 것이다. 고시를 학습하면서 어찌 비슷하게 하지 않을 수 있겠는가?[11]

 고시와 율격의 관계를 전서와 해서의 관계를 통해 설명함으로써 고시 학습의 방법을 논하고 있다. 전서篆書는 해서楷書의 전신으로 해서는 전서가 발전하여 생긴 것이다. 이처럼 고시는 율시의 전신으로 율시는 갑자기 생겨난 것이 아니라 고시를 바탕으로 발전한 것이다. 그런데 해서가 생기면서 전서가 사라진 것처럼, 율시가 생기면서 고시는 자연스럽게 사라지게 되었다. 따라서 율시에 익숙한 이들이 고시를 창작하기 위해서는 전문적으로 배우지 않으면 안 되게 되었다. 그것은 마치 해서에 익숙한 후인이 전서를 배우기 위해 전문적인 학습을 하는 것과 같은 이치다. "고시를 학습하면서 어찌 비슷하게 하지 않을 수 있겠는가?"라는 말은 오랜 숙련이 필요함을 역설적으로 강조한 것이다.

古之於律, 猶¹篆²之於楷³也. 古有篆無楷, 故其法自高; 後人既習於楷而轉爲篆, 故其法始敝. 漢魏有古無律, 故其格自高; 後人既習於律而轉爲古, 故其格遂降. 學者但須專習凝領, 庶幾克復耳. 或言學古⁴不必盡似, 此殊爲學古累. 果爾, 則自出機軸⁵可也. 學古豈容不類耶? [與總論"胡元瑞云"一則及"今人作詩"一則參看.]

1 猶(유): 마치 …와 같다.
2 篆(전): 전서篆書. 진나라 이사李斯가 만들었다고 한다. 주문籒文을 대전大篆이라 하는 데 대하여 소전小篆이라고 한다. 예서隷書는 전서에서 탈화한 것이다.
3 楷(해): 해서楷書. 서체의 한 가지. 예서에서 발전한 것으로 자획이 엄정嚴整하다.
4 學古(학고): 옛 것을 배우다.
5 自出機軸(자출기축): 독자적인 풍격을 이루다. 새로운 풍격과 체재의 문장을

11) 제34권의 제19칙 및 제20칙과 참조하여 보기 바란다.

지음을 비유한다. '기축'은 활동의 중심이 되는 긴요한 곳을 가리키는데, '기'는
쇠뇌의 시위를 거는 곳, '축'은 수레의 굴대에 해당한다.

24

한위와 진송晉宋의 시는 체재와 시어가 각기 다르다. 오늘날에는 간
혹 한위의 체재에다가 진송 무렵의 시어를 사용하는데,[12] 이것은 호
랑이와 표범의 몸통에 개와 양의 가죽을 두른 것과 같으니, 사람들은
그것이 개와 양이라고 생각하지 호랑이와 표범인 줄은 모른다.

해제 허학이는 한위와 진송의 시를 분명하게 구분한다. 한위시는 인위적 기교
가 없이 천연스러움에 바탕을 두고 있지만, 진나라 이후부터는 인위적인
기교가 두드러져 점차 자연스러움이 사라졌기 때문이다. 따라서 그 체제
와 언어는 각기 다를 수밖에 없으니 그 차이를 잘 구별해야 고시의 본질을
알 수 있다. 요컨대 고시를 배우기 위해서는 체재와 시어가 모두 적절해야
함을 강조하며, 인위적인 조탁으로 한위시의 본질을 잃어버리는 세태를
안타까워하고 있다.

원문 漢·魏·晉·宋之詩, 體語[1]各別. 今或以漢魏之體而用晉宋間語, [雕刻語摘
見晉宋論中.] 是猶以虎豹之質蒙犬羊之皮[2], 人見其爲犬羊, 不見其爲虎豹也.

주석 1 體語(체어): 체재와 시어.
2 是猶以虎豹之質蒙犬羊之皮(시유이호표지질몽견양지피): 호랑이와 표범의 몸
통에 개와 양의 가죽을 입히다. 이 말의 출처는 《논어, 안연顏淵》이다. 그 원문
은 다음과 같다. "위衛나라 대부 극자성棘子成이 물었다. '군자는 질박하기만 하
면 되는데 어찌 꾸미려고 하는가?' 이에 자공子貢이 대답했다. '안타깝도다, 당
신이 군자에 대해 그렇게 이해하다니! 사마駟馬도 혀의 놀림을 따르지 못합니

---

12) 조탁의 시어에 관한 것은 진송시의 논의에서 대략 보인다.

다. 문장의 꾸밈은 질박과 같이 중하고 질박도 꾸밈과 같이 중합니다. 만약 꾸밈이 없다면 호랑이와 표범은 개와 양과 구별하기 어려울 것입니다.'棘子成曰: 君子質而已矣, 何以文爲? 子貢曰: 惜乎, 夫子之說君子也! 駟不及舌. 文猶質也, 質猶文也. 虎豹之鞹犬羊之."

25

고시부古詩賦 중 《시경》과 《초사》에서는 정해진 운율을 고증할 수 없지만, 한위와 양진兩晉의 경우에는 응당 고운古韻이 있다. 東(동)·冬(동)·江(강)은 같은 운이다. 支(지)·微(미)·齊(제)·佳(가)·灰(회)는 같은 운이다. 魚(어)·虞(우)는 같은 운이다. 眞(진)·文(문)은 같은 운이다. 寒(한)·刪(산)·先(선)은 원운元韻의 전반 부분과 같은 운이다. 蕭(소)·肴(효)·豪(호)는 같은 운이다. 歌(가)·麻(마)는 같은 운이다. 庚(경)·靑(청)·蒸(증)은 같은 운이다. 측운은 이것과 비슷하다.[13]

유송劉宋 시기에 이르러 비로소 지금의 운으로 들어갔다. 요즘 판각된 운서에서는 강운江韻은 고운의 陽(양)과 통하고, 진운眞韻은 고운의 庚(경)·靑(청)·蒸(증)·侵(침)과 통하고, 산운刪韻은 고운의 覃(담)·咸(함)·先(선)과 통하고, 선운先韻은 고운의 鹽(염)과 통하며, 경운庚韻은 양운陽韻으로 전환할 수 있다고 말한다.

내가 생각건대 고시는 한위를 위주로 하는데, 만약 한위보다 더 이른 시기에 지어졌다면 나는 알 수 있는 방법이 없다. 게다가 강운江韻이 양운陽韻과 통하는 것으로는 오직 고악부古樂府의 〈장가행長歌行〉에서 '幢(장)'자를 사용했고, 유신庾信의 〈대인상왕代人傷往〉에서 '雙(쌍)'자를 사용한 것이 보일 뿐이다. 경운庚韻을 양운陽韻으로 전환한 것으

---

13) 예를 들면, 평성의 東동·冬동·江강이 같은 운이므로, 상성의 董강·腫종·講강이 같은 운이고 거성의 送송·宋송·絳강이 같은 운이며 입성의 屋옥·沃옥·覺각이 같은 운이다. 다른 운도 마땅히 유사하게 추론할 수 있다.

로는 오직 조비의 〈잡시雜詩〉에서 '橫(횡)'자를 사용한 것이 보일 뿐이다. 그 당시의 사투리로써 끼워 맞춘 것이 아닌가 하는데 어찌 이것에 의거하여 통용할 수 있으리오? 여러 문인의 변체도 본받을 만하지 않다. 또한 진운眞韻이 고운의 庚(경)·靑(청)·蒸(증)·侵(침)과 통했고, 산운刪韻이 고운의 覃(담)·咸(함)·先(선)과 통했고, 선운先韻이 옛날의 鹽(염)과 통했다고 하지만, 나는 실로 고증할 수가 없다. 과연 그렇다면 대개 편한 말투는 모두 통용할 수 있게 되니, 아이가 말을 배우는 것에 가깝지 아니한가? 또한 각각의 운 뒤에 고협운古叶韻을 새겨 놓았는데 이것은 더욱 잘못되었다.14) 그리고 고시를 배움에 있어 고운을 사용하는 것은 오언에는 적당하나 칠언에는 맞지 않다. 대체로 오언은 한위에 성행했고 칠언은 당나라 때 성행했다. 오언당고五言唐古에서도 고운을 사용하는 것은 적당하지 않다.

양신이 다음과 같이 말했다.

"근세에 고집스럽고 호기심이 강한 사람은 고운을 사용하지 않을 뿐 아니라 금운을 사용하는 것도 달가워하지 않고, 오직 편한 말투나 사투리를 취해 협운하는 것으로 시를 짓는데, 진실로 후인들에게 비웃음을 살 뿐이다."

내가 생각건대 후인이 고시를 배우면서 운을 사용하지 않는 것은 참으로 천박하지만, 그것은 고시가 본래 운에 구속되지 않는다고 간주한 탓이지 고집스럽고 호기심이 강해서가 아니다.

해제 한위 및 진나라의 고운古韻에 관한 논의다. 고운은 남조 시기 송나라 때 본격적으로 발전하여 근체시의 율격을 이루는 근간이 되었다. 그러나 그 이전에 운이 없었던 것은 아니다. 유송 이전에는 자연스러운 성률에 따라 운

---

14) 주시周詩에 관한 논의 중 마지막 칙(제1권의 제71칙)에서 상세하게 논한다.

이 생겨났을 뿐 인위적인 규칙이 없었다. 따라서 고운과 근체의 운은 본질적으로 다르다.

　그런데 후대로 갈수록 고운 중 이해가 잘 되지 않거나 그 당시의 음운에 맞지 않는 것을 모두 협운으로 간주하는 경우가 생겨났다. 허학이는 이 점에 대해 비평했다. 고시에는 근체시만큼의 엄격한 율격의 법칙은 없지만 그 나름대로의 자연적인 규칙이 있다. 그러므로 고시가 운에 구속되지 않는다고 간주해서도 안 되지만 후대의 음운으로 고운을 잘못 이해해서도 안 될 것이다.

古詩賦[1]惟三百篇·楚辭未有定韻[2]可考, 漢魏兩晉[3]則自有古韻[4]. 東·冬·江爲一韻, 支·微·齊·佳·灰爲一韻, 魚·虞爲一韻, 眞·文爲一韻, 寒·刪·先與元前半截爲一韻, 蕭·肴·豪爲一韻, 歌·麻爲一韻, 庚·靑·蒸爲一韻, 仄韻[5]倣此. [如平聲東·冬·江爲一韻, 上聲則董·腫·講爲一韻, 去聲則送·宋·絳爲一韻, 入聲則屋·沃·覺爲一韻. 他韻當以類推.] 至劉宋[6]始漸入今韻[7]. 今刻韻書, 謂江韻古通陽, 眞韻古通庚·靑·蒸·侵, 刪韻古通覃·咸·先, 先韻古通鹽, 庚韻可轉爲陽韻. 愚按: 古詩以漢魏爲主, 若出於漢魏之上, 則吾不得而知. 且江韻通陽, 僅[8]見古樂府[9]長歌行用一"幢"字, 庾信[10]代人傷往用一"雙"字; 庚韻轉爲陽韻, 僅見曹丕[11]雜詩用一"橫"字. 疑當時以鄕音叶入, 何得據此便可通用? 若諸家變體, 又不可爲法. 且謂眞韻古通庚·靑·蒸·侵, 刪韻古通覃·咸·先, 先韻古通鹽, 予實無所考. 果爾, 則凡口吻之便[12]者皆可通用, 不幾於小兒學語耶? 又各韻後刻古叶韻[13], 益非. [詳論周詩末則.] 然學古詩用古韻, 五言爲當, 而七言未宜. 蓋五言盛於漢魏·七言盛於唐也. 若五言古唐體, 則又不當用古韻矣. 楊用修云: "近世有倔强好異[14]者, 旣不用古韻, 又不屑[15]用今韻, 惟取口吻之便, 鄕音[16]之叶, 而著之詩, 良[17]爲後人一笑資爾." 予謂: 後人學古詩不用韻者, 直是疏淺[18], 以爲古詩本不拘[19]韻, 非倔强好異也.

1 古詩賦(고시부): 고시와 고부. '고시'는 당나라의 근체시에 대하여 수나라 이전의 시를 말한다. '고부'는 육조 변려문 이전, 즉 선진·양한 시기의 사부 작품을

가리킨다.

2 韻(운): 압운押韻에 쓰는 운자를 가리킨다. 운자는 보통 시나 부의 구말句末에 붙인다.

3 兩晉(양진): 서진西晉(265~316)과 동진東晉(317~419). 본권 제2칙의 주석3 참조.

4 古韻(고운): 《시경》을 위주로 한 선진과 양한 시기 운문의 운. 후대로 갈수록 자연스럽지 않아 송대에 협음叶音을 통해 고치게 되었다.

5 仄韻(측운): '평운平韻'과 상대가 되는 말이다. 고대 중국어의 사성은 평상거입平上去入으로 나뉘었다. 상거입上去入이 측성이다. 그러나 현대중국어에서는 입성이 이미 사라졌다. 평성은 음평陰平과 양평陽平으로 나뉘는데, 그것이 현대중국어의 제1성과 제2성에 해당한다.

6 劉宋(유송): 동진 말기의 권신權臣이자 무장武將인 유유劉裕가 진나라 공제恭帝로부터 선양을 받아 세운 나라(420~479). 건강 즉 지금의 강소성 남경에 도읍했고, 조송趙宋과 구별하기 위하여 유송劉宋이라고도 부른다.

7 今韻(금운): 명나라 시기의 음운.

8 僅(근): 오직. 다만.

9 古樂府(고악부): 한·위·진·남북조의 악부시를 가리킨다. 중당中唐 이후의 신악부新樂府와 대응하는 개념이다.

10 庾信(유신): 남북조 시기 북주의 문인이다. 남양南陽 신양新野 곧 지금의 하남성 사람이다. 자는 자산子山이고, 유견오庾肩吾의 아들이다. 문장이 뛰어나 서릉徐陵과 이름을 나란히 해 '서유체徐庾體'로 불렸다. 양나라에서 벼슬해 상동국상시湘東國常侍를 지내고, 우위장군右衛將軍을 거쳐 무강현후武康縣侯에 봉해졌다. 후경侯景이 건강을 함락했을 때 강릉江陵으로 달아났고 48살 때 원제元帝의 명으로 서위西魏에 사신으로 파견되었다가 억류당했다. 그러나 거기대장군車騎大將軍과 의동삼사儀同三司를 연이어 지내며 주요 관직을 맡았다. 북주에 이르러서는 임청현자臨淸縣子에 봉해지고 명제明帝와 무제武帝의 총애를 받았다. 개부의동삼사開府儀同三司를 지내 '유개부庾開府'로 불리기도 했다. 사종중대부司宗中大夫까지 올랐으나 병으로 사직했다.

11 曹丕(조비): 위나라의 초대 황제다. 자는 자환子桓이고 시호는 문제文帝다.

12 口吻之便(구문지편): 편한 말투를 가리킨다.

13 叶韻(협운): 어떤 운의 문자가 다른 운에 통용되는 것을 가리킨다.

14 倔强好異(굴강호이): 고집스럽고 호기심이 강하다.

15 不屑(불설): …할 가치가 없다고 생각하다. …달갑게 여기지 않는다. 하찮게
여기다.

16 鄕音(향음): 사투리.

17 良(량): 진실로.

18 疏淺(소천): 사려가 천박하다.

19 不拘(불구): 구속되지 않다.

26

의고擬古는 옛것을 배우는 것과 다르다. 의고는 그림을 본떠 그리는
것과 같으니, 바로 한 획 한 획 비슷하게 하는 것이다. 주자가 "의미나
문맥을 모두 다른 것과 같게 하려면 다만 글자를 바꾸면 될 것이다"고
말했는데, 본디 입문의 단계라고 여기고서 애초 전문적으로 배울 필
요가 없다고 본 것이다. 또 증원일曾原一이 "전대 사람들의 의고는 그
의미를 활용하기도 하고 그 사건을 활용하기도 하는데, 이것은 선비
의 도적질이다"고 한 말은 그릇되다. 이반룡과 왕세정은 고시와 악부
를 각 편마다 모의했는데, 시의 참된 정취가 거의 다 사라졌다.[15]

 의고시에 관한 논의다. 의고는 옛것을 배우는 것이 아니라 본떠서 짓는 것
이다. 따라서 학고學古의 개념과는 분명하게 구별된다. 주자는 이러한 시
를 입문 단계의 창작과 다를 바가 없다고 간주하고 전문적으로 배울 필요
가 없다고 보았다. 또 증원일은 의고를 선비의 도적질이라고 비판했지만
그 기법에 관한 견해는 잘못되었음을 지적했다.

擬古[1]與學古[2]不同, 擬古如摹帖臨畵[3], 正欲筆筆相類, 朱子謂"意思語脈[4]皆

要似他的, 只換却字", 蓋本以爲入門之階[5], 初未可爲專業[6]也. 曾蒼山[7]云: "前人擬古, 旣用其意, 又用其事, 是士之盜也." 斯言謬矣. 至于鱗·元美於古詩樂府篇篇擬之, 則詩之眞趣[8]殆盡. [以下三則論擬古之詩.]

1 擬古(의고): 고대 사람들의 스타일을 모방하다. 시가나 문장 등을 옛 형식에 맞추어 짓는 일을 가리킨다.

2 學古(학고): 고전 전적을 공부하고 연구하다. 여기서는 고시의 체재와 풍격을 배워 자신의 사상이나 감정을 담아 시를 창작하는 것을 의미한다.

3 摹帖臨畵(모첩임화): 그림을 본떠 그리다.

4 語脈(어맥): 말이나 문장 등의 맥락.

5 入門之階(입문지계): 입문의 단계.

6 專業(전업): 전문적으로 배우다.

7 曾蒼山(증창산): 증원일曾原一. 생졸년은 미상으로 대략 남송 시인 대복고戴復古(1167~1247)와 동시대의 문인으로 본다. 자는 자실子實이고 강서江西 영도寧都 사람이다. 어릴 때부터 시로 이름이 났다. 사촌동생 원운原耶과 함께 동네에서 시 짓기 경쟁을 즐겼다고 하는데 오늘날에도 그곳에 '구시항構詩巷'이라는 거리가 있다. 또 대복고와 '강호음사江湖吟社'를 조직하여 농촌의 풍경 및 농가의 일상생활을 묘사했다. 청신한 시풍이 특징이며 육유陸游의 전원시풍을 계승했다고 평가받는다. 한때 그의 명성이 전국에 크게 알려져 그를 '시국詩國'이라고 칭송하기도 했다. 후일 전란으로 인해 고향에 돌아가 전 재산을 고향의 성벽을 쌓은 데 투자하고 창산蒼山에 은거하며 저술에 힘썼다. 《창산시집蒼山詩集》, 《선시연의選詩衍義》가 세상에 전한다.

8 眞趣(진취): 참된 정취.

27

의고는 모두 시구를 좇아 모방하여 흥취가 막히고 신운神韻이 펼쳐지지 않는다. 그러므로 육기의 〈의행행중행행擬行行重行行〉 등은 모두 그 오묘함을 얻지 못했으니, 오늘날 사람들이 고첩古帖을 모방하는 것과 같다. 오직 강엄江淹의 〈잡체雜體〉가 그 대체적인 뜻을 모의하고 겉

모습을 모방하지 않아서, 흥취가 넓고 크며 신운이 저절로 뛰어나다. 그러므로 조비, 조식, 왕찬, 육기 등을 모방하여 매우 흡사하게 하는 것은 오늘날 사람들이 왕희지王羲之와 왕헌지王獻之를 배우는 것과 같다. 육기나 포조鮑照의 악부 여러 편은 비록 고시의 표제를 빌렸으나 사실은 독자적인 체재를 이루었으니 의고류가 아니다.

 의고의 폐해를 지적하고 그중 몇 편의 뛰어난 작품에 대해 평가했다. 의고는 초학의 입문 단계로서 시 창작에 도움을 준다. 그러나 후대 사람들이 오직 구절을 모방하여 짓는 까닭에 흥취가 막히고 신운이 살아나지 못하는 폐해를 낳게 되었다. 이에 허학이는 전후칠자에 의해 주창된 문학 복고론의 영향으로 단순히 옛것을 모방하는 시풍이 성행하게 된 당시의 세태에 대해 일침을 가하고 있다.

擬古皆逐句摹倣, 則情興窘縛[1], 神韻未揚[2], 故陸士衡擬行行重行行等, 皆不得其妙, 如今人摹古帖[3]是也. 惟江文通[4]雜體, 擬其大略, 不倣形似[5], 則情興駘蕩[6], 神韻自超[7], 故倣魏文[8]·子建·仲宣·士衡等, 有酷[9]相類者, 如今人學羲[10]獻[11]是也. 至若士衡·明遠[12]樂府諸篇, 雖借古題[13], 而實自成體, 則又非擬古類也.

1 情興窘縛(정흥군박): 정감이 궁색하다. 흥취가 막히다.
2 神韻未揚(신운미양): 신운이 펼쳐지지 않는다. '신운'은 이상적인 예술의 경계를 가리킨다. 즉 인공적인 흔적이 없고 천연적으로 이루어진 것으로 초탈하고 담담한 정취를 드러낸다.
3 古帖(고첩): 옛 화첩畵帖.
4 江文通(강문통): 강엄江淹. 남조 시기 양나라의 문인이다. 자가 문통으로 하남성 고성考城 사람이다. 송宋, 제齊, 양梁의 세 왕조를 섬겼다. 문학을 즐기고 유·불·도에 통달했는데 문학 활동은 주로 송나라와 제나라 시대 때 왕성했다. 대표작으로 한나라에서 유송 시기에 이르는 시인 30명의 작품을 모방한 잡체시雜體詩 30수가 있다.

5 形似(형사): 형체가 서로 비슷하다. '신사神似'와 대칭되는 말로서 중국 회화의
   용어에서 문학의 풍격 용어로 발전했다. 《문심조룡, 물색편物色篇》을 참조하면
   '형사'는 산수 자연을 문자로써 구체적이고 형상적으로 묘사하는 것을 말하는
   데, 한마디로 예술 작품의 외재적 특징을 가리킨다. 처음에는 언어를 운용하
   는 수법이 신령스러운 경지에 이르러 형상을 있는 그대로 묘사한 솜씨를 감탄
   할 때 쓰인 말로서, 시를 평하든 그림을 평하든 대부분이 긍정적인 평가였지
   작품을 폄하하려는 의도는 없었는데 소식 이후로 다소 부정적인 의미로 사용
   되었다.

6 駘蕩(태탕): 완만하게 감도는 모양. 보통 봄의 경치를 형용하는 데 사용된다.

7 自超(자초): 저절로 뛰어나다.

8 魏文(위문): 위나라 문제, 즉 조조를 가리킨다.

9 酷(혹): 매우. 심히.

10 羲(희): 왕희지王羲之(307~365). 동진 시기의 서예가다. 자는 일소逸少이고 낭
   야琅琊 곧 지금의 산동성 임기臨沂 출신이다. 우군장군右軍將軍의 벼슬을 했으므
   로 세상 사람들이 왕우군王右軍이라고도 불렀다. 동진 왕조 건설에 공적이 컸던
   왕도王導의 조카이자 왕광王曠의 아들이다. 역대로 제일의 서성書聖으로 존경받
   고 있으며, 그의 일곱 번째 아들 왕헌지와 함께 '이왕二王' 또는 '희헌羲獻'이라 불
   린다. 해서, 행서, 초서의 각 서체를 완성함으로써 서예의 예술적 지위를 확립
   했다.

11 獻(헌): 왕헌지王獻之(348~388). 동진 시기의 서예가다. 자는 자경子敬이고 왕
   희지의 일곱 번째 아들이다. 아버지를 대왕大王이라고 부르고 그를 소왕小王이
   라 불렀다. 처음 주주부州主簿의 비서랑秘書郎이 되었고 건위장군建威將軍 오흥태
   수吳興太守를 거쳐 만년에 중서령中書令에 이르렀다. 그의 서체가 교태를 부리는
   것과 같은 풍격이 있어 《진서晉書》의 그의 전에서는 다음과 같이 평하고 있다.
   "왕헌지의 기골은 부친에 미치지 못하나 자못 아름다운 운치가 있다.獻之骨力遠
   不及父而頗有媚趣."

12 明遠(명원): 포조鮑照(414?~466). 남조 시기의 송나라 문인이다. 자가 명원이
   고 동해東海 곧 지금의 강소성 연수현漣水縣 사람이다. 참군직參軍職을 지내서 포
   참군鮑參軍이라고도 불린다. 한문寒門 출신으로 송나라 황족 유의경劉義慶을 섬
   겨 국시랑國侍郎이 되었다. 이후 태학박사太學博士, 중서사인中書舍人, 말릉령秣陵
   令 등을 지냈으며, 마지막에 임해왕臨海王 유자욱劉子頊 밑에서 형옥참군사刑獄參

軍事가 되었으나 유자욱 등의 반란이 실패하여 형주荊州 곧 지금의 호북성 강릉 지역에서 피살되었다. 그 당시의 문인 사령운, 안연지와 함께 '원가삼대가元嘉三大家'로 불린다. 오언시가 전성하던 육조시대에 칠언시의 기풍을 발전시킨 시인으로 후일 당시의 발전에 큰 영향을 끼쳤다. 시·부·잡문 10권이 있는데, 특히 악부에 뛰어났다. 두보가 그를 '준일俊逸'하다고 높이 평가했고 송나라의 육시옹陸時雍은 그를 '길 없는 곳에 길을 연 사람'이라고 칭송했다.

13 古題(고제): 고시의 표제.

28

의고는 오직 고시 및 악부오언이 어렵고, 요가饒歌 및 악부잡언은 쉽다. 대개 고시 및 악부오언은 체재에 일정한 법칙이 있고 의미를 옮길 수 없는 까닭에, 모의가 자연스럽게 될 수 없고 그 정감도 소략하기 쉽다. 요가 및 악부잡언은 체재에 일정한 법칙이 없어 의미를 쉽게 베낄 수 있는 까닭에 모의를 마음대로 할 수 있고 그 어조도 고풍스럽기 쉽다.

호응린이 말했다.

"교묘郊廟와 요가는 모의하기 어려운 것 같아도 실제는 쉬우니, 화가가 불교와 도교의 귀신을 그리는 것과 같다. 고시와 악부는 모의하기 쉬운 것 같아도 실제는 어려우니, 화가가 개나 말, 사람을 그리는 것과 같다."

이것은 좋은 비유라고 말할 수 있다. 잠시 이반룡과 왕세정이 모의한 것을 살펴보면 저절로 그것을 이해할 수 있다.

해제 의고의 특징에 관한 논의다. 고시 및 악부오언은 고정된 법칙이 있고 의미를 옮길 수 없기에 모의하기가 어려우나, 요가 및 악부잡언은 그 반대로 고정된 법칙이 없고 의미를 쉽게 베낄 수 있어 모의하기가 쉽다고 했다. 악부는 한무제 시대의 음악관청에서 채집한 가요로서, 이후 문인들에 의해 의작되면서 독립된 체재로 발전했다. 그중 요가는 서한 시대의 작품으로 본래는 군악이었으나 조회, 연악, 장례 등 여러 장소에서도 사용되었는데, 모두 18곡으로 잡언시의 형식이어서 압운과 구식이 모두 자유롭다. 교묘는 조정의 각종 예악에서 사용되는 음악이다. 여기서 교묘나 요가 등이 고시 및 악부오언보다 더 모의하기 쉬운 까닭을 화가가 불가나 도가의 귀신을 그리는 것에 비유한 점이 돋보인다.

擬古惟古詩及樂府五言爲難, 而鐃歌[1]及樂府雜言爲易. 蓋古詩及樂府五言, 體有常法[2], 而意未可移, 故擬者不能自如, 而其情易疎[3]. 鐃歌及樂府雜言, 體無常法, 而意可竄易[4], 故擬者得以操縱[5], 而其調易古. 胡元瑞云: "郊廟[6]·鐃歌似難擬而實易, 猶畫家之於佛道鬼神也. 古詩·樂府似易擬而實難, 猶畫家之於狗馬人物也." 可謂善喩. 試[7]觀于鱗·元美所擬, 當自得之.

1 鐃歌(요가): 옛날의 군악. 징소리에 맞춰 불렀다.
2 常法(상법): 고정된 법칙.
3 易疎(역소): 소략하다.
4 竄易(찬이): 쉽게 베끼다.
5 操縱(조종): 좌지우지하다.
6 郊廟(교묘): 교묘가사郊廟歌辭. 조정의 각종 제사에 사용되던 종묘제례악宗廟祭禮樂의 가사다. 고대 황제는 천지에 지내는 교제郊祭와 황실 조상들에게 지내는 묘제廟祭를 지냈다. 한나라 문인 채옹은 당시 음악을 '태여악太予樂', '주송아악周頌雅樂', '황문고취黃門鼓吹', '단소요가가短簫鐃歌' 등 한악사품漢樂四品으로 나누었는데, 그중 태여악과 주송아악이 교묘가사에 속한다. 《후한서, 예의지禮儀志》를 참조하면 태여악에는 전교묘典郊廟·상릉上陵·전제식거殿諸食擧가 있고 주송아악에는 전벽옹典辟雍·향사饗射·육종六宗·사직社稷이 있다. 그러나 그 악장이 구체적으로 어떤 것인지에 대해서는 알 수 없다. 《악부시집》에는 한대의 교묘가사로 교제에 사용된 〈교사가郊祀歌〉 20곡, 묘제에 사용된 〈안세방중가安世房中歌〉 17곡이 전해진다. 이후 교묘악장은 각 시대별로 황실의 신성성과 권위를 담아 용도별로 제작되었으며, 현재까지 상당수가 전해진다. 《악부시집》에는 교묘가사 12권이 있다.
7 試(시): 시험 삼아 해 보다. 견주다.

　사호四皓의 〈채지조菜芝操〉, 고제高帝16)의 〈홍곡가鴻鵠歌〉와 같이 한 초의 악부樂府에서 사용된 구어체 시구는 구속이 없고 자유로워 저절로 악부의 체재이므로, 《시경》의 풍아風雅에서 그 근원을 찾는 것은 부당하다. 조조 삼부자의 악부사언은 모두 여기서 비롯되었다. 그러나 〈채지〉의 악곡은 누가 지었는지 모르는데 아마 악부의 관청에서 지은 것이 아닐까 한다.17)

사호의 〈채지조〉, 한고조 유방劉邦의 〈홍곡가〉는 사언의 악부다. 각기 《악부시집》의 금곡가사琴曲歌辭와 잡가요사雜歌謠辭에 실려 있다. 악부는 한나라 무제 때 설립한 음악관청인 '악부'에서 채집한 음악을 입힌 가사를 말한다. 후일 문인들에 의해 창작되면서 음악이 사라지고 독립된 시의 체재가 되었다. 물론 음악기구인 '악부'는 진나라 때부터 있었다. 1977년 섬서성 진황릉秦皇陵 부근에서 출토된 진대의 편종編鐘에 '악부'라고 쓰여 있었기 때문이다. 그러나 한무제 때에는 그 이전의 귀족음악 중심에서 점차 민간음악이 흡수되고 또 서역西域과의 교류를 통해 이역 음악이 전래되면서 '악부'가 재정립되었다. 따라서 악부는 《시경》과 별도로 독자적인 근원을 지닌 시체라고 할 수 있으니, 한나라 악부의 초기 작품인 〈채지조〉, 〈홍곡가〉의 형식이 사언이라는 점에 얽매여 《시경》의 풍아에 그 근원을 두면 안 된다고 지적했다. 아울러 위나라 조조 삼부자의 악부사언이 이 두 곡에서 비롯되었음을 논했다.

漢初樂府口言1, 如四皓2采芝操3・高帝4[諱邦, 字季]鴻鵠歌5, 軼蕩自如6, 自是樂府之體, 不當於風雅7求之. 三曹8樂府9四言, 皆出於此. 然采芝不知何人所作, 疑樂府所爲. [以下分論漢人詩歌.]

---

16) 이름은 방邦이고, 자는 계季다.
17) 이하 한나라 시인들의 시가를 나누어 논한다.

1 樂府口言(악부구어): 악부시에 사용된 구어체 시구.

2 四皓(사호): '사호'는 각기 하남河南 상구商丘의 동원공東園公 당병唐秉, 소주蘇州
태호太湖의 녹리선생甪里先生, 호북湖北 통성通城의 기리계綺里季 오실吳實, 절강浙
江 영파寧波의 하황공夏黃公 최광崔廣을 말한다. 모두 진秦나라 말기의 사람으로
80여 세에 섬서성 상주商州에 있는 상산商山에 은거했기 때문에 '상산사호商山四
皓'라고 불리기도 한다. 백발노인으로 덕이 크고 인품이 고상하여 많은 사람들
이 칭송했다.

3 采芝操(채지조): 이 시는 상산사호가 상산에 은거할 때 쓴 것이다. 그들의 힘겨
운 은거 생활을 반영하고 태평성대를 바라는 염원을 담았다. '操(조)'는 금곡琴
曲을 가리킨다. 본래 금곡의 반주에 맞춰 노래하던 것이다. 《악부시집, 금곡가
사琴曲歌辭》에 다음과 같이 기록되어 있다. "《금집琴集》에서는 《채지조》가 사
호가 지은 것이라고 기록했다. 《고금악록古今樂錄》에서는 남산의 사호가 은거
했는데 고조가 그들을 초빙했지만 사호는 달가워하지 않고 하늘을 향해 탄식
하며 노래를 지었다고 기록했다. 생각건대 《한서》에서 사호는 모두 여든 살로
수염과 눈썹이 희어서 사호, 즉 동원공, 기리계, 하황공, 녹리선생이라고 한다
고 기록했다. 최홍崔鴻은 '사호는 진秦나라의 박사였는데 세상이 암담하여 유가
의 학술을 땅에 파묻거나 제거했으므로 물러나 이 노래를 짓고서 〈사호가〉라
고 일컬었다. 두 가지 주장이 다르니 어느 것이 맞는지 모르겠다.'고 말했다.琴
集曰: 采芝操, 四皓所作也. 古今樂錄曰: 南山四皓隱居, 高祖聘之, 四皓不甘, 仰天嘆而作歌. 按漢書曰:
四皓皆八十餘, 須眉皓白, 故謂之四皓, 卽東園公·綺里季·夏黃公·甪里先生也. 崔鴻曰: 四皓爲秦博
士, 遭世暗昧, 坑黜儒術, 於是退而作此歌, 亦謂之四皓歌. 二說不同, 未知孰是."

4 高帝(고제): 유방劉邦(약 B.C. 247~B.C. 195). 한나라의 제1대 황제로 B.C.
202년에 재위에 올랐다. 지금의 강소성 풍현豐縣에 해당하는 패沛 땅에서 농부
의 아들로 태어났으나, 가업을 돌보지 않고 유협遊俠의 무리와 어울렸다. 장년
에 이르러 하급관리인 사수정장泗水亭長이 되었으며, 당시 여산驪山의 황제릉皇
帝陵 조성 공사에 부역하는 인부의 호송책임을 맡았다. 호송 도중에 도망자가
속출하여 임무수행이 어려워지자, 나머지 인부를 해산시키고 자신도 도망하여
산중에 은거했다. 진나라 말기에 군사를 일으켜 진왕으로부터 항복을 받았으
며, 4년간에 걸친 항우項羽와의 쟁패전에서, 항우를 대파하고 천하통일의 대업
을 실현시켰다. 자는 계季이고, 묘호廟號는 원래 태조太祖인데 사마천이 《사
기》에서 고조高祖라 칭한 뒤로 이것이 통칭되었다.

5 鴻鵠歌(홍곡가): 유방이 지은 노래다. 《악부시집, 잡가요사》에는 "초가楚歌"라고 되어 있다. 그 서문은 다음과 같다. "《한서》에 다음과 같이 말했다. 고조가 척부인戚夫人의 아들 조왕趙王 여의如意를 태자로 세우기 위해 태자를 폐하고자 했으나 결실을 얻지 못했다. 척부인이 눈물을 흘리며 울자 고조가 '나를 위해 초나라 춤을 추시오, 내가 그대를 위해 초가를 부르겠소.'라고 했다. 그 노래의 의미는 태자가 사호의 보좌를 받아 날개를 펴서 하늘로 날아올라 바꿀 수 없다는 것이다. 안사고顔師古가 '초가는 초나라 사람들의 노래로 오유吳歈, 월음越吟과 같다'고 했다. 漢書曰: 高祖欲立戚夫人子趙王如意而廢太子, 後不果. 戚夫人泣涕, 帝曰: 爲我楚舞, 吾爲若楚歌. 其旨言太子得四皓爲輔, 羽翼成就, 不可易也. 顔師古曰: 楚歌者, 楚人之歌, 猶吳歈越吟也." 한편 그 가사는 다음과 같다. "고니새 높이 날아 한 번에 천리를 가는 도다. 날갯짓을 이미 하여 사해를 쏜살같이 나는구나. 사해를 쏜살같이 나니 어찌하리오. 비록 화살이 있다 해도 어찌 쏠 수 있으리오. 鴻鵠高飛, 一擧千里. 羽翮已就, 橫絶四海. 橫絶四海, 當可奈何. 雖有矰繳, 尙安所施." 자신이 이미 어찌할 수 없이 높은 위치에 있는 태자를 고니새에 비유하여 읊었다.

6 軼蕩自如(질탕자여): 구속이 없고 자유롭다. '질탕'은 지나치게 방탕한 모양을 가리키고, '자여'는 마음이 흔들리지 않고 태연한 모양을 가리킨다.

7 風雅(풍아): 《시경》의 국풍國風과 이아二雅.

8 三曹(삼조): 조조, 조비, 조식 삼부자를 가리킨다.

9 樂府(악부): 여기서는 한대에 설립된 음악기관, 즉 악부 관청을 가리킨다.

30

고제高帝의 〈대풍가大風歌〉, 항적項籍18)의 〈해하가垓下歌〉는 모두 초나라 성조의 악부다.19) 〈대풍가〉는 의미가 강직하나 기개가 심원하며, 〈해하가〉는 의미가 매우 부드러우나 기세가 다소 미치지 못하니, 왕세정이 "각기 제왕의 흥하고 쇠한 기상을 묘사했다"라고 한 것은 이

---

18) 자 우羽.

19) 《한서》에서 "한무제가 악부를 세우다"라고 했다. 사마천이 《사기》를 지은 것도 대개 그 무렵이다.

것을 두고 한 말이다.[20] 그러나 두 사람은 모두 문인이 아니니, 〈대풍가〉는 이미 패沛에서 노래한 것을 신하가 윤색했고, 〈해하가〉는 악부 관청에서 윤색한 것으로 생각될 따름이다.

이로 보건대 기타 작품도 알 만하다.[21] 〈우미인가虞美人歌〉는 강개하고 슬픔이 넘치지만 내용이 견강부회에 가까워 위작이 아닐까 하는데, 호응린도 일찍이 그것에 대해 말한 적이 있다.

한고조 유방의 〈대풍가〉와 항우의 〈해하가〉에 대해 논했다. 이 두 시는 모두 악부의 초나라 성조에서 비롯되었다. 초가의 특성인 '兮(혜)'자가 각 시구에서 활용되었다. 그러나 현존하는 두 곡은 모두 유방과 항우가 당시 직접 노래한 가사가 아니라 후일 문인이 윤색한 것이라고 했다. 즉 〈대풍가〉는 패에서 노래한 것을 신하가 윤색하고, 〈해하가〉는 악부 관청에서 윤색한 것으로 보았다. 한나라 음악관청인 '악부'는 진한 이래 각 지역의 노래를 수집하는 것 외에도 귀족, 문인의 시가에 음악을 배합하는 작업 및 전문 악가를 배양하는 일 등을 담당했다. 따라서 한초의 악부는 대개 문인들에 의해 윤색되거나 혹은 위작일 가능성이 없지 않다.

高帝大風歌[1]・項籍[2][字羽]垓下歌[3], 皆樂府楚聲[4]也. [漢書: "漢武立樂府." 司馬遷作史記, 蓋亦其時.] 大風詞旨雖直, 而氣概遠勝[5], 垓下詞旨甚婉, 而氣稍不及, 元美謂"各自描寫帝王興衰氣象[6]"是也. [謂帝王興衰氣象於此見, 非眞有意描寫之也.] 然二君皆非文士, 而大風已歌於沛[7], 疑臣下潤色[8]; 垓下則樂府潤色耳. 觀此, 其他可知. [胡元瑞謂: "敕勒歌[9]等原非出于文士." 果爾, 偶見一二可也, 若篇篇成文, 則無是理矣.] 虞美人歌[10], 慷慨足悲[11], 而語近附合[12], 疑出於僞[13], 元瑞亦嘗

---

20) 제왕의 흥하고 쇠한 기상을 이 시에서 볼 수 있음을 말한 것이지 정말로 의도적으로 묘사한 것이 아니다.

21) 호응린이 "〈칙륵가敕勒歌〉 등은 원래 문인의 손에서 나온 것이 아니다"고 했는데, 과연 이와 같다면 한두 구절을 보면 족할 것이다. 만일 각 구절이 문장을 이룬다면 근거가 없을 것이다.

言之.

1 大風歌(대풍가): 유방이 지은 초사체의 시. 시구의 중간에 '兮(혜)'자를 넣어 장단을 맞춘 3구 23자의 짧은 노래다. 《악부시집, 금곡가사》에는 "대풍기大風起"로 되어 있으며 그 서문에 다음과 같이 기록했다. "《한서》에 다음과 같이 기록했다. '고조가 이미 천하를 평정하고 돌아오던 중에 고향 패땅을 지나가다 머물면서 패궁에서 잔치를 베풀어 옛 친구들과 마을 주민들을 모두 불러 함께 술을 마셨다. 마을의 아이들 120명을 보냈는데, 그들에게 노래를 가르쳤다. 연회가 한창 무르익자 고조는 축을 두드리며 노래를 부르고 아이들에게 모두 함께 부르게 했다. 고조는 일어나 춤을 췄다.' 〈예악지〉에는 다음과 같이 기록했다. '혜제가 즉위하고서 패궁을 원묘原廟로 삼고 아동 단원에게 상화곡을 익혀 부르게 했는데 항상 200명의 단원이었다.' 생각건대 《금조》의 〈대풍기〉는 한고조가 지은 것이다. 漢書曰: 高祖旣定天下, 還過沛, 留, 置酒沛宮, 悉召故人父老子弟佐酒, 發沛中兒得百二十人, 教之歌. 酒酣, 帝擊築自歌, 令兒皆和習之. 帝自起舞. 禮樂志曰: 至孝惠時, 以沛宮爲原廟, 令歌兒聲吹以相和, 常以百二十人爲員." 按琴操有大風起, 漢高帝所作也." 한편 그 가사는 다음과 같다. "큰 바람 일어나니 구름이 나는도다. 위엄을 해내에 떨치고 고향에 돌아왔도다. 어떻게 하면 용맹스런 군사를 얻어 사방을 지킬 수 있을까?大風起兮雲飛揚, 威加海內兮歸故鄕, 安得猛士兮守四方."

2 項籍(항적): 항우項羽(B.C. 232~B.C. 202). 진나라 말기에 유방과 천하를 놓고 다툰 무장이다. 이름이 적이고 우羽는 그의 자다. 임회군臨淮郡 하상현下相縣 곧 지금의 강소성 지역 출생이다. 젊은 시절 "문자는 제 이름을 쓸 줄 알면 충분하고, 검술이란 그저 한 사람을 상대하는 하찮은 것일 뿐이다"고 하면서 회계산會稽山에 행차하는 진시황의 성대한 행렬을 보고 "내가 저 사람을 대신하겠다"고 호언장담했다는 일화가 유명하다. B.C. 209년 진승陳勝 · 오광吳廣의 난으로 진나라가 혼란에 빠지자, 숙부 항량項梁과 함께 봉기하여 회계군 태수를 참살한 것을 시작으로 진나라 군대를 도처에서 무찌르며 함곡관函谷關을 넘어 관중關中으로 들어갔다. 앞서 들어와 있던 유방과 홍문鴻門에서 만나 그를 복속시켰으며, 진왕秦王 자영子嬰을 죽이고 도성 함양咸陽을 불사른 뒤에 팽성彭城 곧 지금의 서주徐州 지역에 도읍하여 서초西楚의 패왕霸王이라 칭했다. 그러나 각지에 봉한 제후를 통솔하지 못하여 해하垓下에서 한왕漢王 유방에게 포위되어 자살했다.

3 垓下歌(해하가): 초나라 항우가 지은 노래. 해하에서 유방에게 포위된 때, 형세

가 이미 기울어져 앞날이 다한 것을 슬퍼하며 지은 노래다. 《악부가사, 금곡가사琴曲歌辭》에는 '역발산조力拔山操'라고 실려 있으며 그 서문에 다음과 같이 기록되어 있다. "《한서》에서 다음과 같이 기록했다. 항우가 해하의 낭떠러지에 이르자 군사는 줄어들었고 식량이 다 떨어졌는데, 한나라가 제후의 군대를 거느리고 수 겹으로 포위했다. 밤에 한나라 군대의 사방에서 초나라 노래가 흘러나오자 항우는 놀라 '한나라가 이미 초나라를 얻었는가? 어찌 초나라 사람이 많은가!'라고 말하며 군막에서 술을 마쳤다. 미인 우씨가 항상 따랐고 준마 추를 항상 타고 다녔다. 슬픈 노래에 북받쳐 스스로 노래를 지어 불렀다. 몇 곡을 부르자 미인 우씨가 화가를 불렀다. 항우는 몇 줄기 눈물을 흘리고는 말을 타고서 포위망을 뚫고 남쪽으로 달렸다. 날이 밝자 한나라 군대에 발각되었다. 생각건대 《금집》의 〈역발산조〉는 항우가 지은 것이다. 근대의 〈우미인곡〉도 여기서 비롯되었다.漢書曰: 項羽壁垓下, 軍少食盡, 漢帥諸侯兵圍之數重. 夜聞漢軍四面皆楚歌, 驚曰: 漢已得楚乎, 何楚人多也! 起飮帳中, 有美人姓虞氏, 常從, 駿馬名騅, 常騎. 乃悲歌忼慨, 自爲歌詩. 歌數曲, 美人和之. 羽泣下數行, 遂上馬, 潰圍南出. 平明, 漢軍乃覺. 按琴集有力拔山操, 項羽所作也. 近世又有虞美人曲, 亦出於此."

4 樂府楚聲(악부초성): 한대의 악부시 중 초나라 성조의 노래다. 대개 악부는 노래로 불렸다.

5 氣槪遠勝(기개원승): 기개가 심원하다. '기개'는 정직하고 호탕한 태도를 말한다.

6 興衰氣象(흥쇠기상): 융성하고 쇠퇴한 기상.

7 沛(패): 지역명. 패현沛縣. 고대에 그곳에 패택沛澤이라는 연못이 있어서 유래된 지명이다. 이곳은 한고조 유방의 고향이자 근원지다.

8 潤色(윤색): 문자를 수식하여 아름답게 하다.

9 敕勒歌(칙륵가): 남북조 시기 황하 이북의 북조 선비족鮮卑族의 민가다. '칙륵'은 종족명으로 원시 유목부락에 소속 되어 있었다. 적륵赤勒, 고거高車, 적력狄歷, 철륵鐵勒, 정영丁零이라고도 칭한다. 북제北齊 시 삭주朔州 곧 지금의 산서성 북부 일대에 거주했다. 《수서》에는 이 부족이 동으로는 독낙하獨洛河 이북, 서로는 이해里海 까지 분포되어 있었다고 기록되어 있다. 《칙륵가》의 작자는 동위東魏의 개국 황제인 고환高歡의 부장部將인 곡률금斛律金이라고 전한다. 《악부시집, 잡가요사》에 다음과 같이 기록했다. "《악부광제樂府廣題》에서 말했다. '북제의 신무神武가 북주의 옥벽玉璧을 공격했는데 열네다섯 명의 병사가 죽었다. 신무

가 분통이 나서 병이 났다. 주왕이 명령을 내려 말하길, '쥐새끼 같은 고환이 직접 옥벽을 침범하다니, 화살 한 발이면 원흉은 저절로 죽을 것이다'고 했다. 신무는 그 말을 듣고서 힘써 바르게 앉아 병사들을 안심시켰다. 여러 귀족을 다 불러서 곡률금에게 〈칙륵가〉를 부르게 하고 신무가 직접 화가를 불렀다. 그 노래는 본디 선비어인데 북제의 말로 바꾸었기에 그 구절의 장단이 들쑥날쑥하다. 樂府廣題曰: 北齊神武攻周玉壁, 土卒死者十四五. 神武悲憤, 疾發. 周王下令曰: 高歡鼠子, 親犯玉壁, 劍弩一發, 元凶自斃. 神武聞之, 勉坐以安士衆. 悉引諸貴, 使斛律金唱敕勒, 神武自和之. 其歌本鮮卑語, 易爲齊言, 故其句長短不齊."

10 虞美人歌(우미인가): 우미인은 항우의 애첩인 우희虞姬를 가리킨다. 〈우미인가〉는 항우의 〈해하가垓下歌〉에 화답했다는 우희의 노래인 〈답항왕초가答項王楚歌〉로 《고시원》 등에 실려 있다.

11 慷慨足悲(강개족비): 강개하고 슬픔이 넘친다. '강개'는 의기 또는 정서가 격앙되다의 뜻이다.

12 附合(부회): 견강부회牽强附會.

13 僞(위): 위작.

31

악부시로는 마땅히 한나라 시인을 으뜸으로 삼는다.

풍유눌馮惟訥이 다음과 같이 말했다.

"금조琴操는 아주 오랜 옛날부터 시작되었는데, 〈신인창神人暢〉, 〈남풍가南風歌〉와 같은 것은 공자가 태어나기 이전에 있었다. 그러나 지금 전해지는 곡은 반드시 다 상고 때에 나온 것이 아닐 따름이다. 악부의 명칭은 진실로 한나라 때 흥행했는데 어찌 이것을 혼돈할 수 있으리오?"22)

 악부의 발생에 관한 논의다. 악부는 한무제 때 음악을 채집하던 관청의 이

---

22) 이상은 풍유눌의 말이다.

름이다. 그러나 음악을 담당하는 전문기관은 한무제 때 처음 설립된 것은 아니다. 조정에서 전문적인 음악기관을 두어 악곡을 관리하는 것은 한대 이전에도 있었다. 주대의 대사악大司樂, 진대의 태악령太樂令, 태악승太樂丞 등은 음악을 관리하는 관리로서 조정의 음악을 맡았다. 이와 같은 역사적 전통에서 보면 악부의 기원은 매우 오래된다. 다만 한무제 때 설치된 '악부'는 그 전대와는 다른 성격을 지닌 음악관청이었는데, 우선 귀족음악 중심에서 민간음악 중심으로 바뀌었으며, 각 지역의 음악을 수집하는 것 외에도 체계적인 음악 관리 및 교육 등을 담당했다. 이것은 모두 한무제가 '교사제도郊祀制度'를 정리하는 과정에서 생겨난 변화다.

樂府之詩, 當以漢人爲首. 馮汝言[1]云: "琴操肇於上古[2], 如神人暢[3]·南風歌[4]之類, 又在仲尼[5]前. 但今所傳之曲, 未必盡出於古耳. 樂府之名, 自興於漢, 何得[6]以此相掩?"[以上皆汝言語.]

1 馮汝言(풍여언): 풍유눌馮惟訥(1512~1572). 명나라 시기의 학자이자 문인이다. 자가 여언이고 호는 소주少洲다. 산동山東 임구臨朐 사람으로 풍유馮裕의 넷째 아들이다. 가정嘉靖 무술戊戌년인 1538년에 진사가 되어 광록정경光祿正卿의 벼슬에 올랐다. 문학 연구와 고적 정리에 뛰어나 이름이 났다. 주요 저서로는 《청주부지靑州府志》 8권, 《광록집光祿集》 10권 등이 있으며 특히 그가 집록한 《고시기古詩紀》 156권과 《풍아광일風雅廣逸》 8권은 그 당시 양나라 소통의 《문선》에 견줄 만하다고 평가되었다. 따라서 《사고전서제요四庫全書提要》에서는 다음과 같이 기록했다. "위로는 태고 시절까지 이르고 아래로는 육대까지 운이 있는 작품 중 수록하지 않은 것이 없다. 시인의 연원을 찾고자 하는 사람은 이 책 외에는 별도로 구할 수 없을 것이다.其上薄古初, 下迄六代, 有韻之作, 無不兼收. 溯詩家之淵源者, 不能外是書而別求." 그 외에도 《초사방주楚辭旁注》, 《두시산주杜詩刪注》, 《문헌비고찬요文獻通考纂要》 등이 있었으나 일실되었다.
2 琴操(금조): '금곡琴曲'을 말한다. 동한 채옹이 금곡을 해설한 《금조》 2권이 있다. 이것은 현존하는 가장 이른 시기의 금곡 작품에 대한 풍부하고 상세한 해설서다. 원서는 이미 일실되었고 지금 남아 있는 것은 후인이 집록한 것이다.
3 神人暢(신인창): 중국의 고금곡古琴曲이다. 요임금이 제사를 지낼 때 거문고를

연주한 것을 표현했다. 거문고 소리가 하늘을 감동시켜 천신이 강림하여 사람들과 즐겁게 노래하고 춤을 추었다고 한다.

4 南風歌(남풍가): 순임금이 지었다고 전하는 옛 노래다. 《사기, 악서樂書》에 다음과 같이 기록했다. "순임금이 〈남풍〉을 노래하며 천하를 다스렸다. 〈남풍〉은 생장의 음악이다. 순임금이 그것을 좋아했는데, 음악이 천지와 같고 뜻이 만국의 환심을 얻었으므로 천하를 다스릴 수 있었다. 舜歌南風而天下治, 南風者, 生長之音也. 舜樂好之, 樂與天地同, 意得萬國之歡心, 故天下治也."

5 仲尼(중니): 공자孔子. 제1권 제68칙의 주석11 참조.

6 何得(하득): 어찌 …할 수가 있으랴.

32

만당晩唐・송宋・원元나라의 여러 사람들이 시를 논한 것은 대부분 미치지 못하는 잘못에 빠졌고, 오늘날 여러 문인들이 시를 논한 것은 매번 넘치는 잘못에 빠졌다. 예를 들면 한나라의 오언 〈고시십구수〉, 소무와 이릉 등의 작품에 대해 만당・송・원의 여러 사람들의 평가는 대략 모자라고, 잡언의 〈안세방중가安世房中歌〉, 〈교사가郊祀歌〉 등의 작품에 대해 명나라 서정경 등의 여러 사람들은 높이 받들었다. 이것이 넘침과 모자람이다.

〈안세방중가〉, 무제의 〈교사가〉는 비록 송頌에서 비롯되었지만, 시어가 몹시 난해하여 전대 사람들이 대부분 이해하기 어렵다고 말할 뿐 아니라, 뜻도 사실상 비천하여 위문제 조비와 급암汲黯 또한 일찍이 그것을 비방했다.23) 게다가 그 체재가 변화무쌍하며 시구 또한 매우

---

23) 《송서宋書・악지樂志》에서 다음과 같이 기록했다. "위문제가 〈안세시〉를 읽고 〈이남二南〉에서와 같은 교화하여 감화시키는 말이 없어 〈향신가享神歌〉라고 고쳐 명명했다." 《사기》에서 다음과 같이 기록했다. "그때 새로 신마神馬를 얻었기에 차례로 노래를 불렀다. 급암이 나아가 말하길, '대개 왕이 노래를 지음은 위로는 조종祖宗을 계승하고 아래로는 백성을 변화시키는데, 지금 폐하가 말을 얻

복잡하다. 24) 〈송〉으로 그것을 평가하자면, 〈송〉에서 매우 멀어졌다. 25)

오늘날에는 그 순일함과 잡박함을 분별하기 어려워, 그 정변을 살핀다. 그러나 몹시 난해하고 기이한 것을 유독 높이 받드니, 이것은 옛날의 명망을 흠모하여 그 실체를 깨닫지 못한 것이다. 그리고 〈안세방중가〉는 〈송〉에서 비록 멀어졌지만 당산부인唐山夫人의 작품은 아닐 터이고, 혹자가 진秦나라 궁중의 내사內史가 지은 것으로 고제高帝가 그것을 수록했다고 하는데, 옳은 말이다. 26)

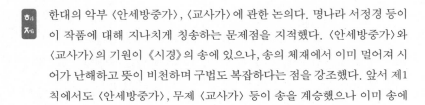

한대의 악부 〈안세방중가〉, 〈교사가〉에 관한 논의다. 명나라 서정경 등이 이 작품에 대해 지나치게 칭송하는 문제점을 지적했다. 〈안세방중가〉와 〈교사가〉의 기원이 《시경》의 송에 있으나, 송의 체재에서 이미 멀어져 시어가 난해하고 뜻이 비천하며 구법도 복잡하다는 점을 강조했다. 앞서 제1칙에서도 〈안세방중가〉, 무제 〈교사가〉 등이 송을 계승했으나 이미 송에

어 시로써 노래를 지으니 종묘에는 적합하나 선제先帝와 백성이 어찌 그 음악을 알겠습니까?'라고 말했다." 지금 내 생각에는 〈보정寶鼎〉, 〈지방芝房〉, 〈백린白麟〉, 〈적안赤鴈〉 등의 노래는 모두 이런 부류인 듯하다.

24) 왕세정이 "〈교묘〉 19장은 너무 준엄한 데로 빠져 송頌에 비교할 수 없다. 〈당산부인가唐山夫人歌〉는 아가雅歌의 부류로, 가락이 짧고 약하여 울려 퍼지지 않는다."고 말했다. 풍시가도 "〈방중가〉는 아가의 부류로 〈역산嶧山〉의 여러 명銘과 비슷하다. 〈연시일練時日〉은 삼언三言의 시작으로 시어에 구속이 없고 의미가 자유로우니 소騷의 변화이자 아雅의 반대."고 말했다. 이것이 그 체재의 다변화이다. 또한 〈삼백편〉은 사언을 위주로 하고, 삼언과 잡언이 간혹 있다. 〈방중〉, 〈교사〉는 어떤 것은 전체 장이 삼언이나 칠언으로 변화된 것도 있다. 그 구절이 매우 잡다하다. 풍시가가 소의 변화이자 아의 반대라고 한 것은 마땅히 소의 변화이자 송의 반대라고 말해야 옳다.

25) 아래로 왕찬王粲의 〈태묘송太廟頌〉, 〈유아무兪兒舞〉로 나아갔다.

26) 〈안세방중가〉는 송에서 비록 멀어졌으나 어구가 실로 심오하여 보통의 문인이 지을 수 있는 수준이 아니다. 왕세정이 이른바 "가락이 짧고 약하다"고 한 것은 다만 아악에 비교하여 말한 것이지, 부인이 재주가 짧고 기운이 약함을 일컬은 것이 아니다.

서 멀어졌다고 언급했다.

한악부 교묘가사는 봉건 제왕이 교제郊祭할 때 천지를 송양하고 묘제廟祭할 때 조종祖宗을 찬송하는 악가가사樂歌歌辭다. 악부시집 교묘가사에 교제할 때 사용한 〈교제가〉 19장과 묘제할 때 사용한 〈안세방중가〉 17장이 수록되어 있다. 이것은 창작 시대가 비교적 이르다. 특히 〈안세방중가〉는 한 고조 유방의 첩 당산부인이 지었다고 알려져 있으나 여기서 허학이는 진나라 궁중의 내사가 지은 것을 고제가 수록했다고 보고 있다.

晚唐[1]·宋·元諸人論詩[2], 多失之不及, 而國朝諸公論詩, 每失之過. 如漢五言十九首·蘇李等作, 晚唐·宋·元諸人略不及之, 而雜言[3]房中[4]·郊祀等作, 國朝徐昌穀諸公則盛推[5]焉. 此過與不及也. 安世房中·武帝郊祀, 雖出於頌, 然語旣深酷[6], 前人謂多難曉, 而義實卑淺[7], 魏文·汲黯[8]亦嘗病[9]之. [宋書樂志[10]: "魏文帝讀安世詩無二南風化之言, 改曰享神歌." 史記: "時新得神馬, 因次爲歌. 汲黯進曰: 凡王者作樂, 上以承祖宗, 下以化兆民, 今陛下得馬, 詩以爲歌, 協於宗廟, 先帝百姓豈能知其音耶?"今按: 寶鼎[11]·芝房[12]·白麟[13]·赤鴈[14]等歌, 皆此類也.] 且其體多變, 而句甚雜, [王元美云: "郊廟十九章, 失之太峻, 非頌詩比也. 唐山夫人[15], 雅歌之流, 調短弱未舒耳." 馮元成亦云: "房中歌, 雅歌之流, 類嶧山[16]諸銘. 練時日[17], 三言之始, 詞騁而意放, 騷之變而雅之反也." 是其體多變. 又三百篇以四言爲主, 三言雜言間有之耳. 房中·郊祀或通章[18]三言, 又有變至七言者. 是其句甚雜也. 元成言騷之變而雅之反, 當言騷之變而頌之反爲是.] 以頌準之, 去頌實遠. [下流至王仲宣太廟頌·兪兒舞.] 今不辨其純雜, 察其正變, 但以其深酷奇峻[19]而獨推之, 是慕好古之名而不得其實者也. 然房中去頌雖遠, 恐亦非唐山夫人作, 或以爲秦宮中內史[20], 高帝收錄之, 是也. [安世房中去頌雖遠, 而語實深奧, 非尋常文士[21]所及. 元美所謂"調短弱"者, 特[22]以雅歌相況[23]言之, 非婦人才短氣弱之謂也.]

1 晚唐(만당): 경종敬宗 보력寶曆 원년(825)~애제哀帝 천우天祐 4년(907)을 가리킨다.
2 論詩(논시): 시가를 평론하다.
3 雜言(잡언): 매구의 글자의 수가 일정하지 않은 시가의 체재. 고시체는 사언, 오언, 칠언 중의 하나를 택하는 것이 보통이지만 때로는 삼언, 오언, 칠언 등의

구를 마음대로 혼용하기도 한다. 이를 잡언시雜言詩, 잡언체雜言體, 장단구長短句라고 한다. 이 시체는 감정을 물결치는 대로 묘사하는 데 적합하며, 고악부古樂府에서 많이 사용된다. 또한 후세의 고시 중에도 악부 계통의 작품은 이러한 잡언을 주로 사용한다. 그러나 근체시는 정형을 엄수하기 때문에 잡언체가 없다.

4 房中(방중): 〈한안세방중가漢安世房中歌〉. 《악부시집, 교묘가사郊廟歌辭》에 수록되어 있으며 그 서문에 다음과 같이 기록했다. "《통전》에서 말했다. '주나라에 〈방중지악〉이 있었다. 후비의 덕을 노래했다. 진시황 26년 〈수인〉이라고 고쳤다.' 또 《한서, 예악지》에서 말했다. '한나라 〈방중사악〉은 고조 당산부인이 지은 것이다. 대개 음악은 그 새로운 것을 즐기고 예는 그 근본을 잊지 않는다. 고조가 초나라 성조를 좋아했기에 〈방중악〉은 초성이다. 혜제 2년, 악부령 하후관夏侯寬으로 하여금 그 소관簫管을 갖추게 해서 다시 〈안세락〉이라고 고쳤다.' 또 《송서, 악지》에서 말했다. '위문제 황초 2년, 논자들이 〈방중〉으로써 후비의 덕을 노래한 것은 천하를 교화하고 부부를 바르게 하고자 함이니 이에 〈정시지악〉으로 고쳤다. 명제 태화 초, 무습이 상주하여 '위나라가 막 건국되어 왕찬이 지어 바친 노래 〈안세악〉은 전문적으로 신령을 노래하고 신령의 감향의 뜻을 말하는데 후일 한나라 〈안세시〉와 비교하여 읽으니 〈이남〉의 천하를 교화시키는 말이 없으므로 다시 〈향신가〉라고 고친다'고 했다. 通典曰: 周有房中之樂, 歌后妃之德. 秦始皇二十六年, 改曰壽人. 漢書禮樂志曰: 漢房中祠樂, 高祖唐山夫人所作. 凡樂, 樂其所生, 禮不忘其本. 高祖樂楚聲, 故房中樂楚聲也. 孝惠二年, 使樂府令夏侯寬備其簫管, 更名安世樂. 宋書樂志曰: 魏文帝黃初二年, 議者以房中歌后妃之德, 所以風天下, 正夫婦, 乃改爲正始之樂. 明帝太和初, 繆襲奏: 魏國初建, 王粲所作登歌安世詩, 專以思咏神靈, 及說神靈鑒享之意. 後省讀漢安世詩, 無有二南風化天下之言, 又改曰享神歌." 요컨대 〈안세방중가〉는 한고조 유방의 첩 당산부인이 지은 것으로 《한서, 예악지》에 기록될 때 그 제목이 고쳐진 것이다. 《송서, 악지》에 의거할 때 주대의 《방중지악》이 진대의 〈수인〉으로 고쳐지고 혜제 때 다시 〈안세〉라고 고친 것으로 보아 〈안세방중가〉는 주대의 악곡을 인습한 것이다. 각 편의 편장은 대체로 짧고 그 내용은 주로 유방이 중국을 통일하여 해내가 안정되고 천하의 도를 널리 펼치고 있음을 진술했다. 삼언과 사언을 모두 사용했으나 예술적인 특색은 크게 없다. 다만 민간의 초성이 약간 섞여 있어 주진 아악과 비교할 때 한대 악부 음악의 초기 변화 추세를 알 수 있다. 본권 제1칙의 주석16 참고.

5 盛推(성추): 공경하여 높이 받들다.

6 深酷(심혹): 몹시 난해하다.

7 卑淺(비천): 비루하고 천박하다.

8 汲黯(급암): 서한 시기의 간신諫臣이다. 자는 장유長孺이고 복양濮陽 곧 지금의 하남성 청풍현淸豊縣 사람이다. 무제 때 주작도위主爵都尉가 되었으며, 구경九卿의 한 사람이 되었다. 승상丞相 장탕張湯과 어사대부御史大夫 공손홍公孫弘 등을 천자에게 아첨하는 무리라고 비난하고, 황로의 사상과 무위의 정치를 주장하며 왕에게 간했으나 받아들여지지 않았다.

9 病(병): 비방하다.

10 宋書樂志(송서악지): 《송서》는 남조 시기 송나라의 정사正史다. 487년 제무제齊武帝의 칙명勅命에 따라 심약沈約이 488년에 편찬을 완성한 것으로 유송劉宋 60년(420~478)의 역사를 기록했다. '악지'는 옛날 기전체 역사서에서 음악 발전의 연역, 전장제도의 편장 등을 서술한 부분을 말한다.

11 寶鼎(보정): 〈보정가〉. 〈교사가〉의 곡명이다. 〈경성景星〉이라고도 한다. 《한서, 무제기武帝紀》에서 다음과 같이 기록했다. "원정元鼎 4년 여름 6월 후토사后土祠의 근처에서 보정을 얻어 보정가를 짓다. 元鼎四年夏六月, 得寶鼎后土祠旁, 作寶鼎之歌."

12 芝房(지방): 〈지방가〉. 〈교사가〉의 곡명이다. 〈제방齊房〉이라고도 한다. 《한서, 무제기》에서 다음과 같이 기록했다. "원봉元封 2년 여름 6월, 감천궁甘泉宮 안에서 지초芝草를 생산하는데 줄기와 잎이 이어져 지방가를 짓다. 元封二年夏六月, 甘泉宮內中産芝, 九莖連葉, 作芝房之歌."

13 白麟(백린): 〈백린가〉. 〈교사가〉의 곡명이다. 〈조농수朝隴首〉라고도 한다. 《한서, 무제기武帝紀》에서 다음과 같이 기록했다. "원수元狩 원년 겨울 10월 왕이 옹雍 지역으로 행차하는데 백린을 얻어 백린가를 짓다. 元狩元年冬十月, 行幸雍, 獲白麟, 作白麟之歌."

14 赤鴈(적안): 〈적안가〉, 〈교사가〉의 곡명이다. 〈상재유象載瑜〉라고도 한다. 《한서, 예악지禮樂志》에서 다음과 같이 기록했다. "태시 3년 동해로 행차하는데 적안을 얻어 지었다. 大始三年, 行幸東海獲赤鴈作."

15 唐山夫人(당산부인): 성이 당산唐山인 한고조 유방이 총애한 왕비.

16 嶧山(역산): 《사기》에 기재된 진시황이 남긴 7개의 비갈碑碣 중 하나. 〈역산〉 외에 〈태산泰山〉, 〈지부之罘〉, 〈낭야琅琊〉, 〈동관東觀〉, 〈갈석碣石〉, 〈회계會稽〉가 있다.

17 練時日(연시일): 〈교사가〉의 곡명이다.

18 通章(통장): 장 전체를 가리킨다.

19 奇峻(기준): 기이하다.

20 秦宮中內史(진궁중내사): 진나라 궁중의 내사. '내사'는 관명이다. 서주 시기
에 설치되었고 전국시대부터 부세와 조정의 재정과 관련된 일을 맡았다.

21 尋常文士(심상문사): 보통의 문인.

22 特(특): 다만.

23 相況(상황): 비유하다. 비유로써 설명하다.

33

주나라의 아와 송은 대부분 주공周公의 무리가 지은 것인 까닭에 그
체재가 바르고 그 시구에 규칙이 있으며, 시어가 분명할 뿐 아니라 의
미도 실로 광대하다. 한나라의 〈안세방중가〉와 〈교사가〉는 사마상
여의 무리가 지은 것27)이기에 그 체재가 변화무쌍하고 시구가 매우
복잡하며, 시어도 몹시 심오할 뿐 아니라 의미도 실로 비천하다. 왕숭
문王崇文이 "아·송이 세상에 보이지 않음이 오래되었으니, 비록 작가
가 있을지라도 드물다"고 말했는데, 매우 식견이 있는 말이다.

해제 〈안세방중가〉와 〈교사가〉가 송에서 기원했으나 송에서 멀어진 까닭에 관
한 설명이다. 아·송은 주공의 무리가 창작했고, 〈안세방중가〉와 〈교사
가〉는 사마상여 무리가 창작했다. 다시 말해 주나라의 아·송은 문인의
창작이라기보다는 성현의 창작이다. 사마상여, 추자악 등은 한나라 시기
의 대표적인 문인이다. 앞서 제1칙에서 아·송이 삼대 이하 조화로운 것이
극히 적게 된 까닭으로 작자가 슬기로운 관리와 어진 신하가 되면서부터
체재가 달라졌다고 한 것을 상기해 볼 필요가 있다.

---

27) 무제는 〈교사〉 19장을 사마상여, 추자악鄒子樂 등으로 하여금 짓도록 했다.

周之雅頌[1], 多周公[2]之徒所製, 故其體爲正, 而其句有則, 語旣顯明, 而義實廣大. 漢之房中[3]・郊祀, 乃相如之徒所爲, [武帝郊祀十九章, 使司馬相如・鄒子樂[4]等爲之.] 故其體多變, 而句甚雜, 語旣深酷, 而義實卑淺. 王叔武[5]云: "雅頌不見於世久矣, 雖有作者, 微矣." 語甚有見.

1 周之雅頌(주지아송): 주나라 시대의 아와 송. 즉 《시경》의 아와 송을 가리킨다.

2 周公(주공): 문왕의 아들. 형인 무왕武王을 도와 은殷나라를 멸하고 주나라의 기초를 튼튼히 했다. 예악제도를 정비하고 《주례周禮》를 지었다고 한다.

3 郊祀(교사): 〈교사가〉. 《한서》에서 다음과 같이 기록하고 있다. "무제는 교사의 제도를 정하고 감천에서 태을을 제사 지내고 분음에서 후토를 제사 지내고 악부를 설립하여 시를 채집하여 밤에 읊조렸는데 조, 대, 진, 초의 노래가 있다. 이연년을 협율도위로 삼고 사마상여 등의 수십 명의 문인을 천거하여 시부를 지었다. 율려를 대략적으로 논하고 팔음의 성조에 맞추어 19장의 노래를 지었다. 정월 상신일 감천의 환구에서 제를 올릴 때 남녀 아동 70명에게 노래를 부르게 했다. 당시 새로이 신마를 얻었기에 차례로 노래지어 불렀다. 급암이 '왕이 노래를 지음에 위로는 조종을 계승하고 아래로는 백성을 교화시킨다. 지금 폐하가 말을 얻어 종묘에서 시를 노래에 맞춰 부르니 선제와 백성이 어찌 그 음을 알 수 있으리오.'라고 말했다. 급암의 말을 살펴본즉 종묘에서 노래를 하는 것에는 사용할 수 있지만 그 가사는 대부분 이해하기 어려움을 운운한 것이다. 武帝定郊祀之禮, 祠太乙於甘泉. 祭后土於汾陰, 乃立樂府, 采詩夜誦, 有趙代秦楚之謳. 以李延年爲協律都尉, 多擧司馬相如等數十人造爲詩賦. 略論律呂, 以合八音之調, 作十九章之歌. 以正月上辛用事甘泉圜丘, 使童男女七十人歌之, 時新得神馬, 因次爲歌. 汲黯曰, 王者作樂, 上以承祖宗, 下以化兆民, 今陛下得馬詩以爲歌協於宗廟. 先帝百姓豈能知其音邪. 觀黯之言, 則是歌宗廟亦用之矣. 然其辭亦多難曉云." 본권 제1칙 주석17에도 관련 내용이 있다.

4 鄒子樂(추자악): 〈교사가〉 19장 중의 하나다. '서호西顥'라고도 한다. 이것은 신가新歌로서 옛날의 아악雅樂과는 조금 다르다. 내용은 천지신명을 찬미하는 것 외에 기타 신령을 찬미하고 복을 비는 것이다. 제3장에서 제6장까지는 춘하추동의 네 신을 제사 지내는 노래인데, 즉 〈청양靑陽〉은 봄신, 〈주명朱明〉은 여름신, 〈서호西顥〉는 가을신, 〈현명玄冥〉은 겨울신을 제사 지내는 노래. 호응린의 《시수詩藪》에서 다음과 같이 말했다. "한나라 〈교사가〉 19장은 사마상여 등

이 지은 것이라고 하는데 〈청양〉, 〈주명〉 4장은 역사서에서 추자악이라고 제했다. 생각건대 4장은 체재가 한결같고 모두 4자구이며 문장이 비록 순고하나 뜻은 매우 명확하니 마땅히 한 사람의 손에서 나온 것이니 추자악이 지은 것이 틀림없다. 漢郊祀歌十九章, 以爲司馬相如等作, 而靑陽·朱明四章, 史題鄒子樂名. 按四章體氣如一, 皆四字爲句, 辭雖淳古, 而意極典明, 當出一人之手, 是爲鄒作無疑." 또한 이와 관련하여 양계초梁啓超는 《중국의 미문 및 그 역사中國之美文及其歷史》에서 다음과 같이 말했다. "추자악이라고 주석하여 밝혔으니 분명히 추양鄒陽이 지은 것이다. 추양은 한경제 때의 사람으로 한무제를 섬기지는 않은 듯하다. 당시 악부에서 그 가사를 채집하여 악보를 제작했을 것으로 생각된다. 注明爲鄒子樂, 當是鄒陽作. 陽, 景帝時人, 似不逮事武帝. 想是當時樂府采其辭以制譜."

5　王叔武(왕숙무): 왕숭문王崇文. 자가 숙무叔武이고 산동 조현曹縣 사람이다. 명대 홍치 연간에 진사가 되어 한림원翰林院에 선발되어 들어갔으며 이부주사吏部主事를 지냈다. 이후 원외랑員外郎, 낭중郎中으로 승진하고 조정의 문건이 대부분 그의 손에 의해 만들어졌다.

34

〈연시일練時日〉, 〈천마래天馬徠〉, 〈화엽엽華燁燁〉, 〈적교수赤蛟綏〉 등과 같은 〈교사가〉의 삼언은 기풍이 매우 씩씩하고 시어가 매우 자유로워 삼언의 절창이 되었다. 그러나 진실로 한나라 시대의 악부이므로, 만약 송체로써 그 기원을 찾는다면 크게 어긋날 것이다.

 〈교사가〉 중 삼언시의 연원을 악부에서 찾았다. 앞서 제1칙에서 《시경》의 송이 한나라 〈안세방중가〉, 무제의 〈교사가〉로 발전했으나 이미 송체에서 멀어져 그 직접적인 영향 관계를 규명하기 어려움을 지적했다. 그 까닭은 제32칙와 제33칙에서 말한 바와 같이 그 체재가 변화무쌍하고 구법이 매우 복잡하며 어구가 몹시 난해하여 전대 사람들이 대부분 이해하기 어렵고 뜻도 비천하기 때문이다.

郊祀三言, 如練時日・天馬徠[1]・華爗爗[2]・赤蛟綏[3]等篇, 氣甚遒邁[4], 語甚軼蕩[5], 爲三言絶唱[6]. 然自是漢人樂府, 若以頌體求之, 則失之遠矣.

1 天馬徠(천마래): 천마가天馬歌 또는 천마天馬. 《한서, 무제기》에서 다음과 같이 기록했다. "원정 4년 가을 웅덩이의 물에서 말이 태어나서 천마가를 지었다. 태조 4년 봄 이사장군 이광리가 대완왕의 머리를 베었다. 한혈마(지금의 아라비아 말로 명마의 뜻임)를 얻어서 서극천마가를 지었다.元鼎四年秋, 馬生渥洼水中, 作天馬之歌. 太祖四年春, 貳師將軍李廣利斬大宛王首. 獲汗血馬來, 作西極天馬之歌."

2 華爗爗(화엽엽): 〈교사가〉의 악곡이다.

3 赤蛟綏(적교수): 〈교사가〉의 악곡이다.

4 遒邁(주매): 힘이 있다. 건장하다. 강건하다.

5 軼蕩(질탕): 지나치게 방탕하다.

6 絶唱(절창): 더할 나위 없이 뛰어난 시문을 가리킨다.

35

위맹韋孟의 사언 〈풍간시諷諫詩〉, 위현성韋玄成[28]의 사언 〈자핵시自劾詩〉 등은 그 체재가 완전히 《시경》의 대아大雅에서 비롯되었다. 대아는 배치가 긴밀하게 구성되었으므로 사실 반드시 처음부터 끝까지 다 말할 필요는 없다. 그러므로 유유자적하며 의미가 실로 광범위하다. 위맹과 위현성은 선후의 배치에 사건을 빠짐이 없이 늘어놓아 꾸밈이 너무 심하고 의미 또한 궁박하다.[29] 위맹의 〈풍간〉 11장, 〈재추在鄒〉 6장, 위현성의 〈자핵〉 10장, 〈계자손戒子孫〉 7장으로 장수가 매우 명확하지만, 여러 학자들은 모두 구분할 수가 없다. 후인의 사언 작품에는 이로 인해 장을 구분하지 않는 것도 있다.

---

28) 자 소옹少翁.

29) 아래로 조식曹植, 왕찬王粲의 사언으로 나아갔다.

제1칙에서 말한 한나라 위맹과 위현성, 위나라 조식과 왕찬 등의 사언이 아에서 발원했음을 좀 더 구체적으로 설명했다. 그러나 앞서 언급한 바와 같이 한위의 사언은 이미 아에서 멀어졌다. 위맹과 위현성의 사언시 역시 아의 체재에서 벗어나 장을 구분하기 어렵고 전후 사건을 일일이 다 말하여 꾸밈이 너무 심하고 의미가 궁박하게 되었음을 지적했다. 이와 관련하여 유협은 《문심조룡》에서 "사언의 정체는 아정한 것을 근본으로 하는데 위맹의 작품이 아정하다고 말할 수 있다.四言正體, 淵雅爲本, 韋孟之作, 可謂淵雅."고 언급했다.

韋孟四言諷諫 · 韋玄成[字少翁]四言自劾[1]等詩, 其體全出大雅. 然大雅雖布置聯絡[2], 實不必首尾道盡, 故從容自如[3], 而義實寬廣[4]. 韋孟 · 韋玄成先後布置, 事事不遺[5], 則矜持[6]太甚, 而義亦窘迫[7]矣. [下流至曹子建 · 王仲宣四言.] 孟諷諫十一章 · 在鄒六章[8] · 玄成自劾十章 · 戒子孫七章[9], 章數甚明, 諸家皆不能分. 後人四言, 因遂有不分章者.

1 自劾(자핵): 위현성의 시. 《한서》에 다음과 같은 기록이 있다. "위현성이 열후의 자격으로서 효혜묘의 제사를 받들었다. 새벽에 묘에 들어가는데 하늘에서 비가 내려 사마의 수레를 타지 않고 말을 타고 사묘에 이르렀다. 유사가 관리의 죄를 탄핵하여 임금에게 아뢰어 동료 관리의 여러 사람들이 모두 관직이 관내후로 강등되었다. 위현성은 부친의 관직이 폄직된 것을 슬퍼하여 시를 지어 스스로 자책했다.玄成以列侯侍祀孝惠廟. 當晨入廟, 天雨淖, 不駕駟馬車而騎至廟下. 有司劾奏, 等輩數人皆削爵爲關內侯. 玄成自傷貶黜父爵, 作詩自劾責."

2 布置聯絡(포치연락): 배치가 긴밀하게 구성되다.

3 從容自如(종용자여): 유유자적하다.

4 寬廣(관광): 넓다.

5 事事不遺(사사불유): 일일이 빠짐이 없다.

6 矜持(긍지): 스스로 자기를 꾸미다.

7 窘迫(군박): 궁박하다.

8 在鄒六章(재추육장): 위맹의 시. 《한서》에서 다음과 같이 기록하고 있다. "초왕 무戊가 주색에 빠져 도리를 따르지 않자 위맹이 시를 지어 완곡하게 타일렀

다. 후일 직위가 박탈되어 추땅으로 이사하여 또 1편의 시를 지었다.楚王戊荒淫不
遵道, 孟作詩諷諫. 後遂去位, 徒家於鄒. 又作一篇."

9 戒子孫七章(계자손칠장): 위현성의 시.《한서》에서 다음과 같이 기록하고 있
다. "원제가 즉위하여 위현성을 소부로 삼았다. 태자의 태부로 승진하고 어사
대부에 이르렀다. 영광 연간에 번갈아 정국에서 승상이 되었다. 10년간 폄직되
었다가 부친의 직위를 계승하고 고국에서 제후에 봉해져 대대로 영예를 누렸
다. 위현성이 다시 시를 지은 것은 진실로 옥의 티를 회복하기 어려움을 드러냄
으로써 자손들을 경계시키고자 한 까닭이다.元帝卽位, 以玄成爲少府. 遷太子太傅. 至御
史大夫, 永光中, 代于定國爲丞相. 貶黜十年之間, 逢繼父相位. 封侯故國, 榮當世焉. 玄成復作詩, 自著
復玷缺之艱難, 因以戒示子孫."

36

서정경이 다음과 같이 말했다.

"위맹 무리의 사언은 궁박하나 방탕하지 않고, 조조의 〈단가행短歌
行〉, 조식의 〈내일대난來日大難〉[30]은 정교하여 모범으로 삼을 만하다.
백랑왕당추白狼王唐菆의 시 3장 또한 아름다우니 아·송의 곤궁함을
받아들이지 않았기 때문일 따름이다."

내가 생각건대 왕세정이 "위맹과 위현성의 시는 아·송의 뒤에 지
어졌지만 전대의 규칙을 잃지 않았다"고 했고, 호응린은 "조조와 조식
의 두 편의 시는 비록 정교하고 아름다우나 풍·아의 전형이 거의 사
라졌다"고 했는데,[31] 이것은 모두 타당한 말이다. 위맹과 위현성의 시
가 궁박한 것은 다만 선후로 배치하며 사건을 일일이 빠뜨리지 않고
늘어놓았기 때문이지, 아·송의 곤궁함을 받아들여서가 아니다.

30)《송서宋書·악지樂志》에서는 〈내일대난〉을 '고사古詞'라고 했다.
31) 두 편의 시는 본래 악부체다. 뒤쪽(제4권 제11칙)에 설명이 보인다.

위맹, 위현성을 비롯한 한위 사언시에 관한 전대 문인들의 평가를 논했다. 서정경, 왕세정, 호응린의 견해에 대체로 수긍하면서도 다소 오해의 여지가 있는 부분을 지적했다.

徐昌穀云: "韋孟輩四言, 窘縛不蕩[1], 曹公短歌行, 子建來日大難[來日大難, 宋書樂志作古詞.] 工堪[2]爲則矣. 白狼槃木詩三章[3], 亦佳, 緣[4]不受雅頌困耳." 愚按: 元美謂"韋孟·玄成, 雅頌之後, 不失前規", 元瑞謂"曹公·子建二詩, 雖精工華爽[5], 而風雅典刑[6]幾盡", [二詩本樂府體, 說見於後.] 斯並得之. 若韋孟·玄成之窘縛者, 直是先後布置, 事事不遺故耳, 非受雅頌困也.

1 窘縛不蕩(군박불탕): 곤궁하나 방탕하지 않다.
2 堪(감): …할 수 있다. …할 만하다.
3 白狼槃木詩三章(백랑반목시삼장): 백랑왕당추가 지은 시 3장. 〈원이낙덕가遠夷樂德歌〉, 〈원이모덕가遠夷慕德歌〉, 〈원이회덕가遠夷懷德歌〉가 그것이다. 《후한서》에 다음과 같은 기록이 있다. "명제 때 익주자사 주보선이 한나라의 덕을 보여 오랑캐를 모두 감화시켜 회유했다. 문산 서쪽부터는 이전 시대에 이르지 못했고 정삭 연간에도 차지하지 못했다. 백랑, 반목, 당추 등 100여 개의 국가가 모두 공물을 들고 신하를 칭하며 봉헌했다. 백랑왕당추가 시 3장을 지어 한나라의 덕을 노래하여 칭송하고 대신에게 번역하게 하여 그것을 바쳤다.明帝時, 益州刺史朱輔宣示漢德, 咸懷遠夷. 自汶山以西, 前世所不至, 定朔所未加. 白狼, 槃木, 唐敔等百餘國, 皆擧重稱臣奉貢. 百狼王唐敔作詩三章. 歌頌漢德, 輔使譯而獻之."
4 緣(연): 연유하다. 말미암다.
5 精工華爽(정공화상): 정교하고 아름답다.
6 典刑(전형): '典型(전형)'과 같은 말이다.

37

오언고시인 〈고시십구수〉의 옛 주에서 다음과 같이 말했다.

"시는 옛 명칭으로 작자가 누구인지 모른다. 혹자는 매승枚乘이 지었다고 하고, 양梁나라 소명태자昭明太子는 이를 편집하면서 소무蘇武

와 이릉李陵보다 앞에 놓았으며, 이선李善은 '동한 시대의 말을 포함하기에32) 확실히 매승의 시가 아니다'고 했다. 그러므로 창산蒼山의 증원일曾原一은 부연 설명하며 특별히 장형張衡의 〈사수시四愁詩〉 다음에 놓았다. 〈고시십구수〉는 본래 한 사람이 지은 시가 아니며, 지금 잠시 소명태자의 편차에 의거하여 논한다."33)

생각건대 종영이 "고시 〈거자일이소去者日以疎〉 45수"라고 말했다고 운운한다. 19수와 〈상산채미무〉 등은 모두 고시인데, 소명태자가 산록하여 〈고시십구수〉가 되었을 따름이다. 그 가운데 이미 매승의 시가 있으니 마땅히 오언의 시작이 된다.

 〈고시십구수〉에 관한 논의다. 〈고시십구수〉는 중국 오언시의 시초가 되는 동한말의 작품으로 그 작자 문제는 제·양 시기부터 이미 제기되어 왔다. 《문심조룡, 명시明詩》에서는 "고시는 아름다운데 혹자는 매승이 지었다고 말하기도 하며, 그중 〈염염고죽생冉冉孤生竹〉 1편은 부의의 시다.古詩佳麗, 或稱枚叔, 其《孤竹》一篇則傳毅之詞."라고 말했다. 매승枚乘, 부의傳毅가 오언 고시를 창작했다고 보고 있음을 알 수 있다. 또 《시품》에서는 "〈거자일이소去者日以疏〉 등 45수는 옛날에 건안 시기의 조식과 왕찬이 지은 것으로 생각했다.去者日以疏四十五首, 舊疑是建安中曹·王所制."고 말하고 있다. 그러나 이는 모두 근거가 없는 말이다.

먼저 고시가 매승이 살았던 서한 시대 발생한 것이 불가능하다. 종영은 "왕포, 양웅, 매승, 사마상여가 사부를 경쟁하듯 지었으나 시를 창작했다는 것은 듣지 못했다.王楊枚馬, 辭賦競爽, 而吟咏靡聞."라고 확신하듯 말했다. 《옥대신영玉臺新詠》에 기록된 매승의 오언시 9수 중에서 8수는 모두 《고

---

32) 시 속에 상동문上東門, 완宛, 낙洛 등의 말이 있다. (역자보충: 〈고시십구수〉 중 제13수에 '驅車上東門구거상동문', 제3수에 '游戲宛與洛유희완여락'이라는 구가 보인다.)

33) 이상은 고시주의 말이고, 오늘날 《문선》의 편차는 다르다.

시십구수》에 있는 것이다. 또한 《문선》에서 매승이 고시를 지었다고 인정한 말은 찾을 수 없다. 《문선》의 '고시십구수'에 대한 이선주李善注의 전문은 다음과 같다.

"고시는 누가 지었는지 모른다고 하는데 혹자는 매승이라고 말하나 명확하지 않은 듯하다. 시에서 "상동문에서 말을 몰다"고 하고 또 "완과 낙에서 노닐다"라고 하는데 이 시어는 동한 시대의 것이므로 매승이 짓지 않았을 것임이 분명하다. 소명은 그 지은이를 모르기 때문에 이릉 앞에다 편찬했다.并云古詩, 蓋不知作者, 或云枚乘, 疑不能明也. 詩云: 驅馬上東門. 又云: 游戲宛與洛. 此則詞兼東都, 非盡是乘, 明矣. 昭明以失其姓氏, 故編在李陵之上."

즉 소통이 소무와 이릉 앞에 고시를 넣은 것은 그 이전의 사람이 창작했기 때문이 아니라 오직 그 작자를 알 수 없기 때문에 맨 앞에 넣은 것일 뿐이다. 더욱이 서한 시대는 문인이 오언시를 창작한 것은 없었으므로 유협은 《문심조룡》에서 "문인의 작품에서 오언을 볼 수 없다.辭人遺翰, 莫見五言."고 말했다.

한편 〈고시십구수〉가 부의 시대에 발생했을 가능성도 적다. 부의는 반고와 동시대의 인물로, 바로 그 무렵에 문인의 오언시가 막 창작되기 시작했으니 〈염염고죽생冉冉孤生竹〉과 같은 성숙한 작품을 지었다고 보기에는 어렵다. 만약 부의가 오언시를 지었더라면 《시품》에서 언급하지 않았을 리가 없는데 종영은 이에 대해 한마디도 하지 않았다.

그뿐 아니라 조식, 왕찬 시대에 고시가 생겨났다는 설도 근거가 없다. 고시 중 낙양을 묘사한 몇 수에서 낙양의 잔혹을 반영하지 않았으니 이는 분명 동탁이 낙양을 불사르기 이전으로 볼 수 있다. 오히려 이선은 그 시어가 동한 시대의 것과 일치한다고 했으므로 매승의 시가 아닐 뿐 아니라 건안 시기의 작품도 아니다. 게다가 조식의 시에서 고시를 인용하거나 고시를 모방한 부분도 적지 않게 찾아볼 수 있으니 〈고시십구수〉는 분명 건안 이전에 이미 창작되었음을 알 수 있다.

요컨대 〈고시십구수〉는 종영이 말한 45수의 고시 가운데 소통이 《문선》에서 19수를 선록하면서 '고시십구수'라고 명명되었다. 이 시는 한 개인이나 한 시기에 창작된 작품은 아니라 환제桓帝, 영제靈帝 연간에 창작되었을 것으로 보인다. 따라서 교연皎然은 그의 《시식詩式》에서 다음과 같은 결론을 내렸다.

"〈고시십구수〉는 시어가 정채롭고 뜻이 분명하며 완곡하게 문장을 이루지만, 처음으로 인위적인 수식의 노력이 보이므로 동한의 문체라 할 것이다.十九首辭精義炳, 婉而成章, 始見作用之功, 蓋東漢之文體."

〈고시십구수〉는 이후 건안 시대 오언시의 발전에 큰 영향을 미쳤다. 종영은 이를 '일자천금一字千金'이라고까지 극찬했다. 이 〈고시십구수〉를 비롯하여 기타 동한 시기의 고시는 《옥대신영》, 《악부시집》 등에 수록되어 오늘날까지 전해지고 있다.

다만 〈고시십구수〉에 대한 허학이의 견해는 조금 다르다. 범례에서 "《고시십구수》 중 매승의 시가 있으므로, 소명태자의 편차에 따라 이릉의 앞에 놓았으며, 나머지 11편은 유형에 따라 덧붙였다.古詩十九首中有枚乘之詩, 故依昭明編次在李陵前, 餘十一篇以類附焉."고 말한 것에서 알 수 있듯이, 허학이는 고시 중에 매승의 시가 있다고 판단하고 오언시의 시작이 매승과 무관하지 않다는 결론을 내리고 있다. 참고할 만한 사항이긴 하나 오늘날의 일반적인 견해와는 다르므로 그와 관련된 내용을 보충했다.

古詩五言十九首舊註: "詩以古名, 不知作者爲誰. 或云枚乘[1], 而梁昭明[2]旣以編者蘇李之上, 李善[3]謂其'詞兼東都[4][中有上東門·宛·洛等語], 非盡爲乘詩', 故蒼山曾原一衍義特列之張衡四愁[5]之下. 蓋十九首本非一人之詞, 今姑依昭明編次云."[以上古詩註, 今文選編次又不同矣.] 按: 鍾嶸云"古詩去者日以疏[6]四十五首"云云, 則十九首與上山采蘼蕪[7]等篇皆古詩也, 昭明刪錄[8]而爲十九首耳. 然中旣有枚乘之詩, 則當爲五言之始.

1 枚乘(매승): 서한 시기의 문인이다. 자가 숙叔이고 회음淮陰 곧 지금의 강소성 청강淸江 사람이다. 오왕吳王 유비劉濞의 문학시종이었다. 칠국七國의 난이 평정된 뒤 경제景帝가 홍농도위弘農都尉로 삼았으나 병을 핑계로 사양했다. 무제 즉위 후 매승이 부를 잘 짓는다는 것을 알고 불렀으나 병사했다. 《한서, 예문지》에 부 9편이 있다고 기록되어 있으나 현존하는 것은 3편뿐이다.

2 昭明(소명): 남조 시기 양나라의 소통蕭統(501~531). 양무제 소연蕭衍의 장남으로 황태자가 되었으나, 즉위하기 전에 죽었다. 자는 덕시德施, 시호가 소명이다.

이에 소명태자라고도 한다. 그는 여러 문인들과 함께 진·한 이후 제·양 시대의 대표적인 시문을 모아 엮은 《문선》을 편찬했다.

3 李善(이선): 당나라 초기의 문인이다. 강소성 강도江都 곧 지금의 양주揚州 출신이다. 하란민賀蘭敏의 추천으로 숭현관학사崇賢館學士가 되었고, 난대랑蘭臺郎을 지냈다. 하란민이 세력을 잃으면서 이선 또한 요주姚州를 떠돌다가 후에 사면되어 《문선》을 가르치는 것을 업으로 삼으며 지냈다. 조헌曹憲에게 《문선》을 배웠고 이후 658년에 《문선》에 방대한 주석을 달아 《문선주文選注》 60권을 편찬했다. 조헌의 연구성과를 계승, 발전시켜 완성한 이선의 《문선주》는 깊이 있고 날카로운 분석과 방대한 수집 자료로 학술적 가치가 크다. 《문선》 주석의 대표작으로 높은 평가를 받았고, 많은 사람들이 이 책을 기초로 연구하거나 저술하여 문선학이라는 학문을 만들었다.

4 東都(동도): 낙양을 달리 이르는 말이다. 동한의 수도가 낙양이었기 때문에 여기서는 동한 시기를 가리킨다.

5 四愁(사수): 《문선》 권29에 수록된 〈사수시〉의 서문에 그 창작동기가 다음과 같이 기록되어 있다. "당시 천하가 점차 피폐해지고 마음이 답답하여 뜻을 얻을 수 없어서 〈사수시〉를 지었다. 굴원이 미인을 군자로 삼고, 보물을 인의로 삼고, 물가의 자욱한 진눈깨비를 소인으로 삼았다. 도의로써 보답하여 당시의 군주에게 드리고자 생각했으나 참언으로 인하여 전달되지 못할 것을 두려워하였다.時天下漸獘, 鬱鬱不得志, 爲四愁詩. 屈原以美人爲君子, 以寶玉爲仁義, 以水深雪雾爲小人. 思以道術相報, 貽於時君, 而懼讒邪不得以通."

6 去者日以疎(거자일이소): 〈고시십구수〉 중의 한 수다.

7 上山采蘼蕪(상산채미무): 동한 말의 무명씨 작품. 《옥대신영》에 '고시팔수古詩八首' 중 하나로 실려 있다.

8 刪錄(산록): 가려서 기록하다.

38

〈고시십구수〉에 대해 종영은 "그 체재는 국풍에서 기원했다"고 말했고, 유협은 "사물에 부합하여 변하고, 망연히 슬퍼하니 성정에 들어맞다"고 말했는데, 옳은 말이다. 또 왕세정은 "〈고시십구수〉는 이치를 논하는 것이 《시경》보다 못하나, 부드러운 말과 완곡한 뜻은 함께 논하기에 족하며 천고에 걸친 오언의 시조다"고 말했다.

내가 외람되게 다시 말한다.

〈고시십구수〉는 성정이 국풍보다 못하나 완곡함이 국풍에 가깝고, 천고에 걸친 오언의 시조다. 대개 〈고시십구수〉는 본디 국풍에서 비롯되었지만, 성정이 반드시 다 바르지 않고[34] 의미도 바로 드러나며, 또한 완곡하다고 말할 수 없다. 그러나 사실상 오언의 시조니, 바로 "흥기가 심원하기로는 오언이 사언보다 못하다"고 한 것은 이를 두고 말한 것이다.

해제 〈고시십구수〉의 연원과 특징에 관한 논의다. 〈고시십구수〉가 국풍에서 연원하여 오언시의 발달에 초석이 되었음을 강조하고 있다. 그러나 〈고시십구수〉가 국풍보다는 성정이 못하고, 더욱이 성정이 바르지 않는 시도 있음을 지적했다. 국풍에는 성정이 바르지 않은 것이 없다는 것이 허학이의 논지다. 국풍이 성정의 바름을 중시한다면 한위시는 성정의 참됨을 중시한다는 제5칙의 내용을 상기할 때 지나치게 〈고시십구수〉를 국풍과 비교하여 평가하는 것은 옳지 못하지만, 오언의 〈고시십구수〉가 솔직한 감정에 바탕을 두고 있다는 특징을 강조하고 있는 내용이다.

원문 古詩十九首, 鍾嶸謂"其體源出於國風", 劉勰謂"宛轉附物, 怊悵切情"[1], 是也. 王元美云: "十九首談理不如三百篇, 而微詞婉旨[2], 遂足並駕, 是千古五言之祖." 予竊[3]更之云: 十九首性情不如國風, 而委婉近之, 是千古五言之

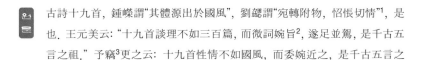

___

34) 예를 들면, "어찌 준마를 채찍질하여, 먼저 요로진을 차지하지 못하는가何不策高足, 先據要路津", "반드시 빈천을 지키지 말 것이니, 험한 길 영원히 고생한다네無爲守窮賤, 轗軻長苦辛", "연과 조 지역엔 가인이 많은데, 미인들 얼굴이 옥과 같네燕趙多佳人, 美者顔如玉", "쌍으로 나는 제비가 되어, 진흙 물고 그대의 지붕에 둥지를 틀고 싶네思爲雙飛燕, 銜泥巢君屋"와 같은 것은 그 성정이 사실상 바르지 못하다.

祖. 蓋十九首本出於國風, 但性情未必皆正, [如"何不策高足, 先據要路津."[4] "無爲
守窮賤, 轗軻長苦辛."[5] "燕趙多佳人, 美者顏如玉."[6] "思爲雙飛燕, 銜泥巢君屋."[7] 其性情
實未爲正.] 而意亦時露, 又不得以微婉稱之, 然於五言則實爲祖先, 正謂"興寄
深微[8], 五言不如四言"是也.

1 宛轉附物(완전부물), 怊悵切情(초창절정): 사물에 부합하여 변하고 망연히 슬
   퍼하니 성정에 들어맞다. '초창'은 실의에 빠진 모양을 가리킨다.
2 微詞婉旨(미사완지): 부드러운 말과 완곡한 뜻.
3 予竊(여절): 내가 외람되게 말하다.
4 何不策高足(하불책고족), 先據要路津(선거요로진): 어찌 준마를 채찍질하여,
   먼저 요로진을 차지하지 못하는가. 〈고시십구수, 금일양연회今日良宴會〉의 시
   구다.
5 無爲守窮賤(무위수궁천), 轗軻長苦辛(감가장고신): 반드시 빈천을 지키지 말
   것이니, 험한 길 영원히 고생한다네. 〈고시십구수, 금일양연회〉의 마지막 구절
   이다.
6 燕趙多佳人(연조다가인), 美者顏如玉(미자안여옥): 연과 조 지역엔 가인이 많
   은데, 미인들 얼굴이 옥과 같네. 〈고시십구수, 동성고차장東城高且長〉의 시구다.
7 思爲雙飛燕(사위쌍비연), 銜泥巢君屋(함니소군옥): 쌍으로 나는 제비가 되어,
   진흙 물고 그대의 지붕에 둥지를 틀고 싶네. 〈고시십구수, 동성고차장〉의 마지
   막 구절이다.
8 深微(심미): 심원하다. 심오하다.

39

"홍기가 심원하기로는 오언이 사언보다 못하다"고 한 것은 한위시
를 국풍에 비교한 말이다. 반악과 육기의 사언시를 나란히 비교해 보
면 허무하게 아무런 정취가 없다. 〈고시십구수〉는 사물에 의탁하여
흥기하고 정취가 완연하므로 이로써 논하는 것은 마땅하지 않을 따름
이다.

왕세무王世懋가 다음과 같이 말했다.

"〈고시십구수〉는 오언의 《시경》이고, 반악潘岳과 육기陸機 이후 의[35] 시는 사언의 배율이다."

이것은 깊이 깨달은 말이다.

해제 〈고시십구수〉의 가치에 관한 논의다. 앞서 제38칙에서도 논했듯이 〈고시십구수〉는 국풍에서 비롯되었으나 국풍보다 흥기가 부족하다. 그러나 한위의 사언에 비하면 〈고시십구수〉는 역시 흥기가 심원하고 정취가 완연하다. 따라서 〈고시십구수〉는 국풍의 성정을 기초로 하면서 오언시의 으뜸이 되었다. 한 시대의 문학작품의 가치는 절대적 비교가 아니라 상대적인 비교를 통해서 명확하게 가늠된다. 허학이의 통변론적 문학론은 이와 같은 상대적인 비교를 통해 이루어진 것이다.

원문 "興寄深微, 五言不如四言", 以漢魏較國風也. 若潘[1]陸四言, 聯比牽合[2], 蕩然無情[3]; 十九首託物興寄, 情致宛然[4], 又不當以此論耳. 王敬美[5]云: "十九首, 五言之詩經也; 潘陸而後, [顏延年·謝玄暉[6]], 四言之排律[7]也." 深得[8]之矣.

주석 1 潘(반): 반악潘岳(247~300). 서진 시기의 문인이다. 자는 안인安仁이고, 지금의 하남성 형양滎陽 출생이다. 어릴 때부터 신동神童이라 불렸고, 또 미남이었다고 한다. 당초 사공태위司空太尉 가충賈充의 서기관이 되었다가 그 뒤로 여러 관직을 역임했는데, 조왕趙王 사마윤司馬倫이 정권을 장악했을 때 아버지의 옛 부하 손수孫秀에게 모함당하여 일족과 함께 주살되었다. 문학적 재능이 뛰어나 당시의 권세가 가밀賈謐의 문객들 '이십사우二十四友' 가운데 가장 뛰어났으며, 육기와 함께 서진문학의 대표적 작가로 병칭되었다. 육기가 논리적 표현에 탁월한데 대하여 반악은 정서적 표현에 뛰어났으며, 특히 애처의 죽음을 비통해 하여지은 〈도망悼亡〉의 시 3수가 유명하다.

2 聯比牽合(연비견합): 나란히 비교하다.

---

35) 안연지顏延之와 사조謝朓.

3 蕩然無情(탕연무정): 허무하게 아무런 정취가 없다. '蕩然(탕연)'은 허무한 모양, 흔적도 없는 모양을 가리킨다.

4 情致宛然(정치완연): 정취가 완연하다.

5 王敬美(왕경미): 왕세무王世懋(1536~1588). 명나라 시기의 저명 문인이다. 자가 경미이고 별호는 인주麟州, 소미少美다. 강소성 태창太倉 사람이다. 가정 연간에 진사에 합격하여 태상소경太常少卿을 역임했다. 왕세정의 동생으로 시문에 뛰어나고 저술이 풍부하다.

6 謝玄暉(사현휘): 사조謝朓(464~499). 남조 시기 제나라의 문인이다. 자가 현휘고 하남성 진군陳郡 양하陽夏 사람이다. 선성태수宣城太守를 지냈으므로 사선성謝宣城이라고도 불린다. 송나라의 사령운을 대사大謝, 그를 소사小謝라 하며, 사령운·사혜련謝惠連과 그를 합쳐 삼사三謝라고 한다. 제나라의 영명永明 연간에 경릉왕竟陵王 소자량蕭子良은 많은 문학사文學士를 두었는데, 그도 왕융王融·심약沈約·소연蕭衍 등과 함께 소자량의 저택에 드나들었다. 이 무렵 영명체永明體라는 음조音調에 뜻을 담은 시풍이 생겨났는데, 그중에서 사조가 가장 뛰어났다. 오언에 능하고 경물묘사를 잘했으며 청신淸新한 기풍이 풍부하다. 사령운의 시풍과 비슷하나 착상과 표현이 사령운보다 섬세하다고 평가받는다. 후일 당나라의 두보, 이백 등이 크게 숭상했다.

7 排律(배율): 근체시의 일종이다. 6운 12구가 기본적인 형태이나 작가의 임의대로 아무 제한 없이 길게 할 수 있어 12구 이상의 배율을 '장율長律'이라고 한다. 오언배율과 칠언배율의 두 가지 종류가 있는데 주로 오언배율의 작품이 많고 칠언배율 작품은 극히 드문 편이다. 배율의 압운법과 평측법은 율시의 경우와 동일하다.

8 深得(심득): 깊이 깨닫다.

40

한나라 시인의 오언 중 〈고시십구수〉는 외부 경물과 접촉한 후 감회가 일어나 창작된 것이지 일찍이 제목을 먼저 설정한 후 창작된 것은 없다. 그러므로 흥상이 영롱하여 창작의 흔적을 찾아낼 단서가 없다. 이외에는 제목에 따라 시를 지으니 점차 창작의 흔적을 찾아낼 수 있게 되었다. 위나라 조조의 여러 자제의 잡시 또한 그러하다.

해제 〈고시십구수〉와 그 이후 오언시를 비교하여 논했다. 〈고시십구수〉는 자연스러운 성정에 바탕을 두고 있으므로 시흥이 저절로 일어나 지어진 것이다. 따라서 한나라의 고시는 대부분 제목이 따로 없고 첫 구절을 제목으로 삼는 것이 대부분이다. 반면 그 이후의 시는 제목에 따라 시를 지으니 자연스러움이 이미 감소하게 되었음을 지적했다.

원문 漢人五言, 惟十九首觸物興懷¹, 未嘗先立題²而爲之, 故興象玲瓏, 無端倪³可執. 此外因題命詞⁴, 則漸有形跡可求⁵矣. 魏曹王諸子雜詩, 亦然.

주석 1 觸物興懷(촉물흥회): 어떤 정경을 접하여 어떤 감정이 일어나다.
2 立題(입제): 표제를 마련하다.
3 端倪(단아): 단서.
4 因題命詞(인제명사): 제목에 따라 시를 짓다.
5 形跡可求(형적가구): 흔적을 찾아낼 수 있다.

41

〈고시십구수〉는 소명태자가 선록한 것으로 많은 작품 중 뛰어난 것을 채록했다. 그러므로 문채가 완미하고 대체로 광활한 형상이 없다. 간혹 이것으로써 갈고 닦은 노력을 보이고자 하는 것은 옳지 않다.

해제 〈고시십구수〉는 소명태자 소통이 고시 중에서 가장 뛰어난 19수를 골라 《문선》에 수록함으로써 명명된 이름이다. 〈고시십구수〉는 한 사람의 작품이 아니므로 여러 사람들의 정채로움이 담겨 있다. 또 자연스러움에 바탕을 두고 있어 인위적인 조탁을 찾을 수 없다. 반면 교연은 일찍이 소이시蘇李詩와 〈고시십구수〉를 비교하여 〈고시십구수〉에서 처음으로 인위적인 수식의 노력이 보인다고 했는데(제53칙 참조), 허학이는 그 견해에 대해 반론을 제기한 것이다.

원문 古詩十九首乃昭明選錄, 采衆人之精, 故文采完美, 略無蒼莽之態. 或以此見琢磨之功[1]者, 非也.

주석 1 琢磨之功(탁마지공): 갈고 닦은 노력.

42

〈고시십구수〉 이외에는 오직 〈신수난혜파新樹蘭惠葩〉, 〈보출성동문步出城東門〉 2수가 함께 거론할 만하다. 〈상산채미무上山采蘼蕪〉, 〈사좌차막훤四座且莫喧〉, 〈십오종군정十五從軍征〉 3수는 악부체와 유사하고, 나머지는 완미하지 못할 뿐이다. 또한 양신의 문집에 실린 〈규중유일부閨中有一婦〉 1편은 천박하여 풍격이 달라 감히 수록하지 않았는데, "푸른 도포 봄 풀 같고, 긴 자락 바람 따라 펼쳐지네靑袍似春草, 長條隨風舒"라는 이 시구는 한나라 사람의 말이 아니라고 생각된다.

해제 〈고수십구수〉 이외의 한대 오언고시에 관한 비평이다. 여기서 언급한 시들은 대부분 《옥대신영》, 《예문유취藝文類聚》, 《초학기初學記》, 《태평어람太平御覽》, 《고시유원古詩類苑》, 《시기詩記》 등에서 찾아볼 수 있는 동한 말기의 무명씨 작품들이다. 아울러 양신의 문집에 실린 〈규중유일부閨中有一婦〉는 위작임을 주장하고 그 구체적인 이유를 말했다.

원문 古詩十九首而外, 惟新樹蘭惠葩[1]·步出城東門[2]二首可與並駕, 上山采蘼蕪[3]·四座且莫喧[4]·十五從軍征[5]三首類樂府體, 餘則未能完美耳. 又楊用修集所載閨中有一婦一篇, 淺近不類, 未敢收錄, "靑袍似春草, 長條隨風舒", 疑亦非漢人語.

1 新樹蘭惠葩(신수난혜파): 동한말의 무명씨 작품이다. 《예문유취》, 《초학기》, 《태평어람》, 《고시유원》, 《시기》 등에서 찾아볼 수 있다.

2 步出城東門(보출성동문): 동한말의 무명씨 작품이다. 《고시유원》, 《시기》에 실려 있다.

3 上山采蘼蕪(상산채미무): 동한 말기의 무명씨 작품이다. 《옥대신영》 권1 '고시팔수古詩八首' 가운데 실려 있다.

4 四座且莫喧(사좌차막훤): 동한 말기의 무명씨 작품이다. 《옥대신영》 권1 '고시팔수' 가운데 실려 있다.

5 十五從軍征(십오종군정): 동한 말기의 무명씨 작품이다. 《예문유취》, 《초학기》, 《태평어람》, 《고시유원》, 《시기》 등에서 찾아볼 수 있다.

43

〈고시십구수〉는 본디 흥취를 바탕으로 삼아 천연스러움에서 비롯되었고, 그 외 〈상산채미무上山采蘼蕪〉 등은 비록 우열은 있지만 한마디로 또한 의도하여 지은 것은 아니다.

호응린이 말했다.

"〈고시십구수〉 및 여러 잡시는 시어에 따라 성운을 이루고 운에 따라 정취를 이루며, 문채와 격조의 흔적을 거의 찾을 수 없으며, 흥상이 영롱하고 의미가 매우 완곡하다."

또 왕세정이 다음과 같이 말했다.

"〈고시십구수〉에 대해 사람들이 구법이 없다고 말하나 그렇지 않다. 지극히 자연스러운 규칙이 있어서 인위적인 수식의 자취를 찾을 수 없을 뿐이다."

또 말했다.

"'동풍이 백초를 흔든다東風搖百草'는 다소 특출함이 드러나서 바로 사람들이 구법으로 살펴보게 되었다."

어찌 한나라 사람들이 의도적으로 감추었겠는가?

조이광의 다음 말은 훌륭하다.

"고시는 편장이 중요하지 시구가 중요하지 않다. 후인이 그 시구를 취해 격식으로 삼는 것은 '걸음걸이를 따라 배우는 일'이라고 일컬어도 좋을 것이나, 어찌 먼저 걸음걸이의 법칙이 절로 있었겠는가!"

해제

〈고시십구수〉에 대한 명대 문인들의 평가에 대해 논하며, 〈고시십구수〉의 자연스러움을 다시 한 번 강조했다. 후인이 〈고시십구수〉의 구절을 취해 배우는 것을 걸음걸이를 배우는 것과 같다고 비유한 점이 인상 깊다. 걸음마를 배우는 것에는 자연스러운 법칙이 있을 터이나 그 법이 먼저 있고 나서야 걸을 수 있었던 것은 아닌 것처럼, 〈고시십구수〉의 자연스러움은 그 구절을 취해 배운다고 해서 배울 수 있는 것은 아니라 자연스럽게 터득해야 한다.

원문

十九首固皆本乎情興而出於天成, 其外如上山采蘼蕪[1]等, 雖有優劣, 要亦非用意[2]爲之也. 胡元瑞云: "十九首及諸雜詩, 隨語成韻[3], 隨韻成趣[4], 詞藻氣骨[5], 略無可尋, 而興象玲瓏, 意致深婉[6]." 元美乃云: "十九首人謂無句法[7], 非也, 極自有法, 無階級可尋耳." 又云: "'東風搖百草'[8]稍露崢嶸, 便是句法, 爲人所窺." 豈以漢人亦有意斂藏[9]耶? 善乎趙凡夫云: "古詩在篇不在句[10], 後人取其句字爲法, 謂之步武[11]可耳, 何嘗先自有法!"

주석

1 上山采蘼蕪(상산채미무): 동한 말기의 무명씨 작품이다. 《옥대신영》 권1의 '고시팔수' 가운데 실려 있다.
2 用意(용의): 의도적으로 노력하다.
3 隨語成韻(수어성운): 말에 따라 운이 되다.
4 隨韻成趣(수운성취): 운에 따라 정취가 생기다.
5 詞藻氣骨(사조기골): 시가의 문채와 격조.
6 意致深婉(의치심완): 의미가 매우 완곡하다.
7 句法(구법): 시구를 만들거나 배열하는 수법.
8 東風搖百草(동풍요백초): 〈고시십구수, 회거가언매廻車駕言邁〉의 시구다.

9 斂藏(염장): 감추다. 숨기다.

10 古詩在篇不在句(고시재편부재구): 고시는 편장이 중요하지 구절이 중요하지 않다. 이와 관련한 내용은 본권 제8칙을 참조하기 바란다.

11 步武(보무): 걸음걸이. 1보는 6척. 1무는 반보를 뜻한다. 따라서 사소한 간격, 얼마 안 되는 거리를 비유하기도 하는데, 여기서는 남을 뒤따라서 이를 배우는 일을 가리킨다.

44

한나라의 고시는 본래 시구를 발췌할 수 없다. 그러나 위진 이래로 이미 시구를 발췌했기에, 한나라 시인들의 시구를 발췌하지 않는다면 시의 융성과 쇠퇴를 비교할 수 없으므로, 지금 잠시 처음과 마지막의 몇 구절을 발췌함으로써 그 대략을 살펴본다.

첫 구가 다음과 같은 시구가 있다.

"가고 또 가서 임과 생이별을 하니, 서로 만여 리나 떨어져 각각 하늘 끝에 있네. 行行重行行, 與君生別離, 相去萬餘里, 各在天一涯."

"푸릇푸릇 물가의 풀, 무성한 동원의 버들. 아리따운 누대 위의 여인, 환하게 창에 비추는 버들. 青青河畔草, 鬱鬱園中柳. 盈盈樓上女, 皎皎當窗牖."

"강을 건너 연꽃을 따는데, 난이 자라는 연못에는 방초가 많네. 이를 따다가 누구에게 주려는가, 그리운 이는 먼 길에 있네. 涉江采芙蓉, 蘭澤多芳草. 采之欲遺誰, 所思在遠道."

"유약하게 외롭게 자란 대나무, 태산 기슭에 뿌리를 박았네. 그대와 신혼을 이루니, 토사가 여라에 붙은 것 같네. 冉冉孤生竹, 結根泰山阿. 與君爲新婚, 兎絲附女蘿."

"동성東城은 높고도 길어, 구불구불 서로 이어지네. 돌개바람 땅을 울리며 일어나니, 가을 풀의 초록빛 시들어가네. 東城高且長, 逶迤自相屬.

迴風動地起, 秋草萋以綠."

"상동문上東門으로 수레 몰아, 멀리 성곽 북쪽의 묘지들을 바라보네. 백양나무 무척이나 쓸쓸하고, 소나무 측백나무 넓은 길을 끼고 있네.驅車上東門, 遙望郭北墓. 自楊何蕭蕭, 松栢夾廣路."

마지막 구가 다음과 같은 시구가 있다.

"임 생각에 사람은 늙어 가고, 세월이 문득 저물었네. 버림받음을 다시 말할 필요가 없으리라, 다만 식사 잘 하시어 건강하시오.思君令人老, 歲月忽已晚. 棄捐勿復道, 努力加餐飯."

"노래하는 이의 고생을 애석해 하지 않지만, 다만 지음知音이 드문 것이 마음 아프네. 원컨대 두 마리 홍곡이 되어, 날개 쳐서 날아오르고 싶네.不惜歌者苦, 但傷知音稀. 願爲雙鴻鵠, 奮翅起高飛."

"저 혜란꽃을 보고 슬퍼하는데, 꽃을 머금고 빛이 나네. 시절 지나도록 따지 않으니, 장차 가을 풀을 따라 시들리라. 그대는 참으로 높은 절개 지녔으니, 천첩이 또한 무슨 말을 하리오.傷彼蕙蘭花, 含英揚光輝. 過時而不采, 將隨秋草萎. 君亮執高節, 賤妾亦何爲."

"인생은 금석이 아니니, 어찌 장수하며 늙을 수 있겠는가? 홀연히 물화를 따라가니, 영화로운 명성을 보배로 삼네. 사모의 정을 품고 의관을 정리하고, 깊이 읊조리며 잠시 주저하네. 쌍으로 나는 제비가 되어, 진흙 물고 그대의 지붕에 둥지를 틀고 싶네.人生非金石, 豈能長壽考. 奄忽隨物化, 榮名以爲寶. 馳情整巾帶, 沉吟聊躑躅. 思爲雙飛燕, 銜泥巢君屋."

"복식으로 신선을 구하나, 대부분 약 때문에 잘못되었네. 좋은 술을 마시고, 비단 옷을 입는 것만 못하리.服食求神仙, 多爲藥所誤. 不如飮美酒, 被服紈與素."

시어가 천연스러움에서 비롯되었을 뿐 아니라 홍상이 영롱하고 뜻이 매우 깊다는 것을 개략적으로 볼 수 있다. 전체 시편을 자세히 읊조리면, 건안 이래로 시의 고하가 저절로 구분될 것이다.

 한대의 고시는 어느 한 구절을 가려 뽑을 수 없을 만큼 편장이 긴밀하게 연결되어 있어 자연스럽다. 몇 수의 시를 예로 들어 그 대략적인 특징을 살펴보았다.

漢人古詩本未可以句摘, 但魏晉以下旣有摘句, 而漢人無摘不足以較盛衰, 今姑摘起結數十語以見大略. 起語如"行行重行行, 與君生別離, 相去萬餘里, 各在天一涯."[1] "靑靑河畔草, 鬱鬱園中柳. 盈盈樓上女, 皎皎當窗牖."[2] "涉江采芙蓉, 蘭澤多芳草. 采之欲遺誰? 所思在遠道."[3] "冉冉孤生竹, 結根泰山阿. 與君爲新婚, 兎絲附女蘿."[4] "東城高且長, 逶迤自相屬. 迴風動地起, 秋草萋以綠."[5] "驅車上東門, 遙望郭北墓. 白楊何蕭蕭, 松栢夾廣路."[6] 結語如"思君令人老, 歲月忽已晩. 棄捐勿復道, 努力加餐飯."[7] "不惜歌者苦, 但傷知音稀. 願爲雙鴻鵠, 奮翅起高飛."[8] "傷彼蕙蘭花, 含英揚光輝. 過時而不采, 將隨秋草萎. 君亮執高節, 賤妾亦何爲!"[9] "人生非金石, 豈能長壽考? 奄忽隨物化, 榮名以爲寶. 馳情整巾帶, 沉吟聊躑躅. 思爲雙飛燕, 銜泥巢君屋."[10] "服食求神仙, 多爲藥所誤. 不如飮美酒, 被服紈與素"[11]等句, 不但語出天成, 而興象玲瓏, 意致深婉[12], 亦可槪見[13]. 熟詠[14]全篇, 則建安以還, 高下自別矣.

 1 行行重行行(행행중행행), 與君生別離(여군생별리), 相去萬餘里(상거만여리), 各在天一涯(각재천일애): 가고 또 가서 임과 생이별을 하니, 서로 만여 리나 떨어져 각각 하늘 끝에 있네. 〈고시십구수, 행행중행행行行重行行〉의 시구다. 《옥대신영》에는 매승의 〈잡시雜詩〉로 되어 있다. '生別離(생별리)'는 《초사, 구가, 소사명少司命》의 '이별 중 가장 슬픈 이별은 생이별이다.悲莫悲兮生別離'에서 나왔다.

2 靑靑河畔草(청청하반초), 鬱鬱園中柳(울울원중류). 盈盈樓上女(영영루상녀), 皎皎當窗牖(교교당창유): 푸릇푸릇 물가의 풀, 무성한 동원의 버들. 아리따운

누대 위의 여인, 환하게 창에 비추는 버들. 〈고시십구수, 청청하반초青青河畔草〉
의 시구다. '鬱鬱(울울)'은 초목이 무성한 모양, '盈盈(영영)'은 자태가 아름다운
모양, '皎皎(교교)'는 환한 모양을 가리킨다.

3 涉江采芙蓉(섭강채부용), 蘭澤多芳草(난택다방초). 采之欲遺誰(채지욕유수),
所思在遠道(소사재원도): "강을 건너 연꽃을 따는데, 난이 자라는 연못에는 방
초가 많네. 이를 따다가 누구에게 주려는가, 그리운 이는 먼 길에 있네. 〈고시
십구수, 섭강채부용涉江采芙蓉〉의 시구다.

4 冉冉孤生竹(염염고생죽), 結根泰山阿(결근태산아). 與君爲新婚(여군위신혼),
兎絲附女蘿(토사부여라): 유약하게 외롭게 자란 대나무, 태산 기슭에 뿌리를
박았네. 그대와 신혼을 이루니, 토사가 여라에 붙은 것 같네. 〈고시십구수, 염
염고생죽冉冉孤生竹〉의 시구다. '冉冉(염염)'은 유약한 모습을 말한다. '菟絲(토
사)'는 다른 나무를 감고 자라는 일종의 덩굴식물을 가리키고, '女蘿(여라)'는
일종의 덩굴식물인데 일설에는 토사의 별칭이라고 한다.

5 東城高且長(동성고차장), 逶迤自相屬(위이자상속). 迴風動地起(회풍동지기),
秋草萋以綠(추초처이록): 동성東城은 높고도 길어, 구불구불 서로 이어지네. 돌
개바람 땅을 울리며 일어나니, 가을 풀의 초록빛 시들어가네. 〈고시십구수, 동
성고차장東城高且長〉의 시구다. '逶迤(위이)'는 구불구불 길게 늘어진 모양을 가
리키고, '迴風(회풍)'은 아래에서 위로 일어나는 선풍을 말한다. '萋以綠(처이
록)'은 가을바람이 일어나 풀의 초록빛이 시들어 간다는 의미다.

6 驅車上東門(구거상동문), 遙望郭北墓(요망곽북묘). 白楊何蕭蕭(백양하소소),
松栢夾廣路(송백협광로): 상동문上東門으로 수레 몰아, 멀리 성곽 북쪽의 묘지
들을 바라보네. 백양나무 무척이나 쓸쓸하고, 소나무 측백나무 넓은 길을 끼고
있네. 〈고시십구수, 구거상동문驅車上東門〉의 시구다. '上東門(상동문)'은 낙양
동성의 삼문三門 중 가장 북쪽에 있는 문을 가리킨다. '郭北墓(곽북묘)'는 낙양
성 북쪽의 북망산을 말하는데 동한 광무제 때부터 왕후王侯와 경상卿相들의 묘
지가 들어서서 이후 공동묘지로 유명하게 되었다. '白楊(백양)'은 버드나무과
의 사시나무로 옛날에는 묘소를 보호하기 위해 백양, 소나무, 측백나무, 오동나
무, 느릅나무 등을 심었다. '蕭蕭(소소)'는 나뭇잎이 바람에 나부끼는 소리를 말
한다.

7 思君令人老(사군영인노), 歲月忽已晩(세월홀이만). 棄捐勿復道(기연물부도),
努力加餐飯(노력가찬반): 임 생각에 사람은 늙어 가고, 세월이 문득 저물었네.

버림받음을 다시 말할 필요가 없으리라, 다만 식사 잘 하시어 건강하시오. 〈고시십구수, 행행중행행行行重行行〉의 마지막 시구다. '加餐飯(가찬반)'은 당시 시가의 상투어구로 '加餐食(가찬식)'으로도 쓰인다.

8 不惜歌者苦(불석가자고), 但傷知音稀(단상지음희). 願爲雙鴻鵠(원위쌍홍곡), 奮翅起高飛(분시기고비): 노래하는 이의 고생을 애석해 하지 않지만, 다만 지음知音이 드문 것이 마음 아프네. 원컨대 두 마리 홍곡이 되어, 날개 쳐서 날아오르고 싶네. 〈고시십구수, 서북유고루西北有高樓〉의 마지막 시구다.

9 傷彼蕙蘭花(상피혜난화), 含英揚光輝(함영양광휘). 過時而不采(과시이불채), 將隨秋草萎(장수추초위). 君亮執高節(군량집고절), 賤妾亦何爲(천첩역하위): 저 혜란꽃을 보고 슬퍼하는데, 꽃을 머금고 빛이 나네. 시절 지나도록 따지 않으니, 장차 가을 풀을 따라 시들리라. 그대는 참으로 높은 절개 지녔으니, 천첩이 또한 무슨 말을 하리오. 〈고시십구수, 염염고생죽〉의 마지막 시구다.

10 人生非金石(인생비금석), 豈能長壽考(기능장수고). 奄忽隨物化(엄홀수물화), 榮名以爲寶(영명이위보). 馳情整巾帶(치정정건대), 沉吟聊躑躅(침음료척촉). 思爲雙飛燕(사위쌍비연), 銜泥巢君屋(함니소군옥): 인생은 금석이 아니니, 어찌 장수하며 늙을 수 있겠는가? 홀연히 물화를 따라가니, 영화로운 명성을 보배로 삼네. 사모의 정을 품고 의관을 정리하고, 깊이 읊조리며 잠시 주저하네. 쌍으로 나는 제비가 되어, 진흙 물고 그대의 지붕에 둥지를 틀고 싶네. 〈고시십구수, 회거가언매廻車駕言邁〉의 마지막 시구다. '物化(물화)'는 사망을 비유한다.

11 服食求神仙(복식구신선), 多爲藥所誤(다위약소오). 不如飮美酒(불여음미주), 被服紈與素(피복환여소): 복식으로 신선을 구하나, 대부분 약 때문에 잘못되었네. 좋은 술을 마시고, 비단 옷을 입는 것만 못하리. 〈고시십구수, 구거상동문〉의 마지막 시구다. '服食(복식)'은 신선이 되기 위해 방사가 만든 단약 등을 복용함을 말한다. '紈與素(환여소)'는 각기 환과 소를 가리키는데, 정세하고 결백한 비단을 뜻한다.

12 意致深婉(의치심완): 뜻이 매우 깊다.

13 槪見(개견): 개괄적으로 보다.

14 熟詠(숙영): 익혀 읊조리다.

　　고시의 오언사구 중 〈채규막상근采葵莫傷根〉, 〈남산일수계南山一樹桂〉 두 편은 격조가 매우 높고 시어가 매우 질박하며 천연스러운 오묘함이 있으니, 이것은 오언절구의 시작이다.[36] 〈일모추운음日暮秋雲陰〉은 육조 시인의 시고, 〈토사종장풍菟絲從長風〉은 육조 악부의 시어다.

해제 　오언절구의 연원에 대해 논했다. 고시 중 오언사구로 된 작품 〈채규막상근〉과 〈남산일수계〉의 격조를 높이 평가하고, 그것이 후대 오언절구의 기원이 되었다고 지적했다. 아울러 고시로 알려진 시 중 한대의 작품이 아닌 것에 대해 언급했다.

원문 　古詩五言四句[1]如采葵莫傷根[2]·南山一樹桂[3]二篇, 格甚高古, 語甚渾樸[4], 有天成之妙, 此五言絶之始也. [下流至曹子建五言四句.] 日暮秋雲陰[5]乃六朝人詩, 菟絲從長風[6]則六朝樂府語耳.

주석
1 古詩五言四句(고시오언사구): 오언사구의 고시는 진秦나라 민가에서부터 보이는데, 한나라 무제와 성제 때의 가요에서 많이 찾아볼 수 있다. 문인들의 창작으로는 〈척부인가戚夫人歌〉, 〈이연년가李延年歌〉가 가장 이른 시기의 것이다. 동한 시대 본격적으로 발전했다.
2 采葵莫傷根(채규막상근): 동한 말기의 무명씨 작품이다. 《예문유취》, 《태평어람》, 《시기》 등에서 찾아볼 수 있다.
3 南山一樹桂(남산일수계): 동한 말기의 무명씨 작품이다. 《옥대신영》에 수록되어 있다.
4 渾樸(혼박): 중후하고 질박하다.
5 日暮秋雲陰(일모추운음): 동한 말기의 무명씨 작품이다. 《옥대신영》에 수록되어 있다.

---

36) 아래로 조식의 오언사구로 나아갔다.

6 菟絲從長風(토사종장풍): 동한 말기의 무명씨 작품이다. 《옥대신영》에 수록
되어 있다.

46

무제[37]의 초나라 노래 〈호자瓠子〉 2수는 질박함이 꾸밈을 이기고
격조가 고담하다. 〈추풍사秋風辭〉는 문질文質이 어우러지고 격조가 그
속에 담겨 있다.

왕세정은 "한무제는 본래 문학가이며, 〈추풍사〉 1장은 거의 〈구가
九歌〉에 가깝다"고 말했다. 호응린은 "〈대풍가大風歌〉는 만고에 빛나
는 기개의 시초고, 〈추풍사〉는 영원히 사라지지 않는 정취의 으뜸이
다"[38]고 말했다.

악부잡언 〈이부인가李夫人歌〉는 겨우 열몇 자이나, 완곡하고 정취
가 있으며 의미가 무궁하다. 초나라의 성조인 〈낙엽애선곡落葉哀蟬曲〉
은 성조가 매우 아름답고 제목 또한 옛것이 아닌데, 왕가王嘉의 《습유
기拾遺記》에서 나온 것이므로 위작임에 틀림없다. 하경명何景明이 그
것을 모의하였는데 분별할 수가 없을 정도다.

무제의 시에 관한 논의다. 〈호자〉, 〈추풍사〉, 〈대풍〉 등에 대한 역대의 비
평을 언급하며 자신의 견해를 밝히고 있다. 대체적으로 무제의 시는 초나
라 성조를 계승하여 질박하고 격조가 있으며 의미가 무궁하다고 평가했
다.

武帝[1][諱徹], 楚辭·瓠子[2]二歌, 質勝於文[3], 氣格蒼古[4]; 秋風辭[5], 文質得宜[6],
格在其中. 王元美云: "漢武固是詞人[7], 秋風一章, 幾於九歌矣." 胡元瑞云:

37) 이름 철徹.
38) 이상은 호응린의 말이다.

"大風[8], 千秋氣槪之祖, 秋風, 百代情致之宗."[以上元瑞語.] 樂府雜言李夫人
歌[9], 僅十數言, 而委婉有致[10], 意味無窮. 楚聲落葉哀蟬曲, 聲調極靡, 而題[11]
亦非古, 出於王子年[12]拾遺[13], 僞撰[14]無疑. 仲黙[15]擬之, 不能辨.

1 武帝(무제): 한무제 유철劉徹. 경제景帝 유계劉啓의 아들이다. B.C. 140년~B.C.
   87년 모두 54년 동안 재위했다. 무제는 재위 기간 동안 대내적으로는 정치와
   경제적 기반을 공고히 하고 문화를 발전시켰다. 대외적으로는 북쪽의 흉노를
   격파하고 서역과 교류했고, 남쪽의 전滇, 검黔, 월粵, 계桂를 복종시켰다. 그는 또
   문예 창작을 좋아하여 당시의 문학 발전에도 많은 영향을 미쳤다.

2 瓠子(호자): 한무제의 시. 《한서, 무제기武帝紀》에서 "원봉元封 2년 4월에 호자
   가瓠子歌를 지었다.漢書武帝紀曰, 元封二年四月, 作瓠子歌."고 했다. 또 《구혁지溝洫志》
   에서는 다음과 같이 기록했다. "임금이 이미 봉선을 하므로 급인汲仁, 곽창발郭
   昌發 무리 수만 명이 호자의 제방을 막았다. 그리하여 임금이 만리에 펼쳐진 모
   래에서 제를 올리고 다시 직접 제방에 임하여 백마와 옥벽을 탐닉했다. 군신과
   종관들로 하여금 장군 이하는 모두 땔감을 짊어다 제방에 두게 했다. 이때 동군
   東郡에서 풀을 태웠기에 땔감이 적었다. 기淇에 내려가 정원의 대나무를 어깨에
   메고 나왔다. 임금이 이미 제방에 있는데 일이 다 되지 못함을 슬퍼하며 이 노
   래를 지었다.溝洫志曰: 上旣封禪, 乃使汲仁·郭昌發卒數萬人. 塞瓠子決河, 於是上用事萬里沙,
   則還自臨決河, 湛白馬玉璧, 令羣臣從官自將軍以下皆負薪寘決河, 是時東郡燒草, 以故薪柴少, 而下淇
   園之竹以爲揵, 上旣臨河決, 悼功之不成, 乃作此歌."

3 質勝於文(질승어문): 질박함이 꾸밈을 이기다.

4 氣格蒼古(기격창고); 격조가 고담하다.

5 秋風辭(추풍사):《한무제고사漢武帝故事》에서 다음과 같이 기록했다. "임금이
   하동을 행차하여 후토에 제사를 지냈다. 제경을 둘러보다가 황하 중류에서 기
   뻐하며 군신들과 연회를 베풀며 임금은 매우 기뻐했다. 이에 친히 〈추풍사〉를
   지었다.漢武帝故事曰, 上行幸河東, 祀后土, 顧視帝京, 欣然中流, 與羣臣飮燕, 上歡甚. 乃自作秋
   風辭."

6 文質得宜(문질득의): 문질이 잘 어우러지다.

7 词人(사인): '辭人(사인)'과 같은 말이다. 즉 문인을 가리킨다.

8 大風(대풍):〈대풍가大風歌〉. 고제高帝 12년(BC 195) 겨울, 유방은 영포英布를 평
   정하고 돌아온 후 패현沛縣에 들러 패궁沛宮에 술자리를 벌이고 친구, 동네의 어

른, 자제 등과 함께 술을 마셨다. 술이 거나해지자 유방은 축築을 치며 스스로 〈삼장후三侯章〉를 불렀는데, 후세에 〈대풍가〉라고 불렸다. 또는 〈맹사가猛士歌〉로도 불린다. 이 노래는 《사기, 고조본기高祖本紀》에 처음 실렸던 것인데, 《악부시집, 금곡가사琴曲歌辭》에는 〈대풍기大風起〉로 되어 있다.

9 李夫人歌(이부인가): 《한서》에 다음과 같이 기록되어 있다. "이부인이 일찍 죽자 무제의 그리움이 끊이지 않았다. 방사 제나라 사람 소옹이 그 신령이 이르게 할 수 있다고 말했다. 이에 밤에 촛불을 밝히고 휘장을 세우고 술과 고기를 진열했다. 그리고 무제로 하여금 휘장에 있게 하니 멀리서 이부인과 같은 모습의 처자가 보였다. 장막을 걷고 나가니 모습을 볼 수 없었다. 무제는 그리움이 더욱 깊어져 시름에 잠겨 시를 짓고 악부의 문인에게 가락을 넣으라고 했다.漢書曰, 夫人早卒, 帝思念不已. 方士齊人少翁言能致其神, 乃夜張燈燭, 設帷帳, 陳酒肉, 而令帝居帷帳, 遙望見好女如李夫人之貌, 還幄坐而步, 又不得就視. 帝愈益相思悲感, 爲作詩, 令樂府諸家絃歌之."

10 委婉有致(위완유치): 완곡하고 정취가 있다. '致(치)'는 정취, 흥미, 취미의 뜻이다.

11 題(제): 제목. 표제.

12 王子年(왕자년): 왕가王嘉. 위진남북조 시대의 방사方士로 농서隴西 사람이다. 평생 곡식을 먹지 않고 동굴 속에서 수련했다고 한다. 전진前秦때 잠시 세상에 나와 부견符堅을 보좌했고 후진後秦의 요장姚萇이 그의 예언을 잘못 해석하여 살해했다. 장례식 때 관에 시체가 사라지고 대지팡이만 들어 있었다는 전설이 있다.

13 拾遺(습유): 왕가의 《습유기拾遺記》를 가리킨다. '습유'란 전대의 빠진 글을 후대 사람이 보충하여 전한다는 의미. 모두 19권의 책으로 만들어졌는데 전쟁으로 책이 불타 후일 양나라 소기蕭綺가 10권으로 복원했다.

14 僞撰(위찬): 위작.

15 仲黙(중묵): 하경명何景明(1483~1521). 명나라 시기의 저명한 문학가이자 전칠자의 영수다. 자가 중묵이고 호는 백파白坡다. 하남 신양信陽 사람이며 이몽양과 함께 '하이何李'로 병칭된다. 어릴 때부터 총명했고 20세에 진사가 되어 중서사인中書舍人에 제수되었다. 상서를 올려 간신을 고발하다가 오히려 관직을 박탈당했다. 정덕正德 6년에 복직되고 12년에는 이부원외랑吏部員外郎으로 승진하고 13년에는 섬서陝西 제학부사提學副使가 되었다.

47

칠언의 가요는 그 기원이 비록 오래되었지만 진위를 구별할 수 없다. 칠언시는 한무제漢武帝의 〈백량대연구柏梁臺聯句〉에서 시작되었다. 〈백량시柏梁詩〉는 군신들이 각기 그 직분에 따라 한 구씩 읊었기에 거의 완전한 문장을 이루지 못한다. 게다가 그 시어도 너무 비루하여 본받을 만하지 않다.

호응린이 다음과 같이 말했다.

"백량은 시구의 격조가 너무 질박하고 흥기가 없으므로 중시할 만하지 않다."39)

그러나 장형張衡의 〈사수시四愁詩〉, 조비曹丕의 〈연가행燕歌行〉, 진나라 사람의 〈백저무가白紵舞歌〉에서 매 구에 운을 사용하는 것은 사실상 이 〈백량시〉에서 기원했으니 또한 언급하지 않을 수 없다. 후인이 매 구에 운을 사용한 것을 '백량체柏梁體'라고 하므로 아울러 수록해 둔다.

칠언시의 기원에 관한 논의다. 한무제의 〈백량대연구柏梁臺聯句〉는 칠언시의 발단이 된다. 한무제는 원봉元封 3년에 백량대柏梁臺를 짓고서 군신들을 모아 한 구씩 시를 짓게 했다. 이 시는 한 구씩 읊었기에 각 구마다 압운을 하여 이후 '백량체'를 형성하게 되었다. 이후 장형의 〈사수시四愁詩〉, 조비의 〈연가행燕歌行〉, 진나라 사람의 〈백저무가白紵舞歌〉 등에 영향을 미쳤다.

〈백량시〉는 《세설신어世說新語, 배조편排調篇》의 유효표주劉孝標注, 《초학기》, 《예문유취》 등에서 찾아볼 수 있다. 일찍이 고염무顧炎武는 《일지록日知錄》에서 회의를 품었다. 이 시의 서문에서 말하는 원봉元封 3년은 작자의 행적과 어긋나고 시중의 작자의 관명은 태반이 태초太初 원년에 봉해진 것이라고 했다. 또 설령 태초에 관명이 바뀌고 나서 지어졌다 하더라도 위청衛靑은 2년 전에 이미 사망해서 이 성회에 참여할 수 없었을 것이라고

39) 이상은 호응린의 말이다.

말했다. 이를 이어 근대의 학자 유국은游國恩은 《백량대시고증栢梁臺詩考證》에서 더욱 새로운 증거를 말했다. 즉 《한서》에 한무제의 작품을 언급하면서 〈백량대시〉를 언급하지 않은 것은 이해하기 어렵다고 했다. 또 가장 먼저 《세설신어》의 유효표주에서 《동방삭별전東方朔別傳》을 인용하며 이 시를 인용하고 있기 때문에 이것은 본디 《동방삭별전》에서 나왔다고 할 수 있는데, 《동방삭별전》은 후인이 부회한 것으로 간주되므로 〈백량대시〉는 더욱 믿을 수 없다는 것이다. 또 칠언시의 발전 정황에서 한대에는 이런 완정된 시체가 나오기 어렵다고 보았다. 이에 그는 적어도 위진 시대에 나왔을 것으로 간주했다. 그런데 반대 의견도 있다. 녹흠립逯欽立은 《한시별록漢詩別錄》에서 《동방삭별전》의 내용을 상세하게 분석하고 이 책은 서한 시대에 나왔다고 보았다. 그러므로 〈백량시〉도 서한 시대의 작품이 된다고 말했다.

七言歌謠[1], 其來[2]雖遠, 而眞僞莫辨. 詩則始於漢武帝栢梁臺聯句[3]. 栢梁詩群臣各以其職詠一句, 殊不成章, 且其語太質野, 未可爲法. 胡元瑞云: "栢梁句調[4]太質, 興寄無存, 不足貴也."[以上元瑞語.] 然平子四愁[5]·子桓燕歌[6]·晉人白紵[7], 每句用韻[8], 實本於此, 又不可缺. 後人因謂每句用韻者爲"栢梁體", 因幷錄之.

1 歌謠(가요): 민간에서 부르는 가요.

2 來(래): 기원.

3 栢梁臺聯句(백량대련구): 《동방삭별전東方朔別傳》에 다음과 같이 기록했다. "무제 원봉 3년 백량대를 지어 군신 2천석 중 칠언시를 지을 수 있는 자를 불렀다.東方朔別傳曰, 孝武元封三年, 作柏梁臺, 詔羣臣二千石有能爲七言者."

4 句調(구조): 시구의 격조.

5 平子四愁(평자사수): 장형張衡의 〈사수시四愁詩〉. 장형(78~139)은 자가 평자고 남양南陽 서악西鄂, 즉 지금의 하남성 남양현 북쪽 사람이다. 박통다식하고 사부에서 뛰어났을 뿐 아니라 천문과 역산에도 뛰어났다. 천문을 담당하는 태사령太史令과 하간상河間相 등을 역임했다. 〈사수시〉는 그의 대표작이다.

6 子桓燕歌(자환연가): 〈연가행〉은 악부 '상화가사相和歌辭·평조곡平調曲'에 속한

다. 내용은 연땅으로 행역을 간 남편을 원망하며 그리는 부인의 노래다. 조비
의 연가행은 문인의 작품 가운데 가장 최초의 완정한 칠언시로 알려져 있다.

7 晉人白紵(진인백저): 진나라 〈백저무가白紵舞歌〉를 가리킨다. '紵(저)'는 본디
오땅에서 나는 것이므로 오나라 춤이라고 할 수 있다.

8 用韻(용운): 압운을 하다.

48

굴원과 송옥의 〈초사〉는 본디 오랫동안 사부의 으뜸이나 한나라
시인들이 모방하고 습용하여 매우 식상하다. 다만 유안劉安의 〈초은
사招隱士〉 1편은 성조가 뛰어날 뿐 아니라 시어가 특이하여 굴원과 송
옥 이후 독보적으로 뛰어나다.

호응린이 말했다.

"한나라 시대에서 소 작품을 찾는다면 〈초은사〉라고 할 수 있지 않
겠는가? 〈추풍사秋風辭〉와 비교하면 〈초은사〉는 기이하고 〈추풍사〉
는 바르다. 이백李白의 시는 〈초은사〉와 대부분 비슷하고 두보杜甫의
시는 〈추풍사〉와 대체로 가깝다."

굴원과 송옥의 〈초사〉는 한나라 사부가 발전하는 가장 중요한 밑거름이
되었다. 한나라 문제, 경제 이후 사부가 성행했다. 번국藩國 양효왕梁孝王 유
무劉武, 회남왕淮南王 유안劉安 등이 문사를 불러 모아 책을 짓고 사부를 창
작했다. 《한서, 예문지》에 의거하면 "회남왕과 군신의 부가 44편淮南王群臣
賦四十四篇"이 있었다고 한다. 그중 회남소산淮南小山의 〈초은사〉가 굴송의
소체를 가장 잘 계승한 우수한 작품으로 평가된다. 아울러 〈추풍사〉과
〈초은사〉를 태백과 두보의 풍격에 비교하여 설명하고 있는 것이 주목을
끈다.

屈宋楚辭, 本千古辭賦之宗, 而漢人摹倣盜襲[1], 不勝腐飫[2]. 惟小山[3]招隱士[4]

一篇, 聲旣峻絶[5], 而語復奇警[6], 在屈宋後佼佼獨勝[7]. 胡元瑞云: "求騷於漢之世, 其招隱乎? 較之秋風, 招隱奇, 秋風正. 太白[8]多類招隱, 子美[9]常[10]近秋風."

1 摹倣盜襲(모방도습): 모방하고 베끼다.

2 不勝饜飫(불승염어): 매우 식상하다. '不勝(불승)'은 대단히, 매우 등의 뜻이다.

3 小山(소산): 유안劉安이 불러 모아 형성된 소규모의 문학집단을 가리킨다. 유안에 관해서는 제2권 제4칙의 주석33 참조.

4 招隱士(초은사): 《초사》의 편명으로 회남왕 유안을 중심으로 모인 문객이 지은 부다. 《한서, 예문지》에 44편이 기록되어 있는데 현재 〈초은사招隱士〉 외에는 모두 전하지 않는다. 회남소산淮南小山에 관한 가장 이른 기록은 동한의 왕일이 지은 《초사장구楚辭章句‧초은사서招隱士序》에 있다. "옛날 회남왕 유안이 박식하고 옛것을 좋아하여 천하의 뜻을 품은 선비를 불러 모았다. 8명의 무리가 모두 그 덕을 사모하고 그 인에 귀의하여 각기 재능을 다해 문장을 짓고 사부를 쓰며 무리를 지어 따르니 '소산'이라고 칭하기도 하고 '대산'이라고 칭하기도 한다. 昔淮南王安博雅好古, 招懷天下俊偉之士. 自八公之徒, 咸慕其德而歸其仁, 各竭才智, 著作篇章, 分造辭賦, 以類相從, 故或稱小山, 或稱大山." 또한 〈초은사〉에 관해서는 《초사장구》에서 다음과 같이 말하고 있다. "회남소산의 무리가 굴원을 애도하여 지었다. 또 그 문장에서 하늘에 오르고, 구름을 타고, 백신을 부리며 신선과 같은 것을 이상하게 여겼는데, 비록 몸은 투신했으나 그 명덕은 드러나니 산택에 은거한 것과 다름이 없어 〈초은사〉의 부를 지어 그 뜻을 드러내었다. 小山之徒憫傷屈原, 又怪其文升天‧乘雲‧役使百神, 似若仙者, 雖身沉沒, 名德顯聞, 與隱處山澤無異, 故作招隱士之賦, 以章其志也." 그러나 왕부지는 《초사통석》에서 은사를 부르는 데에 뜻을 두고 있는데 회남왕이 산곡에 숨어 있는 은사를 부른 것이니 결코 굴원을 애도하여 그 뜻을 드러낸 것이 아니다. 그 문의를 살펴보면 왕부지의 견해가 더욱 사실에 부합한다.

5 峻絶(준절): 뛰어나다.

6 奇警(기경): 특이하다. 뛰어나고 재치가 있다.

7 佼佼獨勝(교교독승): 독보적으로 뛰어나다.

8 太白(태백): 이백李白. 본권 제15칙의 주석2 참조.

9 子美(자미): 두보杜甫. 본권 제9칙의 주석11 참조.

10 常(상): 대체로.

49

　회남왕淮南王이 천하의 선비를 불러 모았으므로 회남소산淮南小山이 〈초은사招隱士〉를 지어 그들을 불렀다. 대체적인 의미는 산림이 험준하고 호랑이와 표범이 울부짖어 오래 머물 수 없다고 말하니, 후인이 말하는 '초은'의 뜻과 상반된다.

　그런데 왕일王逸이 다음과 같이 말했다.

　"유안劉安은 굴원을 가엽게 여겼다. 비록 물에 빠져 숨졌지만 명덕은 드러났으니, 산택에 은거하는 것과 다름이 없으므로 〈초은사〉를 지어 그 뜻을 드러내었다."

　이 말은 포복절도할 만하다.

> **해제** 유안의 〈초은사〉에 관한 논의다. 창작 배경과 그 의의에 대해 간략하게 말했다. 산 속에 머물고자 함이 아니라 머물 수 없음을 말하는 것이니, 흔히 말하는 초은의 뜻과 상반됨을 지적했다.

> **원문** 淮南王招懷[1]天下之士, 故小山作招隱士以招之. 大意言山林險阻[2], 虎豹叫嗥[3], 不可久處, 與後人招隱之意相反. 王逸謂: "小山傷閔[4]屈原, 雖身沉沒[5], 名德顯聞[6], 與隱處山澤無異, 故作招隱士以章[7]其志." 可爲絶倒[8].

> **주석**
> 1 招懷(초회): 불러 모으다.
> 2 山林險阻(산림험조): 산림이 험준하다.
> 3 虎豹叫嗥(호표규호): 호랑이와 표범이 울부짖다. 흉악한 사람을 비유한다.
> 4 傷閔(상민): 가엽게 여기다.
> 5 沉沒(침몰): 물에 빠지다. 세상을 떠나다. 굴원은 멱라강汨羅江에 빠져 죽었다.
> 6 名德顯聞(명덕현문): 명덕이 널리 알려지다.

7 章(장): '彰(창)'과 같다. 드러내다.

8 絶倒(절도): 포복절도.

50

탁문군卓文君의 악부오언 〈백두음白頭吟〉은 세차게 가슴에서 흘러 나온 노래다. 진晉 나라 악곡으로 연주되었기에 후인이 자구를 첨설하 여 음절에 배합시켰을 따름이다. 악부 〈만가행滿歌行〉, 〈서문행西門行〉, 〈동문행東門行〉 및 견후甄后의 〈당상행塘上行〉도 모두 그렇다. 옛 사람들이 이연년은 옛 가사를 가감하는 데 능하다고 칭찬했으니, 악 부에는 진실로 옛 가사를 가감한 것이 있다.

탁문군의 〈백두음〉을 통해 한악부의 특징을 말하고 있다. 악부는 먼저 가 사가 있고 음악을 입히는 것으로 음악에 따라 가사를 정하는 것이 아니다. 그런데 후일 진악晉樂으로 연주되면서 그 가사가 본사本辭와 차이가 나게 되었다. 그것은 음악을 넣으면서 음률에 맞추기 위해서 가사를 가감하는 변화가 생겼기 때문이다. 이것은 고서에서 전사하는 과정에서 오류가 생 긴 것과 다른 것으로 의도적으로 증가 또는 빼서 음률과의 조화를 이룬 것 이다.

卓文君[1]樂府五言白頭吟[2], 沛然[3]從肺腑[4]中流出, 其晉樂所奏一曲, 乃後人添 設[5]字句以配音節耳. 樂府滿歌行[6]·西門行[7]·東門行[8]及甄后[9]塘上行皆然. 昔人稱李延年[10]善於增損[11]古詞, 則樂府於古詞信有增損者.

1 卓文君(탁문군): 한나라의 여류 문인이다. 임공臨邛 사람으로 탁왕의 손녀다. 일찍이 과부가 되었는데 음률에 능하여 사마상여가 그녀의 집에 손님으로 가 서 거문고를 연주하여 유혹했다. 이에 탁문군은 사마상여를 따라 밤중에 도망 쳐 부부의 연을 맺었다. 생졸년은 미상이다.

2 白頭吟(백두음): 한악부. '상화가사, 초조곡楚調曲'에 속한다. 《서경잡기西京雜

記》에 다음과 같이 기록했다. "사마상여가 무릉茂陵의 여자를 첩으로 삼으려 하자, 탁문군이 〈백두음〉을 지어 스스로 의절하려고 했다. 사마상여가 곧 그 일을 그만두었다.司馬相如將聘茂陵人女爲妾, 卓文君作白頭吟以自絶. 相如乃止." 한편 《송서宋書, 악지樂志》에서는 〈백두음〉을 가맥가요街陌謠謳, 즉 길거리에서 불린 노래라고 했고, 《악부시집》에서는 고사古辭, 즉 옛 노래라고 하여 탁문군의 작품으로 보지 않았다. 또한 《악부시집, 백두음서》에서는 다음과 같이 말했다. "일설에 〈백두음〉은 배우자가 다른 사람을 사랑하여 새 사람을 옛 사람의 자리에 바꾸어 들여 백년해로할 수 없는 것을 비방했기에 백두음이라고 명명했다.一說云: 白頭吟疾人相知, 以新間舊, 不能至於白首, 故以爲名."

3 沛然(패연): 왕성하다. 성대하다. 매우 크다.

4 肺腑(폐부): 폐장, 진심, 내심.

5 添設(첨설): 증설하다. 추가하여 넣다.

6 滿歌行(만가행): 《악부시집, 상화가사》에 실려 있다. "《악부해제樂府解題》에서 다음과 같이 기록했다. 옛 노래에서 '즐겁게 즐긴 지 얼마 되지 않았는데 세상의 험준함이 들이 닥쳤네'라고 노래했다. 그 첫머리에서는 온갖 근심에 쌓여 실의에 빠지고 고통스럽다고 말한다. 고인들은 관직을 사양하고 직접 농사지었으니 내가 원하는 것이다. 그 다음으로 천명을 깨우치면 지혜로운 자는 근심하지 않음을 말한다. 장주는 이름을 남겨 천년 동안 명성을 드날렸다. 마지막으로 운명은 돌을 뚫어 불을 보는 것과 같으므로 마땅히 스스로 즐기면서 마음을 수양하면 백 년을 보존할 것이라고 말했다.樂府解題曰, 古辭云: 爲樂未幾時, 遭時嶮巇. 其始言逢此百罹, 零丁茶毒. 古人遜位躬耕, 逢我所願. 次言窮達天命, 智者不慢. 莊周遺名, 名垂千載. 終言命如鑿石見火, 宜自娛以頤養, 保此百年也."

7 西門行(서문행): 《악부시집, 상화가사》에 수록되어 있다. "《악부해제》에 다음과 같이 기록했다. 옛 노래에 '서문을 나가 걸으며 생각하네'가 있다. 첫머리에서는 잘 익은 술과 살찐 소고기로 제때에 즐기라고 말한다. 그 다음에 '인생은 백 년을 채우지 못하는데 항상 천 년의 근심을 품고 있고, 낮은 짧은데 근심스러운 밤은 기니 어찌 불을 밝히고 놀지 않으리오?'라고 말한다. 마지막으로 재물을 탐하여 쓰는 것을 아까워하면 후세에 비웃음을 살 것이라고 말한다.樂府解題曰, 古辭云出西門, 步念之. 始言醇酒肥牛, 及時爲樂. 次言人生不滿百, 常懷千歲憂, 晝短苦夜長, 何不秉燭游. 終言貪財惜費, 爲後世所嗤."

8 東門行(동문행): 《악부시집, 상화가사》에 수록되어 있다. "《악부해제》에서

다음과 같이 기록했다. 옛 노래에 '동문을 나가 돌아가지 않네, 동문에 들어가면 원망에 젖어 슬프도다'고 했다. 가난하여 거주할 곳이 없는 선비가 칼을 빼들고 떠나려 하자 아내가 옷을 붙잡고 만류하며 함께 끼니만 때우면 되지 부귀를 구하지 말자고 한다. 또한 지금 청렴한데 잘못을 저질러서는 안 된다고 말한다. 송나라 포조의 〈대동문행〉은 그저 이별을 아파할 뿐이다. 樂府解題曰, 古辭云出東門, 不顧歸. 入門悵欲悲. 言士有貧不安其居者, 拔劍將去, 妻子牽衣留之, 願共餔糜, 不求富貴. 且曰今時清, 不可爲非也. 若宋鮑照傷禽惡弦驚, 但傷離別而已."

9 甄后(견후): 문소황후文昭皇后(183~221). 삼국시대 위나라 조비의 정실부인이자 위명제 조예의 생모다. 이름은 불분명하고 통상 견부인甄夫人으로 불렸다. 중산中山 무극無極 곧 지금의 하북성河北省 사람이며 상채령上蔡令 견일甄逸의 딸이다. 조예 즉위 후에 문소황후로 추존되었다.

10 李延年(이연년): 한무제 때의 음악가. 생년은 미상이나 B.C. 87년경에 사망했다. 한무제의 총회 이부인李夫人의 오빠이다. 한대의 음악관청인 악부의 협율도위協律都尉를 지냈다.

11 增損(증손): 증가하거나 빼다.

51

이릉李陵[40], 소무蘇武[41])의 오언시는 소명태자가 이미 《문선》에 수록했다. 유협이 이에 "성제成帝 때 그 당시의 시를 품별하여 기록한 것은 모두 삼백여 편인데 문인이 남긴 시문에는 오언이 보이지 않아서 이릉, 반첩여班婕妤의 오언시는 후대에 의심을 받게 되었다"고 말했다.

내가 생각건대 《좌전》에는 자장子長에 관한 기록이 보이지 않는다.[42]) 《한서》에는 기록되었으나 《사기》에는 상세하지 않은 것은 곧

---

40) 자 소경少卿.

41) 자 자경子卿.

42) 《좌전》은 한초에 장창張蒼의 집안에서 나왔다. 문제 때 가의賈誼가 훈고를 하고, 조나라 사람 관공貫公에게 주었는데 세상에 전래되지 않았다. 건무建武 때 진원陳元이 《좌전》에 가장 밝아 상서하여 논증하니, 위군魏郡의 이봉李封을 좌씨

그 당시에 서적으로 아직 출간되지 못했을 따름이다. 이로 보건대 성제 때 그 당시의 시를 품평하여 기록하면서 소무와 이릉을 언급하지 않은 것을 어찌 의심할 수 있겠는가? 소식蘇軾이 일찍이 "소무와 이릉의 자연스러움"이라고 말한 것은 그들의 시를 의심하지 않았기 때문이다. 유지기劉知幾가 이릉의 글은 서한의 문장이 아니라고 판단하면서부터 소무와 이릉의 오언이 후인들에 의해 모의된 것이라고 했는데 이 또한 의혹을 면하지 못한다. 소무와 이릉의 7편은 비록 〈고시십구수〉보다 다소 뒤떨어지지만 천연스럽게 시를 지어 마침내 수식의 흔적이 없으니 확실히 후대 사람들이 지을 수 있는 것이 아니다. 《고문원古文苑》에 기록된 〈녹별錄別〉의 여러 수는 후인이 7편에 의거하여 많아지게 한 것이다.

왕세정이 다음과 같이 말했다.

"비록 전체적으로 잡다하고 두서가 없어도 질박하여 읊조릴 수 있으니, 진실로 반드시 두 사람이 지어야 할 필요는 없지만, 한마디로 진晉나라 사람이 지을 수 있는 것은 아니다."

또 지우摯虞[43]는 다음과 같이 말했다.

"이릉의 여러 작품은 전체적으로 잡다하여 풍격이 같지 않고 거의 가탁한 것으로, 이릉의 뜻을 다 표출하지 않았지만 뛰어난 작품에는 비장함이 있다."

전체적으로 잡다하고 풍격이 같지 않은 것은 아마 〈녹별〉을 가리킬 것이고, 뛰어난 작품에는 비장함이 있는 것은 《문선》에 기록된 시를 일컬을 따름이다. 이로 살펴보건대 오언시의 기원은 오래되었다.

박사左氏博士로 삼았다. 이봉이 죽은 후 그 관직은 다시 사라졌다. 그 후 가규賈逵, 복건服虔이 모두 훈해를 하여 위나라 때 이르러 세상에 전래되었다.

43) 진晉나라 초기의 사람이다.

그러나 유협의 말 또한 근거가 있으니 당초 망언이 아니다.

 소무와 이릉에 관한 논의다. 소무와 이릉은 문인 오언시의 비조로 손꼽힌다. 그러나 이에 대한 부정론이 안연지, 유협, 유지기 등에게서부터 만만치 않게 제기되었다. 특히 소식은 소무와 이릉의 시가 그 작자의 진위 여부를 떠나서 자연스러움을 지니고 있다고 평가했지만, 〈답유면도조서答劉沔都曹書〉에서 그들의 시가 후세의 위작이라고 단언했다. 오늘날에는 그 시풍이 후한 시대의 고시와 비슷하고 또 소무와 이릉의 증답시 내용이 그들의 생애와 부합하지 않기 때문에 실제 그들이 지은 것이 아니라는 주장이 팽팽하다.

그러나 여기서 허학이는 전반적으로 소무와 이릉의 오언시를 긍정하고 있다. 이릉과 소무의 시가 《문선》에는 기록되어 있지만 성제 때 기록되지 않은 것은 그 무렵에 아직 편찬되지 않았기 때문이므로 의심할 필요가 없다고 보았다. 그와 유사한 예로 《좌전》, 《사기》, 《한서》 등의 역사서에서 전대에는 볼 수 없지만 후대에는 볼 수 있거나 상세한 기록이 있는 까닭에 대해 언급했다. 또 《문선》에서 소무와 이릉의 시 7편을 수록하고 있다는 사실은 이른바 '소이시蘇李詩'에 대한 전면적인 부정을 어렵게 한다고 덧붙였다.

만약 이러한 허학이의 견해에 따라 소이시를 긍정한다면 오언시의 시작은 〈고시십구수〉가 아니라 서한 시대로 소급해야 옳다. 앞서 제37칙에서는 매승의 오언시를 긍정했고, 또 아래 제53칙에서는 오언시의 시작을 소이시에서 찾고 있음을 확인할 수 있다. 이와 아울러 소이시는 《문선》의 7편 외에 《고문원》에도 10수가 더 수록되어 있는데, 그 10수는 후인의 위작으로 이미 풍격이 다름을 지적했다.

李陵[字少卿]·蘇武[字子卿]五言, 昭明已錄諸文選. 劉勰乃云: "成帝[1]品錄[2], 三百餘篇, 而詞人遺翰[3], 莫見五言, 所以李陵·班婕好[4]見疑於後代也." 愚按: 左氏傳[5]子長[6]不及見, [左傳漢初出於張蒼[7]家, 文帝[8]時賈誼爲訓詁[9], 授趙人貫公[10], 未行於世. 至建武[11]時陳元[12]最明左傳, 上書訟之, 乃以魏郡[13]李封爲左氏博士[14]. 封卒, 復罷.

其後賈逵[15]・服虔[16]皆爲訓解, 至魏遂行於世.] 漢書[17]所載而史記有弗詳者, 正以當時書籍未盡出故耳. 由是言之 成帝品錄而不及蘇李, 又何疑焉? 東坡[18]嘗謂 "蘇李之天成", 是矣. 至因劉子玄[19]辯李陵書非西漢文, 乃謂蘇李五言亦後人所擬, 亦不免爲惑. 蘇李七篇, 雖稍遜[20]十九首, 然結撰[21]天成, 了無作用之跡, 決非後人所能. 若文苑[22]所載錄別數首, 則後人因七篇而廣之者. 元美謂: "雖總雜寡緒, 而渾樸可詠, 固不必二君手筆, 要亦非晉人所能辦也." 又摯虞[23][晉初人]云: "李陵衆作, 總雜不類, 殆[24]是假託, 非盡陵志, 至其善篇, 有足悲者." 總雜不類, 蓋指錄別[25], 善篇足悲, 乃謂文選所錄耳. 以此觀之, 其來遠矣. 然龥之言亦有所據, 初非謬妄[26].

1 成帝(성제): 서한의 제12대 황제 유오劉驁(B.C. 51~B.C. 7).

2 品錄(품록): 품평하여 기록하다.

3 遺翰(유한): 전대의 문인이 남긴 시문.

4 班婕妤(반첩여): 한나라 성제의 후궁. 누번樓煩 곧 지금의 산서성 무녕寧武 사람이다. 좌조월기교위左曹越騎校尉 반황班況의 딸이다. 어려서부터 재주와 학식이 있어 성제 즉위년에 후궁으로 들어갔다. 처음 소사少使가 되었다가 곧 대행大幸이 되고 첩여婕妤가 되었다. 나중에 조비연趙飛燕이 총애를 받자 장신궁長信宮으로 들어가서 태후를 공양했다. 이때 〈원가행〉을 지어 자신의 처지를 스스로 슬퍼했다.

5 左氏傳(좌씨전): 《좌전》. 제1권 제17칙의 주석6 참조.

6 子長(자장): 공야장公冶長. 공자의 사위다. 자가 자장이고 제나라 사람이다. 《논어, 공야장》에 의거하면 공자가 공야장이 감옥에 갇혀 있으면서도 불평하지 않는 모습을 보고 그 덕성을 높이 사 사위로 삼았다고 한다.

7 張蒼(장창): 서한 시대의 승상이다. 역법을 제정하고 《구장산술九章算术》을 교감했다. 전국 말기 순자의 문하에서 공부하며 이사, 한비자 등과 교류했다. 진나라 때 어사御使를 지냈으며 유방이 기의하자 그에게 귀순하여 서한 시대의 주요 관직을 지냈다. 그는 육형肉刑을 없애기를 주장했고 문하생으로 가의가 있다.

8 文帝(문제): 한문제 유항劉恒(B.C. 202~B.C. 157). 한고조의 넷째 아들이다. 여후呂后 사망 이후 태위太尉 주발周勃과 승상丞相 진평陳平 등이 여씨의 배후 세력

을 일망타진하고 유항을 한문제로 세웠다.

9 訓詁(훈고): 경서의 고증考證. 해명解明, 주석註釋 등을 통틀어 가리킨다.

10 趙人貫公(조인관공): 《한서, 유림전》에 의거하면 한나라 초기 북평후北平侯 장창張蒼 및 양대부梁大傳 가의賈誼, 경주윤京兆尹 장창張敞, 태중대부太中大夫 유공자劉公子가 《춘추좌씨전春秋左氏傳》을 편찬하고 《좌씨전》의 훈고를 의논하여 조공관공趙人貫公에게 전수해 주어 하간헌왕박사河間獻王博士가 되었다. 이후 《좌씨》는 가호賈護, 유흠劉歆에게로 전해졌다.

11 建武(건무): 동한 광무제 유수劉秀의 첫 번째 연호이자 동한의 첫 번째 연호이다.

12 陳元(진원): 동한 시기의 경학가다. 생졸년 미상이다. 자는 장손長孫이고 광신廣信 곧 지금의 하남성 개봉封開 사람이다. 부친 진흠陳欽을 이어받아 《춘추》를 공부했다. 건무建武 초 효렴孝廉으로 천거되었고, 환담桓譚, 두림杜林, 정흥구鄭興 俱와 함께 학자들에게 존중받았다. 당시 좌전박사左傳博士를 세울 것을 건의했으나 상서령尚書令 범승范升의 반대에 부딪혔다. 이후 광무제 유수가 태상에서 좌전박사 4인을 선출하고 진원을 으뜸으로 삼고, 그와 범승의 대립을 해소시키고자 이봉도 좌전박사로 선출하여 좌씨학을 강연하게 했다. 얼마 후 이봉이 병들어 죽자 좌씨학은 다시 폐지되었다. 그러나 진원은 혼자 경학을 부흥시켜 이름을 드날렸다. 《좌씨이동左氏異同》, 《사도연진원집司徒椽陳元集》를 지었으나 모두 일실되었다.

13 魏郡(위군): 서한 때 처음 위군을 설치했다. 기주부冀州部에 속했다.

14 左氏博士(좌씨박사): 동한 초기 상서령尚書令 한흠韓歆이 《비씨역費氏易》, 《좌씨춘추》 박사를 설립할 것을 제기했다.

15 賈逵(가규): 서한 시대의 문인이자 학자다. 자는 경백景伯이고 섬서성 평릉平陵 사람이다. 20세 때 오경의 본문과 《좌씨전》을 암송했고 영평永平 연간에 《좌씨전해고左氏傳解詁》, 《국어해고國語解詁》를 저술하여 명제明帝에게 헌상했다. 장제章帝는 그로 하여금 중수재中秀才 20명을 선발하여 《좌씨전》을 강론하게 했는데, 이를 계기로 《좌씨전》이 성행했다. 또 구양歐陽 · 대소하후大小夏侯의 《고문상서古文尚書》의 차이라든지 제齊 · 노魯 · 한韓 삼시三詩와 《모시毛詩》의 차이를 밝혔으며 《경전의고經傳義詁》, 《논란論難》을 저술함으로써 뒷날 마융馬融 · 정현鄭玄 등이 고문경서古文經書의 학문을 대성할 수 있는 길을 닦아 놓았다.

16 服虔(복건): 동한 시기의 경학가다. 자는 자신子愼이고, 본명은 중重이었는데 후일 건虔으로 개명했다. 하남성 형양滎陽 사람이다. 어릴 때 태학에서 수학했고 효렴으로 천거되어 상서시랑尙書侍郞, 고평령高平令, 중평말中平末, 구강태수九江太守 등을 역임했다. 재주가 뛰어나 문장에 능했고 경학을 중시했다.《춘추좌씨전행의春秋左氏傳行誼》31권을 지었다.

17 漢書(한서): 서한 시기의 역사가 반고가 저술한 기전체의 역사서다. 12제기帝紀, 8표表, 10지志, 70열전列傳으로 전 100권으로 이루어졌다.《전한서前漢書》또는《서한서西漢書》라고도 한다.

18 東坡(동파): 소식蘇軾. 북송 때의 시인이다. 미산眉山 곧 지금의 사천성 미산시 사람이다. 자는 자첨子瞻이고 호는 동파거사東坡居士. 소순蘇洵의 아들이며 소철蘇轍의 형으로 대소大蘇라고도 불리었다. 송나라 제일의 시인이며 문장에 있어서도 당송팔대가唐宋八大家의 한 사람이다. 22세 때 진사에 급제하고, 당시 지공거知貢擧였던 구양수에게 인정을 받아 그의 후원으로 문단에 등장했다. 왕안석의 신법에 반대하여 정치적 좌절을 맞았지만 철종哲宗이 즉위함과 동시에 구법당이 득세하여 예부상서禮部尙書 등의 주요 관직을 맡았다. 그러나 황태후皇太后의 죽음을 계기로 다시 신법당이 세력을 잡게 되면서 중국의 최남단인 해남도海南島로 유배되었다. 그곳에서 7년 동안 귀양살이를 하던 중, 휘종徽宗의 즉위와 함께 귀양살이가 풀렸으나 돌아오던 도중 강소성의 상주常州에서 사망했다.

19 劉子玄(유자현): 유지기劉知幾(661~721). 자가 자현이며 12세 때에《좌전》을 독파한 수재로서, 17세 때까지 한당漢唐의 정사正史와 실록을 거의 섭렵할 정도로 역사서에 능통했다. 20세 때에 진사에 급제하고 수사국修史局에 들어가, 고종·측천무후·중종·예종 등의 실록과《당서唐書》,《성족계록姓族系錄》등의 수찬修撰에 참여했다. 그 뒤 벼슬이 좌산기상시左散騎常侍에 이르고 거소현자居巢縣子에 봉해졌다. 맏아들 황貺의 무죄를 호소하다가, 현종의 노여움을 사 불행하게 죽었다. 저서인《사통史通》은 중국 역사학의 귀중한 사료다.

20 遜(손): 뒤떨어지다.

21 結撰(결찬): 시를 짓다.

22 文苑(문원):《고문원古文苑》. 동주東周부터 남제南齊까지의 시부잡문詩賦雜文을 모은 책이다. 현존하는 것은 송나라의 한원길韓元吉이 편찬한 것 9권과 장초章樵가 그것을 보주한 것 21권이 있다.

23 摯虞(지우): 서진 시대의 문인이다. 자는 중치仲洽고 경조京兆 장안長安 사람이
다. 어릴 때 황보밀皇甫謐을 사사했고 재주가 뛰어났으며 창작에 몰두했다. 태
시泰始 연간에 현양賢良으로 천거되어 중랑中郎, 태자사인太子舍人, 문희령聞喜令,
보상서랑補尙書郎 등을 지내다가 난리 통에 굶어죽었다. 문집으로 《삼보결녹주
三輔決錄注》 7권, 《문장유별지론文章流別志論》 2권, 《문장유별집文章流別集》 10권
이 있다.

24 殆(태): 거의.

25 錄別(녹별): 이릉의 〈녹별시〉 21수. 또는 〈소무이릉증별시蘇武李陵贈別詩〉라고
도 한다.

26 謬妄(류망): 망령되다.

52

풍시가가 말했다.

"이릉은 원망하되 화내지 않고, 소무는 슬퍼하되 상심하지 않는
다."

내가 생각건대 이릉의 3편은 강개하여 슬픈 것이 진실로 기신羈臣
의 어조다. 소무의 4수는 비록 다소 산만하지만 억양돈좌의 리듬이
있으니 역시 서한 시대의 풍격이다. 그러나 지우는 이릉을 논하면서
소무를 언급하지 않았고, 유협과 종영은 소명태자와 동시대의 사람이
지만 또한 소무를 언급하지 않았으니, 대개 그 작품을 보지 못했을 뿐
이다.

이릉의 다음 시구는 모두 기신의 어조다.

"방황하며 갈림길 가에서, 손잡고 들판을 서성이네.屛營衢路側, 執手野
踟躕."

"풍파가 한 차례 쓰러진 곳, 각자 하늘 끝에 있네.風波一失所, 各在天一
隅."

"강물에 임하여 긴 갓끈을 씻고, 그대 생각하니 슬픔이 끝없네.臨河濯長纓, 念子悵悠悠."

"나그네는 갈 길을 생각하는데, 어떻게 나의 수심을 위로할까.行人懷往路, 何以慰我愁."

"나그네는 오래 머물 수가 없으니, 각자 긴 그리움을 말하네.行人難久留, 各言長相思."

소무의 다음 시구에는 모두 억양돈좌의 리듬이 있다.

"하물며, 나는 연리지처럼, 그대와 한 몸처럼 같음에랴. 예전에는 원앙새였는데, 지금은 삼성과 상성처럼 되었네.況我連枝樹, 與子同一身. 昔爲鴛與鴦, 今爲參與辰."

"나그네는 갈 길을 생각하는데, 일어나 보니 밤이 어찌 다 갔는가. 삼성과 상성이 이미 모두 사라지고, 가고 가서 이로써 헤어지네.征夫懷往路, 起視夜何其. 參辰皆已沒, 去去從此辭."

"유자음遊子吟을 연주해 주기를 청하니, 맑은 소리가 어찌 그리 슬픈가.請爲遊子吟, 泠泠一何悲."

"청상곡을 연주하려다가, 그대 돌아오지 못함을 생각하네.欲展淸商曲, 念子不能歸."

소무와 이릉 시의 특징에 관한 논의다. 이릉의 시에는 기신의 어조가 담겨 있고, 소무의 시에는 억양돈좌의 리듬이 있어 서한 시대의 풍격을 지닌다 고 지적하고, 각기 그 특징이 두드러진 시구를 예로 들었다.

馮元成云:"少卿[1]怨而不怒, 子卿[2]哀而不傷." 愚按: 少卿三篇, 慷慨悲懷[3], 自是羈臣口吻[4]; 子卿四首, 雖稍爲散緩[5], 而頓挫抑揚[6], 亦是西京風範[7]. 然摯虞論李陵而不及蘇武, 劉勰·鍾嶸與昭明同時而亦不及武者, 蓋亦有未見

耳. 少卿如"屛營衢路側, 執手野踟躕."[8] "風波一失所, 各在天一隅"[9] "臨河濯
長纓, 念子悵悠悠."[10] "行人懷往路, 何以慰我愁."[11] "行人難久留, 各言長相
思"[12]等句, 皆羇臣口吻也. 子卿如"況我連枝樹, 與子同一身. 昔爲鴛與鴦, 今
爲參與辰."[13] "征夫懷往路, 起視夜何其. 參辰皆已沒, 去去從此辭."[14] "請爲
遊子吟, 泠泠一何悲."[15] "欲展淸商曲, 念子不能歸"[16]等句, 皆頓挫抑揚者也.

주석

1 少卿(소경): 이릉李陵. 《문선》에 3수가 수록되어 있다.

2 子卿(자경): 소무蘇武. 《문선》에 4수가 수록되어 있다.

3 慷慨悲懷(강개비회): 강개하여 슬프다.

4 羇臣口吻(기신구문): 기신의 어조. '기신'은 '羇旅之臣(기려지신)'의 줄임말로
서 타국에서 와서 기우寄寓하고 있는 객분客分의 신하를 가리킨다.

5 散緩(산완): 산만하다.

6 頓挫抑揚(돈좌억양): 억양돈좌, 소리의 높낮이와 멈춤 및 바뀜.

7 風範(풍범): 풍모와 재능. 풍격.

8 屛營衢路側(병영구로측), 執手野踟躕(집수야지주): 방황하며 갈림길 가에서,
손잡고 들판을 서성이네. 〈여소무시與蘇武詩〉의 제1수의 시구다. '屛營(병영)'
은 불안한 모양, 혹은 방황하는 모양을 가리킨다. '踟躕(지주)'는 '躊躇(주저)'와
같은 말이며 《시경·패풍·정녀靜女》에 "사랑하지만 볼 수 없으니, 머리를 긁
적이며 주저하네.愛而不見, 搔頭踟躕."라는 구절이 있다.

9 風波一失所(풍파일실소), 各在天一隅(각재천일우): 풍파가 한 차례 쓰러진 곳,
각자 하늘 끝에 있네. 〈여소무시與蘇武詩〉의 제1수의 시구다.

10 臨河濯長纓(임하탁장영), 念子悵悠悠(염자창유유): 강물에 임하여 긴 갓끈을
씻고, 그대 생각하니 슬픔이 끝없네. 〈여소무시〉의 제2수의 시구다. '濯長纓
(탁장영)'은 세속을 초탈하여 고결함을 지키는 것을 상징한다. 《맹자, 이루상離
婁上》에 "창랑의 물이여, 나의 갓을 씻을 수 있다.滄浪之水兮, 可以濯我纓."라는 구절
이 보인다.

11 行人懷往路(행인회왕로), 何以慰我愁(하이위아수): 나그네는 갈 길을 생각하
는데, 어떻게 나의 수심을 위로할까. 〈여소무시〉의 제2수의 시구다.

12 行人難久留(행인난구류), 各言長相思(각언장상사): 나그네는 오래 머물 수가
없으니, 각자 긴 그리움을 말하네. 〈여소무시〉의 제3수의 시구다.

13 況我連枝樹(황아련지수), 與子同一身(여자동일신). 昔爲鴛與鴦(석위원여
    앙), 今爲參與辰(금위삼여진): 하물며 나는 연리지처럼, 그대와 한 몸처럼 같음
    에랴. 예전에는 원앙새였는데, 지금은 삼성과 상성처럼 되었네. 소무의 시 제1
    수의 시구다. '連枝樹(연리수)'는 연리지連理枝를 가리킨다. 가지가 서로 합쳐진
    나무다. '參與辰(삼여진)'은 삼성參星과 상성商星을 가리킨다. 삼성은 서남방 신
    위申位에 있는 일곱 개의 별로서 즉 오리온좌의 어깨, 허리, 다리에 있는 알파 혹
    은 베텔규스성, 베타 혹은 리겔성, 감마, 델타, 입실론, 제타, 에타, 카파 등이다.
    상성은 동방 묘위卯位에 있는 별로서 일명 심성心星 혹은 대화성大火星이라고도
    한다. 전갈의 심장에 해당되는 안타레스, 시그마, 타우이다. 삼성과 상성은 동
    서로 떨어져서 동시에 볼 수 없는 별이다. 따라서 이별의 상징이 되었다.

14 征夫懷往路(정부회왕로), 起視夜何其(기시야하기). 參辰皆已沒(삼진개이
    몰), 去去從此辭(거거종차사): 나그네는 갈 길을 생각하는데, 일어나 보니 밤이
    어찌 다 갔는가. 삼성과 상성이 이미 모두 사라지고, 가고 가서 이로써 헤어지
    네. 소무의 시 제2수의 시구다. '往路(왕로)'가 '遠路(원로)'로 된 곳도 있다.
    (《옥대신영》 권1 참조.)

15 請爲遊子吟(청위유자음), 冷冷一何悲(냉냉일하비): 유자음遊子吟을 연주해
    주기를 청하니, 맑은 소리가 어찌 그리 슬픈가. 소무의 시 제3수의 시구다. '유
    자음'은 고악부의 곡조다. '冷冷(냉냉)'은 밝은 소리를 가리킨다.

16 欲展淸商曲(욕전청상곡), 念子不能歸(염자불능귀): 청상곡을 연주하려다가,
    그대 돌아오지 못함을 생각하네. 소무의 시 제3수의 시구다. '淸商曲(청상곡)'
    은 악부 곡조의 이름이다.

53

종영이 말했다.

"이릉이 처음으로 오언의 요체를 지었다."

교연이 말했다.

"이릉과 소무의 시는 그 성정이 천연스럽고 그 말이 저절로 숭고하
며 인위적인 꾸밈이 없다. 〈고시십구수〉는 시어는 정채롭고 뜻이 분
명하며 완곡하게 문장을 이루지만, 처음으로 인위적인 수식의 공력이

보인다."44)

이 주장대로라면 오언시는 〈고시십구수〉에서 비롯되지 않았다.

오언시의 기원과 관련한 논의다. 종영, 교연 등은 오언의 시작을 이릉과 소무에게서 찾고 있다. 앞서 제51칙에서 본 바와 같이 허학이 역시 소무와 이릉의 오언시를 긍정적으로 평가하며 '소이시'에서 오언의 기원을 찾았다.
　　한편 허학이는 〈고시십구수〉를 오언시의 으뜸으로 본다. 따라서 제41칙에서 교연이 말한 것처럼 〈고시십구수〉에서 인위적인 수식의 노력을 찾는 것은 옳지 않다고 지적한 것이다.

鍾嶸云: "李陵始著[1]五言之目." 皎然[2]云: "李陵 · 蘇武, 天與其性, 發言自高, 未有作用. 十九首辭精義炳, 婉而成章, 始見作用之功[3]." ["作用之功", 即所謂完美也. 見班固論中. 下卷言作用之跡, 正與功字不同, 功則猶爲自然, 跡則有形可求[4]矣.]
信如此說[5], 則五言不始於十九首矣.

1 著(저): 짓다.
2 皎然(교연): 당나라 중기의 시승詩僧이다. 속성은 사謝이고 이름은 주晝 또는 청주淸晝다. 절강의 오흥吳興 사람이다. 사령운의 10대손이다. 현종玄宗 때에 태어난 것으로 추정되는데, 출가 후에도 시를 좋아하고 고전에 관한 조예가 깊어 안진경顏眞卿을 비롯한 당시의 명사들과도 교제하면서 시명詩名을 떨쳤다. 근체보다 고체나 악부에 뛰어났다. 시문집 10권과 시론서인 《시식詩式》, 《시평詩評》 등이 있다.
3 作用之功(공): 인위적인 수식의 공력.
4 有形可求(유형가구): 자취가 있어 찾을 수 있다.
5 信如此說(신여차설): 이 주장과 같다면.

───────

44) '인위적인 수식의 공력'이란 곧 '완미함'을 말하는 것이다. 반고에 관한 논의(본권 제63칙)에 보인다. 다음 권에서 말하는 '수식의 흔적'은 바로 여기서 말하는 '공력'과 다르다. '공력'은 자연스럽게 된 것과 같지만, 흔적은 형태가 있어 찾을 수 있다.

54

송나라 사람이 말했다.

"소무와 이릉의 시는 장안長安에 있으면서 양자강揚子江과 한수漢水를 노래한 것이다."

또 말했다.

"'홀로 술잔에 가득 따르다獨有盈觴酒'와 〈고시십구수〉의 '찰랑거리는 물의 사이에서盈盈一水間'는 혜제惠帝의 이름인 '영盈'자를 피휘하지 않았으니, 모두 한나라 사람이 지은 시가 아니라고 생각된다."

내가 생각건대 소무의 시 제4수는 친구와 이별하는 시인데, 어찌 그때가 강수와 한수에 있지 않았음을 알겠는가? 또 위맹韋孟의 〈풍간시諷諫詩〉에서 "總齊羣邦(총제군방)"이라고 말했듯이, 고제古帝의 이름도 피휘하지 않았는데 하필 혜제의 이름을 피휘했으리오?

조이광이 다음과 같이 말했다.

"《설문해자說文解字》에서는 다만 동한의 '秀(수)', '莊(장)', '炟(달)', '祜(호)' 4자를 피휘했고, 서한의 '邦(방)', '盈(영)' 이하는 모두 피휘하지 않았다."

소이시의 부정론에 대한 허학이의 견해를 밝히고 있다. 역대로 이릉과 소무의 시가 실제 두 사람이 지었는지의 여부에 대해 많은 이견이 있었다. 허학이는 역대의 부정론에 대해 반론을 제기하고 소무와 이릉의 시에 대한 긍정적인 입장을 보이고 있는데, 여기서는 피휘 문제와 관련하여 자신의 주장을 입증했다.

宋人謂"蘇李詩, 在長安[1]而言江漢[2]", 又謂"'獨有盈觴酒'[3]與十九首'盈盈一水間'[4]俱不避[5]惠帝諱[6], 疑皆非漢人詩". 愚按: 子卿第四首, 乃別友詩[7], 安[8]知其時不在江漢? 又韋孟諷諫詩[9]"總齊羣邦", 於高帝諱[10]且不避, 何必惠帝[11]? 趙凡夫云: "說文[12]止諱東漢[13]'秀'[14]'莊'[15]'炟'[16]'祜'[17]四字, 而於西漢[18]'邦'[19]'盈'[20]

以下皆不諱也."

1 長安(장안): 서한 시대의 수도. 한고조漢高帝 5년(B.C. 202)에 장안현長安縣을 설치하고 한고조 7년에 이곳을 도읍으로 정했다.

2 江漢(강한): 양자강揚子江과 한수漢水를 아울러 이르는 말이다.

3 獨有盈觴酒(독유영상주): 홀로 술잔에 가득 따르다. 이릉 〈여소무시與蘇武詩〉 제2수의 시구다.

4 盈盈一水間(영영일수간): 〈초초견우성迢迢牽牛星〉의 시구다.

5 不避(불피): 피휘하지 않다.

6 惠帝諱(혜제휘): 혜제의 이름을 가리킨다. '휘'는 죽은 사람의 이름을 가리킬 때 사용하는 말이다. 혜제의 이름은 '영盈'이다.

7 別友詩(별우시): 친구와의 송별의 내용을 담은 시.

8 安(안): 어찌.

9 韋孟諷諫詩(위맹풍간시): 위맹은 서한 초기의 시인이다. 현존하는 그의 시로는 〈풍간시諷諫詩〉와 〈재추시在鄒詩〉 2수가 있는데, 《시경, 대아》의 특색을 잘 계승하고 있다. "總齊羣邦(총제군방)"은 〈풍간시〉의 시구다.

10 高帝諱(고제휘): 고제의 이름인 '방邦'을 가리킨다.

11 惠帝(혜제): 유영劉盈. 서한의 제2대 황제다. 한고조 유방의 차남으로 어머니 고황후高皇后 여씨呂氏의 그늘에 가려 불운한 황제로 지냈다. B.C. 202년 유방이 항우를 물리치고 황제의 자리에 오르고 나서 황태자가 되었다. 그러나 유방은 척부인戚夫人의 소생인 유여의劉如意를 총애한 까닭에 여황후가 그의 아들인 유영을 황제로 만들기 위해 온갖 일을 마다하지 않았다. 이에 B.C. 195년 유방이 죽고 유영이 황제에 올랐다. 그러나 여태후는 여전히 척부인을 질투하여 그녀와 그녀의 아들 유여의를 죽였다. 또 여태후는 유방의 큰아들 유비劉肥도 혜제惠帝의 정적이라고 생각하여 그를 독살하려고 했다. 이런 일로 인해 혜제는 정신적 충격을 받아 정치에 관심을 두지 않았고, 여태후가 조정을 장악하게 되었다. 시호는 효혜황제孝惠皇帝이다.

12 說文(설문): 《설문해자說文解字》. 총 15편으로 동한 시기 허신許愼이 편찬했다. 그 당시 통용된 모든 한자 9353자를 540부로 분류했다. 또 자형의 구조를 6서(지사, 상형, 형성, 회의, 전주, 가차)의 원리에 따라 분석하여 한자의 의미를 기술했다.

13 東漢(동한): 광무제 유수가 갱시更始 3년에 낙양에 재건한 정권이다. 장안에
  도읍한 서한과 구별하여 동한, 또는 후한後漢이라고 한다. 한헌제漢獻帝 연강延康
  원년(220년)에 조비에 의해 교체되었다.

14 秀(수): 광무제光武帝의 이름, 유수劉秀를 가리킨다.

15 莊(장): 한명제漢明帝의 이름, 유장劉莊을 가리킨다.

16 炟(달): 한장제漢章帝의 이름, 유달劉炟을 가리킨다.

17 祜(호): 한안제漢安帝의 이름, 유호劉祜를 가리킨다.

18 西漢(서한): 고조 유방이 진나라를 이어 세운 통일 왕조다. 장안에 도읍했기
  때문에 낙양에 재건된 동한과 구별하여 서한 또는 전한前漢이라고 한다. 한소제
  漢少帝 때 외척 왕망王莽이 신新(8~22)이라는 나라를 세우면서 잠시 중단되었다.

19 邦(방): 한고조漢高祖의 이름, 유방劉邦을 가리킨다.

20 盈(영): 한혜제漢惠帝의 이름, 유영劉盈을 가리킨다.

55

  한나라 때 '소무와 이릉'이라고 칭한 것은 이릉이 어찌 소무에게 양
보해서겠는가? 위나라 때 '혜강嵇康과 완적阮籍'이라고 칭한 것은 혜강
이 어찌 완적을 이겨서겠는가? 진나라의 반악潘岳과 육기陸機, 송나라
의 안연지顔延之와 사령운謝靈運, 진나라의 서릉徐陵과 유신庾信, 당나라
의 고적高適과 잠삼岑參, 전기錢起와 유장경劉長卿, 원진元稹과 백거이白
居易는 모두 이름의 소리에 따라 부른 것이지 선후의 우열이 있어서가
아니다.

각 시대별로 주요 문학가는 병칭되는 경우가 많다. 그것은 우열의 선후를
가려서가 아니라 이름의 소리에 따른 것임을 지적했다.

漢稱[1]蘇李, 李豈讓[2]蘇? 魏稱嵇[3]阮, 嵇寧[4]勝阮? 以至晉之潘陸, 宋之顔謝, 陳[5]之
徐[6]庚, 唐之高[7]岑[8]・錢[9]劉[10]・元[11]白[12], 皆順聲而呼, 非以先後爲優劣也.

1 稱(칭): 칭하다. 말하다.

2 讓(양): 양보하다.

3 嵇(혜): 혜강嵇康(223~262). 삼국 시대 위나라의 문인이다. 자는 숙야叔夜이고 초국질譙國銍 곧 지금의 안휘성 북부 사람이다. 죽림칠현竹林七賢의 중심인물이다. 위나라의 왕족과 결혼하여 중산대부中散大夫로 승진했으나 강직한 성격과 반유가적인 성격으로 그 당시의 권력층으로부터 미움을 샀으며, 친구가 일으킨 사건에 말려들어 처형되었다. 〈양생론養生論〉, 〈산거원山巨源〉 등 철학적이고 정치적 논문과 서간문을 많이 썼다. 전통적인 유교 사상과 인생관을 통렬하게 비판하고, 인간 본래의 진실성을 키워야 한다고 주장했다. 참신하고 기발한 발상으로 논쟁을 벌이는 한편, 자손에게 주는 문장에서는 상식적이고 건전한 훈계를 남겼다. 거문고의 명수로 〈금부琴賦〉가 있는 것 이외에도, 시인으로서는 당시 주류를 이루어가던 오언시가 아니라, 《시경》 이래의 사언시를 좋아하며 완적과 더불어 명성이 높았다.

4 寧(녕): 어찌.

5 陳(진): 진패선陳覇先이 세운 남조의 마지막 왕조(557~589). 무장 진패선陳覇先이 557년에 양나라를 멸하고 건국했다. 역시 건강에 도읍했으나 통치지역은 강릉 이동, 장강 이남의 좁은 땅이었다. 589년 수나라에 의해 멸망했다.

6 徐(서): 서릉徐陵(507~583)은 남조 시기 양・진의 문학가 겸 정치가다. 자는 효목孝穆이고 시호는 장章이다. 동해東海 담郯 곧 지금의 산동성 담성현郯城縣 출생이다. 어려서부터 재능이 비범하여 8세에 시문을 짓고 12세에 노장老莊에 통했다. 15세 때부터는 진안왕晉安王 소강蕭綱을 섬겨, 자주 북위와 북제에 사행使行하여 뛰어난 변설과 기략을 발휘했다. 이부상서吏部尚書, 상서복야尚書僕射, 시중侍中, 중서감中書監 등의 요직을 역임했다.

7 高(고): 고적高適(707~765). 당나라 시기의 시인이다. 자는 달부達夫다. 젊었을 때 생업에 종사하지 않고, 산동성과 하북성 등지를 방랑하며 이백・두보 등과 사귀었다. 안녹산의 난 때에 간의태부諫議太夫로 발탁되었으나, 그의 직언直言 탓으로 환관宦官 이보국李輔國에게 미움을 사서 팽주彭州, 촉주蜀州의 자사刺史로 좌천되었으며, 성도成都에 유배되어 있던 두보와 가까이 지냈다. 그 후 영전되어 좌산기상시左散騎常侍가 되었고, 발해현후渤海縣侯에 봉해졌다. 변경에서의 외로움과 전쟁, 이별의 비참함을 읊은 변새시邊塞詩가 뛰어나다. 잠삼의 시와 더불어 성당 시의 일면을 대표한다.

8 岑(잠): 잠삼岑參(715~770). 당나라 시기의 시인이다. 하북성湖北省 강릉江陵 출생이다. 태종太宗 때의 재상 잠문본岑文本의 증손으로 744년에 진사가 되었다. 안서安西 곧 지금의 신강성新疆省 토노번吐魯番 근처에서 절도사의 서기관으로서 두 차례 북서 변경 요새의 사막지대에 종군한 일이 있는데, 그 체험을 살려서 변새시를 잘 썼다.

9 錢(전): 전기錢起. 당나라 시기의 시인이다. 자는 중문仲文이고 오흥吳興 곧 절강성 호주시湖州市 사람이다. 어릴 때부터 수차례 과거에 낙방하다가 천보天寶 7년(748)에 진사가 되었다. 이후 주요 관직을 맡으며 이름을 날렸다. 오언시에 능하며 문채가 아름답고 음률이 조화롭다. 당시 낭사원郎士元과 이름을 나란히 하여 '전랑錢郎'이라고도 불렸는데, 그 당시 사람들은 "앞서 심전기와 송지문이 있었다면, 뒤에 전기와 낭사원이 있다.前有沈宋, 後有錢郎."고 하면서 그의 시문을 높이 숭상했다.

10 劉(유): 유장경劉長卿. 당나라 시기의 시인이다. 자는 문방文房으로 안휘성 선성宣城 출신이라는 설과 호북성河北省 동남쪽에 위치했던 하간河間 출신이라는 설이 있다. 젊었을 때는 낙양 남쪽의 숭양嵩陽에서 살면서 주경야독하는 생활을 했다. 개원開元 21년(733)에 진사가 되었다. 회서淮西 지방에 있는 악악鄂岳의 전운사유후轉運使留後의 직에 있을 때 악악관찰사鄂岳觀察使 오중유吳仲儒의 모함을 받아 육주사마陸州司馬로 좌천당했다. 그러나 말년에는 수주자사隨州刺史를 지내 유수주劉隨州라고도 불렸다. 강직한 성격에 오만한 면이 있어 시에 서명할 때는, 자기 이름이 널리 알려져 있다는 자부심에서 성을 빼고 '장경長卿'이라고만 표기했다고 전한다. 오언시에 능하여 '오언장성五言長城'이라는 칭호도 있다.

11 元(원): 원진元稹(779~831). 당나라 시기의 시인이다. 자는 미지微之이고 하남성 사람이다. 어려서 집안이 가난하여 각고의 노력으로 공부했으며, 일찍이 관직에 나가 15세의 나이로 명경과明經科에 급제하여 감찰어사監察御史가 되었다. 직간을 잘하여 환관과 수구적인 관료의 노여움을 사서 귀양을 갔다가, 나중에 구세력과 타협하여 공부시랑工部侍郎, 동평장사同平章事 등의 벼슬을 지냈다. 한때 군신과의 갈등으로 유배되기도 했다. 831년 무창군절도사武昌軍節度使로 재임하던 중 병사했다. 백거이와 함께 신악부운동新樂府運動을 주도했다. 백거이가 신제악부에 치중한 반면 원진은 고제악부에 치중했다. 그는 일찍이 자신의 시를 고풍古諷, 악풍樂諷, 고체古體, 신제악부新題樂府, 율시律詩, 염시艶詩 등 6가지로 나누었다. 지금까지 719수의 시가 전해지며 내용별로 보면 풍유시가 가장

많다.

12 白(백): 백거이白居易(772~846). 당나라 시기의 시인이다. 자는 낙천樂天이고
호는 취음선생醉吟先生, 향산거사香山居士이다. 산서성 태원太原이 본적이고 낙양
洛陽 부근의 신정新鄭에서 출생했다. 어릴 때부터 시를 잘 지어 주위를 놀라게
했고, 800년에 진사에 급제한 이후 한림학사翰林學士, 좌습유左拾遺가 되어 유교
적 이상주의의 입장에서 당시 사회의 잘못을 비판하는 작품을 많이 썼다. 814
년 태자의 좌찬선태부左贊善太夫에 임용되었으나, 그 이듬해 당시 관료들의 반감
을 사서 구강九江의 사마司馬로 좌천되었다. 그곳에서 인생에 대한 회의와 문학
의 전환점을 맞이하게 되면서 이후 정치적 소용돌이를 피해 지방의 자사를 역
임하며 시와 술과 거문고를 삼우三友로 삼아 '취음선생'이란 호를 쓰며 유유자적
하는 나날을 보냈다. 낙양 교외의 용문龍門의 여러 절을 자주 찾았고 그곳 향산
사香山寺를 보수하여 '향산거사'라는 호를 쓰며 불교로 귀의했다.

56

소제昭帝45)의 〈황곡黃鵠〉과 〈임지淋池〉 두 노래는 모두 초나라 성조
의 악부다. 〈황곡〉은 격조가 고담하고 성운이 뛰어나다. 〈임지〉는 성
정이 비록 방탕하지만 풍격이 순박하다. 그러나 〈임지〉는 왕가王嘉의
《습유기拾遺記》에서 나와 진위를 알 수 없다.

소제의 시에 관한 논의다. 《서경잡기西京雜記》에 따르면 "원시始元 원년 황
곡이 태액지太液池에 내려앉자 소제가 〈황곡가〉를 지었다始元元年, 黃鵠下太液
池, 上爲歌."고 한다. 제1구와 제2구에 '兮(혜)'자가 사용되어 초나라 성조임을
알 수 있으며 잡언시다. 〈황곡〉의 풍격을 평가하고 〈임지〉의 진위에 대해
언급했다.

昭帝1[諱弗陵]黃鵠·淋池二歌, 皆樂府楚聲也. 黃鵠氣格蒼古, 聲韻峻絶. 淋

---

45) 이름 불릉弗陵.

池情雖蕩, 而氣則淳. 然淋池出於王子年拾遺, 眞僞亦不可知.

 1 昭帝(소제): 한나라의 제10대 황제다. 이름은 불릉弗陵이고 무제의 여섯 번째 아들이다. 선왕의 유언에 따라 8세에 즉위했다. 원시始元 6년(B.C. 81) 여러 군국郡國의 현량賢良(지방에서 추천한 선비)을 등용하여 무제 시대의 여러 정책의 개폐改廢를 논했다.

57

왕장王嬙의 사언시 〈원시怨詩〉는 대체로 악부체다. 비록 정교하게 시를 지었으나 서술이 너무 면밀하고 의도가 너무 절박하여 위작에서 나온 것이 틀림없다.

 왕장의 〈원시〉가 위작일 것임을 제기하고 있다. 왕장은 한나라 시기의 미인으로 알려진 왕소군王昭君을 가리키는데 그녀와 관련된 일화가 《서경잡기》에 보인다. 당시 대부분의 후궁들이 화공畵工에게 뇌물을 바치고 아름다운 초상화를 그리게 하여 황제의 총애를 구했다. 그러나 왕소군은 뇌물을 바치지 않았기 때문에 얼굴이 추하게 그려졌고, 그 때문에 오랑캐의 아내로 선발되어 흉노의 왕에게 시집을 가게 되었다. 그녀가 말을 타고 떠날 때서야 원제가 절세의 미인임을 알아보고 크게 후회했다. 이에 원제는 왕소군을 추하게 그린 화공 모연수毛延壽를 참형斬刑에 처했다고 한다.

오늘날 전해지는 왕소군과 관련된 기록이 대부분 역사적 사실과 다르다는 점을 감안하면, 그녀의 시로 알려진 〈원시〉 또한 위작이 아닐 것이라고 단정하기 어렵다. 더욱이 한악부에 이미 〈소군사昭君辭〉, 〈명군탄明君歎〉 등이 있는 것을 보면, 왕소군의 이야기는 일찍부터 광범위하게 유행했다고 말할 수 있으므로, 〈원시〉의 작자 문제에 대한 허학이의 견해가 전혀 터무니없다고 볼 수 없는 듯하다.

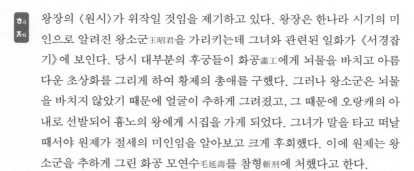 王嬙[1]四言怨詩, 蓋樂府體也. 制作雖工, 而敍述太周, 用意太切, 出於僞撰無疑.

주석 1 王嬙(왕장): 왕소군王昭君. 이름은 장(嬙, 또는 檣, 牆으로도 쓴다)이고 자가 소
군인데, 일설에는 반대로 소군이 이름이고 장이 자라고도 한다. 진문제晉文帝
사마소司馬昭의 이름을 피휘하여 왕명군王明君이라고도 불렸다. 남군南郡의 양가
집 딸로 한나라 원제元帝의 후궁으로 들어갔으나 황제의 총애를 받지 못해 B.C.
33년 원제의 명으로 한나라를 떠나 흉노匈奴의 호한야선우呼韓邪單于에게 시집
가 아들 하나를 낳았다. 호한야가 죽은 뒤 호한야의 본처의 아들인 복주루선우
復株累單于에게 재가하여 두 딸을 낳았다. 이러한 소군의 설화는 세월이 흘러감
에 따라 윤색되면서 흉노와의 화친정책 때문에 희생된 비극적 여주인공으로
전해져 왔으나 대부분은 역사적 사실과 맞지 않는 것으로 본다.

58

반첩여班婕妤의 악부오언 〈원가행怨歌行〉은 사물에 기탁하여 흥기
하고 문채가 저절로 빛난다. 풍시가가 "원망하되 성내지 않으니 국풍
의 전통이다"고 말하고, 왕세정이 "반첩여는 〈고시십구수〉, 소무, 이
릉과 나란히 자리할 수 있다."고 한 것은 이를 두고 말한 것이다. 성제
때 문인을 품별하여 기록하면서 응당 후궁을 언급하지 않았으니, 반
드시 그 진위를 의심할 필요는 없다.[46]

해제 반첩여에 관한 논의다. 〈원가행〉의 가치와 의의를 논했다. 반첩여는 한성
제의 후궁인데 후일 조비연趙飛燕이 성제의 총애를 받게 되면서 장신궁長信
宮으로 물러나 태후太后를 공양했다. 이때 〈원가행〉을 지어 자신의 처지를
스스로 슬퍼했다.

원문 班婕妤樂府五言怨歌行[1], 託物興寄, 而文采自彰[2]. 馮元成謂"怨而不怒, 風
人之遺", 王元美謂"可與十九首·蘇李並驅"是也. 成帝品錄[3]詞人, 不應遂及
後宮, 不必致疑[4]. [其說見蘇李論中.]

---

46) 소무와 이릉에 관한 논의(본권 제51칙)에 설명이 보인다.

1 怨歌行(원가행): 또는 '怨詩(원시)'라고도 한다. 《옥대신영》과 《문선》에는 '원시'로 기록되어 있는데, 《악부시집樂府詩集》에는 '원가행'으로 기록되어 있다.

2 彰(창): 빛나다. 밝다.

3 品錄(품록): 품평하여 기록하다.

4 致疑(치의): 의문을 품다. 의심하다.

59

조비연趙飛燕의 악부 중 초나라 성조 〈귀풍송원조歸風送遠操〉는 시어가 너무 평이하고 주제도 옛것이 아니므로, 또한 위작이다.

해제 조비연의 〈귀풍송원조〉에 관한 논의다. 그 시의 어구, 주제 등의 특징상 위작이 의심된다고 지적했다.

원문 趙飛燕¹樂府楚聲有歸風送遠操, 語甚淺易², 而題亦非古, 亦僞撰也.

주석 1 趙飛燕(조비연): 서한 성제의 황후다. 성양후成陽候 조임趙臨의 딸이며 본명은 의주宜主다. 원래 미천한 신분이었으나, 용모가 뛰어나고 춤과 노래를 잘해 황제의 총애를 받아 후일 효성황후孝成皇后가 되었다. 가냘픈 몸매로 가무에 뛰어나 '날으는 제비'라는 뜻의 별명으로 조비연이라고 불리게 되었다. 중국 고대의 대표 미녀로 손꼽힌다.

2 淺易(천이): 자구나 내용이 간명하여 이해하기 쉽다. 평이하다.

60

마원馬援47)의 악부잡언 〈무계심행武溪深行〉은 겨우 20자 남짓인데도 정경이 융합되고 은근한 정취가 있으니, 악부의 절묘한 경지다.

---

47) 자 문연文淵.

마원의 시 〈무계심행〉에 관한 논의다. 짧은 내용이지만 악부시의 오묘한 경지를 보여주는 작품이라고 평하고 있다. 최표崔豹의 《고금주古今注》에 다음과 같이 기록되어 있다. "〈무계심〉은 마원이 남정할 때 지은 것이다. 마원의 문하생 원기생爰寄生이 피리를 잘 불렀는데 마원이 노래를 지어 그것에 화답하고는 〈무계심〉이라고 명명했다.武溪深, 乃馬援南征之所作也. 援門生爰寄生善吹笛, 援作歌和之, 名曰武溪深."

馬援¹[字文淵]樂府雜言武溪深行², 僅二十餘言, 情景相融³, 鬱紆有致⁴, 是樂府妙境⁵.

1 馬援(마원): 동한 시기의 장군이다. 자는 문연文淵이며 섬서성 흥평현興平縣 북동 지방의 무릉茂陵 출생이다. 왕망王莽의 부름을 받고 한중랑태수漢中郎太守가 되었다가 다시 광무제의 신하가 되어 태중대부太中大夫를 지냈다. 이후 농서태수隴西太守로서 감숙성 방면의 강羌·저氐 등의 오랑캐를 토벌하는 데 공헌을 세웠으며 그 이후에도 복파장군伏波將軍에 임명되어 교지交趾(북베트남) 지방에서 봉기한 징칙徵側과 징이徵貳 자매의 반란을 토벌하고, 하노이 부근의 낭박浪泊까지 진출하여 그곳을 평정했을 뿐 아니라 북방의 흉노匈奴와 오환烏丸의 토벌에도 활약했다.

2 武溪深行(무계심행): 또는 '武陵深行(무릉심행)'이라고도 한다.

3 情景相融(정경상융): 정경이 서로 융합되다.

4 鬱紆有致(울우유치): 은근한 정취가 있다. '울우'는 은근하고 완곡한 것을 가리킨다.

5 妙境(묘경): 절묘한 경지.

61

부의傅毅48)의 사언 〈적지시廸志詩〉는 위맹과 위현성 이후로 진실로 그 영향을 계승했으며, 마땅히 8장으로 지어졌다.

────────────

48) 자 무중武仲.

해제 부의의 시에 관한 논의다. 그의 〈적지시〉가 위맹, 위현성의 영향을 받았음을 지적했다. 앞서 제35칙에서 "위맹과 위현성의 사언시는 그 체재가 완전히 대아에서 나왔다"고 말했으므로, 부의 〈적지시〉의 체재는 근본적으로 대아에서 기원한다고 볼 수 있다. 한편 《후한서》에서는 다음과 같이 기록하고 있다.

"부의는 영평 연간 평릉平陵에서 장구를 배울 때 〈적지시〉를 지었다.毅永平中於平陵習章句, 因作迪志詩"

원문 傅毅[1][字武仲]四言迪志詩, 二韋之後, 實可繼響[2], 當作八章.

주석
1 傅毅(부의): 동한 시기의 사부가다. 부풍扶風 무릉茂陵 곧 지금의 섬서성 홍평興平 사람이다. 명제明帝 영평永平 연간에 평릉平陵에서 장구학章句學을 배우고 〈적지시迪志詩〉를 지어 자신의 포부를 밝혔다. 또 명제가 인재를 구하는 데 성의가 없어 선비들이 대거 은거하자 〈칠격七激〉을 지어 풍자했다. 장제章帝가 널리 문인을 불러 모으고 그에게 난대령사蘭台令史의 관직을 주었다. 낭중郎中이 되어서는 반고, 가규와 함께 조정의 전적을 교감했다. 〈현종송顯宗頌〉 10편으로 이름을 크게 날렸다.
2 繼響(계향): 영향을 이어받다.

62

반고班固[49])의 사언 〈명당明堂〉, 〈벽옹辟雍〉, 〈영대靈臺〉 등의 여러 시는 아도 아니고 송도 아니니, 그 체재가 변화된 것이다. 오언의 〈영사詠史〉 1편은 지나치게 질박하니, 종영이 "반고의 영사는 질박하고 꾸밈이 없다"고 한 것은 이것을 두고 한 말이다.

해제 반고의 시에 관한 논의다. 반고는 동한 시기 저명한 사학가로 《한서》를

---

49) 자 맹견孟堅.

편찬했다. 또한 그는 문학가로서 많은 사부를 지었다. 〈양도부兩都賦〉, 〈유통부幽通賦〉는 이미 유명하다. 〈명당明堂〉, 〈벽옹辟雍〉, 〈영대靈臺〉 등의 사언시가 아의 체재도 아니고 송의 체재도 아니라는 점을 지적하며 새로운 체재의 변화를 이루었음을 강조했다. 그 외 반고의 〈영사시詠史詩〉는 현존하는 가장 완정한 문인 오언시로 평가받는데, 종영은 《시품서詩品序》에서는 다음과 같이 말하고 있다.

"왕포王褒, 양웅楊雄, 매승枚乘, 사마상여司馬相如 등으로부터 사부를 다투어 지었으나 시가의 창작은 듣지 못했다. 이릉李陵에서 반첩여班婕妤까지 근 백여 년간 부녀 작가 한 사람이 있었을 뿐이다. 시인의 작풍이 이미 사라졌다. 동한 이백년 중 오직 반고의 〈영사시〉가 질박하고 꾸미지 않았다.

自王楊枚馬, 辭賦競爽, 而吟咏靡聞. 從李都尉迄班婕妤, 將百年間, 有婦人焉, 一人而已. 詩人之風, 頓已缺喪. 東京二百載中, 唯有班固咏史, 質木無文."

원문

班固[字孟堅]四言明堂・辟雍・靈臺諸詩, 非雅非頌[1], 其體爲變. 五言詠史一篇, 則過於質直[2], 鍾嶸云"班固詠史, 質木無文[3]", 是也.

주석

1 非雅非頌(비아비송): 아도 아니고 송도 아니다.
2 過於質直(과어질직): 지나치게 질박하다.
3 質木無文(질목무문): 질박하고 꾸밈이 없다.

63

나는 일찍이 말했다.

한위의 오언은 천연스러움에서 인위적인 꾸밈으로 변했다. 그러므로 차례를 정리하면 〈고시십구수〉, 소무와 이릉, 반첩여, 위나라 시인 순이 된다.

유협이 "성제 때 품별하여 기록한 것이 삼백여 편인데, 문인이 남긴 시문에는 오언이 보이지 않아서 이릉과 반첩여는 후대에 의심을 받게 되었다"고 말했다. 또 혹자는 〈고시십구수〉는 대부분 건안建安 연간에 조조가 지은 것이라고 의심했으니 그 주장 또한 견해가 있는 듯하다.

반고의 〈영사시詠史詩〉는 질박하고 꾸밈이 없어 마땅히 오언의 시 작이 된다. 대개 질박함을 우선시하고 완미함을 뒤로하니 그 조예가 당나라 시인과 유사하다. 한나라는 서한 시대부터 먼저 내세워 사언 과 잡언을 논했다. 진나라 이후의 오언시는 문장의 꾸밈이 더욱 성행 했다.

> **해제** 한위 오언시의 발전에 관한 전체적인 논의다. 허학이는 한위와 진나라 이 후의 시를 엄격하게 구분한다. 즉 한위 이후로 오언시는 자연스러움에서 인위적인 조탁으로 변했다고 보고 있다. 여기까지 서한까지를 중점으로 논했고, 이하 동한 시대의 오언시에 대해 논한다.

> **원문** 予嘗謂: 漢魏五言, 由天成以變至作用, 故編次先十九首, 次蘇・李・班婕 好, 次魏人. 然劉勰云: "成帝品錄, 三百餘篇, 而詞人遺翰, 莫見五言, 所以 李陵・班婕好見疑[1]於後代也." 又或疑十九首多建安中曹王所製, 其說亦似 有見[2]. 班固詠史, 質木無文, 當爲五言之始. 蓋先質木, 後完美, 其造詣與唐 人相類. 漢先西京, 論四言・雜言也. 晉以後五言, 則文益勝矣.

> **주석** 1 見疑(견의): 의심을 받다.
> 2 有見(유견): 일리가 있다.

64

장형張衡[50)의 사언시 〈원편怨篇〉은 국풍의 정취를 얻었으나 다만 1 장에 국한될 뿐이지 아마도 전체의 시가 다 그런 것은 아닌 듯하다. 악

---

50) 자 평자平子.

부오언 〈동성가同聲歌〉는 서한 시대의 시에 비교하면 비로소 인위적인 수식의 흔적을 보인다.

장형의 시에 관한 논의다. 장형은 혼천의渾天儀, 지동의地動儀를 만든 동한 시기의 저명 과학자일 뿐 아니라 〈이경부二京賦〉, 〈사현부思玄賦〉, 〈귀전부歸田賦〉 등을 창작한 문학가다. 유협은 《문심조룡》에서 장형의 〈원편怨篇〉은 '맑은 곡조로 읊을 만하다淸曲可誦'라고 했다. 악부 〈동성가同聲歌〉는 부인이 스스로 규방의 일에 충실함을 말하는 것으로 신하가 임금을 섬김을 비유한다.

張衡[字平子]四言怨篇¹, 得風人之致², 然僅止一章, 恐³非全詩; 樂府五言同聲歌⁴, 較之西京, 始見作用之跡.

1 怨篇(원편): '원시怨詩'라고도 함.
2 風人之致(풍인지치): 국풍의 정취.
3 恐(공): 아마도.
4 同聲歌(동성가): 《악부해제》에서 다음과 같이 말했다. "부인이 스스로 임금의 총애가 규방에 가득 차 아녀자의 직분을 부지런히 하기를 원하여 임금이 떠나지 않기를 바란다고 말했다. 대자리를 만들어 아래로 편안한 침대와 이부자리를 덮고 위로는 이슬을 막고자 하니 잠자리 걱정을 못내 잊지 못하여 평생토록 잊을 수가 없다. 신하가 임금을 섬기는 것을 비유한다.樂府解題曰, 言婦人自謂幸得充闈房, 願勉供婦職, 不離君子. 思爲莞簟, 在下以蔽匡牀衾褥, 在上以護霜露, 繾綣枕席, 沒齒不忘焉. 以喩臣子之事君也."

65

장형의 악부칠언 〈사수시四愁詩〉는 《시경》과 《이소》를 두루 바탕으로 하여, 그 체재가 어우러지고 시어가 은은하며 천연스러운 오묘함이 있으니, 마땅히 칠언의 비조가 된다.51)

호응린이 말했다.

"〈사수시〉의 장법은 실로 국풍을 바탕으로 삼고, 구법은 모두 이소체를 따랐다."

또 말했다.

"《이소》는 초한楚漢에 성행하고 한 차례 변하여 악부52)가 되었다. 체재는 비록 다르나 시어가 실로 나란히 할 만하니 훌륭한 변화다."

내가 생각건대 《이소》는 악부로 변했고, 〈사수시〉가 더욱 뛰어나다고 운운한다. 아래의 장은 체재가 모두 어우러지고 시어가 모두 은은하다.

"나의 그리움 태산에 있는데, 그곳에 가고자 하나 양보산이 험하구나. 몸 돌려 동쪽을 바라보며 붓에 눈물 적시네. 미인이 나에게 금착식의 패도을 주셨는데, 무엇으로 보답할까, 아름다운 옥이도다. 길 멀어 드리지 못하고 소요하며, 어찌 근심 품고 마음 괴로워하는가.我所思兮在泰山, 欲往從之梁父艱. 側身東望涕霑翰. 美人贈我金錯刀, 何以報之英瓊瑤. 路遠莫致倚逍遙, 何爲懷憂心煩勞."53)

장형의 〈사수시〉가 7언의 비조가 된다고 했다. 〈사수시〉는 모두 4장으로 나눠져 있고 매장 7구, 매구 7언으로 되어 있어 장법이 《국풍》과 비슷하고, 또 각 구에서 '兮(혜)'자를 사용하고 있어 구법은 《이소》와 비슷하다. 따라서 〈사수시〉는 국풍과 이소의 전통을 한데 잘 융합하여 계승했다고 볼 수 있으며, 특히 이소가 악부에 미친 영향을 분명하게 찾아볼 수 있다. 이에 심덕잠은 《고시원》 권2에서 다음과 같이 평했다.

---

51) 아래로 조비曹丕의 〈연가행燕歌行〉으로 나아갔다.
52) 〈대풍가大風歌〉, 〈해하垓河歌〉 등의 노래.
53) 시구를 발췌할 수 없는 까닭에 첫 장을 수록함으로써 그 대략을 살펴보았다. 이후의 〈연가행燕歌行〉, 〈백저무가白紵舞歌〉, 〈행로난行路難〉 등도 모두 같다. 좀 더 논의해야 한다면 별도로 책을 써야 할 것이다.

"마음이 괴로워 우울하며 사색에 잠겨 정이 깊으니 풍소의 변격이다.心煩紆鬱, 低徊情深, 風騷之變格也."

작품의 내용은 마음속에 담아 둔 미인을 바라볼 수 있으나 가까이 갈 수 없는 복잡한 심정을 묘사하고 있다.

張衡樂府七言四愁詩[1], 兼本風騷[2], 而其體渾淪[3], 其語隱約[4], 有天成之妙, 當爲七言之祖. [下流至曹子桓燕歌行.] 胡元瑞云: "四愁章法[5]實本風人, 句法率由騷體." 又云: "離騷盛於楚漢[6], 一變而爲樂府, [大風‧垓下等歌.] 體雖不同, 詞實並駕, 乃變之善者也." 愚按: 離騷變爲樂府, 而四愁則尤善云. 如"我所思兮在泰山, 欲往從之梁父艱. 側身東望涕霑翰. 美人贈我金錯刀, 何以報之英瓊瑤. 路遠莫致倚逍遙, 何爲懷憂心煩勞"等章[7], 體皆渾淪, 語皆隱約者也. [此未可句摘, 故錄首章以見大略. 後燕歌行‧白紵舞歌‧行路難皆同. 蓋欲小論另成一書也.]

1 四愁詩(사수시): 본권 제37칙 주5 참조.
2 風騷(풍소): 《시경》과 《이소》를 가리킨다.
3 渾淪(혼윤): 혼돈한 모양.
4 隱約(은약): 어렴풋하다. 은은하다.
5 章法(장법): 작자가 전편의 장절을 적절하게 배치할 때 쓰는 방법.
6 楚漢(초한): 진한 교체기 초나라와 한나라를 아울러 이르는 말. 항우와 유방이 각기 칭제하며 설립한 정권.
7 이상 〈사수시〉의 시구다. '泰山(태산)'은 지금의 산동성 중부에 있는 산으로 당시의 군주를 비유한다. '梁父(양보)'는 양보산梁甫山으로 태산의 기슭에 있으며 죽은 사람을 매장한 장소였는데 소인을 비유한다. '翰(한)'은 모필毛筆, 즉 붓을 가리킨다. '美人(미인)'은 당시의 군주를 말한다. '金錯刀(금착도)'는 금으로 칼자루에 무늬를 새겨 넣은 패도佩刀를 가리킨다. '英(영)'은 '瑛(영)'과 같은 자이며 옥 같은 미석 혹은 옥빛을 가리킨다. '瓊瑤(경요)'는 패옥佩玉을 말한다. '倚(의)'는 '猗(의)'와 같은 자이며 '兮(혜)'와 같은 어조사다.

66

주목朱穆의 사언 〈절교시絶交詩〉는 시어가 매우 비속하여 질박하다고 눈여겨보기에는 적합하지 못하다. 대개 한나라의 시인은 비록 몇 편의 시를 지었을 뿐이지만 스스로 각 장르의 전문가가 되었다.

주목의 시 〈여유백종절교시與劉伯宗絶交詩〉를 평가했다. 한나라 시인은 모두 많은 수량의 시를 창작하지는 않았지만 문인시의 선두를 개척했기 때문에 각기 전문가가 될 수 있었다. 즉 절교시는 정시正始 연간의 문인에 의해 많이 창작되었는데 주목이 그 개창자라고 볼 수 있다.

朱穆[1]四言絶交詩, 語甚庸鄙[2], 不當以古質[3]目之[4]. 蓋漢人詩雖人止數篇, 亦自有當家也.

1 朱穆(주목): 동한 시기의 문인이다. 자는 공숙公叔, 또는 문원文元이고, 남양南陽 군완郡宛 곧 지금의 하남성 사람이다. 승상 주휘朱暉의 손자로 일찍이 효렴孝廉으로 천거되었다. 순제順帝 말 대장군大將軍 양기梁冀의 사전병사使典兵事를 지냈고, 환제桓帝 때 시어사侍御史를 맡았다. 영흥永興 초에 기주자사冀州刺史가 되어 농민기의를 진압했다. 후일 환관의 눈에 거슬려 형벌을 받게 되자 천 명이 넘는 사람들이 상서를 올려 그의 무고를 아뢰어 풀려났다. 고향에 내려가 있다가 상서로 복직되었다. 환관의 전횡을 보고 울분에 쌓여 죽었다.
2 庸鄙(용비): 비속하다.
3 古質(고질): 고풍스럽다. 질박하다.
4 目之(목지): 눈여겨보다. 주의하여 보다.

67

영제靈帝[54]의 악부 중 초나라 성조 〈초상가招商歌〉는 성운과 기세가 소제昭帝의 〈임지가淋池歌〉와 비슷하다. 그러나 왕가의 《습유기》에서 나왔기에 진위를 알 수가 없다.

해제 영제의 〈초상가〉를 소제의 〈임지가〉와 비교하여 논했다. 왕가의 《습유기》에서 볼 수 있기 때문에 그 진위를 알 수 없다고 했다. 《습유기》에서는 다음과 같이 기록했다.

"영제 초평初平 3년 서원에서 노닐면서 발가벗고 천 칸의 집에서 노닐었다. 푸른 이끼를 따서 계단을 덮고, 저수지를 끌어다가 섬돌을 에워싸고 사방으로 맑게 흐르게 하여 배를 타고 노닐며, 옥색 미인의 궁녀를 선발하여 노를 잡게 하고, 또 초상곡招商曲을 연주하면서 바람을 쐰다. 靈帝初平三年, 遊於西園, 起裸遊館千間. 采綠苔而被堦, 引渠水以繞砌, 周流澄澈, 乘船游漾, 選玉色宮人執篙楫, 又奏招商之曲以來涼風."

원문 靈帝[1][諱宏]樂府楚聲有招商歌, 聲氣與昭帝淋池歌相類. 然亦出於子年拾遺, 眞僞亦不可知.

주석 1 靈帝(영제): 후한의 제11대 황제 유굉劉宏. 바로 직전의 제왕인 환제桓帝의 5촌 조카다. 동한의 가장 암흑 시기에 재위했다.

68

고표高彪[55]의 오언시 〈청계淸誡〉 1편은 광활하고 질박함이 조조曹操와 비슷하다. 조일趙壹[56], 역염酈炎[57], 공융孔融[58], 진가秦嘉[59]의 오언시는 모두 점차 인위적인 수식의 흔적을 보인다. 그러나 조일, 역염,

54) 이름 굉宏.
55) 자 의방義方.
56) 자 원숙元叔.
57) 자 문승文勝.
58) 자 문거文擧.
59) 자 사회士會.

공융은 의도가 더욱 절실한데, 대개 그 시기가 이미 건안建安과 가깝기 때문일 것이다.

서정경이 "공융의 〈임종시臨終詩〉는 명잠銘箴의 말과 아주 유사하다"고 말했고, 호응린이 "조일의 〈질사시疾邪詩〉는 격식이 잡다하여 한나라 오언시 중 최하의 작품이다"고 말했는데, 모두 일리가 있다.

해제 동한 말기의 시인 고표, 조일, 역염, 공융, 진가 등의 시에 관한 논의다. 〈고시십구수〉 이후 문인 오언시의 발달로 인해 점차 인위적인 조탁이 나타나게 되었음을 지적하고 있다.

원문 高彪[1][字義方]五言淸誠一篇, 蒼莽古質, 與曹孟德相類. 趙壹[2][字元叔], 酈炎[3][字文勝], 孔融[4][字文擧], 秦嘉[5][字士會]五言, 俱漸見作用之跡, 而壹·炎·融則用意尤切, 蓋其時已與建安相接矣. 徐昌穀云: "孔融臨終詩, 大類銘箴[6]語." 胡元瑞云: "趙壹疾邪詩, 句格猥凡[7], 漢五言最下者." 俱得之矣.

주석
1 高彪(고표): 동한 말기의 저명 문학가이자 경학가다. 오군吳郡 무석武錫 사람이다. 생년은 미상이나 한영제漢靈帝 중평中平 원년(184)에 죽었다. 집이 본디 가난했지만 유생이 되어 태학에 들어갔으며 재주가 있었으나 말은 어눌했다. 효렴孝廉으로 천거되어 낭중郎中이 되었다. 동관東觀에서 서적을 교감했다.

2 趙壹(조일): 동한 시기의 문인이다. 자는 원숙元叔이고 한양漢陽 서현西縣 곧 지금의 감숙성 천수天水 사람이다. 《후한서, 조일전趙壹傳》에서 "자기의 재능만을 믿고 남을 깔보았다恃才倨傲"고 한 것처럼 성품이 방자하고 예법을 멸시하여 사람들로부터 빈축을 사게 되어 〈해학解謔〉을 지었다. 그 뒤 여러 차례의 범법 행위로 말미암아 죽음을 당할 뻔했으나 친구들이 구출해 주었다. 그리하여 〈궁조부窮鳥賦〉를 지어 친구들에게 감사함을 표현했다. 그는 재주가 뛰어나고 명성도 있었으나, 벼슬은 군리郡吏에 지나지 않았다. 그의 대표작으로는 〈자세질사부刺世疾邪賦〉가 있다. 내용은 당시의 정치 횡포, 관리들의 부패에 대해 서술하고 있다.

3 酈炎(역염): 동한 시기의 문인이다. 자는 문승文勝이고 범양范陽 곧 지금의 하북

성 정흥定興 사람이다. 일찍이 군리郡吏가 되어 효렴으로 천거되었고, 우북평종
사좨주右北平從事祭酒로 부름을 받았으나 모두 사양했다. 그는 효심이 매우 깊어
어머니를 지극히 모셨는데 어머니가 죽자 임신 중에 있던 아내가 병으로 죽는
것도 모를 정도였다. 이에 처가에서 소송을 제기해 옥중에서 죽었다고 전한다.
그는 논리적 사변에 뛰어났고 시문과 음악적 재능이 있었다.

4 孔融(공융): 동한 말기의 문학가이며 건안칠자 중의 한 사람이다. 자는 문거文
擧이고 노국魯國 곧 지금의 산동성 곡부曲阜 사람이다. 공자의 20세손으로 일찍
이 북해北海(지금의 산동성 수광현壽光縣 지역)의 재상을 지내서 '공북해孔北海'라
고도 한다. 성품이 강직하여 여러 번 조조와 대립하여 그의 심기를 거슬렀다가
끝내 조조에게 피살되었다. 조비가 《전론典論》에서 공융을 칠자의 한 사람으
로 거론해 건안칠자에 속하게 되었으나 그의 연령과 활동 시기가 다른 사람과
확연히 다르므로 건안 때의 문인으로 보는 것은 부적절하다. 공융의 문집은 원
래 10권이었다고 하나 거의 일실되었고, 명나라 장부張溥가 펴낸 《공소부집孔
少府集》에는 대부분 산문이 수록되어 있고 시는 7수가 있다.

5 秦嘉(진가): 진나라 말기의 인물이다. 진섭陳涉의 기의 때 그의 부하가 되어 높
은 관직에 올랐다. 진섭이 패한 뒤의 생사는 불분명하다.

6 銘箴(명잠): 문체의 이름. '명'은 금석이나 기물에 새겨 그 사람의 공덕을 기려
후세의 자손에게 보이거나 또는 경계의 글을 새겨 조석으로 반성하는 자료로
삼는 글이다. '잠'은 경계하는 뜻을 담은 글이며 대개 운문이다.

7 句格猥凡(구격외범): 격식이 잡다하다.

69

《후한서後漢書》에서 말했다.

"채염蔡琰[60]은 고향으로 돌아온 후에 전란과 이별에 마음이 상하고,
슬픔과 분노를 뒤돌아보면서 〈비분시悲憤詩〉 2장을 지었다."

내가 생각건대 오언 1장은 〈초중경처시焦仲卿妻詩〉와 비슷하다. 진
역증陳繹曾이 "진실한 감정이 극진하여 자연스레 문장을 이루었다"고

---

60) 자 문희文姬.

한 것은 옳다. 그러나 시편의 처음 열몇 마디는 다소 비천할 뿐이다.
호응린이 "저소손褚少孫이 사마천司馬遷을 배운 것 같다"고 한 것은 옳지 않다. 그 초나라의 음조 1장은 시어가 비록 잡다하나 진실로 채염이 지은 것이다. 그러나 〈호가십팔박胡笳十八拍〉은 위작에서 나온 것임에 틀림없다.

왕세정이 다음과 같이 말했다.

"〈호가십팔박〉은 부드러운 시어가 규방에서 나온 듯한데, 중간에 당나라 음조가 섞여 있으므로 채문희의 창작이 아니다."[61]

해제 채염의 시에 관한 논의다. 〈비분시〉는 진실한 감정에 바탕을 두고 있어 채염이 직접 지은 것이 분명하나, 〈호가십팔박〉은 그 가운데 당나라의 음조가 섞여 있어서 위작이라고 주장하고 있다.

원문 後漢書[1]: "蔡琰[2][字文姬]歸後, 感傷亂離[3], 追懷悲憤[4], 作詩二章[5]." 愚按: 五言一章與焦仲卿妻詩[6]相類, 陳繹曾[7]謂"眞情極切[8], 自然成文", 是也. 但篇首十數語, 稍見鄙拙[9]耳. 胡元瑞謂"猶褚先生[10]學太史[11]"者, 非. 其楚調一章, 語雖猥凡, 然自是琰作. 胡笳十八拍[12], 出於僞撰無疑. 王元美云: "胡笳十八拍, 輭語[13]似出閨襜[14], 而中雜唐調, 非文姬筆[15]也." [中如"城頭烽火不曾滅, 疆場征戰何時歇. 殺氣朝朝衝塞門, 胡風夜夜吹邊月.""胡笳本自出胡中, 援琴翻出音律同." 數語乃唐調也.]

주석 1 後漢書(후한서): 남조 시기 송나라의 범엽范曄(398~445)이 편찬한 기전체紀傳體의 역사서다. 광무제光武帝에서 헌제獻帝에 이르는 후한의 13대 196년의 역사를

---

61) 이 시 가운데 "성 전방의 봉화 아직 꺼지지 않았으니, 변방의 전장 언제 끝날까. 살기가 아침마다 변방 문에 느껴지고, 오랑캐 땅의 바람 밤마다 변방의 달과 함께 불어오네.城頭烽火不曾滅, 疆場征戰何時歇. 殺氣朝朝衝塞門, 胡風夜夜吹邊月.", "호가는 본래 오랑캐 땅에서 나왔는데, 거문고 소리에 음률을 넣은 것과 같네.胡笳本自出胡中, 援琴翻出音律同."와 같은 몇 마디 말이 곧 당나라의 어조다.

기록하고 있다. 본기本紀 10권, 열전列傳 80권, 지志 30권으로 되어 있다.

2 蔡琰(채염): 동한 시기의 여류 문인이다. 자는 문희文姬인데, 원래는 소희昭姬였으나 진나라 때 사마소司馬昭의 이름을 피휘하여 문희로 고쳤다. 진류陳留 어圉 곧 지금의 하남성 개봉開封 지역 사람으로 채옹의 딸이다. 박학다식하고 재능이 많았으며 문학뿐 아니라 음률, 천문, 수리 등에도 능통했다. 특히 반소班昭를 본받고자 많은 서적을 두루 읽었다. 하동河東 위중도尉仲道에게 시집갔으나 남편이 일찍 죽자 친가로 돌아왔다. 흥평興平 연간에 천하에 난리가 일어나 포로로 붙잡혀 남흉노로 들어가 좌현왕左賢王과 결혼하여 12년을 살면서 두 자식을 낳았다. 조조가 채옹이 후사가 없음을 애통히 여기고 사자를 보내 그녀를 데려와 다시 동사董祀에게 시집을 가게 했다. 이에 《후한서》에서 '동사처董祀妻'라고 기록했다.

3 感傷亂離(감상난리): 전란과 이별에 마음이 상하다.

4 追懷悲憤(추회비분): 슬픔과 분노를 뒤돌아보다.

5 二章(이장): 〈비분시悲憤詩〉를 가리킨다.

6 焦仲卿妻詩(초중경처시): 《악부시집, 잡곡가사》에 실려 있다. 〈공작동남비孔雀東南飛〉라고도 한다. 한대의 장편 악부시로 모두 1785자인데 누가 지었는지는 알 수 없다. 그 시의 서문에서 다음과 같이 말했다. "한말 건안 연간 여강부廬江府 소리小吏 초중경의 처 유씨劉氏가 중경의 어머니에게서 쫓겨났는데 스스로 다시 시집가지 않겠다고 맹세했다. 그 집안에서 그녀를 시집가도록 강요하자 물에 투신하여 죽었다. 중경이 그 소식을 듣고 또한 정원의 나무에 스스로 목을 매어 죽었다. 당시 사람들이 그 일을 슬퍼하여 시를 지었다.漢末建安中, 廬江府小吏焦仲卿妻劉氏, 爲仲卿母所遺, 自誓不嫁. 其家逼之, 乃沒水而死. 仲卿聞之, 亦自縊於庭樹. 時人傷之而爲此辭也."

7 陳繹曾(진역증): 원나라의 문인이다. 자는 백부伯敷(또는 伯孚라고 씀)이고 처주處州 곧 지금의 절강성 여수麗水 사람이다. 관직이 국자조서國子助敍에 이르렀다. 지정至正 3년(1343)에 국사원편수國史院編修를 맡아 《요사遼史》의 편찬을 담당했다. 학식이 뛰어나고 영민하여 여러 경전의 주소를 거의 다 외웠다고 한다. 또한 서예에도 정통하여 여러 서체에 모두 능통했다.

8 眞情極切(진정극절): 진실한 감정이 극진하다.

9 鄙拙(비졸): 비천하다. 촌스럽다.

10 褚先生(저선생): 서한 시기의 문인이다. 이름은 소손少孫이고 생졸년은 미상

이다. 원제와 성제 때 박사가 되었다. 《사기》를 교감했는데 후인들이 이것을
《사기》 뒤에 부록으로 넣고 "저선생왈褚先生曰"이라고 표기했다.

11 太史(태사): 사마천司馬遷을 가리킨다. 제1권 제14칙의 주석10 참조.

12 胡笳十八拍(호가십팔박): 채염의 작품으로 알려져 있으나 그 사실여부에 대
해서는 아직도 쟁론이 분분하다. 1297자에 이르는 장편시다.

13 輭語(연어): 부드러운 언어.

14 閨襜(규첨): 규방閨房.

15 筆(필): 문장.

70

한나라의 악부오언과 고시는 체재가 각기 다르다. 고시의 체재는
완곡할 뿐 아니라 시어 또한 부드럽다. 악부의 체재는 자유로울 뿐 아
니라 시어가 더욱 진솔하다.[62] 대개 악부는 대부분 서사의 시인데, 이
와 같지 않으면 남김없이 다 말할 수 없다. 게다가 자유롭기에 리듬에
잘 들어맞고 진술하기에 이해하기 쉽다.

조이광이 "무릇 악부라고 명명한 것은 모두 작자가 일일이 음절을
배합했다"고 말했는데, 나는 이 말을 감히 이해할 수가 없다. 악부의
장가長歌, 변가變歌, 상가傷歌, 원시怨詩 등은 고시와 애당초 조금도 다
름이 없으므로, 한나라의 악부가 이미 관현으로 다 연주되지 않았음
을 알겠는데, 하물며 위진 이하의 경우는 어떻겠는가? 만약 가사를 수
집하여 곡조에 맞추었다고 한다면 〈고시십구수〉, 소무蘇武와 이릉李陵
등의 시편이 모두 악부에 들어갈 수 있을 것이다. 왕세정의 〈악부고
제서樂府古題序〉 역시 악부의 이러한 특징을 충분히 깨닫지 못했다.

 한악부와 고시의 체제 및 시어의 특징에 대해 논했다.

---

62) 아래로 조식曹植의 악부오언으로 나아갔다.

漢人樂府五言與古詩, 體各不同. 古詩體旣委婉, 而語復悠圓, 樂府體旣軼蕩, 而語更眞率. [下流至曹子建樂府五言.] 蓋樂府多是敍事之詩, 不如此不足以盡傾倒[1], 且軼蕩宜於節奏[2], 而眞率又易曉也. 趙凡夫謂: "凡名樂府, 皆作者一一自配音節." 予未敢信. 樂府如長歌[3]·變歌[4]·傷歌[5]·怨詩[6]等, 與古詩初無少異, 故知漢人樂府已不必盡被管絃[7], 況魏晉以下乎. 若云采詞以度曲[8], 則十九首·蘇李等篇, 皆可入樂府矣. 元微之樂府古題序, 亦未盡得.

1 傾倒(경도): 남김없이 다 말하다.
2 宜於節奏(의어절주): 리듬에 합당하다.
3 長歌(장가): 음을 길게 뽑아 노래하는 악부
4 變歌(변가): 변조의 악부.
5 傷歌(상가): 규정을 노래한 악부. 《악부시집》에 '상가행傷歌行'이 있다.
6 怨詩(원시): 이별의 슬픔이나 규원閨怨을 노래한 악부. 《악부시집》에 '원시행怨詩行'이 있다.
7 被管絃(피관현): 관현악을 입히다.
8 采詞以度曲(채사이도곡): 시어를 모아 곡에 맞추다.

71

한나라의 악부오언은 자유로워 리듬에 잘 들어맞으니 음악의 큰 체재다. 〈백두음白頭吟〉, 〈당상행塘上行〉 등은 후인이 자구를 첨가하여 음절에 배합시켰으니 음악의 율조다. 기타 작품 또한 반드시 자구를 첨가한 것이 있겠지만 다 전해지지 않을 따름이며, 처음부터 작자가 스스로 음절에 배합시킨 것이 아니다. 잡언의 여러 작품은 개괄적으로 논의할 수 없다.

한악부의 오언시 〈백두음〉과 〈당상행〉에 관한 논의다. 이 두 시는 한나라 때의 노래가 후인에 의해 진나라 악곡으로 연주된 것이다. 그 과정에서 자구가 첨가되어 본래의 가사에서 내용이 좀 더 증가했다. 그것은 음절에 맞추기 위해 첨설된 것으로 본래 작자가 쓴 것이 아니다.

  현재 이 두 곡은 모두 《악부시집, 상화가사相和歌辭》에 실려 있다. '상화'
란 현악기와 관악기의 배합으로 가창되는 악곡을 말한다. 그중 〈백두음〉
은 초조곡楚調曲이고 〈당상행〉은 청조곡淸調曲으로 연주되었다. 〈백두음〉
은 한대 탁문군이 바람난 사마상여 때문에 지은 곡이라고 와전된 곡으로
사랑을 저버리고 오직 돈만 쫓는 남편에 대한 원망을 담은 노래다. 또 〈당
상행〉은 지은이가 누구인지에 대해서는 아직도 의견이 분분하지만 대체
적으로 견후甄后의 작품으로 알려져 있다. 견후가 참소를 당해 버려진 슬픔
을 노래한 내용이다.

漢人樂府五言, 軼蕩宜於節奏, 樂之大體也. 如白頭吟·塘上行[1]等, 後人添
設字句[2]以配音節, 樂之律調[3]也. 其他亦必有添設字句者, 但不盡傳耳, 初非
作者自配音節也. 若雜言諸作, 則又不可槪論[4].

1 塘上行(당상행): 한악부. '상화가사, 청조곡'에 속한다. 같은 제목 가운데 가장
  최초의 작품이다. 본 작품의 작자에 대해 《문선》에서는 견후甄后, 위문제魏文帝,
  무제武帝 가운데 누구의 작품인지 의심스럽다고 했다. 그러나 《옥대신영》에는
  견후의 작품으로 실려 있다. 한편 《업도고사鄴都故事》에서는 다음과 같이 말했
  다. "위문제의 견황후는 중산 무극 사람이다. 원소가 업성을 점거했을 때 그의
  둘째 아들 원희가 견후와 결혼해 아내로 삼았다. 후일 태조가 원소를 무너뜨렸
  을 때 문제는 당시 태자였는데, 이후 견후를 부인으로 삼았다. 후일 곽황후에
  의해 참소되어 문제가 후궁에게 사형을 내렸다. 임종을 맞이하여 이 시를 지었
  다. 鄴都故事曰: "魏文帝甄皇后, 中山無極人. 袁紹據鄴, 與中子熙娶后爲妻. 後太祖破紹, 文帝時爲太
  子, 遂以後爲夫人. 後爲郭皇后所譖, 文帝賜死後宮. 臨終爲詩." 견후는 명제 조예曹睿를 낳았
  다. 명제 때 문소황후文昭皇后의 시호를 받았다.
2 添設字句(첨설자구): 자구를 첨가하다.
3 律調(율조): 리듬.
4 槪論(개론): 개괄하여 논하다.

72

한나라의 악부오언 중에는 가歌, 행行, 편篇, 인引 등이 있는데, 명칭이 비록 다르나 체재에는 큰 구분이 없다. 후인이 기필코 악부의 여러 명칭에 대해 구별하고자 했으나 천착을 면하지 못할 뿐이다. 오늘날 악부 여러 편을 예로 들어서 그 제목을 감추어도 그것이 '가'인지 '행'인지 '편'인지 '인'인지를 분별할 수 있다고 하는데, 나는 식별할 수가 없다. 사진謝榛, 호응린 역시 일찍이 이에 관해 말한 적이 있다.

악부시는 본디 음악이 배합된 가사에서 발전했기에, 악부시의 제목은 일반 시가의 제목과 다소 다른 점이 있다. 그것은 가사의 제목일 뿐 아니라 가사의 악보이기도 하며, 후대의 사패詞牌와 비슷한 성격을 지닌다. 따라서 악부시의 제목에는 음악적인 표식이 있는데 《악부시집》 권61에서 곽무천郭茂倩은 다음과 같이 말하고 있다.

"한위의 시대에는 노래를 읊조리며 감흥에 겨웠는데, 시의 갈래에 8가지 명칭이 있었다. 행行, 인引, 가歌, 요謠, 음吟, 영咏, 원怨, 탄嘆으로, 모두 《시경》 육의의 전통이다. 그 성률이 조화롭고 음률이 울려 퍼지므로 총괄적으로 곡曲이라고 부른다.漢魏之世, 歌咏雜興, 而詩之流乃有八名: 曰行, 曰引, 曰歌, 曰謠, 曰吟, 曰咏, 曰怨, 曰嘆, 皆詩人六義之餘也. 至其協聲律, 播金石, 而總謂之曲."

즉 행, 인, 가, 음, 영, 원, 탄은 모두 악부시의 제목이다. 그중 '가', '곡', '영', '음', '요' 등의 명칭은 노래하다는 뜻이다. '행'은 본디 악곡의 진행을 가리키는데 후일 악곡의 편수를 가리키기도 했다. '인'은 서막의 뜻이다. '탄'은 소리를 이어서 노래하다는 뜻이다. 물론 이외에도 많다. 오눌吳訥의 《문장명변文章明辯》에서는 12개의 명칭을 나열했는데, 사실 체재에는 큰 구분이 없어 그것을 모두 구별하는 것은 매우 어렵다.

漢人樂府五言, 有歌·行·篇·引[1]等, 目名[2]雖不同, 而體[3]則無甚分別. 後人必欲於樂府諸名辯之, 恐不免穿鑿耳. 今試擧樂府數篇而隱其名, 有能別其爲歌・爲行・爲篇・爲引者, 則予爲無識矣. 茂秦[4]・元瑞亦嘗言之.

1 歌(행)・行(인)・篇(편)・引(인): 악부시를 가리킨다.

2 目名(명목): 명칭.

3 試擧(시거): 잠시 예를 들다.

4 茂秦(무진): 사진謝榛(1495~1575). 명나라 시기의 평민 시인이다. 자가 무진이고 호는 사명산인四溟山人이다. 산동성 임청臨淸 사람이다. 16세 때 지은 악부상조樂府商調가 광범위하게 유행했으며 성률에 밝았다. 가정 연간 이반용, 왕세정 등과 시사詩社를 결성하여 '후칠자'의 구성원이 되었다. 성당의 시를 본받고자 했다. 후일 이반용에 의해 배척되어 칠자에서 제명되었다. 여러 번왕藩王들과 교유하며 평민으로 생을 마쳤다.

73

한나라 악부오언 〈상봉행相逢行〉, 〈우림랑羽林郎〉, 〈맥상상陌上桑〉 등은 고풍스러움을 내포하면서 화려함이 밖으로 드러나니 가히 절창이라 할 수 있다.

〈상봉행〉에서 다음과 같이 노래했다.

"황금으로 그대의 문 만들고, 백옥으로 그대의 방 만들었네. 방에 술상을 차리고, 한단의 창기에게 시중들게 하네. 뜰에 계수나무 자라고, 밝은 등불이 무척이나 환하구나.黃金爲君門, 白玉爲君堂. 堂上置樽酒, 作使邯鄲娼. 中庭生桂樹, 華燈何煌煌."

"황금으로 말 머리에 고삐를 두르니, 구경꾼이 거리에 가득 찼네. 문에 들어설 때 왼쪽으로 바라보니, 오직 원앙만 보이네. 원앙 72쌍, 줄지어 길을 이루었네.黃金絡馬頭, 觀者盈道傍. 入門時左顧, 但見雙鴛鴦. 鴛鴦七十二, 羅列自成行."

〈우림랑〉에서 다음과 같이 노래했다.

"호희는 15세인데, 봄날 홀로 주막을 열었네. 긴 옷자락 허리띠에 동여매고, 넓은 소매 합환 저고리 입었네.胡姬年十五, 春日獨當壚. 長裾連理帶, 廣袖合歡襦."

"뜻밖에도 금오자金吾子가, 잔뜩 꾸미고 우리 주막을 지나네. 은으로 만든 안장 무척 빛나고, 비취 덮개 부질없이 주저하네. 나에게 와 술을 청하니, 비단 줄에 옥 항아리 들었다. 나에게 와서 맛좋은 안주 구하니, 금 쟁반에 잉어회를 놓았네.不意金吾子, 娉婷過我壚. 銀鞍何煜爚, 翠蓋空踟躕. 就我求淸酒, 絲繩提玉壺. 就我求珍肴, 金盤膾鯉魚."

〈맥상상〉에서 다음과 같이 노래했다.

"나부는 누에치기를 잘하여, 성남 쪽에서 뽕잎을 따네. 푸른 끈을 바구니 줄로 하고, 계수나무 가지로 바구니 고리를 만들었네. 머리 위엔 왜타계를 올리고, 귀에는 명월주를 매달았네. 담황색 비단으로 치마를 만들고, 붉은 비단으로 저고리를 만들었네.羅敷喜蠶桑, 采桑城南隅. 靑絲爲籠係, 桂枝爲籠鉤. 頭上倭墮髻, 耳中明月珠. 緗綺爲下裙, 紫綺爲上襦."

"동방에 천여 기마가 있는데, 남편은 맨 앞에 앉았어요. 어떻게 남편을 알아볼 수 있는가? 백마가 검은 말을 따르네. 푸른 끈으로 말꼬리를 묶었고, 황금장식으로 말머리를 둘렀네. 허리에 녹로검을 찼는데, 천만여 금이나 된다네.東方千餘騎, 夫壻居上頭. 何用識夫壻, 白馬從驪駒. 靑絲繫馬尾, 黃金絡馬頭. 腰中鹿盧劍, 可直千萬餘."

이러한 구절은 모두 고풍스러움 내포하면서 화려함이 밖으로 드러난 것이다. 진송 이하는 꾸밈이 성행하고 질박함이 쇠퇴하여 번지르르하여 볼 만하지 않다.

한대의 오언악부 중 〈상봉행〉, 〈우림랑〉, 〈맥상상〉을 절창이라고 평가하고, 그 구절의 예를 들어 한악부 오언의 풍격을 설명했다.

漢人樂府五言, 如相逢行[1]·羽林郎[2]·陌上桑[3]等, 古色內含[4]而華藻外見[5], 可爲絶唱. 如相逢行云: "黃金爲君門, 白玉爲君堂. 堂上置樽酒, 作使邯鄲娼. 中庭生桂樹, 華燈何煌煌." "黃金絡馬頭, 觀者盈道傍. 入門時左顧, 但見雙鴛鴦. 鴛鴦七十二, 羅列自成行." 羽林郎云: "胡姬年十五, 春日獨當壚. 長裾連理帶, 廣袖合歡襦." "不意金吾子, 娉婷過我廬. 銀鞍何煜爚, 翠蓋空踟躕. 就我求淸酒, 絲繩提玉壺. 就我求珍肴, 金盤膾鯉魚." 陌上桑云: "羅敷喜蠶桑, 采桑城南隅. 靑絲爲籠係[6], 桂枝爲籠鉤[7]. 頭上倭墮髻[8], 耳中明月珠[9]. 緗綺爲下裙, 紫綺爲上襦." "東方千餘騎, 夫壻居上頭. 何用識夫壻, 白馬從驪駒. 靑絲繫馬尾, 黃金絡馬頭. 腰中鹿盧劍, 可直千萬餘"等句, 皆古色內含·華藻外見者也. 晉宋而下, 文勝質衰, 綺靡不足觀矣.

1 相逢行(상봉행): 《악부시집, 상화가사》에 실려 있다. 〈상봉협로간행相逢狹路間行〉, 〈장안유협사행長安有狹斜行〉이라고도 한다. 《악부해제》에서 "그 시의가 〈계명곡鷄鳴曲〉과 같다"고 기록했다.

2 羽林郎(우림랑): 《악부시집, 잡곡가사雜曲歌辭》에 실려 있다. 우림은 숙위宿衛를 담당하는 관직명이다. 《한서》에 다음과 같이 기록되어 있다. "무제의 태초 원년, 당초 건장영기建章營騎를 설치하고 후일 우림기羽林騎라고 고쳤는데 광록훈光祿勛에 속했다. 또 종군하여 순직한 자손을 취해 우림관羽林官에서 양성하여 오병상서五兵尙書로 가르쳤는데, 그들을 우림고아羽林孤兒라고 불렀다.武帝太初元年, 初置建章營騎, 後更名羽林騎, 屬光祿勛. 又取從軍死事之子孫, 養羽林官, 敎以五兵, 號羽林孤兒."

3 陌上桑(맥상상): 《악부시집, 상화가사》에 실려 있다. 〈염가나부행艶歌羅敷行〉이라고도 한다.

4 古色內含(고색내함): 고풍스러움을 내포하다.

5 華藻外見(화조외현): 화려함이 밖으로 드러나다.

6 籠係(롱계): 바구니를 매는 줄.

7 籠鉤(롱구): 바구니에 줄을 매는 둥근 고리.

8 倭墮髻(왜타계): 고대 여성의 일종의 머리 형태. 둥글게 틀어 올린 머리가 정수리에서 한쪽으로 쏠려 있는 모양의 머리 형태다. '墮馬髻(타마계)'라고도 한다.

74

한나라 악부오언 〈초중경처시焦仲卿妻詩〉는 진솔하고 자연스러우면서 화려함을 간간히 드러내니, 〈맥상상陌上桑〉과 견줄 만하나 사람들이 쉽게 이해하지 못한다.

하경명何景明이 말했다.

"고금에 오직 이 1편이 있다. 대체로 가사가 간결하면 고풍스러운데, 이 시편은 가사가 복잡할수록 더욱 고풍스럽다."

왕세정이 말했다.

"〈공작동남비孔雀東南飛〉는 질박하되 조잡하지 않고 어지러우나 정리가 되어 있으며, 그림을 그린 듯 사건을 서술하고 호소하듯 간절하게 감정을 서술하니, 장편의 으뜸이다."[63]

그러나 "명여남산석命如南山石" 2구의 전후에 약간 탈간이 있는 듯하다.

한대의 악부 〈초중경처시〉에 대한 비평이다. 시의 서문에서 그 창작배경에 대해 다음과 같이 말하고 있다. "한말 건안 연간 여강부의廬江府 소리小吏 초중경의 처 유씨劉氏가 중경의 어머니에게서 쫓겨났는데 스스로 다시 시집가지 않겠다고 맹세했다. 그 집안에서 그녀를 시집가도록 강요하자 물에 투신하여 죽었다. 중경이 그 소식을 듣고 또한 정원의 나무에 스스로 목을 매어 죽었다. 당시 사람들이 그 일을 슬퍼하여 시를 지었다.漢末建安中, 廬江府小吏焦仲卿妻劉氏, 爲仲卿母所遺, 自誓不嫁, 其家逼之, 乃投水而死. 仲卿聞之, 亦自縊於庭樹. 時人傷之, 爲詩云爾."

---

63) 이상은 왕세정의 말이다.

이 시는 처음 《옥대신영》에 실렸고, 이후 〈공작동남비孔雀東南飛〉로도 불렸다. 《악부시집》의 '잡곡가사雜曲歌辭'에 들어 있다. 《고시원古詩源》에서는 "모두 1785자로 고금 최초의 장편시다.共一千七百八十五字, 古今第一首長詩也."고 평했다.

漢人樂府五言焦仲卿妻詩, 眞率自然而麗藻間發[1], 與陌上桑[2]並勝[3], 人未易曉. 何仲黙云: "古今惟此一篇. 凡歌辭簡則古, 此篇愈繁愈古." 王元美云: "孔雀東南飛質而不俚[4], 亂而能整[5], 敍事如畫[6], 敍情若訴[7], 長篇之聖也."[以上六句元美語.] 然 "命如南山石" 二句, 上下或有脫簡[8].

1 麗藻間發(여조간발): 아름다운 사조가 가끔씩 나타나다.
2 陌上桑(맥상상): 최표의 《고금주》에서 다음과 같이 말했다. "《맥상상》은 진씨의 딸로 태어났다. 진씨는 한단 사람으로 딸의 이름은 나부인데 읍의 천승의 부자인 왕인의 아내가 되었다. 왕인은 후일 조왕의 가령이 되었다. 나부가 밭에 뽕을 따러가자 조왕이 등대에 올라 보고서는 좋아하여 술을 차려 놓고 그녀를 뺏고자 했다. 나부가 쟁을 연주하여 〈맥상상〉의 노래를 지어 자신의 뜻을 분명하게 밝히자 조왕이 그만두었다.陌上桑者, 出秦氏女子. 秦氏邯鄲人, 有女名羅敷, 爲邑人千乘王仁妻. 王仁後爲趙王家令. 羅敷出采桑於陌上, 趙王登臺見而悅之, 因置酒欲奪焉. 羅敷巧彈箏, 乃作陌上桑之歌以自明, 趙王乃止." 한편 《악부해제》에서는 다음과 같이 말했다. "고사에서 나부가 뽕을 따다가 자사에 의해 요청을 받았지만 그 남편이 시중랑이라는 것을 과시하며 거절한 노래다.古辭言羅敷采桑, 爲使君所邀, 盛夸其夫爲侍中郎以拒之." 그 설이 조금 다름을 확인할 수 있다.
3 並勝(병승): 함께 뛰어나다.
4 質而不俚(질이불리): 질박하되 속되지 않다.
5 亂而能整(난이능정): 어지러우나 정리가 잘 되어 있다.
6 敍事如畫(서사여화): 그림을 그리듯 사건을 서술하다.
7 敍情若訴(서정약소): 호소를 하듯 감정을 서술하다.
8 脫簡(탈간): 산실된 죽간.

75

한나라 악부잡언 〈요가십팔곡鐃歌十八曲〉 중에는 경탄할 만한 시어
가 많다. 그러나 전편이 대부분 이해하기 어렵거나 의미가 비약적이
다. 그 이유에 대해 혹자는 문장이 누락되고 간책이 끊어진 때문이라
고 하고, 혹자는 곡조의 누락된 소리 때문이라고도 하고, 혹자는 가사
를 바르게 하고 곡조를 보충하는 것을 겸하면서 크고 작게 섞여 기록
되었기 때문이라고도 한다. 그 뜻이 명료한 것은 다만 열두세 개뿐이
다. 이반룡과 왕세정이 각 편마다 그것을 모의했는데 어찌 유독 깨달
음이 뛰어나서겠는가? 그중 오직 〈상릉上陵〉, 〈군마황君馬黃〉, 〈유소
사有所思〉, 〈상야上邪〉, 〈임고대臨高臺〉 5편이 다소 읽을 만하니 잠시
기록한다.

다음의 시구는 모두 경탄할 만한 것이다.

"산에서 황작이 나오는데 또한 그물이 있구나. 황작이 높이 날려 하
나 황작을 어찌할거나.山出黃雀亦有羅, 雀以高飛奈雀何."

"물이 깊이 흐르고, 부들이 그윽하구나. 날쌔고 사나운 기병 싸우다
가 죽으니, 둔한 말 배회하며 우는구나.水深激激, 蒲葦冥冥. 梟騎戰鬪死, 駑
馬徘徊鳴."

"물이 소용돌이치며 흐르는구나. 물가에서 멀리 바라보니, 눈물이
내려 옷을 적시네.湯湯回回. 臨水遠望, 泣下沾衣."

"계수나무로 그대의 배를 만들고, 푸른 실로 그대의 화살통을 만드
네. 목란으로 그대의 노를 만들고, 황금을 그 사이에 섞네.桂樹爲君船,
青絲爲君笮, 木蘭爲君櫂, 黃金錯其間."

"지초로 수레 만들고, 용을 말로 삼아, 유람하네, 사해 밖으로.芝爲
車, 龍爲馬, 覽遨遊, 四海外."

"미인이 남으로 돌아가며, 수레를 타고 말을 모네, 미인이 내 마음 아프게 하네. 미인이 북으로 돌아가며, 수레를 타고 말을 모네, 미인이 지극히 편안하네.美人歸以南, 駕車馳馬, 美人傷我心; 佳人歸以北, 駕車馳馬, 佳人安終極."

"그대는 다른 마음 있어, 즐거움을 금할 수 없네.君有他心, 樂不可禁."

"그리운 임이 큰 바다 남쪽에 있네. 무엇으로 그대의 안부를 물을까, 쌍주 대모잠을 보내리라.有所思, 乃在大海南. 何用問遺君, 雙珠玳瑁簪."

"성인이 나타나, 음양을 조화롭게 하네. 미인이 나타나, 구하九河에서 노니네.聖人出, 陰陽和. 美人出, 遊九河."

"산에는 구릉이 없고, 강물이 다 마르고, 겨울에 번개가 치고, 여름에 눈이 내리고, 천지가 하나가 된다면, 감히 그대와 헤어지겠어요.山無陵, 江水爲竭, 冬雷震震, 夏雨雪, 天地合, 乃敢與君絶."

"높은 누대에 올라 집을 지었는데, 아래로 물이 맑고도 차네. 강가에 향초 있어 바라보니 난초이고, 황곡이 높이 날아 훨훨 떠나가네.臨高臺以軒, 下有淸水淸且寒. 江有香草目以蘭, 黃鵠高飛離哉翻."

이반룡의 작품은 비록 대부분 비슷하지만 습작을 면치 못한다. 왕세정의 작품은 또 하나의 다른 격조다.

한대의 악부잡언에 관한 논의다. 〈요가십팔곡〉은 중간에 경탄할 만한 말이 있음을 예를 들어 설명했다. 아울러 작품 전체가 이해하기 어려운 까닭을 여러 논자의 주장을 통해 언급했다.

漢人樂府雜言有鐃歌十八曲[1], 中多警絶之語. 但全篇多難解及迫詰屈曲[2]者, 或謂有缺文斷簡[3], 或謂曲調之遺聲, 或謂兼正辭塡調[4], 大小混錄[5]. 其意義明了[6], 僅十二三耳. 于鱗·元美篇篇擬之, 豈獨有神解[7]耶? 中惟上陵[8]·君馬黃·有所思·上邪·臨高臺[9]五篇稍可讀, 姑[10]錄之. 如"山出黃雀亦有羅,雀以高飛奈雀何.″[11] ″水深激激, 蒲葦冥冥. 梟騎戰鬪死, 駑馬徘徊鳴.″[12] ″湯湯回回. 臨水遠望, 泣下沾衣.″[13] ″桂樹爲君船, 靑絲爲君笮, 木蘭爲君櫂, 黃金錯其間.″[14] ″芝爲車, 龍爲馬, 覽遨遊, 四海外.″[15] ″美人歸以南, 駕車馳馬, 美人傷我心; 佳人歸以北, 駕車馳馬, 佳人安終極.″[16] ″君有他心, 樂不可禁.″[17] ″有所思, 乃在大海南. 何用問遺君? 雙珠玳瑁簪.″[18] ″聖人出, 陰陽和. 美人出, 遊九河.″[19] ″山無陵, 江水爲竭, 冬雷震震, 夏雨雪, 天地合, 乃敢與君絶.″[20] ″臨高臺以軒, 下有淸水淸且寒. 江有香草目以蘭, 黃鵠高飛離哉翻″[21]等句, 皆爲警絶者也. 于鱗雖多相肖[22], 而不免於襲. 元美則別一調矣.

1 鐃歌十八曲(요가십팔곡): 서한 시기의 작품이다. 구체적인 창작 시간은 고증할 수 없다. 다만 〈상지회上之回〉, 〈상릉上陵〉, 〈원여기遠如期〉 3수는 추증할 수 있다. 〈상지회〉는 무제 시대, 〈상릉〉은 선제 시대, 〈원여기〉는 감로甘露 3년 흉노 선우가 왔을 때에 창작된 것이다. 본래 군악으로 한대에 사용 범위가 넓었다. 조회, 연악, 장례 등에도 사용되었다. 잡언시로 압운 구식 등이 자유롭지만 이해하기가 어렵다.

2 迫詰屈曲(박힐굴곡): 의미가 비약적이다.

3 缺文斷簡(결문단간): 문장이 누락되고 간책이 끊어지다.

4 正辭塡調(정사전조): 가사를 바르게 하고 곡조를 보충하다.

5 大小混錄(대소혼록): 크고 작게 섞여 기록되다.

6 意義明了(의의명료): 뜻이 명료하다.

7 神解(신해): 깨달음이 뛰어나다.

8 上陵(상릉): 《악부시집, 고취곡사鼓吹曲辭》에 실려 있다. 《고금악록》에서 다음과 같이 기록했다. "한나라 장제 원화 연간 〈종묘식거〉 여섯 곡이 있었는데 〈중래〉, 〈상릉〉 두 곡을 더해 〈상릉식거〉가 되었다. 古今樂錄曰, 漢章帝元和中, 有宗廟食擧六曲, 加重來·上陵二曲, 爲上陵食擧." 또 《후한서, 예의지禮義志》에서는 다음과 같이 기록했다. "정월 상정에 남교에서 제사를 지내고 그 다음으로 북교, 명당, 고묘, 세조묘에서 제를 지내는데 이를 오공이라고 한다. 예가 마치고 나면 상릉에서 제를 올린다. 서도는 옛날에 상릉이 있었다. 동도의 의례에는 태관이 음식을 올리고 태상이 식거악을 연주한다. 正月上丁, 祠南郊, 次北郊·明堂·高廟·世祖廟, 謂之五供. 禮畢, 以次上陵. 西都舊有上陵. 東都之儀, 太官上食, 太常樂奏食擧."

9 이상은 모두 《악부시집, 고취곡사, 요가십팔곡》 중의 하나다.

10 姑(고): 잠시.

11 山出黃雀亦有羅(산출황작역유라), 雀以高飛奈雀何(작이고비내작하): 산에서 황작이 나오는데 또한 그물이 있구나. 황작이 높이 날려 하나 황작을 어찌할거나. 〈애여장艾如張〉의 시구다.

12 水深激激(수심격격), 蒲葦冥冥(포위명명). 梟騎戰鬪死(효기전투사), 駑馬徘徊鳴(노마배회명): 물이 깊이 흐르고, 부들이 그윽하구나. 날쌔고 사나운 기병 싸우다가 죽으니, 둔한 말 배회하며 우는구나. 〈전성남戰城南〉의 시구다.

13 湯湯回回(탕탕회회). 臨水遠望(임수원망), 泣下沾衣(읍하첨의): 물이 소용돌이치며 흐르는구나. 물가에서 멀리 바라보니, 눈물이 내려 옷을 적시네. 〈무산고巫山高〉의 시구다.

14 桂樹爲君船(계수위군선), 靑絲爲君笮(청사위군착), 木蘭爲君櫂(목란위군도), 黃金錯其間(황금착기간): 계수나무로 그대의 배를 만들고, 푸른 실로 그대의 화살통을 만드네. 목란으로 그대의 노를 만들고, 황금을 그 사이에 섞네. 〈상릉上陵〉의 시구다.

15 芝爲車(지위거), 龍爲馬(용위마), 覽遨遊(람오유), 四海外(사해외): 지초로 수레 만들고, 용을 말로 삼아, 유람하네, 사해 밖으로. 〈상릉〉의 시구다.

16 美人歸以南(미인귀이남), 駕車馳馬(가거치마), 美人傷我心(미인상아심); 佳人歸以北(가인귀이북), 駕車馳馬(가거치마), 佳人安終極(가인안종극): 미인이 남으로 돌아가며, 수레를 타고 말을 모네, 미인이 내 마음 아프게 하네. 미인이 북으로 돌아가며, 수레를 타고 말을 모네, 미인이 지극히 편안하네. 〈군마황君馬黃〉의 시구다.

17 君有他心(군유타심), 樂不可禁(낙불가금): 그대는 다른 마음 있어, 즐거움을 금할 수 없네. 〈방수芳樹〉의 시구다.

18 有所思(유소사), 乃在大海南(내재대해남). 何用問遺君(하용문유군), 雙珠玳瑁簪(쌍주대모잠): 그리운 임이 큰 바다 남쪽에 있네. 무엇으로 그대의 안부를 물을까, 쌍주 대모잠을 보내리라. 〈유소사有所思〉의 시구다.

19 聖人出(성인출), 陰陽和(음양화). 美人出(미인출), 遊九河(유구하): 성인이 나타나, 음양을 조화롭게 하네, 미인이 나타나, 구하九河에서 노니네. 〈성인출聖人出〉의 시구다.

20 山無陵(산무릉), 江水爲竭(강수위갈), 冬雷震震(동뢰진진), 夏雨雪(하우설),

天地合(천지합), 乃敢與君絶(내감여군절): 산에는 구릉이 없고, 강물이 다 마르고, 겨울에 번개가 치고, 여름에 눈이 내리고, 천지가 하나가 된다면, 감히 그대와 헤어지겠어요. 〈상야上邪〉의 시구다.

21 臨高臺以軒(임고대이헌), 下有淸水淸且寒(하유청수청차한). 江有香草目以蘭(강유향초목이란), 黃鵠高飛離哉翻(황곡고비리재번): 높은 누대에 올라 집을 지었는데, 아래로 물이 맑고도 차네. 강가에 향초 있어 바라보니 난초이고, 황곡이 높이 날아 훨훨 떠나가네. 〈임고대臨高臺〉의 시구다.

22 相肖(상초): 비슷하다.

76

한나라 악부잡언 〈고가古歌〉, 〈비가행悲歌行〉, 〈만가행滿歌行〉, 〈서문행西門行〉, 〈동문행東門行〉, 〈염가하상행豔歌何嘗行〉 등은 문맥이 잘 통하고 용어 사용이 적절하며, 거리낌 없이 자유로우니 가장 본받을 만하다. 〈오생烏生〉, 〈왕자교王子喬〉, 〈동도행董逃行〉, 〈고아행孤兒行〉, 〈부병행婦病行〉은 시어가 비록 예스럽지만 중간에 이해할 수 없고 읽을 수 없는 것이 있다. 그러나 〈만가행〉 이하는 실로 조조·조비의 잡언시의 비조가 되었다. 학자들이 진실로 일일이 잘 기억할 수 있다면 식견이 높아지고 글쓰기가 고담해져 후인의 의고 등의 작품에 대해 그 차이를 구별할 수 있을 것이다.

그중 〈왕자교〉의 다음 시구는 뛰어나다고 할 만하다.

"왕자교, 백록을 몰고서, 구름에 올라, 즐겁게 노니네.王子喬, 參駕白鹿上至雲, 戲遊遨."

"동으로 사해오악을 노닐고, 위로 봉래 자운대를 넘었다. 삼왕오제가 명령할 수 없어, 나로 하여금 성명이 태평할 수 있도록 하네.東遊四海五嶽, 上過蓬萊紫雲臺. 三王五帝不足令, 令我聖明應太平."

〈동도행〉의 다음 시구는 뛰어나다고 할 만하다.

"오직 지초가 보이고, 낙엽이 어지러이 떨어지네.但見芝草, 葉落紛紛."

"교칙은 대개 관리가 말을 받고, 신약 약목단을 취한다. 흰 토끼가 오랫동안 꿇어 앉아 가모환 약을 찧네. 폐하에게 한 사발을 바치네.教敕凡吏受言, 采取神藥若木端. 玉兎長跪搗藥蝦蟇丸. 奉上陛下一玉杅."

"폐하는 장수하여 오래 살고, 사면에서 엄숙히 고개를 숙이고, 천신이 좌우에서 웅호하고, 폐하가 오랫동안 하늘과 서로 지키네.陛下長生老壽, 四面肅肅稽首, 天神擁護左右, 陛下長與天相保守."

〈고아행〉의 다음 시구는 뛰어나다고 할 만하다.

"부모가 계실 때, 좋은 수레 타며, 사마를 몰았다. 부모가 돌아가시자, 형수가 나에게 물건 팔게 했네. 남으로 구강에 이르고, 동으로 제와 노나라 땅까지 갔다. 12월에 돌아왔으나, 감히 나의 고생을 말하지 못하네.父母在時, 乘堅車, 駕駟馬. 父母已去, 兄嫂令我行賈. 南到九江, 東到齊與魯. 臘月來歸, 不敢自言苦."

"눈물이 뚝뚝 떨어지고, 콧물이 줄줄이 흐르네. 겨울에는 솜옷이 없고, 여름에는 홑옷이 없네.淚下渫渫, 淸涕纍纍. 冬無複襦, 夏無單衣."

해제 한악부 잡언 중에서 본받을 만한 작품과 이해하기 힘든 작품을 언급하고, 그중 뛰어난 시구의 예를 들었다. 또 이러한 악부잡언이 조조와 조비의 잡언시에 많은 영향을 미쳤음도 지적했다. 실제 조조와 조비는 악부시에 뛰어났다.

원문 漢人樂府雜言如古歌[1]·悲歌[2]·滿歌·西門行·東門行·豔歌何嘗行[3], 文從字順[4], 軼蕩自如, 最爲可法. 烏生[5]·王子喬[6]·董逃行[7]·孤兒行[8]·婦病行[9], 語雖奇古[10], 中有不可解·不可讀者. 然滿歌而下, 實爲孟德·子桓雜言之祖. 學者苟能一一强記[11], 則識見高遠, 下筆蒼古, 而於後人擬古等作,

可別其遠近矣. 中如王子喬云: "王子喬, 參駕白鹿上至雲, 戲遊遨." "東遊四海五嶽, 上過蓬萊紫雲臺. 三王五帝不足令, 令我聖朝應太平." 董逃行云: "但見芝草, 葉落紛紛." "敎敕凡吏受言, 采取神藥若木端. 玉兔長跪擣藥蝦蟇丸. 奉上陛下一玉柈." "陛下長生老壽, 四面肅肅稽首, 天神擁護左右, 陛下長與天相保守." 孤兒行云: "父母在時, 乘堅車, 駕駟馬. 父母已去, 兄嫂令我行賈. 南到九江, 東到齊與魯. 臘月來歸, 不敢自言苦." "淚下渫渫, 淸涕纍纍. 冬無複襦, 夏無單衣" 等句, 亦可爲警絶者矣.

1 古歌(고가): 잡가요사雜歌謠辭의 노래다.

2 悲歌(비가): 〈비가행〉을 가리킨다. 잡곡가사雜曲歌辭에 속한다.

3 豔歌何嘗行(염가하상행): '비곡행飛鵠行'이라고도 한다. 상화가사, 슬조곡瑟調曲에 속한다.

4 文從字順(문종자순): 문장이 글자를 따라 순조롭다.

5 烏生(오생): '오생팔구자烏生八九子'라고도 한다. 상화가사, 상화곡相和曲에 속한다. 《악부해제》에서 다음과 같이 말했다. "까마귀 모자가 본디 남산의 바위 사이에 있는데 진씨秦氏가 쏜 탄환에 맞아 죽게 되었다. 백록이 뜰에 있는데 사람들에게 잡혔다. 황곡이 하늘을 날다가 또 잉어가 깊은 연못에서 헤엄치다가 사람들에게 잡혀 삶겨지게 되었다. 수명은 각기 정해진 기한이 있는데 죽고 사는 것이 이르고 늦고를 어찌 한탄하겠는가를 말했다. 言烏母子, 本在南山巖石間, 而來爲秦氏彈丸所殺. 白鹿在苑中, 得以爲脯. 黃鵠摩天, 鯉在深淵, 人得而烹煮之. 則壽命各有定分, 死生何嘆前後也."

6 王子喬(왕자교): 상화가사, 음탄곡吟嘆曲에 속한다. 왕자교에 관해서는 유향의 《열선전列仙傳》에서 다음과 같이 기록했다. "왕자교는 주영왕周靈王의 태자 진晉이다. 생황을 잘 불어 봉황이 노래를 했고 이수伊水와 낙수洛水 사이를 노닐었다. 王子喬者, 周靈王太子晉也. 好吹笙作鳳鳴, 游伊洛之間."

7 董逃行(동도행): 상화가사, 청조곡淸調曲에 속한다. 최표의 《고금주》에서 다음과 같이 말했다. "〈동도행〉은 동한 시대의 아동이 지은 것이다. 마침내 동탁董卓이 난을 일으키니 결국 도망갔다. 후인이 그것을 익혀 노래로 만드니 악부에서 연주하면서 경계로 삼았다. 董逃行, 後漢游童所作也. 終有董卓作亂, 卒以逃亡. 後人習之爲歌章, 樂府奏之, 以爲儆誡焉."

8 孤兒行(고아행): '고아생행孤兒生行'이라고도 한다. 상화가사, 슬조곡에 속한다. 《악부해제》에서 다음과 같이 말했다. "고사古辭에서 고아가 형수에게 구박을 받아 오래 머물기 어려움을 말한 것이다. 古辭言孤兒爲兄嫂所苦, 難與久居也."

9 婦病行(부병행): 상화가사 슬조곡에 속한다.

10 奇古(기고): 예스럽다.

11 强記(강기): 기억력이 뛰어나다.

77

한나라 악부잡언 〈동도행董逃行〉, 〈안문태수행鴈門太守行〉은 내용이 제목과 완전히 비슷하지 않으므로 별도의 고사古詞가 있지 않을까 하는데, 이것은 오직 그 성조를 익힌 것일 뿐이다. 조조의 〈맥상상陌上桑〉, 〈추호행秋胡行〉 또한 그러하다.

해제 한악부 중에서 시의 내용과 제목과 어긋난 것에 대해 지적했다. 한악부는 본래 곡명과 그 내용이 일치했다. 그런데 후대로 갈수록 불일치하게 되는 경우가 많아졌다. 이것은 문인의 의악부가 늘어나면서 생겨난 현상이다. 고인은 대부분 사에 따라 악곡을 넣었지만, 후인들은 성조에 따라서 가사를 만들어 넣었기 때문이다. 그러면서 본래 악부가 지니고 있던 내용, 주제, 풍격 등이 불일치하게 되었다.

원문 漢人樂府雜言如董逃行 · 鴈門太守行[1], 詞意[2]與題全不相類, 疑別有古詞, 此但習其聲調耳. 曹孟德陌上桑 · 秋胡行[3]亦然.

주석 1 鴈門太守行(안문태수행): 상화가사, 슬조곡에 속한다. 《악부해제》에서 왕환王渙의 이야기를 서술한 것이라고 한다.

2 詞意(사의): 내용.

3 秋胡行(추호행): 상화가사, 청조곡에 속한다. 《서경잡기西京雜記》에 다음과 같이 기록되어 있다. "노나라 사람 추호가 아내를 맞이한 지 3개월 만에 3년을 출

사했다가 잠시 집으로 돌아왔다. 그 아내가 교외에서 뽕을 따고 있었다. 추호가 교외에 이르러 그 아내를 알아보지 못하고는 한눈에 반해서 황금 스무 냥을 주었다. 아내가 '첩은 남편이 있는데 타향에 가서 돌아오지 않았어요. 혼자 독수공방하며 이곳에서 3년을 살았어도 오늘과 같은 수치는 없었어요'라고 말하며 고개도 돌리지 않고 뽕을 땄다. 추호가 부끄러워하며 물러났다. 집에 들어가 '아내가 어디 갔느냐?'고 묻자 '교외에 뽕 따러 가서 아직 돌아오지 않았다'고 말했다. 아내가 돌아왔는데 바로 조금 전 희롱한 부인이었다. 부부는 서로 부끄러워했다. 아내는 기수沂水로 내달려가 빠져 죽었다.魯人秋胡, 娶妻三月, 而游宦三年, 休還家. 其婦采桑於郊. 胡至郊而不識其妻也. 見而悅之, 乃遺黃金一鎰. 妻曰: '妾有夫, 游宦不返. 幽閨獨處, 三年於玆, 未有被辱於今日也.' 采桑不顧, 胡慚而退. 至家, 問: '妻何在?' 曰: '行采桑於郊, 未返.' 旣歸還, 乃向所挑之婦也. 夫妻幷慚. 妻赴沂水而死.

제4권

詩源辯體

한위변漢魏辯

위魏

1

한위의 오언시에 대해 엄우는 같은 점을 보았지만 차이점을 보지 못했고, 호응린은 차이점을 보았지만 같은 점을 보지 못했다. 내가 생각건대 위나라의 시는 한나라의 시와 비교하면 같은 것이 열에 셋이고 다른 것이 열에 일곱인데, 같은 것을 정체로 삼으면 다른 것은 비로소 변체가 된다. 한위의 같은 점은 흥취가 일어난 것으로서 의도적으로 시를 짓지 않았기에, 그 체재가 모두 완곡하고 시어가 모두 부드러우며 천연스런 오묘함이 있다. 위나라 시의 다른 점은 흥취가 일어나지 않았는데 처음부터 의도적으로 시를 지었으므로, 체재가 대부분 자세하게 서술되고 시어가 대부분 꾸며져 점차 인위적인 수식의 흔적이 보인다. 그러므로 한나라 시의 편장은 4~5장을 넘지 않았으나 위나라 시들은 대부분 10장에 이르기도 한다. 이렇게 한나라 시가 살그머니 변하여 건안建安의 시가 된 것이 오언시의 첫 번째 변화다.[1)]

사진謝榛이 "시는 한위를 병칭하는데 위나라의 시가 한나라의 시에 미치지 못한다"고 말한 것은 마땅하다. 반면 "건안시는 대부분 평측이 어렵지 않은데, 이것은 성률의 발전이다"고 한 것은 잘못된 말이다. 대개 위나라 시들은 인위적인 수식을 보일지라도 실로 어우러진 기풍이 있고, 비록 변체일지나 정체와 비슷한데, 하물며 평측의 문제에 있어서 한나라의 시와 다르겠는가?[2]

해제 한위시의 전반적인 특징을 비교하여 논했다. 먼저 엄우는 한위시의 같은 점을 보고 차이점을 보지 못했고, 그 반대로 호응린은 다른 점을 보고 같은 점을 보지 못했다고 지적하고 있다. 허학이는 같은 점이 30%, 다른 점이 70%라고 보고 서로 같은 것을 기준으로 다른 것을 살피면 그 변화를 알 수 있다고 말했다. 상대적인 비교를 통해 시의 발전 과정을 연구하고 있다는 점에서 허학이의 논의는 주목할 만한 가치가 있다.

한위 오언시의 가장 큰 차이점은 인위적인 수식이 가미되어 천연스러운 오묘함이 사라졌다는 것이다. 그 결과 서사의 체재가 많아지고 시구의 조탁이 증가했다. 이것이 바로 오언시의 첫 번째 변화라고 지적했다. 그러나 건안의 시는 그 초기 변형의 시작에 해당하므로 인위적인 수식이 있다고 하더라도 한나라의 정체와 비슷하다고 강조했다. 즉 평측에 대한 문인의 인식은 남조 시기 제·양 무렵에 가서야 진행되었으므로, 건안의 평측이 어렵지 않은 것은 한시의 자연스러움이 계승된 것이지 결코 인위적인 조탁의 결과가 아님을 강조한 것이다.

---

1) 아래로 육기 등 여러 문인의 오언으로 나아갔다.
2) 위나라의 시 중 오직 조식의 "헤엄치는 물고기 푸른 물속에서 노니고, 나는 새 하늘을 날아가네.游魚潛綠水, 翔鳥薄天飛.", "당초 된서리 얼어붙을 때 나가, 오늘 백로가 마를 때 돌아오네.始出嚴霜結, 今來白露晞."의 시구가 평측이 어렵지 않은 듯하나, 사실은 우연히 그렇게 된 것이다. 이하 8칙에서는 한위시의 다른 점을 논한다.

漢魏五言, 滄浪見其同而不見其異, 元瑞見其異而不見其同. 愚按: 魏之於漢, 同者十之三, 異者十之七, 同者爲正, 而異者始變矣. 漢魏同者, 情興[1]所至, 以不意得之, 故其體皆委婉, 而語皆悠圓, 有天成之妙. 魏人異者, 情興未至, 始着意[2]爲之, 故其體多敷敍[3], 而語多構結[4], 漸見作用之迹. 故漢人篇章, 人不越四五, 而魏人多至於成什[5]矣. 此漢人潛流[6]而爲建安, 乃五言之初變也. [下流至陸士衡諸公五言.] 謝茂秦云: "詩以漢魏並言, 魏不逮[7]漢也." 斯言當矣. 又云: "建安率多平仄穩貼[8], 此聲律之漸[9]." 則謬言[10]耳. 蓋魏人雖見作用, 實有渾成之氣[11], 雖變猶正也, 況於平仄之間乎. [魏詩惟曹子建"游魚潛綠水, 翔鳥薄天飛."[12] "始出嚴霜結, 今來白露晞."[13] 似若平仄穩貼, 實偶然耳. 以下八則論漢魏之不同.]

1 情興(정흥): 감흥. 흥취.
2 着意(착의): 주의하다. 신경을 쓰다. 정성을 들이다.
3 敷敍(부서): 상세하게 서술하다.
4 構結(구결): 얽어 짜다. 글을 짓다.
5 成什(성십): 10편을 이루다. '什(십)'은 '10'을 가리킨다. 《시경》 중 아송雅頌을 10편 단위로 묶어 '십'이라고 한 데서 유래된 말이다.
6 潛流(잠류): 살그머니 변하다.
7 不逮(불체): 미치지 못하다.
8 平仄穩貼(평측온첩): 평측이 어렵지 않다.
9 漸(점): 차츰 나아가다의 뜻이다.
10 謬言(류언): 잘못된 말.
11 渾成之氣(혼성지기): 아우름의 기세. 어우러진 기풍. '혼성'은 '渾圇(혼윤)'과 같은 말로 '총괄하다', '포괄하다'의 뜻이다.
12 游魚潛綠水(유어잠녹수), 翔鳥薄天飛(상조박천비): 헤엄치는 물고기 푸른 물 속에서 노니고, 나는 새 하늘을 날아가네. 조식 〈정시情詩〉의 시구다.
13 始出嚴霜結(시출엄상결), 今來白露晞(금래백로희): 당초 된서리 얼어붙을 때 나가, 오늘 백로가 마를 때 돌아오네. 조식 〈정시〉의 시구다.

2

한위의 같은 점은 흥취가 일어나서 성정으로써 시를 짓는 까닭에 고체와 비슷하다. 위나라 시의 다른 점은 흥취가 일어나지 않았는데 의식적으로 시를 지었으므로 고체에서 멀어졌다. 같은 점은 한위시가 모두 국풍의 전통을 계승한 것이고, 다른 점은 위나라 시가 당나라 고시의 선구가 된다는 것이다.

진역증이 말했다.

"동한 시기 이전에는 성정을 위주로 하고, 건안 이후는 뜻을 위주로 한다."

이것은 전대 사람들이 일찍이 설파한 적이 없다.

해제 한시와 위시의 공통점을 찾고, 그 차이점에 관해 개괄적으로 논했다. 우선 국풍의 영향 아래 성정을 바탕으로 시를 창작한다는 점에서 한위의 시가 서로 비슷하다고 지적했다. 그러나 위나라 이후 뜻을 위주로 의식적으로 시를 창작하면서 한나라 시기의 자연스러움이 점차 사라졌다. 따라서 이 분기점이 오언시의 첫 번째 변화가 된다고 규정했다.

원문 漢魏同者, 情興所至, 以情爲詩, 故於古爲近. 魏人異者, 情興未至, 以意爲詩, 故於古爲遠. 同者乃風人之遺響, 異者爲唐古之先驅. 陳繹曾云: "東都以上主情, 建安以下主意." 此前人未嘗道破[1].

주석 1 道破(도파): '說破(설파)'와 같은 말로 사물의 이론을 밝혀 이의가 있을 여지가 없도록 말하는 것을 가리킨다.

3

한나라의 오언시는 체재가 모두 완곡하고 시어가 모두 부드러우며 천연스런 오묘함이 있다. 위나라의 시 중 완곡하고 부드러우며 또한 천연스런 오묘함이 있는 것으로는 조비의 〈잡시雜詩〉 2수 및 〈장가행長歌行〉 2수, 조식의 〈잡시雜詩〉 6수 및 〈칠애七哀〉, 유정의 〈잡시雜詩〉·〈증종제시삼수贈從弟詩三首〉의 제1수와 제3수, 왕찬 〈시詩〉의 "길일을 청명할 때 간택하네吉日簡淸時"와 "수레를 늘어놓고 많은 가마꾼 쉬네列車息衆駕" 및 〈잡시雜詩〉, 서간의 〈실사시室思詩〉가 있다.

그러나 조비의 〈어현무피작시於玄武陂作詩〉·〈어초작시於譙作詩〉·〈맹진시孟津詩〉, 조식의 〈증정의시贈丁儀詩〉·〈증정의왕찬시贈丁儀王粲詩〉·〈증정익시贈丁翼詩〉·〈야전황작행野田黃雀行〉, 유정의 〈공연시公讌詩〉·〈증서간시贈徐幹詩〉·〈증오관중랑장贈五官中郞將〉 4수, 왕찬의 〈영사시詠史詩〉·〈종군행오수從軍行五首〉 중 제4수 및 〈칠애시七哀詩〉 3수는 완곡하고 부드러운 것이 모두 점차 사라지고 인위적인 수식의 흔적이 보이기 시작했다.

또 조비의 〈지광릉어마상작시至廣陵於馬上作詩〉, 조식의 〈명도편名都篇〉·〈백마편白馬篇〉·〈오유영五遊詠〉·〈선인편仙人篇〉·〈구거편驅車篇〉·〈반석편盤石篇〉, 왕찬의 〈종군행오수從軍行五首〉 중 제1수·제2수·제5수3)모두 체재가 자세하게 서술되고 시구가 모두 꾸며져 인위적인 수식의 흔적이 더욱 드러난다.

오늘날 사람들이 위나라 시를 배우면 간혹 비슷하지만 한나라 시를 배우면 대부분 비슷하지 않은 것은, 대개 인위적인 수식은 가능하지만 천연스러움은 쉽게 도달할 수 있는 것이 아니기 때문이다.

---

3) 한나라 악부, 〈우림랑羽林郞〉, 〈맥상상陌上桑〉, 〈초중경처시焦仲卿妻詩〉 등과 같은 것은 서사의 체재이므로 편장이 비록 길지만 천연스러움을 잃지는 않았다. 위나라 시인 조식의 〈미인편〉, 〈명도편〉, 〈백마편〉 등은 사건을 창조적으로 편찬한 것이므로 그 서사가 의도적으로 되었음을 면하지 못한다.

위나라 시 중 한대의 오언시와 같이 체재가 완곡하고 시어가 부드러우며 천연스러운 오묘함이 있는 것을 예로 들었다. 또한 인위적인 조탁이 가미된 시구와 자세하게 서술되어 편장이 길어진 시도 예로 들어 오언시의 변화를 설명했다.

漢人五言, 體皆委婉, 而語皆悠圓, 有天成之妙. 魏人如曹子桓雜詩二首[1]及長歌行二首[2], 曹子建雜詩六首[3]及"明月照高樓"[4], 劉公幹"職事相塡委"[5], "汎汎東流水"[6], "鳳凰集南嶽"[7], 王仲宣"吉日簡淸時"[8], "列車息衆駕"[9], "日暮游西園"[10], 徐偉長[11]"浮雲何洋洋"[12], 委婉悠圓, 亦有天成之妙. 如子桓"兄弟共行遊"[13], "淸夜延貴客"[14], "良辰啓初節"[15], 子建"初秋涼氣發"[16], "從軍度函谷"[17], "嘉賓塡城闕"[18], "置酒高殿上"[19], 公幹"永日行遊戱"[20], "誰謂相去遠"[21]及贈五官中郎將四首, 仲宣"自古無殉死"[22], "朝發鄴都橋"[23]及七哀詩三首, 委婉悠圓, 俱漸失之, 始見作用之跡. 至如子桓"觀兵臨江水"[24], 子建"名都多妖女"[25], "白馬飾金羈"[26], "九州不足步"[27], "仙人攬六箸"[28], "驅車揮駑馬"[29], "盤盤山巓石"[30], 仲宣"從軍有苦樂"[31], "涼風厲秋節"[32], "悠悠涉荒路"[33], 體皆敷敍, 而語皆構結, 益見作用之跡矣. [漢人樂府如羽林郎, 陌上桑, 焦仲卿妻詩等, 乃敍事之體, 故篇什雖長, 不害爲天成. 魏人如曹子建美人篇[34], 名都篇[35], 白馬篇[36]等, 則事由創撰, 故其敷敍不免爲作用耳.] 然今人學魏人或相類而學漢人多不相類者, 蓋作用可能而天成未易及也.

1 雜詩二首(잡시이수): 조비의 시다. '잡시'라는 시제는 《문선》에서 선록한 한위시에서 처음 보인다. 이런 시는 본디 제목이 있었으나 후일 제목이 사라져 시를 선록하면서 '잡시'라고 칭한 것이다. 조비의 〈잡시〉는 모두 유자시游子詩로, 고악부와 고시를 모의한 작품이다.

2 長歌行二首(장가행이수): 조비의 시다. 《고악부古樂府》에는 '장가행長歌行'이라고 되어 있고 《예문유취》에는 '유선시遊仙詩'라고 되어 있다. 현재 녹흠립逯欽立의 《선진한위진남북조시先秦漢魏晉南北朝詩》에는 '절양류행折楊柳行'이라고 되어 있다.

3 雜詩六首(잡시육수): 조식의 시다. 《문선》에는 6수가 모두 하나로 묶여 있지만, 본디 동시에 지은 것이 아니며 내용도 각기 다르다.

4 明月照高樓(명월조고루): 조식의 〈칠애七哀〉를 가리킨다.

5 職事相塡委(직사상전위): 유정의 〈잡시雜詩〉를 가리킨다.

6 汎汎東流水(범범동류수): 유정의 〈증종제시삼수贈從弟詩三首〉 중 제1수를 가리 킨다.

7 鳳凰集南嶽(봉황집남악): 유정의 〈증종제시삼수〉 중 제3수를 가리킨다.

8 吉日簡淸時(길일간청시): 왕찬의 〈시詩〉를 가리킨다.

9 列車息衆駕(열거식중가): 왕찬의 〈시〉를 가리킨다. 《광문선廣文選》에서는 〈청하작淸河作〉으로 되어 있다.

10 日暮游西園(일모유서원): 왕찬의 〈잡시雜詩〉를 가리킨다.

11 徐偉長(서위장): 서간徐幹.

12 浮雲何洋洋(부운하양양): 서간의 〈실사시室思詩〉를 가리킨다.

13 兄弟共行遊(형제공행유): 조비의 〈어현무피작시於玄武陂作詩〉를 가리킨다.

14 淸夜延貴客(청야연귀객): 조비의 〈어초작시於譙作詩〉를 가리킨다.

15 良辰啓初節(양진계초절): 조비의 〈맹진시孟津詩〉를 가리킨다.

16 初秋涼氣發(초추양기발): 조식의 〈증정의시贈丁儀詩〉를 가리킨다.

17 從軍度函谷(종군도함곡): 조식의 〈증정의왕찬시贈丁儀王粲詩〉를 가리킨다.

18 嘉賓塡城闕(가빈전성궐): 조식의 〈증정익시贈丁翼詩〉를 가리킨다.

19 置酒高殿上(치주고전상): 조식의 〈야전황작행野田黃雀行〉을 가리킨다.

20 永日行遊戱(영일행유희): 유정의 〈공연시公讌詩〉를 가리킨다.

21 誰謂相去遠(수위상거원): 유정의 〈증서간시贈徐幹詩〉를 가리킨다.

22 自古無殉死(자고무순사): 왕찬의 〈영사시詠史詩〉를 가리킨다.

23 朝發鄴都橋(조발업도교): 왕찬의 〈종군행오수從軍行五首〉 중 제4수를 가리킨다.

24 觀兵臨江水(관병임강수): 조비의 〈지광릉어마상작시至廣陵於馬上作詩〉를 가리킨다.

25 名都多妖女(명도다요녀): 조식의 〈명도편名都篇〉을 가리킨다.

26 白馬飾金羈(백마식금기): 조식의 〈백마편白馬篇〉을 가리킨다.

27 九州不足步(구주부족보): 조식의 〈오유영五遊詠〉을 가리킨다.

28 仙人攬六箸(선인람육저): 조식의 〈선인편仙人篇〉을 가리킨다.

29 驅車揮駑馬(구거휘노마): 조식의 〈구거편驅車篇〉을 가리킨다.

30 盤盤山巔石(반반산전석): 조식의 〈반석편盤石篇〉을 가리킨다.

31 從軍有苦樂(종군유고락): 왕찬의 〈종군행오수從軍行五首〉중 제1수를 가리킨다.

32 涼風厲秋節(양풍려추절): 왕찬의 〈종군행오수〉중 제2수를 가리킨다.

33 悠悠涉荒路(유유섭황로): 왕찬의 〈종군행오수〉중 제5수를 가리킨다.

34 美人篇(미인편): 조식이 새로운 제목으로 창작한 악부시다. 잡곡가사, 제슬행
齊瑟行에 속한다. 미녀는 군자를 비유한 것이다.

35 名都篇(명도편): 조식이 새로운 제목으로 창작한 악부시다. 잡곡가사, 제슬행
에 속한다. 도시의 귀족자제들이 국사에는 관심이 없고 유락에만 몰두함을 풍
자했다.

36 白馬篇(백마편): 조식이 새로운 제목으로 창작한 악부시다. 잡곡가사, 제슬행
에 속한다. 유협의 무리를 빌려 자신의 우국정신을 담은 작품이다.

4

혹자가 물었다.

"위나라의 오언시가 한나라의 격조와 비교하여 뛰어난 것은 어째
서입니까?"

내가 대답한다.

한나라의 오언시는 천연스러움에 바탕을 두어서 격조가 자유롭고,
위나라의 시는 점점 인위적인 수식을 보이고 시어가 대부분 꾸며졌으
므로 격조가 뛰어난 듯하다. 이를 이해하면 태강과 원가의 시가 어떠
한지를 유추할 수 있을 것이다.

해제 한위시의 격조에 관한 논의다. 한나라에 비해 위나라 시의 격조가 더 뛰어
난 것은 인위적으로 조탁이 가미되었기 때문이라고 말했다. 이른바 시문
의 격조는 그 자체가 인위적인 수식에 의해 변하므로 위나라 이후로 갈수
록 그 격조가 뛰어나게 보이는 것은 자연스러운 이치라고 할 것이다. 그러
나 위시가 감흥에 바탕을 둔 조탁이었다면 서진 시기에 이르러서는 시를
짓기 위한 조탁으로 변했기 때문에 태강 이후의 오언시는 위나라 시와는
또 다른 전환기를 맞게 된다.

或問: "魏人五言, 較漢人氣格似勝, 何也?" 曰: 漢人五言本乎天成, 其氣格自
在, 魏人漸見作用, 語多構結, 故氣格似勝. 知此, 則太康・元嘉可類推[1]矣.

1 類推(유추): 서로 유사한 점으로 미루어 다른 사물을 짐작하여 아는 일.

5

  한위의 오언시는 천연스러움에서 인위적인 수식으로 변한 것이지
조예에 깊이가 있어서가 아니다. 서정경이 "위나라의 시가 문이라면,
한나라의 시는 방에 해당한다"고 한 말은 잘못되었다. 후대의 학자들
은 시대가 하강했을 뿐 아니라 시 창작의 기풍 또한 쇠약해져 진실로
위시에서 한시의 경지로 들어갈 수 없는데, 아마도 유약함에 빠졌기
때문일 따름이다.

한위시는 자연스러움에서 인위적인 수식으로 점차 변해 갔다. 서정경이
위시를 문, 한시를 방이라 비유한 것은, 《논어》에서 "자로의 학문이 당까
지 올랐으나 아직 방에는 들어가지 못했다.由也,升堂矣,未入於室也."고 한 말에
근거하여 한시가 위시에 비해 더 높은 경지에 있음을 말하고자 했기 때문
이다. 그러나 허학이가 이 말이 잘못되었다고 지적한 것은, 문에서 방으로
들어가듯이 시의 경지도 위시의 인위적인 조탁에서 벗어나 한시의 천연스
러운 풍격에 도달할 수 있어야 하는데 실제는 그렇지 못하기 때문이다. 그
주요 원인으로 시대가 변해갈수록 시의 창작 기풍이 쇠미해지면서 한대의
강건하고 비장한 풍격이 사라져 점차 연약하고 화미한 풍격으로 바뀐 탓
이라고 손꼽고 있다.

漢魏五言, 由天成以變至作用, 非造詣有深淺[1]也. 徐昌穀云: "魏詩, 門戶[2]也;
漢詩, 堂奧[3]也." 斯言謬[4]矣. 然後之學者, 時代旣降, 風氣亦漓, 苟非自魏而
入漢, 則恐失之卑弱耳.

6

호응린이 말했다.

"엄우가 '한위 시를 숭상할 만하니, 깨달음에 가탁하지 않았기 때문이다. 사령운에서 성당의 시는 깨달음이 투철하다'고 했다. 이 말은 그럴듯하지만 따져서 확인하지 않았다. 한나라 시인은 단도직입적으로 품고 있던 생각을 쓰고 꾸밈을 더하지 않았으니 엄우가 말한 것처럼 거의 실록이다. 건안 이후에는 점차 사유에 가까워져 고뇌에서 풀려나야 하니, 깨달음에 말미암지 않으면 어찌 지극히 심오하겠는가?"

내가 생각건대 엄우의 말은 본디 의심할 필요가 없으나 호응린의 변론에서 더욱 그 의문이 일어난다. 대개 깨달음이란 막힘에서 통달하는 것이므로, 유연히 자취가 없고 환하게 장애가 없으니 곧 선가禪家가 말하는 해탈이다. 위나라의 오언시는 천연스러움에서 인위적인 수식으로 변하여 흔적이 없는 듯 흔적이 있고, 장애가 없는 듯 장애가 있는데 이것을 깨달음이라고 할 수 있겠는가? 사령운의 시는 이미 심하게 꾸며 유독 "못 가에는 봄풀이 돋고池塘生春草"를 가구로 삼으니, 이것은 깨달았다고는 할 만하지만 '투철한 깨달음'이라고 하는 것은 옳지 않다. 대체로 한위의 시에 대해서는 엄우가 그 요체를 얻었으나 상세하지 못하고, 왕세정과 호응린은 상세하나 그 요체를 얻지 못했다. 다른 사람들은 말할 필요가 없다.[4]

---

4) 왕세정이 "'봄 바람에 온갖 풀 흔들리네東風搖百草'는 바로 구법으로 사람들이 보

한위시에 대한 엄우와 호응린의 비평을 비교하여 논했다. 앞서 제1칙에서 엄우는 한위시의 같은 점을 논하고 호응린은 서로 다른 점을 논했다고 지적했는데, 여기서 그 구체적인 일례를 확인할 수 있다.

胡元瑞云: “滄浪言: ‘漢魏尙矣, 不假[1]悟也. 康樂[2]至盛唐, 透徹之悟也.’ 此言似而未核[3]. 漢人直寫胸臆[4], 斲削無施[5], 嚴氏所云, 庶幾實錄. 建安以降[6], 稍屬[7]思惟[8], 便應懸解[9], 非緣[10]妙悟[11], 曷極精深[12]?” 愚按: 滄浪之言本無可疑, 元瑞之辯, 愈見其惑. 蓋悟者, 乃由窒[13]而通, 故悠然無着[14], 洞然無礙[15], 卽禪家[16]所謂解脫[17]也. 魏人五言, 由天成以變至作用, 乃無着而有着, 無礙而有礙, 而謂之妙悟, 可乎? 若康樂旣極雕刻[18], 而獨以“池塘生春草”[19]爲佳句, 斯可爲悟, 但謂之透徹之悟, 則非矣. 大抵漢魏之詩, 滄浪得其要[20]而弗詳, 元美·元瑞詳而弗得其要, 其他未容措一喙[21]也. [元美謂“‘東風搖百草’[22]便是句法, 爲人所窺”, 是不得其要也.]

1 假(가): 빌리다.
2 康樂(강락): 사령운謝靈運. 제3권 제12칙의 주석4 참조.
3 似而未核(사이미핵): 그럴듯하나 확인하지 않았다. ‘核(핵)’은 ‘覈(핵)’과 같은 자. 조사하다의 뜻이다.
4 直寫胸臆(직사흉억): 단도직입적으로 품고 있는 생각을 쓰다. ‘흉억’은 ‘胸中(흉중)’과 같은 말이다. ‘直(직)’은 ‘꾸미지 않다’의 뜻이다.
5 斲削無施(착삭무시): 꾸밈을 더하지 않다. ‘착삭’은 ‘깎아 없애다’의 뜻이다.
6 以降(이강): ‘以來(이래)’와 같은 말이다.
7 屬(촉): 이어지다.
8 思惟(사유): 정신의 이론적 활동. 경험을 통하여 주어진 감각 내용과 표상表象을 마음속에서 구별하고 결합하여 판단을 내리는 이성의 작용을 가리킨다.
9 懸解(현해): 거꾸로 매달린 데서 풀려 놓인다는 뜻으로 매우 괴로운 상태에서 벗어난다는 의미다.
10 緣(연): 말미암다. 연유하다.

고 배우는 것이다”라고 말한 것은 그 요체를 얻지 못한 것이다.

11 妙悟(묘오): 충분히 깨달음. 극치에 도달한 깊은 깨달음.

12 精深(정심): 정밀하고 심오함.

13 窒(질): 막다. 통하지 않다.

14 無着(무착): 흔적이 없다.

15 無礙(무애): 장애가 없다.

16 禪家(선가): 선종禪宗.

17 解脫(해탈): 미계迷界에 얽매인 굴레를 벗어나다. 미혹이나 번뇌에서 벗어나 깨닫다.

18 雕刻(조각): 문장을 화려하게 꾸미다.

19 池塘生春草(지당생춘초): 못 가에는 봄풀이 돋고. 사령운 〈등지상루登池上樓〉의 시구다.

20 要(요): 관건. 요체.

21 未容措一喙(미용조일훼): 말할 필요가 없다. '喙(훼)'는 '사람이 하는 말'을 가리킨다.

22 東風搖百草(동풍요백초): 봄바람에 온갖 풀 흔들리네.〈고시십구수, 회거가언매회車駕言邁〉의 시구다.

7

선인들이 《국어國語》는 《좌전左傳》보다 못하고, 《좌전》은 《단궁檀弓》보다 못하다고 말한다. 《국어》는 산만하고, 《좌전》은 우회적이며, 《단궁》은 간약하다고 말한다. 나는 일찍이 시로써 그것을 비교하니, 위시는 《국어》와 같고, 한시는 《좌전》과 같고, 국풍은 《단궁》과 같다. 다만 《좌전》은 번잡한 데서 간약함으로 나아가고, 위시는 간약함에서 번잡함으로 나아갈 따름이다.5)

---

5) 덧붙여 말하면, 좌씨左氏는 《춘추春秋》를 전하고자 먼저 열국의 역사를 채집하고 국가별로 말했다. 그 정채로운 것을 두루 섭렵하여 《춘추내전春秋內傳》을 지었다. 그리고 먼저 채집한 것을 초안하여 보존하였는데, 당시 사람들이 전하여 《국어》라고 명명하고 '외전外傳'이라고 일컬었다.

시와 선진의 역사서를 비교하여 각 시기별 시의 특징을 보다 뚜렷하게 설명했다. 국풍을 《단궁》에 비유하고, 한시를 《좌전》에 비유했으며 위시를 《국어》에 비유했다. 국풍→한시→위시로 갈수록 자연스러움에서 인위적인 수식으로 번잡해지는 특징을 역사서를 통해 비유한 점이 인상적이다. 특히 한위시의 서로 비슷하지만 각기 다른 특징을 《춘추내전》과 《춘추외전》의 관계를 통해 규정짓고 있는 보충 설명도 주목할 만하다.

先正[1]謂國[2]不如[3]左[4], 左不如檀[5]; 謂國語枝蔓[6], 左傳紆餘[7], 而檀弓簡約也. 予嘗以詩比之, 魏詩如國語, 漢詩如左傳, 國風如檀弓. 但左傳乃因繁以就簡, 魏詩則由簡以趨繁耳. [按: 左氏[8]將傳春秋, 乃先采集列國[9]之史, 國別爲語. 旋獵[10]其英華, 作春秋內傳[11], 而先所采集, 草藁[12]具存, 時人傳之, 號國語, 謂之外傳[13].]

1 先正(선정): 선인. 현인.

2 國(국): 《국어國語》. 중국 최초의 국가별 역사서다. 동주 왕실과 노국魯國, 제국齊國, 진국晉國, 정국鄭國, 초국楚國, 오국吳國, 월국越國 등 여러 제후국의 역사를 기록했다. 각국 귀족 간의 조빙朝聘, 연향宴饗, 풍간諷諫, 변설辯說, 응대應對 및 각 나라의 역사 사건과 전설을 포함하고 있다. 지은이가 누군지에 대해서는 쟁론이 많은데 사마천은 좌구명이라고 말했다. 그 후 반고, 이앙李昻 등이 모두 좌구명이 지은 것이라고 여기고 《춘추외전春秋外傳》 또는 《좌씨외전左氏外傳》이라고 칭했다. 그러나 송나라 유세안劉世安, 여대광呂大光, 주희朱熹 및 청대의 우동尤侗, 피석서皮錫瑞 등 많은 학자들이 회의를 품고 있던 이래 오늘날까지도 일부에서는 부정적인 견해를 지니고 있다. 그러나 확실한 증거가 없어 설득력이 부족하다는 지적이다. 요컨대 《국어》는 각국 사료를 편집한 것으로 한 사람, 한 시대, 한 지역에서 완성된 것이 아니며, 춘추 시기 각국의 사관에 의해 기술된 것이 후일 역사가에 의해 윤색되어 대략 전국 초쯤에 완성되었다고 보는 것이 일반적이다.

3 不如(불여): …보다 못하다.

4 左(좌): 《좌전左傳》. 중국 최초의 편년체 역사서다. 일반적으로 노나라 은공隱公 원년(B.C. 722)에서 노나라 애공哀公 27년(B.C. 468)까지의 역사를 기술했다고 보는데, 실제로는 노나라 탄공惲公 14년(B.C. 453)까지 기술하고 있다. 춘

추 사회를 연구하는 중요한 역사 문헌으로 각 제후국의 정치, 경제, 군사, 문화 등 방면의 사건을 비교적 상세하게 담고 있다.

5 檀(단): 《단궁檀弓》. 전국시대 단궁, 또는 단공檀公이 편찬했다.

6 枝蔓(지만): 산만하다.

7 紆餘(우여): 우회적이다.

8 左氏(좌씨): 좌구명左丘明(약 B.C. 502~B.C. 422). 춘추 말기 노나라 사람이다. 성은 좌, 이름이 명이라고 하기도 하고, 성은 좌구, 이름이 명이라고 하는 설도 있다. 지식이 해박하고 인품이 고상하다. 이에 사마천은 그를 노군자魯君子라고 불렀다. 《논어, 공야장》에도 다음과 같은 말이 있다. "교언, 영색, 지나친 공손은 좌구명이 부끄러워했고 나 역시 부끄러워한다. 마음속에 원한을 품고 사람과 사귀는 것은 좌구명이 부끄러워했고 나 역시 부끄러워한다.巧言, 令色, 足恭, 左丘明恥之, 丘亦恥之; 匿怨而友其人, 左丘明恥之, 丘亦恥之."

9 列國(열국): 여러 나라.

10 旋獵(선렵): 섭렵하다.

11 春秋內傳(춘추내전): 《좌전》 또는 《춘추좌씨전春秋左氏傳》이라고도 한다.

12 草槁(초고): 초안.

13 外傳(외전): 《춘추외전春秋外傳》 또는 《국어》라고도 칭한다.

8

한위의 오언시에는 각기 성쇠가 있다. 동한의 시를 서한과 비교하면 시대가 다르고, 정시를 건안과 비교하면 진실로 공력에서 차이가 난다. 그러므로 동한 시대는 장형 이후로 그 인위적인 수식이 드러나기 시작했고, 정시의 경우는 완적의 시 외에는 산만하기 그지없다.

한위 오언시의 각 시기별 변화에 대해 논했다. 한나라 때는 동한의 장형 이후, 위나라 때는 정시 연간에 오언시의 기풍이 변했음을 지적했다. 이 말은 곧 문인 오언시의 발전에 의거하여 한나라를 서한과 동한으로 나누고, 위나라를 건안과 정시로 구분할 수 있다는 뜻이다. 다만 전자는 시대의 차이에 의해서 구분되지만, 후자는 문인의 재능에 따른 공력의 차이에 의해서 구분된다는 점을 주의시켰다.

원론 漢魏五言, 各有盛衰[1]. 東京之於西京也, 乃時代不同; 正始[2]之於建安也, 實功力有異[3]. 故東京, 張衡而後, 其作用始著[4]; 正始, 阮籍而外, 則散漫無倫[5].

주석 1 盛衰(성쇠): 성함과 쇠함.
2 正始(정시): 삼국 시대 위명제魏明帝 조방曹芳 시기의 연호다. 240년~249년 사이에 사용되었다.
3 功力有異(공력유이): 공력에 차이가 있다. '공력'은 수완, 솜씨의 뜻이다.
4 著(저): 드러나다.
5 散漫無倫(산만무륜): 산만하기 그지없다. '무륜'은 '비할 바 없다'의 뜻이다.

9

종영이 말했다.

"조공曹公[6]은 아치가 있고 소박하며 구슬픈 구절이 매우 많다. 조예[7]는 조비[8]보다 못하지만 삼조三祖[9]라고 일컬어진다."

생각건대 종영의 《시품》은 조비를 중품中品에 넣고, 조조 및 조예를 하품下品에 넣었다. 오늘날 혹자는 조조를 내세우고 조비 형제를 낮추는데, 대개 종영은 문질文質을 겸비했고 후인은 오직 격조를 중시한 것이다. 그러나 조조의 재주는 사실 조비를 능가한다.[10]

해제 위나라 삼조에 관한 논의다. 종영은 그의 《시품》에서 조조보다 조비를 높

---

6) 이름 조操, 자 맹덕孟德, 시호 무제武帝.
7) 자 원중元仲, 조비의 아들, 시호 명제明帝.
8) 자 자환子桓, 조조의 아들, 시호 문제文帝.
9) 태조太祖 위무제, 고조高祖 위문제, 열조烈祖 위명제.
10) 이하 위나라 시인의 시가를 나누어 논한다.

이 샀고, 후인 중에는 조조를 더 높이 평가하기도 한다. 그것은 비평의 기준이 다르기 때문인데, 종영이 문질겸비文質兼備의 관점에서 평가했다면 후인은 격조를 중시한 것이다. 허학이도 재기론才氣論의 관점에서 조조의 재주를 높이 평가하고 있다.

鍾嶸云: "曹公[名操, 字孟德, 追諡武帝]古直[1], 甚有悲涼[2]之句. 叡[字元仲, 丕之子, 諡明帝]不如丕[字子桓, 操之子, 諡文帝], 亦稱三祖. [武帝太祖·文帝高祖·明帝烈祖.]" 按: 嶸詩品以丕處中品, 曹公及叡居下品. 今或推曹公而劣子桓兄弟者, 蓋鍾嶸兼文質[3], 而後人專氣格也. 然曹公才力[4]實勝子桓. [以下分論魏人詩歌.]

1 古直(고직): '古雅質直(고아질직)'의 뜻이다. 아치가 있고 소박하다.
2 悲涼(비량): 구슬프다.
3 文質(문질): 화려함과 질박함.
4 才力(재력): 재주와 역량.

10

왕세정이 말했다.

"조조의 시풍은 광활하지만 아치가 있고 소박하며 구슬프다. 조비의 시풍은 약간 꾸민 듯하나 진실로 악부의 특색이 있다. 조식은 타고난 재주가 유창하여 비록 천고의 으뜸으로 칭송되나 사실 부친과 형에 비해 뒤떨어진다. 왜 그런가? 재주가 너무 크고 시어가 너무 화려하기 때문이다."

내가 생각건대 왕세정은 일찍이 조비의 〈잡시雜詩〉 2수, 조식의 〈잡시雜詩〉 6수를 〈고시십구수〉에 넣을 수 있다고 했다. 반면 여기서 "조식의 재주가 너무 크고 시어가 너무 화려하여 사실 부친과 형에 뒤떨어진다"고 한 것은 호응린이 그의 악부를 논한 것을 두고 말한 것이다. 조식의 악부오언은 한나라 시와 비교하면 비록 대부분 체재에 벗어나지만11) 사실 한 세대를 대표할 만하다. 조조의 〈해로薤露〉, 〈호리蒿里〉는 지나치게 비루하다. 조비의 〈절양류행折楊柳行〉 제1해 및 제3해, 〈선재행善哉行〉 2수 등의 4편은 비록 법식에 맞는 시문과 같지만 〈잡시〉 이외는 동생에 비해 사실 뒤떨어진다. 조식이 진실로 부친과 형에 뒤떨어진다고 말하는 것이 어찌 정론이 되리오.

해설 조식에 관한 논의다. 왕세정이 조식의 〈잡시〉를 〈고시십구수〉에 비견할 만큼 크게 칭송하면서도 조식의 재주가 조조, 조비보다 못하다고 평한 것은 호응린의 견해를 맹목적으로 수용한 결과라고 지적했다. 호응린은 오직 악부시에 한해 조식의 재주가 너무 높고 시어가 너무 화려하여 그의 부친과 형에 비해 뒤떨어진다고 보았던 것이다. 이에 대해 허학이는 조조 삼부자 중 조식을 가장 으뜸으로 손꼽으며 그의 악부시가 한 세대의 으뜸이 될 만하다고 강조하고 있다.

원문 王元美云: "曹公莽莽[1], 古直悲涼. 子桓小藻[2], 自是樂府本色[3]. 子建天才流麗[4], 雖譽冠千古[5], 而實遜父兄[6]. 何以故? 才太高, 詞太華." 愚按: 元美嘗謂子桓之雜詩二首・子建之雜詩六首[7], 可入十九首; 而此謂 "子建才太高・詞太華, 而實遜父兄", 胡元瑞謂論樂府也. 然子建樂府五言, 較漢人雖多失體, [詳論於後], 實足冠冕一代[8]. 若孟德薤露・蒿里, 是過於質野; 子桓 "西山"[9], "彭祖"[10], "朝日"[11], "朝遊"[12]四篇, 雖若合作[13], 然雜詩而外[14], 去弟實遠. 謂子建實遜父兄, 豈爲定論!

주석 1 莽莽(망망): 넓고 광대하다. 광활하다.
2 小藻(소조): 약간 꾸밈을 가리킨다.
3 本色(본색): 특색.
4 天才流麗(천재유려): 타고난 재주가 화려하다.
5 譽冠千古(예관천고): 천고의 으뜸으로 칭송되다.

---

11) 뒤쪽(본권 제27칙)에서 상세하게 논한다.

6 父兄(부형): 조조와 조비를 가리킨다.

7 雜詩六首(잡시육수): 현재 녹흠립의 《선진한위진남북조시先秦漢魏晉南北朝詩》
  에는 〈잡시칠수雜詩七首〉로 되어 있다.

8 冠冕一代(관면일대): 한 세대의 으뜸이다.

9 西山(서산): 〈절양류행折楊柳行〉의 1해解 부분을 가리킨다. 《예문유취》에서는
  〈유선시遊仙詩〉, 고악부에서는 〈장가행長歌行〉이라고 했다.

10 彭祖(팽조): 〈절양류행折楊柳行〉의 3해 부분을 가리킨다.

11 朝日(조일): 〈선재행善哉行〉을 가리킨다.

12 朝遊(조유): 〈선재행〉을 가리킨다. 《예문유취》에서는 〈동작원시銅雀園詩〉라
  고 되어 있다. 조비의 〈선재행〉은 모두 3편이다.

13 合作(합작): 법식에 맞는 시문.

14 而外(이외): '以外(이외)'와 같은 말이다.

11

조조의 〈단가행短歌行〉, 조비의 〈선재행善哉行〉, 조식의 〈비용편飛龍篇〉 등과 같은 위나라의 악부사언은 〈채지조采芝操〉, 〈홍곡가鴻鵠歌〉에서 기원하여 거리낌 없이 자유롭다. 진실로 악부의 체재이므로 풍아에서 그 기원을 찾는 것은 합당하지 못하다.

위나라의 악부사언의 기원에 관한 논의다. 형식적인 체재가 사언이라고 해서 《시경》의 풍아에서 그 기원을 찾는 것은 옳지 못하다. 제3권 제29칙에서 〈채지조〉와 〈홍곡가〉는 한초의 악부구어가 자유자재로 사용되어 저절로 악부의 체재가 되었으므로 풍아에서 그 근원을 찾는 것은 부당하며, 후일 조조 삼부자의 악부사언에 영향을 미쳤다고 했다.

魏人樂府四言, 如孟德短歌行·子桓善哉行·子建飛龍篇等, 其源出於采芝·鴻鵠, 軼蕩自如[1], 正是樂府之體, 不當於風雅求之.

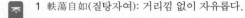

12

조조, 조비의 악부잡언은 성조가 한나라 〈만가행滿歌行〉 등에서 비롯되었는데, 조조의 격조는 비록 예스럽지만 사용하기에 적합한 것이 적다. 조비는 화려함을 약간 더했지만 모든 작품이 그렇지는 않다. 《시기詩紀》에 편찬된 〈염가하상행豔歌何嘗行〉 1편은 고사古辭다.

조조, 조비의 악부잡언에 관한 논의다. 그 기원이 한나라 악부시에서 비롯되었음을 강조하고 두 사람의 시풍을 비교했다. 아울러 《시기》에 수록된 〈염가하상행豔歌何嘗行〉이 고사라고 지적하고 있는데, 이 작품은 《악부시집》에 조비의 작품으로 되어 있다. 또한 녹흠립도 《고금악록古今樂錄》에서 인용한 왕승건王僧虔의 기록에 의거하여 이 작품을 여전히 조비의 작품이라고 보고 있다.

孟德·子桓樂府雜言, 聲調[1]出於漢人滿歌行等, 孟德氣格雖古, 然適用[2]者少. 子桓小加藻麗[3], 然亦無全作[4]; 詩紀所編"何嘗快"[5]一篇, 乃古辭[6]也.

1 聲調(성조): 시문의 음률을 가리킨다.
2 適用(적용): 사용에 적합하다.
3 藻麗(조려): 문장이 화려하다.
4 全作(전작): 모든 작품.
5 何嘗快(하상쾌): 〈염가하상행豔歌何嘗行〉. 《시기》에서 "《송서宋書》에서는 고사라고 했고, 《악부시집》에서는 문제文帝가 지었다.宋書作古辭, 樂府作文帝."고 기록하고 있다.
6 古辭(고사): 고시의 가사. 여기서는 고악부의 시를 가리킨다.

13

조비의 오언시는 유정과 왕찬의 다음이다. 종영의 《시품》에서 유정, 왕찬을 상품에 넣고, 조비를 중품에 넣은 것은 적합하다. 왕세정이 "조비는 유정과 왕찬보다 훨씬 뛰어나다"고 말했는데, 나는 감히 이해할 수 없다.

해제 조비의 오언시에 관한 논의다. 종영은 그의 《시품》에서 유정의 시는 《고시》에서 연원하며 그 기골이 높음이 조식 이래로 독보적이라고 했다. 또 왕찬의 시는 이릉에게서 연원한다고 보고 그 처량한 시풍이 조식과 유정 사이에서 독특한 풍격을 이루었다고 평했다. 허학이는 종영의 이와 같은 견해를 수용하며 왕세정의 견해에 반론을 제기했다.

원문 子桓五言, 在公幹·仲宣之亞. 鍾嶸詩品以公幹·仲宣處上品, 子桓居中品, 得之[1]. 元瑞謂"子桓過公幹·仲宣遠甚", 予未敢信.

주석 1 得之(득지): 알맞다. 적합하다.

14

조비의 악부칠언 〈연가행燕歌行〉은 〈백량栢粱〉을 본받아 용운했는데, 〈사수시四愁詩〉와 비교하면 체재가 점차 자세히 서술되고 시어가 대부분 솔직하여 비로소 인위적인 수식의 흔적을 보인다. 이것은 칠언의 첫 번째 변화다.[12] 예를 들어 다음의 장은 모두 체재가 자세히 서술되고 시어가 모두 솔직하다.

"가을바람 소슬하니 날이 싸늘한데, 초목들 낙엽지고 이슬은 서리

---

12) 아래로 진晉나라 무명씨의 〈백저무가白紵舞歌〉로 나아갔다.

가 되어 내리네. 뭇 제비가 돌아갈 생각하고 남쪽 기러기 나니, 그대의 떠돎을 생각하고 그리움에 애끊네. 애타게 돌아갈 생각하며 고향을 그리면서, 어찌하여 지체하며 타향에 머무는가. 천첩은 근심으로 빈방을 지키며, 근심스레 그대 그리며 잊지 못하니, 저도 모르게 눈물 떨어져 옷을 적시네. 거문고 안고 현을 울려 청상곡 연주하며, 짧은 노래 나직이 불러보나 길게 노래할 수가 없구나. 밝은 달빛이 하얗게 나의 침상 비추고, 은하수 서쪽으로 흐르며 밤이 끝나지 않네. 견우와 직녀는 멀리서 서로 바라보는데 그대들 무슨 죄로 은하수 다리에 가로 막혔는가.秋風蕭瑟天氣涼, 草木搖落露爲霜. 羣燕辭歸鴈南翔, 念君客遊思斷腸. 慊慊思歸戀故鄕, 何爲淹留寄他方? 賤妾煢煢守空房, 憂來思君不敢忘, 不覺淚下霑衣裳. 援琴鳴絃發淸商, 短歌微吟不能長. 明月皎皎照我牀, 星漢西流夜未央. 牽牛織女遙相望, 爾獨何辜限河梁"13)

조비의 〈연가행〉에 관한 논의다. 〈연가행〉은 백량체柏梁體를 기초로 하여 칠언시의 초석이 되었다. 백량체와 관련해서는 제3권 제47칙에서 설명했다.

子桓樂府七言燕歌行, 用韻祖於¹栢梁², 較之四愁, 則體漸敷敍, 語多顯直³, 始見作用之跡. 此七言之初變也. [下流至晉無名氏白紵舞歌⁴.] 如"秋風蕭瑟天氣涼, 草木搖落露爲霜. 羣燕辭歸鴈南翔, 念君客遊思斷腸. 慊慊⁵思歸戀故鄕, 何爲淹留⁶寄他方? 賤妾煢煢⁷守空房, 憂來思君不敢忘, 不覺淚下霑衣裳. 援琴鳴絃發淸商⁸, 短歌微吟不能長. 明月皎皎⁹照我牀, 星漢¹⁰西流夜未央¹¹. 牽牛織女¹²遙相望, 爾獨何辜¹³限河梁¹⁴[首章全篇]."等章, 體皆敷敍, 語皆顯直也.

---

13) 첫 장의 전편이다.

1 祖於(조어): …에서 비롯되다.

2 栢梁(백량): 한무제漢武帝의 〈백량시〉. 한무제는 원봉元封 3년에 백량대柏梁臺를 짓고서 군신들을 모아 한 구씩 시를 짓게 했다.

3 顯直(현직): 솔직하다.

4 白紵舞歌(백저무가): 진나라 〈백저무가〉를 말한다. '紵(저)'는 본디 오땅에서 나는 것이므로 오나라 춤이라고 할 수 있다.

5 慊慊(겸겸): 불만스러운 모양. 마음에 덜 차게 여기는 모양.

6 淹留(엄류): 오래 머무르다.

7 煢煢(경경): 외롭고 의지할 곳 없는 모양.

8 清商(청상): 청상곡清商曲. 악부의 가곡 이름이다.

9 皎皎(교교): 밝은 모양.

10 星漢(성한): 은하銀河를 달리 이르는 말이다.

11 未央(미앙): 아직 끝나지 않다.

12 牽牛織女(견우직녀): 견우와 직녀. 은하 동쪽 가에 있는 별이름이다. 해마다 칠석에 은하를 건너 두 별이 만난다는 전설이 있다.

13 何辜(하고): 무슨 죄.

14 河梁(하량): 은하수 다리.

15

견후甄后의 악부오언 〈당상행塘上行〉은 감정이 얽혀 폐부에서 나왔는데, 탁문군卓文君의 〈백두음白頭吟〉과 비교된다. 혹자는 조조의 작품이라고 하는데, 무슨 까닭인가?

견후의 〈당상행〉에 관한 논의다. 이 작품은 탁문군의 〈백두음〉과 비견되는데, 두 작품은 모두 후일 진나라 악곡으로 연주되었다. 제3권 제50칙 및 제71칙에 관련 내용이 보인다. 폐부에서 나왔다는 것은 정감의 자연스러운 표출이라는 뜻이다.

〈당상행〉은 《악부시집》의 '상화가사, 청조곡清調曲'에 실려 있다. 이 작품의 작자에 대해 《문선》에서는 견후, 조조, 조비 가운데 누구의 작품인

지 의심스럽다고 했다. 그러나 《옥대신영》에는 견후의 작품으로 실려 있
다.

원문 甄后樂府五言塘上行, 情思纏綿¹, 從肺腑²中流出, 與文君白頭吟媲美³. 或
以爲孟德作, 何耶?

주석 1 情思纏綿(정사전면): 감정이 얽히다.
2 肺腑(폐부): 폐장. 진심 또는 내심을 비유한다.
3 媲美(비미): 아름다움을 겨루다. 필적하다.

16

종영이 말했다.

"진사陳思14)는 건안의 영웅이고, 공간公幹15)과 중선仲宣16)이 보좌한
다."

생각건대 《위서魏書, 왕찬전王粲傳》에서 다음과 같이 기록하고 있
다.

"애초 문제 및 조식이 모두 문학을 좋아하고, 왕찬은 서간徐幹17), 진
림陳琳18), 완우阮瑀19), 응창應瑒20), 유정과 더불어 문우가 되었다. 진실
로 한단순邯鄲淳, 번흠繁欽, 노수路粹, 정의丁儀, 정이丁廙, 양수楊脩, 순위
荀緯 등은 또한 문채가 있으나 칠자의 대열에는 끼이지 못했다."21)

---

14) 조식으로 자는 자건子建이고 진왕陳王에 봉해졌으며 시호가 사思이다.
15) 유정劉楨.
16) 왕찬仲宣.
17) 자 위장偉長.
18) 자 공장孔璋.
19) 자 원유元瑜.
20) 자 덕련德璉.
21) 이상은 〈왕찬전〉의 내용이다.

그러므로 위나라는 문제가 오관중랑장五官中郎將이 된 이래로 조식과 왕찬 등 6인을 실제 '건안칠자'라고 칭했다. 그러나 문제의 《전론典論》에서 칠자의 문장을 논한 것에는 조식이 없고 공융孔融이 있다. 호응린은 형제끼리 질투한 까닭이라고 생각했다. 간혹 공융을 왕찬 등과 함께 칠자로 여기고 조식을 누락시키는 것은 옳지 않다. 사령운의 〈의위태자업중집擬魏太子鄴中集〉 시22) 및 이반룡의 〈대종군공연代從軍公讌〉 시에는 모두 조식이 있고 공융이 없다.

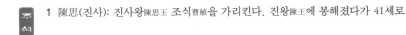

건안칠자에 관한 논의다. 《위서·왕찬전》에 의거할 때 건안칠자는 조식, 왕찬, 서간, 진림, 완우, 응창, 유정을 가리킨다. 그런데 조식 대신에 공융이 들어가기도 하는데 여기서 그 이유에 대해 논하고 있다. 일찍이 호응린은 형제가 서로 질투한 까닭이라고 논했는데, 허학이도 이 견해에 동의하며 조식이 빠져서는 안 된다고 지적했다. 실제 건안칠자의 명칭은 조비의 《전론典論, 논문論文》에서 처음 보이는데, 조비는 조식을 넣지 않았고 공융을 넣었다.

鍾嶸云: "陳思[1][曹植字子建, 封陳王, 謚曰思]爲建安之傑, 公幹[劉楨]·仲宣[王粲]爲輔." 按: 魏書[2]王粲傳: "始文帝及植皆好文學, 粲與徐幹[字偉長]·陳琳[字孔璋]·阮瑀[字元瑜]·應瑒[3][字德璉]·劉楨並見友善. 自邯鄲淳[4]·繁欽[5]·路粹[6]·丁儀[7]·丁廙[8]·楊脩[9]·荀緯[10]等, 亦有文采[11], 而不在七子[12]之例. [以上王粲傳.]" 故魏自文帝爲五官中郎將[13], 植與粲等六人, 實稱"建安七子". 然文帝典論[14]論七子之文, 無曹植有孔融者, 元瑞以爲弟兄相忌故也. 或卽以融與粲等爲七子而遺植, 非矣. 謝靈運擬魏太子鄴中集詩, [時文帝未爲太子], 及李于鱗代從軍公讌詩, 皆有植無融.

1 陳思(진사): 진사왕陳思王 조식曹植을 가리킨다. 진왕陳王에 봉해졌다가 41세로

세상을 떠났다.

2 魏書(위서): 남북조 시기 북제의 위수魏收가 편찬한 역사서다. 기전체로 북위의 역사를 서술했다.

3 應瑒(응창): 동한 말기의 문인이자 건안칠자의 한 사람이다. 자는 덕련德璉이고 여남汝南 남돈南頓 사람이다. 생년은 미상이나 한헌제 건안 22년에 죽었다. 응소應劭의 조카이며 부친 응순應珣은 사공연司空掾을 지냈다. 동생 응거應璩와 함께 시문에 뛰어나 이름이 났으며 후일 평원후서자平原侯庶子가 되었다. 유정과 함께 조조에 의해 승상연속丞相掾屬으로 발탁되었다. 조비가 오관중랑장五官中郞將으로 있을 때 응창은 장군부문학將軍府文學으로 초빙되어 많은 사부를 지었다.

4 邯鄲淳(한단순): 삼국 시대 위나라의 문인이자 서예가다. 자는 자숙子叔이고 일명 축竺으로 불린다. 하남성 우현禹縣 영천潁川 사람인데 원래는 진류陳留 사람이라고도 전해진다. 박학하며 재능이 뛰어났고 문자학에도 통했다. 후한 말기에는 형주荊州 곧 지금의 호북성 강릉 지역에 있었으나 조조가 형주를 점령했을 때 알현하고 황초 원년(220)에 박사博士, 급사중給事中에 임명되었다. 또한 조희曹喜에게 서풍을 배웠고 고문古文, 대전大篆, 팔분八分, 예서隸書 등에 뛰어났다.

5 繁欽(번흠): 동한 말기의 문인이다. 자는 휴백休伯으로 영천潁川 곧 지금의 하남성 우현禹縣 사람이다. 생년은 상세하지 않으나 건안 23년(218)에 세상을 떠났다 승상 조조의 주부主簿를 역임했고 문학적 재능이 뛰어났다. 현존하는 시 6수 가운데 〈정정시定情詩〉가 비교적 유명하다.

6 路粹(노수): 동한 말기의 문인이다. 자는 문위文蔚이고 어려서 채옹에게 사사했다. 건안 초 재주가 뛰어나 상서랑尙書郞이 되었다. 후일 군모좨주軍謀祭酒가 되었고 진림陳琳, 완우阮瑀 등과 서기관을 맡았다. 공융이 죄를 지었을 때 태조는 노수에게 상주하게 했는데, 그 문필을 보고 경외하지 않은 사람이 없었다. 건안 19년에 비서령秘書令으로 승진했다.

7 丁儀(정의): 삼국 시기 위나라 문학가다. 자는 정례正禮이고 패국沛國 곧 지금의 안휘성 탄계灘溪 사람이다. 정충丁沖의 아들이고 정이丁廙의 형이다. 생졸년은 미상으로 대략 황초 원년에 죽었다. 건안 중기 조조의 장녀 청하공주淸河公主와 혼약을 맺었지만, 그가 눈병이 있는 것을 이유로 조비가 조조에게 청하공주를 하후무夏侯楙에게 시집보낼 것을 건의하여 결국 조조의 사위가 되지 못했다. 후일 조조가 서조연西曹椽에 임명했다. 정의 형제는 조식과 사이가 좋아 조식이 태자가 되도록 옹호했다. 이에 조비는 태자가 되어 정의를 우자간연右刺奸椽으로

강등시키고, 제위에 오른 후에는 일가를 참형시키고 재산을 몰수했다.

8 丁廙(정이): 또는 정우丁廙라고도 한다. 《문선》에서는 정익丁翼이라고 했다. 자는 경례敬禮이고, 정충의 아들이며 정의의 동생이다. 생졸년은 미상인데 대략 위나라 황초 원년에 죽었다고 본다. 어려서부터 재주가 뛰어나고 박학다식했다. 건안 연간에 황문시랑黃門侍郎이 되었다. 조식과 친분이 두터웠기에 조비가 재위에 오른 뒤 그를 죽였다.

9 楊脩(양수): 동한 말기의 문학가다. 자는 덕조德祖이고, 홍농弘農 화음華陰 곧 지금의 섬서성 사람이다. 태위太尉 양표楊彪의 아들이다. 박학다식하여 이름이 났다. 건안 연간 효렴孝廉으로 천거되었고 낭중郎中의 벼슬을 지냈으며 후일 조조 주부曹操主簿가 되었으나 조조에 의해 살해되었다.

10 荀緯(순위): 동한 말기의 관리이자 문학가다. 자는 공고公高이고 하내河內 곧 지금의 하남성 사람이다. 어려서 문학을 좋아했고 총명했다. 서군모연署軍謀掾이 되었고 문제 즉위 후 산기교위散騎校尉가 되었다.

11 文采(문채): '文彩(문채)'와 같다.

12 七子(칠자): 건안칠자建安七子.

13 五官中郎將(오관중랑장): 고대의 관직명이다. 서한 시기는 진나라에 이어 오관五官, 좌우삼중랑장左右三中郎將을 두고 낭관郎官을 나누어 다스렸는데 삼서三署라고 부른다. 동한의 규정에 따르면 낭관은 50세 이상 되는 사람은 오관중랑장五官中郎將에 속하고 나머지는 좌우중랑장左右中郎將에 속한다. 전문殿門을 지키는 것을 주관하고 거기車騎의 출입을 관리한다.

14 典論(전론): 조비가 지은 문학이론서다.

17

조식과 왕찬의 사언시는 그 체재가 위맹과 위현성에게서 비롯되었다. 위맹과 위현성은 뜻을 비록 꾸몄지만, 규범이 있고 장엄하며 옛 정취가 찬란하여 옛날 시인의 풍격이 있는 듯하다. 조식과 왕찬은 재주가 뛰어나고 화려한 문채가 찬란하여 진실로 시인의 필체다. 그러나 왕찬을 조식과 비교하면 재주가 열배나 백배가 되는 것 같다. 조식의 〈삭풍朔風〉 5장, 〈응조應詔〉 5장, 〈책궁責躬〉 11장, 왕찬의 〈증채자독贈蔡子篤〉 4장, 〈증사손문시贈士孫文始〉 7장, 〈증문숙랑贈文叔良〉 5장, 〈사친思親〉 7장은 여러 전문가들이 모두 구분할 수 없다.[23]

해제 조식과 왕찬의 사언시에 관한 논의다. 그 체재가 위맹과 위현성에게서 나왔음을 지적하고 있는데, 위맹과 위현성의 사언시는 아에서 나왔다. 따라서 조식과 왕찬의 사언시는 아에서 근원함을 알 수 있다. 앞서 제3권 제1칙에서도 아가 발전하여 한나라의 위맹과 위현성, 위나라의 조식과 왕찬의 사언이 되었다고 했다. 그 외 위맹과 위현성의 사언시에 관해서는 제3권 제35칙에도 보인다. 아울러 왕찬의 재주가 조식에 비해 뒤떨어지지 않음을 강조하고 있는데, 허학이는 아래의 여러 논의에서도 건안칠자 중 왕찬을 가장 으뜸으로 손꼽고 있다.

원문 子建・仲宣四言, 其體出於二韋. 然二韋意雖矜持, 而典則莊嚴[1], 古色照映[2], 猶有古詞人風範. 子建・仲宣則才思逸發[3], 華藻爛然[4], 自是詞人手筆[5]. 然仲宣較子建, 才力不啻[6]什伯[7]也. 子建朔風五章・應詔五章・責躬十一章, 仲宣贈蔡子篤四章・贈士孫文始七章・贈文叔良五章・思親七章, 諸家皆不能分. [下流至二陸[8]・潘安仁四言.]

주석
1 典則莊嚴(전칙장엄): 시문 등의 법칙이 고상하고 엄숙하다.
2 古色照映(고색조영): 옛 정취가 밝게 비치다.
3 才思逸發(재사일발): 재주가 뛰어나다.
4 華藻爛然(화조란연): 화려한 문채가 찬란하다. '藻(조)'는 문채를 가리킨다.
5 手筆(수필): 자필의 문장 또는 문필의 조예.
6 不啻(불시): 마치 …와 같다.
7 什伯(십백): 열배 또는 백배. '什百(십백)'으로도 쓴다.
8 二陸(이육): 육기陸機와 육운陸雲 형제. 서진 시기의 대표 문인이다. 본래 오나라

23) 아래로 이육二陸, 반악潘岳의 사언으로 나아갔다.

의 세족이었으나 오나라가 망하자 낙양으로 가서 장화張華의 추천을 받아 진나라에 벼슬하며 문장으로 이름을 날렸다.

18

왕찬의 〈태묘송太廟頌〉, 〈유아무兪兒舞〉는 그 체재가 〈안세방중가安世房中歌〉, 〈교사가郊祀歌〉에서 비롯되었다. 〈태묘송〉의 사언은 다소 평담하나 예스러움이 부족하고, 삼언은 더욱 뒤떨어진다. 〈유아무〉의 잡언은 시어가 비록 선명하나 갈수록 혼잡하여 거의 무습繆襲의 〈고취곡鼓吹曲〉과 비슷하다.

 왕찬의 시에 관한 논의다. 제3권 제1칙에서 살펴본 바와 같이 송이 발전하여 한나라의 〈안세방중가〉 및 〈교사가〉, 위나라 왕찬의 〈태묘송〉과 〈유아무〉의 잡언이 되었다.

仲宣太廟頌·兪兒舞, 其體出於房中·郊祀. 太廟四言稍爲平典[1], 而古色[2] 弗如, 三言則遠甚矣. 兪兒舞雜言, 語雖顯明[3], 而日就猥下[4], 殆與繆襲[5]鼓吹 曲相若[6].

1 平典(평전): 평담하다. 담담하다.
2 古色(고색): 옛날의 풍취나 모양.
3 顯明(현명): 선명하다.
4 日就猥下(일취외하): 날이 갈수록 혼잡하다.
5 繆襲(무습): 삼국 시기의 위나라 문인이다. 자는 희백熙伯이고 동해東海 난릉蘭陵 곧 지금의 산동성 창산蒼山 난릉진蘭陵鎭 사람이다. 부친 무배繆斐에게서 여러 경전을 두루 배웠다. 건안 중기에 어사대부부御史大夫府에서 직무를 담당했다. 조조, 조비, 조예, 조방 등의 역대 왕조에서 모두 벼슬했다. 중장통仲長統과 친분이 깊었다. 〈위고취곡魏鼓吹曲〉 12수는 조조의 공업을 찬양한 작품이다.
6 相若(상약): 비슷하다.

　　한나라 오언시는 천연스런 오묘함이 있는데 조식, 유정, 왕찬이 비로소 인위적인 수식의 흔적을 드러내었다. 이것은 비록 자연스러운 이치지만 역시 그 재능이 영향을 미쳤을 따름이다. 서간, 진림, 완우 등 여러 사람들과 비교하면 알 수 있다. 육기는 태강의 으뜸이고 사령운은 원가의 영웅으로, 재주가 변화를 그만두게 할 수 없는 것이 아니었다.

해제　건안 연간의 조식, 유정, 왕찬의 시에 관한 논의다. 허학이는 위나라 시인 중 조식, 유정, 왕찬을 가장 재능이 있는 시인으로 보고 있다. 그들은 서간, 진림, 완우 등에 비해 대체로 자연스러운 시를 창작하여 의도적인 수식 가운데 한시의 오묘함이 있다고 강조했다. 그 주요 요인으로 시인의 재주를 지적하고 있는데, 앞서 제3권 제6칙에서 시인의 재능이 없으면 자연스러운 시를 지을 수 없다고 말한 바 있다. 아울러 한시에서 위시로의 변화는 시인의 뛰어난 재능으로도 막을 수 없는 자연스러운 흐름이므로, 위시에서 보이는 인위적인 수식은 그 시대적인 변화에 따른 현상이라는 점을 강조했다.

원문　漢人五言有天成之妙, 子建·公幹·仲宣始見作用之跡. 此雖理勢¹之自然, 亦是其才能作用耳. 以徐幹·陳琳·阮瑀諸子相比, 則知之矣. 陸機爲太康之英, 謝客²爲元嘉之雄, 非有才不足以濟³變也.

주석　1　理勢(이세): 자연의 형세. 자연의 이치.
　　2　謝客(사객): 사령운謝靈運. 그의 어릴 때 이름이 '객아客兒'여서 '사객'이라고 부르기도 한다.
　　3　濟(제): 그만두다.

　한나라의 오언시는 천연스러움을 바탕으로 삼으므로, 진실로 학문의 심오한 뜻으로 도달할 수 있는 것이 아니다. 위나라 시는 비록 인위적인 수식을 점차 보였지만 자취가 없고 조예가 없는데, 다만 재주가 큰 시인이 더욱 조리정연하고 화려할 따름이다.

　종영이 말했다.

　"공문孔門에다 시 창작을 비유하자면, 유정이 당에 올랐다면 조식은 방에 들어갔다고 할 수 있다."

　이것은 그 재주가 뛰어남을 말한 것이고, 응당 이백, 두보, 고적, 잠삼에 이르러야 비로소 승당과 입실의 차이를 논할 수 있다.

위나라의 시는 이미 인위적인 수식이 드러나 천연스러움을 바탕으로 하고 있는 한나라의 오언시를 따를 수 없음을 강조했다. 위시는 시구의 조탁과 서사의 체재를 의도적으로 추구하므로, 한시와 이미 다른 예술적 경계에 놓인다. 따라서 시인의 재능에 따라 인위적 수식의 좋고 나쁨은 있을지라도 어떤 단계가 있거나 깊이의 차등이 있는 것이 아니다. 그러나 성당 시기에 이르러서는 깨달음의 경지에 도달해야 인위적인 수식의 자취가 완전히 사라져 한시의 자연스러움에 가깝게 되었으므로, 승당과 입실의 차이를 논할 수 있게 되었다. 여기서 말하는 승당과 입실의 차이란 바로 깨달음의 경지가 다르고 예술적 깊이에 차등이 있음을 일컫는다.

漢人五言, 本乎天成, 固無堂奧[1]可臻[2]; 魏人雖漸見作用, 然亦無階級[3]·無造詣, 但才高者更條達[4]華贍[5]耳. 鍾嶸云: "孔氏之門[6]如用詩, 則公幹升堂[7], 思王[8]入室[9]." 此但以其才質[10]所就言之, 必至李·杜·高·岑, 方可以堂室[11]論也.

1 堂奧(당오): 당과 방의 깊숙한 곳. 문을 들어서면 당에 오르고, 당에서 방에 들

어간다는 뜻으로, 학문의 심오한 뜻을 비유한다.

2 臻(진): 이르다. 미치다.

3 階級(계급): 사물의 순서. 즉 인위적인 수식의 자취를 가리킨다.

4 條達(조달): 말이 조리정연하다.

5 華贍(화섬): 화려하다.

6 孔氏之門(공씨지문): 공자의 문하.

7 升堂(승당): 당에 오르다.

8 思王(사왕): 조식曹植.

9 入室(입실): 방에 들어가다. '승당升堂'보다 한 단계 상승한 경지.

10 才質(재질): 타고난 재주.

11 堂室(당실): 승당, 입실의 뜻. '당'은 집의 중앙의 남향의 대청, '실'은 집 중당의 북향의 거실을 가리킨다. 대청에서 거실로 들어가듯 학문이나 예술적 성취의 차이를 비유한다.

21

한나라의 오언시는 우연히 창작된 것이므로 그 편장이 4~5장을 넘지 않는다. 건안의 여러 문인이 비로소 온 힘을 다해 시를 지었으므로 편장이 10장인 것이 많다.

유협이 말했다.

"건안 초에는 오언이 갑자기 많이 나왔는데, 조비와 조식이 고삐를 늦추고 내달리면서도 절제가 있었고 왕찬, 서간, 응창, 유정이 앞을 내다보며 다투어 달렸다. 비분강개하며 용감하게 기세를 펼치고 거리낌 없이 재주를 부린다. 마음 속 정감을 서술하고 사리를 진술하기에 섬세한 기교를 구하지 않는다. 문사를 운용하여 형태를 묘사하며 분명하게 드러내는 재량을 추구한다. 이것은 일치하는 것이다."

생각건대 아래의 시구는 모두 강개하게 기세를 펼치고 강렬하게 재주를 부린 것이다.

다음은 조비의 시구다.

"비단 옷깃 바람 따라 날리고, 긴 칼 스스로 들었다 놓았다 하네.羅綺從風飛, 長劍自低昂"

"현악의 노래 강 가운데서 부르니, 슬픈 가락에 울리는 여운이 있어라.絃歌發中流, 悲響有餘音"

"즐거움이 지극하면 슬픈 감정이 다가오고, 울려 퍼지는 맑은 소리 애간장을 태우네.樂極哀情來, 寥亮摧肝心."

다음은 조식의 시구다.

"만리 길 내달리고자 하는데, 동쪽 길에 어찌 의지하리오? 강에는 슬픈 바람이 많고, 회수淮水와 사수泗水는 급히 흘러가네.將騁萬里途, 東路安足由. 江介多悲風, 淮泗馳急流."

"열사는 대부분 마음이 슬프고, 소인은 구차하게 스스로 한가롭네. 나라의 원수가 진실로 두절되지 않으니, 기꺼이 피살되기를 생각하네.烈士多悲心, 小人媮自閑. 國讎亮不塞, 甘心思喪元."

"광대하고 절개가 굳건만, 세속에서 대부분 꺼리는 것이네. 군자는 대도와 통하니, 속유가 되기를 원치 않네.滔蕩固大節, 時俗多所拘. 君子通大道, 無願爲世儒."

"대장부가 천하에 뜻이 있으니, 만리가 이웃과 같네. 은혜가 진실로 이지러지지 않으니, 멀리 있어도 뜻이 날마다 새로워지네.丈夫志四海, 萬里猶比鄰. 恩愛苟不虧, 在遠分日親."

"거센 바람이 태양에 불어 닥치고, 빛이 서쪽으로 몰려가네. 젊은 날 다시 오지 않고, 백년의 세월이 갑자기 나에게 다가서네.驚風飄白日, 光影馳西流. 盛時不可再, 百年忽我遒."

다음은 유정의 시구다.

"하루 종일 노닐어도, 환락이 끝나지 않네. 깊은 밤에 생각하며, 서로 다시 훨훨 날고자 하네.永日行游戲, 歡樂猶未央. 遺思在玄夜, 相與復翺翔."

"시를 지어 편장이 이어지고, 밤이 깊어도 돌아갈 줄 모르네. 제후들 굳건한 생각 많고, 문아가 종횡으로 펼쳐지네.賦詩連篇章, 極夜不知歸. 君侯多壯思, 文雅縱橫飛."

다음은 왕찬의 시구다.

"길일을 맑은 날에 택하여, 임금 따라 서원으로 나가네. 바른 법도로 양마를 채찍질하여, 나란히 달리며 중원을 떨치네.吉日簡淸時, 從君出西園. 方軌策良馬, 並驅厲中原."

"아침에 업도鄴都의 다리를 출발하여, 저녁에 백마진白馬津을 건너네. 강둑 위를 소요하니, 좌우로 우리 군대를 바라보네.朝發鄴都橋, 暮濟白馬津. 逍遙河堤上, 左右望我軍."

호응린이 "위나라의 기개가 한나라보다 웅장하지만, 한나라의 시에 미치지 못하는 것은 그 기개 때문이다"고 말했다. 또 풍시가가 "시가 건안에 이르러 온화함이 무너졌다"고 말했다. 그것은 이러한 시구 때문이다.

> 한위의 오언시는 편장에서 차이가 난다. 그 이유는 앞서 제1칙에서 말한 바와 같이 위시가 시구의 조탁과 서사의 체재를 중시했기 때문에 편장이 길어지게 되었다. 그중 강개하게 기세를 펼치고 강렬하게 재주를 부린 시구의 예를 들었다. 이것은 곧 '건안풍골建安風骨'을 설명하는 말에 다름 아니다. 당시의 문풍에 대해 유협은 《문심조룡, 시서時序》에서 다음과 같이 말했다.
>
> "한헌제가 이리저리 거처를 옮겨 다니자 문인들이 도처로 정처 없이 떠돌다가 건안 말에 북쪽 지역에서 비로소 안정을 찾게 되었다. …그 당시의 문장을 살펴보니 강개함을 좋아한 것은 진실로 세상이 오랫동안 혼란하여

풍속이 퇴폐해지고 백성들이 원망했기 때문이며, 또 문인들이 모두 깊은 뜻을 지니고 의미가 깊은 문장을 써내었기에 비분에 차 있으면서 기세가 넘치는 것이다.自獻帝播遷, 文學蓬轉, 建安之末, 區宇方輯. …觀其時文, 雅好慷慨, 良由世積亂離, 風衰俗怨, 幷志深而筆長, 故梗槪而多氣也."

漢人五言, 得於偶然, 故其篇章[1], 人不越[2]四五; 至建安諸子, 始專力爲之, 而篇十乃繁[3]矣. 劉勰云: "建安初, 五言騰踴[4], 文帝·陳思, 縱轡以騁節[5]; 王·徐·應·劉, 望路而爭驅. 慷慨以任氣[6], 磊落以使才[7]; 造懷指事[8], 不求纖密之巧[9]; 驅辭逐貌[10], 惟取昭晳之能[11]. 此其所同也."[12] 按文帝如"羅綺從風飛, 長劍自低昂."[13] "絃歌發中流, 悲響有餘音."[14] "樂極哀情來, 寥亮摧肝心."[15] 子建如"將騁萬里途, 東路安足由? 江介多悲風, 淮泗馳急流."[16] "烈士多悲心, 小人媮自閑. 國讎亮不塞, 甘心思喪元."[17] "滔蕩固大節, 時俗多所拘. 君子通大道, 無願爲世儒."[18] "丈夫志四海, 萬里猶比鄰. 恩愛苟不虧, 在遠分日親."[19] "驚風飄白日, 光影馳西流. 盛時不可再, 百年忽我遒."[20] 公幹如"永日行游戲, 歡樂猶未央. 遺思在玄夜, 相與復翱翔."[21] "賦詩連篇章, 極夜不知歸. 君侯多壯思, 文雅縱橫飛."[22] 仲宣如"吉日簡淸時, 從君出西園. 方軌策良馬, 並驅厲中原."[23] "朝發鄴都橋, 暮濟白馬津. 逍遙河堤上, 左右望我軍"[24]等句, 皆慷慨以任氣, 磊落以使才者也. 胡元瑞云: "魏之氣雄於漢, 然不及漢者, 以其氣也." 馮元成亦言"詩至建安而溫柔乖[25]", 其以是夫.

1 篇章(편장): 시문의 편과 장.

2 越(월): 넘다. 초월하다.

3 繁(번): 많다.

4 騰踴(등용): '騰躍(등약)'과 같은 말이다. 뛰어오르다.

5 縱轡以騁節(종비이빙절): 고삐를 느슨하게 하면서 절제를 다하다.

6 慷慨以任氣(강개이임기): 비분강개하며 용감하게 기세를 펼치다.

7 磊落以使才(뇌락이사재): 거리낌 없이 재주를 부리다.

8 造懷指事(조회지사): 마음 속 정감을 서술하고 사리를 진술하다.

9 纖密之巧(섬밀지교): 섬세한 기교.

10 驅辭逐貌(구사축모): 문사를 운용하고 형태를 모사하다.

11 昭晳之能(소석지능): 분명하게 드러내는 재량.

12 이상의 구는 《문심조룡, 명시明詩》 참조.

13 羅綺從風飛(나기종풍비), 長劍自低昂(장검자저앙): 비단 옷깃 바람 따라 날리고, 긴 칼 스스로 들었다 놓았다 하네. 조비 〈어초작시於譙作詩〉의 시구다.

14 絃歌發中流(현가발중류), 悲響有餘音(비향유여음): 현악의 노래 강 가운데서 부르니, 슬픈 가락에 울리는 여운이 있어라. 조비 〈청하작시淸河作詩〉의 시구다.

15 樂極哀情來(낙극애정래), 寥亮摧肝心(요량최간심): 즐거움이 지극하면 슬픈 감정이 다가오고, 울려 퍼지는 맑은 소리 애간장을 태우네. 조비 〈선재행善哉行〉의 시구다. 《예문유취》에서는 〈동작원시銅雀園詩〉라고 되어 있다. '寥亮(요량)'은 소리 높여 명랑하게 울려 퍼지다의 뜻이고, '肝心(간심)'은 애간장의 뜻이다.

16 將騁萬里途(장빙만리도), 東路安足由(동로안족유)? 江介多悲風(강개다비풍), 淮泗馳急流(회사치급류): 만리 길 내달리고자 하는데, 동쪽 길에 어찌 의지하리오? 강에는 슬픈 바람이 많고, 회수淮水와 사수泗水는 급히 흘러가네. 조식 〈잡시칠수雜詩七首〉 중 제5수의 시구다. '將騁(장빙)'은 앞으로 할 사업을 암시하고, '東路(동로)'는 곧 '견성鄄城'으로 가는 길을 말하는 것으로 작은 지역을 비유하는데, 여기서는 조식이 당시 손권을 무찌르는 데 나가고자 하는 것을 가리킨다. '江介(강개)'는 강 사이를 뜻하고, '淮泗(회사)'는 회수와 사수를 가리킨다. 이곳은 손권을 치러 가려면 반드시 건너야 하는 곳이다.

17 烈士多悲心(열사다비심), 小人媮自閑(소인유자한). 國讎亮不塞(국수량불새), 甘心思喪元(감심사상원): 열사는 대부분 마음이 슬프고, 소인은 구차하게 스스로 한가롭네. 나라의 원수가 진실로 두절되지 않으니, 기꺼이 피살되기를 생각하네. 조식 〈잡시칠수雜詩七首〉 중 제6수의 시구다.

18 滔蕩固大節(도탕고대절), 時俗多所拘(시속다소구). 君子通大道(군자통대도), 無願爲世儒(무원위세유): 광대하고 절개가 굳건만, 세속에서 대부분 꺼리는 것이네. 군자는 대도와 통하니, 속유가 되기를 원치 않네. 조식 〈증정익시贈丁翼詩〉의 시구다

19 丈夫志四海(장부지사해), 萬里猶比鄰(만리유비린). 恩愛苟不虧(은애구불휴), 在遠分日親(재원분일친): 대장부가 천하에 뜻이 있으니, 만리가 이웃과 같네. 은혜가 진실로 이지러지지 않으니, 멀리 있어도 뜻이 날마다 새로워지네. 조식 〈증백마왕표시贈白馬王彪詩〉의 시구다.

20 驚風飄白日(경풍표백일), 光影馳西流(광영치서류). 盛時不可再(성시불가
재), 百年忽我遒(백년홀아주): 거센 바람이 태양에 불어 닥치고, 빛이 서쪽으로
몰려가네. 젊은 날 다시 오지 않고, 백년의 세월이 갑자기 나에게 다가서네. 조
식 〈야전황작행野田黃雀行〉의 시구다.

21 永日行游戱(영일행유희), 歡樂猶未央(환락유미앙). 遺思在玄夜(유사재현
야), 相與復翶翔(상여부고상): 하루 종일 노닐어도, 환락이 끝나지 않네. 깊은
밤에 생각하며, 서로 다시 훨훨 날고자 하네. 유정 〈공연시公讌詩〉의 시구다.

22 賦詩連篇章(부시연편장), 極夜不知歸(극야부지귀). 君侯多壯思(군후다장
사), 文雅縱橫飛(문아종횡비): 시를 지어 편장이 이어지고, 밤이 깊어도 돌아갈
줄 모르네. 제후들 굳건한 생각 많고, 문아가 종횡으로 펼쳐지네. 유정 〈증오관
중랑장시사수贈五官中郞將詩四首〉중 제4수의 시구다.

23 吉日簡淸時(길일간청시), 從君出西園(종군출서원). 方軌策良馬(방궤책양
마), 竝驅厲中原(병구려중원): 길일을 맑은 날에 택하여, 임금 따라 서원으로
나가네. 바른 법도로 양마를 채찍질하여, 나란히 달리며 중원을 떨치네. 왕찬
〈잡시사수雜詩四首〉중 제1수다. 녹흠립의《선진한위진남북조시》에는 〈시詩〉
로 되어 있다.

24 朝發鄴都橋(조발업도교), 暮濟白馬津(모제백마진). 逍遙河堤上(소요하제
상), 左右望我軍(좌우망아군): 아침에 업도鄴都의 다리를 출발하여, 저녁에 백
마진白馬津을 건너네. 강둑 위를 소요하니, 좌우로 우리 군대를 바라보네. 왕찬
〈종군시오수從軍詩五首〉중 제4수의 시구다.

25 乖(괴): 무너지다. 어그러지다.

22

위나라의 오언시는 체재가 대부분 자세히 서술되고, 시어가 대부분
꾸며졌다. 자세히 서술한 것에 대해서는 앞에서 예를 들었다.[24] 시어
가 꾸며진 것에 대해 대략 예로 들어 살펴본다.

---

24) 본권의 제3칙에 보인다.

다음은 조비의 시구다.

"들판이 넓게 열리고, 시냇물이 도랑을 따라 지나네.野田廣開闢, 川渠
互相經."

"현악기 노래가 새 곡조를 연주하고, 울려 퍼지는 소리가 붉은 기둥
을 스치네.絃歌奏新曲, 遊響拂丹梁."

"흰 깃대 장식은 하얀 무지개 같고, 붉은 깃발은 불그스레한 광채를
비추네.白旄若素霓, 丹旗發朱光."

"제나라 노래로 동무東舞를 춤추고, 진나라 쟁으로 서음西音을 연주
하네.齊倡發東舞, 秦箏奏西音."

다음은 조식의 시구다.

"산봉우리 끝없이 높고, 경수와 위수의 맑고 탁함이 분명하네.山岑
高無極, 涇渭揚濁淸."

"진실로 아름다운 옥을 품으니, 오래되어 덕이 점점 드러나네.亮懷
璵璠美, 積久德逾宣."

"술안주 나오니 부질없이 돌아가지 않고, 술이 이르니 도리어 남아
있지 않네.肴來不虛歸, 觴至反無餘."

"길을 가다가 수레를 세워 휴식하고, 쉬면서 식사를 잊어버리네.行
徒用息駕, 休者以忘餐."

"같은 부류를 끌어들여, 차례로 자리에 줄지어 앉았네.鳴儔嘯匹侶, 列
坐竟長筵."

"손을 들어 원숭이를 쏘고, 몸을 굽혀 말발굽을 벗기네.仰手接飛猱, 俯
身散馬蹄."

다음은 유정의 시구다.

"아름다운 객사가 흐르는 물결을 보내고, 사방이 탁 트여 시원한 바

람 불어오네.華館寄流波, 豁達來風涼."

"헤어짐은 쉽게 비통하게 하니, 눈물 흘리며 옷깃으로 닦네.乖人易感動, 涕下與衿連."

"맑은 노래는 신비한 소리를 만들고, 온갖 춤이 당상에서 펼쳐지네.淸歌製妙聲, 萬舞在中堂."

"여름부터 겨울을 지나는데, 길어야 백일 남짓이네.自夏涉玄冬, 彌曠十餘旬."

"백로에 앞뜰을 거닐고, 응문에 빗장을 겹겹이 걸었네.白露塗前庭, 應門重其關."

다음은 왕찬의 시구다.

"서늘한 바람이 찌는 더위를 거두고, 푸른 구름이 뜨거운 햇빛을 물리치네.涼風撤蒸暑, 淸雲却炎暉."

"포상을 늘어놓고 구릉과 산악을 넘고, 술과 고기 안주 먹고 시냇물과 모래섬을 건너네.陳賞越丘山, 酒肉踰川坻."

"배를 띄워 긴 내를 덮고, 병졸을 세워 습한 들을 덮네.泛舟蓋長川, 陳卒被隰坰."

"일월이 편안하지 않은 곳, 누가 안녕을 얻으리오.日月不安處, 人誰獲恒寧."

"익모초와 부들이 연못에 가득하고, 갈대가 긴 강물에 끼었네.萑蒲竟廣澤, 葭葦夾長流."

이상은 모두 시어가 꾸며진 것이니, 서한의 시와 비교해 보면 분명하게 저절로 구별이 될 것이다.

해제　위나라 오언시 중 인위적으로 꾸며진 시구의 예를 들었다.

魏人五言, 體多敷敍, 語多構結. 敷敍者, 擧見於前. [見此卷第三則.] 構結者, 略摘以見. 文帝如"野田廣開闢, 川渠互相經."[1] "絃歌奏新曲, 遊響拂丹梁."[2] "白旄若素霓, 丹旗發朱光."[3] "齊倡發東舞, 秦箏奏西音."[4] 子建如"山岑高無極, 涇渭揚濁淸."[5] "亮懷璵瑤美, 積久德逾宣."[6] "肴來不虛歸, 觴至反無餘."[7] "行徒用息駕, 休者以忘餐."[8] "鳴儔嘯匹侶, 列坐竟長筵."[9] "仰手接飛猱, 俯身散馬蹄."[10] 公幹如"華館寄流波, 豁達來風涼."[11] "乖人易感動, 涕下與衿連."[12] "淸歌製妙聲, 萬舞在中堂."[13] "自夏涉玄冬, 彌曠十餘旬."[14] "白露塗前庭, 應門重其關."[15] 仲宣如"涼風撤蒸暑, 淸雲却炎暉."[16] "陳賞越丘山, 酒肉踰川坻."[17] "泛舟蓋長川, 陳卒被隰坰."[18] "日月不安處, 人誰獲恒寧."[19] "崔蒲竟廣澤, 葭葦夾長流"[20]等句, 語皆搆結, 較之西京, 迥然自別[21]矣.

1 野田廣開闢(야전광개벽), 川渠互相經(천거호상경): 들판이 넓게 열리고, 시냇물이 도랑을 따라 지나네. 조비 〈어현무피작시於玄武陂作詩〉의 시구다.

2 絃歌奏新曲(현가주신곡), 遊響拂丹梁(유향불단량): 현악기 노래가 새 곡조를 연주하고, 울려 퍼지는 소리가 붉은 기둥을 스치네. 조비 〈어초작시於譙作詩〉의 시구다.

3 白旄若素霓(백모약소예), 丹旗發朱光(단기발주광): 흰 깃대 장식은 하얀 무지개 같고, 붉은 깃발은 불그스레한 광채를 비추네. 조비 〈여양작시삼수黎陽作詩三首〉 중 제3수의 시구다.

4 齊倡發東舞(제창발동무), 秦箏奏西音(진쟁주서음): 제나라 노래로 동무東舞를 춤추고, 진나라 쟁으로 서음西音을 연주하네. 조비 〈선재행善哉行〉의 시구다. 《예문유취》에서는 '동작원시銅雀園詩'로 되어 있다. '서음'은 진성秦聲을 가리킨다.

5 山岑高無極(산잠고무극), 涇渭揚濁淸(경위양탁청): 산봉우리 끝없이 높고, 경수와 위수의 맑고 탁함이 분명하네. 조식 〈증정의왕찬시贈丁儀王粲詩〉의 시구다.

6 亮懷璵瑤美(양회여번미), 積久德逾宣(적구덕유선): 진실로 아름다운 옥을 품으니, 오래되어 덕이 점점 드러나네. 조식 〈증서간시贈徐幹詩〉의 시구다.

7 肴來不虛歸(효래불허귀), 觴至反無餘(상지반무여): 술안주 나오니 부질없이 돌아가지 않고, 술이 이르니 도리어 남아 있지 않네. 조식 〈증정익시贈丁翼詩〉의

시구다.

8 行徒用息駕(행도용식가), 休者以忘餐(휴자이망찬): 길을 가다가 수레를 세워 휴식하고, 쉬면서 식사를 잊어버리네. 조식 〈미녀편美女篇〉의 시구다.

9 鳴儔嘯匹侶(명주소필려), 列坐竟長筵(열좌경장연): 같은 부류를 끌어들여, 차례로 자리에 줄지어 앉았네. 조식 〈명도편名都篇〉의 시구다.

10 仰手接飛猱(앙수접비노), 俯身散馬蹄(부신산마제): 손을 들어 원숭이를 쏘고, 몸을 굽혀 말발굽을 벗기네. 조식 〈백마편白馬篇〉의 시구다.

11 華館寄流波(화관기유파), 豁達來風涼(활달래풍량): 아름다운 객사가 흐르는 물결을 보내고, 사방이 탁 트여 시원한 바람 불어오네. 유정 〈공연시公讌詩〉의 시구다.

12 乖人易感動(괴인이감동), 涕下與衿連(체하여금련): 헤어짐은 쉽게 비통하게 하니, 눈물 흘리며 옷깃으로 닦네. 유정 〈증서간시贈徐幹詩〉의 시구다.

13 淸歌製妙聲(청가제묘성), 萬舞在中堂(만무재중당): 맑은 노래는 신비한 소리를 만들고, 온갖 춤이 당상에서 펼쳐지네. 유정 〈증오관중랑장시사수贈五官中郎將詩四首〉 중 제1수의 시구다.

14 自夏涉玄冬(자하섭현동), 彌曠十餘旬(미광십여순): 여름부터 겨울을 지나는데, 길어야 백일 남짓이네. 유정 〈증오관중랑장시사수〉 중 제2수의 시구다.

15 白露塗前庭(백로도전정), 應門重其關(응문중기관): 백로에 앞뜰을 거닐고, 응문에 빗장을 겹겹이 걸었네. 유정 〈증오관중랑장시사수〉 중 제3수의 시구다. '응문應門'은 고대 궁정의 정문 이름이다.

16 涼風撤蒸暑(양풍철증서), 淸雲却炎暉(청운각염휘): 서늘한 바람이 찌는 더위를 거두고, 푸른 구름이 뜨거운 햇빛을 물리치네. 왕찬 〈공연시公讌詩〉의 시구다.

17 陳賞越丘山(진상월구산), 酒肉踰川坻(주육유천지): 포상을 늘어놓고 구릉과 산악을 넘고, 술과 고기 안주 먹고 시냇물과 모래섬을 건너네. 왕찬 〈종군행오수從軍行五首〉 중 제1수의 시구다.

18 泛舟蓋長川(범주개장천), 陳卒被隰坰(진졸피습경): 배를 띄워 긴 내를 덮고, 병졸을 세워 습한 들을 덮네. 왕찬 〈종군행오수〉 중 제2수의 시구다.

19 日月不安處(일월불안처), 人誰獲恒寧(인수획항녕): 일월이 편안하지 않은 곳, 누가 안녕을 얻으리오. 〈종군행오수〉 중 제2수의 시구다.

20 崔蒲竟廣澤(추포경광택), 葭葦夾長流(가위협장류): 익모초와 부들이 연못에

가득하고, 갈대가 긴 강물에 끼었네. 왕찬 〈종군행오수〉 중 제5수의 시구다.

21 迥然自別(형연자별): 분명하게 저절로 구별된다.

23

　건안칠자는 비록 조식과 유정을 으뜸으로 하나, 유정은 사실 조식에 비해 뒤떨어진다. 조비가 〈여오질서與吳質書〉에서 유정은 "오언시에 뛰어난 자로 당시의 무리 중에서 아주 절묘하다"고 말한 것은 바로 형제끼리 질투한 까닭일 따름이다.

　종영이 "조식이 문장25)을 창작한 것은 인류에게 주공周公과 공자孔子가 있고, 어류와 조류에 용龍과 봉황鳳凰이 있는 것과 같다"고 말했는데, 일리가 있다. 소명태자가 많이 기록하지 않은 것이 애석하다.

해제　조식에 관한 논의다. 건안 시기의 시인 중 조식을 가장 으뜸으로 손꼽았다. 위문제 조비는 그의 동생인 조식의 재능을 질투했다. 이에 조비는 건안칠자 속에 조식을 배제시키고 왕융을 포함시켰다. 이러한 논리적 연장선에서 〈여오질서〉에서 유정을 칭찬한 조비의 견해도 조식을 견제한 것으로 해석하고 있다.

원문　建安七子¹雖以曹劉爲首，然公幹實遜子建．子桓與吳質書²稱公幹"五言詩之善者，妙絶時倫³"，正以弟兄相忌故耳．鍾嶸謂"陳思之於文章，[文章, 詩賦通稱]，譬人倫⁴之有周孔⁵，鱗羽⁶之有龍鳳"，信矣．昭明不能多錄，惜哉⁷!

주석　1 建安七子(건안칠자): 동한 말기 한헌제漢獻帝의 건안建安(196~220) 연간에 위무제 조조 부자를 중심으로 모인 문학 집단을 가리킨다. '칠자'의 명칭이 처음으로 쓰인 것은 조비의 《전론, 논문》에서다. 그는 당시의 문인 공융, 진림, 왕

25) 시부詩賦의 통칭이다.

찬, 서간, 완우, 웅창, 유정을 칠자라고 불렀다. 한편 《위서, 왕찬전》에 의거하면 공융 대신에 조식이 들어가는데, 이에 대해 허학이는 조비가 조식의 재능을 질투했기 때문에 일부러 조식을 배제했다고 보았다(제4권 제16칙 참조). 주지하다시피 건안 시기는 위나라 조조가 한말의 혼란을 틈타 황제를 옹위하여 도읍을 허許로 옮기고 스스로 패권覇權을 장악하여 촉蜀, 오吳와 더불어 천하를 다투던 시기다. 이 시기의 문학은 한대의 질박함에서 육조六朝의 화려함으로 옮겨지는 과도기의 단계로서 건안칠자들이 자주 궁중에 출입하고 연유宴遊에 시석侍席하면서 조조 부자와 글로 서로 재주를 겨루었다.

2 與五質書(여오질서): 조비가 오질吳質에게 보낸 편지. 오질(177~230)은 자가 계장季章이고 연주兗州 제음濟陰 곧 지금의 산동성 정도定陶 사람이다. 관직이 진위장군振威將軍에 이르렀다. 처음에는 문재가 뛰어나 조비의 총애를 받았다. 위문제 조비가 태자가 되는 과정에서 계략을 세워 성공하는 데 큰 공헌을 했다. 사마의司馬懿, 진군陳群, 주삭朱鑠과 함께 조비의 '사우四友'가 되었다. 이후 조비의 정권을 위해 많은 책략을 내었다. 조비가 황제가 되고 나서는 오질을 낙양에 모셔와 중랑장中郎將의 관직을 내리고 봉작을 내렸다. 명제 때에도 시중侍中으로 있었다. 방탕한 데가 있고 제멋대로여서 후일 '추후醜侯'라고 불렸다. 그 아들 오응吳應이 수차례 상소를 하여 정원正元 연간에 '위후威侯'로 고쳐졌다. 권력 계층만 교류하고 고향 사람들과는 왕래하지 않아 고향에서 명성이 좋지 않았으며 조씨 부자의 권세에 의지해 세력을 과시해서 반감을 불러일으켰다. 그는 건안칠자와 친밀하게 교류했는데 현존하는 작품은 매우 적어 그 문학적 성취를 평가하기가 어렵다. 시는 〈사모시思慕詩〉 1수가 전한다. 그 외, 조비에게 보낸 서신 2편, 조식에게 보낸 서신 1편이 있을 뿐이다.

3 妙絶時倫(묘절시륜): 당시의 무리 중에서 아주 절묘하다. '妙絶(묘절)'은 아주 절묘하다의 뜻이고, '倫(륜)'은 무리, 또래를 가리킨다.

4 人倫(인륜): 모든 사람. '人類(인류)'와 같은 말이다.

5 周孔(주공): 주공周公과 공자孔子. 모두 성인聖人으로 추앙받는 인물이다.

6 鱗羽(인우): 어류와 조류. 어류에서는 용이 조류에서는 봉황이 가장 신령스럽다고 보았다.

7 惜哉(석재): 애석하다.

24

혹자가 묻는다.

"한위의 오언은 국풍을 바탕으로 삼았지만, 조식의 〈증백마왕贈白馬王〉은 사실상 대아를 본받았는데, 왜 그런가?"

내가 대답한다.

조식은 백마왕白馬王 조표曹彪, 임성왕任城王 조창曹彰과 함께 경사에 갔는데, 임성왕이 이미 살해되자 조식은 백마왕과 함께 귀국했다. 유사有司가 두 왕을 모시고 번진藩鎭으로 돌아가다가 각자 따로 잠자리에 들게 하니, 조식이 마음속으로 증오했으므로 그 시에 다음과 같은 시구가 있다.

"올빼미가 멍에에서 울고, 승냥이가 거리를 차지하네. 파리가 흰 구름 사이에 있고, 참언이 친한 사람을 소원하게 하네.鴟鴞鳴衡軛, 豺狼當路衢. 蒼蠅間白黑, 讒巧令親疏"

마땅히 변아일 뿐으로, 진실로 국풍이 될 수 없다. 이로 유추하니 무릇 조식의 아에서 비롯된 작품은 각기 그럴 만한 이유가 있을 따름이다.

해제 조식의 〈증백마왕〉에 관한 논의다. 〈증백마왕〉이 대아에서 비롯된 까닭을 논했다. 〈증백마왕〉은 조식의 대표작으로 황초 4년(223)년 7월에 창작되었다. 주요 내용은 그가 정치상에서 조비, 조예로부터 억울함을 받아 분노를 표출하고 자유 해탈을 갈망하는 강렬한 희망을 적었다. 따라서 강개하고 처량한 가사가 많다. 《세설신어》에 의거하면, 조비는 조창을 싫어하여 독살하려고 했다. 7월 조식이 백마왕 조표와 결맹하여 봉지로 돌아가면서 이때에 자신의 생각을 말하려고 했는데, 조비에 의해 강제로 헤어져 가게 되었다. 본래의 시제는 〈우권성작于圈城作〉인데, 《문선》에 수록되면서 서문에 의거하여 〈증백마왕표贈白馬王彪〉로 바뀐 것으로 간주된다. 모두 7장으로 나누어져 있으며 전체적으로 정치적 사건과 관련되어 있다. 그러므로 아의 풍격을 계승한 것으로 보았다. 아래 제26칙에서는 민간의 일상어와는 사뭇 다르다는 점을 들어 아의 속성과 유사함을 강조했다.

或問: "漢魏五言, 本於國風, 而子建贈白馬王詩實法大雅, 何也?" 曰: 子建與
白馬[1]·任城[2]俱朝京師[3], 任城旣被害, 子建與白馬還國, 有司[4]以二王歸蕃[5], 道
路宜異宿止, 子建意毒恨之, 故其詩有"鴟梟鳴衡軛, 豺狼當路衢. 蒼蠅間白
黑, 讒巧令親疏"[6]之句, 蓋亦當變雅耳, 固未可爲風也. 卽此而推[7], 則凡他出
於雅者, 亦各有宜耳.

1 白馬(백마): 백마왕 조표曹彪.
2 任城(임성): 임성왕 조창曹彰.
3 京師(경사): 제왕의 도성.
4 有司(유사): 관리. 벼슬아치.
5 蕃(번): 번진藩鎭.
6 鴟梟鳴衡軛(치효명형액), 豺狼當路衢(시랑당로구). 蒼蠅間白黑(창승간백흑),
　讒巧令親疏(참교령친소): 올빼미가 멍에에서 울고, 승냥이가 거리를 차지하
　네. 파리가 흰 구름 사이에 있고, 참언이 친한 사람을 소원하게 하네. 〈증백마
　왕贈白馬王〉의 시구다.
7 卽此而推(즉차이추): 이로써 유추하다.

25

　조식의 〈증백마왕시〉는 체재가 단정할 뿐 아니라 시어도 가다듬어
작자의 공력을 다 드러냈다. 어릴 때 그것을 읽었을 때는 끝내 그 오묘
함을 이해하지 못했다. 왕세정은 그것을 매우 칭송하여 다음과 같이
말했다.
　"슬프나 완미하고 크고 장엄하며, 일의 정황을 말하지 않은 것이
없다."

 　조식의 〈증백마왕〉은 비통하고 격분에 찬 복잡한 감정이 묘사되어 있다.

격앙되기도 하고 울분이 쌓이기도 한다. 또한 비유, 풍자 등의 수법으로 예술적 변화가 커서 그 내용을 이해하기 쉽지 않다.

원문

子建贈白馬王詩, 體旣端莊[1], 語復雅鍊[2], 盡見作者之功[3], 少時讀之, 了不知其妙也. 元美極稱之, 謂"悲婉宏壯[4], 情事理境[5], 無所不有[6]."

주석

1 端莊(단장): 단정하다
2 雅鍊(아련): 가다듬다
3 作者之功(작자지공): 작자의 공력.
4 悲婉宏壯(비완굉장): 슬프나 완미하고 크고 장엄하다.
5 情事理境(정사이경): 일의 정황.
6 無所不有(무소불유): 없는 것이 없다.

26

사진이 말했다.

"〈고시십구수〉는 의도하여 짓지 않은 일상적인 말이다. 조식의 '헤엄치는 물고기 푸른 물속에서 노니고, 나는 새 하늘을 날아가네游魚潛綠水, 翔鳥薄天飛'는 관화官話다."

내가 생각건대 그것을 모방하는 것은 타당하지 않다. 조식의 〈증백마왕〉 시의 경우는 전부 관화다. 그러나 관을 맡았기에 진실로 관화를 쓰지 않을 수 없었으니, 이것이 풍아風雅의 분별이다.

해제

조식 〈증백마왕〉 시의 언어적 특징에 관한 논의다. 이 시는 전부 관화여서 〈고시십구수〉의 일상어와는 다름을 지적했다. 이로써 풍아의 언어적 특징을 명확하게 구별할 수 있다고 논했다.

원문

謝茂秦謂: "古詩十九首不作意[1], 是家常話[2]; 子建'游魚潛綠水, 翔鳥薄天飛'[3], 是官話[4]. 予謂: 擬之未當. 若子建贈白馬王詩, 則全是官話也, 然當官自不可無, 此風雅之辨.

1 作意(작의): 의도적으로 짓다.
2 家常話(가상화): 일상적인 말.
3 游魚潛綠水(유어잠녹수), 翔鳥薄天飛(상조박천비): 헤엄치는 물고기 푸른 물
  속에서 노니고, 나는 새 하늘을 날아가네. 조식 〈정시情詩〉의 시구다.
4 官話(관화): 관화방언官話方言이라고도 하는데 북방방언의 옛 명칭이다. 오늘날
  의 표준중국어는 이 관화에서 발전한 것이다.

27

  한나라의 악부오언은 체재가 자유로울 뿐 아니라 시어가 진술하
다. 조식의 〈칠애七哀〉, 〈종갈種葛〉, 〈부평浮萍〉 이외는 체재가 정돈되
었을 뿐 아니라 시어가 모두 꾸며졌다. 대개 한나라의 시는 서사의 시
를 바탕으로 하는데, 조식은 사건을 창조적으로 편찬했으므로 차이가
있을 따름이다. 한나라의 시와 비교하면 이미 그 체재에서 심히 벗어
났다.26)

  조식의 오언악부에 관한 논의다. 조식의 오언악부 중 〈칠애〉, 〈종갈〉, 〈부
  평〉이 체재가 자유롭고 언어가 진술하여 한악부의 전통을 잘 계승했음을
  말하고 있다.

  漢人樂府五言, 體旣軼蕩, 而語更眞率. 子建七哀·種葛·浮萍而外, 體旣
  整秩1, 而語皆構結. 蓋漢人本敍事之詩, 子建則事由創撰, 故有異耳. 較之
  漢人, 已甚失其體矣. [下流至陸士衡樂府五言.]

1 整秩(정질): 가지런하다.

---

26) 아래로 육기陸機의 악부오언으로 나아갔다.

28

　조식의 악부오언 〈칠애〉, 〈부평〉 2편에 대해 혹자는 한나라의 오언시에 가깝다고 하나 그렇지 않다. 한나라의 시는 완곡하고 부드러우며 재주가 있어도 드러내지 않는다. 조식의 2편은 재주가 뛰어나고 감정의 변화가 무궁하다. 왕세무王世懋가 "조식의 시에서 비로소 크게 펼쳐져 감정의 변화가 많이 일어났다."고 한 것은 이를 두고 말한 것이다. 학자가 이에 대해 구별할 수 있으면, 비로소 더불어 〈고시십구수〉를 논할 수 있을 것이다.

해제　조식의 오언악부 〈칠애〉, 〈부평〉에 관한 논의다. 이것은 조식의 오언악부 중에서 한나라의 악부시와 가장 비슷한 작품으로 손꼽는다. 그러나 이미 〈고시십구수〉의 자연스러움과는 근본적으로 차이가 있음을 지적했다.

원문　子建樂府五言種葛·浮萍二篇, 或謂於漢人五言爲近, 非也. 漢人委婉悠圓, 有才不露; 子建二篇則才思逸發[1], 情態不窮[2], 王敬美謂"子建始爲宏肆[3], 多生情態"是也. 學者於此能別, 方可與論十九首矣.

주석
1　才思逸發(재사일발): 재주가 뛰어나다.
2　情態不窮(정태불궁): 정태가 무궁하다. '정태'란 심경, 마음가짐, 기분이나 모양, 형편, 표정과 태도 등을 가리킨다.
3　宏肆(굉사): 크게 펼치다.

29

　조식의 악부오언 〈칠애〉, 〈종갈〉, 〈부평〉 이외 〈미녀편美女篇〉이 성조가 악부와 유사하다. 그 외에는 다음의 몇 마디가 약간 악부와 유사하고, 나머지는 성조가 어그러졌다.[27]

〈명도편名都篇〉: "이름난 성시에는 아리따운 아가씨가 많고, 낙양에는 자유로운 청년이 나오네. 보배로운 칼은 천금이나 나가고, 옷을 걸치니 수려하고 깔끔하구나. 동교東郊의 길에서 투계 싸움이 일어나고, 장추長楸 길 사이로 말을 타고 지나가네.名都多妖女, 京洛出少年. 寶劍直千金, 被服麗且鮮. 鬪雞東郊道, 走馬長楸間."

〈백마편白馬篇〉: "백마가 황금 재갈로 치장하고, 연이어 나부끼며 서북으로 내달리네. 누구 집 아들인지 물으니, 병주幽幷 유협의 아들이라 하네.白馬飾金羈, 連翩西北馳. 借問誰家子, 幽幷游俠兒"

해제 조식의 오언악부 중 한악부의 성조와 유사한 작품에 대해 논했다. 〈칠애〉, 〈종갈〉, 〈부평〉 외에도 〈미녀편〉이 한악부의 성조가 유사함을 지적하고, 〈명도편〉과 〈백마편〉 중에서 한악부의 성조와 비슷한 몇 구절을 예로 들었다. 〈미녀편〉, 〈명도편〉, 〈백마편〉은 모두 한악부의 영향을 받아 창작한 것이다. 한편 이에 대해 호응린은 "문사가 지극히 아름답고 시구를 자못 잘 다듬었으며 시어를 대부분 화려하게 수식했다. 서한과 동한의 악부에서 보이는 자연스럽고 질박한 것과는 완전히 다르다.辭極贍麗, 然句頗尙工, 語多致飾, 視東西京樂府, 天然古質, 殊自不同."이라고 평론했다.

원문 子建樂府五言七哀·種葛·浮萍而外, 惟美女篇[1]聲調爲近. 外惟名都篇[2]云 "名都多妖女, 京洛出少年. 寶劍直千金, 被服麗且鮮. 鬪雞東郊道, 走馬長楸間." 白馬篇[3]云 "白馬飾金羈, 連翩西北馳. 借問誰家子, 幽幷游俠兒" 數語, 稍類樂府, 餘[4]則謂之乖調矣. [詳見陸士衡論中.]

조석 1 美女篇(미녀편): 악부가사로 잡곡가雜曲歌, 제슬행齊瑟行에 속한다. 유리劉履는 《선시보주選詩補注》 권2에서 다음과 같이 평론했다. "조식은 임금을 보좌하여 세상을 널리 구제하고 공을 세워 이름을 떨치는 데 뜻을 두었으나 끝내 이루지

---

27) 육기에 관한 논의(제5권 제5칙~제10칙)에 상세하게 보인다.

못했다. 비록 책봉을 받았으나 그 마음속으로는 벼슬하지 않고자 했기에 처녀에 의탁하여 원망과 동경의 감정을 빗대었다.子建志在輔君匡濟, 策功垂名, 乃不克遂, 雖授爵封, 而其心猶爲不仕, 故托處女以寓怨慕之情焉." 청대의 문인 섭섭葉燮이 "한위시 중 압권漢魏壓卷"이라고 추천하며 다음과 같이 말했다. "미녀편은 뜻이 정치하고 함축이 의미심장하며 음절과 풍격이 모두 자연스러운 모양으로 하나씩 흔들리며 나와 사람들로 하여금 단서를 알 수 없게 하니 진실로 천고의 걸작이다.美女篇意致幽眇, 含蓄雋永, 音節韻度皆有天然委態, 層層搖曳而出, 使人不可勞靡端倪, 固是空千古絶作."

2 名都篇(명도편): 악부가사로 잡곡가, 제슬행에 속한다. 낙양 소년들의 오락과 음주가 방자한 생활을 묘사했다. 이 시의 주제에 대해서는 역대로 두 가지 견해가 있다. 첫째는 《문선》 육신주六臣注에서 말한 것과 같이 "당시 사람들이 말을 타고 사냥을 나가는 기예를 부리며 오락의 즐거움에 빠져 애국심이 없음을 풍자했다.刺時人騎射之妙, 游騁之樂, 而無愛國之心."고 보는 것이다. 둘째는 당나라 여악汝諤의 말과 같이 "조식이 자신의 재능을 자부하며 공덕을 세우고자 하나 문제가 질투하여 억울하게 뜻을 펴지 못한 까닭에 비분한 감정으로 이 시를 지었다.子建自負其才, 思樹勛業, 而爲文帝所忌, 抑鬱不得伸, 故感憤賦此."(《고시상석古詩賞析》 참조)고 보는 것이다.

3 白馬篇(백마편): 악부가사로 잡곡가, 제슬행에 속한다. 또는 변새 유협의 형상을 묘사한 시다. 청대 주건朱乾은 《악부정의樂府正義》 권12에서 "이 시는 병주의 유협에 빗대었지만 사실은 자신을 비유한 것이다.此寓意於幽幷游俠, 實自況也."라고 평했다.

4 餘(여): '其他(기타)'와 같은 말이다.

30

조식의 악부오언 〈칠애〉, 〈종갈〉, 〈부평〉, 〈미녀편〉 이외의 시를 한나라의 시 중 성조가 웅장한 것과 비교하면 진실로 악부의 시어가 아닐 따름이다.

조식의 오언악부와 한악부를 비교하여 논했다.

子建樂府五言七哀・種葛・浮萍・美女而外, 較漢人聲氣爲雄, 然正非樂府語耳.

31

조식의 오언사구 〈부용지시芙蓉池詩〉, 〈언지시言志詩〉 2편을 한나라의 시와 비교하면 비로소 인위적인 수식의 흔적이 드러난다.[28]

조식의 오언사구 〈부용지시〉와 〈언지시〉에 이미 의도적인 수식이 보이고 있음을 지적했다. 오언사구는 칠언사구에 비해 일찍 출현하여 후한의 무명씨 작품에서 이미 살펴볼 수 있는데, 조식이 그 전통을 계승했다. 이후 장재張載, 사령운謝靈運, 안연지顔延之로 이어져 당나라 오언절구의 형성에 초석을 마련했다.

子建五言四句如"逍遙芙蓉池"[1], "慶雲未時興"[2]二篇, 較之漢人, 始見作用之跡. [上源於漢無名氏五言四句, 下流至張孟陽[3]五言四句.]

1 逍遙芙蓉池(소요부용지): 〈부용지시芙蓉池詩〉를 가리킨다.
2 慶雲未時興(경운미시흥): 〈언지시言志詩〉를 가리킨다.
3 張孟陽(장맹양): 장재張載. 서진 시기의 문학가다. 자가 맹양이고 안평安平 곧 지금의 하북성 사람이다. 생졸년은 미상이다. 성격이 차분하고 박학다식하여 일찍이 좌저작랑佐著作郞, 저작랑著作郞, 기실독記室督, 중서시랑中書侍郞 등의 관직을 지냈다. 서진 말년에 세상이 어지러워지자 병을 핑계로 고향으로 돌아갔다. 장재는 그 동생 장협張協, 장항張亢과 함께 모두 문학으로 이름이 나 '삼장三張'이라고 불렸다. 그중 장재와 장협이 비슷하고 장항은 다소 처진다. 제5권의 제24칙에 관련 논의가 보인다.

---

28) 위로는 한나라 무명씨의 오언사구에서 근원하고, 아래로 장재張載의 오언사구로 나아갔다.(제3권의 제45칙 및 제5권 제25칙 참조.)

32

조식의 칠언 〈추사영秋思詠〉 1편은 성조가 조비의 〈연가행燕歌行〉과 비슷하다. 송본宋本에는 〈추사영〉이라고 되어 있으니, 오늘날의 문집에서 〈추사부秋思賦〉라고 한 것은 옳지 않다.

풍시가가 말했다.

"가사가 진실로 가을을 읊조린다. 시가로 보면 아름다우나 부로 보면 졸렬하다."

조식의 〈추사영〉에 관한 논의다. 송본과의 비교를 통해 제목에 대한 교감 문제를 제기하고 있다.

子建七言有秋思詠一篇, 聲調與子桓燕歌行相類. 宋本[1]作秋思詠, 而今集作愁思賦, 非也. 馮元成云: "詞實詠秋. 爲詠則佳, 爲賦則拙."

1 宋本(송본): 송대에 간행된 서적을 가리킨다. 글자의 새김이나 종이의 질감 및 교감이 매우 훌륭하여 역대 판본 중 선본이 가장 많다.

33

유정의 시는 소리에 항상 힘이 있고 왕찬의 시는 성운이 항상 완만하며 조식은 바로 그 중간을 얻었다. 종영이 유정은 "기세가 그 문채를 초월한다"고 하고, 왕찬은 "문채는 화려하나 내용이 빈약하다"고 한 것은 이것을 두고 한 말이다.

유정의 다음 오언 시구는 성운이 힘차다.

"영험한 새가 물가에 머물고, 온순한 짐승이 비량飛梁에서 노니네. 화려한 객사는 흐르는 물결에 둘러져 있고, 시냇물에 바람이 불어와 시원하네.靈鳥宿水裔, 仁獸游飛梁. 華館寄流波, 豁達來風涼."

"북사의 문을 나와, 서원의 정원을 바라보네. 가는 버드나무가 길가에서 자라고, 연못이 푸른 물결을 머금었네.步出北寺門, 遙望西苑園. 細柳夾道生, 方塘含淸源."

"서늘한 바람이 모래의 조각돌에 불고, 서리 바람이 얼마나 흰가. 명월이 붉은 막을 비추고, 화려한 등불이 붉은 광채를 흩날리네.涼風吹沙礫, 霜風何皚皚. 明月照緹幕, 華燈散炎輝."

왕찬의 다음 오언 시구는 성운이 완만하다.

"언제나 시인의 말을 듣고, 취하지 않으면 돌아가지 않네. 오늘 즐거움이 극도에 다다르지 않으니, 정을 품고 누구를 기다리려나?常聞詩人語, 不醉且無歸. 今日不極歡, 含情欲待誰?"

"군대에서 대부분 질리도록 먹어, 사람과 말 모두 살지네. 종군하다가 기회 봐서 돌아가고, 부질없이 나가니 남는 양식이 있네.軍中多飫饒, 人馬皆溢肥. 徒行兼乘還, 空出有餘資."

"나그네 친척을 그리워하는데, 누가 그리움 없을까? 옷깃을 매만지며 노에 기대어, 끊임없이 업성鄴城을 생각하네.征夫懷親戚, 誰能無戀情? 撫衿倚舟檣, 眷眷思鄴城."

한마디로 기질이 다른 것이지, 의도적으로 다르게 창작한 것이 아니다.

해제 유정, 왕찬의 시풍을 비교하고 대표적인 시구를 예로 들었다. 유정과 왕찬은 건안칠자에 속하는 문인으로 조식과 함께 건안 시기의 으뜸 시인으로 손꼽힌다. 그들의 시풍이 다른 것은 의도적으로 달리한 것이 아니라 그 기질이 각기 다르기 때문이라고 지적했다. 바로 작가풍격의 다름을 인정한 것이다. 작가의 재능은 선천적으로 타고난 것으로 의도적으로 바꿀 수 있는 것이 아니라고 본 것이다.

公幹詩, 聲詠常勁; 仲宣詩, 聲韻常緩; 子建正得其中. 鍾嶸稱公幹"氣過其文"·仲宣"文秀而質羸"是也. 五言公幹如"靈鳥宿水裔, 仁獸游飛梁. 華館寄流波, 豁達來風涼."[1] "步出北寺門, 遙望西苑園. 細柳夾道生, 方塘含淸源."[2] "涼風吹沙礫, 霜風何皚皚. 明月照緹幕, 華燈散炎輝"[3]等句, 聲韻爲勁. 仲宣如"常聞詩人語, 不醉且無歸. 今日不極歡, 含情欲待誰?"[4] "軍中多餚饒, 人馬皆溢肥. 徒行兼乘還, 空出有餘資."[5] "征夫懷親戚, 誰能無戀情? 撫衿倚舟檣, 眷眷思鄴城"[6]等句, 聲韻爲緩. 然要是氣質[7]不同, 非有意創別也.

1 靈鳥宿水裔(영조숙수예), 仁獸游飛梁(인수유비량). 華館寄流波(화관기유파), 豁達來風涼(계달래풍량): 영험한 새가 물가에 머물고, 온순한 짐승이 비량飛梁에서 노니네. 화려한 객사는 흐르는 물결에 둘러져 있고, 시냇물에 바람이 불어와 시원하네. 유정 〈공연시公讌詩〉의 시구다.

2 步出北寺門(보출북사문), 遙望西苑園(요망서원원). 細柳夾道生(세류협도생), 方塘含淸源(방당함청원): 북사의 문을 나와, 서원의 정원을 바라보네. 가는 버드나무가 길 가에서 자라고, 연못이 푸른 물결을 머금었네. 유정 〈증서간시贈徐幹詩〉의 시구다.

3 涼風吹沙礫(양풍취사력), 霜風何皚皚(상풍하애애). 明月照緹幕(명월조제막), 華燈散炎輝(화등산염휘): 서늘한 바람이 모래의 조각돌에 불고, 서리 바람이 얼마나 흰가. 명월이 붉은 막을 비추고, 화려한 등불이 붉은 광채를 흩날리네. 유정 〈증오관중랑장시사수贈五官中郞將詩四首〉 중 제4수의 시구다.

4 常聞詩人語(상문시인어), 不醉且無歸(불취차무귀). 今日不極歡(금일불극환), 含情欲待誰(함정욕대수): 언제나 시인의 말을 듣고, 취하지 않으면 돌아가지 않네. 오늘 즐거움이 극도에 다다르지 않으니, 정을 품고 누구를 기다리려나? 왕찬 〈공연시〉의 시구다. 《예문유취》에서는 〈공연회시公宴會詩〉라고 했다.

5 軍中多餚饒(군중다어요), 人馬皆溢肥(인마개일비). 徒行兼乘還(도행겸승환), 空出有餘資(공출유여자): 군대에서 대부분 질리도록 먹어, 사람과 말 모두 살지네. 종군하다가 기회 봐서 돌아가고, 부질없이 나가니 남는 양식이 있네. 왕

찬 〈종군시오수從軍詩五首〉 중 제1수의 시구다.

6 征夫懷親戚(정부회친척), 誰能無戀情(수능무연정). 撫衿倚舟檣(무금의주장), 眷眷思鄴城(권권사업성): 나그네 친척을 그리워하는데, 누가 그리움 없을까? 옷깃을 매만지며 노에 기대어, 끊임없이 업성鄴城을 생각하네. 왕찬 〈종군시오수〉 중 제2수의 시구다.

7 氣質(기질): 자질, 풍격, 기개 등을 말한다.

34

유정과 왕찬은 일시에 우열을 가리기 쉽지 않다. 종영은 유정이 뛰어나다 하고, 유협은 왕찬이 우세하다 여겼다. 나는 일찍이 두 시인을 품평했는데, 유정은 문장의 기세가 재주보다 뛰어나고, 왕찬은 재주가 기세를 능가한다. 종영이 "조식 이하로 유정이 독보적이다"고 하고, 왕세정이 "조조 부자가 널리 떨치고 유정이 우뚝 섰다."고 한 것은 이를 두고 말한 것이다.

조비가 《전론》에서 다음과 같이 말했다.

"응창은 조화로우나 강건하지 않고, 유정은 강건하나 세밀하지 않다."

내가 감히 말하건대 응창이 아니라 왕찬이라고 해야 더욱 적절하다.

유정과 왕찬에 관한 논의다. 역대 비평가들은 두 사람에 대한 평가가 다르다. 허학이는 여기서 유정은 기운이 뛰어나고 왕찬은 재주가 뛰어나다고 하며 지적하면서도 왕찬의 재주를 더욱 높게 평가하고 있다.

公幹·仲宣, 一時未易優劣. 鍾嶸以公幹爲勝, 劉勰以仲宣爲優. 予嘗爲二家品評[1], 公幹氣勝於才, 仲宣才優於氣. 鍾嶸謂"陳思已下[2], 楨稱獨步." 元美謂"二曹龍奮[3], 公幹角立[4]"是也. 文帝典論稱: "應瑒和而不壯[5], 劉楨壯而不密[6]." 竊[7]謂: 以仲宣代應瑒, 更切.

1 品評(품평): 평가하다.

2 已下(이하): '以下(이하)'와 같은 말이다.

3 龍奮(용분): 이름을 널리 떨치다.

4 角立(각립): 우뚝 서다.

5 和而不壯(화이부장): 조화로우나 강건하지 않다.

6 壯而不密(장이불밀): 강건하나 세밀하지 않다.

7 竊(절): '저' 또는 '저의 의견'이라는 의미로 겸양어다. 즉 크게 드러내지 않는다는 뜻으로 자신의 의견을 낮추어 하는 말이다.

35

건안칠자 중 서간, 진림, 완우의 오언시는 천연스런 오묘함이 없을 뿐 아니라 인위적인 수식의 공력도 적다. 이것은 비록 그 재능이 미치지 못한 것이지만 또한 각기 나름대로의 장점이 있을 따름이다.

생각건대 조비의 《전론》에서 서간의 부賦, 진림과 완우의 장章·표表·서書·기記를 칭송했으니, 건안칠자의 문인이 모두 그 시로서 이름난 것이 아님을 알 수 있다. 아래의 시구는 자못 졸렬하여 식상한데, 혹자는 오히려 옛것을 숭상했다고 여기고 그것을 배우니 착오가 매우 크다.

다음은 서간의 시구다.

"끼니 걱정하는 것을 두려워 않지만, 어쩔 수 없이 늘 굶주리네.不聊憂餐食, 慊慊常飢空."

"시간은 다시 얻을 수 없는데, 어찌 스스로 번뇌하는가.時不可再得, 何爲自愁惱."

다음은 진림의 시구다.

"동으로 바라보니 밭과 들이 보이고, 고개 돌려 정원을 둘러보네.東望看疇野, 迴顧覽園庭."

"생각을 거두고 방으로 돌아가 잠자고, 비분강개하며 분경墳經을 읊조리네.收念還房寢, 慷慨詠墳經."

다음은 완우의 시구다.

"몸에 기력이 다하고, 정신이 혼미하네.身盡氣力索, 精魂麋所迴."

다음은 응창의 시구다.

"논변이 묶인 것을 풀고, 붓을 들어 문장을 돋우네.辯論釋鬱結, 援筆興文章."

서간, 진림, 완우의 오언시에 관한 논의다. 앞서 허학이는 이 문인들은 조식, 유정, 왕찬 등에 비해 재주가 부족하다고 평가했다. 그들의 시는 자연스럽지도 못할 뿐 아니라 재주가 없어 인위적인 꾸밈도 뛰어나지 못하지만, 부賦·장章·표表·서書·기記 등에서 뛰어남을 지적하고 있다. 즉 위나라 시인의 재주가 각기 다른 방면에서 표출되고 있음을 알 수 있다. 아울러 서간, 유림, 완우의 시구 중 졸렬한 것을 예로 들어 무조건 옛것이라면 배우는 세태를 비판하고 있다.

七子之中, 徐幹·陳琳·阮瑀五言, 旣無天成之妙, 又少作用之功, 此雖其才力不逮, 亦是各有所長[1]耳. 按文帝典論稱徐幹之賦·琳瑀之章表書記[2], 可見七子之名, 非皆以其詩也. 徐幹如"不聊憂餐食, 慷慷常飢空."[3] "時不可再得, 何爲自愁惱."[4] 陳琳如"東望看疇野, 迴顧覽園庭."[5] "收念還房寢, 慷慨詠墳經."[6] 阮瑀如"身盡氣力索, 精魂麋所迴."[7] 應瑒如"辯論釋鬱結, 援筆興文章"[8]等句, 頗傷拙劣, 或反以爲高古而學之, 則失之千里[9]矣.

1 各有所長(각유소장): 각기 장점이 있다.

2 章表書記(장표서기): 문체의 이름. '장'은 주소奏疏 따위를 가리킨다. '표'는 임금 에게 올리는 서장書狀을 가리킨다. '서'는 임금에게 의견을 올릴 때 쓰는 글을 가 리키고, '기'는 사실대로 적은 글을 가리킨다.

3 不聊憂餐食(불료우찬식), 慷慷常飢空(겸겸상기공): 끼니 걱정하는 것을 두려 워 않지만, 어쩔 수 없이 늘 굶주리네. 서간 〈실사시室思詩〉의 제1장의 시구다.

4 時不可再得(시불가재득), 何爲自愁惱(하위자수뇌): 시간은 다시 얻을 수 없는 데, 어찌 스스로 번뇌하는가. 서간 〈실사시〉의 제2장의 시구다.

5 東望看疇野(동망간주야), 迴顧覽園庭(회고람원정): 동으로 바라보니 밭과 들 이 보이고, 고개 돌려 정원을 둘러보네. 진림 〈시詩〉의 시구다.

6 收念還房寢(수념환방침), 慷慨詠墳經(강개영분경): 생각을 거두고 방으로 돌 아가 잠자고, 비분강개하며 분경墳經을 읊조리네. 진림 〈시〉의 시구다. '분경'은 옛 날의 책 이름인데 성현이 쓴 책을 가리키며, '분사墳史' 또는 '분적墳籍'이라고 도 한다.

7 身盡氣力索(신진기력색), 精魂糜所迴(정혼미소회): 몸에 기력이 다하고, 정신 이 혼미하네. 완우 〈칠애시七哀詩〉의 시구다.

8 辯論釋鬱結(변론석울결), 援筆興文章(원필흥문장): 논변이 묶인 것을 풀고, 붓 을 들어 문장을 돋우네. 응창 〈공연시公讌詩〉의 시구다.

9 失之千里(실지천리): 착오가 매우 크다.

36

응창의 오언시 〈건장대建章臺〉는 재주가 뛰어나고 감정의 변화가 무궁하나 화려하다고 할 수는 없다. 응거應璩[29]의 〈백일百一〉 시는 졸 박한 것에 가깝다.

서정경은 다음과 같이 말했다.

"응창은 여러 모로 궁리하고 화려한 데로 빠졌다. 응거의 〈백일〉은

---

29) 자 휴련休璉.

은근히 스스로 떨쳤으나 요염하여 식상하다.”

이것은 옛날의 명망을 흠모하여 그 실체를 깨닫지 못한 것이다.

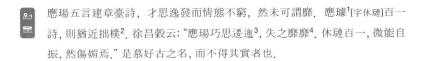

응창과 응거의 시에 관한 논의다. 두 사람은 모두 삼국 시대 위나라의 문인으로서 문장이 뛰어난 형제로 이름이 났다. 서정경의 견해에 대한 반론을 제기하며 두 시인의 풍격을 논했다.

應瑒五言建章臺詩, 才思逸發而情態不窮, 然未可謂靡. 應璩¹[字休璉]百一詩, 則猶近拙樸². 徐昌穀云: “應瑒巧思透迤³, 失之靡靡⁴. 休璉百一, 微能自振, 然傷媚焉.” 是慕好古之名, 而不得其實者也.

1 應璩(응거): 삼국 시대 위나라의 문학가다. 자는 휴련休璉이고 여남汝南 곧 지금의 하남성 사람으로 응창應瑒의 동생이다. 박학다식하고 문장을 잘 지었는데 특히 서기書記에 뛰어났다. 위문제와 무제 때 산기상시散騎常侍의 관직을 지내고, 조방曹芳이 즉위하자 시중侍中, 대장군장사大將軍長史의 벼슬을 지냈다. 당시 대장군 조상曹爽이 권력을 남용하고 행동거지가 도리에 맞지 않자 〈백일시百一詩〉를 지어 풍자했다. 문집이 10권 있었는데 이미 산실되었다. 명대 장부가 그 시문 10여 편을 집록했다.
2 拙樸(졸박): 극히 순박함. 꾸밈이 없고 생긴 그대로임.
3 巧思透迤(교사위이): 여러 모로 생각하고 힘써 찾음. 곧 여러 모로 궁리하는 것을 가리킨다.
4 靡靡(미미): 화려하다.

37

범흠繁欽30)의 악부오언 〈정정시定情詩〉는 재주가 뛰어나고 감정의 변화가 자유로우며, 한 가지 방법을 수차례 전환하여 사용했기에 장편의 법식이 될 수 있다.

---

30) 자 휴백休伯.

풍시가가 다음과 같이 말했다.

"휴백의 〈정정시〉가 어찌하여 흐트러졌는가? 논리가 있고 정취가 있어 자못 국풍의 체재를 얻었다."

해제 범흠의 시에 관한 논의다. 〈정정시〉가 국풍의 체재를 계승하여 장편의 모범이 될 수 있음을 지적하고 있다.

원문 繁欽[字休伯]樂府五言定情詩, 才思逸發而情態橫生, 中用一法數轉, 可爲長篇之式. 馮元成云: "休伯定情詩何其[1]蔓繞[2], 然有倫有趣[3], 頗得國風之體."

주석
1 何其(하기): 어찌하여.
2 蔓繞(만요): 흐트러지다. 얽히다.
3 有倫有趣(유륜유취): 논리가 있고, 정취가 있다.

38

건안의 시는 체제가 비록 자세하게 서술되고 시어가 꾸며졌으나 끝내 아정함을 잃지 않았으니, 제·양에 이른 이후에야 비로소 화려하다고 할 수 있다.

유정의 〈공연시公宴詩〉에서 "붓을 던지고 길게 탄식하니, 화려함을 잊을 수 없네投翰長歎息, 綺麗不可忘"라고 했다. 이것은 일시에 보이는 화려함을 한탄한 것일 뿐이다. 다시 말해 조비의 시는 마음을 감동시킬 따름으로 화려함을 잊기 어렵다는 것이다. 또 이백의 시에서는 "건안 때부터 화려함이 귀하지 않았다"고 했다. 이것은 대개 대아大雅가 지어지지 않고 아정한 소리가 어슴푸레 사라졌음을 슬퍼한 것이므로, 건안 이래로 사부辭賦가 화려하여 이미 눈여겨 볼 만하지 않음을 말한다. 더욱이 한유의 〈석고가石鼓歌〉에서 "왕희지王羲之의 서체는 아름다움을 좇아간다."고 한 것도 이를 두고 말한 것이다. 이것은 모두 호걸들의 호언장담일 따름이다. 소사빈蕭士贇이 곧 유정의 말을 인용하여 이백의 시를 풀이한 것을 사실이라고 믿으니, 바보가 황당한 말을 하는 것이 아니겠는가!

해제 건안시의 풍격에 관한 논의다. 건안시는 아정함을 잃지 않았고 화려하지 않음을 강조했다. 이 점은 제·양시와 구별되는 건안시의 가장 큰 특징이다. 일부 건안시를 화려하다고 잘못 평가하는 문제에 대해 지적했다.

원문 建安之詩, 體雖敷敍, 語雖構結, 然終不失雅正[1], 至齊梁以後, 方可謂綺麗[2]也. 劉公幹公讌詩云"投翰[3]長歎息, 綺麗不可忘", 是歎一時所見之綺麗耳. 卽文帝詩感心動耳, 綺麗難忘也. 李太白詩"自從建安來, 綺麗不足珍", 蓋傷大雅不作, 正聲微茫[4], 故遂言建安以來, 辭賦綺麗, 已不足珍, 猶韓退之石鼓歌云"羲之俗書[5]趁姿媚"是也. 此皆豪士放言[6]耳. 蕭士贇[7]卽引公幹語註釋李詩, 指以爲實[8], 非癡人前說夢[9]耶!

주석
1 雅正(아정): 모범적이다. 규범적이다.
2 綺麗(기려): 아름답다.
3 投翰(투한): 붓을 던짐. 글짓기를 그만둠.
4 微茫(미망): 어슴푸레하다.
5 俗書(속서): 통속적으로 유행하는 서체書體를 가리킨다.
6 豪士放言(호사방언): 호걸들의 호언장담.
7 蕭士贇(소사빈): 송나라의 문인이다. 생졸년은 미상이다. 자는 수가粹可이고 호는 수재粹齋다. 녕도현寧都縣 사람이다. 소립지蕭立之(1203~?)의 차남으로 태어나 시를 잘 지어 이름이 났다. 오징吳澄과 20년 이상을 교유했고 시평서인《수재용언粹齋庸言》이 있었으나 이미 사라졌다. 현재 그가 지은《이태백시보주李太白詩補注》가 전해진다.
8 指以爲實(지이위실): 사실이라고 믿다.
9 癡人前說夢(치인전설몽): 바보가 황당한 말을 하다.

39

오질吳質[31])의 오언 〈사모시思慕詩〉는 유정, 진림과 견줄 만하다.

[해제] 오질의 오언시에 관한 논의다. 《문장서록文章敍錄》에 의하면 위문제가 붕어하자 오질이 그리워하여 이 시를 지은 것이라고 했다(녹흠립逯欽立, 《선진한위진남북조시先秦漢魏晉南北朝詩》 참조.) 오질은 일찍이 건안칠자들과 교유가 친밀하여 건안 풍격의 영향을 많이 받았을 것으로 짐작이 되는데, 현존하는 작품이 많지 않아 고증이 어렵다. 〈사모시〉는 현존하는 유일한 오언시 작품이다.

[원문] 吳質[字季章]五言思慕詩, 與公幹 · 陳琳相伯仲[1].

[주석] 1 相伯仲(상백중): 역량이나 재능 따위가 엇비슷하다. 견줄 만하다.

40

무습繆襲[32])의 오언 〈만가挽歌〉 1수는 서간과 진림의 위에 있다. 잡언 〈고취곡鼓吹曲〉은 비록 성조가 〈요가鐃歌〉에서 변화되었고 시구가 〈교사가郊祀歌〉에서 비롯되었지만, 시어가 실로 혼잡하게 섞여 왕찬의 시와 비교하면 더욱 본받을 만하지 않다. 위소韋昭 이하는 더욱 조잡하지만 결국 후대 묘악廟樂의 비조가 되었다.

[해제] 무습의 시에 관한 논의다. 오언 〈만가〉와 잡언 〈고취곡〉에 대해 평가했다.

[원문] 繆襲[字熙伯]五言挽歌一首, 在徐幹 · 陳琳之上; 雜言鼓吹曲[1], 雖調變鐃歌[2]而

---

31) 자 계장季章.
32) 자 희백熙伯.

句則出於郊祀, 然語實猥下³, 較之仲宣, 益⁴不足法. 韋昭⁵而下, 更多麤率⁶, 然
竟爲後世廟樂之祖⁷.

1 雜言鼓吹曲(잡언고취곡): 악부가곡의 명칭. 고악 중 고취악은 고鼓, 정鉦, 소簫,
   가笳 등의 악기를 이용하여 연주한다. 역대 고취악은 대부분 가사가 배합된다.
2 鐃歌(요가): 군대의 악가. 바로 사용할 수 있고 사기를 진작시키는 데 사용된
   다. 또한 출행할 때나 공신과 향연을 베풀 때 사용된다. 전설에 황제와 기백岐伯
   이 지었다고 한다.
3 猥下(외하): 혼잡하게 섞이다.
4 益(익): 더욱.
5 韋昭(위소): 삼국 시기 오나라의 문인이다. 자는 홍사弘嗣이고 오군吳郡 운양雲陽
   곧 지금의 강소성 단양丹陽 사람이다. 건안建安 9년에 태어나 오봉五鳳 2년에 죽
   었다. 어릴 때부터 학문을 좋아하고 문장에 능했다. 서안령西安令에 제수되고
   태자중서자太子中庶子로 승진했다. 손휴孫休 때 중서랑박사좨주中書郎博士祭酒가
   되어 여러 서적을 교정했다. 손호孫皓가 즉위하자 그 뜻에 거역하여 감옥에서
   살해되었다. 화핵華覈, 설옥薛瑩 등과 함께 《오서吳書》를 편찬했으며 《효경孝
   經》, 《논어》 및 《국어》의 주석을 지었다.
6 麤率(추솔): 거칠다.
7 廟樂之祖(묘악지조): 묘악의 비조. '묘악'은 종묘의 음악이다. 대부분 교사郊祀
   혹은 송덕頌德에 사용된다.

41

위명제魏明帝 조예曹叡의 오언시는 그 부친에 비해 한참 뒤떨어진다.
악부사언 〈단가행短歌行〉, 〈선재행善哉行〉은 시어가 대부분 비속하다.
비록 잡언 〈보출하문행步出夏門行〉이 화려하고 뛰어나지만 여러 작품
과 비슷하지 않아서 조비의 시가 아닌가 한다.

위명제의 시에 관한 논의다. 작품의 전반적인 풍격을 논하고 〈보출하문

행〉의 작자 문제에 대해 의문을 제기했다.

明帝¹五言, 遠遜厥²父; 樂府四言短歌行·善哉行, 語多庸鄙³; 雖雜言步出
夏門行華藻俊逸⁴, 與諸作不類, 疑是子桓之詩.

1 明帝(명제): 조예曹叡. 제3권 제1칙의 주석4 참조.
2 厥(궐): '其(기)'와 같은 뜻이다.
3 庸鄙(용비): 비속하다.
4 華藻俊逸(화조준일): 화려하고 뛰어나다.

42

정시正始의 체재로는 혜강33)과 완적34)이 으뜸이다.

왕세정이 말했다.

"혜강은 흙과 나무처럼 자연스럽고 화려한 것을 섬기지 않으니 문
장에서도 역시 그러할 것으로 생각된다. 〈양생론養生論〉, 〈절교서絶交
書〉는 붓 가는 대로 쓴 것과 같다. 시는 스스로 꾸민 것과는 관련이 적
지만 더욱더 완적만 못하다."

내가 생각건대 혜강의 사언시는 비록 다소 번잡하지만 진실로 국풍
의 정취를 얻었으니, 그것은 성정에 바탕을 둔 까닭이다. 오언시는 간
혹 스스로 꾸민 것에 가까울 따름이다.

정시正始의 시에 관한 논의다. 정시(240~248)는 위폐제魏廢帝 조방曹芳 시기
의 연호인데, 이 시기는 사마씨가 정권을 장악했던 때로 극심한 정치적 혼
란으로 인해 문인들이 현세를 탈피하여 은둔하고자 하는 사상이 만연했
다. 그 대표적인 무리가 혜강嵇康, 완적阮籍, 산도山濤, 상수向秀, 완함阮咸, 왕

33) 자 숙야叔夜.
34) 자 사종嗣宗.

융王戎, 유령劉伶 등의 '죽림칠현竹林七賢'이다. 그들의 시에는 도가사상이 무르녹아 있으며 강개한 심정과 울분의 정서가 많다. 또한 청담의 기풍을 바탕으로 하고 있어서 후일 현언시의 발전에 큰 공헌을 했다.

죽림칠현 중에서도 혜강과 완적이 정시 연간의 문인을 대표한다. 혜강은 위무제 두부인杜夫人의 증손녀와 결혼했기에 위나라 종실과 밀접한 관계를 지니고 있다. 따라서 그는 사마씨 정권에 완강한 반대의 입장을 견지했다. 반면 완적은 건안칠자 중의 한 사람인 완우의 아들이다. 그의 아버지가 조조 밑에 있었기 때문에 사마씨 정권에 대해 반감이 강했지만 주로 술에 취해 방탕한 행동을 하면서 우회적으로 불만을 표출했다. 이러한 성격 차이는 문학 작품에서도 나타난다. 이에 종영은 혜강의 시에 대해 "지나치게 격앙되어 솔직하게 자신의 생각을 드러내고 재능을 표출하며, 전아한 풍격을 훼손했다.過爲峻切, 訐直露才, 傷淵雅之致."고 말했고, 완적의 시에 대해서는 "그 뜻이 심원하여 주제를 찾기 힘들다.厥旨淵放, 歸趣難求."고 평했다. 또한 유협은 "혜강의 뜻은 준엄하나 완적의 뜻은 깊다.嵇志清峻, 阮旨遙深."고 말했다.

여기서 허학이는 혜강의 시에 대해 논하고 있다. 혜강의 사언은 국풍의 정취를 얻었지만, 오언시는 인위적으로 꾸며 완적을 따라갈 수 없었다고 지적했다. 이와 관련하여 왕부지는 《고시평선古詩評選》권2에서 "혜강의 오언은 무너져 내려 성조의 규범에 맞지 않지만 사언은 뛰어나다.中散五言頹唐不成音理, 而四言居勝."고 평했다.

 正始[1]體, 嵇[名康, 字叔夜]·阮[名籍, 字嗣宗]爲冠[2]. 王元美云: "嵇叔夜土木形骸[3], 不事藻飾[4], 想於文亦爾. 如養生論·絶交書, 類信筆成[5]者. 詩少涉[6]矜持, 更不如嗣宗." 愚按: 叔夜四言, 雖稍入繁衍[7], 而實得風人之致, 以其出於性情故也; 惟五言或不免於矜持耳.

 1 正始(정시): 위폐제魏廢帝 조방曹芳 시기의 연호다. 240년~248년에 사용되었다.
2 爲冠(위관): 으뜸으로 삼다.
3 土木形骸(토목형해): 모양이 흙과 나무와 같이 자연스럽다.

4 不事藻飾(불사조식): 화려한 것을 추구하지 않는다.

5 類信筆成(유신필성): 붓 가는 대로 쓴 것과 같다.

6 少涉(소섭): 관련이 적다.

7 繁衍(번연): 많이 퍼지다. 번영하다.

43

혜강의 사언시 중 "미풍이 맑게 부네微風淸扇" 1편은 비록 성조가 풍아風雅를 벗어났지만 성정이 자유롭다. 대개 조조 삼부자의 악부시 부류다.

해제 혜강의 사언시에 관한 논의다. 위나라 시기의 시가는 한악부의 영향을 많이 받았다. 다만 건안에서 정시 연간으로 갈수록 강개한 성정이 처량하게 바뀌는 특징을 보인다. 그것은 실의한 문인의 내심 세계가 반영되었기 때문이다.

원문 叔夜[1]四言"微風淸扇"[2]一篇, 雖調越風雅, 而情與躍如[3], 蓋三曹樂府之流也.

주석
1 叔夜(숙야): 혜강嵇康.

2 微風淸扇(미풍청선): 〈사언시四言詩〉 중의 한 편이다.

3 情與躍如(정여약여): 성정이 자유롭다.

44

완적의 오언시 〈영회詠懷〉 82수에는 흥興과 비比가 많고 체재가 비록 고체에 가깝지만, 대부분 의론으로써 시로 지은 것이므로 인위적인 수식의 흔적을 면치 못한다. 기타의 시는 뜻을 기탁함이 너무 깊어 보는 사람들이 그 뜻을 다 이해할 수 없다. 종영이 그에 대해 "말한 내용이 보고 들은 범위 안에 있지만, 성정이 사방팔방의 먼 곳에 기탁했다."고 한 것은 이를 두고 말한 것이다.

안연지가 말했다.

"완공阮公은 살아서 어지러운 왕조를 섬겨서 항상 화를 받을까 봐 두려워했으므로, 이 〈영회〉는 뜻이 풍자에 있으며 문장에 뜻을 은폐한 것이 많아서 오랜 세월동안 성정을 추측하기 어려웠다."

내가 수록한 30편은 거의 그러하다.

완적의 시에 관한 논의다. 허학이는 제3권 제20칙에서 완적의 〈영회〉가 오래도록 생각한 것이 시가 된 것이어서 감흥이 이르지 않는다고 평가했다. 완적의 〈영회〉는 그 내면적인 주제를 이해하기에 쉽지 않음을 지적한 말이다. 반면 왕부지의 《고시평선》권4에서 다음과 같이 평했다.

"완적의 영회시는 진실로 오랜 시대의 걸작으로, 국풍을 이었으며 〈고시십구수〉에서 나온 듯하다. 또 높고 명랑한 생각과 빼어나게 드러난 기세로써 이합지간에서 신령을 얻은 듯하다. 중심 주제가 맑은 구름이 산꼭대기에 나온 듯하고, 뜻을 펼치고 숨기며 고정되어 변하지 않는 것이 없다.步兵咏懷, 自是曠代絶作, 遠紹國風, 近出於十九首, 而以高朗之懷, 脫穎之氣, 取神似於離合之間, 大要如晴雲出岫, 舒卷無定質."

嗣宗[1]五言詠懷八十二首, 中多興比, 體雖近古[2], 然多以意見爲詩, 故不免有跡. 其他託旨[3]太深, 觀者不能盡通其意, 鍾嶸謂其"言在耳目之內, 情寄八荒[4]之表"是也. 顔延年云: "阮公身事亂朝, 常恐遇禍, 因妓詠懷, 雖志在譏刺[5], 而文多隱避, 百代之下, 難以情測也." 予所錄三十篇, 則庶幾焉.

1 嗣宗(사종): 완적阮籍. 제3권 제20칙의 주석3 참조.
2 近古(근고): 고체에 가깝다.
3 託旨(탁지): 뜻을 기탁하다. '旨(지)'는 '志(지)'와 같은 말이다.
4 八荒(팔방): 팔방의 끝.
5 譏刺(기자): 풍자.

45

완적의 〈영회〉는 비유가 너무 절실하기에 수식의 흔적을 면치 못한다. 후인의 잡시雜詩, 감우感遇 등이 한나라 시를 본받지 않고 대부분 완적을 본받는 것은 바로 수식의 흔적이 있어 배울 수 있기 때문일 뿐이다.35) 또한 체재는 비록 고체에 가깝지만 뜻이 실로 대부분 비슷하니, 아마 한 사람의 손에서 나온 것이 아닌 듯하다.

완적의 〈영회〉에 관한 논의다. 일반적으로 〈영회〉는 완적이 일시에 지은 것이 아니라 일생의 여정을 오랫동안 가다듬어 창작한 작품으로 간주되는데, 여기서는 여러 사람에 의해 창작된 것으로 보고 있다.

嗣宗詠懷, 比喩太切, 故不免有跡. 後人雜詩感遇等作, 不爲漢人而多法嗣宗者, 正以有跡可求故耳. [與論漢魏第四則參看.] 且體雖近古, 而意實多同, 恐非出一人之手¹.

1 一人之手(일인지수): 한 사람의 문필.

46

하안何晏36)의 오언시 2편은 사물에 기탁하여 흥기하고 체재도 여전히 존재한다. 혜희嵆喜37)의 오언 "화당임준소華堂臨浚沼" 1편은 여러 난정蘭亭 시의 비조다. 곽하주郭遐周 오언, 곽하숙郭遐叔 사언은 모두 정교하지 않다. 황간阮侃의 오언은 가장 번잡하다.

---

35) 한위시에 관한 논의 제4칙(제3권 제20칙)과 참조하여 보기 바란다.
36) 자 평숙平叔.
37) 자 공목公穆.

하안, 혜희, 곽하주, 곽하숙, 황간의 오언시에 관해 간략하게 논했다.

 何晏[1][字平叔]五言二篇, 託物興寄, 體製猶存. 嵇喜[2][字公穆]五言"華堂臨浚
沼"[3]一篇, 則蘭亭諸詩[4]之祖. 郭遐周[5]五言・郭遐叔[6]四言, 俱不爲工. 阮侃[7]
五言, 則更繁蕪[8]矣.

1 何晏(하안): 삼국 시대 위나라의 문인이자 현학가다. 자는 평숙平叔으로 한나라
   의 대장군인 하진何進의 손자다. 부친을 일찍 여의어 조조가 그의 어머니를 첩
   으로 받아들여 하안을 부양했다. 어릴 때 재주가 뛰어나 조조가 총애했다. 금
   향공주金鄕公主를 아내로 맞이했다. 조비가 태자가 되는 데 반대하여 조비의 미
   움을 사서 가자假子라고 불렀다. 이에 문제와 명제 때 관직을 수여받지 못했다.
   정시 연간 조상이 집정하자 시중侍中, 이부상서吏部尙書 등의 관직을 지냈다. 그
   러나 조상과 결당했다는 이유로 사마의司馬懿에게 살해당하고 삼족이 목숨을
   잃었다. 노장을 좋아하여 위진 현학 사상의 기틀을 마련했다.
2 嵇喜(혜희): 삼국 시대 위나라의 문인이다. 자는 공목公穆이고 위나라의 치서시
   어사治書侍御史였던 혜소嵇昭의 맏아들이자 죽림칠현의 한 사람인 혜강의 형이
   다. 〈혜강별전嵇康別傳〉 및 〈답증수재시사수答贈秀才詩四首〉가 있다.
3 華堂臨浚沼(화당림준소): 〈답혜강시사수答嵇康詩四首〉를 가리킨다. 일명 〈답제
   숙야答弟叔夜〉라고도 한다.
4 蘭亭諸詩(난정제시): 난정蘭亭의 여러 시. 왕희지의 〈난정집회蘭亭集會〉에서 지
   은 시를 말한다.
5 郭遐周(곽하주): 위진 시기의 문인이다. 생졸년은 미상이다. 동생 곽하숙과 함
   께 혜강과 친밀하게 교류했다.
6 郭遐叔(곽하숙): 위진 시기의 문인이다. 생졸년은 미상이다.
7 阮侃(완간): 진나라 시기의 문인이다. 자는 덕여德如이고 진류군陳留郡 곧 지금
   의 하남성 사람이다. 어려서 총명하고 배우기를 좋아했다. 일찍이 본초本草에
   대해 연구했다. 〈섭생론攝生論〉이 있었다고 하나 전하지는 않는다.
8 繁蕪(번무): 번잡하다.

지은이_ 허 학 이許學夷

허학이(1563~1633)는 자가 백청伯淸이고 지금의 강소성江蘇省 무석武錫 사람이다. 어릴 때부터 문사文史 지식에 뛰어났으며 다른 잡기를 배우지 않고 두문불출하며 오직 학문 연구에만 몰두하였다. 과거시험에 뜻을 두지 않았고 높은 권력에 아부하지 않았으며, 강직한 성품으로 절의를 중시하였다. 창주시사滄洲詩社를 결성하여 여러 문인들과 교류했으며, 31세부터 40년의 세월 동안 줄곧 그의 대표작인 《시원변체》를 완성하는 데 심혈을 기울였다.

─ 역주자 소개 ─

역주자_ 박 정 숙朴貞淑

계명대학교를 졸업하고 2008년도에 중국 남경대학에서 문학박사학위를 취득했다. 현재 계명대학교에서 연구와 강의를 하고 있다. 주로 당대 이전의 시에 대해 관심을 가지고 있으며, 중국 고전문학 전반에 걸친 문헌자료 연구에도 관심이 많다. 이 책의 제1권~제33권 및 기타 등을 역주했다.

역주자_ 신 민 야申旻也

숙명여자대학교를 졸업하고 2000년도에 중국 남경대학에서 문학박사학위를 취득하였다. 현재 숙명여자대학교에서 초빙교수로 재직하고 있으며 주로 명대 시에 대해 관심을 가지고 있다. 이 책의 총론(제34권~제36권) 및 후집찬요 2권을 맡았다.

시원변체
詩源辯體